Dunkelblum zwijgt

Van Eva Menasse verschenen eerder

Dagelijkse zonden
Vienna
Quasikristallen
Dieren voor gevorderden

Eva Menasse

Dunkelblum zwijgt

Roman

Vertaald uit het Duits door Annemarie Vlaming

Uitgeverij Atlas Contact
Amsterdam/Antwerpen

De vertaler ontving voor deze vertaling een projectsubsidie van het Nederlands Letterenfonds

Nederlands
letterenfonds
dutch foundation
for literature

Deze publicatie kwam mede tot stand met een bijdrage van het Bundeskanzleramt, Oostenrijk

Bundesministerium
Kunst, Kultur,
öffentlicher Dienst und Sport

Eerste druk juni 2022
Zevende druk juni 2023

Een uitgebreide personenlijst bij dit boek is te vinden vanaf p. 523

Oorspronkelijke titel *Dunkelblum*
Omslagontwerp Suzan Beijer
Omslagbeeld Trunk Archive/Gallery Stock
Foto van de auteur Jörg Steinmetz
Ontwerp typografie binnenwerk Wim ten Brinke
Kaart Nikolaus Heidelbach
Drukkerij CPI books GmbH, Leck

ISBN 978 90 254 7484 3
D/2023/0108/591
NUR 302

www.atlascontact.nl

FSC
www.fsc.org
MIX
Papier | Ondersteunt verantwoord bosbeheer
FSC® C083411

voor Laszlo

1 *Slottoren*
2 *Hotel Tüffer, Resi Reschen*
3 *Raadhuis, burgemeester Koreny*
4 *Kerk en grafkelder*
5 *Rehbergs Reisbureau*
6 *Alois Ferbenz, Modehuis Rosalie*
7 *Wijngoed Graun*
8 *Dokter Sterkowitz (opvolger van Bernstein)*
9 *Lowetz*
10 *Kalmar, Agnes en Fritz*

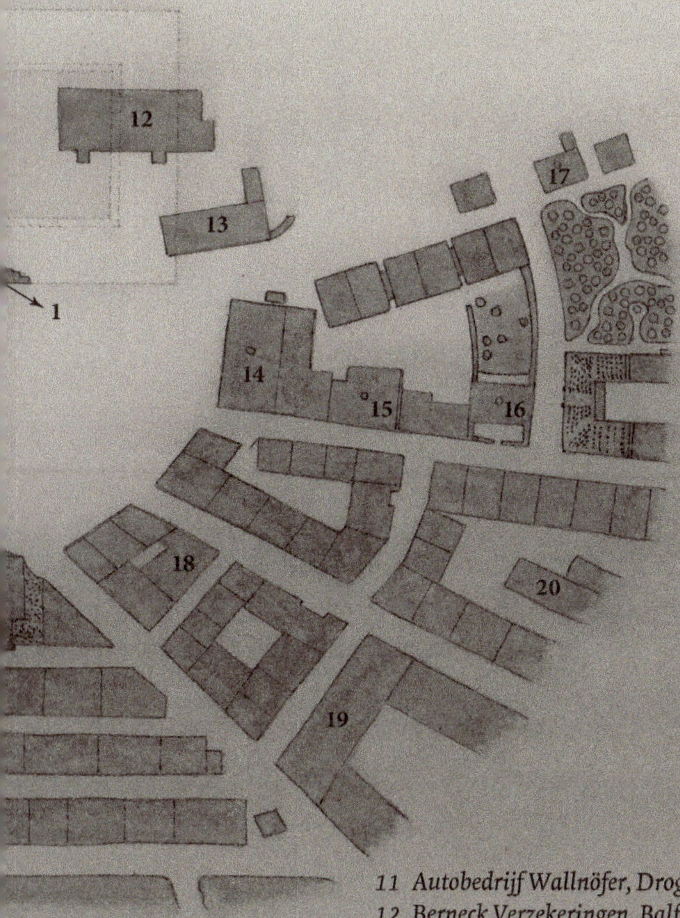

11 Autobedrijf Wallnöfer, Drogisterij Stipsits
12 Berneck Verzekeringen, Balf Makelaardij
13 Bouwen en Wonen Zierbusch
14 School
15 Oude huis familie Stipsits
16 Villa Rosmarin
17 Gelapte Schurl en familie
18 Antal Grün, kruidenier
19 Biohof Malnitz
20 Wijngoed Heuraffl

I

De Oostenrijkers zijn een volk
dat vòl vertrouwen
naar het verleden kijkt.

ZEGSWIJZE

I

In Dunkelblum hebben de muren oren, de bloemen in de tuinen hebben ogen, ze draaien hun kopjes alle kanten uit om maar niets te missen, en het gras registreert met zijn snorharen elke stap die wordt gezet. De mensen hebben continu *een bepaald gevoel*. De gordijnen in het plaatsje bewegen als door een zachte ademtocht bezield, in en uit, alsof hun leven ervan afhangt. Elke keer als God van bovenaf bij deze huizen naar binnen kijkt – alsof ze helemaal geen daken hebben –, als hij naar binnen kijkt in de poppenhuizen van zijn modelstadje, dat hij samen met de duivel heeft gebouwd om de mensheid te vermanen, dan ziet hij bijna in elk huis wel iemand vanachter het gordijn naar buiten staan gluren. Soms – vaak – staan er twee of zelfs drie mensen voor de ramen van een en hetzelfde huis, in verschillende vertrekken en voor elkaar verborgen. Je zou willen dat God alleen bij de huizen naar binnen kon kijken en niet in de harten.

In Dunkelblum weten de oorspronkelijke inwoners alles van elkaar, en de paar dingetjes die ze niet weten – die ze er niet zelf bij kunnen verzinnen, maar ook niet domweg kunnen negeren –, die zijn niet onbeduidend, maar spelen een rol van belang: dat wat niet alom bekend is, heerst als een vloek. De anderen, import en aangetrouwd, weten niet veel. Ze weten dat het slot is afgebrand en dat de nakomelingen van de graven nu in verschillende verre landen leven, maar dat ze doorgaans terugkomen om te trouwen en te dopen, waarna grote feesten worden gegeven voor het hele stadje. De kinderen plukken bloemen in de tuinen en maken slingers, de oude vrouwen halen hun honderd jaar oude klederdracht tevoorschijn, en met z'n allen posteren ze zich langs de Herrengasse om te zwaaien. Met een vlijmscherp glimlachje constateren de buitenlandse bruiden dat je hier, ondanks de al lang geleden plaatsgevonden republikeinse machtsovername, nog op je onderdanen kunt bouwen, al is het maar eens in de zoveel tijd.

Begraven laten de graven zich hier echter allang niet meer. De grafkelder kan worden bezichtigd, maar er komt niemand meer bij. Überhaupt hebben ze de grafelijke familie pas twintig jaar na de oorlog, ná hen te attenderen op het lekkende familiegraf, weer naar Dunkelblum weten te lokken. Maar direct na de oorlog hadden ze – wie precies, dat weet niemand – hen juist met verbazingwekkend diplomatiek talent weten weg te houden: de berichten over de toestand van het afgebrande slot werden schromelijk overdreven. Afbreken, helaas, alles afbreken, luidde de in tranen en vol ontzetting voorgedragen slotsom, en de kort daarvoor weduwe geworden gravin in ballingschap geloofde haar vroegere beheerders, secretaresses en dienstmeisjes of wie er ook maar achter zat, of wie ook maar doorvertelde wat ze van horen zeggen hadden of gedwongen werden te zeggen. Misschien wilde de gravin het geloven. Voor een inspectie ter plaatse was ze te lui of te laf, voor een keuring had ze te weinig liquide middelen. Dus werd het slot afgebroken en kwam er een gigantische hoeveelheid uitstekende bouwgrond vrij, op een voorheen onbereikbare, centrale locatie. Iemand moet er destijds van geprofiteerd hebben, aangezien er altijd iemand profiteert. Sindsdien is de stadskern bouwkundig en gevoelsmatig in tweeën gedeeld: de eeuwenoude landelijke helft – gekenmerkt door kleine straatjes en verborgen hoekjes, witgekalkt en met blauwe of groene luiken – en de andere, gruwelijk doelmatige helft – roestvrij staal en siliconen, praktisch en afwasbaar, zoals de mensen destijds, in de tijd van de wederopbouw, ook innerlijk graag waren geweest.

Twintig jaar later dus kwam de joviale oudste zoon van de gravin, van wie je van alles kon zeggen behalve dat hij sentimenteel was, terug voor een bliksembezoek. De voorouders lekken! bazuinde hij, waarop hij de grafkelder liet openen om af te dichten wat afgedicht moest worden. Daarna zegende de pastoor alles nadrukkelijk voor de eeuwigheid en werd de grafkelder weer gesloten. Destijds schijnen er nog Dunkelblumsters te zijn geweest die *zijne Doorluchtigheid* na de ceremonie de hand kusten, met een kniksje. Ferbenz daarentegen had posters laten plakken om reclame te maken voor een voor iedereen toegankelijk Frühschoppen in Café Posauner, op precies hetzelfde tijdstip. Maar zijn poging om verdeeldheid te zaaien had geen succes: als de graaf en de pastoor je riepen wisten de meeste mensen wat hun te doen stond, al was de meerderheid eigenlijk Ferbenz' mening toegedaan. De graaf ging voor. Hij was er immers zo zelden. Zodoende zat Ferbenz met de harde kern van zijn getrouwen in Café Posauner, waar ze zich een stuk in de kraag dronken, en al zag het eruit als een nederlaag, ze wisten allemaal dat ieder van hen voor altijd zou onthouden wie erbij was geweest, en vooral wie er niet bij was geweest. De stierennekken onder de aanwezigen – de meerderheid –

kregen al rode koontjes van voorpret, omdat met het vertrek van de graaf de machtsverhoudingen in Dunkelblum spoedig hersteld zouden zijn.

Sinds de graven hun grafkelder ver- en daarmee hun exodus bezegeld hadden, was de tijd in feite stil blijven staan. De seizoenen en roklengtes veranderden nog wel, en er kwamen steeds meer en steeds schreeuwerige televisieprogramma's. De Dunkelblumers werden ouder, zoals dat hoorde, maar omdat ze zoveel dronken viel hun ouder worden nauwelijks op; hun oogjes flikkerend, hun wangen rozerood, tot vriend Vloeibare Moed en Troost ten slotte snel en meedogenloos toesloeg. Hij was een professionele moordenaar: de uitverkorene begon 's morgens bij het opstaan wat te hoesten, spuugde bij het ontbijt de eerste van vele, steeds sneller opeenvolgende porties bloed op, en hoogstens een kwartier en een indrukwekkende smeerboel later, die achterbleef voor de nabestaanden maar zo goed als nooit tot waarschuwing strekte, was de zaak afgedaan. Simpele Fritz, die als een kind zo blij was met alle klusjes die hij kreeg toegeschoven, werd op de hoogte gebracht en mat nog diezelfde dag in zijn werkplaats de mooie eiken planken op waar de zogenaamde houten pyjama van getimmerd moest worden. Hij floot er een ragtimedeuntje bij.

De drinkers die de dans tot dan toe waren ontsprongen leek het om die reden niet waarschijnlijk dat het nog ging gebeuren. Sinds decennia zat Ferbenz samen met de gebroeders Heuraffl, Berneck, gelapte Schurl en Graun junior ofwel in Café Posauner, ofwel in de met boerenaardewerk en strovlechtwerk onteerde jugendstilbar van het ooit zo elegante Hotel Tüffer, waar hij zijn drinkebroers wereld en geschiedenis uitlegde en de anderen net zo lang ophitste tegen de zittende burgemeester, de bankdirecteur of de eigenaar van het reisbureau tot een van hen in de deuropening verscheen, twee rondjes betaalde en zich van Ferbenz' onvoorwaardelijke steun verzekerd wist. Ferbenz zelf dronk weinig, maar deed uiterst behendig alsof. Hij wist in alle levenssituaties hoe je er ongeschonden uitkwam.

Slechts twee straten bij Hotel Tüffer vandaan, in de Tempelgasse 4, scharrelde Antal Grün onvermoeibaar als een mier in zijn kruidenierswinkeltje rond. Hij dronk niet en wist uit ervaring dat veel dingen mogelijk waren, al sprak hij daar nooit over. Met drie uiterst huichelachtige strengen grijs haar van zijn rechterslaap dwars over zijn ronde hoofd tot over zijn oor gekamd en gekleed in zijn blauwe stofjas, pakte hij verse waar uit en wat over de datum was weer in, sleepte dozen en kratten van de ene naar de andere plek, belegde broodjes voor het tiental schoolkinderen van wie de ouders zich die luxe konden – en uit dikdoenerij ook wilden – permitteren, las voor oudere dames galant de klein gedrukte tekst op de buikbandjes van bollen wol voor (*20 procent polyester, 80 procent polyamide, nee, mevrouw, dat lijkt geheel zonder katoen te zijn*) en deed verlekkerd een nieuwe papierrol in de kassa. Hij stond er elke keer weer van versteld dat het lukte. Elke keer weer maakte hij zich zorgen dat het mechaniek het zou laten afweten, het papier zou opkrullen en niet getransporteerd, maar geweigerd of zelfs uitgespuugd zou worden. Die voorstelling joeg hem de stuipen op het lijf. Soms bleef hij in dat soort voorstellingen hangen en moest hij om zichzelf af te leiden uitvoerig zijn handen gaan wassen. En pas als er echt helemaal niets meer te doen was – de kassarol dik en nieuw, elk schap gevuld en de stenen vloer aangeveegd –, dan pas gaf hij in gedachten verzonken een draai aan de moderne metalen standaard met kranten en ansichtkaarten die hij zich onlangs door een schimmige vertegenwoordiger met buitenlands accent had laten aansmeren en waarin nu, ietwat merkwaardig, zelfs ingekleurde historische foto's van het Dunkelblumse slot werden aangeboden.

Dokter Sterkowitz dronk wél, maar met mate, en ook alleen maar omdat men dat hier gewoon was; ergens anders zou hij pruimtabak hebben gekauwd of suikerbolletjes hebben gegeten. Hij hechtte meer waarde aan harmonieus samenleven dan de meeste andere Dunkelblumers. Sterkowitz was bijna altijd onderweg in zijn auto, tegenwoordig een knaloranje Japans model, om visites te rijden. Hij bleef volhouden dat huisbezoeken hem meer flexibiliteit boden, omdat hij de mensen die toch niet erg ziek of alleen maar hypochondrisch waren, domweg kon overslaan als de bedlegerigen meer tijd vergden. Het spreekuur dat hij ondanks zijn huisbezoekservice drie ochtenden lang verplicht hield, verliep daardoor nog chaotischer dan met een normale tijdsindeling het geval zou zijn geweest. Huilende kinderen die ingeënt moesten worden, koortsige oudjes die bezweken, en meer dan eens wist hij een dubbele longontsteking op het nippertje met een antibioticacocktail te voorkomen omdat na al die jaren nog altijd niet iedereen wist dat dokter Sterkowitz altijd, en niet alleen in geval van nood, aan huis kwam, of omdat ze liever zelf kwamen dan dat protserige gevaarte voor hun half afgebouwde bungalows of afgetakelde boerderijen te zien voorrijden. Sterkowitz liet zich niet van zijn serviceconcept afbrengen. De waarheid was dat hij gewoon graag onderweg was. Misschien reed hij ook wel zo graag omdat hij er een hekel aan had zich in gesloten ruimtes op te houden, wie weet. Overal waar hij kwam gooide hij meteen de ramen open. Jullie moeten ademen, mopperde hij, de zieken hebben frisse lucht nodig, je stikt nog eerder dan dat je doodvriest. Maar hier bij ons lijkt iedereen het liefst gaar te smoren in zijn eigen mufheid!

Dokter Sterkowitz was de reguliere pensioenleeftijd inmiddels al heel wat jaartjes gepasseerd, maar dat was tot dan toe geen probleem geweest. Hij voelde zich fit, zijn bloedwaardes waren goed, en hetzelfde aantal jaartjes eerder was de oranje Honda nieuw geleverd. Het zou toch zonde zijn om hem niet te gebruiken. Waar anders had hij heen moeten rijden dan naar zijn patiënten? Maar stilaan begon hij te wachten, op de zogenaamde herfst van zijn leven en het moment van aflossing dat het ziekenfonds hem in het vooruitzicht had gesteld. En nu moest hij soms aan zijn eigen voorganger denken, hoe die destijds op hem moest hebben zitten wachten.

De tijd die stil was blijven staan: omdat de mensen, anders dan de dieren, altijd iets omhanden moeten hebben – al was het maar hun huis verbouwen –, geven ze zichzelf het kennelijk essentiële gevoel dat ze met de tijd meegaan. Dat dachten natuurlijk ook de Dunkelblumers. Maar in werkelijkheid werden ze eindelijk een keer met rust gelaten, geïsoleerd en naar de marge verdrongen als ze waren. Hun plaatselijke lotsmonstrum, dat dood en verderf bracht zodra het in beweging kwam en gedurende decennia niet alleen de mensen, maar ook de moraal had verwoest, lag al zo lang in doornroosjesslaap dat men het langzaam begon te vergeten. Het leek voor altijd overwonnen. Het was nu daadwerkelijk *mit Näglein besteckt*, en wel met metalen nageltjes – niet met de kruidnageltjes uit het mooie oude wiegelied. Roerloos rustte de moordlustige lintworm in een bed van beton en prikkeldraad, terwijl het wereldtheater elders plaatsvond. De laatste keer dat men de dodelijke worm had gevoeld was in feite een lange zucht geweest – een diepe, bekommerde uitademing, als in een nare droom. Zo leek het althans achteraf, maar destijds, die ene en tot nu toe laatste keer, had een van de Dunkelblumse vrouwen een hevige inzinking gehad. Nadat Agnes Kalmar begin november 1956 het radionieuws had gehoord, griste ze schreeuwend en huilend een deken en wat levensmiddelen bij elkaar en holde met die bundel blootsvoets de hele stad door en het bos in, richting Kalsching. Veel mensen hadden haar langs zien rennen, maar niemand had de juiste conclusies getrokken. Sommigen vermoedden dat haar zoon Fritz weer eens iets was overkomen – als klein jongetje had hij tijdens de zogenoemde eindstrijd om Dunkelblum een kogel in zijn hoofd gekregen en sindsdien ging hij door voor simpel –, maar de veertienjarige was toen al in de leer bij de meubelmaker en zou zijn moeder pas de volgende dag als vermist opgeven. Daarna duurde het nog twee dagen voordat Agnes werd gevonden. Onderkoeld, haveloos en heksachtig, met blauwe lippen en tanden van de bosbessen, sleurden ze haar het bos uit; ze schreeuwde en stribbelde tegen en werd naar een afgelegen kliniek gebracht, waar ze bleef tot de rust was weergekeerd. In die tijd leerde Fritz zo goed en zo kwaad als het ging voor zichzelf te zorgen, wat voor iedereen die hem kende een grote opluchting was. Juist toen, zonder zijn moeder en ondanks de onrust in het stadje, openbaarde zich voor het eerst zijn vriendelijke en behulpzame karakter. Na werktijd maakte hij zijn opwachting in de oude school, die als provisorische slaapplaats voor de vluchtelingen diende, en elke avond hielp hij dokter Sterkowitz en Antal Grün, als loopjongen en sjouwer, of door kleine reparaties uit te voeren. Zonder het met elkaar te hebben afgestemd – eigenlijk zelfs zonder zich ooit bewust te zijn geweest van hun eigen beslissing – namen de huisarts en de kruidenier de hele organisatie op zich. Ze werkten tot ze erbij neervielen. Fritz was er bijna altijd bij. 's Avonds laat bracht hij hun een pan soep die andere bewoners hem voor die twee hadden opgedrongen, hij haalde sigaretten en schonk de mensen op de matrassen sterke koffie uit een thermoskan. Dat ging wekenlang zo door. Maar toen hij in januari van zijn leermeester, de meubelmaker, voor het eerst leerde hoe je een kist maakt, leek Fritz geen enkel verband te zien met de doodgevroren jonge vrouw die hij de nacht daarvoor zelf op een brancard had helpen leggen.

Dat was zoals gezegd de laatste keer geweest dat het slangvormige ongedierte zich roerde, dromerig zuchtend; dat monster met de vele namen: *határ*, *meja*, *hranica*, die stuk voor stuk onschuldig zijn omdat in geen van die namen het vuur en het gif doorschemeren, die fatale mix van vroegere misdaden, voorgevoelens, angst voor de toekomst, hysterie. Maar één ding is zeker: iets goeds is er nog nooit van gekomen, van de grens.

2

Tweeëndertig jaar en een paar maanden nadat Fritz had meegeholpen om de dode vrouw uit een sneeuwbank te bergen, nam een man de postbus naar Dunkelblum. Het was een hete dag begin augustus. Deze man wilde aankomen als een vreemdeling, hij wenste een onvooringenomen blik te hebben. Maar Dunkelblum weet iedereen een dusdanige draai om de oren te geven dat hij in de oude goten belandt, op zijn buik in de poelen van zijn eigen modderige vooroordelen. En zo speelde een kwaadaardig toeval de man de plaatselijke editie van een ochtendkrant in handen, waar hij verveeld doorheen bladerde; een bezigheid die meer van zijn vingers vergde dan van zijn hoofd. Buiten akkers tot aan de horizon, gelijkvormige kleurige dwarsstrepen, groen-goud-groen-goud-groen-blauw, afgezien van de populierenlanen aan de rand van het beeld stuk voor stuk kaarsrecht, als een illustratie in een kinderboek. Topografisch zou het afwisselender worden zodra ze Kirschenstein waren gepasseerd. Pas op het allerlaatst zou het landschap zich verheffen, of in elk geval opkrabbelen, van buik op knieën. Vlak voor Dunkelblum heeft de aardkorst zich pas wat opgekruld, onvoorstelbaar lang geleden, om iets te vormen wat de Dunkelblumers optimistisch 'berg' noemen. De kleuren van de akkers buiten wisselden elkaar regelmatig af, de strook hemel bleef onbevlekt blauw, zonder ook maar een beetje wolkenwit. De reiziger werd slaperig.

Een Hitlergroet op vakantie is een gederfd reisgenot dat een gedeeltelijke restitutie rechtvaardigt, maar dat geldt niet voor een weggehaalde handdoek.

Wat? Hoe zegt u? Pardon, wat bedoelt…? Een schok, alsof hij op het nippertje was ontkomen aan een val in een ravijn – terwijl het toch alleen maar zijn zware hoofd was geweest dat voorover wilde vallen en door het laatste restje bewustzijn werd teruggetrokken als door een woedende koetsier.

De postbus hobbelde over de voegen van de betonplaten die een tijdlang zo geliefd waren geweest in de wegenbouw en helaas nog niet allemaal vervangen hadden kunnen worden, evenmin als de asbestvezels die nog overal in zaten, evenmin als de oude nazi's.

De afstand tussen de naden in het beton, in combinatie met het gezapige gehobbel van de postbus, had de reiziger in elk geval opgezadeld met een hypnotiserend en hardnekkig ritmisch deuntje: Hitlergroet derft reisgenot, Hitlergroet derft reisgenot, hob-bel, hob-bel, hob-bel-de-bob-bel… Dat krijg je ervan als je je hoofd er niet te allen tijde bij houdt.

Wat is in hemelsnaam een Hitlergroet op vakantie? Toen hij in slaap viel was de krant van zijn schoot gegleden. De passagiers om hem heen waren al bezig bananen en broodjes boterhamworst uit het witgemarmerde, vetvrije boterhamworstpapier te wikkelen. Godzijdank had nog niemand een hardgekookt ei gepeld dat zijn mefistofelische lucht verspreidde.

Hij pakte de krant en bladerde hem door. Die Hitlergroet had hij heus niet verzonnen, die moest daar ergens in staan. Maar nu verstopte die zich voor hem, vermoedelijk om hem aan zijn eigen verstand te laten twijfelen. Terwijl hij allang wist: aan je verstand twijfelen is onnodige energieverspilling. Eraan twijfelen net zo goed als er stellig in geloven. Maak je niet druk als het om je verstand gaat, was zijn devies. Domweg negeren, dat is de beste manier om ermee om te gaan.

Maar waar was hij gebleven, die Hitlergroet? Niet in de politieke bijlage, die net aan uit anderhalve dubbele pagina bestond, en ook niet in het plaatselijke nieuws: brandweerfeest in Kalsching, afgebrande schuur in buurdorp Ehrenfeld – een merkwaardig, door de krant zelf tot stand gebracht noch becommentarieerd verband. De vrijwillige brandweer had wellicht iets te uitbundig gevierd, maar *af en toe uit de band springen moet kunnen* en de jonge mensen *die dag na dag moedig hun leven riskeren*, zoals het spottende bijschrift onder de foto van de knapen met de soevereine zuipersneuzen luidde, hebben bij hun *verdiende vertier*, zoals in het feestartikel stond, 's nachts dus de schuur geofferd – een lofzang op de alliteratie en schijt aan de schuur, laat hem branden, wie heeft dat ding ook nodig, wij in elk geval niet. En toen was het al de beurt aan de sport, bijna uitgebreider dan de politiek, met tussendoor reclame en miniadvertenties: Dragica biedt *inspirerende massage*, alsof ze niet wist dat daarbij iets het lichaam uit en niets de geest in wilde, Ilonka biedt *geviciliseerde* escortservice – is dat iets voor viezeriken of geeft die taalfout haar ervaringen weer? Bij de Unterrainers begint zondag de boerderijverkoop, in de Sternsingergasse wordt een kindervlooienmarkt gehouden. Ook: op het terras van de Heuraffls, de Grauns en de Malnitzen wordt jonge wijn geschonken, alles zoals altijd. Maar daar, in de rubriek *Nieuwtjes van overal*: Hitlergroet op vakantie is gederfd reisgenot, met als onderkop: Maar een handdoek van een ligstoel weghalen niet. Een vakantieganger was ontevreden geweest over zijn vakantie, die hij weliswaar dapper tot het einde toe had uitgezeten, genietend van zon en buffet, maar vermoedelijk onder innerlijk protest en zijn klacht reeds formulerend. Innerlijk verzet is, net als innerlijke emigratie, achteraf altijd moeilijk te bewijzen. Toch wilde hij wat van zijn goede geld terug, wij krijgen het immers ook allemaal niet cadeau, of wel soms?

En welke troef doet meer pijn dan die van de politieke correctheid? Dat ze zijn in het ochtendgloren uitgespreide handdoek hadden weggehaald en zijn door burgerlijk vroeg opstaan geslaagde 'reservering' van een ligstoel op de voorste rij niet hadden gehonoreerd, vonden de rechters geen geldige reden voor een klacht. Dat liet de rechters als het ware koud als een klamme ligstoel. Sterker nog: dat hij aangaf dat hij pas na een dertig minuten durende discussie zijn handdoek terug had gekregen, bood de rechters de gelegenheid hem van repliek te dienen met een zin die de krantenlezer in een gezonde schaterlach deed uitbarsten, in een soort zomers, luchtig postbusgejubel: *Voor zover de klager er gederfd genot in ziet dat het wegnemen van de handdoek tot een dertig minuten durende discussie heeft geleid, moet in ogenschouw worden genomen dat er voor een discussie altijd twee personen nodig zijn.*

De hoofden van de bananeneters en vetvrijpapierritselaars draaiden naar de man toe en weer van hem weg, abrupt. Geen blik ving hem. Het hoofdschudden was kritisch bedoeld. Niemand van deze oude reptielen wilde weten waarom hij lachte. En ze wilden al helemaal niet meelachen. Voor meelachen hebben ze geen tijd. Niet met hem. Het hoofdschudden wilde zeggen dat zijn gelach was opgemerkt en afgekeurd. Wat bij reptielen bijna hetzelfde betekent: zodra ze iets opmerken, keuren ze het af. Maar daar hadden ze gerust wat eerder mee mogen beginnen, vijftig jaar geleden bijvoorbeeld...

Onze klager had dus pech. Maar toch, die Hitlergroet! Hier had hij een troef in handen. Het animatieteam had op cabareteske wijze de typische begroetingen van de verschillende landen gepresenteerd. Bij Duitsland bijvoorbeeld sloofden de animatiemedewerkers zich uit op een agressieve paradepas, brachten bruusk hun arm omhoog en schreeuwden *Heil!* Als betalende Duitstalige gast voel je je dan niet gewaardeerd en welkom, dat was de rechtbank met hem eens. Waarop de klager een schadevergoeding werd toegekend waarvan hij zich minstens twee, drie goede lunches in een degelijke uitspanning in deze contreien zou kunnen permitteren, voor twee personen, uiteraard, voor zichzelf en zijn eveneens aangedane vrouw. Een schadevergoeding die dus geen substantiële mindering op de prijs was, maar wel een erkenning van zijn gekrenkte gevoelens.

Had de bezoeker nu maar niet verder gelezen! Was het berichtje hier maar geëindigd! Dan was hij geamuseerd en gesust naar zijn bestemming gehobbeld, ietwat zweterig door de kunstleren stoel, mafkezen had je nu eenmaal overal, Hit-ler-groet derft reis-ge-not, hij zou misschien toch nog in slaap zijn gevallen, hij had de bananeneters medeleven en de broodjesritselaars een glimlach geschonken. De nieuwe dag zou zich onschuldig en vredig aan hem hebben gepresenteerd, maar laten we eerlijk zijn: dat is nu eenmaal precies wat de dagen nooit zijn, geen enkele, dus laten we nu ook niet net doen alsof. De laatste zinnen van het bericht weken af van het droge krantentoontje, de redacteur had ze zelf toegevoegd. De laatste zinnen maakten niet alleen onverwacht een eind aan de anonimiteit van de klager, maar brachten voor de mensen die het stadje goed kenden meteen een golf aan subtekst mee, als een modderlawine. *In het exclusieve interview met onze krant gaf dr. Alois F. uitdrukking aan zijn ontevredenheid over de uitspraak. Om de hoogte van de terugbetaling was het hem nooit gegaan, maar hij vond het belangrijk om toekomstige gasten het smakeloze gedrag van het Egyptische animatieteam te besparen. Verder zal dr. F. na deze ervaring in de toekomst afzien van verre dure reizen. Het eigen land is mooi genoeg.*

De reiziger verfrommelde een punt van de krant in zijn vuist en keek geïrriteerd om zich heen. Je wist meteen weer waar je was. Onderweg waarnaartoe. Als om dat te beamen zaten de anderen te kauwen, te staren en te ritselen. Van het ene op het andere moment deden zijn botten pijn. Hij maakte geen plezierreisje, maar zat in een vaag naar zweet ruikende postbus in een richting die hij decennialang had gemeden. Hierna zou de bus in Kirschenstein stoppen, dan in Tellian, in Ehrenfeld en uiteindelijk in Zwick, dat al bij Dunkelblum hoorde. En de klager in deze zaak was geen hobbyjurist, geen door jarenlange suikerziekte zwaar geïrriteerde pensionado uit Landshut of Amstetten – hoewel het ook van zo iemand natuurlijk interessant zou zijn om te weten wat hem aan de Hitlergroet had gestoord! –, noch was het een vredelievende gezinsvader uit de jarenzestiggeneratie die, zich ten volste bewust van het verleden, beschaamd had geknikt en gemompeld: Onze eigen schuld. Nee, het was de notoire doctor F. uit Dunkelblum. Hij was het, geen twijfel mogelijk, het was helemaal niet nodig geweest om zijn naam gegeneerd af te korten. Hij zou er waarschijnlijk nog trots op zijn ook, op zijn symbolische overwinning op de rechtbank in het verre München, en natuurlijk had hij zich niet gestoord aan de Hitlergroet op zich, maar enkel en alleen aan het feit dat die door een *Egyptisch animatieteam* was uitgebracht, wat in de wereld van Alois F. op z'n minst synoniem was met *criminele homo's*. De redacteur van het lokale nieuws was zich daar ongetwijfeld van bewust, dat wist namelijk iedereen hier, tot aan de nabijgelegen landgrenzen. Doctor F., die kende iedereen. Een onwetende lezer uit de hoofdstad of uit een andere deelstaat daarentegen zou helemaal niets doorhebben. De onwetenden zouden ontroerd vernemen dat F. – daar kon je donder op zeggen – de bijna vierhonderd schilling schadevergoeding aan een zojuist weduwe geworden jonge moeder had gedoneerd, of aan iemand in een rolstoel waarvan het *verrijdbare onderstel* aan een kostbare reparatie toe was. Want ook om zijn liefdadigheid staat *doctor Alois* tot ver buiten Dunkelblum bekend.

De Hauptplatz, het eindstation, lag er verlaten bij. De zon stond recht boven de pestzuil. Al ruim tweehonderd jaar strekte een halfnaakte bedelares van kalksteen haar beker beschuldigend uit naar hen die aankwamen. Ook zonder het vlijmscherpe zonlicht nam je van haar aan dat ze stierf van de dorst. De beide heiligen aan haar zijde, Rochus en Sebastian, wier gevoelige neuzen door weer en wind waren afgeschuurd, wat hen op verongelijkte sfinxen deed lijken, weigerden al ruim tweehonderd jaar haar iets te drinken te geven. Nog lang nadat de bus was omgekeerd en weggereden – terug naar de drukkere, normale wereld, of naar een geheimzinnige remise, waar hij krachten verzamelde om ooit weer te vertrekken – stond de bezoeker hier in het zonlicht, met een volgepakte leren tas aan zijn voeten. De andere passagiers waren snel en geruisloos verdwenen, als muizen in hun holletjes. Hij nam alles rustig in zich op, om zich ervan te vergewissen dat hij er inderdaad weer was: de toren, het enige wat was overgebleven van de oude pracht van het slot, keek met mismoedig samengeknepen smalle raamopeningen terug. Daarachter begint Azië, plachten de Dunkelblumers met een pathetische huivering richting grens te zeggen; wij zijn de laatste uitlopers. Het verlies van het slot had bewerkstelligd dat er in bijna elk huis wel een foto van te vinden was, ingelijst en op een prominente plek. En nog steeds werden er ansichtkaarten van verkocht. Dat wist hij, want hij had er onlangs eentje ontvangen – ingekleurd! Nu misten ze het. Destijds, toen ze het afbraken, hadden ze het woord toerisme nog niet kunnen spellen, toen zeiden ze *gastenkamers*, die waren een vorm van barmhartigheid. Het begrip historisch hart had ook nog niet bestaan. Een hart was iets dat klopte in je borstkas.

Links en rechts was kort na de oorlog een muurtje aan de slottoren aangebouwd, in oude, witgekalkte stijl, wat hem het aanzien gaf van een potsierlijk opgeblazen ornament binnen de muren van een park of begraafplaats. Sinds die tijd stond hij daar, een reus met verminkte minivleugeltjes, die zich de aangrenzende doelmatige nieuwbouw slechts ternauwernood van het lijf hielden.

Recht ertegenover lag Hotel Tüffer. Het was allang niet meer in het bezit van de familie die het had opgericht, maar overgenomen door de familie Reschen, die gelukkig zo verstandig was geweest om niet alleen de naam van hun trofee, maar ook de elegante roze letters uit de jaren twintig te behouden. Ze hadden weinig aan het geheel veranderd. Het donkerbruine vermoeden dat de smaak van de oorspronkelijke eigenaren beter voldeed aan de verwachtingen van gasten die van ver kwamen, was in dit geval een gelukkig en conservatief huwelijk aangegaan met een neurotische boerenzuinigheid. De bezoeker gooide de deur open en ademde behoedzaam in. De geur van de vertrekken – patchoeli, eau de cologne, boenwas en kaarsen – deed hem gedurende enkele weemoedige seconden terugreizen in de tijd – hij was weer jong, amper achttien, dames van alle leeftijden glimlachten naar hem. Het was de geur van voor de waanzin, van voor de tijd die op zijn einde loopt, elegant, zwevend. Dit harmonieuze pand met de donkere lambriseringen, messing lampen en groene glazen lampenkappen paste niet meer in de tijd, laat staan in de maatschappij. Als levend bewijs daarvan stond achter de art-decoreceptie Zenzi, de dochter des huizes, in een goedkope dirndl de gast sullig aan te staren.

Een kamer, zei hij, voor een paar dagen of meer.

Ze hield twee sleutels voor hem op: de lompe hanger, die de gast er in alle hotels ter wereld aan moest herinneren dat vreemde eigendommen nooit mee naar buiten genomen mochten worden, maar alleen al vanwege het gewicht te allen tijde aan de receptie dienden te worden afgegeven, had – heel ludiek – de vorm van een reusachtige, krullerige baardsleutel. Met zo'n onding had men vroeger waarschijnlijk de poort van het slot geopend.

Is het een mooie kamer? vroeg hij.

Ze aarzelde, legde de eerste weg en gaf hem een andere: De mooiste welke ik u kan geven.

Dat zal ik heel nauwkeurig controleren, zei de reiziger, bijna ontroerd door het knullige betrekkelijke voornaamwoord; daarna knipoogde hij naar haar, omdat hij met haar te doen had en omdat hij haar later misschien nog eens nodig zou hebben. Dat hij uit deze omgeving kwam leek haar niet te zijn opgevallen.

3

Naar later bleek was de vreemde gast ongeveer op hetzelfde moment in Dunkelblum aangekomen als Lowetz, wiens voornaam niemand zich kon herinneren, aangezien hij hem zelf niet nodig leek te hebben. Hij wilde de zomer gebruiken om voor zichzelf op een rijtje te zetten wat er met zijn ouderlijk huis moest gebeuren. Zijn moeder was een paar weken eerder overleden. Ze was noch ziek, noch oud geweest, en toch, zoals haar ontroostbare buurman Fritz met enige moeite en onbedoeld grappig had weten uit te brengen – vanwege een verwonding als klein kind was hij moeilijk verstaanbaar, maar de familie Lowetz was gewend aan zijn gutturale gestamel –: Toch werd ze 's ochtends wakker en toen was ze dood.

Lowetz was niet in Dunkelblum geboren, maar zijn vader wel. Zijn moeder kwam van over de grens, maar dat had ze door de jaren heen heel gewiekst doen vergeten. Een talenwonder, en bovenal een talentvol imitator. Dat het leven aan de grens moeilijk was, was een aria die ze samen met de Dunkelblumse vrouwen van haar generatie zong, in een maagdelijke, klaaglijke sopraan. Verdiep je in de geschiedenis, dame, had haar zoon ooit tegen haar gesnauwd, maar in dergelijke zeldzame momenten van onenigheid tussen hem en haar (of vroeger tussen haar en zijn vader) trok er iets over haar gezicht – alsof een piepklein handje er zorgvuldig een gordijn voor schoof en ze heel diep bij zichzelf naar binnen keek.

Lowetz vertrok zodra hij de kans kreeg en hij had zich voorgenomen om nooit meer terug te komen. Hij had net zo leren praten als de hoofdstedelingen; hij zei bijvoorbeeld niet meer *z'sammen*, omdat ze daar *z'samm* zeggen. *Rufma uns z'samm*, en dan *setzma uns z'samm**. *Z'sammen* vermijden, dat volstond al bijna als camouflage. Hij was het paradijsgeroep van de onwetenden zat, van al die gladgeschoren hoofdstedelijke figuren en hun slanke liefjes, die Dunkelblum en omgeving als perfect, want snel bereikbaar platteland beschouwden, waarvan ze eisten en verwachtten dat het platteland bleef – voor het hoogst onwaarschijnlijke geval dat ze ooit een toevluchtsoord nodig hadden. Rust, uitgestrektheid, leegte en ongerepte natuur! Alsof zoiets bestond. Rust, uitgestrektheid, leegte in het hoofd en een ongerept geweten – dat vatte het waarschijnlijk beter *z'samm*. En misschien zelfs *z'sammen*.

De Dunkelblumers daarentegen streefden er sinds jaar en dag naar om op hun eigen, bescheiden schaal de belangrijkste plaats van de streek te zijn, dat wil zeggen: zich in elk geval boven de omringende boerendorpen te verheffen. En dat lukte ze ook, al was dat niet alleen hun eigen verdienste, maar ook die van het middeleeuwse besluit van het inmiddels geëmigreerde gravengeslacht. Een kruispunt van handelsroutes, het panorama van het tot een bescheiden berg opgekrulde plateau – God weet wat de reden was geweest om de eerste steen te leggen. Een graaf begon een eerste stuk van het slot te bouwen, dat groeide stukje bij beetje aan en voedde het stadje met zijn slotnavelstreng. Terwijl Zwick of Kalsching net zo goed de gelukkige had kunnen zijn, maar dat was een onvoorstelbaar idee voor de Dunkelblumers; daar zouden ze zo hard om hebben moeten

* Zie voor een verklarende woordenlijst achter in het boek

lachen dat je hun rozige huig kon zien. En hiermee – met de constatering dat ze over een armzalig voorstellingsvermogen beschikten – had Lowetz eigenlijk al het belangrijkste over hen kunnen weten.

De Dunkelblumers leefden ongestoord verder, genietend van het voorrecht dat hun toevallig in de schoot was geworpen. Het lot van hun slot en de graven had ze geen greintje nadenkender gemaakt, ze deden alsof ze daar helemaal niets mee te maken hadden – wat konden zij er nu helemaal aan doen?

Er was altijd zoveel te doen, we konden ons er niet druk om maken.

Na de oorlog gingen ze gewoon verder, zoals iedereen, of in elk geval zoals de meesten. Zoals al die mensen die niet in hun verdergaan werden belemmerd omdat ze dood waren, om maar wat te noemen.

Op een dag hadden de Dunkelblumers behoefte aan hun eerste geasfalteerde weg, en die kregen ze ook. Al snel verlangden ze hevig naar een supermarkt, daarna, omwille van de concurrentie, naar een tweede, en uiteindelijk naar een drogist. En sinds ze zelfs een bouwmarkt hadden stonden de elektrische glazen schuifdeuren open voor elk mogelijk vergrijp tegen de goede smaak, op zaterdag maar liefst tot vijf uur 's middags. Het station was de afgelopen honderd jaar niet minder dan drie keer gesloopt en herbouwd, elke keer lelijker. De laatste keer was er gekozen voor glasbouwstenen, aluminium kozijnen en de kleur van kots in de schemering. Maar het was nog maar amper gereed of het station werd opgeheven – van ophef was geen sprake. De bezettingsgraad was te laag, niemand nam nog de trein sinds elke keuterboer en arbeider zich een eigen auto kon permitteren.

Kón permitteren was overigens niet de juiste formulering: gewoon permitteerde, zonder hulpwerkwoord ervoor. Wel moest er dan op andere vlakken worden bezuinigd; waar, dat moest ieder voor zich weten. Eén ding hadden de arme en de rijkere mensen in Dunkelblum gemeen: ze hadden allemaal een dikke auto onder hun kont. Alleen Lowetz' moeder reed tot op het laatst in een oude, spinaziegroene Corsa, wat men als een beschaafde daad van verzet kon zien. Kort voor haar dood had ze hem aan een meisje overgedaan dat ze graag mocht en dat haar, zoals ze haar zoon aan de telefoon vertelde, soms met wat dingetjes hielp.

Het huis van de familie Lowetz lag aan het eind van een doodlopende straat, in het oude deel van Dunkelblum. Zonder al te veel rekwisieten nodig te hebben had je hier films kunnen draaien die lang vervlogen tijden tot leven brachten. Je zou er als Joodse handelaars verklede figuranten zich door de steegjes kunnen laten haasten, met hun manden vol passementwaren, stoffen, linten, knopen, en een markante acteur – snor was een absolute vereiste – in de rol van IJzer-Edi met zijn rugzak vol wetstenen. Hij was een van de rondreizende Lovari, in de lente en herfst trok hij door het land om messen en scharen te slijpen. Hij deed dat zo goed dat velen er vroeger van overtuigd waren dat hij toverkrachten bezat. De vader van de huidige generatie Heuraffls, die opvliegend en jaloers was, verbood zijn vrouw op een dag om haar messen en scharen aan Edi te geven. Hij verkondigde dat hij ze zelf zou slijpen. Maar het lukte hem niet, ook al vroeg hij in de wijde omgeving hoe het moest, zelfs tot over de grens, aan iedereen die ook maar iets met metaal en messen te maken had. Hij kreeg zijn messen domweg niet zo scherp, en ze werden ook veel sneller weer bot. Daardoor werd hij nog bozer op Edi, die zich zoals altijd gedurende een halfjaar niet liet zien. Heuraffls vrouw, toentertijd een frisse, stevig gebouwde blondine, moest voor de slacht messen bij de buren gaan lenen. Het stadje wachtte gespannen op de komst van de scharensliep. De gordijnen bewogen. De mensen hadden een bepaald gevoel. Toen Edi eindelijk arriveerde was er niemand die hem waarschuwde. Men wachtte af vanachter de ramen die op een kier stonden. Zonder begroeting werd Edi bij de boerderij van de Heuraffls naar binnen gesleurd en in elkaar geslagen. Toen de oude Heuraffl hem losliet brieste hij hem de vraag in zijn bebloede gezicht waarom de messen eigenlijk precies een halfjaar scherp bleven, net zo lang tot Edi terugkwam. Waarom een tovenaar als hij de messen niet langer scherp kon maken, of misschien zelfs korter, dan kon hij vaker komen en nog meer verdienen, vuil stuk vreten, en goedkoop ben je ook niet bepaald! Edi, die zijn neus had gebroken, twee tanden was kwijtgeraakt en zonder zijn pijniger aan te kijken opkrabbelde, mompelde in zijn gekke dialect dat ze domweg niet langer meegingen.

Ze gaan niet langer mee, het gaat niet.

Dat bleef hij maar mompelen, zelfs nog toen hij zichzelf wegsleepte om naar zijn andere klanten te gaan. Velen beweerden dat ze hem destijds hadden horen zeggen: Het gaat niet langer mee, het gaat gewoon niet. En natuurlijk moesten de bijgelovigen aan deze zin denken toen de oude Heuraffl, die destijds nog maar een jaar of veertig was, een paar weken later in de bovenste wijngaard van de ladder viel en dood was. Dokter Bernstein werd erbij gehaald, de voorganger van Sterkowitz. Bij sommigen gaat het hart niet langer mee, zei de huisarts, die niet op de hoogte leek van de kwestie met de scharensliep: Daar kun je niets aan doen, en je kunt het helaas ook niet voorspellen. Maar de zigeuners, die kunnen in de toekomst kijken, mompelden de bijgelovigen, die lezen handen, de zigeuners weten wat meegaat en wat niet. Dat zeiden ze niet tegen dokter Bernstein, alleen tegen elkaar. Maar zelfs als de andere Heuraffls uit die tijd – de broers van de oude, de wilde ooms van de Heuraffls van nu – een wraakactie tegen IJzer-Edi hadden overwogen, viel deze ten prooi aan de chaos na de aankomst van de Führer. Toen hadden ze allemaal wel andere dingen te doen; heel veel hadden ze namelijk te doen en klaar te spelen en te veranderen. Zo wilden ze destijds koste wat kost zo snel mogelijk de witte vlaggen hijsen, om te voorkomen dat Kirschenstein ze voor zou zijn. En dus is het helemaal niet zeker of Edi ooit nog naar Dunkelblum is gekomen. En wie daarna eigenlijk de messen en scharen sleep.

Zo zag het er in elk geval uit in het mooie, knusse deel van Dunkelblum: hobbelige kinderkopjes, die Lowetz' moeder vroeger, toen ze de taal nog niet zo goed beheerste, *schaakbordstenen* had genoemd. Een wirwar van kleine straatjes, niet veel breder dan een rijtuig. Langgerekte lage huisjes, in elkaar gedoken als schuchtere schoolkinderen, vanbuiten witgekalkt. Bonte raamkozijnen en bijpassende luiken, meestal blauw of groen, maar je had ook de chiquere versie, een soort mosterdgeel, omlijst door een moeilijk in woorden te vangen rood. Het was geen echt wijnrood, neigde eerder richting robijnrood, maar boog vlak daarvoor naar iets anders af; werd evenwel geen terra, laat staan brandweerrood. Waarschijnlijk was het gewoon Dunkelblumrood, erg indrukwekkend in combinatie met het geel, en het was te vinden op de mooiere en iets grotere oude huizen. Overal zag je bloemen, geraniums, vergeet-me-nietjes, wijnranken die langs de muren omhoogklommen en potten vol kruiden die in de portieken stonden. Het oude deel van Dunkelblum was een wereld op zich: onoverzichtelijk, een labyrint, in de zomer knus en koel. Het kon er wat unheimisch zijn, als een doolhof uit een nachtmerrie, in staat om je op te slokken, maar evengoed een toevluchtsoord waar niemand je kon vinden die hier niet bekend was. Deze beide mogelijkheden lagen naast elkaar als kaarten die het toeval had gedeeld.

Toen Lowetz de hoek om liep, zijn blik omhoog liet gaan en zijn ouderlijk huis tegenover hem stond als in een droom, keek hij ernaar alsof het nieuw voor hem was. Buurman Fritz had de tuin en de plantenbakken onder de ramen regelmatig water gegeven, maar verder groeide alles naar believen, waardoor het bijna een huis uit een sprookje leek. De appelboom liet zijn volle takken over de aftandse schutting hangen, alsof hij beleefd om hulp vroeg. In huis was het een beetje stoffig, luchtig, decoratief stof dat sinds de dood van zijn moeder uit de lucht was neergedaald als om de tijd te meten. Pas nu ze er niet meer was zag Lowetz hoe bijzonder haar smaak was geweest – of eigenlijk die van zijn ouders samen. Ze hadden geen trends gevolgd, maar alleen hun eigen smaak. Aan de weinige meubels die ze bezaten, voor een deel gekregen van buren die toe waren aan iets nieuws, waren ze zeer gehecht geweest. Op de koelkast hing een zwart-witfoto van Lowetz als kind van een jaar of acht, ernaast de ansichtkaart van het slot die de laatste tijd weer werd verkocht. Sinds een paar jaar was er overigens wel een afwasmachine, een kleine. Dat de kleine duurder was dan een grote had zijn moeder niet willen geloven. Ze had erop gestaan de kleine te nemen, voor een kleine keuken, een klein huis. Een klein leven?

Het groen voor de ramen creëerde een onderwatersfeer, alsof je je op de bodem van een niet al te diepe zee bevond. Verrast merkte Lowetz dat hij zich thuis voelde. Rondom bevond zich Dunkelblum, dat viel niet te ontkennen – onderweg hierheen had hij gelapte Schurl met zijn angstaanjagende gezicht vol littekens gezien, die moeizaam de deur van Hotel Tüffer openduwde, en hij had zich de rest van het gezelschap binnen kunnen voorstellen, met hun rode neuzen en macabere grappen. Maar dit huis was een eiland. Hij ging zitten en liet zijn armen hangen. Iets was er anders geweest bij hen thuis, maar hij zou niet precies kunnen zeggen wat. Zijn ouders hadden aan alles meegedaan: naar de kerk op zondag, de carnavalsoptocht, het schuttersfeest. Lowetz' vader had niet bij de veteranenbond gezeten, en ook niet meegedaan aan het Frühschoppen, waar de *kameraden* altijd het hoogste woord hadden. Maar daar ging lang niet iedereen naartoe, alleen de schreeuwers en de lafbekken. Wat echt niet in alle gevallen hetzelfde was. Zou dat voor zijn vader moeilijk of juist makkelijk zijn geweest? Er niet bij zijn? Het was voor het eerst dat hij zich dat afvroeg. Van de oude families waarvan de namen op de begraafplaats veel vaker voorkwamen dan andere, schoten hem de Malnitzen nog te binnen. Met Toni Malnitz en diens vader, de oude Malnitz, had iedereen overhoopgelegen, geen idee waarom. Dat was altijd al zo geweest. Zijn vader daarentegen was eerder onpartijdig geweest, zou hij willen beweren. Maar wat wist hij er nu helemaal van? Zelf was hij 'm gesmeerd zodra hij de kans kreeg. Als je in dat gehucht misschien nog talen had kunnen leren, had hij vroeger weleens gemopperd, dan had je nog verder weg kunnen gaan dan alleen maar naar de hoofdstad! Je kunt alles doen wat je wilt, had zijn moeder gezegd, als je iets echt wilt moet je het niet uitstellen. Nooit was hij op het idee gekomen om de taal van zijn moeder te leren.

Nu scheen het hem toe dat het hem al zijn krachten had gekost om het stadje te ontlopen. Tot meer was hij niet in staat geweest. Hij was domweg weggerend, maar hij had zich nergens anders geworteld. En daarom was hij terug, Dunkelblum hoefde maar aan het touwtje te trekken. Hij zat in de nagenoeg lege woonkamer, op een houten caféstoel van zijn grootouders van moeders kant, die hij nooit had gekend. Die stoel had destijds nog een hele toestand veroorzaakt bij de andere, de Dunkelblumse grootouders, een verhaal dat zelfs hij als kind had gehoord. Eerst brengt hij er eentje mee van over de grens, vervolgens vindt ze onze stoelen niet goed genoeg!

Een verdwaalde hommel buitelde door de kamer, een geluid als vroeger de handmixer van zijn moeder. De zon stak door struiken en ramen een paar vingers naar binnen, over de ruwe houten vloer. Hier is de schat verborgen, leek hij te zeggen, precies hier. Lowetz vermoedde dat hij het huis niet meteen kon verkopen. Hij hield evenveel van het huis als hij het stadje eromheen haatte. Hij moest het nog een poosje aanhouden, hij moest zich op z'n minst met het huis verzoenen, verder was er immers niemand meer.

4

De oudere heer die sinds een paar dagen in Hotel Tüffer verbleef was vriendelijk en nieuwsgierig op een manier die de mensen hier niet kenden en waar ze eigenlijk ook niet zo van gediend waren. Aandachtig slenterde hij door het stadje, de ultieme toerist. Daar werd Dunkelblum tot dan toe bepaald niet mee overspoeld, ondanks alle beloften van de politiek. De fietsers en wandelaars die in mooie weekends voor een paar uur binnendruppelden brachten de wijnlokalen en cafés nauwelijks extra omzet, en dat Hotel Tüffer niet failliet ging, was niet te danken aan de zelden bezette kamers, maar aan de bar die alle dagen open was, de goedkope lunch en de zich afbeulende mevrouw Reschen. Voor mensen met interesse in kunsthistorie had het stadje niets te bieden, afgezien van de pestzuil en een in de oorlog half verbrand en provisorisch gerestaureerd altaarstuk, waarop achter en naast de apostelen verscheidene duivels te zien waren: kleine gevederde en een grote met paardenvoet. De slottoren was bouwvallig en daarom niet toegankelijk, voor de grafelijke grafkelder diende je je vooraf aan te melden.

Er werd weliswaar al langer over plannen voor een heemkundig museum gesproken, maar die konden niet in daden worden omgezet omdat er zich binnen de gemeenteraad twee compromisloze kampen hadden gevormd. Het ene, aangevoerd door de eigenaar van het reisbureau, Rehberg, had een soort grafelijk themapark voor ogen, waar kwartierstaten, wapenschilden, tapisserieën, pruiken, wapenrustingen en de beroemde gouden *Passie van Christus* (gehamerd metaal, twee bij drie meter) van de Dunkelblumse graven moesten worden tentoongesteld, hoewel niemand hun nog had gevraagd of ze dat eigenlijk allemaal wel ter beschikking wilden stellen. Het andere wilde zich beperken tot een ode aan de agrarische cultuur, een ambachts- en wijnbouwmuseum, dat op z'n minst met een historische druivenpers moest zijn uitgerust.

Op de oude Joodse begraafplaats was sinds het begin van de zomer een groepje langharige studenten aan het werk; ze maaiden en wiedden, verbrandden onkruid en zetten omgevallen grafstenen overeind, maar ook daar was natuurlijk niet echt iets om de mensen te laten zien. Bijna was men het bestaan van deze begraafplaats vergeten, achter de hoge muur was hij onzichtbaar geweest. Dat de poorten nu alle dagen behalve op zaterdag openstonden raakte de mensen op een vreemde manier. Niemand snapte wat dat allemaal te betekenen had. Als je geen graf hoefde te onderhouden ging je immers niet vrijwillig op een begraafplaats wandelen, en al had iemand dat gewild, die van de katholieken en protestanten waren al mooi genoeg. Daar had de Sparkasse jaren geleden zelfs bankjes aan gedoneerd, acht op de katholieke, drie op de protestante, bankjes van de bank.

Maar de jonge mensen hadden een document uit de hoofdstad laten zien, dus als ze niets beters te doen hadden moesten ze vooral vlierstruiken gaan snoeien. Dat was de mening van Dunkelblums onvrijwillige en overspannen burgemeester Koreny. Hij had zichzelf nooit verkiesbaar gesteld. Hij was slechts uit goedmoedigheid viceburgemeester geworden, als trouw aanhanger van de energieke Heinz Balf, maar Balf, makelaar en amateurmarathonloper, was kortgeleden door dokter Sterkowitz persoonlijk naar de hoofdstad gebracht, met zwellingen in zijn oksels. Er werd gezegd dat hij voorlopig niet terugkwam, als dat ooit al het geval zou zijn. En zodoende was de mollige, roodblonde Koreny burgemeester geworden, tot zijn eigen schrik.

En Koreny had er nu eenmaal toestemming voor gegeven, en hoe vaker wantrouwende burgers hem ernaar vroegen, hoe nadrukkelijker hij zijn standpunt verdedigde. Per slot van rekening was het van bovenaf verordend. Maar zijn mensen hier waren per definitie tegen alles, omdat ze domweg niets van politiek begrepen. De langharigen hadden een officieel document uit de stad bij zich gehad, waarin stond dat de Joodse gemeenschap opdracht had gegeven om de begraafplaats te saneren. Die betalen het ook zelf, en daarmee uit. Nee, dat kost ons helemaal niets. Ja, het is waar dat het gedenkjaar eindelijk voorbij is. Maar onze bondskanselier heeft destijds ook gezegd dat je niet alleen, hoe zeg je dat, op de dag zelf moet gedenken, maar dat de herinnering iets blijvends zou moeten zijn. Ook de kardinaal heeft dat gezegd. Misschien zelfs de bondspresident?

Aan het eind van de laatste gemeenteraadsvergadering voor het zomerreces was er iets voorgevallen, een akkefietje, eigenlijk stelde het niets voor. De onzinnige opmerking van een jonge vrouw had aan het licht gebracht hoe slecht het met de zenuwen van de burgemeester gesteld was. Flocke, de jongste dochter van Malnitz en zijn vrouw Leonore, kwam haar vader ophalen en had kennelijk al een tijdje voor de half openstaande deur staan luisteren. Zojuist had Rehberg van het reisbureau zijn voordracht over het heemkundig museum beëindigd. Rehberg had dominee willen worden, maar was in de reisbranche terechtgekomen. Zonder zich daarvan bewust te zijn verwachtte hij sindsdien dat de wereld een beetje rekening hield met zijn gefnuikte ambities; hij deed zijn best om een baken van ontwikkeling, goede manieren en strategisch overzicht te zijn. Dat lukte hem maar zelden.

Afgezien van Ferbenz konden de meesten in retorisch opzicht niet in zijn schaduw staan, maar dat kon hun niets schelen. Ze luisterden helemaal niet naar hem, ze overstemden hem of schreeuwden door hem heen. Rehberg, wiens stem als een versleten v-snaar klonk, had nog een keer benadrukt wat voor drommen bezoekers elders tentoonstellingen als *De schatten van de Kuenringers*, *De vrouwen van de Babenbergers* en *De burchten van de Habsburgers* hadden getrokken, omdat adel en aristocratie nu eenmaal de attracties van de toekomst waren. De mensen verlangden naar de goede oude tijd. Op dit specifieke gebied – toerisme, hotelbranche – voelde Rehberg zich nog competenter. De wijnboeren en ambachtslieden, die in deze streken om onduidelijke redenen meestal socialistisch stemden, hadden hun ongenoegen geuit door dingen te roepen als *Kerzlschlicker* en onvriendelijkere zaken, maar hem in elk geval laten uitspreken. Burgemeester Koreny wilde de vergadering sluiten en het agendapunt opschorten, of omgekeerd, en haalde, om zichzelf te kalmeren en tijd te winnen, nog snel even zijn zakdoek over zijn natte voorhoofd. En toen kraaide dat brutaaltje van Malnitz bij de deur iets over een grensmuseum, iets bijzonders dat niemand anders heeft. Wij, samen met de mensen van de andere kant, alles tweetalig, connecties zijn er al, die hoef je alleen maar af te stoffen, dat zou een *unique selling point* zijn. Met die moeilijke term leek ze Rehberg na te apen, die hem waarschijnlijk net nog had gebruikt. Dat zou echt wat voor hem zijn, zulke woorden, alsof hij gestudeerd had.

Nu is het genoeg! riep Koreny, en alsof die een eigen leven leidde knalde zijn met zomersproeten bedekte vuist op het tafelblad voor hem. Even keek iedereen op, zelfs doctor Ferbenz, die vanwege zijn leeftijd nog slechts de bescheiden rol van secretaris uitoefende, zwijgend, dienend, zich overal buiten houdend maar natuurlijk altijd aanwezig – geen gesproken, en al helemaal geen onuitgesproken woord ontging hem. De vergadering is gesloten, bulderde Koreny, en terwijl hij zijn gevoelens eruit gooide voelde hij zich verbazingwekkend opgelucht: Ik ben moe, het is heet, de volgende vergadering hangt te zijner tijd op het bord.

En zelfs dat kwam de nieuwsgierige oudere heer ter ore die in Hotel Tüffer logeerde. Hij slenterde door het stadje en maakte een praatje bij tuinhekjes en op opritten. Hij bezocht de wijnlokalen en proefde wijn. Hij stond net zo lang naar de etalage van Rehbergs Reisbureau te kijken tot Rehberg naar buiten kwam. Vanwege het seizoen was de etalage gedecoreerd met een hoop zand, een palmboom in een pot en een leren kameel. Omdat de heer zo geïnteresseerd en belangstellend was, vertrouwde Rehberg hem toe dat hij van een reisaanbieder een prachtig opblaasbaar stoomschip had gekregen, om reclame te maken voor hun cruises. Maar hij wist niet zeker of hij het wel in de etalage moest zetten. Hij kende zijn clientèle. Cruises raakte je hier aan de straatstenen niet kwijt, zijn stabielste handel zat in de arrangementen naar de Adriatische kust: postbus naar Kirschenstein, trein naar Graz, alwaar je op de *Bäderbus* stapte, die in alle Adriatische badplaatsen stopte en de toeristen voor de deur van hun geboekte hotels uitlaadde, hoe klein die ook waren. Rehbergs extra service bestond eruit dat hij, heel gewiekst, een student in Graz betaalde om met een namenlijst en de rood-gele vlag van Dunkelblum de gasten van het perron af te halen en naar de vertrekhalte van de Bäderbus te begeleiden. Die lag maar een klein stukje verderop, maar zodra ze hun vertrouwde omgeving verlieten werden de mensen onzeker. Dat soort ideeën vervulden hem met trots. Ze kwamen uit de wijde omgeving, zelfs van voorbij Kirschenstein. Voordat ze naar een van de drukke en chaotische steden vertrokken kwamen ze liever eerst naar hem toe. Daarom bleef Rehberg optimistisch. De reisbranche groeide, overal, en dat zou ook in Dunkelblum zo gaan. Aan doctor Alois had hij zelfs al een strandvakantie in Egypte verkocht, ook al was die ontevreden geweest over een paar kleinigheden – het was nu eenmaal een verwend heerschap. Rehberg had hoop, door de bank genomen. Maar dat prachtige stoomschip? Met zijn liefdevol geprinte patrijspoorten en de zwaaiende mensjes op het bovendek? Was dat niet – megalomaan?

Nadat de vreemdeling alles had aangehoord gaf hij Rehberg een advies dat hem meteen overtuigde. Persoonlijk was hij van mening, zei de gast, dat in etalages het onbereikbare diende te hangen, om de klant te laten dromen. Je gaat een winkel binnen omdat en hoewel daar veel meer te koop is dan je je kunt veroorloven. Je wilt een stukje van het paradijs, niet meteen het paradijs zelf. Zelfs de marktkoopman heeft op zaterdag een truffelsalami naast de bergen vers gesneden boterhamworst liggen, hoe klein ook. Kortom: van Rehberg mag je verwachten dat hij de meest luxueuze cruise op het prachtigste schip kan plannen en organiseren, dus kun je met een gerust hart een eenvoudig tripje bij hem boeken. De mens wil zich uitstrekken en niet ineenkrimpen, zei de vriendelijke heer die in Hotel Tüffer was neergestreken, op dat punt zijn we allemaal gelijk. En Rehberg was hem zo dankbaar dat hij de vreemdeling binnenvroeg, alvorens het stoomschip op te blazen een borrel voor hem inschonk en zich bij die gelegenheid zijn bescheiden mening over de oeroude en bijzonder onfraaie verhalen van Dunkelblum liet ontlokken – daar leek deze heer hem de juiste aanspreekpersoon voor. Aan het eind van die memorabele ontmoeting zag je de twee mannen achter het etalageraam rondscharrelen, met behulp van stoffer en blik de zandhoop verplaatsen, de palm opzijschuiven en het imposante, beeldschone witte stoomschip met al die lachende gezichtjes op een lange, golvende strook blauw inpakpapier plaatsen, zodat het leek alsof de Donau rechtstreeks naar de piramides stroomde. Of moest het de Nijl voorstellen? Die zou wel niet zo blauw zijn. De leren kameel stond de rest van de zomer rechts vooraan en wist niet wat hem overkwam.

Na een paar dagen wandelen en bezichtigen had de gast uit Hotel Tüffer een lift weten te bemachtigen. Achter de open raampjes zag je hem goedgeluimd op de bijrijdersstoel van Flockes gebutste, spinaziegroene auto zitten en alle kanten op kijken. Hoe hij Flocke was tegengekomen? Niemand weet het. Misschien dat Rehberg iets over haar geschreeuw in de gemeenteraad had gezegd, maar waarschijnlijk was het veel simpeler. Niet alles wat in Dunkelblum verkeerd ging was de schuld van Rehberg, ook al vonden Berneck, gelapte Schurl en de tweelingbroers Heuraffl het al jaren erg grappig om hem dat aan te praten.

Zo, Rehberg, wat heb je nu weer gedaan? vroegen ze bijvoorbeeld als hij de pech had om 's avonds, na een van hun uitvoerige cafébezoeken, hun pad te kruisen, en dan haakten ze aan beide kanten bij hem in. Hij antwoordde nooit, hij verdedigde zich niet. Hij probeerde zijn gezicht af te wenden, wat moeilijk ging, aangezien ze hem omsingelden. Hij probeerde los te komen, niet verwoed, maar zwak en dreinend. Hij spartelde als een kind. Laat me los, jammerde hij met zijn zielige stemmetje, laat me los, ik heb niets gedaan. Ze stompten hem voor de lol een beetje heen en weer, hun vuisten tegen zijn bovenarmen, en joelden: Rehberg is onschuldig, Rehberg heeft niks gedaan, en wat hij wel heeft gedaan heeft hij niet gewild en niet eens gemerkt dat hij het heeft gedaan, hahaha!

Ooit, jaren geleden, toen ze nog jong en onstuimig waren, hadden ze hem een paar keer tegen zijn achterste getrapt, gewoon, omdat ze het wilden uitproberen. Toen was hij zo ongelukkig gevallen dat hij bleef liggen, iets met zijn knie of enkel, niet gebroken maar gescheurd. Lowetz' moeder had hem daar gevonden, hoek Tempel- en Sternsingergasse; hij lag heel stil, maar was bij bewustzijn. Hij had niet durven roepen uit angst dat de knapen terug zouden komen, maar tegen mevrouw Lowetz zei hij dat hij waarschijnlijk een tijdje bewusteloos was geweest. Ook dokter Sterkowitz verzekerde hij dat hij was gestruikeld, in het donker, misschien over een beest, dokter, je hebt hier tegenwoordig wasberen! Sterkowitz vermoedde wat er echt was gebeurd. Ik moet daar aangifte van doen, zei hij om hem uit de tent te lokken, maar Rehberg hield voet bij stuk, keek hem strak aan en zei: Mag een mens niet eens meer struikelen? Word je tegenwoordig al aangegeven als je je enkel breekt? Wat is dit eigenlijk voor wereld?

Sterkowitz zag dat zijn handen en benen hevig trilden, gaf hem een mild kalmeringsmiddel, spalkte zijn been en kwam niet meer op de aangifte terug. Maar later zei hij iets tegen Ferbenz, en die zei iets tegen zijn jongens – die soms alleen maar een beetje overmoedig waren, *net woahr?* – en sindsdien duwden en trokken ze alleen nog wat, bezorgden hem een paar blauwe plekken, trokken aan zijn jasje en soms ook aan zijn oren. Niets ernstigs, je kunt toch wel tegen een geintje? Meer was ook helemaal niet nodig.

Behalve aan zijn etalage kon Rehberg echt niet overal iets aan doen, zelfs niet aan zijn stem. Er zijn dus tal van gelegenheden denkbaar waarbij de gast uit Hotel Tüffer en Flocke toevallig met elkaar in gesprek raakten, misschien wel gewoon toen hij het wijnlokaal van haar ouders bezocht. Flocke bracht de zomervakantie thuis door. En ook zij wandelde graag wat rond, bezocht regelmatig simpele Fritz en Antal Grün, de kruidenier. Laatstgenoemde hielp ze met de inventarisatie; om een of andere reden werd hij daar zo nerveus van dat hij het niet alleen kon. Ze bracht flessen most en broodjes worst naar de studenten op de verwilderde begraafplaats. Flocke Malnitz had een eigen willetje, maar een eigen willetje hebben zat een beetje in de familie. Wel leken de Dunkelblumers een onderscheid te maken tussen het ene of het andere eigen willetje, want het meisje werd een hippie genoemd, maar bij haar vader zou niemand op dat idee zijn gekomen.

En nu zagen ze de vreemdeling bij haar in de auto stappen. Ze reden de Zugspitze op, zoals menigeen de zogenaamde huisberg schertsend noemde, want eigenlijk heette hij Hazug, wat een naam van over de grens was, hij had geen Duitse naam. De meeste Dunkelblumers zeiden daarom gewoon: de berg. Flocke en de bezoeker keken vanaf de berg uit over het land, over beide landen. Erg fraai zoals alles erbij lag, gegolfd, gevlekt, veelkleurig en uitnodigend. De grensversperringen waren zichtbaar, maar van bovenaf leek het alsof ze met draad en tandenstokers in elkaar waren geknutseld. Aan beide kanten reden miniatuurtractoren vlijtig over de akkers, de kleine spitse kerktorens wezen stram richting God, en de wijngaarden oogden als versiersels, krullende fluwelen linten tussen de gladde rechthoeken. De dorpjes en steden ertussen zagen er met hun rafelranden uit alsof ze waren uitgestrooid. De bouwzondes van na de oorlog speelden vanuit de hoogte gezien nauwelijks een rol, slechts hier en daar flikkerde wat feloranje of hemelsblauw op. Maar dat het centrum van Dunkelblum enorm dichtbebouwd was, dat kon je van bovenaf goed zien. Alsof het dichter op elkaar was gepakt, ingesnoerd, samengedrukt, zoals op de bodem van een kist, waar alles dubbel en drievoudig wordt belast door wat zich bovenop bevindt. In Dunkelblum kwam de last van onderaf. Maar die dichtheid kan ook mooi zijn, warm en vol energie. *Vroeger hadden de mensen domweg niet zoveel plek nodig gehad.*

De gast uit Hotel Tüffer stelde voor om naar Ehrenfeld te rijden, daar had hij een eeuwigheid geleden vrienden wonen. Het kleinere Ehrenfeld, zei hij, was hem sowieso harmonieuzer voorgekomen, vrediger.

Hm, ik weet het niet, zei Flocke aarzelend.

De gast zei dat hij in de krant had gelezen dat er onlangs een schuur was afgebrand. Had ze daar iets over gehoord?

Gehoord? vroeg Flocke op haar beurt, en ze lachte, stak haar onderlip naar voren en blies haar pony omhoog, wat een tic van haar was. Dat was onze schuur, oftewel uit de erfenis van mijn moeder. En de brandweer had diezelfde avond een zuipfeest in Kalsching. Als dat geen toeval is!

5

De eigenaresse van de afgebrande schuur, Leonore Malnitz, was de koningin van Dunkelblum. Haar een *plattelandsschoonheid* noemen zou een understatement zijn. In haar jeugd had ze vaak genoeg gehoord dat ze absoluut aan een missverkiezing moest meedoen, maar dan snoof ze alleen maar. Toen er eind jaren vijftig weer missverkiezingen werden gehouden was ze getrouwd en had ze haar eerste twee kinderen gekregen. En toen het nog een paar jaar later gebruikelijk werd dat de mannelijke Dunkelblumers in de bar van Hotel Tüffer naar het beeldscherm zaten te schreeuwen waar bikinimeisjes met hun nummers overheen liepen, veroorzaakte ze een knokpartij.

Walgelijk en vrouwonvriendelijk! riep ze luidkeels toen ze met een factuur dwars door de televisieruimte liep, omdat de Reschens toen nog wijn van Malnitz schonken: Denkt iemand van jullie vleeskeurders eigenlijk aan jullie eigen dochters?

De mannen joelden, een paar van hen probeerden haar op haar achterste te slaan, ze draaide zich om en verkocht de dichtstbijzijnde een theatrale pets. Helaas stond deze dichtstbijzijnde meteen op, greep haar bij haar arm en trok haar bijna tegen zijn rode gezicht aan. Leonore leunde zo ver mogelijk achterover, minder uit angst dan van walging.

Berneck, hou op, schreeuwde Resi Reschen, de waardin, maar het was al te laat. Graun junior, destijds hoogstens twintig, sloeg tot diens verbazing zijn arm om Bernecks hals en hield hem in een elleboogklem. Leonore worstelde zichzelf struikelend los. Mevrouw Reschen trok haar mee achter de bar, duwde haar de keuken in en door de leveranciersingang naar buiten. Voor de deur controleerde Leonore of haar oorbellen er nog in zaten, bedankte mevrouw Reschen en gaf haar het advies om die *beesten* er stuk voor stuk uit te smijten. Maar daarmee was ze bij mevrouw Reschen aan het verkeerde adres, die die opscheppers van Malnitz altijd al graag een keer had willen zeggen wat ze van hen vond – als ze de juiste woorden had gehad.

Hoe ouder Leonore werd, hoe minder ze in Dunkelblum leek thuis te horen. Dat merkte ze zelf natuurlijk ook wel. Het was één ding om gedurende een paar onbezorgde jaren een knap en zelfverzekerd meisje te zijn. Maar er onveranderd goed uitzien, slank en sportief blijven en je smaakvol kleden zat bij de mensen hier niet in de genen. Afgezien van haar waren er in de wijde omgeving geen dames te vinden, alleen oude of stokoude vrouwen. Leonore werd ondanks haar vier kinderen niet dik en uitgezakt, en ook haar kleine borsten, waar ze zich in haar jonge jaren, toen het schoonheidsideaal iets anders voorschreef, nog aan had gestoord, bleven in vorm. Bovendien deed ze aan cultuur, wat ze als dochter van een leraar in Kirschenstein van huis uit had meegekregen, en dan vooral muziek en literatuur. Dat je fatsoenlijke wijn maakt wil niet zeggen dat je ook een simpele ziel moet zijn, was een van de standaardzinnen waarmee ze haar dochters opvoedde.

Toni en zij raakten al snel bevriend met mensen in de hoofdstad en nog verder weg. Ooit had Leonore zelfs de aandacht van de graaf getrokken. Toen twintig jaar na de oorlog de restauratie van de grafelijke grafkelder werd gevierd droeg ze weliswaar een dirndl, maar ze was toch echt niet van plan om hem de hand te kussen, het moest niet gekker worden. Maar op het moment dat iedereen zich na de mis op de Hauptplatz verzamelde begonnen de twee een lang gesprek, dat door velen stiekem werd geobserveerd.

In de hoofdstad had Leonore niet hetzelfde effect, dat wist ze. Haar dialect was te aanwezig. Anders dan bij de mannen stoorde dat. Ook voelde ze wel aan dat je voor de grote stad andere codes nodig had, andere eigenschappen, om het te maken en aan de top te blijven. Die kon je niet zomaar aanleren. In de stad, waar ze in sommige periodes vaak en in andere minder vaak heen vluchtte, kleefde haar een restje onzekerheid aan, onuitroeibaar als het provinciale smetje in haar uitspraak. Daar ergerde ze zich net zo aan als aan het feit dat er in Dunkelblum nooit iets gebeurde. Ze had dringend behoefte aan vriendinnen op haar eigen niveau. En dus was het niet verwonderlijk dat ze op het idee kwam om het soort mensen naar Dunkelblum te lokken dat ze zo miste: kunstenaars, spirituele en creatieve figuren, jonge honden en mafkezen.

Leonores huwelijk met Malnitz hield al tientallen jaren stand, maar was bepaald niet makkelijk. Ze waren beiden opvliegend en koppig, daarom waren ze destijds ook zo onvoorwaardelijk verliefd op elkaar geworden. Allebei waren ze goed van de tongriem gesneden, hadden dromen, en in elk geval binnen zijn familie was Toni de eerste vis geweest die koste wat kost aan land wilde kruipen, misschien zelfs wel wilde vliegen. Waarschijnlijk vree hij zichzelf daarom zo vastberaden omhoog, al was het maar dat halve treetje richting Kirschensteinse bourgeoisie. Bij Leonore thuis stond een vleugel van Bösendorfer, die kwam mee naar Dunkelblum.

Ze zouden een perfect koppel zijn geweest, nieuwsgierig, vol doorzettingsvermogen, creatief, als er nog wat meer zoals zij waren geweest. Aangezien die er niet waren hadden ze elkaar ook als tegenstander nodig. Ruziemaken had nu eenmaal alleen zin als je het samen deed. In combinatie met hun kort na elkaar geboren eerste drie kinderen en de conservatieve schoonouders in hetzelfde bedrijf ging het er al snel verhit aan toe. Van grote dromen komen grote teleurstellingen. In eloquente bewoordingen vervloekte Leonore het ellendige gehucht aan de grens, vol nazi's, leugenaars en *Mostschädel*, waar ze zich mee naartoe had laten slepen. Toni stond op en knalde bij vertrek de deur hard achter zich dicht. Soms sloeg hij voor vertrek een paar schalen of vazen aan diggelen. Dunkelblum luisterde vol leedvermaak mee. Maar misschien was dat wel de lijm die hen bij elkaar hield – dat genoegen zouden ze de Mostschädel niet gunnen. En dan waren daar nog hun verstandige, zelfbewuste dochters en het bloeiende bedrijf. Toni was een van de eersten die zich voor biologische landbouw begon te interesseren: minder bestrijdingsmiddelen, oude soorten, kleinere, maar betere oogsten. Hij richtte zich op het duurdere segment. Hij stopte met de export van minderwaardige mengwijnen naar het buitenland, wat op dat moment de grootst denkbare stommiteit leek. Iedereen verdiende aan de gezoete wijn die ze aan Duitsland verkochten, en verder deden ze geen enkele moeite meer. Alleen Toni bewandelde andere wegen. Als zijn eigen vertegenwoordiger trok hij het hele land door, langs de langzaam ontwakende gastronomie, en hij begon te experimenteren met sekt en dure schnaps. Daar kreeg hij zo'n ruzie over met zijn ouders dat ze, nadat de situatie flink was geëscaleerd, naar hun jongste zoon in Zwick vertrokken, een wijnboer van de oude stempel.

Zodra haar schoonouders waren vertrokken haalde Leonore het mooie oude huis leeg en liet het opknappen. Ze liet een sauna inbouwen en de badkamers in exotische stijl betegelen, ze richtte de kamers in met Franse spijlenbedden en antieke voorwerpen. Ze kocht moderne kunst en hing die aan de muren. Pal voor de ingang bungelde een zachte bruine pop aan het plafond, als een baby aan een strop. De meeste gespreksstof haalden de Dunkelblumers uit het feit dat sommige kamers waren voorzien van een vrijstaande badkuip, waar je vanuit je bed op uitkeek. Dat had een van de installateursleerlingen aan zijn oom, gelapte Schurl, verteld, die het vrolijk verder verspreidde.

Resi Reschen van Hotel Tüffer lachte eerst nog toen ze hoorde wat de overnachtingsprijzen waren die dat idiote mens van Malnitz durfde te vragen. Maar toen op school een van de dochters van Malnitz aan een van de kleinkinderen Reschen vroeg of die eigenlijk wel wist hoeveel letters het woord *kwaliteit* van het woord *kwantiteit* verschilde, het kleinkind Reschen twee zei maar de dochter van Malnitz drie als de juiste oplossing beschouwde, waarop de kinderen elkaar in de haren vlogen, en toen Resi ook nog eens hoorde dat Leonores fantasieprijzen daadwerkelijk betaald werden, schonk ze geen wijn van Malnitz meer.

Leonore raakte evenwel bevriend met een permanent beschonken schrijver uit de hoofdstad, die in de zomer een kamer boekte voor zichzelf en wisselende vriendinnen en nog meer jetset aantrok. Het duurde niet lang of de biologische wijnboerderij Malnitz was een geheimtip *in de paradijselijke, ongerepte grensregio vol wijn en geschiedenis*, zoals in een tijdschrift stond beschreven. Menig warm zomerweekeinde zaten zelfs de kamers van Hotel Tüffer vol met kameraden van de schrijver. Leonore, aangeschoten van Toni's sekt uit een van de goede wijnjaren, noemde het inmiddels *het mijtenhoofdkwartier*. Gasten die ze niet meer kon onderbrengen moesten wel zelf naar het hotel bellen, er waren natuurlijk grenzen aan haar service.

Toen deed het wijnschandaal het land op zijn grondvesten schudden en de jongste van de gebroeders Malnitz ging failliet. Toni daarentegen had zijn wijn van dat jaar met gemak een paar keer kunnen verkopen. Met een lening en zijn laatste spaargeld kocht de oude Malnitz het tankstation voor zijn jongste zoon, waarna ze in Zwick naar aardolie roken in plaats van naar druivensap; hun licht ontvlambare haat was voelbaar. Toni bracht er elke week een krat wijn naartoe, dat hij zonder verder commentaar op de oprit zette.

Toen ze begin dertig was, na de knokpartij rond de missverkiezing in Hotel Tüffer en nog voordat de graaf haar ten overstaan van iedereen de hand kuste, permitteerde Leonore zich een misstap. Haar schoonouders woonden nog bij hen in, het bedrijf werd verbouwd en ze zaten krap bij kas, en soms wist ze niet meer met wie ze nu weer bonje had en met wie ze zich alweer had verzoend. Haar oudste dochter, een humeurige mini-Toni met vlechtjes, had haar tijdens het middageten meegedeeld dat ze haar haatte omdat ze altijd op papa liep te foeteren, en de jongste plakte ziek en huilend tegen haar aan en smeerde haar blouse vol snot. Alleen de middelste gedroeg zich, die hing de hele dag buiten rond en werkte niemand op de zenuwen. Leonore bracht haar jongste dochter naar haar schoonmoeder in het oude huis, wist een alsjeblieft, dankjewel en een glimlach over haar lippen te krijgen en stapte in de auto. Ze reed naar haar ouders in Kirschenstein, maar vluchtte al na de koffie weg omdat haar vermoeide zieke vader het alleen maar over zijn testament wilde hebben.

Op de uitvalsweg richting het zuiden stond Graun junior met zijn duim omhoog. Sinds hij voor haar was opgekomen in de kroeg leek ze hem overal tegen te komen. Hij was minstens tien jaar jonger dan zij, nauwelijks meer dan een kind, en hij keek haar altijd aan alsof zijn leven van haar afhing. Ze stopte langs de kant van de weg en liet hem instappen. Ze maakte een omweg naar Ehrenfeld om een perceel te bekijken dat van haar vader was. Het lag op de helling aan de rand van het dorp, erachter liep het land op spectaculaire wijze af. De kans dat het een bouwbestemming zou krijgen was volgens haar vader groot.

Wat denk je, zou je hier een hotel kunnen bouwen? vroeg ze aan de nerveuze Graun junior toen ze samen door het hoge gras liepen.

Hij haalde zijn schouders op. Wie wil er in een hotel slapen dat bijna op de grens staat? vroeg hij.

Je hebt hier een mooi uitzicht, zei ze, zo ver naar de overkant.

Leonore rammelde aan de poort van de oude schuur. Waar wil je eigenlijk heen? vroeg ze hem ietwat dubbelzinnig.

Naar het conservatorium, zei hij.

Ze draaide zich om. Wat speel je dan?

Viool, zei hij.

Mooi, zei ze, dus je wordt helemaal geen wijnboer?

Hij schudde verwoed zijn hoofd.

Binnen, naast de poort die hij uiteindelijk voor haar openbrak, stond in de schemering een brede hark tegen de muur geleund. Ze liep tegen de roestige tanden aan, aangezien Graun junior haar met een handgebaar voor had laten gaan. Ze slaakte een kreet en viel, maar ze viel zacht, op oud stro. Er liep een dun straaltje lichtrood bloed over haar kuit. Meteen knielde hij voor haar neer en kuste het weg. Hij was een mooie jongen in die tijd, met iets te lang, warrig haar, voordat Ferbenz hem in zijn klauwen kreeg. Aan het eind van die verrassende middag kon ze zich niet inhouden en doceerde ze dat je dames alleen op bekend terrein laat voorgaan, niet op onbekend. Op onbekend terrein gaan de mannen altijd voor, plaagde ze hem en ze lachte, maar hoe zou jij dat ook kunnen weten, domkop. Toen ze voor de vierde keer zwanger bleek te zijn maakte ze een abrupt einde aan wat ze later voor zichzelf haar *romantische schuuravontuur* noemde.

Kort voordat de nieuwsgierige gast in Hotel Tüffer arriveerde, kort nadat de heren ministers van Buitenlandse Zaken vlakbij waren samengekomen om met grote, veel te onscherpe kniptangen de versperring langs de grens door te knippen – waarvan werd gezegd dat die toch al bijna overal was doorgeroest –, besloot Leonore een tweede mopshond aan te schaffen. Ze realiseerde zich dat ze de eerste waarschijnlijk als surrogaatkind in huis had gehaald, hoewel het Toni en haar niet aan bewerkelijke kleinkinderen ontbrak. Haar oudste dochter Andrea had haar de eerste mopshond al kwalijk genomen, maar zij was dan ook het opstandigst van alle kinderen geweest. Je zou bijna gaan denken dat je dat beest in huis neemt om je niet met je kleinkinderen bezig te hoeven houden, zei ze op dat met smalle lippen en terloops uitgesproken toontje dat je in elk geval de kans gaf om net te doen of je haar helemaal niet had gehoord.

Ze zijn erg kindvriendelijk, mopshonden, antwoordde Leonore dapper, als de kinderen groter zijn zullen ze enorm veel plezier aan hem beleven.

In werkelijkheid vond Leonore dat het op al haar uitstapjes minder opviel als ze met de mopshond praatte dan met zichzelf. Haar eenzaamheid was door de jaren heen niet minder geworden, ook al floreerden wijnhandel en hotel en had ze voortdurend mensen om zich heen die iets van haar wilden. En misschien had ze daarom ook wel zo'n medelijden met de eenzame mopshond, die haar hijgend volgde waar ze maar ging en bijna stikte van vreugde als ze op de grond knielde en deed alsof ze zijn tennisbal van hem wilde afpakken.

Het was een lange rit naar het westen van Stiermarken. Ze nam zich heilig voor om geen tweede hond te kopen als er geen enkele bij zat die ze leuk vond. Op de achterbank zat Koloman te snuiven. Ze had hem vernoemd naar de martelaar, dat vond ze origineel. Leonore vroeg zich af of Koloman verdrietig zou worden als hij terugkeerde naar zijn geboorteplaats, of dat dat ook iets was waar alleen mensen last van hadden. Haar ouderlijk huis in Kirschenstein stond al jaren leeg, maar nog altijd hoopte ze dat een van haar dochters er iets mee wilde gaan doen.

Tot haar verrassing was het nestje dit keer zwart in plaats van beige met zwart masker, zoals Koloman. De fokker complimenteerde haar met Kolomans slanke lijf. Leonore was uitgeput en voelde zich gestrest. Daar zat ze, met een kopje sterke koffie, terwijl de hondjes als zwarte duiveltjes om haar heen tolden. Ze had Flocke mee willen nemen, maar het meisje was weer eens op pad. Koloman duwde zichzelf tegen haar voet aan en deed alsof het hem allemaal weinig aanging. De zwarte pups klommen over elkaar heen alsof ze een piramide wilden vormen, als Chinese acrobaten. Ze gleden de hele tijd van elkaar af en probeerden het opnieuw, alsof ze een kunstje deden dat maar niet wilde lukken.

Weet u, ik wilde eigenlijk geen zwarte, zei ze tegen de fokker, die plotseling op de grond neerknielde en in de hoop met mopsjes woelde.

Als u die andere weer een keer hebt kom ik wel terug, samen met mijn dochter, voegde ze daaraan toe en ze stond op, maar de fokker luisterde helemaal niet.

Lieve deugd, zei ze toen hij de zwarte vachtbolletjes uit elkaar had gehaald. Onder alle andere lag, plat en stil en met gesloten oogjes, de allerkleinste pup. De fokker pakte het beestje voorzichtig op.

Is hij dood? vroeg Leonore. Nee hoor, zei de fokker. De hond opende zijn oogjes en begon in de lucht te lopen als een stripfiguurtje. De fokker zette hem op de grond. Hij zette een paar wankele stapjes, deed een plasje en viel ermiddenin.

Kan ik die al meenemen, of is hij nog te klein? vroeg Leonore.

Ik kan hem u alleen niet voor minder verkopen, zei de fokker onwillig, fokken is fokken.

Nee, nee, dat hoeft ook helemaal niet... zei Leonore, maar... is hij zwak? Gaat hij het wel redden?

Het is een teefje, zei de fokker, en als u haar hier uit de concurrentie bevrijdt zal het wel goed komen met haar. Het is alleen niet moeders mooiste.

U bedoelt dat ze geen miss-mopsverkiezing zal winnen? vroeg Leonore geamuseerd.

Inderdaad, zei de fokker, u ziet toch dat het een scharminkel is.

Kent u vrouwelijke martelaars? vroeg Leonore.

De fokker dacht na. Hildegard von Bingen? vroeg hij.

Leonore lachte. Prima, zei ze, geeft niets.

6

Je hoeft niet alles te doen wat doctor Alois zegt, siste de vrouw van Graun junior toen hij opstond van het ontbijt.

Wat weet jij er nou helemaal van, dacht hij, maar zoals altijd zei hij niets, perste zijn lippen op elkaar en trok de deur achter zich dicht. Tijdens de lange rit – hij deed de bezorgingen meestal zelf – had hij tijd genoeg om zich af te vragen of alle mannen zo door hun vrouwen onder druk werden gezet, of dat hij het gewoon bijzonder slecht had getroffen. Altijd hadden ze iets te zaniken, altijd moest alles anders dan jij het wilde en was het huis te klein als je tegen hen inging. Hij vermoedde dat het niet om de dingen op zich ging, maar om het principe. Dus uiteindelijk om macht. Met vrouwen bestaat er geen vrijheid van meningsuiting. Een uitzondering hierop, en ook maar voor een deel, was zijn moeder, want dat die A. zichzelf lam had gezopen en B. sinds jaar en dag iets tegen doctor Alois had, moest andere redenen hebben, die waarschijnlijk van persoonlijke aard waren. Redenen die hij niet kende, die hem überhaupt niet interesseerden, maar die ver terug in de tijd gingen, ongetwijfeld tot in de oorlog. Graun junior wist maar al te goed wat voor geruchten er in het stadje de ronde deden over doctor Alois. Maar daaraan, aan de politiek, kon het toch moeilijk liggen. Want zijn moeder, en zijn vader net zo goed, die waren destijds net zo...

Hij draaide aan de knop van de radio en kwam in een praatprogramma terecht. Hij moest de knop loslaten omdat hij in zijn ooghoek iets zag dat... een zwarte golf, huizenhoog. Een reusachtige brede vrachtwagen reed bijna midden op de weg op hem af. Met beide handpalmen, met de kracht van zijn hele bovenlichaam, wierp hij zichzelf op de claxon. De vrachtwagen gooide het stuur om naar zijn eigen weghelft, de hoge wagen wankelde. Klootzak! schreeuwde Graun junior toen ze elkaar passeerden. Gedurende een fractie van een seconde: de opengesperde ogen van een bleek gezicht achter de andere voorruit, goed een halve meter boven hem. Waarschijnlijk weer zo'n Joego die zijn rijbewijs in de loterij had gewonnen, godallemachtig...

Hij moest een paar keer diep ademhalen om te kalmeren. Buiten trokken de elektriciteitsmasten recht en onbewogen langs, als de flessen in de vulmachine. Maar hij had op een haartje na aan diggelen gelegen – scherpe punten, splinters, bloed en voorbij.

Het zijn de vrouwen die hun partner uitkiezen, zei een vrouwelijke, op boude wijze van zichzelf overtuigde stem, het zijn de vrouwen die voor een man kiezen of niet. Ze beslissen ook in ruim tachtig procent van de door ons onderzochte gevallen – uiteraard hebben we onderzoek gedaan in alle inkomenscategorieën – hoe het stel het huis inricht; ze kiezen niet alleen de afzonderlijke meubels uit maar de hele stijl, of ze de boel klassiek, modern of juist landelijk inrichten. Maar de meest verstrekkende beslissingen zijn natuurlijk die aangaande het partnerschap. Inmiddels is het immers steeds vaker de vrouw die vertrekt. Het aantal door vrouwen aangevraagde scheidingen stijgt al jaren. Vrouwen zijn minder bang om alleen te zijn, wat vandaag de dag natuurlijk ook iets te maken heeft met de veranderde inkomstenverdeling, maar vergeleken met mannen is het zo dat ze – en nu heb ik het ook over oudere vrouwen – zelfs na een huwelijk van tientallen jaren minder bang...

Graun junior zette de radio uit. Dat was hem de laatste tijd wel vaker opgevallen: dat de radio soms bijna rechtstreeks antwoordde op zijn gedachten. Dat gebeurde alleen in de bestelbus, niet in zijn eigen auto. Misschien omdat hij de enige was die in de bestelbus reed. Kennelijk hadden die twee daar een rechtstreekse verbinding mee tot stand gebracht.

Hij keek op de klok. Hij was een goed halfuur onderweg, de dag was nog maar net begonnen. Maar dat Karin thuis al bij zijn moeder was geweest en alles had verteld, daar durfde hij wel om te wedden. 's Morgens viel er meestal met zijn moeder te praten, dan was ze soms nog in topvorm, als financieel genie. De paar keer in de afgelopen jaren dat hij echt niet had geweten hoe het verder moest, omdat de bank en de belastingadviseur hem met tabellen en grafieken murw hadden gepraat, was zij zijn laatste redding geweest. Een goede ochtend uitzoeken. Dat was de kunst. Dat kon de dinsdag- of woensdagochtend zijn. Op maandag had ze nog zoveel in haar systeem van het weekend dat er niet veel meer bij kon. Onderweg naar dinsdag zonk het promillage een beetje, en er mocht vooral niets vervelends gebeuren – geen akkefietje met hem of Karin, met de kinderen of met de jongeren die haar op straat beledigingen naar het hoofd slingerden. Haar erbij houden, omdat ze zich in gezelschap nog een beetje wist te beheersen. Aardig doen. Geen van haar hysterische aftochten uitlokken. Als de dinsdag goed ging kon je haar 's avonds voorzichtig afleiden, met een natuurdocumentaire op primetime en een eerste slokje van de nieuwe jaargang, enkel en alleen om de schnaps nog even uit te stellen. Maar ook geen blikken, geen gebaren, laat staan opmerkingen als ze zich uiteindelijk uit haar stoel hees, naar haar kamer slofte en terugkeerde met een van de ongeëtiketteerde flessen. Als ze hun een borrel aanbood was alles in orde, dan was het goed gegaan. De woensdag zou een goede, zou de juiste ochtend zijn. Het was een dans op het slappe koord, waar de hele familie aan moest meewerken. Maar als het lukte wist ze hen allemaal nog steeds te verbazen: een gefronste blik op de stapel verwarrende briefjes van de financiële administratie, een vingerknip naar rekenmachine, kladpapiertje, potlood. Als het ingewikkelder werd vroeg ze om een kop sterke koffie met een scheutje van het een of ander. Maar elke keer weer was haar eindoordeel zelfbewust, als van een rechter of veilingmeester wanneer die zijn hamer laat neerkomen. Bijvoorbeeld: Ja, oversluiten is verstandig, maar zeker niet met dit aanbod. Dit zijn je voorwaarden – en dan gaf ze hem een briefje met percentages en looptijden en wilde er alweer vandoor gaan.

Maar als… had hij de allereerste keer aarzelend gezegd. Ze had zich nog een keer omgedraaid en hem vol minachting aangekeken. Als kind had hij haar teleurstelling gevoeld, steeds opnieuw, omdat hij er was en zijn vader niet meer. *Wat? Alleen jij, kleine frutsel? En dat maakt dan zoveel lawaai?* Hij werd steeds weer ongelooflijk woedend, alsof zijn omtrekken gloeiden, maar hij kon niet voorkomen dat hij zich tegelijkertijd voelde krimpen tot een hoopje viezigheid, een vuiltje, al was het dan een gloeiend vuiltje.

Als wat? vroeg ze, waarna ze roestig begon te lachen, alsof ze teer en slijm zou gaan ophoesten: Als ze dat niet geven? Dat zou dan vooral hun probleem zijn, toch? Die andere bank geeft het je toch wel. Maar daar gaan we dus niet naartoe.

Nee, daar gaan we niet naartoe.

Het was voor Graun junior geen troost dat zijn moeder het verschil tussen majeur en mineur niet kende en dat ze een dominant septiemakkoord, als ze al dacht dat het iets betekende, hoogstens als iets uit de taal van over de grens beschouwde. Soms, als hij in z'n eentje in de auto zat, deed hij een spelletje: dominant septiemakkoord uitspreken alsof het die andere taal was. Je hoefde alleen maar de a's en de o's om te gooien, oftewel de a's donkerder te laten klinken en de o's lichter – niet helemaal, een klein beetje maar. Het was belangrijk om de e in *sept* als een heel lange èh uit te rekken en het woord uit te spreken alsof je in de biertent zat mee te deinen op een zoetsappig deuntje. Rustig aan, op en af. Hij hield ervan om na te denken over wat het ritme van een taal met de muziek van een land te maken had. Of je etudes kon schrijven die Engels, Frans, Spaans klonken, en zo ja, voor welk instrument. Zelf kende hij geen andere talen dan het beetje Italiaans uit de muziekterminologie, maar juist daarom meende hij te voelen en te horen hoe de vreemde talen klonken. Juist die van over de grens. Die bleef je bij, hij had hem overal herkend. Een deinend bacchanaal van klinkers dat kon overgaan in het geknetter van machinegeweren. Hout- en koperblazers bij elkaar, aangenaam dreigend. Maar wat als zigeunermuziek werd aangeduid klonk anders, vrolijker.

Een overpeinzing waarmee hij doctor Alois ooit bijzonder

had geamuseerd: dat die aan de andere kant oorspronkelijk toch andere muziek moesten hebben gehad, muziek die meer op hun taal leek. Je hebt helemaal gelijk, had doctor Alois luid lachend geroepen, zie je wel, zo gaat dat als je je eigen culturele erfgoed niet in stand houdt! Dan jengelen die negers en zigeuners zich naar de voorgrond! Graun junior had geprobeerd hem uit te leggen hoe uitzonderlijk muzikaal zigeuners waren, in elk geval de enkelingen die hij had ontmoet, zoals die namelijk, zonder ook maar noten te kunnen lezen... Maar in dat opzicht viel er niet met de doctor te praten, die zat vastgeroest in zijn eigen oude flauwekul.

Een volk dat die naam verdient heeft andere talenten nodig, had hij verkondigd, met bibberende kin, zoals altijd wanneer hij zichzelf verloor in de oude heldendaden. Graun junior gaf het op, je kon de mensen toch niet veranderen. Doctor Alois niet, en ook Karin niet, met haar diepe afkeer van de doctor. Misschien was afkeer niet het juiste woord. Maar angst was waarschijnlijk te sterk uitgedrukt.

Dat van het perceel had hij haar helemaal niet mogen vertellen. Wat interesseerde het haar waarom de doctor dat stuk grond wilde hebben! Hem interesseerde het niet. Hij wilde het gewoon hebben, blijkbaar was het dringend. Maar dat Malnitz niet aan de doctor zou verkopen, dat snapte iedereen. Ze praatten niet eens met elkaar. Kennelijk, zei de doctor, was de grond van haar, mevrouw Malnitz. De mooie Leonore. Dat had Graun junior kunnen bevestigen. En hoe. Omgekeerd kon hij de doctor niet vertellen waarom hij het niet zag zitten om mevrouw Malnitz te vragen of ze het aan hem wilde verkopen. De doctor leek er namelijk van uit te gaan dat hij op goede voet stond met mevrouw Malnitz. Nou ja, hij groette haar, ze kwamen elkaar regelmatig tegen, wat ook onvermijdelijk was in de buurt. In werkelijkheid had hij haar al ruim twintig jaar niet gesproken. En die geheime oude geschiedenis was waarschijnlijk de reden dat hij het aan Karin had verteld. Zijn eigen onbehagen over de kwestie had hem zijn mond voorbij doen praten. Alsof hij haar had gesmeekt om tegen hem in te gaan.

Je hoeft niet alles te doen wat doctor Alois zegt!

Nee, dat hoefde hij niet. Maar hij moest. En hij wilde! Hij voelde zich verplicht, ook al was hij het echt niet altijd met hem eens. Dat hij met hem aan de stamtafel zat wilde toch niet zeggen dat ze over de kleinste details dezelfde mening hadden? Politiek interesseerde Graun junior sowieso niet. Allemaal leugens. Laat die ouwe maar in zichzelf praten, met zijn bibberkin. Maar wat hij voor hem had gedaan, dat zou hij nooit vergeten. Zonder doctor Alois hadden ze hem destijds voor het gerecht gesleept, was hij misschien zelfs in de gevangenis gekomen, was hij niet met Karin getrouwd en had hij het wijngoed niet overgenomen, waren de kinderen er niet geweest, die lawaaierige snotneuzen...

Doctor Alois wilde nu gewoon die vervloekte grond hebben, en hij had hém nodig als stroman. Stroman? Hij grijnsde. Ja, er was nog stro op het perceel, in de schuur...

Maar kom op zeg, waarom ook niet? Waarom zou hij niet helpen? Wat maakte dat nou uit? Natuurlijk was het een beetje ingewikkeld. Zoals iedereen in de stad wist had hij niet alleen geen geld, maar ook nog eens schulden. Maar er waren mogelijkheden. De doctor had al iets bedacht, leningen, borgstellingen, een firma die hem zou overnemen en die een en ander zou afhandelen... Alleen Leonore, die moest hij voor de gek houden... die zou heel erg boos zijn als haar grond uiteindelijk bij doctor Alois terechtkwam. Aan de andere kant: dan was ze maar boos. Tenslotte was hij vanwege haar destijds bijna… en had hij nu niet… Dat zou toch wat zijn: hij ontmoet Leonore met dat idiote schoothondje dat ze sinds een tijdje heeft, ze schopt een scène – waarbij hij zich niet veel kan voorstellen, want ze was altijd zachtmoedig en ironisch geweest, alleen aan het eind wat koeltjes; om zich de scène te kunnen voorstellen zette hij Karin in als plaatsvervangster. En dan staat hij daar te wachten tot ze is uitgeraasd en dan zegt hij recht in haar gezicht, hij zegt haar in haar gezicht – geen idee wat hij tegen haar zou zeggen. Hij kon niets geschikts bedenken. Hij zou de autosleutel pakken en gaan, zoals altijd. In plaats daarvan mompelde hij nog een keer *dominant septiemakkoord*, als iemand van over de grens. Hij had eindelijk de oprit naar de snelweg bereikt en vond op de radio een klassieke zender.

Laat in de middag waren alle bestellingen geleverd en Graun junior voelde zijn rug. Tafelwijn, tweeliterflessen, druivensap. Hier vijf kratten, daar een pallet. Het vloeibare kleine spul, dat hem helemaal niet interesseerde. Hij had geen wijnmeester in dienst zoals Malnitz, hij nodigde geen sommeliers uit (die niet eens zouden zijn gekomen), hij liet zijn wijn niet rijpen in eikenhouten vaten. Dat was hem allemaal veel te veel gedoe, bovendien had hij nooit geld gehad om te investeren. Dus leverde hij aan de kleine restaurants en cafés op het platteland, en zelfs aan de kiosken in zwembaden en op sportvelden. Op een of andere manier kwamen ze rond. Misschien zou Karin minder kijven als de zaken beter liepen. Toen schoot hem hun ruzie tijdens het ontbijt weer te binnen, net toen hij door Kalsching reed. Daarna kwam Ehrenfeld. Misschien moest hij de auto aan de kant zetten en het perceel nog eens bekijken. Misschien zou hij kunnen bedenken wat doctor Alois ermee wilde doen. Op zijn leeftijd zou hij toch wel niets meer willen bouwen?

Het hek rondom was in goede staat, zo te zien pas gerepareerd, maar verder zag het er verwilderd uit. Graun junior keek om zich heen en klom over het hek. Een olifantenpaadje slingerde door onkruid en struikgewas richting schuur. Het zag eruit alsof hier pas nog iemand was geweest. Waarschijnlijk jongeren. Hopelijk deden ze voorzichtig als ze in de schuur zaten te roken. Mevrouw Malnitz moest de boel echt een keer laten maaien, dat was in een paar uur gedaan.

De schuur zag er nog precies zo uit als tijdens hun laatste ontmoeting. De poort stond op een kier en zijn lichaam herinnerde zich opeens de hartkloppingen, elke keer als hij naar binnen ging. Sindsdien was in zijn leven alles alleen maar slechter geworden. Was dat paadje van haar? Gebruikte ze de schuur nog om mannen te ontmoeten? Domkop, wees hij zichzelf terecht. Die heeft tegenwoordig wel andere mogelijkheden. Die kan haar minnaars tegenwoordig meenemen naar Venetië. Hoe hij bij Venetië kwam? Waarschijnlijk omdat in het reisbureau al weken de dienstregeling van de Bäderbus hing, naast die maffe kameel en de hoop zand. En omdat Karin zo graag een keer naar de Adriatische Zee wilde. Misschien konden ze zich dat over één, twee jaar permitteren.

Het dak van de schuur was dicht, maar door spleten in de zijwanden viel de zon in smalle strepen naar binnen.

Alles was onopvallend, geen rommel, geen peuken, geen bierflesjes, dus een hangplek kon het haast niet zijn. Zelfs de jeugd had tegenwoordig wel andere mogelijkheden.

Maar deze schuur kon van hem zijn – niet echt, maar in elk geval voor een paar weken, op papier. De grond interesseerde hem niet, alleen de mooie oude schuur. Hij had ineens zin om op de vloer te gaan liggen, zijn armen te spreiden en te fluiten. Toen hij lag zag hij dat het bovenin vol vogelnesten zat. Midden in de ruimte, recht boven hem, zweefde een lichtzuil met dansende stofjes.

Wat doet u hier? vroeg ze op scherpe toon. Ze verscheen in de ronde poortopening, waardoor ze voor hem slechts een zwart silhouet was. Ze stond daar alsof ze een baby op haar arm droeg. Dat verwarde hem even, wierp hem terug in de tijd van zijn grootste wanhoop. Ze was hem blijven groeten, zoals altijd, toen ze niet veel later weer achter een kinderwagen liep. Maar haar ogen hadden hem niet langer gezien, haar pupillen leken opgeplakt.

Leo, ik ben het, zei hij nadat hij zijn keel had geschraapt. Hij krabbelde overeind.

Jij? vroeg ze, haar stem ontwapend.

Het was weer stil, ze aarzelden beiden.

Wat doe je hier? vroeg ze nog een keer.

Ik zag dat er gemaaid moet worden, zei hij. Daar wilde ik even naar kijken.

Gemaaid, herhaalde ze, alsof dat iets ingewikkelds was. Maar ze kwam een paar stappen dichterbij.

Wat heb je daar? vroeg hij.

Ze lachte. Mag ik je voorstellen: Hilde! Een scharminkel, net als jij destijds.

Op haar arm droeg ze een lelijk hondje, zo'n geval dat

ze bij hem thuis meteen hadden verzopen. Dat had hij al vroeg van zijn moeder geleerd – vooral geen sentimenteel gedoe. Vliegen, muggen, misvormde kittens, verfomfaaide puppy's of juist een vetgemest haantje of varkentje – ze werden allemaal gedood, op verschillende manieren en om verschillende redenen, omdat ze nodig waren of juist omdat ze nergens voor nodig waren.

Ik zou het voor je kunnen maaien, had Graun junior willen zeggen, maar in plaats daarvan zei hij: Ik zou het voor je kunnen afmaken.

Wat? vroeg ze. Ben je niet helemaal lekker?

Sorry, zei hij, sorry, dat wilde ik helemaal niet zeggen, ik wilde juist...

Ze liep achterwaarts de schuur uit, de zon in. Kom naar buiten, beval ze hem, ik wil je zien!

Hij stond voor haar als een arme zondaar die zijn blik niet durft te verheffen. Het spijt me, zei hij, ik wilde echt niet... Hij gebaarde met zijn kin naar het bundeltje hond dat ze op haar arm had. Maar dat daar, dat ziet eruit alsof het...

Ze keek hem aan en schudde haar hoofd. Wat zijn jullie toch ook een stelletje boerenkinkels, zei ze.

Maar Leo, begon hij opnieuw, waarom laat je je perceel niet maaien? Ik kan het voor je maaien en dan kun jij het goed verkopen...

Goed verkopen? vroeg ze. Die bouwvergunning gaan we echt niet krijgen, en zo is het helemaal niets waard. Daar zal die Ferbenz wel achter zitten, dat dat al zoveel jaar niet lukt. Het zou een mooi stuk grond zijn, nietwaar?

Voor een hotel? vroeg hij dapper. Hij durfde haar niet recht aan te kijken, maar keek naar haar hals, daar waar het smalle litteken te zien was. Toen, bijna vijfentwintig jaar geleden, was het vers geweest, roodachtig, hij had het niet aangeraakt. Hij mocht slechts doen wat zij hem toestond. Ze wees hem alle wegen. Eigen wegen mocht hij niet nemen.

Ze had vroeger altijd een sjaal gedragen, maar dat deed ze allang niet meer. Je zag het litteken inmiddels nauwelijks meer. Maar toen, in de schuur, was de sjaal vaak genoeg weggegleden of helemaal losgegaan, en hij had het litteken gezien. En alleen daarom was hem, in die dure winkel in de stad, waar hij wijn had geleverd voor een bedrijfsjubileum, dat zwarte fluwelen lint opgevallen dat de elegante etalagepop precies op de plek van Leo's litteken droeg. Dat het lint versierd was, met kleine steentjes, had hij wel gezien; daarom was het ook zo mooi. Maar dat het duur was, kostbaar, dat had hij niet beseft toen hij het op een geschikt moment in zijn zak stak. Dat er saffieren en parels op zaten en god weet wat nog meer. En dat het moment veel minder geschikt was geweest dan hij had gedacht. Hij was nu eenmaal een domkop, nee, erger nog: een volwassen idioot.

Toen hij opkeek merkte hij hoe ze hem van boven naar onder opnam. Zijn haar begon dunner te worden. Hij ging ervan uit dat ze dat zag. Er zat niet zoveel meer, op zijn achterhoofd. Het was nergens meer veel, in totaal dus, vergeleken bij vroeger... Toch had ze het recht niet om hem zo geringschattend aan te kijken. Hij kreeg het heet en begon te gloeien. Het litteken markeerde de plek waar hij haar moest wurgen. Een richtlijn, als de zwarte cirkels op de romp van de kartonnen figuren bij de schuttersvereniging. Alleen veel onopvallender. Als je haar wilt wurgen, dan het beste hier, leek het eigengereide litteken te zeggen.

Het mismaakte hondje jammerde. Leo keek er liefdevol naar en wiegde het als een kind. Nooit geweten dat een Graun sentimenteel kan zijn, zei ze. En nu van mijn grond af!

7

Slechts een paar dagen later was die Ehrenfeldse schuur in vlammen opgegaan, en Berneck, die met zijn rode nek en zware postuur in zijn eentje het regionale verzekeringskantoor belichaamde, wachtte verveeld op de bevindingen van de adviseurs. Op een ochtend kwamen Lowetz en de gast die in Hotel Tüffer verbleef elkaar tegen bij de kruidenier.

Zoals gezegd waren er al sinds jaar en dag supermarkten in Dunkelblum. Het waren nog niet van die felverlichte, geklimatiseerde, ufo-achtige hallen van later, maar ook toen al bevonden ze zich – kleiner, bedompter, grijzer – te midden van perfect gladgestreken asfaltvlaktes, waar je je meest recente praalvoertuig kon parkeren zodat iedereen het kon bewonderen. Daar gaven de eerste generaties Dunkelblumers, die inmiddels een van fysieke belasting ontdaan bestaan in loondienst leidden, zich over aan het kleine consumentengeluk.

Maar wie een paar uien of punaises moest hebben, wie van het ene op het andere moment een muizenval, een waslijn, kruiswoordpuzzels, postzegels of handzeep nodig had, haalde dat soort dingetjes bij kruidenier Antal Grün. Na de oorlog had de winkel een tijdje ergens anders gezeten, een paar meter verderop maar, in een ander pand. Maar sinds een kleine vijfentwintig jaar vond je het weer op de oorspronkelijke plek terug, Tempelgasse 4. Daar woonde Antal Grün, lange tijd samen met zijn moeder, Gisella. Daarvoor haar ouders, Josef en Mathilde Wohlmut. Daarvoor Josefs ouders. Enzovoort, enzovoort... Waarschijnlijk kon je teruggaan tot de late zeventiende eeuw, toen keizer Leopold, aangespoord door zijn echtgenote, de Joden Wenen uit gooide. De door en door katholieke Margaretha Theresia van Spanje treurde om het verlies van haar eerstgeborene, en haar pijn was zo hevig dat alleen een duidelijke zondebok haar leed kon verzachten, een reden voor de zinloosheid, iemand die je eerst kon beschuldigen en vervolgens uit de weg kon ruimen. Een reactie die je de controle over je handelen teruggaf nadat je hulpeloos huilend voor het kinderbedje was neergeknield. Als de Joden eenmaal weg waren zouden volgende kinderen in leven blijven. Anders dan men inmiddels had leren accepteren ging het er destijds redelijk beschaafd aan toe. De Joden kregen een termijn van acht maanden. Acht maanden, dat is voldoende, dat is bepaald niet weinig. Hitler was er maar tien keer zo lang. De vijftig rijkste Weense families kregen een keurvorstelijke uitnodiging uit het bijna onvoorstelbaar verre Berlijn. De anderen kropen veel dichterbij uit het ei, in het zuidoosten, onder de vleugels van vorsten en graven die veel meer belang hechtten aan het peil van hun schatkisten dan aan het bijgeloof van hun pastoors en echtgenotes. Hier, in het zuidoosten, werden de Joden ruim tweehonderdvijftig jaar beschermd en met rust gelaten; ze leefden zo veilig en prettig dat het hen behoorlijk overviel toen die tijd voorbij was. Toen ze beseften dat ze heel erg naïef en weerloos waren.

Een familiebedrijf, een instituut. Niet *naar Grün*, dat niet, dat zou te vertrouwelijk zijn geweest, maar *naar de kruidenier*. Onvoorstelbaar dat hij er niet zou zijn geweest. Lang geleden al had hij zich bij grossiersvereniging A&O aangesloten. Behalve de plakletters op de etalageruit en de uniforme plastic zakjes was er weinig veranderd. Waarschijnlijk had Grün dankzij dat contract de beschikking gekregen over een groter en moderner assortiment. En misschien hielp de A&O-banner om ook mensen van buitenaf het volgestouwde hol te laten herkennen als wat het eigenlijk was.

Toen Lowetz de deur opendeed keek Grün, die achter in de winkel in het schemerlicht stond, hem aan alsof de Verlosser binnenkwam. Bedrijvig kwam hij achter zijn toonbank vandaan – achteraf had Lowetz de indruk dat hij daarvoor met zijn rug helemaal tegen de schappen aan had gestaan, weg van de vreemde man die op hem inpraatte –, liep op Lowetz af en schudde hem uitvoerig de hand. Lowetz had geen tijd om zich te verbazen, want Grün overviel hem met een waterval van woorden: over het huis, de tuin, zijn geweldige arme moeder die door iedereen zo werd gemist. Lowetz voelde zich alsof hij met zachte, zoete hagel werd beschoten. Toch voelde hij een innige band met Grün – als kind kwam hij al in zijn winkel, hij had boodschappen gedaan voor zijn moeder en regelmatig iets laten opschrijven. Hij had lolly's toegestopt gekregen en als jonge knul geholpen bij de inventaris. Soms raakte de kruidenier wat in de war, en dan lukte het hem niet om verder te tellen. Op dat soort momenten kon hij niet meer schrijven, nauwelijks ademhalen, verfrommelde hij het formulier; Lowetz herinnerde zich een scène waarin zijn moeder het klembord met de lijsten voorzichtig van hem afpakte. Hij was altijd snel hersteld van dat soort absences, hij hoefde alleen even te gaan zitten en een glas water te drinken, en dan moest iemand anders het tellen en opschrijven van hem overnemen. Maar nu leek die beste Grün een beetje eigenaardig te zijn geworden. Hij praatte op Lowetz in alsof hij ervoor betaald kreeg. De man op de achtergrond kwam langzaam naderbij geschuifeld, alsof hij erbij hoorde. Hij glimlachte, zag er vriendelijk en innemend uit, wachtte kennelijk op een onderbreking om iets te zeggen.

Nog een stap deed de onbekende, nu stond hij naast hen, en daar stonden ze met z'n drieën. Toen zweeg Antal Grün ineens, bijna midden in een zin, gebaarde met wapperende handbewegingen naar de onbekende en mompelde iets over een geschiedkundige, uit de streek, of in de streek? Maar hij kon helaas echt niets voor hem betekenen, dat moest hij geloven, hij was er in de betreffende periode immers helemaal niet bij geweest.

De heer, die donkere, ernstige ogen had, hoewel de rest van zijn gezicht de hele tijd glimlachte, gaf Lowetz een hand en stelde zich voor. Zoals zo vaak bij zulke gelegenheden verstond Lowetz de naam niet goed, maar hij was te sloom, te verlegen of niet nieuwsgierig genoeg om ernaar te vragen.

En waar gaat het precies om? vroeg Lowetz. Om de graven, antwoordde de heer met zijn vriendelijke glimlach. De graven, herhaalde Lowetz, zonder te begrijpen, zelfs zonder te schrikken, hij zou wel spontaan aan mummies of Kelten of de oude steentijd hebben gedacht, want werden er niet regelmatig, en zelfs min of meer in de buurt, vuistbijlen en vuurstenen, metalen munten en scherven aardewerk gevonden? Maar Antal Grün schudde zijn hoofd, heen en weer, met gesloten ogen van misprijzen of vertwijfeling of pijn, hij schudde zijn hoofd, heen en weer, weer en heen.

Nee, Lowetz had daar nog nooit van gehoord, hoewel hij hier was opgegroeid. Alstublieft zeg, ik ben van vierenvijftig, zei Lowetz snuivend, en dat er hier van alles is gebeurd in de oorlog, daar ben ik uiteraard van op de hoogte. Zoals overal aan de grens, toch?

Ja, helaas, zei de vreemde heer bevestigend, zoals overal: maar in Tellian en Kirschenstein, en ook verderop in Mandl en Löwingen, hebben we ze allang gevonden.

Ze stonden met z'n drieën naar de vloer te kijken. Grün streek met zijn handpalmen over de voorkant van zijn stofjas, alsof hij zichzelf wilde afstoffen. Lowetz had het gevoel dat hij iets moest vragen, maar hij kon niet bedenken wat. Dat is geen prettig werk, zei hij nadat hij een poosje had staan nadenken.

Eigenlijk wel, antwoordde de onbekende. Zodra ze gevonden zijn, kunnen ze begraven worden en hebben ze eeuwige rust.

Dood is dood, zou je zeggen, zei Lowetz.

Grün zei: Jongen toch.

Excuses, zei Lowetz.

Na een langere pauze zei de geschiedkundige: Zeg, Tolli, ik kom wel een ander keertje langs. Als het wat rustiger is. Voor nu neem ik graag nog wat ansichtkaarten mee...

Hij draaide zich om naar de nieuwe kaartenmolen. De onderste vakken waren gevuld met kranten, tijdschriften en cadeaupapier, bovenin waren kleinere draadmandjes bestemd voor enveloppen, wenskaarten, ansichtkaarten. Hij liet hem een paar keer ronddraaien, als om te bewonderen hoe goed gesmeerd hij liep, en hield hem uiteindelijk stil bij een van de ansichtkaarten van het slot. Hij haalde er eentje uit, hield hem omhoog en vroeg: Wie maakt die eigenlijk?

Wie laat deze kaarten drukken? Die waren er vroeger toch niet?

Grün streek met zijn handpalmen over de voorkant van zijn stofjas. Die zijn met de andere meegekomen, zei hij, met de nieuwe van de pestzuil en de luchtfoto. Ook de luchtfoto is zeer geliefd, je moet hoe dan ook een luchtfoto meenemen.

Lowetz pakte een kaart van de pestzuil. De zuil was in portretformaat voor een blauwe hemel gefotografeerd en leek haarscherp, je kon elk detail duidelijk onderscheiden, zelfs de afgebrokkelde neuzen van de heiligen.

Als kind heb ik ooit eens aan mijn moeder gevraagd of dat de oude mevrouw Graun was, zei Lowetz, terwijl hij naar de griezelige bedelares wees die haar beker uitstak. Daar moesten ze hard om lachen, Grün en de onbekende, heel eensgezind.

Lowetz keek naar de kaart, hij had de pestzuil in geen jaren echt goed meer bekeken. Het gezicht van de figuur was vertrokken, haar verkrampte hand omklemde de beker, en de vodden die ze droeg dreigden van haar borsten te glijden. Gelukkig waren borsten en vodden van zandsteen. Het kwam Lowetz ineens strafbaar voor om iemand zo af te beelden, zelfs als de figuur op niemand gebaseerd zou zijn, of op iemand die al tweehonderd jaar dood en vergeten was. Want iets aan de bedelares leek zo echt dat je verwachtte dat haar levende voorbeeld elk moment kon binnenkomen, huilend en weeklagend. Lag dat enkel aan het expressieve moment, aan de wanhoop die als verstard op het gezicht lag?

De oude mevrouw Graun daarentegen is niet van steen, en daarom moet ze natuurlijk zo vreselijk veel drinken, dacht Lowetz.

De bezoeker leek zijn gedachten te kunnen lezen. Ik vraag me af, zei hij, of het alleen de dood van haar man was of dat er nog een andere oorzaak is?

Ik zou het niet weten, zei Lowetz schouderophalend. Dat je er als jonge vrouw plotseling alleen voor komt te staan, met kind en boerderij, lijkt me wel genoeg.

Als je het zo bekijkt, vervolgde de ander, heeft ze het geweldig gedaan: haar kind grootgebracht en zichzelf en de boerderij lang genoeg overeind gehouden tot haar zoon het kon overnemen. En daarna heeft ze het bijltje erbij neergegooid... Is het zo gegaan?

Dat zou je zo kunnen zeggen, zei Lowetz, maar ze zuipt nog wel altijd. Maar u hebt natuurlijk gelijk. Ze heeft het gered, maar vraag niet hoe.

Lowetz zette de kaart terug in het mandje, maar de onbekende pakte het hele stapeltje slotkaarten en legde het naast de kassa neer. Antal Grün telde de kaarten en schoof ze in een papieren zakje. Postzegels erbij? vroeg hij.

Voor nu eerst maar vier, zei de man. Maar zeg eens, Tolli, een laatste vraag nog: Wanneer heb jij de winkel eigenlijk teruggekregen?

Toen Horka vertrok, zei Antal Grün onwillig. Op een dag was hij zomaar weg, en toen heeft zijn vrouw de winkel meteen aan mij verkocht. Ze lijkt te hebben geweten dat hij niet meer terug zou komen.

En de vrouw? vroeg de bezoeker.

Die is naar haar familie vertrokken, naar Stiermarken, zei Antal Grün. Er woont hier niemand meer van die familie.

En wanneer was dat? vroeg Lowetz, die amper begreep waar het over ging, hoewel de naam Horka iets in hem raakte wat hij was vergeten.

Vijfenzestig, zei Grün, in hetzelfde jaar dat de graaf de grafkelder heeft laten afdichten. Jij was toen een jonge knul, je hebt me nog geholpen met de verhuizing. Kun je je dat ook niet meer herinneren?

Geen idee, zei Lowetz en hij schudde zijn hoofd.

Nadat de onbekende was vertrokken stroomde er een golf klanten door de winkel. Mevrouw Koreny moest keukentouw, buikspek en hondenvoer hebben, een paar onbekende jonge mensen, vermoedelijk van de begraafplaats, kochten broodjes worst en wat te drinken, en uiteindelijk kwam Zenzi van Hotel Tüffer een grote doos met bestelde goederen afhalen, die ze meenam op het onderstel van een oude kinderwagen. Toen de rust was weergekeerd gingen Lowetz en Grün op de stenen treetjes voor de ingang zitten roken.

Je mocht hem niet, die man van daarnet, constateerde Lowetz.

Antal Grün deed of zijn neus bloedde: Wie?

Nou, die man die al die kaarten van het slot heeft gekocht, zei Lowetz.

Nee, dat is het niet, schoot Antal Grün in de verdediging, het is alleen dat ik echt niks voor hem kan betekenen, ik was toch helemaal niet... Ik weet het gewoon niet.

Dan moet hij het maar aan iemand anders vragen, zei Lowetz.

Inderdaad, zei Antal Grün, maar ik stel me zo voor dat hij dat al heeft geprobeerd.

Maar die Horka, zei Lowetz een paar minuten later, ik moest vandaag pas weer aan hem denken. Vroeger maakten ze ons bang met hem, toen we klein waren.

Dat wil ik wel geloven, zei Antal Grün.

Horka was de Zwarte Man van Dunkelblum, zei Lowetz lachend. En van die engerd heb je je huis gekocht? Ik kan me je oude huis helemaal niet herinneren.

Dat meen je niet, zei Antal Grün, ik woonde toch vlak naast jullie, daar waar Fritz nu zijn meubelmakerij heeft. Jij liep als kleine jongen de hele tijd heen en weer, totdat Eszter het zat was en je alleen nog door de tuin mocht.

Zodat de bel niet de hele tijd gaat, zegt Lowetz, in wie dat zinnetje uit dezelfde dieptes kwam bovendrijven als die waarin hij even eerder op de angstaanjagende, maar vooralsnog gezichtloze Horka was gestuit.

Zodat de bel niet de hele tijd gaat, beaamde Antal Grün.

Maar nu heb je helemaal geen bel meer boven de deur? vroeg Lowetz.

Die is kapotgegaan. Maar ik ben sowieso meestal voor. En anders roepen de mensen wel.

Ik kijk er wel even naar, zei Lowetz en hij stond op.

Laat maar zitten, zei Antal Grün afwerend, dat is helemaal niet nodig, maar Lowetz was al bezig, droeg de ladder naar buiten en keek van dichtbij naar de winkelbel. Hij lichtte zichzelf bij met het vlammetje van zijn aansteker. Er zit wat in, riep hij vanaf de ladder, geef eens een mes of schroevendraaier.

Lowetz peuterde voorzichtig een grauwwit klompje uit de deurbel, waarvan hij eerst dacht dat het een opgedroogd stuk kauwgum was. Maar het klompje had een harde kern, en toen hij later buiten op het trapje nog een sigaret rookte schaafde hij er met zijn duimnagel over. Binnenin zat een poreus steentje, een piepklein, asymmetrisch, licht getailleerd kegeltje met een rond kopje, ongeveer in de vorm van een mens-erger-je-nietpion.

Hij wilde het aan Grün laten zien, maar die stond de papierrol van zijn kassa te vervangen. Het viel Lowetz op dat die nog lang niet leeg was. Om hem te sarren deed hij de deur dicht en trok hem meteen weer open. De bel klingelde doordringend, Grün dook ineen.

Dat heb je zelf gedaan, plaagde Lowetz hem terwijl hij het steentje voor hem ophield, dat kan daar op geen enkele manier vanzelf terecht zijn gekomen. Nu even eerlijk, oom Grün: Je wilde die bel gewoon uitzetten, toch?

Nee, nee, antwoordde die, ingespannen bezig het afgeknipte beginnetje van de rol papier in te voeren: Ik zei toch, op een dag deed hij het gewoon niet meer.

Lowetz liet het steentje over zijn handpalm rollen. Het ziet er bijna uit als een stukje bot, zei hij. Denk je dat iemand zoiets in je bel heeft gestopt?

Antal Grün drukte op een knop, de kassa maakte een snorrend geluid, de rol die het papier afspoelde kwam in beweging, maar het uiteinde van het papier gleed niet door de gleuf, het stroopte op, verfrommelde, werd een prop, perste zich eerst nog vertwijfeld en angstig in de machine samen en welde toen in een kluwen papier omhoog.

Nee nee nee nee, jammerde Antal, kijk nou wat je hebt gedaan...

Ik? vroeg Lowetz. Wat heb ik daar nou weer mee te maken?

Maar Antal Grün staarde zo hulpeloos naar zijn ratelende, papier verslindende kassa dat Lowetz op de knop moest drukken om het apparaat uit te schakelen. Hij pakte een schaar, trok het verfrommelde papier eruit en knipte het af. Hij knipte nog twee punten af, in een stompe hoek ten opzichte van de zijkanten, zodat het papierbegin eruitzag als een pijl of een spitse tong. In Biohof Malnitz schenen ze dat zo te doen met het toiletpapier, maar Lowetz kon echt niet meer zeggen wie hem dat had verteld – *die vouwen daar zelfs het pleepapier, maar de gasten daar schijten waarschijnlijk ook lelietjes-van-dalen en primula's!* Hij drukte weer op de knop, de apparatuur kwam in beweging, hij voerde de papieren pijl richting gleuf, de pijl glipte naar binnen en erdoorheen, onverschillig als een gedresseerde leeuw die door een brandende hoepel springt. Lowetz duwde de kap van de kassa dicht en knipte de punt af. Antal Grün streek met gestrekte vingers over zijn borst en buik. Kijk, oom Grün, zei Lowetz, soms is het alleen maar een kwestie van techniek.

8

De vraag of het kwaad echt bestaat, in een pure, zichzelf voedende vorm, is ouderwets, quasireligieus en helemaal nergens goed voor. Alles valt te verklaren: met iemands jeugd, met armoede en vooral met geleden geweld, dat zich daadwerkelijk, zoals de Bijbel al wist te vertellen, eindeloos voortplant. We moeten hoe dan ook accepteren dat in zeldzame gevallen ongunstige omstandigheden en een inslecht karakter op een dusdanige manier samenkomen dat er een mens als een gevaarlijk wapen ontstaat. Bij wie later, wanneer diens levensloop uitgebreid onder de loep wordt genomen, nergens een afslag te zien is, een stop of een aftakking die, zo niet naar deugdzaamheid, dan toch op z'n minst naar iets onschuldiger contreien zou hebben geleid.

Zo iemand was Horka, voornaam Georg, geboren aan

het eind van het eerste decennium van de eeuw, in een krot aan de rand van Zwick. Horka-Schorsch. Geslagen door de dronkenlap die hem waarschijnlijk had verwekt, geslagen, geschopt, gewurgd en erger door zijn broers, die in het keuterboerderijtje over elkaar heen klommen in de strijd om zuurstof, aandacht en voedsel. Ondenkbare hygiënische omstandigheden. Ondenkbare sociale, psychische, seksuele omstandigheden. Dochters waren er niet, of het moesten de gelukkige dochters zijn die stuk voor stuk jong stierven, want ook dode kinderen hadden ze in de nederzetting meer dan genoeg. Horka was de jongste. Na zijn geboorte gaf zijn moeder het op, hoewel ze een paar jaar over dat opgeven had gedaan. De jongste Horka redde het op een of andere manier, en dat was wat hij beter kon dan alle anderen: het redden, tegen alle verwachting in.

Zelfs de kinderen Horka kregen gedurende een paar jaar een schoolgebouw vanbinnen te zien. Dat was sinds Maria Theresia traditie in de monarchie, en daar hield de gemeenschap zich dan ook aan. Laat ze elkaar thuis maar verkrachten of halfdood slaan, maar naar school gaan ze. Ze leerden min of meer schrijven en lezen. Overigens werden de lessen in de andere taal gegeven, aangezien men de eerste tien jaar van Horka's leven nog bij de andere kant hoorde. Op feestdagen was er eten voor de armen, dat had een hongerig kind als Horka-Schorsch al op z'n zesde begrepen. Ook dat je in de ochtend van 24 december bij fabrikante Thea Rosmarin, achter bij de tuinpoort, warme kleren en soms zelfs warme laarzen kon krijgen. Als je het heel hard nodig had. Wat Horka vrijwel elk jaar wist te bewijzen zodra hij doorhad wat je daarvoor moest doen.

De jongste Horka was verre van dom. Hij was zelfs de

slimste van alle broers – afgezien van een van hen, de oudste, maar met hem kon je strikt genomen niet goed vergelijken. Die had niet alleen de hut, niet alleen de omgeving, maar zelfs land en continent zo snel mogelijk verlaten en ook nog eens een andere naam aangenomen. Het is weliswaar onwaarschijnlijk, maar zeker denkbaar dat een van de nakomelingen van deze geëmigreerde broer, een meisje met rode wangen uit Litchfield, Ohio of een witblonde jongen uit Irving, Arizona, daar, aan de andere kant van de wereld, geschiedenis had gestudeerd, op de zaak Dunkelblum was gestuit en een bevoorrecht moment lang had gehuiverd van moralistische afschuw.

Horka's intelligentie was van bijzondere aard. Als een stevige, op maat gemaakte jas hield die zijn andere eigenschappen bij elkaar: zijn fysieke kracht en behendigheid, zijn neiging tot kwellen en vernederen en zijn opvliegendheid, die in regelrechte bloeddorst kon ontaarden. Maar Horka was, verbazingwekkend genoeg, ook in staat om zijn driften te beteugelen. Dat was het stukje intelligentie dat het commando overnam zodra hij iets dreigde te gaan doen waarbij zijn eigen hachje in het geding zou komen. Als puber beheerste hij dat al. Hij beheerste zich. En toch reikte zijn intelligentie niet verder dan dat – dan de opdracht aan zichzelf om de vechtmachine Horka met beleid in te zetten. Het ontbrak hem net aan dat bepalende, dat decadente stukje extra intelligentie dat hem bijvoorbeeld het benul had kunnen geven dat er meer in het leven was dan je er letterlijk, in de fysieke zin van het woord, doorheen te slaan.

Op de eerste schooldag werd hij naast Alois Ferbenz gezet. Hij voelde zich onmiddellijk geprovoceerd door diens keurige scheiding en schone overhemd. Meteen bij de eerste gelegenheid, in de pauze, die de kinderen op een braakliggend veldje naast de school doorbrachten, besprong hij hem van achteren. Hij klemde zijn armen om de hals van de andere jongen en liet zijn kleine bruine tandjes al zien, met de bedoeling om op z'n minst een oorlelletje van zijn klasgenoot te bijten, toen hij vanuit het niets van hem af werd getrokken en op de grond geslingerd. Dat kende hij van thuis, waar zijn grote broers hem uit verveling soms overgooiden als een bal die je niet per se hoefde te vangen. Horka lag op de grond, een paar jongens zaten boven op hem, eentje drukte zijn keel dicht, maar bijna terloops, zijn ogen strak op zijn aanvoerder gericht. Alois Ferbenz trok met een arrogant gezicht zijn overhemd recht. Toen Horka's gezicht eerst donkerrood en vervolgens paars aanliep, gaf Ferbenz de jongens met een handbeweging te kennen dat ze hem los moesten laten. De rest van de schooldag stonden zijn volgelingen met wantrouwende blikken om Ferbenz heen. Horka bleef op afstand en zon op wraak. Als hij een paar van zijn broers mee kon krijgen zou het moeten lukken. Hij zou hem vermoorden. Niet meteen, maar ooit. Hij zou wachten. Maar na schooltijd gaf Ferbenz, opnieuw met niet veel meer dan een handbeweging, te kennen dat Horka vanaf dat moment zijn tas naar huis mocht dragen. Een van de andere onderdanen stond de gladleren schooltas met tegenzin af. Ferbenz was de zoon van de schoenmaker, en aangezien hij uit Dunkelblum zelf kwam en niet uit de nederzetting, waar het uitschot woonde, had hij al een gevolg gehad toen hij voor het eerst naar school ging. Dat was zijn grote talent. Dat zou voor de rest van zijn leven zo blijven: altijd had hij mensen om zich heen die zich maar wat graag aan hem onderwierpen. Van het begin af aan was

Ferbenz een kleine vorst en Horka zijn toegewijde soldaat. Horka voegde zich, want het beviel hem erbij te horen. Ferbenz was slim genoeg om hem een klein beetje te bevoordelen. Zo kon Horka zichzelf wijsmaken dat hij zijn gevaarlijke kracht vrijwillig ter beschikking stelde, alleen aan hem, aan de beste.

Ferbenz zou hem gedurende decennia de hand boven het hoofd houden. Hij kende Horka's neigingen en wist dat je hem met bepaalde smerige klusjes zelfs een plezier deed. Ferbenz zorgde ervoor dat hij in dat soort situaties zelf niet in de buurt was. Gewoon, voor de zekerheid, alleen vanwege de mensen, vanwege het onvermijdelijke gepraat, ook al wist hij dat Horka hem niet zou verraden. Drang naar verraad was een emotie waarvoor Horka in zekere zin niet fijnzinnig genoeg was. Slaan, pijnigen, moorden, liegen, bedriegen: dat wel, graag en altijd. Maar geen verraad en geen intriges. Horka wist wie de baas was. Hij was lijnrecht in zijn emoties. Onrecht liet hij aan Ferbenz over, die dankzij Horka nooit zijn handen vuil hoefde te maken. Zo waste de ene hand de andere: de onrechtvaardige en de bloederige hand wasten elkaar in trouwhartige, typisch Duitsgetrouwe onschuld.

Want voor mensen als Horka en Ferbenz pakte de loop van de geschiedenis in eerste instantie erg gunstig uit; ze werden opgetild, als door het water in het volgende beeld van Stefan Zweig: *Steeds als de tijd halsoverkop voorwaarts stormt, komen die personen aan kop die zonder enige aarzeling met de golf durven meeliften.*

Waren ze voor de Eerste Wereldoorlog nog te jong geweest, nu waren ze helemaal klaar voor alles wat daarna kwam. Zo had Horka in de strijd om de witte vlaggen voor het eerst laten zien wat hij organisatorisch in huis had. En ook daarvoor, voor organiseren, moet je over een minimum aan intelligentie beschikken. In deze cruciale dagen was hij overal tegelijk, hij hielp overal mee, en waarschijnlijk was het enkel en alleen aan zijn onvermoeibare inzet te danken dat Dunkelblum de witte vlaggen een paar uur eerder kon hijsen dan Kirschenstein en dagen eerder dan Tellian, eerder dan Löwingen, eerder dan bijna iedereen.

Niet lang na deze glorieuze dag, maar nog voor het begin van de oorlog, pleegde Horka zijn eerste moord. Anders dan naderhand zo hardnekkig werd beweerd was het slachtoffer geen zigeuner (daar zou al helemaal niemand moeite mee hebben gehad), maar een rondtrekkende arbeider die Miklos Jobbagy heette. Hij trok met zijn fiets van dorp naar dorp en bood zijn diensten aan bij het uitmesten van de stal, hooien, oogsten of als er ergens een hek of een schuur moest worden gebouwd. Helaas hoorde hij slecht, en misschien was hij ook wel niet de slimste, maar waarschijnlijk werd de combinatie van beide hem noodlottig.

Horka wilde zijn nieuwe huis laten schilderen. Als je ineens een nieuw huis hebt zonder ervoor betaald te hebben, wil je het waarschijnlijk meteen veranderen, het je eigen maken. Het bekende verhaal: de pannen van de vorige eigenaar stonden nog warm op het fornuis. Maar misschien was Horka's nieuwe huis ook wel echt aan een schilderbeurt toe, wie zal het zeggen. Hij sprak Miklos aan op straat en zei dat hij werk voor hem had. Dat gebeurde niet voor het nieuwe huis in Dunkelblum, Tempelgasse 4 – waar Miklos misschien beter had begrepen wat er van hem werd gevraagd –, maar aan de rand van Zwick, waar Horka blijkbaar iets in de buurt van zijn ouderlijk huis te doen had gehad, als je het scheefgewaaide krot tenminste zo kon noemen. Hoe dan ook, de onnozele Miklos Jobbagy verstond de naam niet goed, of hij dacht dat Horka nog in de nederzetting woonde, wat half fout, half correct was.

Hoe heet u – Horváth? vroeg hij terwijl hij zijn hand achter zijn grote oor hield, waar een dikke pluk haar uit stak, als grijs touw: Moet ik voor een zigeuner het huis witten? Dat weet ik niet, of dat wel gaat.

Toen sloeg Horka toe, met volle kracht op zijn slaap. Dat iemand hem Horváth noemde! Het was een bruuske dood. Horka liet alles liggen zoals het lag. Hij spuugde op de grond, draaide zich om en vertrok. Hij had tenslotte nog steeds een schilder nodig, en aangezien dat inmiddels kennelijk lastig genoeg was kon hij maar beter meteen verder zoeken.

Toen na een poosje de gendarmes arriveerden, met dokter Bernstein in hun kielzog, was de fiets al uit zichzelf verdwenen. De dode rondtrekkende arbeider lag eenzaam en verlaten in de modder. Omdat dokter Bernstein ondanks de hachelijke situatie zijn beroepseer hooghield en bovendien nog zoveel autoriteit bezat dat niemand zich met zijn bevindingen bemoeide, vermeldde hij in de overlijdensakte ook de schedelbreuk die hij had gevoeld. Het was niet zo dat niets er nog toe deed, de zaak werd zeker onderzocht. Er volgde zelfs een verhoor. Maar er kwam ook een telefoontje uit de omgeving van Ferbenz, die op dat moment al ver weg was en zich op het hoogtepunt van zijn carrière bevond. Ferbenz, inmiddels doctor, uitgerekend in de rechten, en bovenal plaatsvervangend gouwleider, liet zich met de gendarmeriepost in Dunkelblum verbinden, liet Horka aan de telefoon komen en sprak eerst zelf met hem. Horka luisterde even en zei alleen: Begrepen, waarna hij ophing. In het afsluitende rapport stond dat Horka uit noodweer had gehandeld, tegen een agressieve zigeuner die zich kennelijk illegaal aan zijn uitzetting had onttrokken. Het stoffelijk overschot van Miklos Jobbagy, van wie, voor zover hij die al had, geen familieleden konden worden opgespoord, werd begraven op de katholieke begraafplaats, niet op het kadaverveld bij de heidenen, ongedoopten en zelfmoordenaars. Achteraf zou je haast denken dat iemand een slecht geweten had gehad. Wie, dat weet niemand. En misschien was het ook wel gewoon een vergissing, te wijten aan de bewogen tijden, waarin het zelfs weleens voorkwam dat op microniveau iets beter afliep dan voorzien.

9

Een groot deel van de wrede reputatie die Horka later als aura en pantser met zich meedroeg had hij te danken aan zijn aandeel in de verdediging van Dunkelblum tijdens de laatste dagen van de oorlog. In de maanden daarvoor had hij het bevel gehad over een werkkamp. Zeven jaar lang was Dunkelblum *judenrein* geweest, maar toen, op het moment dat alles al één grote chaos was, stuurden ze vanuit Boedapest wagonladingen vol half uitgehongerde, haveloze figuren, die samen met alles wat in de omgeving nog kon lopen, staan en een schep kon vasthouden – naast de in iets betere staat verkerende dwangarbeiders waren dat voornamelijk vrouwen en oudere kinderen uit de streek – de zogenoemde Südostwall moesten bouwen.

Dat was een van de laatste grandioze ideeën die vanuit de Berlijnse Führerbunker naar buiten waren gedrongen. Om zich tegen het Rode Leger te verweren moest er een verdedigingssysteem gebouwd worden zoals de wereld niet eerder had gezien: de Chinese Muur, de Romeinse Limes en meteen daarna de Südostwall, zoiets. De eigen legers stonden nog aan de andere kant, maar mochten die worden teruggedrongen – en dat zou gebeuren, dat wist iedereen die een kaart kon lezen en de berichten van de Wehrmacht volgde –, dan moesten ze op hun terugtocht een fenomenale verdedigingslinie aantreffen, waar ze een *Kugelbunker* of geschutskoepel in konden glippen, als een hand in een voorverwarmde handschoen. Van daaruit zouden ze het Duizendjarige Rijk verder moeten verdedigen. De Führer had aan alles gedacht. Daarom groeven en schepten dertig-, veertigduizend mensen van de Witte Karpaten tot aan de Drau, het zou een geweldig bouwwerk worden, onneembaar, onoverwinnelijk. Aldus schetterde de propaganda, die altijd scheller klinkt naarmate hij verder van de feiten af staat. En ja, het aantal misdrijven dat langs deze linie werd gepleegd, het aantal zinloze en wrede sterfgevallen dat ze voor haar rekening nam, verbrak alle records. Maar het effect van het bouwwerk? Voor Dunkelblum zag dat er zo uit: een eerste Sovjettank reed voorzichtig de greppel in, een tweede reed erbovenop. En over beide tanks legden ze dikke balken en klaar was de provisorische brug. Op andere plekken moet de Südostwall beter gefunctioneerd hebben, maar daar hadden de Dunkelblumers natuurlijk niets aan.

Dus toen waren ze daar, de Sovjets, en de Volksstürmer die hen vanachter het oorlogsmonument met een granaatwerper begroette was door het dolle heen toen hij zag dat hij hun eerste T-34 aan flarden had geschoten. Misschien zag hij zichzelf al met een onderscheiding op zijn borst, of misschien was zijn adrenalinepeil wel te hoog voor dat soort zoete dromen – *wie er niet bij was heeft geen idee* –; hoe dan ook, zijn vreugde en trots hielden hooguit twee minuten aan, tot de eerstvolgende Russische tank een einde maakte aan hem, het oorlogsmonument en een deel van het hoekhuis aan de Karnergasse.

De achtenveertig uur nadat de Sovjets Dunkelblum hadden ingenomen – voor de eerste keer hadden ingenomen –, brachten Horka en de oude Graun door op de zolder van het huis van de familie Stipsits. Er was iets bijzonders met die zolder: aan de smalle kant bevond zich een dubbele wand, die een strook van net iets meer dan een meter breed afscheidde van de rest van het vertrek. Deze wand zag er hetzelfde uit als de andere, gelig gesausd en vol scheuren. Ervoor stond, bijna de helft van de zijwand bedekkend, een reusachtige, oude houten kast; geen mooi stuk met boerenschilderkunst en houtsnijwerk, gewoon een wormstekige zware kast met drie deuren. En die kast was de ingang. Aan de linkerkant, vanaf halverwege tot bovenaan, bevonden zich vijf planken, de blauwgeverfde achterwand was goed te zien. Maar daaronder ontbrak die. Wie in de kast stapte en zich bukte viel bijna in de verborgen ruimte. Het was een oeroude constructie, en buiten het huis van de Stipsits wist niemand ervan. Een verre voorvader had in die schuilplaats wellicht schatten verborgen, of had er andere stiekeme praktijken uitgevoerd, wie zal het zeggen.

De oude Graun had de kast ontdekt toen hij nog op school zat, en destijds was hij leeg geweest, afgezien van stof en muizenkeutels. Op de lagere school van Dunkelblum had een tijdje een invalmeester genaamd Jenő Goldman gewerkt. Goldman was jong, hield van kinderen en had moderne opvattingen. Zo nam hij de kinderen mee naar buiten om ze daar te laten tekenen. Nadat hij dat een paar keer had gedaan gaf men hem te kennen daar liever mee te stoppen. Er waren destijds nog Dunkelblumers die absoluut niet inzagen waarom hun kinderen naar school zouden moeten in plaats van te helpen op het land, als ze toch alleen maar door de stad gingen wandelen. Maar tijdens een van die twee, hoogstens drie buitenlessen gaf Jenő Goldman de klas opdracht om op de treden van de pestzuil of ernaast te gaan zitten en een zelfgekozen uitsnede van de Hauptplatz te tekenen. Veel kinderen kozen voor het slot met zijn imposante toren, maar scholier Graun, die heel goed kon tekenen, stortte zich op het begin van de Reitschulgasse waar hij op uitkeek, de rij huizen schuin tegenover Hotel Tüffer. Het eerste pand was de school, het tweede het huis van de familie Stipsits, het derde een kantoorpand met dikke muren dat in het bezit was van de industriëlenfamilie Rosmarin. De villa van de Rosmarins zelf, Reitschulgasse 8, met het smeedijzeren tuinhek en de beide stenen zuilen links en rechts van de smeedijzeren poort, was vanaf de pestzuil niet meer helemaal te zien, waarop Graun besloot zijn tekening aan de zijkant met de slechts aangeduide ijzeren poort te laten eindigen. Maar aan de ramen, de deuren en de dakpannen van de drie andere huizen besteedde hij veel tijd – hij gumde en arceerde en veegde met zijn bevochtigde wijsvinger over de arceringen om zo veel mogelijk verschillende structuren uit te beelden. Jenő Goldman complimenteerde hem. Je hebt een heel goed oog, zei hij, maar Graun vertrok alleen lichtjes zijn mond.

Hij wist dat men deze leraar een idioot vond, dus was hij niet van plan om vrienden met hem te worden, ook al had hij plezier in de tekenlessen. Maar ook dat zei hij niet. Je deed wat je gevraagd werd en hield je mond, zo ging dat in die tijd. En ook later ging dat zo. Maar tijdens die les, toen hij aan de voet van de pestzuil zat te tekenen, wist de oplettende scholier Graun heel nauwkeurig de verhoudingen van de door hem afgebeelde huizen weer te geven. En toen hij toevallig een paar dagen later iets moest afgeven bij de familie Stipsits en mevrouw Stipsits hem verzocht een zware mand voor haar naar boven, naar de zolder te dragen, merkte hij bijna meteen op dat er in het vertrek een dakraam ontbrak dat van buitenaf te zien was.

Het was een raadsel dat hij niet van zich af kon zetten. De avond van de zomerzonnewende, toen heel Dunkelblum op de been was, leek hem een goed moment om op nader onderzoek uit te gaan. Hij sloop onopvallend weg van de midzomervuren, liep de trap op naar de zolder van de familie Stipsits en keek om zich heen. Hij opende het linkerraampje op een kier, uit angst dat iemand buiten hem zou kunnen ontdekken. Maar een schuine blik volstond om te zien dat meteen daarnaast het kantoorpand lag. Dus moest het de andere smalle kant zijn. Daar stond van alles, onder andere de enorme kast. Graun opende de linkerdeur. Hij was destijds hoogstens een meter vijftig lang, dus hoefde hij maar een klein stukje te bukken om onder de onderste plank te kunnen kijken. In elk geval rook of vermoedde hij dat hij had gevonden wat hij zocht. Hij stapte meteen de kast in en ontdekte de geheime kamer erachter. Hij keek snel rond – alleen muizenkeutels en stof – en wilde er snel weer vandoor gaan om te bedenken wat hij met deze nieuwe kennis kon doen. Maar buiten voor de kast stond met een grijns op zijn gezicht Horka, die hem weer eens achterna was geslopen. En zo wisten ze er allebei van, en ruim vijfentwintig jaar later, op een cruciaal moment, herinnerden beide mannen zich de kast.

Eerst voelde het alsof ze in de val zaten: met z'n tweeën opgesloten in een klein hokje, terwijl buiten voor het raam de indringers bijeenkwamen. Als ze er ooit al uit zouden komen, dat ze geen onschuldige burgers waren zou even voor de hand liggend zijn als de enig mogelijke consequentie: namelijk meteen dood te worden geschoten. Beide mannen waren de andere verdedigers uit het oog en het oor verloren, in plaats daarvan hoorden ze ineens de vijandelijke tanks. In eerste instantie waren ze even onthutst als iedereen, want ze waren overtuigd geweest van de beschermende werking van de muur, en misschien hadden ze hier en daar wel een soldaat verwacht, maar zeker geen stoet van tanks die de aarde deed beven. Los van elkaar hadden ze op het allerlaatste moment het huis van de familie Stipsits weten te bereiken. Gelukkig had er van tevoren iemand – Graun? – wat voorraden door de opening gegooid en ze hadden voldoende munitie, en ook nog allebei een Panzerfaust 30. Daar zaten ze dan. Het was net groot genoeg om met gestrekte benen naast elkaar te kunnen zitten, of met opgetrokken benen dwars en schuin tegenover elkaar onder het raam. Zo brachten ze achtenveertig uur door, pratend, zwijgend, rokend, luisterend. De geheime ruimte bleek uiteindelijk de beste strategische plek. In de ochtenduren van Goede Vrijdag werd er weer geschoten. Ze komen ons bevrijden, siste Horka, die al de hele tijd met zijn mes aan het stucwerk van de muur aan de straatkant had zitten krabben in de hoop een steen los te kunnen krijgen en naar binnen te trekken. Overdag durfden ze niet door het dakraam te kijken, en 's nachts was er weinig te zien geweest; af en toe een zaklamp of een slecht afgeschermde gloeiende sigaret, waar ze allebei maar wat graag op hadden geschoten.

Dunkelblum was een spookstad, hoewel niet alle inwoners waren weggevlucht. Sommigen waren gebleven uit angst om have en goed, of omdat ze de kans om voor onbepaalde tijd te overleven in een winters bos nog kleiner achtten. Ouderen, zieken, vrouwen en kinderen hielden zich schuil in garderobekasten en kolenkelders, in stallen en op hooizolders, wachtend op een einde waar niemand zich echt iets bij kon voorstellen. Zou Oostenrijk communistisch worden? Zolang je erin drijft zijn tijd en gebeurtenissen vloeibaar, maar daar denk je zelden aan als je jaren of decennia later woorden bezigt als *einde van de oorlog*. Dan zie je dat als een duidelijke begrenzing in de stroom, onbeweeglijk en goed herkenbaar, iets stabiels zoals, om maar wat te noemen, een golfbreker.

Dunkelblum is daar het beste voorbeeld van. Daar leek immers alles voorbij te zijn: de Südostwall was in een mum van tijd bedwongen, de Russen stonden met hun tanks op de Hauptplatz en in de omringende straten en steegjes. Hun belangrijkste observatieposten richtten ze boven op de slottoren in, dat zou iedereen zo hebben gedaan. Achtenveertig uur lang wilde de weegschaal maar niet beslissen naar welke kant hij moest doorslaan. Er waren geen witte vlaggen – niet deze keer, niet in Dunkelblum. Dunkelblum gaf zich niet net als veel andere plaatsen over, het stadje was verlaten en vijandig. De Russen hadden geen contact met de inwoners, die leken van de aardbodem verdwenen. Er werd geschoten op al wat bewoog, de namen van de slachtoffers staan geschreven in de kronieken van Dunkelblum: Teresia Wallnöfer, Aloysia Malnitz, Hubert Gstettner, Eduard Balaskó en een kind, de achtjarige Edwine Grubar, met een a. Geen van hen had zich willen overgeven, naar buiten willen komen, met de lege handen boven het hoofd. En zelfs onder hen die zich wel overgaven waren er een paar doodgeschoten, door de Russen of de eigen mensen, van achteren, in de rug. Niet hier, maar ergens anders. Dat wist iedereen. In die tijd lagen sterven en overleven ook voor de burgerbevolking statistisch gezien heel dicht bij elkaar. Daarom bleven ze maar liever wachten in hun schuilplaats. Gepakt werden ze als ze rondscharrelden, van de wc terug naar de hooizolder, of het huis uit naar de aardappelkelder. De Russen zagen in dat het hier nog niet voorbij was en vroegen om versterking.

In plaats daarvan kwamen de Duitsers, in onverwacht groten getale. De weegschaal stak zijn rechterarm dus nog een keer omhoog, hij had een bijzonder gevoel voor humor. Horka had eindelijk een steen losgekregen en trok hem voorzichtig naar binnen. Het strijdgewoel zwol aan. Het luchtafweergeschut knetterde door de straten in plaats van op vliegtuigen te schieten. De Russische tanks begonnen zich terug te trekken, waarnaartoe konden ze vanaf de zolder niet zien. En toen brak het grote moment aan voor Horka en Graun, die de tegenstander nu onverwacht op de rug keken. Horka trok het dakraam open en maakte met de granaatwerpers bliksemsnel korte metten met de laatste twee vertrekkende tanks, voordat de tweede zich ook maar kon omdraaien. Vanuit hun positie was dat bepaald geen sinecure, nee, bepaald niet. Vervolgens verlieten ze hun schuilplaats, rennend onder dekking van de hun welbekende muren en steegjes, namen de kortste weg door portieken, via binnenplaatsen en moestuinen. Ze volgden de Russen het plaatsje uit, knokkend, huis na huis, uiteindelijk schreeuwend en juichend, zich verenigend met de verrassend grote troepen van de ss-divisie Wiking, die weliswaar uit fanatieke Duitsers, Oostenrijkers, Nederlanders, Vlamingen en Balten bestond, maar op wie de twee Dunkelblumers als onoverwinnelijke vechtmachines moesten zijn overgekomen, zoals ze hadden weten te ontsnappen en de vijand in de rug hadden aangevallen. Zo werd het in elk geval later verteld, want het verhaal van de jacht op de zich terugtrekkende Russen werd vaak en graag opgehaald, vooral door Ferbenz op de gedenkdagen die de Heuraffls en Berneck, gelapte Schurl en de anderen in Café Posauner vierden; de dertiende februari, de twintigste april, de eerste mei en de negende november, en dan sloegen ze plaatsvervangend Graun junior op de schouders.

Graun en Horka, dat waren kerels uit duizenden, herhaalde Ferbenz, en hoe ouder hij werd, hoe meer zijn kin bibberde. Duitse helden, zei Ferbenz, en zijn rode ogen werden vochtig. Kom daar nog maar eens om tegenwoordig. Maar we komen terug. Ik zal het misschien niet meer meemaken, maar jullie, wacht maar af, jullie zullen het zien… We komen terug.

De gebroeders Heuraffl, Berneck en gelapte Schurl knikten. Ze wisten wat hij nu zou gaan zeggen.

Want *hij* zal voor eeuwen, zei Ferbenz, zijn oudemannenstem ging de hoogte in, bijna als die van Rehberg: wat zeg ik, voor duizenden jaren, iemand zijn die de grootste denkers, inclusief de Joden, zal bezighouden.

Graun junior zat er onbewogen bij. Hij vond het niet gênant, hij vond het niet belangrijk, het interesseerde hem niet. Het was net als het weer, als het gekijf van zijn vrouw en de dronkenschap van zijn moeder – het kwam en het ging, na je werk ging je erbij zitten en je dronk een borrel. Hij dacht er niet over na dat de heldhaftige verdrijving van de Russen maar de helft van het verhaal was, niet meer dan het ene, achteraf gezien minder belangrijke deel, aangezien dat was gevolgd door een hele week van herovering, twintig dode Dunkelblumers – de meesten van hen vrouwen –, de kleine Fritz Kalmar, die onder zijn dode grootmoeder vandaan werd getrokken met een granaatsplinter in zijn hoofd, meer dan honderd dode soldaten en Volksstürmers en een onbekend aantal dode soldaten van het Rode Leger; bovendien ruim twintig huizen die in puin lagen, en niet te vergeten het slot, dat door hun eigen mensen in brand was geschoten, want de Russen die op de toren zaten moesten daar natuurlijk eerst vanaf. En terwijl de gevechten aanhielden brandde het slot, het brandde dagenlang, een al van verre zichtbare fakkel, omdat het in het strijdgewoel natuurlijk – helaas – niet geblust kon worden.

Graun en Horka, Horka en Graun, de twee helden die alles hadden gegeven. In dit verhaal werden ze beste vrienden, domweg omdat dat het beeld was dat als vanzelf uit de oorlogsanekdote oprijst. Maar de verhalen passen niet bij elkaar: domheid en heldendom, overgave of bloedig verzet, vriendschap, vijandschap of slechts het aangrijpen van een toevallige buitenkans in een uitzichtloze situatie, na de tijd te hebben uitgezeten in het geheime kamertje. De laatste die daarover zou hebben nagedacht was Graun junior. Zijn er-niet-over-nadenken kon je welhaast een prestatie noemen. Want in Dunkelblum, en zeker onder de ouderen, stond vast dat het Horka was die bijna op de kop af een jaar later zijn strijdgenoot Graun in het bos had doodgeschoten en vervolgens op wat restjes na alles had verbrand, samen met zijn hond. Dat stond vast, ook al sprak niemand erover.

10

Flocke was voor de zomervakantie naar huis gekomen. Sinds twee jaar gaf ze les op een basisschool honderdvijftig kilometer verderop, en elke keer als haar moeder vroeg of ze niet liever iets in de buurt wilde zoeken, zei ze dat een beetje afstand van Dunkelblum haar door het jaar heen erg goed deed. En dat zou het jou ook doen, voegde ze daar lachend aan toe.

Malnitz, haar vader, hield van alle vier zijn kinderen het meest van Flocke, ook al begreep hij nagenoeg niets van haar. Flockes stijfkop verschilde fundamenteel van zijn dwarse hoofd, en ook van het prachtige, misschien nog wel dwarsere van zijn vrouw Leonore.

Omdat hij zoveel van haar hield ging er veel mis tussen vader en dochter. Hij bemoeide zich te veel met haar zaken, en zoals alle ouderwetse vaders vermomde hij zijn bezorgdheid als autoritair gedrag. De laatste tijd vroeg hij zich steeds vaker af of alles wel echt in orde was met haar, hoewel hij dit *alles in orde* niet eens nader had willen uitleggen aan zijn beste vriend, als hij die had gehad. De orde die hij bedoelde was de heteroseksuele. Met Leonore kon hij daar niet over praten.

En, heeft ze eindelijk een vriendje? probeerde hij een keer terloops toen Leonore had opgehangen na een lang telefoongesprek met Flocke.

Wat bedoel je met eindelijk? vroeg Leonore op haar beurt, haar ogen als koude schijnwerpers op hem gericht.

Nou, het wordt zo langzaamaan tijd, of niet soms, zei hij defensief, meteen vermoedend dat dat een vergissing was geweest.

Tegenwoordig zijn ze niet meer allemaal zo stom als ik, diende Leonore hem van repliek, waarop hij natuurlijk kwaad was geworden: Ik heb het toch niet meteen over trouwen en kinderen krijgen, tierde hij, maar ik mag toch wel vragen of ze een vriend heeft, of ze eigenlijk ooit wel een vriend heeft gehad, dat mag je als vader toch wel weten?!

Met slaande deuren had hij het huis verlaten, omdat hij in zijn woede wel de juiste vragen wist te stellen, maar uit dramaturgische overwegingen de antwoorden niet kon afwachten.

Sinds Flocke weer thuis was hing ze voornamelijk op de Joodse begraafplaats rond. Dat daar iets gaande was hadden ze samen ontdekt. Ze hadden zoals wel vaker met z'n tweeën ontbeten, aangezien Leonore de hele tijd druk was met de nieuwe mopshond, met haar platgedrukte kopje waarin één enkele overtuiging stevig verankerd was: dat je als hond je boodschap uitsluitend in gesloten ruimtes diende te doen. Dat kreeg ze er niet uit bij het beestje. Waar ze ook maar ging of stond deed ze een grote of kleine boodschap, dus er waren al een paar vloerkleden weggehaald – tijdelijk, zoals Leonore verzekerde. Ze beet alles kapot wat je niet van haar afpakte, of probeerde het op z'n minst: schoenen, scharen, blokken hout. Koloman, de oude mopshond, liep achter haar aan en snuffelde aan de verwoestingen alsof hij niet kon geloven wat deze nieuwe hond allemaal flikte. Leonore had zich nog niet druk gemaakt om de kapotte spullen, maar wel om de twee tanden die Hilde al kwijt was geraakt.

Als ze zo doorgaat heeft ze voor haar eerste verjaardag geen tanden meer, zei Malnitz, maar zijn vrouw was zo ten einde raad dat ze zich niet uit de tent liet lokken.

Je kon je afvragen waarom ze voor die lastpak meer geduld opbracht dan voor de rest van de wereld.

Met die beesten kan mammie nog een keer van voren af aan beginnen, zei Flocke belerend terwijl ze marmelade op een broodje smeerde. Als kind al had ze haar meningen verkondigd alsof het algemeen erkende waarheden waren: Die hond zegt zoiets niet tegen haar, omdat die het niet eens weet. Het is namelijk, maar dat zul je wel niet geloven, ook een vorm van kritiek.

Wat? vroeg hij niet-begrijpend.

Tegen haar zeggen dat ze met dat beestje meer geduld heeft dan bijvoorbeeld met jou.

Dat heb ik toch helemaal niet... begon Malnitz, maar onder Flockes blik liet hij zijn zin halverwege overgaan in een galop: Wat zijn jullie vrouwen toch ook altijd overgevoelig!

Zo was het al bij het ontbijt bijna tot een uitbarsting gekomen. Nadien vroeg hij zachtjes of ze mee wilde rijden naar de nieuwe wijngaard. Tot zijn verrassing zei ze ja, glimlachend alsof er niets was gebeurd. Niet het zwijgende vervolg van het ontbijt, en niet het provocerende aanbod aan haar wanhopige moeder om beide honden later mee te nemen voor een wandeling, net zo lang tot Hilde het wel buiten móést doen.

Maar ze zaten nog geen vijf minuten in de auto of ze riep: Papa, stop, stop, kijk eens, kijk!

De poorten van de Joodse begraafplaats stonden wijd open, een bijna afschrikwekkende aanblik. Ze waren veel groter dan je zou hebben verwacht, ze leken altijd zonder overgang te versmelten met de muur. Maar nu gaapten ze uitvoerig na een decennialange slaap en vormden een reusachtig gat, waaruit de kop van een groen fabelwezen leek op te doemen, iets met slierten rond neus en muil. Alsof het groene van binnenuit met zijn kop de poort had opengestoten. De mensen waren vergeten dat er daar nog iets was. Dat de muur het een of ander omsloot. Sinds mensenheugenis was de begraafplaats niet meer dan een spookachtige hindernis geweest, een blok waar je omheen moest lopen of rijden. Een gestolen stuk landschap. Nu stond hij open en maakte daardoor een gebiedende indruk, alsof hij zich nog verder wilde uitstrekken, als een nieuw heelal, zichzelf zou ontvouwen om betreden te kunnen worden. En Malnitz' jongste dochter, die hij maar met moeite als volwassene kon zien, wilde natuurlijk niets liever dan daar naar binnen: Papa, papa, stop, nu, dat moet ik zien!

Binnen troffen ze geen team van bouwvakkers aan, maar een groepje incompetente melkmuilen in spijkerbroek en op gympies. Malnitz had luidkeels willen lachen, zoals ze daar bezweet op bierkratten zaten en het voor elkaar kregen om er tegelijkertijd wanhopig, arrogant en uiterst vastberaden uit te zien. Er waren ook meisjes bij. De klissen kleefden al tot aan de knieën aan hun broekspijpen. Een van hen had krassen in haar gezicht, die had ongetwijfeld van dichtbij kennisgemaakt met de bramenstengels die het struikgewas als prikkeldraad met elkaar verbonden. Ze hadden de beschikking over zagen, verschillende formaten snoeischaren, scheppen, harken, een bijl en een gebutste kruiwagen. Het enige elektrische gereedschap was een kleine heggenschaar, waarmee je de buxusboompjes tot een bol had kunnen snoeien, een spiraal of een omgekeerde bloempot. Maar die verhield zich tot het oerwoud hier als een lepel tot een mijn. Uit het gezicht van zijn dochter maakte hij op dat hij maar beter niets in die richting kon zeggen, om niet de indruk te wekken zo'n typische plattelandsmacho te zijn, opdringerig, ongastvrij, haatdragend, zoals Berneck of de Heuraffls zich zouden hebben gedragen. Dus beperkte hij zich tot een geamuseerd: Wat zijn jullie in hemelsnaam van plan?

De vreemde jonge mensen antwoordden niet eens, ze haalden alleen hun schouders op.

Maar jullie spreken wel Duits, toch? vroeg hij aarzelend.

Bijna perfect, zei een jongen in een rood T-shirt, misschien de leider, met neerbuigende blik.

Hebben jullie iets nodig? vroeg Malnitz vervolgens op verzoenende toon, ik kan me zo voorstellen dat een *Fichtenmoped* geen kwaad kan?

Hij zag de frons uit Flockes voorhoofd verdwijnen. De jonge mensen staarden hen aan.

Een kettingzaag, vertaalde Flocke, willen jullie onze kettingzaag lenen?

En dus stapte Malnitz weer in de auto, kwam terug met kettingzaag, smeerolie, werkhandschoenen met kevlar binnenvoering, de jerrycan met benzine, een krat mineraalwater, een takkenzaag op een lange stok, een paar touwen en wat hij verder nog aan bruikbaars vond, liet Flocke achter bij haar leeftijdgenoten en reed in z'n eentje naar de nieuwe wijngaard. Maar toen hij een paar dagen later het obligatoire krat wijn naar Zwick bracht en op de oprit zette voor zijn familie, deed zijn schoonzus, met wie hij in geen jaren een woord had gewisseld, kort het raam open en beet ze hem iets toe. Hij had er niets van verstaan. Hij reed weer weg, en pas in de auto besefte hij wat het waarschijnlijk was geweest. Hij trapte hard op de rem en keerde midden op de hoofdweg om – Graun junior, die hem in zijn bestelbus tegemoetkwam, liet de claxon niet meer los, de toon als een vlag van verontwaardiging achter zich aan slepend tot hij uit het zicht was. Malnitz hobbelde door de berm, bleef met draaiende motor staan en laadde het krat wijn weer in de achterbak. Achter de inmiddels dichte ramen bewogen bijna onzichtbaar de gordijnen, als beroerd door een zachte ademhaling. *Jodenvriend.* Van zo iemand hoefden ze geen wijn meer te drinken, dus die nam hij meteen maar weer mee.

Met haar net drieëntwintig jaar had Flocke nog nooit een Joodse begraafplaats gezien. Ze wist niet wat ze ervan had verwacht, maar ze was ervan uitgegaan dat het er bij de Joden net zo zou uitzien als bij hen. Anders zou ze niet zo verbaasd zijn geweest. De vreemdheid van de plek werd nog vergroot door de tergend trage verwoestingskracht van de vegetatie – veel langzamer nog dan lava, maar even meedogenloos. Ze had haar werk al gedaan. Wortels vreten zich van onderaf naar boven, drukken alles weg, hoe zwaar ook. Met hun wroetende vingers laten ze de stenen huilen, ze barsten uit elkaar van onzichtbare tranen, en de takken en bladeren vanboven doen alleen maar alsof ze komen troosten, terwijl ze het slagveld slechts toedekken

– collaborateurs dat ze zijn. Maar zelfs als je het gebrokene en kapotte buiten beschouwing liet was alles er anders, de kleuren en de vormen. De grafstenen, lage witte en hoge, smalle zwarte, stonden er geschrokken bij, als kinderen verstard in hun beweging tijdens een spelletje Annemaria koekoek. Ze wachtten op het vonnis. Wie wiebelde er nog? Jij bent af… Het kwam doordat de meeste stenen smaller waren dan op normale begraafplaatsen en dichter op elkaar stonden. Vele ervan – de kleine witte – hadden de vorm van kerkramen, met spitsbogen bovenaan. Er waren er al heel wat omgevallen, hulpeloos lagen ze op rug of buik. Verder naar achteren, langs de buitenmuur, stonden kleine gedenkpaleisjes, kitscherige mausoleums met zuilen en trapjes, koepels en stèles, er waren piramides en sarcofagen. Maar ook deze, onmiskenbaar de graven van de rijken, waren volledig ingesponnen in metershoge brandnetels, hazelaars, veldesdoorns, vlier. Daartussen groeide het zogenaamde dolkruid met zijn kleverige bladeren, en overal bramen.

In werkelijkheid heeft Doornroosje niet honderd jaar lang achter rozen liggen slapen maar achter bramen, had Flocke toen ze klein was van mevrouw Lowetz geleerd, die naast Fritz woonde. Vanwege haar haar had Flocke altijd gedacht dat ze een heks was. Maar later waren ze vriendinnen geworden, als dat tenminste het juiste woord is gezien het leeftijdsverschil.

Een rozenhaag is niets vergeleken met zo'n staalharde bramenhaag, had mevrouw Lowetz destijds gezegd. Alleen de bramen konden Doornroosje echt beschermen, daar komt namelijk niemand door. Beschermen of opsluiten, dacht Flocke, die het ineens gewelddadig vond hoe deze door de natuur al half verslonden plek werd opengereten en blootgelegd.

Waarom doen jullie dit eigenlijk? vroeg ze aan de anderen.

Wil jij het zo laten dan? vroeg een meisje met een flinke bos zwart haar. Ze was Flocke al opgevallen toen haar vader en zij door de poort kwamen, want op dat moment had het meisje haar videocamera opgepakt en op hen gericht.

Die nieuwen moeten toch ergens naartoe, vulde de gast in het rode T-shirt aan.

Wat bedoel je daarmee? vroeg Flocke.

Nou, die herbegravingen natuurlijk, zei hij op zo'n toon dat ze niet verder durfde te vragen om geen vreselijk domme trien te lijken.

De volgende dag ging Flocke bij Fritz langs om hem te vragen of hij samen met haar wilde gaan kijken wat er op de derde begraafplaats gebeurde. De derde, dat zei ze gewoon zo, zonder er verder bij stil te staan. En het klopte ook, want in totaal waren er drie begraafplaatsen, eentje aan elke weg die het dorp uit liep, ook al was die derde uit het bewustzijn verdwenen geweest. Al snel zei iedereen het zo. Het was een manier om dat andere woord te vermijden, dat niemand graag uitsprak – Antal Grün net zomin als de oud geworden nozems die het nog altijd niet konden laten om Rehberg af en toe te pesten, die arme laffe Rehberg met zijn piepstem. De derde begraafplaats: een mooi, nietszeggend woord voor een prima plek.

Fritz was de juiste persoon, hij hielp immers altijd graag. Hij kon veel beter met de kettingzaag omgaan dan Flocke. Ook op moeilijk toegankelijke plekjes wist hij hoe je ermee moest manoeuvreren en welke struik je op welke manier weg kreeg, en hij velde een paar jonge acacia's met zoveel beleid dat hij het hout voor zichzelf kon meenemen. Zijn kelige gestotter was geen probleem, de jonge mensen uit de stad deden alsof het hun niet opviel. In de stad heb je wel meer van dat soort types – dat was een zin die in Flocke opkwam, zo'n valse, oude Dunkelblumse zin.

Het tengere meisje met de videocamera was in elk geval uitgesproken vriendelijk tegen Fritz; ze filmde zijn handen die de ketting olieden en spanden en tijdens een rookpauze een poppetje sneden uit een boomwortel. Het zag er knorrig uit, boos, met overeind staande wortelharen. Fritz gaf het aan het camerameisje en bromde: Dat ben jij dus.

Met Fritz' hulp lukte het om in een paar uur tijd het eerste van de grote grafmonumenten langs de muur vrij te maken. Het had stenen treden, een classicistisch aandoend peristilium ervoor en een met smeedijzeren banden verstevigde deur die niemand probeerde open te krijgen: het grafmonument van de familie Tüffer. Malwine en Leopold, Hermann en Felix – dat zouden hun kinderen wel zijn – en een Salomon Kalischer, van wie vast geen levende ziel meer kon vertellen wat zijn relatie tot de Tüffers was geweest. Naast de namen stond, in metalen letters die alles hadden overleefd:

Wie het lukt zijn eigen leven
in 't hart van een ander te begraven,
zal zich, ook al is hij dood,
aan 't eeuwig leven mogen laven.

En toen ze zo ver waren – toen ze de eerste van duizend stappen hadden gezet, een eerste, uiterst bescheiden gedeelte van onkruid hadden ontdaan, begaanbaar gemaakt en zichtbaar; toen ze zelf onder de krassen en bulten zaten van alle mogelijke doorns, netels en opgeschrikte insecten –, toen kwamen de eerste Dunkelblumers langs, staken hun neus om de hoek van de grote, scheef in de scharnieren hangende poort, schudden hun hoofd en lachten beschaamd. Een moeder uit de nieuwbouwwijk blafte haar kinderen terug, ze was bang dat ze onder een omvallende grafsteen terecht zouden komen. Sommigen waren onvriendelijk en wilden alleen weten wie daar eigenlijk toestemming voor had gegeven, anderen keken met grote ogen om zich heen en gaven alle mogelijke tips om de jungle te bedwingen. Zenzi, de pronte serveerster uit het hotel, kwam in opdracht van haar bazin een plaat pruimentaart brengen. Alleen omdat Flocke erbij was ontdooide ze wat en vertelde ze dat er aan de stamtafel werd gepraat en de bazin zich ermee had bemoeid, verrassend heftig voor haar doen: dat ze met z'n allen hun kop moesten houden, het is toch mooi dat die jongelui wat doen, een beetje onkruid wieden, na al die jaren, terwijl jullie niets anders hebben gedaan dan zuipen en knokken! Mevrouw Reschen was helemaal rood aangelopen tijdens haar uitbarsting, en de waardin van Posauner, de kettingrokende Gitta die weer eens zonder sigaretten zat, die ze doorgaans in Hotel Tüffer haalde, was haar ook nog te hulp geschoten en had gezegd, ja zeg, schei eens even uit met z'n allen. Terwijl ze uit Stiermarken kwam en eigenlijk geen benul had. Die wist niet eens waar het slot vroeger had gestaan.

Nu nemen de wijven het hier ook nog over, moet Berneck daarop hebben gezegd, zo ver zijn we dus al gekomen.

Pas daarna keek Zenzi beter naar de tempel, zoals ze hem noemde. Stil haar lippen bewegend las ze het gedicht, zuchtte dat het mooi en waar was en ontdekte pas aan het eind de namen: Tüffer – heeft dat iets met ons te maken? vroeg ze, en aan het slot van die zin bleef ze nog even met open mond staan.

Vraag het je bazin, zou ik zeggen, zei Flocke aanmoedigend.

En dat waren de dagen waarop burgemeester Koreny, die zo'n last had van de hitte, eenieder die ernaar vroeg – en dat waren er nogal wat – aan één stuk door moest antwoorden: Nee, dat kost ons helemaal niets, dat wordt allemaal voor ons betaald. Maakt toch niet uit door wie, het is niet ons geld. En nee, het heeft ook niets met het gedenkjaar te maken, natuurlijk is dat voorbij, dat weten we toch allemaal. Het is ook geen belastinggeld, zeker niet!

Soms moest hij zijn stem verheffen, hoewel hij dat van het belastinggeld niet honderd procent zeker wist. Was niet al het overheidsgeld eigenlijk...?

Maar hij zei het maar gewoon, omdat hij gek werd van al dat gepraat en gevraag. Wat kon hun dat nou schelen? Wat kan jullie dat nou schelen? vroeg hij aan de bar van Tüffer of Posauner, iemand betaalt ervoor en jullie zijn het niet. Wat maken jullie je toch de hele tijd druk om andermans geld?

Normaliter kreeg de burgemeester hier niet al te veel tegenspraak. Maar hij, de onzekere vervanger, wel. Op een dag dook in Koreny's hoofd een gewaagd, maar onweerlegbaar argument op. Het zou wel door de hitte komen dat het opdook, helemaal achter in zijn hoofd, in eerste instantie zag hij alleen wat veelbelovende omtrekken. Hij nam nog een slok bier en raapte toen al zijn moed bij elkaar. Hij veegde met zijn zakdoek over zijn bezwete voorhoofd, legde gepast geld op de bar, boog voorover, trok zijn wenkbrauwen zo hoog op als hij maar kon, verlaagde zijn stem tot een samenzweerderig gebrom en tikte met zijn wijsvinger zachtjes op het bovenste knoopje van het overhemd van degene tegenover hem: En als – ik zeg: als! – dat geld nu eens uit het buitenland kwam? Nee, dat had je zelf natuurlijk niet kunnen bedenken, of wel soms?

En met die woorden vertrok hij. Belastinggeld! Onderweg naar zijn auto bedacht hij dat je misschien kon groeien in de rol van burgemeester – misschien zelfs hij, de mollige, roodblonde Herbert Koreny, die alleen maar in deze ongemakkelijke situatie was beland omdat hij voor zijn vriend Balf door het vuur zou gaan. Helaas ging het met Balf niet zo goed meer.

II

Hij ging regelmatig bij hem op bezoek, bij Balf. Als hij in de hoofdstad moest overnachten sliep burgemeester Koreny in pension Baldrian, op aanraden van Rehberg. In de muffe vertrekken, tussen fluwelig-groene stoffen wandkleden met gouden ranken, trof hij meestal andere gasten uit het uiterste zuidoosten aan. In de ontbijtzaal, waar voor iedereen twee broodjes, twee porties boter en twee plastic kuipjes marmelade, rood en geel, klaarstonden, klonk het vertrouwd, de gesprekken om hem heen als gedempt geblaf.

Het pension lag in de schaduw van een enorme schuilbunker. In de hoofdstad waren verscheidene bunkers blijven staan, omdat het dikke nazibeton nagenoeg onverwoestbaar was, een bouwmateriaal vergelijkbaar met de ziel van Ferbenz. Door de bunker op te blazen zou de hele omgeving in puin worden gelegd. Vreemd genoeg waren de huizen rondom deze bunker werkelijk schitterend; alsof het niets was stond de Gründerzeit er te pronken met zijn in vele vlakken opgedeelde bovenlichten, halfronde erkers, zijn stucwerk, friezen, bloemenranken, engelen- en titanenhoofden. Net zulke huizen, hele straten zelfs, moesten zijn afgebroken om plaats te maken voor deze kolossen, die op verdwaalde olifanten in een speelgoedlandschap leken. Alleen de naam hadden ze gemeen met de bunkers buiten Dunkelblum, waar Koreny in zijn jonge jaren nog in had gespeeld voordat de ingangen werden dichtgegooid. Toentertijd hadden ze nog overal munitie gevonden, handgranaten uitgegraven, één keer zelfs een stalen helm. Daar hadden ze nog om geknokt, de gebroeders Malnitz hadden gewonnen. Die avond, met in zijn hoofd het beeld van Toni en Mick die er met de helm onder de arm triomfantelijk vandoor gingen, had de jonge Koreny zichzelf van teleurstelling in slaap gehuild.

Die fase waren ze inmiddels allemaal allang gepasseerd, de fase van het jong zijn, spelen en graven, stoeien in het pas gemaaide gras. Vooral Balf. Hij lag in de grote stad in het grootste ziekenhuis, het zweet brak Koreny al uit als hij alleen maar aan dat gebouw dacht. Je had er heel Dunkelblum in kunnen onderbrengen. De twee torens leken op de schuilbunker bij pension Baldrian. Als de bunkers klassieke grijze olifanten waren, dan waren de ziekenhuistorens bruine reuzen, bizons of oerossen. Binnen had je drie zones, blauw, groen en rood, bijna zoals op anatomische posters de binnenkant van het lichaam werd ingedeeld: slagaderen, aderen, organen. Hoe dat precies zat met die torens en de kleurzones had Koreny nog altijd niet begrepen, maar hij vermoedde inmiddels dat de ene toren vanbinnen rood en de andere groen was, maar dat je blauw, als je niet oppaste, overal kon tegenkomen. Zijn vriend Balf lag in de rode toren, bijna helemaal bovenin. Van daaruit zag je de stad als op een bord liggen, de hemel eroverheen gevlijd als een glazen cloche. Het uitzicht was niet meditatief groen, zoals thuis vanaf de uitzichttoren op de top van de Hazug, maar spannend: zoals de huizen de straten vormden en de straten op hun beurt de verschillende, onregelmatig gekartelde wijken, zoals de auto's zich erdoorheen haastten als mieren en samenklonterden in een file. Koreny had graag langer naar deze bewegende diversiteit gekeken, maar hij was hier voor de patiënt.

Aanvankelijk had Balf net gedaan alsof hij hier gedwongen lag, zonder iets van een logische reden. Aanvankelijk had hij door het kamertje lopen ijsberen, had Koreny de ene aanwijzing na de andere gegeven en ter bekrachtiging met vlakke hand tegen de ruiten geslagen. Later kon hij zijn bed niet meer uit komen, was aan allerlei slangetjes aangesloten, verloor haren, wimpers, wenkbrauwen. Maar ook toen was hij nog steeds zichzelf geweest, vanuit zijn bed staarde hij Koreny aan, een geboren bevelhebber en aanvoerder sinds hun schooltijd. Hij kende geen twijfel. Zijn lievelingswoord was strategie. De strategie moet zijn... Vanuit strategisch oogpunt... En het ergste: Bertl, dat is zo onstrategisch gedacht van je! Koreny wenste dat hij snel weer door hem uitgescholden mocht worden. Zonder Balfs regelmatige aanwijzingen was zijn strategie zonder enige twijfel al hopeloos onstrategisch geworden. Maar hij hoopte dat het niet alleen zijn schuld was. Een paar van

Balfs aannames waren namelijk niet uitgekomen: bijvoorbeeld dat de boeren hun verzet tegen het waterschap wel zouden staken als hij, de burgemeester, ieder van hen onder vier ogen zou spreken. Hij had het geprobeerd. Hij was alle boerderijen langsgegaan. Hij had zich laten meeslepen over velden en akkers, naar bronnen en vochtige valleitjes, waarin zij het bewijs zagen dat er genoeg water was, en dat je de afzonderlijke locaties alleen maar slim met elkaar hoefde te verbinden en aan te sluiten op het Dunkelblumse waternet. Vooral door hun aanvoerder, boer Faludi, had hij zich met nationale en internationale statistieken betreffende het gebruik van watermeters om de oren laten slaan. Overal waar zulke tellers waren geïnstalleerd, was het verbruik enorm gedaald. Watermeters en een paar nieuwe leidingen naar de eigen bronnen – en wij blijven onafhankelijk! Een zelfvoorzienende gemeenschap! Dunkelblums water voor Dunkelblum! Daarmee belaagde boer Faludi iedereen die hem niet op tijd uit de weg ging. Hij had een informatieavond gehouden in Café Posauner. Met diaprojector en een Grüne uit Neder-Oostenrijk, kennelijk een deskundige. Een Grüne! Naar het schijnt waren daar verbazingwekkend veel mensen op afgekomen. Alleen om even te luisteren, zoals hun vrouwen de vrouw van Koreny verzekerden als ze elkaar tegenkwamen bij het boodschappen doen: Je wilt natuurlijk wel alle argumenten kennen, nietwaar. Sinds boer Faludi met zijn campagne was begonnen waren de meeste boeren ertegen. Omdat zoiets als het waterschap in feite een sociaaldemocratische idee is, had Balf hem uitgelegd toen hij nog kon praten. De boeren echter hangen een heel andere politieke strategie aan, namelijk die van de conservatieve Raiffeisen! Wij moeten de tegenstrategie volgen! Enzovoort.

De bouw van extra leidingen, evenals een watertoren of een geschikt stuwbekken, zou weliswaar geld kosten, maar dat zou aansluiten bij het waterschap ook. Veel geld ineens of een beetje voor altijd, dat was de keuze die men had; een koude douche of aanhoudend gedruppel. De mensen die beweerden dat het waterschap op de lange termijn veel duurder was omdat je er afhankelijk van was, kon je geloven of niet. Balf had hen niet geloofd. Het waren strategische beweringen. Maar Koreny had andere redenen om koppig en wanhopig achter Balfs besluit te staan. Niet omdat er voorlopige contracten waren gesloten, zoals zijn tegenstanders in de gemeenteraad vermoedden; niet omdat deze contracten dusdanig bindend en ongunstig waren opgesteld dat je er maar beter niet over kon nadenken of je er ooit nog onderuit kon komen. Dat had Ferbenz onlangs kwaadwillig gefluisterd, die nog altijd zijn mond maar hoefde open te trekken of er werd naar hem geluisterd. En waarschijnlijk was er allang iemand die beweerde dat Balf en Koreny waren omgekocht door het waterschap. Dat was het favoriete verwijt, dat politici te allen tijde kon treffen: zodra de burgers iets niet uitkwam begonnen de praatjes dat de persoon in kwestie natuurlijk was omgekocht.

Nee, in feite interesseerde het Koreny helemaal niet waar het extra water in de hete zomers vandaan kwam wanneer schaarste dreigde. Wat goed was voor Dunkelblum, was goed voor hem. Maar in de oren van de angstige en overbelaste burgemeester klonk het waterschap als een geschenk uit de hemel: je sloot je aan en het water kwam. Over de andere varianten – nee, we hebben die contracten allang gesloten, riep hij zichzelf tot de orde als zijn gedachten op dat punt waren aangekomen, en de verkiezingen zijn pas over anderhalf jaar! – wilde hij helemaal niet nadenken. Commissies, proefboringen, bouwplannen, aanbestedingen, herziene bestemmingsplannen, halsstarrige aanwonenden die inspraak wilden hebben in de locaties waar de nieuwe leidingen hun percelen kruisten, en ga zo maar door. Reusachtige gaten, opengegraven akkers, het onderste boven, heel Dunkelblum een bouwplaats, op z'n minst gedurende een paar maanden. Hij zou moeten heersen, met vaste hand – niet alleen besturen. Misschien was dat ook precies Balfs overweging geweest: te veel gedoe, te veel werk, te veel onzekerheden. Balf had het besluit van de gemeenteraad om aan te sluiten bij het waterschap, een klein jaar geleden, er op autoritaire wijze doorgedrukt. Hij had zijn gemeenteraadsleden voor het blok gezet door het punt pas op het laatste moment op de agenda te zetten. Een meesterlijke strategische zet, niemand had gemopperd, vorig jaar was de lente al ongewoon droog geweest. Na de stemming had burgemeester Balf iedereen uitgenodigd in de bar van Hotel Tüffer en een paar rondjes gegeven om op deze *historische stap* te proosten. Korte tijd later waren de verdikkingen in zijn oksels ontdekt, door dokter Sterkowitz, die een ervaren diagnosticus was. In diens oranje Honda was Balf meteen naar het verre ziekenhuis afgevoerd. Zijn geval was kennelijk zo ernstig dat alleen de beste kliniek in aanmerking kwam. Maar als Koreny er niet in slaagde om Balfs beslissing te behoeden en te verdedigen, kon hij eigenlijk net zo goed meteen naast hem gaan liggen.

Ook nu was Balf niet wakker toen hij kwam. De kamer was verduisterd. Toen Koreny het gordijn opentrok knalde de zon naar binnen. Van de stad zag je niet veel, het was te licht buiten. Beneden zweefden de uitlaatgassen boven het wegdek, grijsbruin, vermengd met rode remlichten. Verder naar boven werd de nevel goudkleuriger, zonkleurig, tot hij opging in de witblauwe hemel. Koreny ging voor het raam staan en keek met samengeknepen ogen naar buiten.

Goed, Heinz, begon hij, veel nieuws is er niet. Ik heb weer een sproeiverbod moeten afvaardigen. Privétuinen sproeien sterk inperken, dan maar geen mooi grasveld. Voor de boeren idem dito, net als vorig jaar. Er is wat gedoe over de jonge mensen op de begraafplaats, maar dat wordt al minder. Ik heb pas tegen iemand gezegd dat dat vanuit het buitenland wordt betaald, en volgens mij, Heinz, was dat bij wijze van uitzondering een goede strategie. Dat zullen ze nu wel overal rondvertellen en dan ben ik daar tenminste vanaf. Hoe dan ook, het zou fijn zijn als je weer eens wakker werd. Want er hangt iets in de lucht, ik weet niet precies wat. Het is meer een gevoel. Maar de mensen praten en ze staan in de straten bij elkaar. Ze zeggen dat Graun junior onlangs met Malnitz boven op de Rotensteinwiese rondliep, je kunt het je eigenlijk nauwelijks voorstellen, die twee plotseling in gesprek met elkaar, voorheen waren ze altijd als kat en hond, maar juist omdat het zo onwaarschijnlijk is geloof ik niet dat iemand dat heeft verzonnen. Die schijnen daar boven een schouw te hebben gedaan; was het toch niet gewoon Faludi, heb ik natuurlijk gevraagd, maar nee, het moet Graun zijn geweest, geen twijfel over mogelijk. En bovendien, ik weet niet, waarschijnlijk is het niet belangrijk, maar de dochter van Malnitz, de jongste, dat brutaaltje, je weet wel, die loopt iedereen te ondervragen over allerlei oeroude verhalen, die wil een museum beginnen, of op z'n minst een privétentoonstelling op dat stuk grond van haar moeder in Ehrenfeld. Maar die schuur daar is een tijdje terug afgebrand... Tegen onze mevrouw Balaskó heeft ze gezegd dat ze op zoek is naar Dunkelblumse oorlogsmisdadigers, kun je je dat voorstellen: oorlogsmisdadigers, bij ons! Dat grietje is begin twintig, vroeger hadden de jonge mensen andere interesses, dansen en flirten...

Op dat punt zweeg Koreny abrupt. Moest hij wel over jong zijn praten, hier, over dansen en de rest? Waarom had hij überhaupt iets over het meisje gezegd? Omdat hij zich onlangs zelf aan haar had geërgerd, betweterig als ze was. Hij trok de gordijnen weer dicht, schoof een stoel naar het bed en dwong zichzelf om zijn vriend recht aan te kijken. Anders dan net was één oog nu op een kiertje geopend.

De oudere garde wordt wat onrustig, vervolgde hij, vanwege al die vluchtelingen. Die hopen zich op achter de grens. Het is elke dag op de tv. Dan kun je onze mensen nog zo vaak zeggen dat die helemaal niet naar ons toe willen – die willen alleen maar de grens over en door, naar Duitsland. Genscher stuurt al bussen. Maar de oude mensen zijn bang. De Russen komen terug, zeggen ze, straks wordt er weer geschoten, let maar op.

Aaaah, zei Balf moeizaam, en ook zijn andere oog ging een klein stukje open.

Heinz, riep Koreny, ben je wakker?

Water, zei Balf.

Koreny keek om zich heen. Hij ontdekte een tuitbeker, opende hem, rook eraan. Koude thee waarschijnlijk. Hij hield hem Balf voor, alsof hij om bevestiging vroeg. Wil je wat drinken, Heinz? vroeg hij.

Water, zei Balf.

Ik ben bang dat er alleen thee is, zei Koreny.

Balf maakte een beweging die ook als een poging tot hoofdschudden geduid kon worden.

Moet ik de zuster roepen? vroeg Koreny.

Balf maakte weer dezelfde beweging.

Koreny wist niet wat hij moest doen. Hij bracht de tuitbeker naar Balfs mond en kantelde hem voorzichtig, voor een, naar hij hoopte, niet al te grote slok.

Goed zo? vroeg hij.

Water, zei Balf.

Ik weet het niet, zei Koreny, niet op zijn gemak, en hij overwoog om domweg op te staan en weg te gaan.

Heinz, ik haal de zuster, zei hij uiteindelijk, ik wil niets verkeerd doen.

Toen hij de deur opendeed, stond Sterkowitz daar. Gegroet, Herbert, zei hij, ik dacht al dat ik je hier zou aantreffen.

Hij is wakker, zei Koreny nerveus, en hij wil water drinken, maar ik weet niet of hij dat mag.

Sterkowitz liep naar het bed toe. Nee, Herbert, hij is niet wakker, en dat zou me eerlijk gezegd ook hebben verbaasd.

Hij heeft net twee keer water aan me gevraagd, sprak Koreny hem tegen.

De mannen zwegen even. Sterkowitz keek naar de rug van Balfs hand, waar het slangetje van het infuus naar binnen ging, en trok de deken recht: Ik kwam zeggen dat we meteen naar huis moeten. Ze hebben er eentje opgegraven, boven op de Rotensteinwiese.

Wat? vroeg Koreny en hij greep naar zijn keel, het was zo heet, en het was zo verschrikkelijk benauwd hier binnen, in deze donkere kamer, veel te hoog, veel hoger dan mensen zouden mogen bouwen, rondom staalbeton, zeventiende verdieping, maar misschien kon je alleen hier nog ademen, want wat daar beneden voor viezigheid door de straten zweefde, dat kon je van hieruit heel goed zien: Wat hebben ze in hemelsnaam opgegraven – een Jood?

Menselijke resten, zei Sterkowitz, dat kan natuurlijk van alles zijn, Wehrmacht, Russen, oude Romeinen. Voor zover ik heb gehoord is het in elk geval geen vers lijk. Kom nu maar mee, de burgemeester hoort ter plaatse te zijn.

Ik, vroeg Koreny geschrokken, ik? Als in trance volgde hij de huisarts naar de deur. Net toen hij die achter zich wilde dichtdoen, riep Heinz Balf hem luid na: Water! Volhouden!

Hoorde je dat? vroeg Koreny, hij zei weer iets!

Sterkowitz zei: Hij moest hoesten, die arme kerel.

12

Sinds Lowetz terug was in Dunkelblum zag hij de tijd voor zijn neus verstrijken. Hij leefde *bij de dag* en vond dat ineens op een avontuurlijke manier mooi, alsof je de zee op ging. Elke dag was stralend zonnig, elke dag had net zo goed de vorige kunnen zijn, of de volgende. De tuin zoemde en gonsde onderwatergroen en de kleine gezichtjes van de bloemen volgden geconcentreerd de baan van de zon. Lowetz wilde helemaal niets doen, niets denken. Hij kon wel vermoeden wat zijn ex van zijn verhuizing naar zijn moeders bed zou hebben gevonden; aan het eind van hun relatie had ze bijna alleen nog maar op bijtend ironische toon met hem gepraat. Maar moeders slaapkamer lag op het oosten, en hij werd graag wakker van het eerste licht. Vaders bed was al snel na zijn dood naar de grote kamer overgebracht en tegen een muur geschoven. Daar, bedekt met bonte kussens en een lamsvacht, fungeerde het sindsdien als een soort bank. Het leek niet meer te weten wat het ooit was geweest, en dat het was gescheiden van zijn metgezel. Lamlendig en geestelijk labiel als Lowetz op dat moment was, leek de nieuwe functie van zijn vaders bed hem uitgesproken typisch voor het karakter van zijn moeder: ze had niet in stilte haar lot beklaagd door zoals andere weduwes elke avond in een halfleeg tweepersoonsbed te kruipen. Ze besloot het bed – en daarmee op een of andere manier zijn vader, beeldde Lowetz zich in – een nieuwe plek te geven: in het centrum van haar leven, geen rouw, maar rust verspreidend. Dus vond hij dat hij met zijn verhuizing niet naar het echtelijk bed van zijn ouders verkaste, maar Eszters traditie in stand hield om alles een nieuwe functie te geven. Daar hoorde ook bij dat hij soms met haar probeerde te praten. Zachtjes, op fluistertoon, ook al kon niemand hem horen. Door te fluisteren maakte hij het gênante daaraan kleiner voor zichzelf. Hij maakte zichzelf niet wijs dat hij ergens spijt van had. Hij wist dat hij, als ze nog had geleefd, hier niet zou zijn en ook niet de behoefte had gehad om met haar te praten. Zo ging dat nu eenmaal. De dingen veranderen, ook al had hij deze specifieke verandering nog lang niet voorzien. Ze was pas vierenzestig geweest en was evengoed gegaan, had alleen haar lichaam achtergelaten, zoals ze het waarschijnlijk zelf zou hebben uitgedrukt. En daarom was het huis nu van hem, en het was nieuw voor hem op een manier waarop het dat alleen zonder haar erin kon zijn.

Maar waar heb je je boeken verstopt? fluisterde hij op een ochtend toen hij in T-shirt en onderbroek in de grote kamer stond, in zijn hand zijn eerste mok koffie. Hij was naar het raam gelopen zoals elke ochtend; niet nieuwsgierig, maar op zoek naar geruststelling dat er toch alsjeblieft niets was veranderd. Zomer, zon, bloemenpracht, doordeweeks vaak het gekrijs van machines naast hem, uit de meubelmakerij. Ook dat maakte deel uit van zijn geluk: dat Fritz, in elk geval op een *normale werkdag*, aan het werk was terwijl hij, Lowetz, hier binnen zomervakantietje speelde. Maar vandaag was het zondag. Toen hij zich omdraaide en zijn blik weer door de kamer liet gaan, miste hij opeens de boeken. Ze was een fervent lezer geweest, ze hield van Hesse en Werfel en Stefan Zweig, en als hij helemaal niets meer kon bedenken had hij haar populairwetenschappelijke non-fictieboeken gegeven, met de nadruk op geschiedenis. Door de jaren heen had ze een kleine collectie aan streekhistorische artikelen verzameld: Eerste Wereldoorlog, Tweede Wereldoorlog, zelfs iets antropologisch over Roma en Sinti. Naast het dagbed had vroeger een uitpuilend halfhoog kastje gestaan, waarop het drukwerk 's nachts van zijn plaats leek te komen, om in de ochtend herschikt en als betrapt stil te staan. Nu pas viel hem op dat het kastje weg was, de houten vloer was daar iets lichter. In plaats van het kastje hing er een tekening aan de wand, in een smal zilveren lijstje, niet meer dan een paar bibberige lijnen met zwarte inkt, portret van een melancholiek meisjeshoofd.

Hij wist niet wie het was, maar hij had het gevoel dat hij haar zou moeten kennen. Was dat zijn moeder als jonge vrouw? Iemand uit de familie? Maar of het nu oud of nieuw was, het interesseerde hem niet genoeg om het verder uit te zoeken.

Voor het raam klonk het astmatische geluid van een

claxon, even vertrouwd als de geur van het huis wanneer je binnenkwam. Hij keek naar buiten. De volle takken van de appelboom kreunden onder hun last tegen een spinaziegroene achtergrond. Zijn moeder was terug. Een ogenblik lang was hij geestelijk uit balans, hij had het gevoel dat hij uit een vreemde dagdroom ontwaakte waarin zijn moeder was vertrokken en hij huis en bed had overgenomen. Toen wist hij weer dat het omgekeerd was – dat het onwaarschijnlijke de werkelijkheid was. Het was voor het eerst dat hij het fijn vond om in Dunkelblum te zijn, hij zou nergens anders willen zijn. Maar hij was zich er ook van bewust dat hij geen broek aanhad en geen tijd zou hebben om er eentje aan te trekken, zoals hij de omgangsvormen hier kende. Toeteren voor: hier ben ik. Open deuren voor: kom gerust binnen. Dus bleef hij gewoon maar staan, ietwat ironisch ingesteld.

Servus, Lowetz, zei de slanke gedaante met ponykapsel die het volgende moment in de keuken stond: Ik ben Flocke, ik hoop dat ik niet stoor.

Als ik even iets mag aantrekken, antwoordde hij.

Dat mag, zei ze lachend, ik pak ondertussen een kop koffie.

Toen hij terugkwam stond ze op een stoel die ze tegen de buffetkast had geschoven, en hengelde met haar arm boven haar hoofd naar iets achter het houtsnijwerk van de sierplint. Het puntje van haar tong stak uit haar mondhoek. Ten slotte haalde ze een rood blik met een Franse tekst tevoorschijn, waar vroeger koekjes in schenen te hebben gezeten. Zijn bezoekster stapte weer van de stoel, schoof de stoel naar de tafel, ging zitten en schepte twee lepels suiker in haar koffie.

Waarom…? vroeg Lowetz en hij wees omhoog.

Ze had een enorme behoefte aan zoetigheid, zei het meisje. Daarom had ze de suiker daar bovenop verstopt – zodat ze er steeds veel moeite voor moest doen.

Vroeger nam ze nooit suiker, zei Lowetz na een pauze, ook nooit veel zoets gegeten, voor zover ik weet.

Dat kwam door de pillen, zei ze, hem nieuwsgierig aankijkend.

Wat voor pillen? vroeg Lowetz.

Ze haalde haar schouders op.

Als je hier toch zo goed de weg weet, zei hij, weet jij misschien waar haar boeken zijn gebleven?

Die boeken heeft ze aan mij gegeven, maar ik wilde vragen of jij misschien de papieren hebt?

Lowetz antwoordde dat hij natuurlijk testament, geboortebewijs, paspoort en dat soort dingen had gekregen en bewaarde – niet hier, maar in zijn appartement in de stad. Flocke schudde haar hoofd. Ze vertelde over interviews die Eszter aan Rehberg had gegeven voor de stadskronieken. Eszter had alles nog een keer willen doornemen en redigeren en had de kopieën mee naar huis genomen. En dan het materiaal dat ze zelf boven water had gekregen…

Wat voor materiaal? vroeg Lowetz, die onderhand de indruk kreeg dat ze het niet over dezelfde persoon hadden. Maar dit meisje was in het bezit van de Corsa en wist waar de suiker was verstopt.

Vooral krantenknipsels, zei Flocke. We zijn samen naar Kirschenstein gegaan, naar de bibliotheek, en daar heeft ze kranten van vroeger gekopieerd. Maar ook andere dingen, gerechtelijke dossiers en…

Wat is vroeger? vroeg Lowetz. Hij voelde zich de idioot

die hij in de ogen van deze knappe jonge vrouw vermoedelijk ook was.

Gewoon, vroeger, zei ze, en ze bleef hem zo afwachtend en met grote ogen aankijken alsof het allemaal een – erg vriendelijk, maar toch – mondeling examen was: zesenveertig. Toen de oude Graun in het bos werd doodgeschoten en een paar weken later beide getuigen. Maar ook nog van twintig jaar later, toen Horka verdween, die dat immers allemaal op zijn geweten zou hebben gehad. Daar werd destijds ook over geschreven in de kranten.

Maar dat is niets waardevols, zei Lowetz, dat kun je toch op elk moment opnieuw kopiëren?

Hoezo waardevol? vroeg Flocke.

Ik dacht dat je wilde zeggen dat het is verdwenen.

Nee, corrigeerde het meisje hem, ik wilde alleen weten of jij het hebt.

Hoewel ze het huis tot aan de nok toe doorzochten vonden ze niets; geen ordners, enveloppen of kopieën. Afgezien van een paar kookboeken leken de vertrekken volledig papiervrij, wat Lowetz, als hij aan zijn eigen woning en bureau dacht, benijdenswaardig voorkwam. Maar vroeger waren er op z'n minst foto's geweest, een paar albums, en ook nog oude brieven van zijn vader – daar moest hij later maar over nadenken.

Het meisje bleef, ook nadat ze de zoektocht hadden opgegeven. Over de slaapkamer zei ze niets, hoewel het duidelijk was dat hij daar nu sliep. Ze ging voor het keukenraam staan en keek naar buiten, naar de gemetselde schuur achter het huis, die de families Lowetz en Kalmar sinds jaar en dag deelden. Inmiddels lag er alleen nog wat brandhout in opgeslagen en wat oud tuingereedschap. De schuur had zich beschaamd laten overwoekeren door klimplanten, daaronder liet het stucwerk los, en de pannen begonnen te verschuiven als de rugwervels van een grijsaard. Vroeger hadden Lowetz' ouders daar drank gestookt, en als het mooi weer was hadden ze er 's avonds weleens gezeten, soms samen met Agnes en Fritz.

Hoe komt het eigenlijk dat Fritz geen vader heeft? vroeg Lowetz.

Omgekomen in de oorlog… Ik wilde sowieso nog even bij hem langsgaan.

Als hij de auto ziet zal hij wel komen.

Ze zetten samen nieuwe koffie. Ze schepte in elk kopje twee lepeltjes suiker, zo bedachtzaam alsof dat een regel was. Het koekblik, tot bovenaan toe gevuld, mocht op tafel blijven staan. Later bakte Lowetz spiegeleieren, ze had brood in de auto liggen, dat ging ze halen.

Daar zaten ze dus bij elkaar, in een huis dat beiden kenden. Ze hadden allebei vakantie, ze konden het meteen goed met elkaar vinden. Ze hadden hun afkomst gemeen, maar ook een middelgrote, zelf verworven afstand daartoe. Ze waren geen halsstarrige provincialen, maar keken daar ook niet op neer en schaamden zich niet voor waar ze vandaan kwamen. Die indruk wist Lowetz althans te wekken, wat hem tweehonderd kilometer noordelijker en een paar weken eerder veel minder goed gelukt zou zijn.

Zoals dat ging bij jongeren in kleinere gemeenschappen wist Flocke gênante details over hem te vertellen. Bepaalde jeugd- of middelbareschoolstreken die zo te horen inmiddels mythische proporties hadden gekregen: een gestolen discobol uit de legendarische discotheek Südsee, de sportschoenen van de impopulaire jonge gymleraar die op een ochtend aan het schoolbord zaten vastgespijkerd, tot grote ontsteltenis van hun oude leraar Latijn toen die daar eindelijk achter kwam. Een wildkansel die instortte toen er een verjaardagsfeestje op werd gevierd. Alleen dat laatste – de wildkansel, een geblesseerde enkel (niet van hem), ziekenhuis, gips, politieonderzoek – deed bij Lowetz een belletje rinkelen; hij was er vast bij geweest, maar hij herinnerde het zich eerder als een vaak verteld verhaal. Soms had hij de indruk dat hij helemaal geen jeugd had gehad, of dat hij aan een zeldzame vorm van geheugenverlies leed, dat alleen datgene aantastte wat zich in Dunkelblum zou hebben afgespeeld.

Ze vertelde hem dat ze te vroeg geboren was, zo doorschijnend en minuscuul dat haar zusje had gezegd dat ze op een sneeuwvlokje leek. Pas langzaam realiseerde hij zich dat hij bij een van haar zussen in de klas had gezeten. Hij had geen idee met welke. Andrea, Christl, Barbara? Hij kon zich geen voornaam herinneren, alleen dat het er eentje van Malnitz was geweest.

Dat is niet zo moeilijk, zei Flocke, was het een streber met vlechten, een mislukte jongen of eentje die de hele tijd zat te janken?

Streber met vlechten, zei hij, elk jaar klassenvertegenwoordiger.

Dat is Andrea, riep Flocke, ben je al zo oud?

Ik zie er veel jonger uit dan ik ben, zei hij grijnzend. Maar hij dacht: zo oud ben ik dus al. Kun je tien jaar al een generatie noemen? Hij stelde de vraag niet hardop, het maakte ook niet uit. En ja, natuurlijk konden ze een keer samen gaan zwemmen. En hij kon ook met Fritz naar de Biohof komen als er een speenvarken aan het spit werd geregen. Hij wilde zelfs wel een keer met haar mee naar de derde begraafplaats, hoewel hij zich daar al wat ongemakkelijker bij voelde. Sinds drie jaar, sinds die stijfkoppige leugenaar als bondpresident in de Hofburg resideerde, kwam hij op dat punt regelmatig in conflict met zijn leeftijdgenoten. Hij geloofde niet dat protesten iets konden veranderen, hij geloofde dat je de geschiedenis op haar beloop moest laten. Nog even en ze zouden toch allemaal dood zijn, de leugenaars en zij die alleen hun plicht hadden gedaan, en met dat protestgeroep gaf je ze juist te veel eer. Op de vlooienmarkt in de buurt van zijn woning werden sinds jaar en dag oude insignes, identiteitsbewijzen en onderscheidingen verkocht. En zo hoorde dat ook, vond hij: weggooien, verpatsen, negeren. Niet op een voetstuk plaatsen, zelfs geen vijandig voetstuk. Hij kon het moeilijk uitleggen, en zijn ex, die grootsteedse burgermansdochter, had hem om die reden meer dan eens onverschillig genoemd. Maar hij had grote moeite met dat theater dat altijd pas achteraf losbarstte, nooit op het moment zelf. Altijd als het allang te laat was. Tegen zijn ex had hij gezegd dat het leek op iemand met mazelen die verwoed probeerde de vlekken van zijn lijf te boenen. Dat zou zelfs met zeep en een borstel niet lukken, niet eens met puimsteen. De mazelenpatiënt zou alleen maar zwakker worden, op het hoogtepunt van de infectie. Ze had de vergelijking niet begrepen, en toen hij het beter probeerde uit te leggen was hij verstrikt geraakt in taal en gedachten: Ik protesteer tegen mijn eigen vlekken, had hij uiteindelijk jolig uitgeroepen, en Simone had met haar vinger naar haar voorhoofd gewezen.

Maar hier en nu, zo nam hij zich voor, zou hij het gewoon maar als regionale eigenaardigheid beschouwen, zoals streekgerechten als *Strauben* en *Heidensterz*. Ze moesten toch iets doen, aangezien hier niets te doen was. Ze konden bijvoorbeeld de pestzuil restaureren en het driedelige altaarstuk met de gevederde duivels, ook dat zou een stukje geschiedenisverwerking zijn. In plaats daarvan gooiden ze botweg de derde begraafplaats open en werkten tonnen biomassa naar buiten, en ja, dat er daar het een en ander te ontdekken viel – op dat punt geloofde hij dat bijdehandje Flocke wel.

Maar dat de hele stadskroniek moest worden herschreven, dat leek hem een beetje overdreven.

Ik dacht dat hij daar nog maar net aan was begonnen, Rehberg?

Nou ja, ik bedoel, alles wat hier altijd werd verteld, zei Flocke, met een beetje geluk klopt daar net de helft van. Er zijn er zelfs een paar bij die die hele stadskroniek niet zien zitten, je weet toch hoe ze hier zijn, geschiedenis wordt geschreven door de overwinnaars, zo praten ze aan de stamtafel.

De geschiedenis wordt altijd geschreven door de overwinnaars, zei Lowetz vriendelijk, dat was bij de oude Romeinen al zo.

Het lijkt er sowieso op dat Rehberg bij de oude Romeinen is begonnen, zei Flocke lachend, daarom gaat hij het ook nooit afkrijgen. Maar nu heeft de burgemeester vijfduizend schilling beschikbaar gesteld, voor onkosten, research, kopieën, reproducties van oude foto's. Daarmee is de zaak officieel. En later harken we de drukkosten bij elkaar in de stad, bij winkels en supermarkten en het verzekeringskantoor en de horeca. In ruil daarvoor krijgen ze advertentieruimte achterin, zo doe je dat tegenwoordig!

Flocke stond op en trok Lowetz' kinderfoto van de koelkast. Die zou ook mooi zijn voor de tentoonstelling, zei ze terwijl ze ernaar keek, zwart-wit en in klederdracht... Mogen we hem gebruiken?

Weet niet, zei Lowetz onwillig, is het iets bijzonders? Maar natuurlijk wilde hij dat wel. Als ze deze foto of iets anders wilde hebben zou hij het met liefde aan haar afstaan. Zijn moeder had haar de auto en haar boeken gegeven, hij snapte wel waarom. Misschien zou hij ook de ordners van zijn moeder nog voor haar vinden. Ergens moest die zooi toch zijn, misschien had Fritz het meegenomen naar hiernaast. Hij zou haar helpen, en als tegenprestatie stelde hij zich Flocke voorzichtig in bikini voor, slank, zongebruind en met pony. Simone, zijn ex, was veel vrouwelijker geweest, niet zozeer wat figuur betreft, maar haar manier van lopen. Ze plantte haar voeten stevig op de grond, en als ze schoenen met hakken droeg hamerde ze deze nadrukkelijk op de vloer, alsof ze wilde testen of die stevig genoeg was. Nu was Simone, net op tijd, weer single, ze studeerde voor arts en had met de hulp van haar ouders een eigen woning kunnen kopen.

Hij keek naar Flocke, die de foto weer op de koelkast wilde plakken. De magneten waren plat en rond als knoopbatterijen en zo te zien behoorlijk sterk. Ze probeerde er met de nagel van haar wijsvinger onder te komen. Het puntje van haar tong stak uit haar mondhoek. Buiten in de zonneschijn klonk een claxon, niet astmatisch maar autoritair. Een grote donkere auto parkeerde achter de Corsa op de stoep. Mijn vader, mompelde Flocke zonder om te kijken. Ze had de magneet eindelijk losgekregen. Maar toen ze de kinderfoto wilde vastklemmen viel de ansichtkaart van het slot op de grond. Ze bukte.

Gegroet, Lowetz, zei Malnitz en hij gaf hem een stevige hand, ik zag de auto van mijn dochter staan.

Flocke kwam weer overeind. Kijk nou eens, zei ze en ze gaf de kaart aan Lowetz. In grote letters stond dwars over de achterkant geschreven: STOP MET LIEGEN.

Dat is haar handschrift toch niet, of wel? vroeg Lowetz.

Flocke keek hem geschrokken aan.

Haar vader liep wijdbeens heen en weer, alsof hij rondkeek zonder echt iets te zien, toen bleef hij staan en ging een paar keer door zijn knieën, als een bokser voor de wedstrijd. Ten slotte klapte hij twee keer in zijn handen en zei: Ze hebben iemand opgegraven op de Rotensteinwiese. Ik dacht dat je dat wel interessant zou vinden, Flocke.

13

Op een donderdag, even voor zessen 's avonds, schreef Rehberg met viltstift op een vel papier: Graag begroeten wij u weer op maandag! Ernaast tekende hij een stoomschip met een dikke lachende wolk boven de schoorsteen en plakte het aan de binnenkant van het etalageraam. Hij deed de winkeldeur op slot, trok boven, in zijn woonvertrekken, een schoon overhemd, vest en jasje aan, pakte zijn ingepakte tas en ging op reis. Hij reed met de auto naar Kirschenstein, nam het boemeltje naar de grote stad, at in het stationsrestaurant een te vette worst, die hij wegspoelde met Gösserbier, en installeerde zich in de slaapcoupé. Voor zijn kleding had hij een klerenhanger meegebracht. Hij ging in zijn ondergoed in bed liggen, en ondanks het geschommel sliep hij goed. Om negen uur 's ochtends was hij al in Zürich – de hemel was als schoongeveegd, en wat hij vanaf het station kon zien oogde lieflijk, een Bibelebonts stadje met Bibelebontse huizen. Toen hij 's middags uitstapte in Lugano keek hij vol bewondering naar de palmen, die hier zelfs in potten groeiden.

Dat, zei hij tegen zichzelf, is wel even andere koek.

De mensen aan wie hij de weg vroeg waren vriendelijk en spraken een paar woordjes Duits. Hij at een hapje in een café. Klokslag vier uur meldde hij zich bij de gravin. Hij had drie perzikkleurige theerozen gekocht en vroeg zich bezorgd af of het er niet meer hadden moeten zijn. Maar hij kon er niets meer aan veranderen, bovendien hadden die drie bloemetjes zo'n beetje vierenhalf keer zoveel gekost als thuis. Dat was een snelle schatting, hij had geen zin om het precies uit te rekenen.

Bij de poort werd hij ontvangen door een vrouw in plooirok en wollen vest. Hij had een butler in rokkostuum verwacht, maar kennelijk waren de tijden echt veranderd. Hij moest even wachten in de entreehal van de villa, daarna bracht de vrouw hem naar een enorme serre. Achter een uitgestrekte glazen wand schitterde het meer. De gravin had een kopje thee voor zich staan en knikte toen hij een buiging maakte. Ze zag er precies zo uit als hij zich had voorgesteld: een rimpelig oud vrouwtje met zorgvuldig gekapt zilvergrijs haar, het vlechtwerk van aderen op haar handen paars als haar zijden blouse. Hij reikte haar de bloemen aan, de vrouw in het vest pakte ze schuin van achteren uit zijn handen en liep het vertrek uit. De gravin wees naar de vrije stoel.

Hij ging zitten. Ze zwegen. Rehberg wachtte. De gravin zei niets. Rehberg schraapte zijn keel. *Sehr geehrte gnädige Frau*, begon hij ten slotte, toen ging de deur in de verte weer open en de dienstbode droeg zijn theerozen in een sierlijke kristallen vaas naar binnen. Hij was blij dat hij er niet meer had gekocht, want zo kwamen ze fantastisch tot hun recht. De vrouw plaatste de vaas precies tussen hen in, nu kon hij de gravin niet meer goed zien. Hij meende een vals glimlachje op het gezicht van de dienstbode te zien, in een flits, alleen een opgetrokken mondhoek, een ontblote scheve hoektand. Maar hij had zich vast vergist. Toen hij haar aankeek zag ze er nog net uit als daarvoor, haar lippen streng opeengeperst. Ze schonk thee voor hem in en verdween weer. Rehberg schoof zijn stoel een paar centimeter opzij, zo onopvallend mogelijk. De gravin keek naar het water buiten. Er voeren boten langs. Je hoorde gespetter en gelach.

Hochverehrte gnädige Frau, begon hij opnieuw, en aangezien ze niets zei, en ook niet nog een keer knikte of haar blik op hem richtte, draaide hij zorgvuldig zijn toespraak af. Terwijl hij sprak probeerde hij in elk geval te genieten van zijn eigen, zorgvuldig geplaatste woorden en zijn stem zo laag en welluidend mogelijk te laten klinken. Hij had weleens te horen gekregen dat hij een ongewoon hoge stem had voor een man, en dat gebrek wilde hij compenseren. Zijn stem vulde het vertrek. Hij sprak over de lange, vruchtbare betrekkingen tussen de grafelijke familie en de stad Dunkelblum, en dat je je de een niet zonder de ander kon voorstellen. Deze eeuwenlange relatie moest eindelijk, eindelijk in al haar facetten in een passend kader worden uitgebeeld en tentoongesteld. Hij prees de tolerantie die het graafschap van oudsher jegens minderheden had getoond, zoals het Jodenrecht uit de zeventiende eeuw en het perceel in Zwick voor de zigeunerkolonie uit de negentiende eeuw. Scholing en cultuur, een open blik op de wereld en welvaart zijn door uw familie naar onze boerenstreek gebracht, zeer geëerde, geliefde *gnädige Frau*, zei hij, en van ontroering stokte zijn adem bijna in zijn keel. Maar of dat ook echt voor deze vrouw gold, vroeg hij zich ineens af, over haar hadden ze toch ook wel andere dingen gehoord... Maar dat was nu niet aan de orde. Hij mocht, vooral in zijn stem, geen enkele twijfel laten doorklinken aan zijn volkomen gerechtvaardigde lofzang op de Dunkelblumse graven. De gravin verroerde zich niet.

Uw relatie met onze streek, uw werken door de eeuwen heen, zei Rehberg, dat is tot op heden ons unique selling point. Misschien is het aanmatigend van mij om te beweren – niet voor het eerst betreurde hij het dat men hem er in Dunkelblum meer dan eens op uiterst lelijke wijze van had weerhouden om zich kandidaat te stellen voor een publieke functie, want geen burgemeester die hij zich kon herinneren kon in retorisch opzicht in zijn schaduw staan –, aanmatigend, *gnädige Frau*, om te beweren dat wij in Dunkelblum nog bedroefder zijn over het verlies van uw prachtige slot dan uzelf en uw familie. Hij zag dat de gravin hem aankeek, met een waterige, starre blik.

Hij sloeg zijn ogen neer. Ik weet dat u daar bent geboren en getogen, zei hij zachter, ik wilde geenszins oude wonden openrijten. Het verlies is onmetelijk, maar gelooft u mij, dat is het ook voor ons.

Het juiste moment leek gekomen om de ansichtkaart van het slot uit de zak van zijn jasje te halen. Hij legde hem voor haar neer, naast de bloemenvaas. De theepot moest hij met zijn pink een stukje opzijschuiven. Zo jammer, zei hij, dat onvergetelijke prachtstuk. Tweehonderd kamers! Renaissance!

De gravin keek naar de ansichtkaart. Buiten op het meer joelden de watersporters. En toen hoorde Rehberg een zacht, droog gesis, als een slang onder gevallen herfstblad. Waar kwam het vandaan, vanonder de tafel? Hij keek voorzichtig om zich heen. Maar het was de gravin die sprak, met een toonloze stem, als een vingernagel over schuurpapier.

Dat was Neulag, die schijtluis van een hoerenloper, siste ze, die heeft het bevel gegeven. Een paar van mijn fokhengsten zijn verbrand. Het waren niet de allerbeste, maar toch. Je moest eens weten hoe bang paarden zijn voor vuur... Ik heb ze niet allemaal tegelijk kunnen laten evacueren, er waren er nog een paar binnen, en dat hij het slot in brand heeft laten schieten had helemaal niets met de gevechten of de Russen te maken, hij wilde gewoon mijn hart breken. Ze moeten hem aan zijn kloten ophangen, dat vuile zwijn.

Rehberg moest deze verrassende wending even op zich laten inwerken. Hij hoopte dat hij de draad later weer zou kunnen oppakken als hij zich liet meedrijven door zijn nieuwsgierigheid.

Hij fluisterde nu ook: Neulag? En er werd altijd gezegd dat Ferbenz...?

Blablabla, vervolgde de gravin op dezelfde toon, die laffe doctor Alois heeft de eerste de beste gelegenheid aangegrepen om naar het westen te verdwijnen. Neulag had die laatste weken het bevel. Over alles.

Over alles, fluisterde Rehberg, ook over...?

Natuurlijk, grauwde de gravin, juist daarover! Maar bijzonder veel plezier deed het hem om aan het eind ook mijn paarden nog in de fik te steken. Die vuile hoerenzoon.

De vrouw met het vest stond ineens naast Rehberg, alsof ze uit de zwart-witte terrazzovloer was opgeschoten. Gravin Dunkelblum vond het prettig om kennis met u te maken, verkondigde ze, en haar grote gestalte leek zelfs het felle licht dat van het meer kwam voor een groot deel te absorberen.

Rehberg, die het zweet uitbrak, stak afwerend zijn hand op: Ik verzoek u nog om een paar minuten, waarde gravin, we willen een museum oprichten, dat zonder uw gewaardeerde hulp...

Laat hij zich maar tot de stichting richten, siste de gravin, verantwoordelijke is de heer Gotthelf, gevestigd in Zürich.

Hij keek haar met smekende blik aan, maar ze keek weer uit het raam. Het leek haar laatste woord te zijn geweest. Hij had de indruk dat het paars van haar blouse en haar aderen nu ook als schaduw onder haar ogen lag. Wel was de ansichtkaart van tafel verdwenen. Haar blouse had geen zakken, en wat ze verder droeg, rok of broek, was achter het tafeltje niet te zien. Rehberg bedacht te laat dat hij alles wat hij met haar had willen bespreken op die kaart had moeten schrijven.

Gravin Dunkelblum vond het prettig om kennis met u te maken, herhaalde de vrouw met het vest, en ze trok aan Rehbergs stoelleuning.

Hij stond op. Dus ik kan me tot de heer Gotthelf richten, voor ons museum? vroeg hij de gravin nog, en zijn stem klonk hem ongepast schel en jammerend in de oren. Maar er kwam geen antwoord meer.

Hij dwaalde door het plaatsje in de richting van het station, waar hij zijn tas had achtergelaten. Hij had nog even voor hij moest vertrekken. In zijn hoofd joegen zijn gedachten alle kanten uit. Had hij zichzelf belachelijk gemaakt en op kosten gejaagd, of had hij door zijn bescheiden en dappere bezoek Dunkelblums zaak juist een flinke zet in de goede richting gegeven? Al was het maar omdat hij de toverwoorden nu kende (stichting, de heer Gotthelf) en met recht kon beweren dat de gravin haar persoonlijke steun had toegezegd. Je zou het een belofte kunnen noemen. Dat zou maar een heel klein beetje overdreven zijn, in elk geval nog lang geen leugen.

Bij het station lag een klein parkje, met in het midden een pittoreske fontein, strelitzia's, palmen, een paar bankjes. Hij trok zijn jasje uit, legde het neer en ging zitten.

Natuurlijk had hij er meer van gehoopt. Hij had op z'n minst terug willen komen met de toezegging een paar van de grafelijke kunstschatten te mogen tentoonstellen. De *Passie van Christus*, van onschatbare waarde – al was het maar voor korte tijd, alleen voor de eerste paar weken na de opening. Of de beroemde *Figurenautomat* uit de vroege zeventiende eeuw, een klein gouden wagentje dat, opgedraaid met drie sleutels, onder klokgelui langs een lange feestdis kon rijden terwijl adelaars en honden ronddraaiden en de dikke roodwangige emaillen god die bovenaan prijkte zijn beker alle kanten uit zwaaide om te proosten. Minstens een paar van de bekendere portretten: Árpád de Grote, de burchtenbouwer, als gestileerde ridder op zijn paard, of de gravin in haar jonge jaren, een meisje met bruine krullen, met haar jachthonden voor de open haard. Hij realiseerde zich dat hij zich de gravin, hoewel haar uiterlijk precies aan zijn verwachtingen had voldaan, toch jonger had voorgesteld. Op de societypagina's in de bladen werd tegenwoordig verslag gedaan van adellijken die feestjes vierden en wilde kapsels hadden, die zich met zonnebril en sigaret lieten fotograferen, die popmuziek maakten of zakjes verf tegen linnen doeken uiteen lieten spatten. Een heel klein beetje in die richting had hij zich de gravin voorgesteld. Dat de palmen en dat mondaine meer haar tot iets soortgelijks konden hebben gemaakt. Iemand die met een nonchalant handgebaar zei: Ach, die *Passie van Christus*, natuurlijk mogen jullie die tentoonstellen, ik zou niet weten wat ik er anders mee moest doen. Een gravin met een schijfje citroen op de rand van haar glas.

Naast hem zei iemand zachtjes *ciao*. Een jongeman was naast hem komen zitten en glimlachte naar hem. Hij was erg bleek, maar had donker haar en diepblauwe ogen, met wimpers waar meisjes een moord voor zouden doen. Zijn mond daarentegen was een beetje scheef – een ongeluk, of een slecht geopereerde hazenlip? Op het seminarie was er ook zo eentje geweest, de kleine misvorming ontroerde Rehberg. Deze jongen zag – net als die andere aan wie hij hem deed denken – eruit alsof zijn mond elk moment kon gaan huilen terwijl zijn ogen lachten. Rehberg zocht naar een openingszin. En vooral: in welke taal? Maar misschien zou een *ciao* volstaan.

Hij dook bijna ineen toen hij de hand op zijn bovenbeen voelde. Van een afstandje zou niemand iets hebben gemerkt, de jongeman had hem gewiekst onder Rehbergs jasje geschoven dat tussen hen in lag. Langzaam trok hij hem weer terug en stond op. *Vieni?* vroeg hij vriendelijk, waarna hij wegliep in de richting van het stationsgebouw.

Rehberg zat daar als door de bliksem getroffen. Was dat de bestemming van zijn reis geweest? Zou hij een verschrikkelijke fout maken, bespot worden, in elkaar geslagen, zoals hem dat al een keer was overkomen? Of nog erger: beroofd? Of was dat hier juist de normaalste zaak van de wereld, zo ver van huis? Hij had niet al zijn kleingeld bij zich, de rest zat in zijn reistas in de kluis. Die ogen, die ongelooflijke kleur, en dan die wimpers... En die arme, gehavende mond.

Rehberg stond langzaam op en gaf zich over aan de onverschrokkenheid. Wat er ook zou gebeuren, hier lagen geen Heuraffls en Bernecks op de loer, die hem in de val zouden lokken en uitschelden, die zijn neus kapot zouden slaan en zijn broek en onderbroek van hem zouden afpakken zodat hij maar moest zien hoe hij thuiskwam, midden op de dag. En al zouden die hier wel zijn, dan waren het anderen en heetten ze ook anders. De Heuraffls en Bernecks hier konden hem wel beledigen, maar niet meteen ook nog zijn hele familie, dat wil zeggen, vooral tante Elly, van wie hij had gehouden en wier graf hij onderhield, samen met de graven van de anderen. Het risico was beheersbaar. En bovendien had hij inmiddels iets meer gevoel voor dit soort dingen dan toen, misschien zelfs een beetje mensenkennis.

Een halfuur later proostten Carlo en hij met elkaar in het café waar hij die middag, voor zijn bezoek aan de gravin, al was geweest, met knalrode cocktails met schijfjes citroen op de rand van het glas. Het gesprek verliep wat moeizaam als gevolg van de taalbarrière, maar Carlo wist dat op een ongecompliceerde manier te compenseren, met glimlachjes en gebaren. Rehberg, die het min of meer tevergeefs met Latijn probeerde, tekende af en toe op een servetje wat hij bedoelde. Na het digestief was hij vastbesloten om zijn reis om te boeken. Dus liepen ze giebelend nog een keer naar het station en lieten zijn ticket naar de volgende dag omzetten, daarna huurde hij een kamer in een pension in een stil straatje, waar niemand zich er druk over maakte of de gast midden in de nacht het huis wel echt in zijn eentje betrad. De omboeking had geld gekost, de kamer, de cocktails en het avondeten, dat ze laat namen, pas tegen tienen, kostten nog meer, maar Rehberg had eindelijk een keer zin en een reden om het beetje geld dat hij had uit te geven. Al met al waren het iets meer dan vierentwintig uur geweest. Hij genoot van elk ervan. Slapen kon hij later wel, in die schommelende trein. En daar viel hij inderdaad als een blok in slaap – een door de zon verwarmd blok. Na deze eerste fatsoenlijke vakantiedag in tijden droomde hij zeker niet van die verdorde, sissende gravin. Toen hij op zondagmiddag als in trance voor Rehbergs Reisbureau uit zijn auto stapte, viel zijn blik meteen op het stoomschip in de etalage. Hoe onschuldig hij was geweest toen hij het tekende! En hoe demonstratief zijn eigen, vriendelijk lachende wolk hem welkom heette. Maar nog geen tien minuten nadat hij was thuisgekomen en de ramen van zijn woning had opengezet om de boel te luchten, kwam Flocke Malnitz aangereden, toeterde tot hij zijn hoofd uit het raam stak en riep hem al van beneden toe dat er boven op de Rotensteinwiese iemand was opgegraven. En naast Flocke zat de zoon van Eszter.

14

Het was zondag, de mis en het Frühschoppen waren afgelopen, en boven op de Rotensteinwiese leek het wel een dorpsfeest, zoveel volk als er op de been was. Iedereen die ervan hoorde stapte in zijn auto en reed naar boven. Maar boven aangekomen deden de meesten alsof ze hier toevallig waren, of alsof het al van oudsher een ontmoetingspunt was, waar het gebruikelijk was dat je schots en scheef langs de bosrand parkeerde. Terwijl ze bijna niet bij hun auto vandaan kwamen; een paar van de vrouwen bleven er zelfs onder protest in zitten, met slechtgehumeurde gezichten op hun vertrouwde bijrijdersplek, de mannen stonden tegen kofferbak en motorkap geleund te roken, sommigen hadden bier meegebracht, cola en zelfs zonnebrandcrème. Op het moment dat Flocke en Lowetz arriveerden stonden er nog maar twee auto's van de gendarmerie. Gerald en Leonhard, die iedereen hier kende, trokken hun beroepsmatig sombere gezichten, zodat niemand iets aan hen durfde te vragen. Samen met twee collega's tikten ze ijzeren staven in de grond, die aan de bovenkant in een lus waren omgebogen. Daar zouden ze zo meteen het rood-witte afzetlint doorheen rijgen, een van hen had de rol al in de hand. Geen van de toeschouwers kwam dichterbij. Ze bleven uit de buurt, op de geïmproviseerde parkeerplaats. Lowetz mengde zich tussen het nieuwsgierige publiek. Waarschijnlijk viel er helemaal niets te zien, werd er gespeculeerd, behalve als je er met je neus bovenop stond, als je zelf in de kuil stond, want dat wat gevonden was had natuurlijk allang de kleur van de aarde aangenomen. Lowetz zag donker oker voor zich, als leem, vermengd met het vette zwart van de bovenlaag, en even stelde hij zich botten met zebraprint voor. Botten? Menselijke resten, hadden ze gezegd, had men gehoord, meer wist niemand te vertellen. Maar als iemand dat duidelijk had herkend, zei een van de aanwezigen, moest er dus meer zijn, of niet dan? Zo oud waren ze dus ook weer niet, want als er alleen botten zijn weet je toch helemaal niet meteen... De spreker onderbrak zichzelf. De mensen maakten hun zinnen vaak niet af, wat bij dit soort onderwerpen een goede strategie was. Je maakte een toespeling op wat je dacht, maar zonder iets te zeggen. Er volgden gelach en een paar smerige grappen, nadat een bijzonder heldere geest de anderen van de informatie had voorzien dat aan de hand van de vorm van het bekken bij mensen het geslacht meestal snel bepaald kon worden.

Stelletje sukkels, zei een vrouw geïrriteerd door het half omlaag gedraaide autoraampje.

In werkelijkheid stonden ze gretig op nieuws te wachten, zonder zeker te weten of ze in dit geval op iets vervelends of sensationeels konden rekenen. Wie was er überhaupt aan het graven geweest, en waarom?

En van wie was deze grond? Volgens de een grensde hier een weiland van Graun aan een weiland van Malnitz, maar waar, dat wisten alleen de eigenaars. Een ander betwijfelde dat het veld nog van Graun was: Had die niet alles verkocht wat geen wijngaard is? Maar aan wie? vroeg de eerste. In elk geval niet aan Malnitz, antwoordde de ander lachend. Waarschijnlijk aan doctor Alois, zei een derde, aan wie anders?

Verder naar boven begon een bos dat van de Heuraffls was. Alles vanaf de weg naar beneden was eigendom van de gemeente. Eén ding leek zeker: Graun junior was degene geweest die de gendarmerie had laten komen. Zijn bestelwagen stond het dichtst bij de vindplaats, ver van de andere af, hijzelf zat met open deuren achter op het laadvlak te roken, zijn voeten bungelden over de rand. Hij ving Flockes blik toen ze uit de Corsa stapte, ze nam hem een moment lang op. Ze leken op elkaar, op een manier die moeilijk te beschrijven was. Het was niet het gezicht zelf, maar de uitdrukking: een ingespannen voorhoofdfrons, een op een innerlijk punt gebundelde concentratie, die je ten onrechte als afwijzende norsheid zou kunnen interpreteren.

Boer Faludi kwam naar boven gebeend. Hij vergeitewollensokte steeds verder, als we het zo mogen uitdrukken. Zijn baard liet hij sinds enige tijd ongehinderd groeien, hij golfde al over zijn borst, en hij had de gewoonte om rond te zwerven met een lange gekerfde stok die groter was dan hijzelf. Kinderen zagen hem waarschijnlijk als een soort eeuwige sinterklaas, en hoewel hij, behalve als het om zijn favoriete thema, de waterboringen, ging, niet bijzonder spraakzaam was, maakte hij met zijn optreden onmiskenbaar duidelijk hoe hij gezien wilde worden: de goede herder die zorg droeg voor mens, dier en bronnen – onverbiddelijke, oprechte zorg. Zodra hij bij de anderen was aangekomen tikte hij hard met zijn staf tegen de grond, als om dit beeld te bevestigen.

Laten we hopen dat het geen oude Romein is, klonk het gedempt vanonder de baard. Sinds hij zichzelf in de strijd om de watervoorziening in Dunkelblum tot spreekbuis van de tegenstanders van het waterschap had uitgeroepen, werd hij door steeds meer mensen als aanvoerder erkend – een heel ander soort aanvoerder dan Ferbenz vroeger was geweest. Je kon je afvragen – en dat deden sommige leden van de gemeenteraad, zoals Toni Malnitz, dan ook – wat Alois Ferbenz, oud en bibberig als hij inmiddels was, van de waterkwestie vond. Wanneer hij zijn mening zou verkondigen. En wie de oorlog die hoogstwaarschijnlijk ging uitbreken zou winnen: de oude bruine of de nieuwe groene macht.

Een vrouw begon de zeven plagen te beschrijven die uit de hemel zouden vallen als de vondst iets archeologisch zou zijn. Ze sprak niet luid, maar op een beschuldigende, zeurende toon die bijna tastbaar werd; de bureaucratische hindernissen waar weldra alles, de hele toekomst van Dunkelblum, op zou stuklopen leken regelrecht uit de grond te schieten tussen de toehoorders, gevormd uit dat kleverige, donkergrijze materiaal waaruit alles was gemaakt waaraan 'de staat' schuldig was. Zij, de spreekster, had familie in Löwingen, en wat ze daar allemaal hadden meegemaakt nadat iemand op een akker een paar roestige munten en messen had gevonden, dat was met geen pen te beschrijven, jeremieerde ze, straten afgesloten, bouwstop, dat grenst aan onteigening. De omstanders knikten. Verrassend genoeg wist iedereen wel iets te vertellen over de strenge regelgeving van monumentenzorg. En waar is onze hobbyhistoricus? vroeg iemand. Rehberg? Is Rehberg eigenlijk op de hoogte? Lowetz mompelde, die komt er zo wel aan, die is net pas terug van de gravin.

Op dat moment pakte iemand hem bij zijn schouder en schudde hem door elkaar. Wat zeg je daar, van de gravin? En wie ben jij eigenlijk?

Laat me onmiddellijk los, zei Lowetz, wat bezielt je?

Laat hem, Joschi, zei een ander, dat is de zoon van Eszter.

Dat maakt het er niet beter op, morde Joschi, maar hij liet los, trok met dezelfde, nu haast elegante vloeiende beweging een pakje sigaretten uit zijn borstzakje en bood Lowetz er eentje aan. Zo was dat altijd gegaan hier, bedacht hij: sigaretten werden gebruikt als witte vlaggetjes. Je beledigt iemand, je geeft hem een duw of je trapt hem de greppel in, maar zodra je doorhebt dat het misschien weleens de verkeerde kan zijn geweest, wordt hij aan zijn kraag weer overeind gezet en krijgt hij een sigaret aangeboden. Dat betekent niet zoiets als verzoening of excuus. Dat betekent: stel je nu maar niet zo aan.

Lowetz negeerde de vreemde sigaretten en stak er in plaats daarvan eentje van zichzelf op. Tegen de ander, die hem als Eszters zoon had herkend, zei hij: De manieren zijn er niet beter op geworden sinds ik hier voor het laatst was.

Manieren hebben ze in Dunkelblum nog nooit gehad, zei de ander.

Nou, dan moesten we dat maar eens gaan proberen, zei Lowetz, en hij aapte de schreeuwlelijk na, Joschi, die zich had teruggetrokken aan de rand van de groep: En wie ben jij eigenlijk?

Feri Farkas, van de garage, antwoordde de man, ken je me echt niet meer?

Sorry, zei Lowetz verrast en hij bood hem op zijn beurt een sigaret aan: Lang geleden.

Feri pakte hem aan en zei: Dat kun je wel zeggen.

Maar wat had Rehberg eigenlijk bij de gravin te zoeken? bemoeide de vrouw met de zeurstem zich ermee. Ze deed haar best om naar Lowetz te lachen, maar op hem kwam dat over als een achterbakse grimas. Hij keek om zich heen, op zoek naar Flocke, maar hij zag haar niet.

Nou, voor jullie museum, zei hij korzelig, dat weten jullie toch beter dan ik. Hij wilde gewoon iets lenen.

Zozo, zei een mannenstem, iets lenen, van de gravin.

Voor het museum, herhaalde de zemelende vrouw.

De mooiste stukken boven halen, zei een andere vrouwenstem.

Niet altijd alles verstoppen, zei een tweede man.

En eindelijk een keer laten zien wat je in huis hebt, zei een derde man.

We hebben zoveel om trots op te zijn, vervolgde de nieuwe vrouwenstem.

Als we het ons tenminste zouden herinneren, zei de tweede man.

Een schat die we eindelijk eens een keer zouden moeten opgraven, zei de zeurende vrouw. En Joschi, de rook van zijn sigaret agressief uitblazend: Een stralend verleden. Hij keek Lowetz met samengeknepen ogen aan, als om hem te testen.

Lowetz keek weer om zich heen of hij Flocke zag. De auto stond er, maar waar was ze gebleven?

Waar gaat dit over? vroeg hij aan Feri Farkas, met wie hij, naar hij vermoedde, eerste communie had gedaan. Hij herinnerde zich een rozig knulletje met een pakje waar hij bijna uit barstte. Dat kwam dus toch voor, dat je je kindervet kwijtraakte, zoals de moeders vroeger welwillend zeiden. In Lowetz' jonge jaren waren dikke kinderen een statussymbool geweest, je kneep ze goedkeurend in wangen en dijen, verheugd over het stevige spek dat je genotzuchtig tussen duim en wijsvinger keurde. Bonenstaken zoals Lowetz waren niets waard, net zomin als scharminkels, mormels en bleekscheten, want aan honger en oorlog wilde niemand herinnerd worden. De volwassen Feri was zijn kindervet inderdaad kwijtgeraakt; hij was niet slank, maar ook niet zo kegelvormig als menig ander hier. En hij was de enige die hij kon velen. De enige met wie hij niet meteen op de vuist wilde gaan. Zou dat op-de-vuist-willen-gaan iets neurotisch zijn? Of een gezonde zelfverdedigingsreflex? Wat hadden deze mensen toch? Waarom waren ze zo boos? Op Rehberg en zijn museum, op de archeologen, vermoedelijk op alles wat hun kleine kringetje verstoorde. Lowetz voelde een ergernis opkomen die hem in Dunkelblum vaker had overvallen, een fundamentele aversie waarvan zijn moeder had beweerd dat ze er niets, maar dan ook helemaal niets van begreep. Dat had hem nog meer geërgerd. Want hij geloofde haar niet. Ze had geweten wat hij bedoelde. Ze had het beter in woorden kunnen uitdrukken dan hij als ze haar best had gedaan, als ze het niet altijd had ontkend. Dat was althans zijn vermoeden en verwijt geweest: dat ze maar al te goed begreep wat hij voor zichzelf niet goed kon verklaren.

Maar iederéén kon toch zien wat de reden was? Alleen al die onbehouwen begroeting, de manier waarop ze er hier kennelijk van uitgingen dat hij een of andere sukkel was. Misschien moest hij de mysterieuze gast, de liefhebber van de slotansichtkaarten, eens vragen wat hij, als vreemdeling, als buitenstaander, van de sfeer hier vond.

Waar hebben jullie het over, vroeg hij nog een keer, waar gaat het over, wat bezielt jullie eigenlijk allemaal?

Ze staarden hem aan, roerloos als reptielen.

Kijk eens aan, zei Joschi ten slotte, worden we nerveus?

Ze doen alleen Rehberg maar na, zei Feri Farkas sussend, hij werkt nogal wat mensen op de zenuwen met zijn activisme.

Vooral met dat unique selling puntje van hem, zei Joschi,

en met zijn wijsvinger tikte hij een paar keer tegen zijn wang, zijn mond ietsje geopend. Iedereen begon te lachen, schel, geamuseerd krokodillengeklepper. Joschi keek triomfantelijk om zich heen, gooide zijn peuk op de grond en trapte hem zorgvuldig uit.

Er reed een officieel uitziend konvooi voor. Het bestond uit een wit busje en enkele donkere personenauto's met het kenteken van de hoofdstad van de deelstaat, en middenin, als ingelijst, de Honda van dokter Sterkowitz; alleen zat daarin, en wel achter het stuur en in z'n eentje, burgemeester Koreny. Achteraan hobbelde een oude Fiat vol antikernenergiestickers: dat was de verslaggever van de regionale krant, die zijn spiegelreflexcamera meestal om zijn nek droeg, in elk geval als hij autoreed. Het konvooi reed naar de vindplaats en bleef daar domweg staan, op de dam die de weg hier vormde, alle auto's achter elkaar. De Dunkelblumers rekten hun halzen. Ze zagen een stuk of tien mensen uit de verschillende voertuigen stappen, sommigen in uniform en anderen zonder. Er waren ook mannen in pak bij. Ze zagen hoe hun struikelende burgemeester de lagergelegen akker op werd geholpen en een paar stappen de kuil in. Daar was met planken inmiddels een soort trap gemaakt. Ze zagen een man in uniform de verslaggever aanspreken, hij boog zich dicht naar hem toe, zijn hand aan de draagriem van de camera. Ten slotte stapte de verslaggever weer in zijn roestbak en zette de auto in z'n achteruit, terug naar hen, het starende volk. De Dunkelblumers zagen dat het konvooi een eigen fotograaf had meegebracht, ook in uniform, die neerknielde en een paar foto's maakte, met flits, hoewel boven hen de zon als een dolle scheen.

Forensisch patholoog, recherche, officier van justitie, somde de verslaggever op toen hij bij hen was aangekomen, sporenonderzoek, forensische dienst, fotograaf, bizar. Op een zondag.

Hoeveel zijn het er eigenlijk? vroeg Joschi.

Geen idee, een stuk of vijftien, zei de verslaggever.

Lieve hemel, riep de zanikende vrouw uit, vijftien?

Godsammekrake, vloekte Joschi.

De verslaggever keek verstoord. Nou ja, als je de vier gendarmes erbij optelt, zei hij, zijn het er...

Hij bedoelt de doden, zei Feri Farkas. Joschi's gezicht had een rode kleur gekregen.

O, op die manier, zei de verslaggever lachend: Tot nu toe is er maar eentje gevonden, maar wat niet is kan nog komen.

Meneer de verslaggever, zei een magere vrouw, weten ze al of het een man of een vrouw is?

Ik geloof van niet, zei de reporter, maar waarom wilt u dat weten?

We missen er nog eentje, van toen, zei Feri Farkas. Je weet wel, de dochter van de Stipsits...

Mijn oudere zus, legde de vrouw uit. De verslaggever haalde zijn notitieboekje tevoorschijn. Klopt, zei hij, de dochter van Stipsits, dat zou natuurlijk wat zijn... En toen nam hij de andere dochter van Stipsits terzijde, als het ware voor een exclusief interview.

Door de Russen een huis in gesleurd en niet teruggekomen, fluisterde iemand in Lowetz' oor, en hij herkende Flocke aan haar zeepgeur.

Waar zat je de hele tijd? siste hij. Ik voel me net een ramptoerist hier.

Ik heb met Graun gepraat, fluisterde ze terug, en ramptoeristen zijn we hier allemaal.

Kunnen we gaan? vroeg hij. Er valt hier echt helemaal niets te zien.

Wie weet, zei ze, laten we nog een paar minuten wachten.

Ik ga alvast in de auto zitten, zei Lowetz, ik vind het allemaal maar raar hier, zoveel volk, net als bij dat Duitse gijzeldrama laatst.

Nou moet je niet overdrijven, zei ze, er zijn hier toch geen schietende bankrovers! Misschien is het wel een oude Kelt. Met waardevolle grafgiften, zwaarden, amuletten.

Dat geloof je toch niet echt, zei hij, die oude Kelten zijn toch zeker allemaal al opgegraven toen ze de Wall bouwden.

Maar die hebben ze destijds niet naar het museum gebracht, grinnikte ze, hoogstens aan de kant gegooid. Al die toffe Kelten met hun barnsteenschatten zouden hier dus nog moeten zijn.

15

Geen enkele reden tot bezorgdheid, had de dienstdoende officier van justitie gezegd, dit hier kan van alles zijn, maar zeker geen pas gepleegde moord. Een oude kwestie, door toeval boven gekomen. Als de heer Graun drie meter verderop had gegraven was het nooit meer tevoorschijn gekomen. Een gelukkig toeval, nietwaar, wie wil er nou ergens in het landschap liggen weg te rotten. Maar u hoeft zich geen zorgen te maken!

Ja ja, had burgemeester Koreny gemompeld, geen enkel probleem. En dank u, het ging goed met hem, zeker, hij had nooit echt goed tegen de hitte gekund, dit jaar misschien nog minder dan vroeger. De officier van justitie zei dat hij dat heel goed begreep, beter dan goed zelfs. Terwijl hij nog geen zweetdruppeltje op zijn voorhoofd had staan; hoogstens glom het wat onder zijn neus. Koreny constateerde dat de officier van justitie daar, tussen neus en bovenlip, aanmerkelijk meer ruimte had dan andere mensen. Deze officier van justitie moest haast wel door een karikaturist zijn getekend – zijn gezicht halverwege uit elkaar getrokken als een stuk boetseerklei, mond en kin bijna architectonisch gescheiden van de rest. Voor deze niet-plaats in het gezicht bestond geen naam, Koreny kon in elk geval niets bedenken. Een gekerfde brug, de plek waar andere mensen hun snor dragen. Misschien had de officier van justitie, die Koreny voor het eerst zag, vroeger een snor gehad en die nog maar kortgeleden afgeschoren. Misschien klonk in dit gezicht het recente verleden optisch door, omdat de huid daar onmerkbaar lichter was. Je wist het niet. Het enige wat hij wist was dat hij er als gehypnotiseerd naar moest kijken, terwijl de officier van justitie hem alles uitlegde in de volgorde van wat er ging gebeuren: afzetten, bergen, omgeving van vindplaats onderzoeken, forensisch patholoog, *verdacht sterfgeval*, mogelijk historisch onderzoek. Maar Koreny keek naar de plek waar het hoogstens een beetje glom, waar geen spoor te bekennen was van de plakkerige nattigheid die over hemzelf heen lag, overal, tot zijn intiemste plekken aan toe. En dan beweerde die man dat hij hem begreep.

Koreny knikte flauwtjes. Hij wilde niet nog een keer de vraag krijgen of het wel goed met hem ging, of dat... Of dat! Hij had het heet, en hij had zich zijn zondag toch echt anders voorgesteld.

Maar hij had alles begrepen, ook al wist hij niet of hij het naderhand juist zou kunnen reproduceren wanneer hij met de mensen sprak. Hij zou hoe dan ook iets moeten zeggen; daar stonden ze met z'n allen bij elkaar, ze waren naar boven gereden of gelopen, ze waren begrijpelijkerwijs bezorgd, een dode, hier boven, midden in het weiland, nu versperden ze met de auto's de bosrand alsof ze niets beters te doen hadden, maar goed, op zondagmiddag hadden ze natuurlijk alle tijd. Zelfs boer Faludi was er, wat een lef. Als hij het goed had begrepen was deze vondst aan hem te danken. Het scheen dat iemand Graun junior iets in het vooruitzicht had gesteld als hij zou controleren of er daar een ondergronds beekje stroomde, zoals de door Faludi ingehuurde deskundigen hadden berekend. Wie betaalde dat eigenlijk? Werkten die deskundigen voor niets? Strategisch denken, zou Balf zeggen, wie heeft er iets aan als het contract met het waterschap stukloopt? Maar daar ging het nu niet om. Hoewel je het wel in je achterhoofd moest houden, voor later.

Ja, hij had het begrepen, en nu zou hij het aan zijn mensen uitleggen. Hen ertoe bewegen de vindplaats te verlaten. Het onderzoek niet verder te hinderen. De uitkomsten zouden zo snel mogelijk, zodra ze er waren dus... Begrepen. Natuurlijk. Geen verdere vragen meer, nee. Hartelijk dank, meneer de officier, en u ook bedankt dat u op zondag tijd hebt gemaakt.

Niets te danken, zei de slanke, droge meneer, en de gekerfde brug krulde op, spottend, of misschien alleen maar vriendelijk: Werk is werk.

En schnaps is schnaps, mompelde Koreny, waarna hij zich door Gerald weer omhoog liet hijsen en zich langs de oranje auto wurmde waarmee hij naar boven was gekomen. Eerst zou hij zijn burgers op de hoogte brengen, te voet. Daarna zou hij wel zien hoe hij de Honda tussen de andere auto's vandaan kon krijgen.

Lowetz zat in de auto van zijn moeder te roken. Hij probeerde het perspectief van een niet-betrokken buitenstaander aan te nemen – verder is er natuurlijk helemaal niets te doen in Dunkelblum, dus dan is het logisch dat de halve stad in beweging komt als er een paar botten worden gevonden –, maar dat lukte hem niet echt goed. Dat ook Flocke zonder aarzelen meedeed had hij eerst raar gevonden, alsof ze hem had gevraagd om samen een blik onder de lakens van de buren te werpen. Maar dat was het niet; het was iets anders, maar hij kon er de vinger niet op leggen. Sinds hij daar in het groepje had gestaan, in het nauw gedreven door Joschi en de zeverende vrouw, door het gepraat van de anderen... Daar moest je je op een of andere manier – tegen teweerstellen. Het zwaarst viel het hem nog om zijn moeder erbij te denken. Dat ze bij een kop koffie met dat meisje had zitten kletsen en samen met haar de suiker boven op de buffetkast had verstopt, dat ze met die vent van het reisbureau met zijn piepstem historisch onderzoek zou hebben gedaan. Dat was niet de moeder die hij zich herinnerde.

De moeder uit zijn herinnering hield zich afzijdig, net als hij. Ze papte niet aan met die alpenboeren hier. Zijn moeder had geen deel uitgemaakt van deze gemeenschap; ze was de vrouw van een zwijgzame man, ze kwam van de andere kant, ze hadden andere meubels en andere meningen gehad. Ze had, anders dan hier gebruikelijk was, een groot hart gehad – voor Fritz en oom Grün en ook voor haar vriendin Agnes, de moeder van Fritz, die het om de zoveel jaar op een schreeuwen zette en voor een tijdje werd opgenomen in de kliniek. De familie Lowetz woonde alleen maar toevallig hier, zo had hij dat gezien – ze hadden net zo goed in Löwingen of in Mandl of in de hoofdstad kunnen wonen. Was dat zo? Nee, de grote stad is niets voor mij, hoorde hij zijn moeder zeggen. En toen realiseerde hij zich dat misschien alleen Dunkelblum dichtbij genoeg had gelegen, puur geografisch, als een uitgestoken hand naar de andere kant, waar ze vandaan kwam en waar hij vrijwel niets over wist. Kirschenstein of Löwingen lagen al te ver van de grens, daar bestond geen twijfel over bij welk land je hoorde. Maar Dunkelblum? Vroeger, voor de Eerste Wereldoorlog en in de eeuwen daarvoor, was weliswaar alles één geweest, maar strikt genomen had het bij de andere kant gehoord. Daarna was er nooit meer over gesproken. Afgezien van Flocke. Die mocht de boel graag een beetje opporren. Zo had ze hem meteen naar zijn vriendin gevraagd, naar zijn appartement, of hij plezier had in zijn werk en tevreden was met zijn leven in het algemeen. Flocke wilde een tentoonstelling maken over de grens, dat had ze hem die ochtend verteld. Ze droomde over oude familiefoto's en de stambomen van de laatste honderd jaar, ansichtkaarten van dorpskernen en klederdracht, lijsten van locaties waar muziekkapellen hadden opgetreden, waaraan je kon zien hoe nauw de verschillende plekken met elkaar verweven waren. Mannenzangvereniging Cäcilia, Kapelle Pinzker, Judenkapelle Stern, allemaal allang vergeten. En daarom hielp ze Rehberg: als die de grafelijke familie haar schatten wist te ontlokken zou er ook nog ruimte zijn voor haar biografische project. En dan konden de boeren zelfs hun historische druivenpers tentoonstellen!

We komen hier nu eenmaal vandaan, het enige wat je kunt doen is het beter doen. Dat had ze die ochtend gezegd toen ze samen geroosterd brood met spiegeleieren zaten te eten. Dus jij bent ook al zo'n activist, had hij geantwoord, dat is zeker in de mode. Ze had alleen maar gelachen, hem vriendelijk uitgelachen, zijn opmerking weggewuifd, maar een antwoord was uitgebleven.

Buiten verscheen de roodharige burgemeester, die Lowetz, onder andere vanwege de aandoenlijke smekende manier waarop hij zijn handen hield, aan een marmot deed denken, en legde een verklaring af. Dat wilde hij toch wel graag horen. Dus stapte hij uit en ging weer bij de anderen staan.

...lijkt momenteel nog een opzichzelfstaande vondst te zijn, maar de wijdere omgeving van de plek waar de dode is gevonden wordt natuurlijk nog onderzocht, zei Koreny net. Hij zal...

Zij! riep iemand met schelle stem.

Koreny begon zijn zin opnieuw, onverstoorbaar: Hij of zij zal worden geborgen en naar het forensisch instituut in Kirschenstein worden overgebracht. Daar zal men proberen de dode te identificeren, maar gezien het feit dat het overschot waarschijnlijk al enkele decennia...

Dat moet Neulag zijn, zei Joschi luid. Koreny viel stil. Joschi keek de burgemeester uitdagend aan, zijn sigaret hing in zijn mondhoek. Koreny zei: Over de identiteit van deze menselijke resten, die vandaag hier op de Rotensteinwiese, en dus op het grondgebied van de gemeente Dunkelblum zijn gevonden, kan volgens het openbaar ministerie op dit moment nog geen uitspraak worden gedaan. We zullen moeten afwachten welke uitkomsten...

Let maar op, riep Joschi, ze hebben Neulag opgegraven. Ik spreek jullie nog wel tegen die tijd! Hij draaide zich om en liep naar zijn auto.

Hij sloeg het portier dicht, manoeuvreerde de auto omslachtig tussen de mensen door en reed weg.

Meer is er op dit moment niet te zeggen, zei burgemeester Koreny, jullie kunnen maar beter allemaal naar huis gaan, dat gaat hier nog dagen duren.

Later herinnerde Lowetz zich dat het een paar seconden had geduurd voordat alle aanwezigen de bron van de daaropvolgende commotie hadden gevonden. Onzeker draaiden ze hun hoofden rond, zoekend naar de richting waaruit het geschreeuw kwam. Kleine kinderen moeten dat eerst nog leren, maar ook op latere leeftijd, en vooral buiten, valt het voor mensen bepaald niet mee om een geluid thuis te brengen. En dus draaien ze zoekend in het rond als een kever die het uiteinde van een grashalm heeft bereikt. Bijna lachwekkend, die aanblik en de tijd die ze daarvoor nodig hebben; een tekortkoming die de meeste dieren zich natuurlijk niet kunnen permitteren. In dit geval was het een voor de Dunkelblumers bekende, maar ietwat onaangename figuur, die een haveloze vreemdeling die van hoger op de berg kwam met geweld richting het dal dreef.

Alleen in overdrachtelijke zin is het soms anders, dacht Lowetz. Soms lijken elkaar tegensprekende waarnemingen geen betekenis te hebben, hoe hard je ook met je hoofd schudt om de boel los te maken. Hoe bedoel je dat, zou Simone hebben gevraagd, wat is een zintuiglijke waarneming in overdrachtelijke zin? Had hij van Simone gehouden of was hij eigenlijk bang voor haar geweest, met haar nauwe bloesjes en haar korrelige make-up – toen al, toen ze pas halverwege de twintig was? Gelukkig kon ze hem niet zien, in het boerentheater waarin hij was beland. Of misschien was het boerentheater waar hij zich door het meisje Flocke mee naartoe had laten tronen het zoveelste bewijs dat de scheiding van Simone niet verkeerd was geweest.

Heuraffl riep niet om de gendarmerie toen hij de vreemdeling de helling af dreef, maar dreigde daar wel luidkeels mee. Hij liep vooral te schelden, grof en primitief: op de tijden, de politiek en dat je alles zelf moest doen omdat niemand je komt helpen, omdat alles op jou wordt afgeschoven, taken die eigenlijk de overheid en de politie, stuk voor stuk arrogante idioten die niet meer weten waar ze zelf vandaan komen... Doorlopen, vuilak, hup, hup. Het leek volledig langs hem heen te gaan hoe de man reageerde die hij daar als het ware had opgepakt. En zo stonden Lowetz en alle anderen toe te kijken hoe een man de helling af struikelde, keer op keer zijn handen in de lucht probeerde te steken, maar ze steeds weer moest laten zakken om zijn evenwicht niet te verliezen, of om zich ermee af te zetten als hij tussendoor op de grond viel omdat hij van achteren werd geschopt en geduwd.

Een onbekende, bebaarde man, die voortdurend probeerde om te draaien om zijn beul al gebarende duidelijk te maken dat hij ook zo wel meekwam en niet zou proberen te vluchten. Maar Heuraffl bleef als een dolle duwen en schoppen, en steeds als zijn slachtoffer struikelde greep hij hem van bovenaf bij zijn overhemd, trok hem weer omhoog en duwde hem verder. Misschien was Heuraffl zich, anders dan wat zijn lukrake gemep deed vermoeden, wel degelijk bewust van zijn publiek, en schakelde hij nog een tandje hoger omdat iemand die hard duwde en schreeuwde meteen ook liet zien wat voor spectaculaire vangst hij had gedaan. Of omdat hij de rest wilde laten denken dat hij heel erg bang was voor die ander en daarmee tegelijkertijd zijn gedrag wilde rechtvaardigen?

De tweelingbroer van Heurafll maakte zich los uit het groepje toeschouwers en stormde op zijn broer af. Op hetzelfde moment riep de burgemeester de beide gendarmes: Leonhard, Gerald, schiet op, snel, waar blijven jullie nou?! Tot dan toe hadden de twee als slaapwandelaars alleen opgekeken en een paar stappen bij de afgezette vindplaats vandaan gedaan, niet wetende wat te doen. Maar zodra de ene Heurafll bij de andere was aangekomen kantelde het beeld en was er geen twijfel meer mogelijk. Twee Heuraflls timmerden een derde persoon in elkaar, zinloos en zonder na te denken, en bovenal zonder zichtbare reden. De gendarmes grepen met tegenzin in, namen de vreemdeling van hen over, hielden hem links en rechts bij zijn bovenarmen vast – wat ze misschien beter met de eerste Heurafll hadden kunnen doen. Maar ons kent ons, nietwaar? En die vreemdeling kennen we niet.

Heurafll had de man in zijn jagershut betrapt. Daar leefde hij sinds enkele dagen, had zich tegoed gedaan aan de koekjes-, conserven-, sterkedrank- en watervoorraden, hoewel het hem, zo braaf als hij overkwam, niet in de eerste plaats om de drank leek te zijn gegaan.

Spreekt u Duits? vroeg Koreny. *Nu*, zei de man met een angstige glimlach. De Dunkelblumers wierpen elkaar blikken toe. Maar ze hadden door dat het inderdaad een soort van Duits was, al was het dan met een zeer merkwaardig accent – alsof de klinkers zoekraakten op het helemaal achterin gelegen plekje tussen keelholte en neus. Hij trok ze daar achterin op een of andere manier omhoog, de klanken, vanuit zijn keel verder naar boven, ze kwamen niet goed tevoorschijn, hoewel je ook weer niet de indruk had dat hij ze inslikte.

Gek genoeg weigerde hij fel om naar de hoofdstad te worden overgebracht, waar, verzekerde Koreny hem, bussen en treinen richting West-Duitsland vertrokken; geen probleem, morgen of overmorgen al kunt u op uw gemak in Nürnberg of Gießen zitten. Hij smeekte in zijn gekke taaltje juist om te mogen blijven, want tijdens zijn vlucht over de grens was hij vrouw en dochter kwijtgeraakt. Die zouden nog in het bos moeten zijn, misschien waren ze omgekeerd en kwamen ze zodra zich een volgende gelegenheid voordeed. Maar ze zouden ongetwijfeld proberen de grens over te komen op de plek waar ze elkaar waren kwijtgeraakt, en op hun beurt zouden ze van hem verwachten dat hij in de buurt bleef. Zo doe je dat als je elkaar kwijtraakt, zei hij somber. Ik kan werken, zei hij en hij strekte zijn handen naar Koreny uit, ik zal later ook alles terugbetalen, maar laat u me alstublieft blijven.

Fabeltjes, morde de Heuraffl die hem had gevonden.

De bebaarde vreemdeling keek hulpzoekend om zich heen.

Er komen binnenkort vast nog meer van die lui, zei Joschi met een wantrouwende blik richting het bos. De vreemdeling verzekerde dat hij zou verdwijnen zodra hij nieuws van zijn familie had. Hij vroeg Heurafl of die zich daar iets bij kon voorstellen – vrouw en dochter, Silke was pas zestien – maar die schudde alleen vijandig zijn hoofd.

Lowetz had achteraan gestaan, had met gestrekte hals geprobeerd alles te verstaan. Vanuit het niets kwam Flockes vader naar voren. Hij legde een hand op de schouder van de vreemdeling en duwde zo een van de gendarmes weg, die bereidwillig losliet. Goed, zei Toni Malnitz, aangezien er hier blijkbaar geen sprake is van een ernstig misdrijf...

En mijn hut dan, vroeg Heurafll, en mijn voorraden?

Malnitz grijnsde en stak langzaam een hand in zijn kontzak, waar de meeste mannen hun portefeuille droegen.

Moet dat? vroeg Flocke luid, die ineens naast haar vader stond.

De beide Malnitzen vochten een staarduel uit met de Heuraffls.

Ga toch schijten allemaal, zei de eerste Heurafll uiteindelijk, waarna hij zich omdraaide.

Er ontstond een lege ruimte voor Lowetz; degenen die aan de kant van de Heuraffls stonden of die in hun behoefte aan zondags vermaak waren voorzien, ruimden het veld. Dus liep hij naar voren, op Flocke, haar vader en de onbeholpen vluchteling af. De marmotachtige burgemeester had een rood gezicht, hij zweette. Wat nu weer? vroeg hij aan Lowetz, zijn smekende handjes voor zijn buik, naar het leek in een poging zijn kalmte te herwinnen.

Ik wilde alleen maar zeggen dat ik een kamer vrij heb, zei Lowetz.

16

Thuisgekomen wist Lowetz niet meteen wat hij moest doen. De bebaarde vluchteling, die Reinhold heette, was eerst door Flockes vader meegenomen om te telefoneren. Toen Flocke Lowetz voor zijn huis liet uitstappen had ze *tot later* gezegd.

Eerst had hij zijn oude kamer geïnspecteerd, hem netjes genoeg bevonden, het bed fris opgemaakt en de deur resoluut achter zich dichtgetrokken, alsof de gast al moe en binnen was. Hij dacht ineens aan het oude vloerkleed dat hij die ochtend op zolder had zien liggen. Hij haalde het en rolde het buiten voor de schuur uit, op de binnenplaats, zoals zijn ouders deze door begroeide muren omringde plek hadden genoemd. Je zou er een tuin van kunnen maken, dacht hij, en dat daarin waarschijnlijk ook de afstand tussen de grote stad en Dunkelblum besloten lag. De Dunkelblumers, in elk geval zij die in het oude centrum woonden, hadden geen behoefte aan siertuinen. Voor hen bestonden er binnenplaatsen, moestuinen en wijngaarden. Die laatste lagen elders. Echte tuinen waren voor snobs.

Lowetz haalde kussens van vaders dagbed, een dienblad met glazen en een asbak. De stevigere sprieten van het woekerende grasveld gaven zich niet snel gewonnen. Eerst zweefde hij twee, drie handen hoog boven de grond, op golven, als op een vliegend tapijt vlak voor de landing. Als een hond of een koe rolde hij een paar keer heen en weer. En zo lag hij midden in het groene terrarium, in een onstuimig gestippeld, zachtjes flikkerend mozaïek van licht en schaduw. Alleen Fritz en Flocke zouden hem kunnen vinden. Hij had zijn schuilplaats niet moeten verlaten, en al helemaal niet naar de Rotensteinwiese moeten gaan. In de aarde wroeten, in graven gluren! Dat is niet goed voor een mens. *Je wilt nu eenmaal nergens in terechtkomen, met alles wat we hebben meegemaakt aan de grens.* Wie had dat gezegd? Weer zo'n zin van vroeger. Maar iets was er daar boven gebeurd; er spookte een herinnering door zijn hoofd waar hij geen grip op kreeg. Rotensteinwiese. Waarschijnlijk iets aan het eind van de oorlog. Had zijn vader dat verteld? Aan de andere kant, er was hier overal wel iets aan de hand geweest, aan het eind van de oorlog en daarvoor en daarna, ook honderd jaar geleden was dat al zo geweest. En over honderd jaar zal hier vast ook wel iets aan de hand zijn, dacht Lowetz en hij draaide behaaglijk op zijn zij, met zijn gezicht naar de warme zon, als ze elkaar vertellen over hoe op een zonnige zondag in augustus de eerste *australopithecus* van Europa werd opgegraven, die korte metten maakte met alle eerdere wetenschappelijke theorieën, of een of andere tot dan toe onbekende ondersoort van de homo sapiens. Misschien wel de *homo dunkelblumiensis*, zoals sindsdien uit onderzoek was gebleken: een verbazingwekkend levend wezen, sociaal, muzisch begaafd, dat op zijn handen kon lopen en met zijn blondgelokte staart zwaaide, en dat vegetarisch leefde in vreedzame matriarchale horden. Tot dan toe geheel onbekend en zonder enige twijfel uniek in de geschiedenis van de mensheid. Vanwege zijn ongeschikte eigenschappen bij de eerste voorbode van een ijstijd of de eerste troep knotszwaaiende normalobrutalo's uitgestorven. Sindsdien is ook hier de *robustus* dominant. Maar soms, heel zelden, door onwaarschijnlijke genetische toevallen, mendelt zich daar zo'n tere, betoverende *dunkelblumiensis* doorheen, verre afstammeling van de zingende en op hun handen dansende schoonheden van toen. Flocke? Uiterlijk wel, feeëriek als ze was, maar van karakter waarschijnlijk te slagvaardig. Reinhold zou er eentje kunnen zijn – zoals die in zijn ogen had gewreven toen hij in de dikke BMW van Toni Malnitz stapte... Maar na een behandeling door Heurafl zouden de meesten waarschijnlijk in hun ogen wrijven. En omdat Reinhold uit het verre Saksen kwam, kwam hij ook geografisch niet in aanmerking. De tweeling Heurafl daarentegen: absoluut *robustus robustus*, met een flinke scheut neanderthaler. Lowetz lachte en deed zijn ogen open. Flocke zat op haar knieën naast hem, met de gezichtsuitdrukking van iemand die in opperste concentratie komt aangeslopen om... wat te doen?

Liet jij me even schrikken, jokte Lowetz.

Je lacht me uit, zei Flocke.

Een beetje, jokte Lowetz weer.

Flocke legde een boek op zijn borst: Kijk, van je moeder.

Klopt, zei Lowetz. Hij hield het voor zijn gezicht. Ik ken het.

Die Dunkelblumer Heimatsagen, de band een paar keer gelijmd. Hij hoefde het niet open te slaan om te weten wat er in handschrift op de eerste pagina stond: Eszter Lowetz, *sötét virág*, 1944.

Dat las ze me vroeger voor, zei Lowetz.

Mij ook, zei Flocke.

Hoezo, jou ook? vroeg Lowetz.

Kun je je mij echt niet meer herinneren, vroeg Flocke, al die keren dat ik hier vroeger was, bij je moeder, omdat die van mij nooit tijd had? Niet erg vleiend.

Een sprietig meisje dat bij zijn moeder in de keuken zat

en haar blik neersloeg als hij zich een keer thuis liet zien. Als iemand anders hem ernaar had gevraagd, zou hij hebben gezegd dat er door de jaren heen verschillende meisjes waren geweest; misschien hadden alle lieve kleine meisjes uit Dunkelblum op enig moment bij zijn moeder in de keuken gezeten, de meeste althans, waar ze haar hielpen met koken en bakken. Als dank werden ze voorgelezen.

Hondenhandschoenen, zei ze peinzend, handschoenen van hondenleer. Eén keer per jaar, dat stond in het contract.

Zelfs als de vilder niet genoeg leer had, vulde hij aan, moest hij handschoenen leveren.

Niet genoeg fijn leer, corrigeerde ze hem.

De graaf en de vilder, dat was mijn lievelingssprookje, zei hij, aan het eind executeerde de vilder de graaf, in plaats van de reiziger, die tot de dood was veroordeeld.

Zo staat dat daar niet, sprak ze hem tegen, volgens mij werd de graaf door de duivel gehaald.

Omdat hij de veroordeelde zijn avondeten niet had laten brengen, zei Lowetz knikkend. Ik heb nooit begrepen waarom de vilder hem niet gewoon zelf zijn eten bracht.

Omdat dat de regels zijn, legde Flocke uit. De graaf spreekt recht, hij beschikt over leven en dood, maar zoals iedere rechter moet hij daarbij goedhartig en onpartijdig zijn. Door het galgenmaal toe te staan – door iedereen gelijk te behandelen – laat hij zien dat het niet om persoonlijke wraak gaat, maar dat hij slechts een rol vervult. Waarschijnlijk de rol van God. Daarom moet iedere veroordeelde de laatste maaltijd krijgen.

Ik heb altijd gedacht dat hij het gewoon was vergeten, zei Lowetz.

Hij was het vergeten omdat hij ijdel was, zei ze, daar gaat

het sprookje over. Zijn eigen positie, zijn vachten en zijn mooie meubels in het slot, aan wie hij zijn dochter het beste kon uithuwelijken en misschien ook wel die handschoenen van hondenleer – dat vond hij allemaal belangrijker dan het recht.

Ze keek naar haar vingers en zei: Ik heb nooit leren handschoenen gehad.

Vanwege dat verhaal? vroeg Lowetz. Daar antwoordde ze niet op.

Ze moet het me vaak hebben voorgelezen, zei hij, in elk geval heb ik het onthouden.

Volgens mij heeft ze op die manier Duits geleerd, zei Flocke, die naast hem neerknielde en door het boek bladerde.

Dat kon ze toch al best aardig, mompelde Lowetz, vroeger sprak iedereen beide talen. Hij vroeg zich af of hij Flocke bij haar pols kon pakken om haar naast zich in het zonnetje te trekken. En of het vloerkleed misschien stonk, naar ouderdom en verwaarlozing, associaties die hij natuurlijk niet wilde wekken. En of ze eigenlijk rookte.

Ze leek inmiddels volledig verzonken in het boek, Lowetz merkte dat ze van het ene op het andere moment onbereikbaar was geworden. Als een mens helemaal was afgeleid hoorde je dat zelfs aan de ademhaling. Lowetz sloot zijn ogen weer en dacht erover na. Er daalde een soort stolp over zo iemand neer, of beter gezegd: hij of zij wordt van je weggezogen. Wat kon dat zijn?

Ze ging het hem vast zo meteen vertellen. Hij kende die urgente ondertoon van haar inmiddels.

Heeft ze de vertalingen ernaast geschreven? vroeg hij uiteindelijk. Of wat heb je gevonden?

Ze sloeg het boek dicht en keek hem aan. Kun je je het sprookje van de onvruchtbare akker herinneren?

Volgens mij wel, zei hij, met die jongste dochter en het veld vol kerstrozen aan het eind? Precies op eerste kerstdag?

Vertel hoe het gaat, zei ze op dwingende toon.

Ach, nee toch, sputterde hij tegen, iets belerends zoals in de Bijbel, met een gierige boer en zijn akker waar maar niets op wil groeien, en pas als de jongste dochter achter de rug van haar ouders om een arme rondtrekkende koopman een stuk brood... Luister eens, kan het zijn dat het verhaal van de vilder met afstand het meest van de lezer vraagt? Ik bedoel: moreel gezien? Misschien dat we het daarom zo goed hebben onthouden?

Waarom wilde er niks groeien op de akker? drong Flocke aan, terwijl ze tot zijn opluchting het pakje sigaretten pakte. Denk na, weet je het nog?

Geef mij er ook eens een, zei hij.

Hij had toch nog meer akkers, moedigde ze hem aan, waarna ze in de navertellende sprookjestoon verviel, hij had veel akkers, die herenboer, maar op een daarvan wilde nooit iets fatsoenlijks groeien, wat hij ook probeerde. In het ene jaar gerst, het andere hennep, het derde aardappelen, maar niets wilde groeien en de mensen zeiden...

En de mensen zeiden, daar ligt een gebochelde hond begraven, vulde Lowetz aan.

Flocke keek hem aan en knikte langzaam.

Hij krabbelde overeind en streek haar over haar bovenarm, vriendschappelijk, hoopte hij maar.

Je hebt het dus ook nooit zelf gelezen, zei ze.

Geen idee, zei hij, waarschijnlijk niet. Hoezo?

Omdat hier staat... Ze nam het boek weer in de hand,

keek, zag hij, eerst in de inhoudsopgave, bladerde wat en reikte hem het boek aan: Lees zelf maar.

Lowetz keek naar de passage die ze hem aanwees. Hij las voor: En de mensen zeiden, daar ligt een gebochelde Jood begraven.

Ik snap het, zei hij. Hij sloeg het boek dicht en ging weer op zijn rug liggen.

Ze kwam eindelijk naast hem liggen.

Mijn moeder heeft ons dus uit een naziboek voorgelezen, zei hij uiteindelijk.

Zo kun je dat waarschijnlijk ook weer niet zeggen, zei Flocke.

Hoe dan wel? vroeg Lowetz.

Flocke rolde op haar zij en steunde op haar elleboog. Ze bootste op ironische toon de stijl van het boek na: En de mensen zeiden, je moet alle teksten in de context van hun tijd begrijpen – vermoedelijk is het boek nog veel ouder, van rond de eeuwwisseling. En Eszter paste de tekst tijdens het voorlezen aan.

Ze zwegen en rookten.

Als kind ben je nergens verbaasd over, zei ze na een tijdje, ook niet over wat dat nu eigenlijk is, een gebochelde hond.

Waarschijnlijk eentje waar je maar het beste handschoenen van kan maken, zei Lowetz.

Je bent een echt gevoelsmens, zei ze. Maar ze moest lachen.

Ze vertrok al gauw weer. Er was haar iets te binnen geschoten, ze noemde een aparte naam en had weer die concentratieknoop in haar gezicht, bij haar neuswortel, net boven haar wenkbrauwen. Lowetz nam aan dat ze het over de toerist had, Dunkelblums enige permanente gast, die onlangs bij oom Grün de stapel slotansichtkaarten had gekocht zonder er ook maar eentje over te laten. Terwijl hij er in eerste instantie maar vier van wilde versturen... Was die niet op zoek geweest naar graven? Misschien had dat iets met de Rotensteinwiese te maken? Had Graun junior misschien gevonden waar de toerist naar op zoek was geweest? Zo kwam alles samen.

De zon scheen; bij Fritz, aan de andere kant van de binnenplaats, was het stil. Soms liep hij luidkeels te zingen op zondagmiddag, voornamelijk liedjes van The Beatles, wat je kon herkennen aan de melodie. Uit de teksten zou je het niet hebben opgemaakt, alleen de a's en de o's stonden ongeveer op de juiste plek. Hij had er graag samen met Flocke naar willen luisteren, naar die zo melodieus bulderende Fritz. Dan hadden ze mee kunnen neuriën. Hij mocht Flocke. Hij mocht haar echt, en hij vond het leuk dat ze elke keer als ze afscheid van hem nam 'tot later' zei. Tot nu toe al twee keer op één dag. Hij had het gevoel dat het iets betekende – het klonk samenzweerderig, als een toespeling, want vandaag zouden ze elkaar vast niet meer zien. Maar morgen ongetwijfeld weer.

Afgezien van zijn halve genetische code deelde hij nu ook zijn gevoelens voor Flocke met zijn moeder. Misschien had er een vleugje *dunkelblumiensis* in haar gezeten? Het deed pijn om aan haar te denken. Zoveel pijn dat hij probeerde om in gedachten min of meer alleen zijdelings naar haar te kijken, als het ware naar afzonderlijke, scherp afgegrensde delen van haar. Sterk geaderde, krachtige handen. Haar lange grijze vlecht, en dat ze haar haar tot een paar jaar geleden los had gedragen. Dat zag er wat heksachtig uit. Had hij dat tegen haar gezegd? Was ze er daarom mee opgehouden?

Hij wilde zich nooit verbazen, dat was een van zijn levensprincipes. Je over dingen verbazen betekende dat je niet goed genoeg had gekeken, niet alle afzonderlijke posten op de rekening in beschouwing had genomen. Jezelf verbazen kwam net iets na verrassing, en verrassingen dienden al helemaal vermeden te worden. Behalve als kind zijn die bijna nooit fijn. De scheiding van Simone had hij zien aankomen; toen die werd uitgesproken verbaasde hij zich niet, ook al deed het pijn. En daarom was het vermoedelijk normaal dat hij zijn moeder erger miste dan ooit, terwijl hij tegelijkertijd elk gevoel was kwijtgeraakt voor wie ze was geweest. Hij had zich nadrukkelijk niet in haar verdiept. Hij wist helemaal niets over haar leven van de afgelopen vijftien jaar: wat ze dacht, wat haar interesseerde, hoe ze met anderen omging. Het verbaasde dus niet dat hij zich verbaasde. Hij had ettelijke posten achteloos over het hoofd gezien. Zijn verbazing was zijn eigen schuld.

Besluiteloos nam hij het sprookjesboek mee naar binnen en zocht er een plekje voor. Het kastje was weg, hij stond in de woonkamer om zich heen te kijken. Even wilde hij het mooie oude boek naar de nieuw gecreëerde logeerkamer brengen, maar toen moest hij weer aan de gebochelde Jood en het veld vol kerstrozen denken. Reinhold uit Saksen had genoegzaam kennisgemaakt met de charme van Dunkelblum, dat wilde hij hem besparen. Hij legde het boek op de keukentafel. Het voelde nu aan als iets besmets. Je kon het niet eens aan iemand cadeau geven, laat staan aan iemand met kinderen. Ineens bedacht hij dat hij het naar het reisbureau van Rehberg kon brengen. De hobbyhistoricus. Wat een goed idee! Hij vond het bijna jammer dat hij het niet meteen aan Flocke kon vertellen. Hij zag het oude boek al voor zich, op een vilten ondergrond onder een zware glazen stolp, in het soort vitrine dat een Dunkelblums museum zich nooit zou kunnen permitteren, tenzij de gravin een deel van haar vermogen aan hen zou afstaan. Evengoed een vermakelijke voorstelling. Het oude boek kon alleen nog voor pedagogische doeleinden worden gebruikt, als afschrikwekkend voorbeeld, ondanks alle slimme vilders en graven die naar de hel gingen. Het boek leek in feite op wat het vertelde, want het verborg, en slechts heel oppervlakkig, iets verschrikkelijks. *En de mensen zeiden, daar ligt een gebochelde Jood begraven.*

17

Om halfelf gooide de oude mevrouw Reschen de bar dicht, nadat de laatste drinkers huiswaarts waren gewankeld. De paar hotelgasten zaten zoals het hoorde op hun kamers – in elk geval hing geen van de sleutels aan het bord. Zenzi was om zeven uur naar huis gestuurd. Op zondag was er gewoonlijk weinig te doen, maar het spektakel had meer mensen dan anders naar de bar gedreven. Mevrouw Reschen zelf was niet boven op de Rotensteinwiese geweest, dat was ook niet nodig. Ze hoefde nergens naartoe om iets te horen, want alles wat er in Dunkelblum gebeurde kwam vanzelf bij haar terecht. Ze bewaarde het stilletjes, sloeg het meeste in haar geheugen op, ook dat wat heel ver terug lag.

Maar als een schat onder de grond verdwijnt, wil dat nog lang niet zeggen dat hij er ooit weer uit komt. De verhalen van het stadje lagen in de oude mevrouw Reschen bezonken, als in een ontoegankelijke mijn. Wat ze in zich opnam bleef binnen, waar het handzaam en glanzend werd en waar ze er zo nu en dan in alle rust naar keek. Als iemand – wat weleens voorkwam – een vraag te veel stelde, zei ze met haar onderdanige scheve gezicht: Ik kom de zaak toch niet uit, nooit, overdag niet en 's nachts niet.

Het hele leven van mevrouw Reschen had uit werken bestaan. Van iets anders was geen sprake geweest. Misschien herinnerde ze zich daarom zo goed het buitengewone, bepaalde gezichtsuitdrukkingen en dialogen, omdat de rest een zee van eentonigheid was: vegen, schrobben, bukken, poetsen. Thuis al die broertjes en zusjes, tussen wie zij ongeveer als middelste geboren en getogen was; de groten zorgden voor de kleintjes, en zodra je kon moest je mee het land op. Op je veertiende in de leer – en toen had ze de slag van haar leven geslagen. Thuis wisten ze niet eens dat ze was gaan solliciteren. Leermeisje in Hotel Tüffer, voor iemand als zij meer geluk dan wijsheid. Ze was ervan overtuigd geweest dat de knappe Veronika de betrekking zou krijgen. Door haar had ze überhaupt van de sollicitatie geweten. De jongeheer had haar uitgenodigd, hij was erg onder de indruk geweest van Vroni, maar die wilde niet alleen gaan en had daarom Resi meegebracht. Dus stonden er twee blozende meisjes voor de receptie. De jongeheer leek verrast, uiteindelijk werd de oude mevrouw Tüffer erbij gehaald. Dat de heer Tüffer zo onder de indruk van haar was geweest hielp Vroni nu niet meer, maar misschien kwam dat ook wel doordat ze in die tijd nog zo geaffecteerd sprak. Op de heenweg had ze het Resi geleerd: Heel goed, *gnädige Frau*, tot uw dienst, *gnädiger Herr*.

Maar de oude mevrouw Tüffer koos zonder aarzelen voor Resi en zei tegen haar zoon: Dat is een goed kind, hoor je me, Wilhelm, een goed kind! Wilhelm Tüffer vertrok zijn mond naar één kant van zijn gezicht, waardoor net als bij een kameel zijn neusvleugel aan de andere kant verticaal sloot, en antwoordde: Wat u wilt, mamá.

Vroni werd naar huis gestuurd, en de jongeheer Tüffer deed vanaf dat moment alsof hij haar nooit had gekend en had alleen nog maar oog voor Resi. Van mevrouw Tüffer kreeg ze haar jasschort en de eerste instructies. Zes jaar later – ze stond toen al achter de receptie en maakte soms zelfs de weekplanning voor de keuken – moest ze mevrouw Tüffer helpen met inpakken en kreeg ze ineens de hele sleutelbos overhandigd, waar alle sleutels aan zaten, voor alles. Die had de oude mevrouw Tüffer nog nooit uit handen gegeven. Pas er goed op, Resi, zei ze. Ik reken op je.

Al gauw waren de Tüffers weg, de jonge en de oude, met hun kleren en hoeden en mantels en laarzen, en als Resi destijds niet al haar best had gedaan om in de gunst te komen van Josef Graun en zijn vrienden zou er waarschijnlijk God weet wat zijn gebeurd. Maar de jonge, ambitieuze knapen – Graun, Neulag, Stipsits en Ferbenz – zaten avond na avond in de hotelbar, lachten naar haar en zeiden *mevrouw de bazin* tegen haar. Resi liet het personeel dat eerlijk was blijven en haalde twee van haar jongere zussen binnen. In rekenen was ze altijd al goed geweest, dat was een geluk, en zo ging het op een of andere manier verder, hoewel de zaak al snel veranderde. Er kwamen andere gasten, in die eerste zomers zelfs heel erg veel, hoewel die niet per se aangenamer waren dan de gasten die ze had leren kennen toen ze nog in de leer was. Het waren er in elk geval zoveel dat ze die eerste zomers zelfs iets opzij kon leggen voordat het abrupt ophield.

Ze stond voor het raam van haar slaapkamer, waar ze een stukje van de slottoren kon zien, met die twee idiote aanbouwsels, de kleine muurtjes links en rechts. Ze hadden die vleugeltjes nooit moeten bouwen, of ze meteen weer moeten afbreken. Als ze direct tegen de toren hadden aangebouwd, hem in een soort nieuwe gevelrij hadden ingepast, zou hij niet zo opvallen. Dan hoefde hij daar niet zo verloren te staan, als een soort monument. Maar na de oorlog wilde iedereen die het zich kon permitteren een vrijstaand huis hebben, omdat ze het als een luxe beschouwden om afstand tot de buren te houden. Dat hadden ze nooit eerder gehad, in de jaren daarvoor was men nader tot elkaar gekomen dan de mensen lief was. En ook dit kon de oude mevrouw Reschen zich nog heel goed herinneren: dat Horka-Schorsch, nadat hij kort daarvoor nog een hoge nazi was geweest, vertrouwenspersoon van de Russische officieren was geworden en in opdracht van de gravin grote delen van de bouwgrond duur had verkocht, aan mensen die zelfs nog geld genoeg hadden om grote, vrijstaande bedrijfspanden te laten bouwen. Daar verwerkelijkten ze hun wirtschaftswunderdromen: Wallnöfer met zijn autobedrijf, Balf met zijn makelaardij, Berneck met zijn verzekeringskantoor en Stipsits met de enorme drogisterij, die hij inmiddels had moeten inkrimpen ten gunste van een kapper van Sloveense afkomst.

Het slot was al zo lang verdwenen, maar sinds die ansichtkaarten overal te koop waren stond het haar weer helder voor de geest. Ze had het niet zien branden, ze had met haar broers en zussen in het bos gezeten. Maar de zwartgeblakerde overblijfselen waren blijven staan, totdat de gravin op afstand toestemming gaf om de boel af te breken; ze vormden een schokkend contrast met de staat waarin ze het vlak daarvoor nog had gezien: het gebouw als een stralende bruid, haar armen, haar poorten wijd open, verlicht, versierd, muziek en dans. Ze waren weliswaar hard aan het werk geweest, beneden in de keuken, alle vrouwen die Resi nog had kunnen optrommelen toen de gravin daartoe beval, maar tot aan het laagste afwashulpje waren ze ook vervuld geweest van de pracht van deze avond, waarvan ze hadden kunnen vermoeden dat het de laatste zou zijn in lange tijd. Ze hadden het niet geweten. Ze hadden niet nagedacht maar gehoopt, op een wonder, op de wonderwapens. Ze hadden op God vertrouwd, en in elk geval met dat laatste was natuurlijk niets mis. Ze hadden het kanongebulder aan het front al kunnen horen. Wie weet, misschien was juist dat voor Neulag het signaal geweest om nog één keer een feest te geven.

De oude mevrouw Reschen ging liggen, in haar lange kamgaren nachthemd. Dat soort nachthemden droeg men hier al generaties lang, vroeger waren ze van flanel geweest. Ze had niet geweten wat ze anders in bed moest dragen, ook al bestonden er in haar hoofd beelden van de nachthemden die beter niet hadden bestaan. Van Agnes Kalmar en de dochters van Stipsits, van wie er een niet terug was gekomen. Als bleke spookverschijningen de straat op gesleurd, vuil, aarde, wodka, bloed. Nachthemden die verlaten in het bos lagen.

Ze was toen al met Reschen samen geweest, tien jaar ouder dan zij en een arm minder. Daarom werd hij niet doodgeschoten of opgepakt. Die ligt nu bij jullie, zei hij tegen de Sovjetofficieren toen ze elkaar wat beter hadden leren kennen, die arm heb ik bij jullie achtergelaten! En daar dronken ze op.

Reschen was boven op haar gedoken zoals later de Russen op de anderen. Half krankzinnig was hij eerst geweest, van het front en de pijn in zijn ontbrekende arm, maar nadat hij had gekregen wat hij nodig had werd het beter. Uiteindelijk was dat nog een geluk bij een ongeluk geweest, want nu bleef het voor haar bij die ene, bij hem. Reschen kon altijd van alles ritselen wat nodig was. Hij had niet gewacht tot de Russen het hotel in beslag kwamen nemen; hij was naar hen toe gegaan en had het hun aangeboden. Er waren mensen die zeiden dat hij was overgelopen, tien dagen eerder al, toen de Russen Dunkelblum voor de eerste keer waren binnengevallen. Destijds zou hij alles al hebben geregeld: de verminkte voormalige *Hauptsturmführer* die nu hotelbaas wilde zijn, bij wijze van compensatie voor zijn arm. Maar Resi, die zijn vrouw werd en daar, afgezien van die wrede eerste uren en dagen, later niet meer mee worstelde, dacht bij zichzelf dat dat waarschijnlijk geen groot verschil maakte: of je meteen of pas tien dagen later gemene zaak maakte met de Russen, aangezien de Duitsers toch allang hadden verloren.

In haar slaap viel ze, zoals de afgelopen tijd wel vaker gebeurde, een diep, vertakt grottenstelsel in. De val duurde zo lang dat ze ondertussen alle tijd had om haar angst te overwinnen en tegen zichzelf te zeggen dat ze niets van de val zou voelen. Op die manier werd de val binnen een paar seconden, die ook minuten hadden kunnen zijn, bijna tot iets moois; een razendsnelle vrije val, waartegen je je niet kon verweren en die in een bliksemsnelle, pijnloze dood zou eindigen. Maar zoals alle keren daarvoor kwam ze op beide benen terecht en bevond ze zich in die duistere, labyrintische grot. Ze wist niet waar de uitgang was. Tastend baande ze zich een weg voorwaarts, opende zware deuren met klinken in de vorm van een zwanenhals, zoals ze die ook in het slot hadden gehad. Op een gegeven moment draaide ze zich om omdat ze achter zich iets hoorde, en keek in een grijnzende grimas, veel groter dan een menselijk gezicht. Dat was Horka, met een tronie als een ballon. Ze begon te schreeuwen en werd wakker.

Ze lag in bed te luisteren. Ze meende zichzelf te hebben horen schreeuwen. Buiten was het stil. De grot in haar droom leek een beetje op de stallen onder het slot, daar waar destijds de dwangarbeiders waren ondergebracht. Ze had het gevoel dat ze dit al vaker had gedroomd. Maar het einde klopte gewoon niet, want in werkelijkheid was het niet Horka, maar haar vroegere verloofde Josef Graun geweest die geheel onverwacht achter een deur stond en lachte als de duivel in eigen persoon.

Een halfjaar eerder, in de laatste herfst van de oorlog, toen de werkzaamheden aan de Wall hun hoogtepunt bereikten, was Josef ineens verdwenen. Zijn weekendbezoekjes bleven uit, hij kwam niet langer vanuit Stiermarken, waar hij gestationeerd was, naar haar toe. Eén enkele keer was hij midden in de nacht bij de achterdeur opgedoken, ze hoorde hem nog altijd kloppen. Hij weigerde binnen te komen en begon al op de drempel over problemen te praten: over Ferbenz, over Neulag en over een aangifte die hij had moeten doen.

Denk eraan, Resi, zei hij, als ze me te pakken krijgen, ik was het niet – het waren de anderen! Ik bedrieg niet en ik steek geen geld in eigen zak. Als we de oorlog verliezen is het de schuld van dat soort lui. Heil Hitler.

Ze had er niet veel van begrepen, ze stond in haar nachthemd bij de achterdeur en hij drukte haar tot slot de hand, alsof ze twee mannen waren die een contract sloten. Ze was bang dat ze hem nooit meer zou zien. Het waren verschrikkelijke tijden. Natuurlijk had ze gewacht. Ze mocht Josef echt graag. Maar een paar weken later, toen ze net de voordeur op slot wilde doen, dook er iemand vanuit de schaduw tegen de deur, pakte haar vast, greep haar bij haar haren en smeet haar tegen de grond. Dat was Reschen. Hij knielde op haar neer, met beide benen, en sloot ook nog de deur van binnenuit af, en dat allemaal met één arm. En daarna vluchtte hij niet eens, maar ging domweg in haar bed liggen en bleef.

Josef zag ze pas eind maart terug, op dat feest in het slot. Na middernacht was er boven iets gaande, de meisjes die bedienden vertelden het haar. Een groep mannen verliet de danszaal. Je hoorde ze met veel lawaai de grote trap af komen. Resi keek door de keukendeur naar buiten met een nieuwsgierigheid die ze haar meisjes had verboden. Recht tegenover vloog een deur open, daarachter stond een tafel vol wapens, op een rij uitgestald als in een etalage, en daar stond hij, Graun; hij keek op, zag haar en begon te lachen als de duivel. Pas veel later besefte ze waarom ze begon te beven en terug naar de keuken was gevlucht. Ze moest hebben gedacht dat ze hem hier, in dat vertrek recht tegenover de grote keuken, dood zouden schieten. Dat ze daarom naar beneden kwamen, en dat hij zich in zijn lot had geschikt en de wapens al in het gelid had gelegd. Dat was, gezien de gebeurtenissen van toen, geen vreemde gedachte. En toen dat niet gebeurde hield de opluchting daarover in eerste instantie al het andere tegen.

Er werd nog steeds geklopt, niet alleen in haar herinnering. Iemand riep met gedempte stem: Resi, mevrouw Reschen, ben je nog wakker? Ze schrok en stond op. Ze deed het raam open. Beneden stond iemand.

Wat is er? vroeg ze argwanend.

Ik ben het, Toni, zei Malnitz, ik moet dringend met je gast praten.

Op dit tijdstip? vroeg Resi. Het is na middernacht!

Het is belangrijk, Resi, doe open!

Dat kan vast wel tot morgen wachten, zei Resi, en ze wilde het raam al dichtdoen toen ze op het balkon boven zich een stem hoorde.

Het is al goed, mevrouw Reschen, zei de gast op kamer zeven, als u zo vriendelijk wilt zijn de deur beneden van het slot te doen?

Er zat niets anders op.

Maar vervolgens stonden ze alleen maar met z'n drieën beneden in het donker omdat Toni Malnitz zijn dochter kwijt was.

Ze wilde vanavond naar u toe gaan, zei hij opgewonden tegen de heer uit kamer zeven, wat wilde ze eigenlijk?

Over de vondst op de Rotensteinwiese praten, zei de gast, ze vroeg me of ik misschien informatie had die daarbij van pas kwam.

Dat was alles? vroeg Toni Malnitz gespannen. Die oude koeien? En ze heeft niet gezegd waar ze naartoe wilde?

Het spijt me, nee, zei de gast.

Wat kan er nu helemaal aan de hand zijn, vroeg de oude Reschen korzelig, wat kan een jong meisje vandaag de dag nu overkomen? Die is vast naar vrienden gegaan.

Dat heeft ze nog nooit gedaan, zei Toni Malnitz, dat is niets voor haar. Ze hebben pas nog onze schuur in de fik gestoken... Ze heeft niet alleen maar vrienden hier, dat weet jij ook wel, Resi.

Omdat ze oude verhalen aan het oprakelen is, zij en nog een paar anderen, zei Reschen.

Toni Malnitz, die met zijn autosleutels had staan spelen, snoof, draaide zich bruusk om en vertrok. Hartelijk dank, meneer, zei hij over zijn schouder, ik zoek nog even verder.

In haar lange nachthemd stond Resi Reschen de gast aan te kijken die, hoewel hij slechts met een kleine leren tas was aangekomen, al veertien dagen in haar mooiste kamer verbleef, en van wie je je onderhand kon afvragen wat hij de hele dag uitvoerde. Hij had er ook iets mee te maken, met een of ander onderzoek, realiseerde ze zich ineens. Vaak schonk je juist de minste aandacht aan wat zich pal onder je neus afspeelde. Die man liep door de straten en hoorde de mensen uit, en hij was ook al een paar keer op de derde begraafplaats geweest, en samen met dat meisje van Malnitz op de top van de Hazug.

Mevrouw Reschen, ik wil u iets laten zien, zei hij, als u even meekomt naar mijn kamer?

Tot uw dienst, meneer, mompelde ze.

Zijn bed was onbeslapen, er stond een grote, geopende doos op. Een paar dagen geleden had hij een pakket ontvangen, dat vrij licht was geweest, in elk geval in verhouding tot het formaat. Eromheen lagen diverse kleinere pakketjes, ook lichtbruin, alsof de grote doos jonkies had gekregen. De gast gaf haar er eentje aan. Ze pakte het met tegenzin vast en dacht: je maakt wat mee met die gasten. Verrassend genoeg was het een kistje, van hout, heel dun en sierlijk en licht, met een zorgvuldig passend deksel dat je er zo van af kon pakken. Ze trok het met haar vingernagel omhoog, het kistje was leeg, er zat niets in. Ze keek in die lichte, naar hout geurende leegte, een zweem zaagsel. En plotseling liepen de rillingen van afgrijzen haar over de rug.

Als we ze hebben gevonden vinden ze hierin hun laatste rustplaats, zei de gast, en ze had hem het liefst een draai om de oren willen geven vanwege zijn zalvende toontje.

Mevrouw Reschen gaf het kistje aan hem terug, dat ongeveer twee keer zo groot was als een schoenendoos. Ik heb helaas geen idee waar dit over gaat, zei ze met die onderdanige schuine blik van haar.

Maar toen – later was ze bijna geneigd te geloven dat ze ook dat had gedroomd, in die verontrustende terugkerende grotdroom van haar – begon de gast haar ineens te tutoyeren.

Kom nou toch, Resi, zei hij, daar geloof ik helemaal niets van, dat je dat niet heel goed weet. En dat je me helemaal niet meer kent?

Ik kom de zaak toch niet uit, nooit, overdag niet en 's nachts niet, gaf de oude mevrouw Reschen ten antwoord, waarna ze zich omdraaide.

II

Aan het sterven is men ook hier gewend,
in elk geval meer dan aan het denken.

HANS LEBERT

I

Die nacht, even na halftwee, barstte er een onweer los zoals deze streek in lange tijd niet had meegemaakt. Het haalde veel Dunkelblumers bruusk uit hun slaap, en de dagen erop bleven ze elkaar verzekeren dat ze anders altijd goed sliepen, de diepe slaap der rechtvaardigen. Maar deze keer werden ze wakker van de donder, die alle instrumenten – bekkens, pauken, ratels en cimbalen – tegelijk bespeelde en over de stad raasde alsof hij hemel en aarde aan stukken wilde slaan. Zelfs de stokdoven werden uit hun bedden gedreven, in hun geval door flitsen die elkaar zo snel opvolgden dat het zwart ertussen een onopvallend flikkeren leek in plaats van andersom. Overal stonden mensen voor het raam naar buiten te kijken; ze konden elkaar niet zien, maar misschien vermoedden sommigen wel dat ze niet echt alleen waren, maar gewoon toevallig ieder voor zich. Voor het eerst in lange tijd waren zoveel Dunkelblumers op hetzelfde moment inactief en aandachtig, het tegendeel van hun gebruikelijke gedrag. *Er was altijd zoveel te doen, we konden ons er niet eens druk om maken…* Als God of de duivel de daken eraf hadden getild, hadden ze menig kopje kunnen krauwen. Maar dat was helemaal niet nodig, want ze wisten het zo ook wel.

Terwijl er buiten helemaal niets te zien was, alleen maar een schouwspel van de natuur. Fysieke processen die zich voltrokken en die niemand kon stoppen. De natuur gooide alles in de strijd zodat ze überhaupt nog werd opgemerkt. Deze nacht was daar een voorbeeld van. De mensen hadden veilige onderkomens voor zichzelf gebouwd, en toch waren er momenten waarop ze aan hun vlijtige werk moesten twijfelen. Misschien wil het onweer iets duidelijk maken, dacht de gast op kamer zeven, die door de balkondeuren heen een fraai uitzicht had. Hij vroeg zich af waarom hij was opgestaan. Waarom het voor hem niet had volstaan om in bed liggend te aanvaarden dat er een onweer was losgebarsten. Maar wel een van een buitengewoon kaliber, zo luid alsof het koste wat kost bewonderd wilde worden tijdens zijn helse dans.

Over elk straatje en elke binnenplaats waakten ettelijke ogen, om maar te zwijgen van de Hauptplatz, waar immers zes straatjes samenkwamen, die daar eerbiedig afremden en voor pestzuil en slottoren in elkaar vloeiden. Als er op dat moment – iets wat evenwel domweg ondenkbaar was – iemand door Dunkelblum was gerend, hoe heimelijk ook – zigzag en dicht langs de gevels –, zou die toch gezien zijn. En ook nog eens door velen.

In het inferno oogde de door flitsen overbelichte witte toren als een ridder, de enige verdediger die nog overeind stond. Alleen de toren stond met zijn formaat in een acceptabele verhouding tot het geweld dat rondom woedde. Met zijn laag aangebouwde vleugelstompjes leek hij het onweer te smeken om te stoppen. Hij strekte zich niet trots uit, maar leek door de knieën te gaan, schrikbarend eenzaam in de stralenkrans van bliksemflitsen. En wie beter keek had rondom de toren het slot kunnen zien schijnen, dat zich in de statisch geladen lucht als een fantoom materialiseerde, dwars door de omringende, lelijke naoorlogse bouwsels heen.

In hun goedkope B&B dachten de studenten uit de stad aan het oerwoud op de begraafplaats, en dat alle overtollige begroeiing die ze met veel moeite hadden opgeruimd en aan de zijkant hadden opgehoopt door de storm weer over de graven zou worden geblazen. En dat de al afgesnoeide bramenstruiken des te heviger verward en verstrikt zouden raken, als prikkeldraad. Martha, het meisje met de bos zwarte krullen dat de werkzaamheden met de videocamera documenteerde, draaide het wortelmannetje dat Fritz voor haar had gesneden in haar handen rond. Het leek op haar, en het leek op de atmosfeer in deze stad. Het wortelmannetje was haar bondgenoot, en het was niet bang.

De onnozele Zenzi met haar voorliefde voor gruwelsprookjes stond niet voor het raam, maar lag bevend in haar bed. Ze dacht aan het enorme mausoleum van de familie Tüffer en stelde zich voor dat een bliksemflits zou inslaan op het stenen dak en alles wat daaronder lag. In haar liggende houding, met uitzicht op de door bliksemschichten verlichte deken, speelden in het wit geklede gedaantes die zich langzaam verhieven een banale, voor de hand liggende rol. En waarheen zouden ze zich begeven als ze eenmaal uit hun marmeren gevangenis waren ontsnapt? Naar waar ze vroeger hadden gewoond. Zenzi had haar bazin niet naar het grafmonument gevraagd, noch waarom de naam van het hotel zo prominent op de derde begraafplaats vertegenwoordigd was; ze had aangevoeld dat dat beter was zo, en haar gevoel functioneerde in elk geval uitstekend.

Berneck stond in een zweterige pyjama voor het raam, vloekend over het werk waarmee deze nacht hem zou opzadelen. Stormschade, bliksemschade, volgelopen kelders en mislukte oogsten als het ook nog zou gaan hagelen, schaderapporten, telefoongesprekken, formulieren. Een papieroorlog op veel verschillende fronten, die tot advent zou voortduren. Terwijl nog maar een paar dagen geleden die oeroude schuur in Ehrenfeld was afgebrand, zonder enige assistentie van de bliksem. Als die in deze nacht in vlammen was opgegaan had niemand ervan opgekeken. Maar hier leek zich die typische opeenstapeling van onwaarschijnlijkheden te voltrekken, iets wat alle verzekeringsmensen kenden en waarover ze stilzwijgen bewaarden. Hun beroep berustte op waarschijnlijkheden. Alles was wiskunde, maar uitgerekend wiskundigen hadden vaak een neiging tot religie of esoterie, en daar hadden ze goede redenen voor. Als een vliegtuig neerstortte kon je erop rekenen dat niet veel later het volgende uit de hemel viel. Zo ging dat eigenlijk altijd. Hetzelfde met aardbevingen en andere natuurrampen. Er gebeurde iets en korte tijd later het volgende. Anders dan bij een moord kon er geen sprake zijn van het copycateffect. Dat kan toch helemaal niet, zeiden de mensen bedremmeld, en de verzekeraars verzekerden dat het alleen maar toeval was, want door de bank genomen gebeurden er ongeveer evenveel goede als nare dingen. Ze lachten er gekunsteld bij. Dat leerden ze tijdens de opleiding. Maar ze wisten wel beter. Je had opeenstapelingen en lange periodes van rust. Maar zodra het iemand opviel dat er al lang niets meer was gebeurd en men zich innerlijk al wapende voor wat er ging komen, was het zeer waarschijnlijk dat er de eerstkomende tijd nog steeds niets zou gebeuren. Het hield je voor de gek, het speelde een spelletje met je... Wie? Wie is 'het'? Ja, dat had Berneck ook wel willen weten, maar hij had niets met God, noch met het lot. Het is gewoon zo, zou hij hebben gebromd als hij er ooit met iemand over had gesproken. En nu dus die schuur. Een perceel dat de familie van mevrouw Leonore toebehoorde, de locatie even mooi als die vrouw zelf, hooggelegen en uitzicht rondom, maar natuurlijk veel te dichtbij, namelijk pal aan de grens. *Daar wordt als eerste geschoten als het weer begint* – dat waren van die zinnen die hier in de streek gangbaar waren. Dus had ook zij nooit iets met de grond gedaan, terwijl ze toch zo'n goede neus voor zaken heeft. Ze had hem gewoon laten staan, die antieke schuur, lichtgrijs van de droogte schijnt hij geweest te zijn, als een oude olifant. Anders dan de eigenaresse, die het oud worden en uitdrogen nog even uitstelde. Berneck klakte met zijn tong. De oude vrouw achter hem riep: Kom terug naar bed. Hij deed alsof hij doof was. Je had de schuurbrand als teken kunnen beschouwen, want daarvoor was er lange tijd niets wezenlijks meer gebeurd. Maar zo werkte het nu eenmaal niet. De voortekenen waren meestal onschuldig, die lieten zich pas achteraf zien. Hoeveel schade kon er nu helemaal zijn? Een ongebruikte schuur, een met onkruid overwoekerd stuk braakgrond. Maar die idioten van Malnitz hadden aangifte gedaan van brandstichting, van een dertig jaar oude houten schuur! Dan sla je jezelf toch voor de kop. Maar goed, wat verwacht je ook van mensen die hun badkuip midden in de kamer zetten. Toegegeven: dat de vrijwillige brandweer diezelfde nacht een feest had gehouden, drie kilometer verderop, was stom toeval. Hem kon dat overigens niets schelen, want zolang het onderzoek liep kon de verzekering erbuiten blijven. Maar die vervloekte schuur was het voorteken geweest van deze onweersnacht, die hem een gigantische berg werk zou bezorgen.

Na zichzelf een paar uur met stomme klusjes te hebben beziggehouden, was Leonore Malnitz op het onzalige idee gekomen om Toni's leren fauteuil vanuit de woonkamer naar haar slaapkamer te zeulen, één verdieping hoger en twee keer een lange gang door. Eerst had ze een paar kistjes fruit tot jam verwerkt en daarna de keuken tot in de kleinste hoekjes gepoetst, inclusief oven, vrieskist en besteklades. Overal stonden de jampotten ondersteboven af te koelen, maar nu was er echt niets meer te doen. Ze moest eigenlijk naar bed, maar er was niemand om dat tegen haar te zeggen. De laatste telefoontjes van haar oudste dochter had ze snel afgehandeld, met de mededeling dat ze op de pan met jam moest letten. Het was niet eens moeilijk geweest om de kalme en verstandige te spelen *(laten we eerst maar eens afwachten)*, omdat ze ten overstaan van haar kinderen nooit angst had getoond. Dat beschouwde ze als haar moederlijke plicht. En het lukte haar nog altijd, ook nu de kinderen allang zelf kinderen hadden. Ze hoopte dat zij dat ook zo deden.

Toni was op pad met de auto, die jampotten waren van hem. Ze wist niet waar hij was en wanneer hij terug zou komen; voor zover ze hem kende waarschijnlijk pas als het weer licht werd. Dan zouden ook anderen haar kunnen vinden, maar in het donker, zo verbeeldde hij zich, kon alleen hij dat. Tussendoor belde hij naar Leonore en ze voerden een paar keer het vierwoordengesprek: Nog nieuws? Nee. Oké. Ophangen. De lijn moest immers vrij blijven, voor het geval dat.

De stoel vanuit de woonkamer naar de trap krijgen was geen probleem. Ze wist dat vrouwen hun gebrek aan kracht enigszins konden compenseren door na te denken. Dus schoof ze een matje onder de dikke houten pootjes en sleepte het zware geval tot aan de trap. Er leek slechts één mogelijkheid te zijn om hem in haar eentje naar boven te krijgen: een touw om de stoel binden en hem tree voor tree omhoogtrekken. Ze wist wat dat betekende: ze zou enige tijd in een kwetsbare houding aan het meubelstuk gekluisterd zijn. Als de telefoon zou gaan kon ze die niet opnemen, en als ze geen kracht meer had moest ze ofwel hulpeloos afwachten, of het ding omlaag laten stuiteren, met desastreuze gevolgen voor wanden en vloer. Maar dat was nu net waar het haar om ging: iets doen dat eigenlijk te moeilijk was, dat even zou duren en al haar concentratie vergde.

In Toni's garage vond ze diverse spanbanden, die ze allemaal mee naar binnen nam. Ze besloot twee banden om het meubelstuk te binden en deze te laten kruisen, zodat ze haar armen door de lussen aan de uiteinden kon steken, als de banden van een rugzak. Zo zou ook het noodzakelijke omhoogwippen naar de volgende trede makkelijker gaan; ze gaf zichzelf een schouderklopje voor deze ingeving. Als ze het niet in één keer zou redden kon ze een van de banden losmaken en haar last tijdelijk aan de trapleuning binden, wat een geruststellend vooruitzicht was.

Het bleek veel minder erg dan verwacht. Ze was bezweet en haar haar stond alle kanten uit, maar ze was ook trots op zichzelf. In minder dan een kwartier had ze het leren monster boven. Weer sleepte ze het over de gang, tot in haar slaapkamer. Het bed keurde ze geen blik waardig, want wat je niet ziet is er niet. Ze schoof de fauteuil heel dicht naar het raam toe toen buiten de eerste bliksemschichten over de hemel zigzagden. Eerst schrok ze er heel erg van, twee van haar geliefden daar buiten, maar het volgende moment accepteerde ze het, alsof ze allang had geweten dat je op deze avond maar beter met het ergste rekening kon houden. Met een deken over zich heen zat ze in de zware, zachte leren stoel die vroeger van haar vader was geweest. De donderslagen kwamen op Dunkelblum neer als bommen, Leonore trok haar benen onder haar billen. Het begon te hozen, de dakgoten stroomden binnen luttele seconden over. Ze had vrij zicht op een hoek van het dak waar het water in golven over de randen klotste en in het duister stortte. Ze staarde naar het water dat daar boven zomaar omlaagkletterde, alsof je een volle vaas onder de kraan zette. Ze vroeg zich af of alleen het bovenste water er meteen weer uit spoelde, of dat het water dat erbij kwam het onderste water omhoogstuwde, zodat elk watermolecuul overal een keer was geweest, boven en onder. Of iemand dat wist, of kon meten. Of dat zijzelf het misschien zou moeten weten of kunnen berekenen; het natuurwetenschappelijke onderwijs op het gymnasium in Kirschenstein was per slot van rekening niet slecht geweest. Maar ze wist het niet. Ze bleef alleen maar zitten kijken, terwijl haar voeten begonnen te slapen. Het water stroomde over de randen van de dakgoten, het wilde gewoon niet in de toegewezen baan blijven. Soms waaide de storm het als een natte dweil tegen het raam, maar Leonore schrok er niet meer van. Het zwarte water had ook lava kunnen zijn, of modder, of olie, je kon het niet tegenhouden, ze kon haar blik er niet van afhouden. Wat hebben we gedaan? bleef het monotoon malen in haar hoofd, en de afzonderlijke letters trokken op hun gemak aan haar geestesoog voorbij, fel en flikkerend, als op een lopende band: Wat hebben we toch gedaan? Het ontbrak er alleen nog maar aan dat de aarde zich opende als op de dag des oordeels.

2

Ook dokter Sterkowitz stond voor het raam, zoals vele anderen. Maar anders dan de meeste anderen nam hij de dreiging van het onweer nauwelijks waar; noch het lawaai, noch de flitsen die als messen de lucht doorkliefden. Het waren vooral de zwarte watermassa's die hem bezighielden, die als harde zeilen tegen de huizen en bomen sloegen, onophoudelijk klapperend, en die niet domweg in elkaar zakten en wegdreven als… natte kleren of samengebalde bundels, stroomafwaarts het duister in en weg.

Hij was laat thuisgekomen. Zijn vrouw had de afdekschalen van de borden genomen waarop zijn koude avondmaal op hem wachtte: brood, worst, *Liptauer*, augurken, alles net als anders. Hoewel ze haar nachthemd al aanhad, kwam ze bij hem zitten en vroeg hoe zijn dag was geweest. Om haar af te leiden sprak hij langer dan nodig over Balf, de arme man, en over hoe Koreny onder alles leek te lijden.

Hij denkt dat Balf nog met hem praat, terwijl die helemaal niet meer bij bewustzijn is, zei hij met volle mond: Hij wilde me serieus wijsmaken dat hij aanwijzingen van hem krijgt.

Zijn vrouw schudde bezorgd haar hoofd.

En in de auto onderweg terug had hij het de hele tijd alleen maar over het waterschap, Koreny dus, vervolgde Sterkowitz. Hij is als de dood dat ze zijn besluit alsnog ongedaan maken.

Kan dat dan nog? vroeg zijn vrouw.

Alles kan, vermoed ik, antwoordde hij, als de hele gemeenteraad zich ertegen keert.

Misschien is dat sowieso verstandiger, zei Sterkowitz'

vrouw, veel mensen zeggen dat we genoeg water hebben, waarom zouden we er dan nog extra voor moeten betalen?

Dat weet ik ook niet, zei Sterkowitz, maar eigenlijk is dat natuurlijk precies waarvoor we de politiek hebben, dat die het weet.

En toen vertelde hij verder, op het rustige toontje dat hij voor zijn vrouw reserveerde. Hij vertelde dat Fritz Kalmar hem aan het begin van het stadje had staan opwachten en zijn auto wild zwaaiend had tegengehouden – hij belde hierheen, onderbrak Sterkowitz' vrouw hem, heb hem gezegd dat je uit Wenen moest komen – en hem dringend had verzocht om naar Antal Grün te gaan, ook al was het zondag. Sterkowitz had vervolgens pal voor de kruidenierswinkel zijn auto aan de burgemeester uitgeleend, die zo snel mogelijk naar de Rotensteinwiese moest.

Een enorm heen-en-weergereis, zei hij tegen zijn vrouw, toen moest ik mijn tas nog uit de praktijk halen, alles lopend, en Antal was zo verzwakt en Fritz zo in de war dat ik daar nog maar een tijdje ben gebleven.

Je bent te goed voor deze wereld, zei zijn vrouw. Niet veel later stond ze op om te gaan slapen.

Sterkowitz ruimde op en ging weer aan tafel zitten om na te denken. Hij deed zelfs het licht uit, zodat hij zijn vrouw, mocht ze nog een keer naar de keuken komen, kon wijsmaken dat hij net onderweg was geweest. Maar hij bleef zitten en keek naar buiten. Het rommelde in de verte, de wind trok aan. De bomen begonnen heen en weer te wiegen, alsof ze zachtjes muziek hoorden, iemand die het ritme aangaf.

Een paar jaar na de oorlog was Antal Grün in Dunkelblum opgedoken: een zongebruinde, daadkrachtige en bijzonder charmante jongeman die op een dag samen met zijn moeder bij de Kalmars was ingetrokken, bij weduwe Agnes en haar gehandicapte kind. Binnen een week had hij een van de twee kamers aan de straatkant tot een provisorische winkel omgebouwd. In dezelfde kamer, achter een onopvallend gordijn, sliepen hij en zijn moeder ook. Die eerste jaren verkochten ze simpelweg door het raam; Antal timmerde een houten verhoging met treetjes, die vroeg in de ochtend, als ze opengingen, naar buiten werd gedragen en voor het winkelraam werd geschoven. De schuur op de binnenplaats diende als opslag, en op een of andere manier was hij erin geslaagd om van het begin af aan de belangrijkste levensmiddelen aan te bieden. Grüns winkel verbeterde het voorzieningenniveau in het stadscentrum enorm, ook Sterkowitz' vrouw maakte er meteen gebruik van. Maar nog voordat Sterkowitz zelf – die in de jaren na de oorlog bijna de klok rond werkte – de nieuwe kruidenier persoonlijk had ontmoet, verscheen deze op een avond bij hem thuis en verzocht hem om een onderhoud. Sterkowitz herinnerde zich dat gesprek nog heel goed. Ze zaten in de spreekkamer te roken. Antal Grün had ogen die voortdurend leken te glimlachen, omdat hij een beetje bijziend was. Hij kwam een goed woordje doen voor Fritz. Het viel Sterkowitz op hoe goed de winkelier zich wist uit te drukken, heel anders dan het zoekende gestamel van minder ontwikkelde mensen. Fritz had een normale intelligentie, zei Antal, maar omdat hij vanwege zijn verwonding op jonge leeftijd niet goed kon praten speelde hij op school stommetje. Daar gingen ze ervan uit dat hij simpel was, hij zat op de achterste rij en moest rijtjes bloemen en bladeren tekenen, sinds anderhalf jaar niets anders dan dat. Hij, Antal, had ontdekt dat hij de meeste letters kende. Of de dokter niet eens goed naar hem zou kunnen kijken, dat zou anders toch zonde zijn.

Sterkowitz, die allang wist dat hij als arts in Dunkelblum eenzelfde soort positie bekleedde als de burgemeester, de dominee en het hoofd van politie, keek op een middag dus eens goed naar de kleine Fritz Kalmar. Antal had gelijk: hij sprak dan wel geen woord, maar leek te kunnen lezen en schrijven. Sterkowitz legde een pagina uit een schoolboek voor zijn neus, die Fritz aandachtig doorlas, waarna hij vragen over de tekst schriftelijk beantwoordde wanneer hoofdschudden of knikken niet volstond. Daarna betastte Sterkowitz het strottenhoofd van de jongen, keek in zijn keel, vond niets opvallends. Hij vroeg hem iets te zeggen. Fritz schudde zijn hoofd. Agnes, zijn moeder, begon hem aan te sporen, en ook Antal Grün drong aan. Sterkowitz zei dat hij hem misschien kon helpen, maar dan moest hij wel weten wat hem precies mankeerde. De kleine Fritz keek naar de grond.

Nou, vooruit, jongeman, volhardde Sterkowitz, zijn moeder kneedde Fritz' schouders en Antal Grün beloofde hem dat hij de volgende dag na schooltijd de kassa mocht bedienen. Dus opende hij uiteindelijk zijn mond, haalde diep adem, en wat eruit kwam was een afschuwelijk gegorgel, als een modderstroom die door een plotseling vrijgemaakte afvoer werd gezogen. Fritz deed zijn mond weer dicht, tranen stroomden over zijn wangen, zijn moeder sloeg haar handen voor haar gezicht. Zelfs Antal Grün was van zijn stuk gebracht. En de huisarts schaamde zich, maar dat hield hij voor zich.

Nou, misschien kunnen we dat maar beter laten, zei hij tegen de knaap, en hij nam zich voor om als de gelegenheid zich voordeed te informeren naar een specialist in de hoofdstad. Maar diezelfde dag nog ging hij naar school om met de lerares te praten, en Fritz hoefde geen bloemenslingers meer te tekenen, maar mocht schrijven en rekenen, net als de anderen.

Aan die daadkrachtige en onverschrokken jonge Antal van destijds had Sterkowitz 's middags moeten denken toen hij door Fritz naar een muffe kamer werd geleid en Antal daar aantrof als de stervende zwaan. Hij wist natuurlijk dat ziekte en zwakte mensen tientallen jaren ouder konden doen lijken, maar van Antal, die tien jaar jonger was dan hij, accepteerde hij dat niet. Antal, dacht hij die avond toen hij in zijn eentje in het donker zat, was stiekem een voorbeeld voor hem geweest, met zijn energie en zijn onvoorwaardelijke wil tot wederopbouw. Antal, die zich een paar jaar na de oorlog over een aangeschoten kind had ontfermd en voor de stokkerige Dunkelblumse vrouwen met hun grauwe gezichten een houten verhoging met aan beide kanten treetjes had gebouwd, waarop hij hen beleefd bediende, *altijd tot uw dienst, gnädige Frau.*

Kom op, Antal, zei hij dus plagend toen hij naar zijn bed liep, zo erg als je eruitziet zal het toch wel niet zijn! En nog voordat hij hem onderzocht liep hij naar het raam en gooide het open: Nooit vergeten, je stikt nog eerder dan dat je doodvriest!

Antal reageerde helemaal niet, hij zag er echt erbarmelijk uit. Fritz leunde in de deuropening, met een bezorgde frons op zijn gezicht. Sterkowitz, uitgebreid en goedgehumeurd mompelend en snuivend, iets wat hij zich meteen aan het begin van zijn carrière had aangewend, verzorgde eerst de wond op zijn hoofd, die Fritz al provisorisch had verbonden. Hij nam bloeddruk en hartslag op, luisterde met de stethoscoop, controleerde zijn bloedsuiker. Antal had zijn ogen dicht. Sterkowitz zat aan zijn bed en hield een omslachtige toespraak over het lichaam en de algehele conditie, dat de goede oude machine naarmate de jaren vorderen weleens weigert en dat je die gewoon een beetje moet ontzien en er goed voor moet zorgen.

Maar, weidde hij uit, aangezien hij langzaamaan de indruk kreeg dat Fritz, zoals die de deur blokkeerde, hem er helemaal niet meer uit wilde laten, maar iemand als jij, die weinig rookt en nooit drinkt, daar zit nog bijna geen roest op! Dat gaat wel over, laat het hoofd niet hangen!

Antal fluisterde: Mijn hoofd ligt rechtop op de berg met kussens die je erachter hebt gepropt.

Nou, zie je wel, daar is hij weer, onze goede oude Antal, in elk geval een stukje van hem laat alweer van zich horen!

Hij stond op. Fritz maakte zich breed in de deuropening, zodat hij er niet langs kon. Sterkowitz liep onverstoorbaar, maar met opgetrokken wenkbrauwen op hem af toen Fritz iets tegen hem gorgelde, onverstaanbaarder dan ooit.

Vooruit, zei Sterkowitz manend, dat kun je veel beter, toch? Begin even opnieuw, maar dan rustig. Fritz gorgelde.

Antal fluisterde: Hij nodigt je uit voor het eten, hij heeft voor mij gekookt. Sterkowitz lachte en zei: Tuurlijk, prima, maar eerst ga ik even langs de praktijk om een flesje bloeddrukverlagende druppeltjes voor je te halen.

En dus was hij gebleven. Fritz had een prima goulash in elkaar gedraaid, al was die lauwwarm tegen de tijd dat Sterkowitz terugkwam met de druppels. Fritz en hij aten aan een tafeltje dat tegen het bed was geschoven, Antal kreeg zijn bord op een dienblad op de deken, bijna als in het ziekenhuis. Na het eten, toen Fritz de vuile borden meenam, bleef Sterkowitz nog even zitten. Antal hield zijn ogen al een paar minuten dicht. Sterkowitz zat zich net af te vragen wanneer hij de deur uit kon glippen toen Antal begon te praten. En terwijl hij sprak bleef hij maar glimlachen, alsof het erg aangenaam was om tijdens het vertellen je ogen dicht te houden. Zonder duidelijk verband zei hij dat de Tüffers zijn moeder destijds graag hadden willen meenemen; ze had naaiwerk gedaan voor de oude mevrouw Tüffer. De bazin van het bedrijf had niet zonder de kwaliteit van haar met stof beklede knopen gekund, en niet zonder haar korsetten, die vanwege de speciale maten van mevrouw Tüffer moeilijk te vervaardigen waren. Een brede rug en een uitzonderlijk kleine boezem, die daarom optisch vergroot diende te worden, zei Antal, maar daaronder een smalle taille die juist niet benadrukt mocht worden. Alleen een meestercoupeuse als zijn moeder was het gelukt om de bazin er niet als een kleine, als vrouw verklede worstelaar of zwemmer te laten uitzien, maar als een goed geproportioneerde, zelfs enigszins gracieuze dame. Een goede kleermaker kan goed liegen, zei Antal, glimlachend met gesloten ogen.

Maar ze hadden alleen zijn moeder willen meenemen, ze hadden maar één plekje overgehad voor de overzeese reis. En dat ook alleen maar omdat de bleke echtgenote van de zoon van de Tüffers zich opeens bewust was geworden van haar arische afkomst en een scheiding had aangevraagd. Maar zijn moeder had er niet over gepeinsd om het aanbod aan te nemen. Op het voorstel om moeder tegen zoon in te ruilen waren de Tüffers dan weer niet ingegaan, en Antals moeder had hun dat nooit vergeven, dat was een principekwestie. Antal was kort daarvoor zestien geworden.

Dat zijn twee compleet verschillende dingen, had ze Antal later geantwoord wanneer die redeneerde dat hun scheiding hoe dan ook verkeerd en verschrikkelijk zou zijn geweest: Een mens moet zelf kunnen kiezen hoe hij gered wil worden.

Ze hadden nooit gehoord hoe het de Tüffers was vergaan – of ze New York of Zuid-Amerika hadden bereikt. Antals moeder was het hun altijd kwalijk blijven nemen. Tegen de tijd dat de Tüffers weg waren wist sowieso niemand meer iets; niemand kon helpen, iedereen bevond zich in dezelfde uitzichtloze situatie. Zonder betrouwbare contactpersoon in de hoofdstad had Antals moeder geweigerd daarnaartoe te gaan, dus waren ze gewoon maar gebleven; weliswaar aan één stuk door naar uitwegen zoekend, eindeloos telegrammen sturend, maar ze bleven, ook na de einddatum. Tot de vrachtwagen kwam. We waren met z'n eenenvijftigen, zei Antal glimlachend en met gesloten ogen, onder wie een tachtigjarige rabbijn en een stuk of wat kinderen. En hij vertelde dokter Sterkowitz over zijn nacht op de golfbreker.

Sterkowitz zat in de donkere kamer naar het onweer buiten te kijken. De takken dansten inmiddels de csardas. Antal had de gebeurtenis tot in detail beschreven. Een stuk of vijftig mensen waren op een vrachtwagen geladen en na een drie kwartier lange rit noordwaarts uitgeladen, waarna ze op een stroomdam midden in de Donau moesten klimmen. Vrouwen, kinderen en oude mensen. Op een van die kribben die bijna in een rechte hoek met de oever zijn aangelegd, om de stroomsnelheid van de rivier te reguleren en het wegspoelen van de oever te voorkomen. Ze hadden hen erop gedreven als een toom ganzen op een lange springplank, ware het niet dat deze ganzen niet weg konden vliegen. Om hen nog banger te maken werd er in de lucht geschoten. Je had maar heel weinig mensen nodig om heel veel mensen op een smalle richel te jagen. Zolang de jagers maar juist stonden opgesteld, een corridor vormden tussen oever, water en pier. De mensen konden niet anders dan stukje bij beetje opschuiven richting het water, de een na de ander, ook toen de voorste mensen al naar het duister achter hen riepen dat de krib daar eindigde. Dat ze niet verder konden. Mensen werden opgestuwd op een rotsige dam die de brede rivier stuwde. Zouden de eersten die hem in die donkere nacht betraden hebben gehoopt dat hij doorliep, als een provisorische brug van enorme, in de rivier uitgestrooide steenblokken? Dat ze aan de andere kant met natte kleren de vrijheid bereikten, simpelweg het andere land konden betreden en ervandoor gaan? Maar nee, de zogenaamde golfbreker liep tot het midden van de rivier, waar de stroming op z'n hevigst was. Waar het water al over de kunstmatige barricade spoelde. En daarop zaten dus eenenvijftig mensen, zich aan elkaar vastklampend. In slaap vallen was je dood geworden. De verkeerde buurman, die struikelde en je meesleurde, was je dood geworden. Kleine kinderen krijsten en hun moeders gaven ze een draai om de oren om ze eindelijk stil te laten zijn. Anderen vroegen zich jammerend af of de rivier ook getijden kende, en of er tegen de ochtend een vloedgolf zou komen die iedereen meesleurde.

Vele uren later, toen de zon opging, zagen ze op de tegenoverliggende, Slowaakse oever een paar huizen. Daar stonden mensen te zwaaien. En die barmhartigen waren hen komen redden, hadden hen met hun boten in groepjes opgepikt en hen meegenomen naar het andere land. Dat ze niet konden blijven omdat ze geen precedent mochten scheppen, en dat ze daarom twee dagen later alweer werden uitgezet naar het *Reich*; dat de kwestie chaotisch verderging en voor een deel van hen dodelijk afliep, was zeker niet het belangrijkste wat Antal Sterkowitz had willen vertellen. Hij wilde hem vertellen dat hij die middag, voordat hij was ingestort, precies hetzelfde gevoel in zijn lijf had gehad als destijds, toen voor hem de mensen opstuwden en achter hem de volgenden al tegen hen aan duwden, blaffende honden en schoten, toen je, als je naar links of naar rechts had willen ontsnappen, alleen maar een nog sneller einde in het koude water had gevonden, dat zwarte water dat je al verlokkend tegemoetdanste, als de enige vrije, oneindige plek. Rotsen, geschreeuw, schoten, nacht. Vanachter gestomp en geduw, vooraan geen plek. En omdat hij dat gevoel van paniek en benardheid meteen herkende – omdat zijn lichaam hem terugstuurde naar die golfbreker van toen – was hij ervan overtuigd geweest dat hij doodging.

Daarop volgde een zeer lang zwijgen, waarin Sterkowitz zich niet durfde te verroeren, zelfs nauwelijks durfde te ademen. Uiteindelijk sloeg Antal zijn ogen op en keek hem aan.

Ik begrijp gewoon niet waarom ze dat deden, zei hij.

Natuurlijk was het er al snel steeds moorddadiger aan toegegaan. Maar zo moorddadig was het niet begonnen. Zeven jaar later, ja, toen waren er hier in de buurt blijkbaar nog heel andere dingen gebeurd, toen werd er niemand meer op een vrachtwagen geladen, iemand als hij kreeg toen hoogstens nog een schep in de hand geduwd, waar hij zich op dat moment ook maar bevond – een schep voor zichzelf. Daar had Sterkowitz vast wel iets over gehoord. Maar dat verhaal van destijds, dat mede dankzij de Slowaakse vissers goed was afgelopen, dat kwam Antal als te wreed voor. Alsof iemand zich een perverse streek had veroorloofd. Drijf vijftig mensen bijeen op een richel in de rivier. Zodra de zon opgaat worden ze door iedereen gezien. Ofwel ze zakken na een tijdje in elkaar van vermoeidheid en uitputting, vallen in het water, drijven weg als natte kleren, samengebalde bundels, stroomafwaarts en weg, ofwel ze worden gered door iemand van de overkant. Maar waarom? Wees maar blij dat je er toen nog niet was, zei Antal.

Ja, zei Sterkowitz met een zucht, in die tijd studeerde ik nog.

3

Het was bijna een circusnummer, het verhaal van Horka, Neulag en co., over hoe ze dokter Bernstein hadden laten verdwijnen terwijl hij er nog was. Of omgekeerd: hoe hij moest blijven terwijl hij al was verdreven. Maar voor de Dunkelblumers begint het verhaal van Dunkelblum immers al sinds enige tijd veel later, pas op de dag waarop de Russen kwamen. Beter gezegd: als het om het *historisch erfgoed* van deze streek gaat, *waar steeds weer grote religieuze, nationale en culturele tegenstellingen op elkaar botsten*, zoals Rehberg het dapper verwoordde in zijn manuscript, wordt er naar vondsten uit de jonge steentijd, naar Kelten en Romeinen verwezen, naar de belangrijke handelsroute die, van de Oostzee komend, vlak langs Dunkelblum in de richting van de Adriatische Zee liep. Naar de stenen leeuwenkop die na een onweersbui op de boerderij van Malnitz uit de grond was gespoeld, later als Romeins kunstwerk werd herkend en op de fontein naast de pestzuil werd aangebracht. Daar, lang geleden, bestaat een rijke en trotse geschiedenis van Dunkelblum. Maar dan, hopla, is het verhaal op een of andere manier gestruikeld en heeft zich slechts door middel van een onverschrokken sprong op de been weten te houden.

En daarom gaat het verhaal min of meer meteen na de Romeinen door met de Russen, met de erbarmelijke, vernederende tijd na de oorlog, waarin verwoede pogingen werden gedaan om het verschil tussen Duitsers en Oostenrijkers eindelijk weer aan het licht te brengen – nee, die zijn door de geschiedenis heen nog nooit hetzelfde geweest, kom nou toch! Over het leed, de nood en de misdaden tegen meisjes en vrouwen vertelden de ouderen even bereidwillig als ze zwegen over dat wat er kort tevoren nog was gebeurd.

Uhra, uhra, hadden de onbehouwen Russische soldaten de hele tijd geroepen, en er schijnen er zelfs een paar geweest te zijn die met een rachitische grijns hun mouwen opstroopten om meteen vier à vijf stuks van de felbegeerde buit te laten zien. Over dat wat ze zelf nog maar kort daarvoor hadden geschreeuwd spraken de Dunkelblumers niet, en dat is alleen maar menselijk. De meesten zouden dat ook zo laten, zouden dat flardje slachtofferschap aangrijpen om het voor hun buik te houden als een witte vlag. Witte vlaggen gelijk aan capitulatie, God bewaar me. Witte vlaggen gelijk aan onschuld.

Maar dit is belangrijk om te weten: in Oostenrijk is het gebruikelijk om een witte vlag op een schoolgebouw te hijsen als alle eindexamenkandidaten van dat jaar geslaagd zijn. En daarmee komen we iets op het spoor: de speciale betekenis die de witte vlaggen destijds kregen, in de periode van de Anschluss, in Dunkelblum en Kirschenstein en Tellian en Löwingen en Mandl, in de wijde omgeving, in dit lieflijke, maar nogal afgelegen landschap. Als alle scholieren slagen betekent dat dat niemand er met de pet naar heeft gegooid. Dan is de school rein, onbezoedeld door mislukkelingen, luilakken en al het andere nutteloze uitschot. En misschien sprak deze parallel Horka wel aan, die zelf een miserabele leerling was geweest en zich alleen met behulp van Ferbenz' verstrekkende systeem van slijmen bij en bedreigen van leraren door de achtjarige leerplicht heen had weten te slepen. Sinds zijn veertiende levensjaar stelde hij zichzelf beschikbaar als hulparbeider en liet hij zijn gezicht zo nu en dan op een bouwplaats of bij de wijnoogst zien. Niet al te vaak, dat niet. Maar de mensen wisten dat hij klusjes opknapte; hij liet zich inhuren als boodschappenjongen, en ook een knokpartij maakte zo nu en dan deel uit van zijn werkdag. Die lokte hij zelf uit, en midden in het strijdgewoel sloeg hij degene om wie het ging keihard op zijn neus. Toen Horka – het professionele, maar verveelde manusje-van-alles – van de witte vlaggen hoorde, toen hij hoorde dat Kirschenstein kennelijk op het punt stond om die te hijsen, trok hij de kwestie naar zich toe. Dat was net wat voor hem. Hij was degene die inzag dat niet alleen de kwestie op zich interessant was, maar ook het competitieve karakter ervan. Nu zou hij laten zien wat hij in zijn mars had. Dat ook hij lijsten kon opstellen en kon organiseren. En aldus uit eerste hand te weten kon komen welke percelen vrijkwamen. Nog nooit had hij zoveel plezier beleefd aan een klus – tot hij op het probleem van de medische zorg stuitte. Waarvoor hij, samen met Neulag, al snel een creatieve oplossing vond, waar ze samen erg om hadden moeten lachen.

Maar die twee, Neulag en Horka, zijn al tientallen jaren verdwenen, de oude Graun is allang dood, de stokoude Stipsits onlangs overleden. Daarom herinnert niemand zich dit verhaal. Ferbenz had zoveel andere dingen die hem de moeite waard leken om te bewaren en waaraan hij zich vastklampte met zijn wegkwijnende geestkracht – in het bijzonder zijn persoonlijke ontmoeting met de Führer –, dat hij zich de Bernsteintovertruc misschien alleen voor de geest had kunnen halen als iemand hem ernaar zou hebben gevraagd. Zo werkt het geheugen nu eenmaal: alles lijkt weg, echoënde leegte, een diep, donker vertrek, maar al tastende vind je draden fijn als spinrag, waar zowaar iets aan blijkt te hangen zodra je eraan trekt.

Het meeste is onherroepelijk verloren gegaan. Bijvoorbeeld waarom van de drie artsen de keuze op dokter Bernstein was gevallen. Waarschijnlijk omdat hij de oudste was, de meest ervaren en geliefde, en misschien ook omdat van hem werd aangenomen dat hij, met zijn verantwoordelijkheidsgevoel, niet moeilijk zou doen. Hoewel de vraag is hoe dat moeilijk doen eruit had moeten zien: dat hij zou hebben geweigerd?

De twee anderen waren misschien niet eens de revue gepasseerd; de een, Lazarus, die gespecialiseerd was in hoofd, tanden, tong, keel en oren en die andere zieke lichaamsdelen slechts met tegenzin behandelde, en de ander, Spiegel, binnen zijn vakgebied de beste, maar een weinig populaire, lelijke kerel, zwijgzaam, bekrompen en niet prettig in de omgang.

In een stad als Dunkelblum had bijna iedereen de lijst die op het raadhuis was opgehangen uit het hoofd kunnen opstellen. Alleen de systematiek ervan was wat merkwaardig. Eerst was de lijst alfabetisch op adres: Feldgasse, Hauptplatz, Herrengasse, Karnergasse, Mühlgasse, Neugasse, Reitschulgasse, Schulgasse, Tempelgasse. Binnen deze volgorde was hij gek genoeg weer op naam geordend, waardoor de huisnummers alle kanten op sprongen. Op de Hauptplatz ging het bijvoorbeeld van Arnstein, Malwine (Hauptplatz 13) naar de vijf Tüffers (Hauptplatz 4) en vervolgens naar Wohlmut, Karoline (Hauptplatz 7), een tante van Antal Grün, die zelf boven zijn moeder Gisella stond, achter Tempelgasse 4. Zijn vader, Salomon Grün, was op tijd naar de andere, eeuwige wereld vertrokken, wat Gisella en haar destijds zestienjarige zoon later *als een geluk bij een ongeluk* beschouwden, indachtig de beroemde spreuk van tante Jolesch: God verhoede al wat een geluk bij een ongeluk is. Het boek over tante Jolesch was toen nog niet geschreven, maar dat soort levenswijsheden ontstonden immers al eeuwen net als diamanten: onder hoge druk.

Het waren in totaal zevenentachtig namen, en de naam van dokter Bernstein ontbrak al op de lijst. Dat kan iedereen nakijken die de moeite neemt om de lijst te vinden. Want die is er natuurlijk nog, als je weet waar je moet zoeken. Achter Herrengasse 3 stond alleen Bernsteins vrouw Emma, alsof Paul Bernstein al was vertrokken. Of nog net op tijd gestorven, zoals Salomon Grün.

De lijst werd opgehangen naast de poort van het raadhuis, en iedereen die dat wilde had de betreffende Dunkelblumers hun handtekening kunnen zien zetten, zoals ze ernaartoe liepen, steels of met geheven hoofd, een pen in de hand: *Op last van de Gestapo wordt u hiermee in kennis gesteld van het feit dat u het gemeentegebied van Dunkelblum uiterlijk 30 mei 1938 dient te verlaten. Dat u kennis hebt genomen van dit bevel bevestigt u hieronder met uw handtekening.*

Ze werden in elk geval nog gevousvoyeerd.

In zijn nieuwe functie als burgemeester zocht *Ortsgruppenleiter* Neulag, vergezeld van Horka, dokter Bernstein op om uit te leggen wat er van hem werd verwacht. Bernstein zal niet veel gezegd hebben; zijn grootste zorg zal zijn geweest dat zijn vrouw zo snel mogelijk kon vertrekken. Dat garandeerden de beide schurken hem – vanzelfsprekend, dokter –, ze waren beiden als kind al door hem behandeld, met een gat in hun hoofd, koortsstuipen, botbreuken. En daarna pakte Bernstein zijn spullen, vermoedelijk geholpen met sjouwen door een paar van zijn eigen mensen: de Goldmans, de Grüns, de Arnsteins of de Wohlmuts. In de late avonduren – wanneer het op z'n rustigst is in een agrarische gemeente – werd dokter Bernstein met zijn instrumenten en medicamenten overgebracht naar Hotel Tüffer, door de achteringang naar kamer 22 op de tweede verdieping, helemaal aan het eind van de gang; een kamer die vroeger alleen werd gebruikt als het heel druk was met zomergasten, en dan nog voornamelijk om de bedienden van de gasten, kinder- of kamermeisjes, onder te brengen.

De norse jonge Resi, die sinds kort met een van inspanning hoogrode kleur het hotel bestierde, had daar niets op tegen. Integendeel, er was haar veel aan gelegen om op goede voet te staan met de nieuwe machthebbers. En dus werden slechts enkele dagen later de witte vlaggen boven Dunkelblum gehesen – de concurrent, het burgerlijkere Kirschenstein, werd met een paar uur verslagen – en daar wapperde hij nu, het bewijs van een geheel nieuwe, bijzondere onschuld en reinheid: *Dunkelblum is Jodenvrij! De plaats die gedurende eeuwen berucht was om zijn ruim honderd Joodse ingezetenen, is geheel vrij van Joden! De meesten is het burgerschap reeds ontnomen, aangezien ze het Rijksgebied hebben verlaten. In het teken van de verlossing van de Jodenplaag liet de Ortsgruppenleiter en burgemeester in het bijzijn van een jubelende menigte een witte vlag hijsen op de voormalige Jodentempel.*

Zo stond het in de krant. En wie geen huis en geen postadres had, die was er ook niet meer, nietwaar? Het zou nog wel even duren voordat de nieuwe huisarts er was, want op dat moment was er overal sprake van een zeker artsentekort. Maar Neulag had uitstekende connecties. Hij had met klem om een vervanger gevraagd. Er was hem een jonge, goede arts beloofd, vers van de opleiding, moderne methodes. Eindelijk komen de eigen mensen aan de beurt. Dat zei hij tegen iedereen die het horen wilde. Maar wie een acuut pijntje voelde kreeg meteen te horen waar hij naartoe moest. De informatie werd mondeling doorgegeven, er waren geen schriftelijke bewijzen. De Kirschensteiners kunnen ons helemaal niets maken, bulderde Horka, en hij lachte zo hard dat je zijn huig kon zien.

Dokter Paul Bernstein hield spreekuur in Hotel Tüffer, in de achterste kamer, nummer 22. Hij luisterde naar hart en longen en keek in kelen, hij diende digoxine-injecties toe en liet bij huilende kinderen zijn hamertje onder de knieschijf neerkomen. Resi bracht zijn eten naar boven, uit gewoonte een kniksje makend. Bernstein verlangde heviger dan wie ook naar zijn vervanger. Hij wist niet of zijn vrouw al in het buitenland zat. Maar voor veel Dunkelblumers, die aan hem gewend waren en hem vertrouwden, had alles rustig zo mogen blijven als het was; het had zelfs iets chics om in het hotel naar de dokter te gaan.

Na verloop van tijd – toen de overwinning in de strijd om de witte vlaggen niet meer aangevochten kon worden, toen die al bijna weer in vergetelheid raakte en niet meer dan een eerste van vele dappere schreden richting een glorieuze duizendjarige toekomst was – nam men het ook met de camouflage niet meer zo nauw. Toen mocht dokter Bernstein zijn kamer in noodgevallen zeker wel verlaten, bijvoorbeeld toen een rondtrekkende arbeider, genaamd Miklos Jobbagy, in Zwick dood naast zijn fiets lag. Ho, stop, dat klopt niet helemaal, want toen politie en huisarts arriveerden was de fiets immers op een of andere manier uit zichzelf verdwenen.

Dokter Bernstein mag het misschien als een eeuwigheid zijn voorgekomen, uiteindelijk bracht hij niet veel meer dan tien weken in Hotel Tüffer door. Op een avond midden in de zomer verscheen Horka, die hem met zalvende stem meedeelde dat hij weer terug moest naar de Herrengasse. Meneer de dokter moest inpakken, over een paar uur zouden er helpers komen om alles weg te sjouwen. Bernstein vroeg verder niets, alleen of Resi hem kon komen helpen. Horka knikte en vertrok, deze keer deed hij zelfs de deur achter zich dicht.

Het was al laat toen de laatste kist in de praktijk werd neergezet. De arische helpers verdwenen zonder te groeten. Resi, die met haar nauwgezetheid en behendigheid een goede doktersassistente zou zijn geweest, was meegekomen. Nu zei ze dat alles nog uitgepakt moest worden en op de oude plek teruggezet moest worden.

U ziet er erg moe uit, juffrouw Resi, zei Bernstein, kan dat niet tot morgenochtend wachten?

Ik heb orders, mompelde Resi, en voorzichtig opende ze de eerste kist met de flesjes en pipetten.

De opvolger kwam de volgende dag pas na de middag aan. En hij kwam alleen. Door het raam zag Bernstein hoe Horka buiten naar zijn voordeur wees, zich omdraaide en vertrok. De opvolger was jong, heel erg jong, en hij leek niet precies te weten hoe hij met de nieuwe situatie moest omgaan. Hij groette kordaat met Heil Hitler, Bernstein zei, ja ja, kom nu maar binnen, en de jongeman barstte in luidkeelse loftuitingen uit over huis en praktijk.

Hij is blij, dacht Bernstein, dat doet de mens goed, blij zijn.

Laten we de boel even doornemen, zei hij en hij zette de kaartenbak op tafel: Hebt u verloskundige ervaring?

De jongeman keek bedremmeld en gaf als antwoord dat hij had gehoopt *juist hier op het platteland* ervaren vroedvrouwen aan te treffen.

Bernstein knikte. Tandheelkunde? vroeg hij.

De jongeman mompelde iets wat Bernstein niet verstond, maar de strekking was hem duidelijk.

Nu moet u even goed opletten, dok-ter Ster-ko-witz, zei Bernstein en hij keek hem streng aan, ik schrijf hier twee namen en adressen voor u op, de tandarts en de vroedvrouw. Daar gaat u zo meteen eerst naartoe, u stelt uzelf voor en vertelt de waarheid. U begrijpt wat ik daarmee bedoel?

De jongeman knikte beschaamd.

De rest zal u wel lukken, zei Bernstein, nu op vriendelijker toon, zolang u uw handen maar goed wast.

En daarna, nadat hij het mooie oude doktershuis van

onder tot boven had laten zien en alle sleutels had overhandigd, liep dokter Bernstein domweg het stadje uit; *licht bepakt*, zoals men later zei. Ja, natuurlijk ging hij te voet, want hij moest eerst zo ver zien te komen dat niemand hem meer kende en hem daarom misschien een stuk zou meenemen.

4

Een streek waar steeds weer grote religieuze, nationale en culturele tegenstellingen op elkaar botsten – Nadat Rehberg een punt achter deze zin had gezet, voorzichtig, alsof hij hem op een dun glasplaatje stipte, legde hij zijn vulpen neer en keek uit het raam. Hoewel er hier in de omgeving al zoveel op elkaar was gebotst – iets waar je volgens Rehberg eigenlijk een aanloop voor nodig had – waren de wegen kort. Ver was het alleen naar de zogenaamde beschaving in de vorm van grotere steden, omdat je je eerst over een heuvelrug en door slingerende dalen heen moest werken, volhardend in zuidwestelijke of noordelijke richting. Dunkelblum lag erbij alsof het in een zak omlaag en naar de zijkant was gegleden. Dat was niet altijd zo geweest. Rehberg had een landkaart van vroeger boven zijn tafel hangen, zoals veel andere spullen een erfstuk van zijn tante Elly. De omtrek van de zak had hij er met een dunne potloodlijn in getekend, want op die kaart lag Dunkelblum nog vrij en de dichtstbijzijnde grote stad een tiental kilometers oostelijker. Met de auto zou je er waarschijnlijk niet meer dan een halfuur over doen, ook al kon niemand zeggen in wat voor toestand de wegen zich tegenwoordig bevonden.

Een paar jaar na de oorlog waren ze er nog geweest, de straten en veldwegen, netwerken van het kleine grensverkeer. Als scholier was Rehberg regelmatig door het heuvellandschap gefietst, tussen de wijngaarden door en zelfs naar de dichtstbijzijnde stad, Stoßimhimmel, waar hij bij een kennis van zijn tante kleine en grotere pakketjes bezorgde, soms zelfs een hele mand, maar die hem in ruil daarvoor alleen maar gesloten enveloppen meegaf.

Sinds Rehberg zich met de geschiedenis van Dunkelblum bezighield, twijfelde hij niet alleen aan alles wat zijn medeburgers beweerden, maar zelfs aan zijn eigen herinneringen. Dat was een merkwaardig fenomeen, waar hij niets tegen kon beginnen. Iets zei hem dat je alles moest bevragen, vooral dat wat het vaakst werd herhaald en als honderd procent zeker werd beschouwd. Door die twijfels kreeg zijn onderzoekswerk onmetelijke proporties, maar voor nu moest hij ze maar accepteren en hopen dat ze tot een professioneler resultaat zouden leiden.

Zijn twijfels waren begonnen toen zijn herinneringen hem op een verbluffende manier voor de gek hadden gehouden. Het was niet zomaar een herinnering geweest, maar een van de helderste die hij had, alsof die in metaal gegrift stond. Maar toen hij haar naging, klopte er niets van.

Destijds had hij een fiets gehad; in zijn jeugd een luxe waar de meeste kinderen alleen maar van konden dromen. Daarmee had hij tal van kleine koeriersklusjes gedaan. De fiets was afkomstig van tante Elly, die hem, zo vertelde ze, vele jaren eerder van een familie Rosmarin had gekregen. Pas door zijn onderzoek ontdekte hij dat die Rosmarins hem niet zomaar, zoals typisch was voor rijke mensen, niet meer nodig hadden gehad, maar hem niet hadden kunnen meenemen. Een onthutsende gedachte, maar hij kon geen andere verklaring bedenken: waarom zou iemand zo'n kostbaarheid anders hebben weggegeven? Destijds, als kind, wist hij van niets, maar hij genoot van de verantwoordelijkheid die ze hem gaven. Voor zijn tante transporteerde hij goederen naar de andere stad en hij werd geprezen om zijn betrouwbaarheid. Hij was een pedant kind. Hij wist dat hij niet mocht treuzelen, maar hij mocht zich ook niet te veel haasten, anders zou hij vallen. Haastige spoed is zelden goed, zoals zijn tante zei, die de uitdrukking *keine jüdische Hast* niet vaak gebruikte. Hoe dan ook, hij genoot van alles: de vrijheid, de verantwoordelijkheid en de wind om zijn oren tussen de wijnstokken, vooral op de winderige heuvelrug, vanwaar je Dunkelblum aan de ene en Stoßimhimmel aan de andere kant zag liggen. Als op de rugkam van een rustig slapende draak reed hij daar, zacht golvend op en af, een geroutineerde kleine fietskoerier. Links en rechts de van druiven verzadigde flanken van de draak. Maar precies daar, op die heerlijke rug, was op een dag iets vreselijks gebeurd, en hij was ervan overtuigd dat hij zijn moeder de dagen daarna ongelovig had horen mompelen: Onze knul was vlak daarvoor nog op diezelfde plek! Hij zag zijn grootmoeder voor zich, zoals ze bij deze zin een kruisje sloeg, hij hoorde zijn vader mopperen: Hou eens op zeg, we mogen blij zijn dat het nu eindelijk weer rustig is! Lange tijd had hij zich ingebeeld dat er iets van hem werd verwacht, hij meende de vragende blikken van de buren te voelen, alsof hij iets gezien kon hebben dat van belang was om het misdrijf op te lossen. Die laatste herinneringen, realiseerde hij zich, waren al fantasieën, kinderlijk-megalomane vervalsingen uit de jaren daarna, toen hij waarschijnlijk had gehoopt dat er als in vreemde tongen iets uit hem zou spreken dat hem tot de held van het verhaal maakte.

De gebeurtenis markeerde in elk geval het abrupte einde van zijn grensoverschrijdende koeriersdiensten. Nooit zag hij de vrouw in de vervallen huurkazerne terug, die hij, als hij eerlijk was, onsympathiek, bijna griezelig had gevonden. Ze rook naar mottenballen en had vaak geaarzeld voordat ze hem de brieven overhandigde, alsof het in zijn vermogen lag om haar iets extra's te geven als beloning. Hij was een kind en had niet meer bij zich dan wat zijn tante voor hem had ingepakt. Waren die twee dan niet bevriend geweest? En niet veel later was het sowieso gedaan met de weg en het grensverkeer, de prikkeldraadversperring werd opgetrokken. Alles werd afgedicht en -gesloten. Stoßimhimmel zonk weg in het verleden, werd een hersenspinsel dat je je net zo goed kon hebben ingebeeld, terwijl Dunkelblum in die diepe zak viel. Maar nu was het tenminste eindelijk rustig, zeiden de volwassenen.

Sinds Rehberg in zijn vrije tijd de kroniekschrijver uithing had hij weliswaar af en toe aan de gebeurtenis op de heuvel gedacht, maar er geen verder onderzoek naar gedaan. Zoals de Dunkelblumers spottend zeiden zat hij nog in veel vroegere periodes vast, tussen prehistorie en vroege geschiedenis en de eerste schriftelijke vermelding in, zoekend naar manieren om de rol van Dunkelblum in de Romeinse tijd op te poetsen. Als je de vakliteratuur moest geloven kreeg je de indruk dat alleen Stoßimhimmel er in die tijd toe had gedaan, als vesting en als handelsknooppunt, en dat Dunkelblum niet meer dan een primitief dorp was geweest, waar de bodes zich een stuk in de kraag dronken en van paard wisselden.

Op een dag zei hij min of meer terloops iets tegen Eszter Lowetz over een of ander misdrijf op de grensweg. Tot zijn verbazing wist ze meteen waar hij op doelde. Maar wat zij daarover wist kon hij dan weer niet geloven, beiden bleven bij hun eigen versie van het verhaal, en het was de enige keer dat ze min of meer in onmin uit elkaar gingen. Daarna zag hij haar een paar dagen niet, zo lang dat hij al probeerde te bedenken met wat voor smoes hij bij haar kon langsgaan om het goed te maken. Maar ze was hem voor, waaide binnen, wapperend met krantenkopieën uit de bibliotheek in Kirschenstein: volgens de berichten was een tandtechnicus van over de grens op de heuvelrug beroofd en doodgeschoten, in welke volgorde was niet helemaal duidelijk. Hij reed elke dag dezelfde route op hetzelfde tijdstip – 's morgens naar Dunkelblum, 's avonds terug naar Stoßimhimmel – en had meestal tandgoud bij zich. Iedereen had het kunnen zijn, iedereen had het kunnen doen, iedereen wist het. Van maandag tot vrijdag rijdt Lajos met het goud in zijn zak heen en weer.

Een riskante zaak in deze hongerige tijden, aldus sprak volgens het krantenartikel het toenmalige hoofd van de Dunkelblumse politie, G. Horka, zich over de zaak uit. Horka... Daar waren er vroeger een heleboel van geweest.

Het verhaal van de beroofde en vermoorde tandtechnicus op de weg door de wijngaarden klopte in elk geval precies, het leek rechtstreeks uit Rehbergs herinnering te komen. *En onze knul was vlak daarvoor nog...* Het gehaaste kruisje dat zijn grootmoeder sloeg, het gefoeter van zijn vader, die tekeerging zodra een bepaald onderwerp hem niet zinde. Er was één probleem, het detail waarover hij bijna ruzie had gekregen met Eszter: de tandtechnicus met zijn zakken vol goud was in de tweede zomer na de oorlog gedood, in augustus 1946. Maar toen was Rehberg nog geen zes jaar oud geweest. Geen fiets, geen koeriersdiensten, dat was te vroeg. Van een circa drie jaar latere gebeurtenis op de heuvelrug wist Eszter dan weer niets af, en dat leek Rehberg nu zelf ook wel onwaarschijnlijk. En sindsdien vertrouwde Rehberg niet eens meer op zijn eigen herinneringen.

Veel dingen zouden eenvoudiger zijn geweest als tante Elly nog had geleefd. Hij begreep eigenlijk niet waarom hij niet jaren eerder met de kroniek was begonnen. Aan de andere kant was die wens waarschijnlijk pas ontstaan toen hij haar niets meer kon vragen. Tante Elly, de ongetrouwde oudste zus van zijn vader, kort na de eeuwwisseling geboren, was naar Rehbergs mening een morele autoriteit geweest in Dunkelblum; iedereen had respect voor haar. Jaren geleden had Rehberg iets in die richting tegen haar gezegd, maar ze had erom moeten lachen en gezegd: Dat zou wat zijn, ik vrees dat het eerder het tegenoverstelde is.

Die zin had ze niet willen uitleggen, en toen hij er later nog eens naar vroeg mompelde ze dat het maar een grapje was geweest. Hoe dan ook, zijn toegang tot het hoger onderwijs had hij aan haar te danken, nadat ze zijn vader had overgehaald om hem naar het gymnasium in Kirschenstein te laten gaan. Dat hij daarna naar het seminarie wilde vond ze maar niks. Ze liet zich er nooit over uit, ze zweeg gewoon en veranderde van onderwerp, bijvoorbeeld wanneer zijn strenggelovige grootmoeder zich te veel vastbeet in het beeld dat haar eigen vlees en bloed haar ooit het laatste oliesel zou toedienen. Dit zwijgen viel de jonge Rehberg meer op dan welke tegenwerping ook, want het was de enige keer dat zijn tante niet aan zijn kant stond. Inmiddels had hij een vermoeden waar het aan gelegen kon hebben, ook al hadden ze het er nooit over gehad. Van het begin af aan had ze hem dus beter gekend dan hij zichzelf. Bij die gedachte kreeg hij nog altijd rode oren.

Zonder tante Elly zou hij nooit zijn geworden wie hij was. Als enige zoon had hij zijn vader moeten opvolgen, de glazenmaker. Je gaf een bedrijf niet zomaar op als de baas te oud werd, maar je dwong je zoon de zaak over te nemen. Een van Rehbergs zussen had wel interesse gehad in het ambacht, maar dat werd als volstrekte idioterie beschouwd en zorgde er alleen maar voor dat er des te sneller een man voor haar werd gezocht. Zelfs tante Elly kon niets uithalen, wat misschien te wijten was aan haar inspanningen voor de jonge Rehberg. Op z'n minst bij zijn dochters moest alles gaan zoals het hoorde, de oude Max Rehberg had al genoeg gezichtsverlies geleden. Maar daarom kon hij vele jaren later helemaal geen opvolger vinden en was hij, vermoedelijk uit schaamte, al snel daarna overleden. Ook Rehbergs moeder stierf vroeg, en als Rehberg eerlijk was begon daarna de mooiste tijd van zijn leven. Hij maakte reisjes naar Venetië, Triëst en Nice, samen met zijn tante Elly, die nog lang kerngezond bleef, ook in haar hoofd, en die wist op welke avonden ze er goed aan deed om zich subtiel ietsje eerder terug te trekken, zodat haar neef de kans kreeg om leeftijdgenoten te ontmoeten.

Toen het historische onderzoek een tijdje terug vorm begon te krijgen en er zich toch nog drie, vier Dunkelblumers lieten overhalen om mee te werken aan de kroniek en de oprichting van het museum, was Rehberg op het idee gekomen om een paar exemplarische levenslopen uit te lichten.

Dat was modern, dat zouden de bezoekers leuk vinden, zo deed men dat tegenwoordig in professionele exposities, met foto's en persoonlijke voorwerpen, in de grotere musea zelfs met films. Hoe kon je geschiedenis beter laten zien dan door afzonderlijke mensen te tonen, onder wie ook de zogenaamde kleine lieden? Natuurlijk werd Árpád de Eerste van Dunkelblum als belangrijk persoon op deze voorlopige lijst gezet, maar ook Hans Balaskó, een gepensioneerd leraar, die communist was geweest en in het verzet had gezeten, en ook enkele ereburgers – vroegere burgemeesters, maar ook de legendarische leider van Muziekkapel Pinzker, die de *Dunkelblumer Marsch* had gecomponeerd.

Waarom Ferbenz eigenlijk niet? had Flocke Malnitz tijdens een van deze geïmproviseerde redactievergaderingen gevraagd, die praat toch zo graag over vroeger?

Maar dat hadden alle anderen te gevoelig gevonden, in elk geval zolang hij nog leefde, en dan nog...

Je kunt toch alleen met hem praten zolang hij nog leeft, zei Flocke.

Dus jij wilt met de cassetterecorder naar doctor Alois gaan? vroeg de jonge Farkas vijandig, om je te laten vertellen wat voor mooie blauwe ogen de Führer had?

Waarom niet? vroeg Flocke terug, dat zou in elk geval interessanter zijn dan die burgemeesters uit de negentiende eeuw.

En het zou natuurlijk geweldige reclame voor Dunkelblum zijn, riep Feri Farkas uit: Kijk eens allemaal, wij hebben zelfs nog een levende plaatsvervangend gouwleider!

Rehberg voelde zich genoodzaakt om op vriendelijke toon te bemiddelen: We hebben in elk geval ook vrouwen nodig, jij kunt vast wel een mooi portret over de gravin schrijven, Flocke. Je zou het zelfs door het grafelijk bestuur kunnen laten autoriseren...

Maar Flocke zat er de rest van de avond zwijgend bij, en Rehberg wilde niet weten wat er door haar hoofd ging en wat voor plannen ze aan het smeden was.

Via de vraag naar geschikte vrouwen waren ze uiteindelijk bij tante Elly uitgekomen, over wie ze – afgezien van Flocke, die nog zat te mokken – het al snel eens waren: Elly was een belangrijke Dunkelblumse persoonlijkheid, ook al had ze nooit een officiële functie bekleed. Voorbeeldig sociaal en ontwikkeld, en haar leven lang had ze alles wat ze kon en wist doorgegeven aan de gemeenschap. Jarenlang had ze vrijwilligerswerk gedaan, had ze zich om ouden van dagen, zieken en in het bijzonder om kraamvrouwen bekommerd. Maar bovenal had ze de kindertekenclub geleid, die ze zelf in het leven had geroepen. Daar kwamen inmiddels zelfs kinderen uit Kirschenstein op af. Het was tante Elly gelukt om van de tekengroep, die ze de Dunkelblumse Kijkschool had genoemd, een gevestigde instelling te maken. De school bestond nog steeds. Jonge vrouwen gingen met de kinderen naar buiten, de frisse lucht in, waar ze hen onderwezen in realistisch tekenen. Het was verbazingwekkend wat de kleintjes in korte tijd leerden, over perspectieven, verhoudingen en verschillende technieken. Kennelijk was het zinvol om de kinderen eerst bomen, stenen, heggen en huizen te laten tekenen; het afbeelden van mensen kwam later. Al snel was de Kijkschool deel gaan uitmaken van het kunstonderwijs; sinds een paar jaar waren er in de zomer zelfs weekprogramma's, waar drukbezette jonge moeders graag een beroep op deden voor hun kinderen. In sommige winkels hing achter glas een bijzonder goed gelukte tekening van het betreffende pand, maar uit kostenoverwegingen was het er nog niet van gekomen de beste werken als ansichtkaart uit te geven. De mensen in Dunkelblum waren in elk geval trots op de tekenklas, en helemaal sinds de uit Dunkelblum stammende architect Zierbusch in een krant had gezegd dat hij zonder Elly Rehbergs tekenlessen waarschijnlijk een andere beroepsrichting zou zijn ingeslagen. Deze Zierbusch werd, mede door het kranteninterview, als een belangrijk iemand beschouwd, hoewel hij tot dan toe hoofdzakelijk autobedrijven en supermarkten had ontworpen en het station had gerenoveerd. Het station was alleen niet meer in bedrijf.

Rehberg overhandigde dus alles wat hij aan documenten, foto's en brieven van Elly bezat aan Eszter Lowetz, zodat ze dat korte portret kon schrijven. Als direct familielid wilde hij dat niet zelf doen, maar Eszter zou het van hem overnemen, met haar hartelijke warmte en de droge humor die de afgelopen jaren steeds prominenter was geworden. Maar niet veel later begon ze vragen te stellen die compleet gestoord klonken, als je tenminste zo lang in Dunkelblum woonde en de mensen zo goed kende als zij tweeën. Ze leek zich er wel degelijk van bewust te zijn hoe dat op hem zou overkomen, want ze stelde haar vragen omzichtig en met de nodige omwegen, die Rehberg intussen was vergeten. Maar toch, ze stelde ze, tegen elk gezond verstand in, en Rehberg voelde het allerpijnlijkste moment nog altijd schrijnen, na alles wat ze met elkaar hadden meegemaakt.

Of hij ooit had gehoord dat tante Elly vroeger getrouwd was geweest, vroeg Eszter, en Rehberg keek haar perplex aan. Heel vroeger, voegde ze eraan toe, lang voor de oorlog.

Natuurlijk niet, antwoordde Rehberg, dat zou ik toch moeten weten!

Toen legde Eszter een trouwfoto voor hem neer, zoals iedereen die weleens heeft gezien: zwart-wit, op stevig karton met een gekartelde witte sierrand, met een jong, nerveus glimlachend stel erop. De bruid vertoonde mogelijk enige overeenkomst, dat moest hij toegeven. Zo had ze er eventueel kunnen uitzien op haar twintigste, alleen had Rehberg haar toen nog lang niet gekend. Toen Elly twintig was, was Rehbergs vader vijf.

Ik heb geen idee wie dat kan zijn, zei Rehberg, maar waarom zou Elly een huwelijk voor mij hebben verzwegen? Dat is belachelijk!

Ik kan wel wat bedenken, antwoordde Eszter vaag, maar Rehberg onderbrak haar meteen weer. Bij ieder ander, maar niet bij tante Elly! Die praatte over alles en was, anders dan de meesten die erbij waren geweest, zeer kritisch, vooral ook over de nazitijd. Hij zou overigens van alles over haar kunnen vertellen, zou het een en ander uit de doeken kunnen doen. Als er duistere familiegeheimen bestonden, dan bij de anderen – hij kon wel wat namen noemen! – maar toch zeker niet bij haar. Ze was zo iemand die cartoons uit tijdschriften knipte en aan de koelkast hing – op een daarvan hield een reporter een microfoon onder de neus van een dikke vrouw met een boodschappentas. Eronder stond als dialoog: Seks? Welnee, jongeman, zoiets hadden we vroeger toch niet!

Zo was tante Elly, open-minded en humoristisch. Absoluut ongewoon voor Dunkelblum. Dat was ook het bijzondere aan haar. Er bestonden geen geheimen tussen hem en haar, slechts het grootst denkbare vertrouwen. Zelfs de volgorde van de liederen voor de rouwdienst en de precieze beplanting van haar graf had ze voor haar dood voor hem opgeschreven. Dan hoef je niet zoveel na te denken, had ze erbij geschreven, met een uitroepteken dat hij als een knipoog opvatte.

En daarom vroeg hij zich, toen hij een paar dagen na dat gesprek tot zijn grote ontzetting te horen kreeg dat Eszter Lowetz dood in haar bed was aangetroffen, zelfs een moment af of het misschien een voorteken kon zijn geweest. Dat er iets mis was met Eszters hoofd, ook al was het kennelijk haar hart geweest dat er domweg mee was opgehouden. De laatste zinnen die Eszter tegen hem had gezegd, zo rustig en vriendelijk als ze was, klonken nog na in zijn oren: Kijk later nog maar eens goed naar de foto. Ik laat hem hier wel liggen. Kijk er rustig naar. En kijk goed.

5

Het eerste wat hulpleerkracht Jenő Goldman van zijn latere vrouw zag waren haar benen. Hij ging met zijn klas voor de eerste keer naar buiten, naar een wilde bloemenweide, die achter het laatste huis aan de Reitschulgasse lag. Vandaag de dag zou je nog minstens een kilometer moeten doorlopen, langs het afschuwelijke, kapotgerenoveerde station van architect Zierbusch, voordat je een onbebouwd, misschien zelfs groen oppervlak had gevonden; in plaats van heuphoge bloemen en grassen staat op de plek van de voor Jenő Goldman levensbepalende weide nu een autobedrijf. Maar toen heerste over dit stadje nog een reusachtige, gelijkmatig gegroeide linde, die eruitzag als de boom die

God als kroon op de derde scheppingsdag had geschapen. En deze prachtige lindeboom moest model staan voor de buitentekenles. Toen Jenő en de kinderen in de buurt van de boom kwamen bewoog er iets onder de kruin van de boom, heel even maar, maar het ontging Jenő niet. Er werden twee benen opgetrokken. Hij liet de kinderen op een afstandje plaatsnemen, in plaats van hen de hoog boven hen uittorenende, vertakte koepel van de boom van onderaf te laten bewonderen. Hij liep in zijn eentje naar de boom om een handvol lindebladeren te halen, die de jongste kinderen konden natekenen. Toen hij langs de stam omhoogkeek zag hij een meisje dat van bovenaf terugkeek en haar wijsvinger dwars over haar lippen hield. Jenő glimlachte en knikte, maar het was wel duidelijk dat het meisje haar plekje nu zo snel niet meer kon verlaten. Hij liep met zijn lindebladeren naar de kinderen terug. Maar toen hij na schooltijd weer langsging, alsof hij regelmatig iets te doen had bij de boom, zat ze nog altijd boven op de tak te lezen.

In een agrarische kleinsteedse gemeente, waar in de oogsttijd de leerplicht nog door veel mensen werd genegeerd, zorgden kunst en literatuur voor een grote aantrekkingskracht tussen mensen die daarin geïnteresseerd waren. Dat was ook het geval tussen Jenő en de jonge vrouw, die zich om te kunnen lezen terugtrok in een boom. Zij was net achttien, hij vijf jaar ouder. Haar vader had zijn oudste dochter graag met een van de wijnboerenzoons zien trouwen, van wie er een paar uit de Grote Oorlog waren teruggekomen. Haar frisse gezicht voedde die hoop, haar grote mond boorde die enigszins de grond in. Maar met een leraar kon haar vader ook wel leven, ook al kwam hij van de andere kant. Dat Elisabeth haar familie in het ongewisse had gelaten over de afkomst van haar verloofde zou net wat voor haar zijn geweest. Maar het was ook denkbaar dat ze het helemaal niet wist. Misschien had Jenő – die afgezien van zijn Eliza geen andere wens had dan onafhankelijk en ongeschonden door het leven te komen – zich allang als protestant laten dopen; wat in deze regio, anders dan in de rest van het land, niets bijzonders was. En de wereld verkeerde natuurlijk toch al in chaos, na de dood van de oude keizer, het einde van de Grote Oorlog en het catastrofale verval van de monarchie. In die periode werd hier de grens getrokken, die sindsdien nooit aan effect heeft ingeboet, in die periode dus waarin Jenő verliefd werd; een grens dwars door deze uitgestrekte geelgroene landschappen die sinds eeuwen vanuit het oosten de hoofdstad voedden, niet alleen de mensen, maar ook de ontelbare paarden van de monarchie. Al die *Heanzen und Heidebauern*, oftewel de gevogeltehandelaars en hooileveranciers – ineens waren ze, vanuit de metropool gezien, buitenlanders met invoerbeperkingen. En ook al kwamen de hongerepidemieën in de hoofdstad alleen in de vorm van dubieuze handelaars en vertwijfelde hamsteraars naar Dunkelblum, de mensen hadden wel andere zorgen dan het doopbriefje van een toekomstige schoonzoon. De boeren hier in het zuiden hadden te eten, maar de nieuwe grens was omstreden, vooral hier bij hen. Tweeënhalf jaar lang werd onderhandeld, gestemd, geïntimideerd, bedreigd, geschoten. Buren gingen elkaar met mestvorken te lijf, jonge knapen bewapenden zichzelf met knuppels en trokken reeds geplaatste grensstenen weer uit de grond, omdat sommige weilanden, akkers en wijngaarden van het ene op het andere moment aan de verkeerde kant lagen. Die van hier en die van de andere kant gunden elkaar niets, ook al was in veel gevallen niet duidelijk wie om welke redenen aan welke kant hoorde of vanaf nu wilde horen. Beide kanten speelden zo vals als maar kon, zoals dat altijd gaat als het overheidsgezag buitenspel is gezet. Meteen regeert het recht van de sterkste, hoe moreel verfijnd we in tijden van vrede ook denken te zijn.

Er was in die tijd al één Dunkelblumer die eruit sprong: Benno B., hoofd van de grenspolitie, stelde een groep vrijwilligers samen en gedroeg zich als een plunderende roverhoofdman. Hij handelde in het belang van Oostenrijk, verkondigde hij, maar die officieel klinkende bewering veranderde niets aan de illegaliteit van zijn daden. Dunkelblum zelf was zonder enige twijfel aan Oostenrijk toebedeeld, Stoßimhimmel aan de andere kant. Maar alles ten zuiden van beide steden was omstreden. En daar in het zuiden, tussen de akkers en de boerderijen, vocht Benno B. met zijn vrijwilligers om elk strookje land, hoe smal ook.

Te midden van alle ellende was een trouwerij erg goed nieuws. Veel hadden ze niet, maar feesten konden ze. Jenő, die gek genoeg helemaal geen familie leek te hebben, wees zichzelf daarmee aan Oostenrijk toe, ook al betekende dat dat hij geen leraar kon blijven. Er werd eindelijk weer in het Duits lesgegeven, wat fanatiek verwelkomd werd door de meerderheid, van wie dat altijd de moedertaal was geweest. Veel van Jenő's jonge tekenleerlingen – zoals bijvoorbeeld schoenmakerszoon Alois Ferbenz, die 's morgens glom als een spekzwoerd – ontwikkelden zich destijds al op jonge leeftijd tot Duits-Oostenrijkse nationalisten, die zich levenslang tegen vuile, vreemde, ondermijnende elementen zouden verzetten.

Voor Jenő en Eliza volgden bescheiden, maar rustige jaren. Jenő was een levenskunstenaar, die zich er financieel altijd op een of andere manier doorheen wist te slaan, en als het krap werd ging hij een paar weken in de Rosmarinfabriek werken. In het jaar na de trouwerij werd hun zoon Sascha geboren, ook wel Schani genoemd.

De bevalling verliep dramatisch. Na dagenlange weeën bevond de moeder zich in een situatie die door dokter Bernstein als uitzichtloos werd beschouwd. Ze konden het knulletje, van wie het zwart behaarde hoofdje al te zien was, domweg niet uit zijn moeder krijgen; hij zat vast in het geboortekanaal, hij was niet goed gedraaid. Paradoxaal genoeg leidde uitgerekend dokter Bernsteins fatalisme tot een goede afloop: nadat hij de betreurenswaardige echtgenoot op het ergste had voorbereid liep hij opnieuw naar Eliza's bed, pakte het scalpel en gaf de vroedvrouw nog een keer de tang aan. Kom op, snauwde hij haar toe, zoals ze er nu bij liggen kunnen we ze niet eens begraven.

Sascha kwam ervanaf met alleen een eierhoofd en een paar bloeduitstortingen, die veel sneller wegtrokken dan zijn moeder herstelde. Hij groeide in Dunkelblum op als alle andere kinderen, met het verschil dat hij enig kind bleef. Zodra hij kon lopen liep hij de jongste broer van zijn moeder, die maar vijf jaar ouder was dan hij, achterna als een hondje zijn baasje. Eliza's broer Max, strikt genomen Sascha's oom, wilde niets van hem weten. Hij rende bij hem vandaan, maar soms bleef hij staan, alsof hij zich had bedacht, en duwde het hoopvolle kleintje simpelweg omver.

Toen hij tien was adoreerde Sascha de blonde Vroni, die

twee klassen hoger zat en zo keurig kon praten. Op zijn dertiende kuste hij Agnes, die in die tijd naast hem in de schoolbank zat en die daarna met de rug van haar hand haar mond afveegde. Opvallend was dat hij, in tegenstelling tot zijn ouders, absoluut niet kon en wilde tekenen. Op zijn veertiende ging hij in Hotel Tüffer in de leer voor kelner, waar hij tot ontsteltenis van zijn grootouders mee stopte om in plaats daarvan bij fabrikante Thea Rosmarin een opleiding voor boekhouder te gaan volgen.

Op zijn achttiende was hij een zelfbewuste jongeman, die zijn charme uitprobeerde op de oudere vrouwen in het bedrijf. Maar toen stonden zijn naam en die van zijn vader op de lijst die buiten op de muur van het raadhuis was opgehangen. Sascha dacht eerst dat het een slechte grap was, en zelfs toen hij het met eigen ogen had gezien ging hij er nog steeds van uit dat het een vergissing was, tot zijn moeder hem uitlegde waar het vermoedelijk mee te maken had. Op een vroege ochtend gingen de beide Goldmans met twee koffers via Kirschenstein en Stoßimhimmel op weg, via een gecompliceerde route richting Boedapest, waar Jenő familie en kennissen had of hoopte terug te vinden. Sascha klampte zich vast aan de woorden van zijn moeder, *tijdelijk, voor alle zekerheid*. Ze gaf hem een kleine tekening van hen drieën mee, een zelfgemaakt gezinsportret. Hij verloor het in een van de eerste weken al. Hij begreep niet wat hem overkwam. Hij was nooit in de synagoge in Dunkelblum geweest, hij wist niet wat ze daar uitspookten, hij zag tovenaars met zwarte punthoeden voor zich.

Er was nooit sprake van geweest dat zijn moeder zou meekomen. Het schriftelijke contact was meteen verbroken, ze wisselden steeds weer van adres. Jenő zocht naar manieren om zijn zoon te redden, vroeg naar valse papieren, smokkelaars richting Roemenië, naar schuilmogelijkheden op het platteland, maar Sascha weigerde. Hij was bang dat hij er alleen voor zou komen te staan, en dat verborg hij achter de zorg om zijn vader, die hij als kwetsbare oude man beschouwde, terwijl die toch pas halverwege de veertig was. Samenblijven tegen elke prijs, dat was volgens Sascha, als hij geen argumenten meer had, de nadrukkelijk uitgesproken wil van zijn moeder geweest.

De twee hielden vol, op plekken die ze vergaten zodra ze ze hadden verlaten: zolders, voorraadruimtes, 'Jodenhuizen', één keer in de zomer zelfs een begraafplaats, tot ze in een getto terechtkwamen waar hun bewegingsvrijheid sterk werd ingeperkt. Ze werden niet, zoals een paar duizend anderen, in de winter de ijskoude Donau in gejaagd. Maar het ontbrak hun ook aan het beetje geluk dat nodig was om op het juiste moment een van de internationale helpers tegen te komen: Zweden, Zwitsers, Spanjaarden of de apostolische nuntius, die destijds als Sisyfus' broers in diplomatieke dienst de ene na de andere *Schutzpass* uitgaven. Het waren er nooit genoeg. Toen het Sovjetleger Boedapest naderde werden de Goldmans met tienduizenden anderen richting het westen gedreven, terug naar waar ze ruim zes jaar eerder met twee koffers vandaan waren gekomen. De koffers waren allang zoekgeraakt, en ook zij waren waarschijnlijk niet meer wie ze waren geweest.

Ze marcheerden en werden in treinen geladen, en aan de hand van de vele perronborden konden ze zien dat ze dichter bij huis kwamen. Ze spraken er niet over. De mensen links en rechts kregen vlektyfus en stierven van de ene op de andere dag, vroren dood, verhongerden. Wie niet doodging moest de hele dag graven. Ze begroeven de doden en ze werkten aan de Südostwall, dat trotse monument van de laatste grote verdediging; ze bouwden hem met houwelen en scheppen, vier meter diep en vier meter breed, de muren bekleedden ze met hout. Beton was overal op, evenals het eten voor de arbeiders. Niet op, maar zelfs niet gewenst waren toiletten en wasvoorzieningen; er werden een paar roestige emmers in de raamloze wijnkelders gezet, in de onverwarmde schuren, in de koeien- en varkensstallen, in al die ellendige, in allerijl geconfisqueerde ruimtes waarin ze werden ondergebracht en elke nacht werden opgesloten, honderden, duizenden mensen overal langs de grens, die zich tegen hun dood verzetten zolang ze konden graven. Ook de emmers in de stallen dienden het verzet tegen het sterven te verkorten. Met dergelijke eenvoudige technieken weten darmziektes zich geweldig te verspreiden, evenals de luizen die de vlektyfus overdragen – het zijn bijzonder efficiënte methodes. Zet ze dicht op elkaar en vermeng ze met hun uitwerpselen.

En als de overgebleven oudjes, oorlogsinvaliden en boerinnen die nog een huis en een wasgelegenheid hadden en zich ondanks het naderende front in elk geval uiterlijk nog iets van beschaving konden aanmeten – als die gekamde ingezetenen in de ochtend de stoet verdoemden zagen die zich met houwelen en scheppen naar de verdedigingswerken sleepten, dan konden ze zien, begrijpen en getuigen dat dit geen mensen waren, maar ongedierte in mensenvorm, vuil, vol luizen, stinkend, miserabel, zo angstaanjagend dat je alleen nog maar hoopte dat ze snel aan het zicht werden onttrokken en domweg verdwenen, misschien maar meteen in de greppels die ze groeven. De aanblik alleen al leek ongeluk te brengen. Je wilde dat helemaal niet zien, niet van zo dichtbij. Maar het spoor zorgde voor een continue aanwas van haveloze figuren.

Laten we de grote kwesties van menselijke waardigheid en maximale menselijke kwaadaardigheid even buiten beschouwing. Laten we proberen om een strategie te herkennen, of, veel bescheidener uitgedrukt: iets van een wil. Wat wilden ze eigenlijk, de Ferbenzen en de Neulags, de Horkassen en Stipsitsen, de Podezins, Nickassen en Muralters die verantwoordelijk waren voor deze toestanden? Wat wilden hun bazen? Wilden ze daadwerkelijk een muur bouwen die het Rode Leger buitenhield? Of wilden ze zo snel mogelijk, maar wel munitie besparend, een grote hoeveelheid mensen doden? *Vernichtung durch Arbeit* – iets waar hun roergangers duidelijke bewoordingen voor hadden – was iets wat iemand als Horka vermoedelijk op z'n minst goed aanvoelde. In elk geval lijken ze nooit echt een keuze te hebben gemaakt tussen deze beide doelen. De doelen spraken elkaar tegen. Half uitgehongerde tyfuslijders bouwen snel noch goed. Ook het wegwerken van hun in de weg liggende, besmettelijke lijken kost tijd en arbeidskracht. Zeker, op die manier joegen ze ongetwijfeld duizenden dwangarbeiders de dood in, en ze lieten er vele duizenden welbewust sterven. En ongetwijfeld bouwden ze een lange, lange muur, maar op de meeste plekken werd die korte tijd later al onder de voet gelopen als een barricade van tandenstokers.

Eén iemand viel de discrepantie tussen beide doelen op. Dat was Josef Graun uit Dunkelblum, destijds gelegerd in Steinherz, zo'n honderdvijftig kilometer ten zuidwesten van Löwingen. Daarom kon hij zijn verloofde Resi, later Reschen, ook niet meer elk weekend bezoeken. Het was domweg te ver. Hij voerde in het Steinherzense deel het bevel over de werkzaamheden aan de muur, en het vervulde hem met trots hoe goed hij die had georganiseerd. Hij liet de arbeiders zoals gewoonlijk door Volkssturm en Hitlerjugend bewaken, maar zette ze op topografisch zorgvuldig gekozen bouwsegmenten in. Elk van deze kleinere, en dus goed te handhaven groepen begon op een bepaald punt te graven, waar ze zich in twee richtingen langzaam vandaan bewogen, naar het zuiden en naar het noorden. Elke groep werd dus nog een keer opgesplitst. Na een paar dagen kwamen in het ideale scenario het noordelijke deel van groep B en het zuidelijke van groep A samen en begon het aftimmeren de andere kant op. Op die manier kon de voortgang veel beter bewaakt worden, en bouwsegmenten die achteropraakten konden ze er snel uitpikken en ondersteunen door verse arbeiders of alertere opzichters, afhankelijk van wat het probleem was. Massale bouwplaatsen als die ten zuiden van Dunkelblum, waar Horka-Schorsch op zijn chaotische manier tekeerging, wilde Graun per se vermijden. Daar kon hij alleen maar heimelijke, betweterige minachting voor opbrengen. De arbeiders krioelden er als mieren door elkaar, zonder orde, zonder overzicht, en vermoedelijk groeven ze alleen als een opzichter wat beter keek. Wat moeilijk was met al dat heen en weer geren. Zoiets kwam bij hem niet voor, daar heerste orde, overzicht, controle.

Toen ze op een zaterdagavond in de bar van Hotel Tüffer zaten had hij zijn systeem voor Horka-Schorsch op een bierviltje uitgetekend: de afzonderlijke segmenten, het naar elkaar toe graven. Maar Horka staarde hem alleen maar aan met zijn dronkenmansogen en zei: Is al goed, Josef, is al goed, jij op jouw manier, ik op de mijne.

Resi zei naderhand met gedempte stem dat hij voorzichtig moest zijn met Horka, die zat zo'n beetje bij Ferbenz op schoot, in elk geval telefonisch. Josef moest lachen om dat telefonische op-schoot-zitten, en hij fluisterde Resi in haar rozige oor dat die zigeunerbastaard van een Horka niet altijd de meest arische onder de ariërs zou zijn, wacht maar af, als de oorlog voorbij is zullen we het eerst eens over zijn afkomst hebben! Maar Resi had alleen haar ogen opengesperd en hem gesmeekt dat niet hardop te zeggen: Alsjeblieft, Josef, doe het dan voor mij.

Niet veel later bleven Grauns bouwplaatsen achter bij de rest, de ene na de andere, het ging steeds langzamer, alsof ergens zachtjes aan de rem werd getrokken. Hij ging bij de verschillende segmenten langs om te ontdekken wat er aan de hand was. Graun wist heel goed dat je de arbeiders in een minimale basisconditie moest houden als je iets aan hun arbeidskracht was gelegen. Je hoeft ze niet aardig te vinden, zei hij tegen zijn ondergeschikten, maar als je wilt dat ze voor je werken moet je ze te eten geven. En nu hoorde hij van een van de opzichters dat ze al dagen *niks te vreten hadden gehad*. Zo zagen ze er ook uit. Die mensen konden gewoon niet meer, diezelfde mensen die een week geleden nog braaf hadden staan scheppen, maar ook zij die pas een paar dagen geleden waren aangekomen. Eerder was er ook al niet veel geweest, maar nu kregen ze letterlijk niets meer. In segment C stortte er iemand voor zijn ogen in, knikte simpelweg door zijn knieën en viel voorover in de modder – die werd meteen afgevoerd. Ik stuur een paar nieuwe, beloofde hij zijn zaakwaarnemers ter plaatse, waarna hij in de auto stapte en terugreed.

Wat Josef in de dagen daarop ontdekte was schokkend en gevaarlijk. Maar nadat hij de voorraadlijsten had gecontroleerd en met de oudere had vergeleken, nadat hij had rondgebeld en met een paar van zijn mensen bij de verschillende onderkomens van de arbeiders had gesproken, had hij voldoende bewijs bij elkaar gesprokkeld: de *Kreisleitung* leek levensmiddelen achterover te drukken die bedoeld waren voor de graafarbeiders. En wel met honderden kilo's tegelijk. Dat was sabotage. Misschien viel het Josef Graun op dat moment pas op hoeveel Dunkelblumers de hoogste posten in de omgeving bekleedden; bijna allemaal waren ze van zijn jaargang. Neulag en Horka in bovengenoemde Kreisleitung, en Ferbenz, de doctor Alois op wie iedereen zo trots was, een gepromoveerde zoon van onze stad, zelfs in het zuidelijker gelegen Graz. Graun moest aan een meerdere melden wat hij had ontdekt. Zijn meerdere was Neulag, precies degene die vermoedelijk de levensmiddelen achteroverdrukte. Er zat niets anders op dan een paar treetjes over te slaan en meteen op Ferbenz af te stappen.

Ferbenz ontving hem bijna hartelijk, op zijn rechterborstzakje prijkte de Bloedorde. Sinds hij de Führer persoonlijk had ontmoet begon hij daar in elk gesprek over, dat had Graun al gehoord. Graun luisterde dus aandachtig, haakte aan zodra het woord Führer viel en strooide het terug als vleiende confetti; hij noemde de Dunkelblumse schoenmakerszoon, die nu plaatsvervangend gouwleider was, zelfs een geboren Führer, vanaf de eerste schooldag! Horka was de enige die dat niet meteen had begrepen. Weet je nog hoe we met z'n allen op hem doken toen hij jou aanviel? We hadden hem bijna omgebracht. Dat heeft hij wel onthouden.

Ferbenz lachte ijdel. Maar toen Josef Graun ter zake kwam, verging het lachen hem snel. Al na de eerste zinnen stond hij op en ging voor het raam staan. Graun moest alles wat hij had verzameld – al zijn aanwijzingen, vermoedens en halve bewijzen – aan Ferbenz' uniformrug richten. Omdat er geen reactie kwam, legde hij de nadruk op de vertraging van de bouw van de muur. Hoewel hij zich had voorgenomen om het te vermijden, kan het zijn dat het woord sabotage hem was ontglipt: Ik wil alleen maar zeggen, het front rukt op en wij dreigen te falen, uitgerekend in dat wat de Führer ons als heilige opdracht...

Op dat moment draaide Ferbenz zich naar hem om en keek hem met zijn lichtblauwe, wat waterige ogen aan. Het bleef even stil. Toen adviseerde de plaatsvervangend gouwleider hem op vlakke toon om aangifte te doen van de kwestie. Iets anders, Josef, kan ik je met de beste wil van de wereld niet adviseren. Maar wees zo vriendelijk om mij erbuiten te laten, ik weet zeker dat je genoeg in handen hebt.

6

De trein met de Goldmans reed tot aan Kirschenstein, de rest van de route moesten ze weer marcheren. Toen ze bijna in Dunkelblum waren liet Sascha zich vallen en begroef zijn handen diep in de grond. Toen hij bliksemsnel weer opstond smeerde hij ermee over zijn gezicht tot hij zwart zag. Zijn vader liep naast hem, maar sinds een paar dagen sprak hij bijna niet meer. Sascha vermoedde dat hij op het punt stond op te geven, maar ook die gedachte kwam, zoals het meeste, inmiddels uit een verre, gevoelloze verte. Ze werden naar het slot gebracht, naar de stallen, daar waar vroeger de renpaarden van de gravin hadden gestaan. De volgende dag werden ze naar het plaatselijke stuk muur geleid en moesten weer graven en scheppen, zoals ze het ook op de vorige stations al hadden gedaan. Voor het eerst in lange tijd draaiden zijn gedachten minder om voedsel dan om vlucht. Als hij het hier niet deed, waar dan wel? Maar het was uitzichtloos. Iedereen die begon te rennen werd doodgeschoten. Dat had hij al zo vaak zien gebeuren. Vanaf het slot was het drie, vier keer de hoek om en dan was hij thuis. Maar zijn moeder zou ook zijn vader willen redden, dat was gevaarlijk en waarschijnlijk zelfs dodelijk voor hen beiden. Dus moest hij blijven. Met z'n tweeën vluchten was onmogelijk. Zodra zijn verdwijning werd opgemerkt zou zijn vader worden doodgeschoten. Er was geen uitweg. Hij moest blijven.

Ik moet blijven, zei hij in gedachten en op het ritme van zijn voetstappen toen ze 's avonds terug naar het slot liepen: Ik moet blijven. Toen ze onder de poort door liepen stokte het in de rijen voor hen, iemand was gevallen, anderen vielen over hem heen. Zijn vader gaf hem van opzij een harde duw en pakte op hetzelfde moment Sascha's schep. In een vloeiende beweging, zonder een laatste blik op zijn vader te werpen, stapte Sascha opzij, de rij uit, nonchalant slenterend alsof hij gewoon een voorbijganger was. Hij rechtte zijn rug en liep in zijn eigen ritme door. Hij wachtte op het schot. Een druppel zweet vormde zich tussen zijn schouderbladen en liep langs zijn wervelkolom omlaag, alsof die de onzichtbare lijn vormde waarop gericht moest worden. Voor hem lag de Hauptplatz met de pestzuil, tien stappen nog en dan was hij uit het zicht verdwenen achter het oorlogsmonument. Twintig stappen naar de Karnergasse. Verstoppen in een hoekje, in een schuur, onder een wagen. Wachten tot alles stil was, misschien wat slapen. Tegen twee, drie uur 's nachts naar huis gaan. Dan moesten ze hem daar maar komen halen.

Diep in de nacht trof hij de deur op slot. Hij ging op zijn tenen staan en klopte zachtjes op het raam. Er gebeurde niets. Hij klopte harder. Waar was ze dan, waar waren zijn grootouders? Hij wachtte en klopte opnieuw. Toen ging de deur op een kier open, erachter was het donker. Moeder, fluisterde Sascha en hij kwam dichterbij. Achter de deur stond zijn oom Max in pyjama, met een wapen op hem gericht.

Ik ben het, Schani, fluisterde Sascha, laat me naar binnen, ik ben gevlucht.

Verdwijn, zei Max zo hard dat Sascha in elkaar kromp, verdwijn, Elisabeth is dood, hoor je, gestorven, hier wil niemand je nog hebben, ga weg, je brengt ons allemaal in gevaar.

Toen hij de deur sloot begon binnen in het huis een kind te huilen.

Om halfdrie 's nachts, op het pikzwarte uur waarop de ouden en zieken sinds mensenheugenis bijzonder stilletjes en makkelijk sterven, liep Sascha door het oudste deel van Dunkelblum, zigzaggend liep hij over de kinderkopjes langs de muren van de huizen, steeds daar waar het minste licht was. Het enige wat hij wilde was de stad uit, de bossen in, maar hij lette zeker niet goed op, er waren zeven jaar verstreken sinds hij hier voor het laatst had gelopen. Zodoende kwam hij in een doodlopende straat terecht. En hier, waar hij tussen de muren en hekken naar een uitgang zocht, was er toch nog iemand die hem zag, midden in de nacht – een heel erg geschrokken, maar barmhartige ziel. Een jonge vrouw riep zachtjes naar hem in het Hongaars, hij antwoordde, even later ging er een poort open en hij glipte naar binnen. Ze wisselden slechts enkele zinnen, ze vroeg of hij uit het slot kwam, of hij een arbeider was, wat hij beaamde, en dat volstond voor haar. Ze leidde hem naar achteren, de binnenplaats op, naar een gemetseld schuurtje. Ze stak een kaars op, waarna ze samen in een razend tempo al het brandhout naar één kant schoven, zodat hij daarachter kon kruipen. Ze bracht hem een deken, twee hardgekookte eieren en een appel en liet hem achter in zijn schuilplaats.

Het waren twee vrouwen die voor hem zorgden, een van hen kreeg hij nooit te zien. Met degene die hem had binnengelaten sprak hij Hongaars, en alleen het hoognodige. De andere floot kort als ze zijn eten in de schuur neerlegde, en hij kwam pas achter zijn houtstapel vandaan als ze weer was vertrokken. Het eten – eieren, gekookte aardappelen, een korst brood – was slechts in papier gewikkeld, niets mocht wijzen op de hulp van de vrouwen. In het begin had er een klein zakmes bij gelegen, met een hoornen greep. Dat had hij gehouden, dat was waarschijnlijk ook de bedoeling geweest. 's Nachts gebruikte hij de wc van de Hongaarse. Het kan niet lang meer duren, had ze tegen hem gezegd. Ze was van zijn leeftijd. Beide vrouwen brachten die eerste dagen hooi en stro voor hem mee, zodat hij niet dood zou vriezen achter het hout. Soms hoorde hij een kindje huilen of brabbelen, gelukkig hadden ze geen hond. Voor elke dag die verstreek kerfde hij met het mes een kras in een blok hout. Het werd wat warmer. Twee dagen lang was er geen eten, omdat er niemand kwam. Het strijdgewoel was zo luid dat Sascha maar liever achter zijn houtstapel bleef. Ineens was zijn redster er weer. Ze huilde. De Russen waren in de stad geweest, maar de Duitsers hadden ze er weer uit gegooid, stamelde ze, ze had geen idee wat er te gebeuren stond, ze schieten alles kapot. Ze zou met de andere vrouwen het bos in vluchten. Ze gaf hem een pakketje met eten, vermoedelijk het laatste wat ze nog kon missen, en wenste hem geluk. Hij vroeg naar de arbeiders in het slot. Ze beet op haar lip. Die zijn al een tijdje weg, zei ze, en het slot staat in brand. Dank je wel voor alles, zei hij toen ze zich omdraaide, en hij vermoedde dat ze nog altijd huilde toen ze wegging.

Eliza Goldman had kort na de vlucht van haar mannen de twee kamers in het ouderlijk huis overgedragen aan haar broer en was vertrokken. Max bejubelde alles wat Neulag en zijn mensen als de grote nieuwe tijd aanprezen: de witte vlaggen, de nieuwe *völkische Sauberkeit*, het zogenaamde nieuwe economische begin dat, zoals zij het zag, als eerste voor problemen in de medische zorg zou zorgen en op roof en diefstal was gebouwd. Maar ze zei niets, haar situatie was al precair genoeg. Het lukte haar om voor langere tijd kamer 22 in het hotel te boeken, nadat zelfs de oude dokter Bernstein was verjaagd. Ze kon in de keuken aan de slag, waste af en schilde aardappels, en ze was de norse Resi zo dankbaar voor deze regeling dat ze zwijgend accepteerde dat ze weer als juffrouw en met haar meisjesnaam werd aangesproken.

Tegen het eind van de oorlog, toen alles instortte, vluchtte ze op tijd met haar moeder naar Kirschenstein en vond onderdak bij familie. Aan het eind van de zomer van 1945, toen het ergste voorbij was, keerden ze terug. Max was opgepakt en zat in een kamp van de Amerikanen. Aangezien het ouderlijk huis nog overeind stond, leek het haar het eenvoudigst en meest voor de hand liggend om weer in haar meisjeskamer te trekken en voor haar kleine neefje en haar schoonzus te zorgen, die opnieuw zwanger was.

Een jaar later – Max zat nog altijd vast, zijn dochter was inmiddels geboren – fluisterde Resi haar op een dag in het oor dat Jenő nog leefde. Hij wachtte in Stoßimhimmel tot hij voor een getuigenverklaring naar Dunkelblum zou worden gebracht. Eliza wilde meer te weten komen bij de Russen die in Hotel Tüffer waren ingekwartierd, maar Resi verbood het haar. Ze zou haar alles vertellen wat nodig was, maar nu moest Eliza zwijgen, naar huis gaan en het er voorlopig met niemand over hebben.

Getuige waarvan? vroeg Eliza nog, en Resi zei: Ach, al die nazimisdaden, wie kan ze nog uit elkaar houden?

En nee, van Sascha had ze niets gehoord, verzekerde Resi haar, alleen van Jenő en een tweede getuige. Misschien was die tweede getuige Sascha? Laten we het maar afwachten, kapte Resi het gesprek af, we kunnen nu toch niets doen. En met die woorden ging ze snel weer terug naar de bar, om de Russen te bedienen met wie haar eenarmige man zo behendig zat te kaarten.

Een paar dagen later klopte er een vieze knul op Eliza's deur. Hij vroeg naar haar naam, ze zei hoe ze heette, hij schudde zijn hoofd, zijn vuist achter zijn rug. Eliza vroeg: Voor wie kom je? Weer schudde hij zijn hoofd en hij wilde vertrekken. Ze pakte hem bij zijn schouder en ging over op een andere taal. Goldman, zei ze, ik heet Erzsébet Goldman. Toen gaf hij haar een briefje en rende weg. Op het briefje stond het verzoek om 's middags met haar paspoort naar de grens te komen, *voor de zekerheid*, stond er. Eronder een J.

Dus vertrok ze meteen en stond al vanaf halftwaalf bij de grens, lang en geduldig. Het was september, niet meer zo heet en rustig op de weg. Russische soldaten, Oostenrijkse douaniers, vooral militair verkeer. Niemand sloeg acht op haar. Ze wachtte. Ze wist later niet meer op welk moment haar aandacht was getrokken door dat wat men naderhand vreemd genoeg *de schietpartij aan de grens* noemde, alsof er iemand terug had geschoten.

Ze had bijna ononderbroken naar de weg staan staren die vanaf de andere kant naar de grenspost leidde. Maar omdat er zo lang niets te zien was geweest, verslapte haar aandacht. Af en toe kwam er een groene militaire transportwagen langs. En ten slotte een witte vrachtwagen, die zwalkend richting grens reed. Stof waaide op onder de wielen en hij leek steeds bijna van de weg af te raken, dan weer links, dan weer rechts. Eerst keek iedereen op, toen begonnen de grensbewakers te roepen en hun rode stopbordjes omhoog te houden. De vrachtwagen kwam steeds dichterbij geslingerd. Een paar soldaten begonnen te rennen. Iemand loste een waarschuwingsschot. Het leek erop dat de vrachtwagen het huisje van de grensbewakers zou gaan rammen, die al bezig waren om de slagboom dicht te duwen. Er klonk een schel gefluit en de bewakers sprongen achteruit. Als door een wonder reed de vrachtwagen net door het laatste open stuk. Eliza vroeg zich later vaak af of ze dat echt had gezien of alleen in haar verbeelding: een schim die haar man had kunnen zijn en die achter het stuur probeerde te komen, waar ze niemand achter zag zitten. Die zijn uiterste best deed om de auto onder controle te krijgen, maar daar niet in slaagde. Het gebeurde in een fractie van een seconde. Ze kon het zich hebben verbeeld. Doordringend getoeter – de hele tijd al of pas toen de wagen over de grens geraasd kwam? Drie douaniers renden haar kant uit. Iemand trok haar van achteren tegen de grond. De wagen werd doorzeefd met kogels, wist later iedereen te vertellen; hij had daar nog lang gestaan, als een vergeten rekwisiet. Veel Dunkelblumers hebben hem de weken daarop zien staan, ze konden zien dat iemand behoorlijk zijn best had gedaan om de wagen tegen te houden. Daarna lagen er aan de Oostenrijkse kant een dode en een zwaargewonde in het stof, en de Russen besloten de gewonde terug naar Hongarije te sturen. Over de dode lag al heel snel een grijs laken, Eliza wist niet waar dat vandaan was gekomen. Ze wist ook niet waar Agnes Kalmar vandaan was gekomen, die plotseling naast haar stond, haar omhelsde, vasthield en idiote dingen in haar oor mompelde. Sinds ze was verkracht had ze aanvallen, maar Eliza bleef er in de jaren daarna redelijk van overtuigd dat ze die dag aan de grens alleen maar had gedaan alsof.

Jenő lag neergeschoten in het stof, maar hij leek nog te leven. Ze mocht niet naar hem toe, iemand hield haar in een ijzeren greep. Het voelde als een eeuwigheid voordat er mensen kwamen helpen. Dokter Sterkowitz werd gebracht in een jeep, hij sprong op de grond en verbond de gewonde. Jenő draaide zijn hoofd, ze wist niet of hij dat zelf deed of omdat de arts hem bewoog. Zijn gezicht zat onder het bloed, ze kon niet zien of hij echt naar haar keek. Het leek alsof hij alleen naar haar benen keek. Toen werd hij opgetild en in een laadbak gelegd. De wagen keerde en reed terug naar de andere kant. De dode bleef liggen. Er kwamen meer soldaten en er kwamen veel gendarmes. Eliza zat met Agnes langs de kant van de weg. Agnes hield haar vast. Ten slotte merkten de douaniers de beide vrouwen op.

Zij kan hem identificeren, riep Agnes en ze hield haar vast, zij kan de man identificeren! De dode is haar man! Luister dan, zij kent hem!

Ze tilden kort het laken van de dode, die ze nog nooit had gezien; het was zomaar iemand, een oudere man, maar omdat het Sascha niet was en omdat Agnes het zo belangrijk leek te vinden knikte ze uiteindelijk en bevestigde ze dat dat Jenő Goldman was, geboren op 16 januari 1895. En als zodanig werd deze man op de Joodse begraafplaats in Dunkelblum begraven, en voor die korte en zonderlinge ceremonie moest er speciaal een rabbijn uit Graz worden gehaald.

Elisabeth Rehberg, die, zoals Dunkelblum het van haar leek te verwachten, de naam van haar echtgenoot nooit meer gebruikte, zou nog tien jaar met Jenő, haar vroegere man, corresponderen. De brieven werden om veiligheidsredenen via een derde persoon verstuurd. De bemiddelaarster was een hebzuchtige vrouw in Stoßimhimmel, die zich voor haar diensten liet betalen. In de brieven ging het vooral over wat zij beiden in hun land ondernamen om uit te zoeken wat er met hun zoon was gebeurd. In de vluchtelingenwinter van 1956, toen het in Dunkelblum één grote chaos was, was Eliza een paar dagen lang erg nerveus omdat ze bang was dat Jenő domweg bij haar zou opduiken. Maar hij liet nog één keer in een brief wat van zich horen, inmiddels al uit Wenen. Hij schreef dat hij van plan was om naar Israël te gaan en daar verder te zoeken. Hij beloofde contact met haar op te nemen zodra hij meer wist. Daarna hoorde ze nooit meer iets van hem. Maar ze wist dat hij zijn belofte niet zou breken. Ze wist dat als ze niets hoorde, er niets te vertellen was.

7

In die nacht in de zomer van 1989, toen het onweer de Dunkelblumers uit hun bed haalde, was de oude mevrouw Graun zo dronken dat ze als enige nergens iets van meekreeg. Zoals gezegd liep haar alcoholconsumptie in de loop van de week gestaag op, om gewoonlijk op zaterdagavond een hoogtepunt te bereiken. Al jaren was het de taak van haar schoondochter om haar op zondag in de kerk wegens ziekte te verontschuldigen. Maar er vroeg allang niemand meer naar, hoogstens zo nu en dan een of andere lolbroek.

En – is Vroni haar bed weer eens niet uit gekomen? vroeg zo iemand bijvoorbeeld, en dan antwoordde Karin met een stalen gezicht dat haar schoonmoeder zich die ochtend niet zo goed voelde.

Niet 'haar bed niet uit gekomen', maar uit haar bed gevallen, fluisterde de vrouw van de lolbroek dan eventueel nog, en niet meer overeind gekomen! Onderdrukt grijnzen alom. Maar Karin deed alsof ze niets had gehoord. Ze sleurde haar kinderen mee, duwde ze met veel misbaar de kerkbank in. Ze was er trots op dat haar kinderen zulke keurige kruisjes sloegen.

De zondag in kwestie was de oude mevrouw Graun vroeg in de avond in verrassend goede staat verschenen, had een groot glas appelsap met water ingeschonken, het achterovergeslagen en haar schoondochter gevraagd wat er die middag buiten aan de hand was geweest. Ze vroeg zelden iets, maar wanneer ze dat wel deed vertelde Karin altijd de waarheid. Dat was een soort overeenkomst tussen hen beiden. Karin vroeg de oude vrouw om advies zodra ze vreesde dat haar man op het punt stond om de zoveelste tactische of financiële blunder te begaan. Ze leende argumenten van haar of liet zich geruststellen, afhankelijk van wat er aan de hand was. Tegenover hem liet ze nooit merken dat de argumenten die ze gebruikte van zijn moeder kwamen – dat zou de boel alleen maar hebben geschaad. Maar Karin koesterde de hoop dat ze door aandacht te geven aan en te overleggen met de oude vrouw ook in de toekomst het ergste zou kunnen voorkomen. In feite kon ze de oude vrouw niet uitstaan, maar ze had meer respect voor haar dan voor haar man. Dat zijn twee verschillende dingen. Karin was zich er vagelijk van bewust dat de oude vrouw een soort bescherming bood; dat ze hun in Dunkelblum een bepaald aanzien gaf dat ze zonder haar misschien zouden kwijtraken. En daarom wenste ze haar zeker niet dood. Terwijl ze toch vaak genoeg iets in die trant had gesist als ze de oude vrouw, inclusief bed en kamer, na een slechte nacht weer eens moest verschonen.

De oude mevrouw Graun verlangde niets meer van het

leven, zelfs geen invloed op wie dan ook, op zoon of schoondochter, ze wilde alleen maar met rust gelaten worden. Dat had ze in elk geval lange tijd geloofd, eigenlijk sinds haar zoon het bedrijf had overgenomen. Maar de laatste tijd wilde ze toch af en toe iets weten, want er leek van alles gaande te zijn in de stad. En daarom vroeg ze soms iets. Ze was van mening dat haar schoondochter niet het scherpste potlood uit de doos was en dus goed bij haar zoon, die eeuwig gekrenkte zwakkeling, paste. Maar Karin was in elk geval verstandig genoeg om het niet tegen haar op te nemen. Ze had het ook nooit geprobeerd. Dat, vond de oude mevrouw Graun, was een duidelijk bewijs van minimale intelligentie.

En dus hoorde ze die zondag, die met een rustig avondje voor de buis samen met zoon en schoondochter had kunnen eindigen, dat er op de Rotensteinwiese menselijke resten waren gevonden. Dat een middelgrote, officiële delegatie uit Kirschenstein, bestaande uit officier van justitie, forensisch patholoog, fotograaf en technische recherche, ondanks het weekend was gearriveerd en het terrein al had onderzocht en afgezet. Dat deze vondst nogal wat ophef had veroorzaakt in Dunkelblum en er, omdat het zondag was, veel mensen naar boven waren gereden en daar wild gebarend omheen hadden gestaan. Dat, grappig toeval, Heurafll op hetzelfde moment een DDR-vluchteling in zijn jagershut had aangetroffen en die vreselijk had toegetakeld. Er was zelfs nog bijna iemand gearresteerd, Heurafll of de vluchteling, maar toen had Malnitz zich ermee bemoeid en was iedereen weer bedaard.

Allemaal vreemde gebeurtenissen, eindelijk was er eens echt iets aan de hand. Karin lachte toen haar op het laatst het misverstand weer te binnen schoot: iemand had aan de plaatselijke verslaggever gevraagd hoeveel het er waren, en *een stuk of vijftien* als antwoord gekregen. De vragers hadden het over de doden gehad, de verslaggever daarentegen had de onderzoekscommissie bedoeld....

Ja ja, wimpelde de oude mevrouw Graun af, die de dingen zoals altijd veel sneller doorhad dan Karin ze vertelde; dat is overigens een stuk minder grappig dan je denkt. Maar zeg eens: op welk perceel? Op het onze of op dat van Malnitz?

Op het onze, zei Karin, die begon te vermoeden dat ze misschien beter iets minder had kunnen vertellen. Met nog twee korte, scherpe vragen kwam de oude vrouw erachter dat haar eigen zoon, Karins man, daar aan het graven was geweest omdat hij zich bij de waterrebellen had aangesloten en van Toni Malnitz had gehoord...

Op dat moment onderbrak de oude vrouw haar met een handgebaar. Mompelend kwam ze overeind van de keukentafel en verliet het vertrek. Maar Vroni, riep Karin haar na, we gaan toch zo eten?

De oude mevrouw Graun, die weer naar haar kamer slofte, zond haar over haar schouder een roestig heksenlachje toe. Ik heb een zoon die vrijwillig de Rotensteinwiese openspit omdat ene Malnitz zegt dat hij dat moet doen, riep ze. Dan hoef ik geen eten meer, mijn maag draait ook zo al om!

De deur klapte dicht. Karin schudde haar hoofd. Tien minuten later kwam haar man thuis.

Nadat ze hem had verteld wat er was voorgevallen slaakte Graun junior een zucht. Die oude verhalen, zei hij, allemaal zijn ze bezeten van allerlei oude verhalen, mama, Ferbenz, de oude Malnitz. Ze hebben met z'n allen iets opgelopen van de oorlog.

Maar omdat zijn vrouw erop stond liep hij toch naar de kamer van zijn moeder, klopte aan en vroeg of ze kwam eten. Binnen was het stil, maar toen hij nog een keer klopte vlogen er van binnenuit – boem – zware voorwerpen tegen de deur, waarschijnlijk boeken – boem, boem. Graun junior wist genoeg. Hij blies de aftocht richting keuken en vroeg zich voor de zoveelste keer af hoelang ze dat nog kon overleven. Dit deed ze al sinds jaar en dag. Als kind had hij soms aan haar bed gestaan, het moest overdag zijn geweest, zo licht was het beeld in zijn herinnering zoals ze daar op haar rug lag, met open mond, waar een sliertje speeksel uit liep. Vroeger was hij nooit bang geweest dat ze dood zou kunnen gaan, omdat hij zich daar helemaal niet van bewust was geweest. Zijn kinderlijke wens dat ze wakker werd en weer normaal zou doen deed al pijn genoeg. Maar misschien was ze van een bijzondere, andersoortige species en conserveerde de drank haar van binnenuit in plaats van haar om te brengen. Misschien deed de drank dat om haar dwars te zitten, door juist niet te doen waar ze op hoopte. Misschien was het allemaal één grote, wrede samenzwering. Dat dacht Graun junior niet voor het eerst, en toen hij met zijn gedachten op dat punt was aangekomen realiseerde hij zich dat hij nog maar weinig verschilde van zijn familieleden en kennissen.

Ergens diep vanbinnen in die oude, boze, drankzuchtige mevrouw Graun zat nog iets van de blonde Veronika, die zo keurig sprak en ooit de decadente jonge Tüffer zo had behaagd. Op haar veertiende, onder de kille blik van de hotelbazin, had ze begrepen dat alleen er goed uitzien niet volstond en al het *Küss die Hand* en *tot uw dienst* ook niet.

Alles wat ze destijds had gewild had Resi voor haar neus weggekaapt, haar vroegere beste vriendin met haar dikke, scheve boerengezicht, die deed alsof ze tot drie kon tellen noch het verschil tussen mannetje en vrouwtje ook maar bij benadering kon benoemen. Met dat domme smoelwerk van haar, dat Vroni had onderschat, iets wat ze zichzelf altijd kwalijk was blijven nemen, wist Resi zelfs de bazin van Hotel Tüffer om haar vinger te winden. En van het een kwam het ander. Resi kreeg de leerplek, omdat de oude mevrouw Tüffer weliswaar veel wist, maar kennelijk niet dat een knap gezichtje maar een zeer kleine rol speelde in dat waar haar zoon voortdurend op uit was. En later, toen de Tüffers vertrokken, was het Resi die de sleutelbos voor het hele hotel kreeg. Aangezien de Tüffers nooit meer terugkeerden promoveerde ze van leermeisje tot bazin. Wat haar er natuurlijk meteen veel beter liet uitzien – in elk geval in de ogen van de jongemannen die regelmatig aan bar en stamtafel te vinden waren. Resi, in het witte jasschort van de bazin, die met vaste stem haar werknemers opjoeg en net zo goed kon rekenen als haar schoolvriendin Veronika, zag er meteen stukken beter uit, en met haar achterwerk en boezem was eigenlijk ook weinig mis.

Tijdens de laatste oorlogswinter, vlak voordat alles instortte, liep Vroni onverwacht Josef Graun tegen het lijf. Ze had hem al lang niet meer in Dunkelblum gezien. Een poosje had het verhaal de ronde gedaan dat Resi zich met hem had verloofd, maar in de oorlog ver- en ontloofden de mensen zich snel. De meeste mannen waren weg, broer en vader aan het front, en Vroni, als oudste van het gezin, moest met grootvader de laatste markten af die er nog waren.

En daar, ver weg in het zuiden, al in de richting van Graz, stond ineens Josef Graun voor haar neus, die er altijd al zo goed uit had gezien; hij wees naar de zak aardappelen en vroeg naar de prijs.

Hoeveel wilt u er dan? vroeg Vroni, die het niet begreep.

Alles, meisje, antwoordde Graun. Hij kocht inderdaad de hele zak, ter plekke, en Vroni kon haar geluk niet op. Grootvader wilde de zak dragen voor meneer, maar Vroni zei: Nee, blijf daar, dat doe ik wel.

En dus droeg ze zelf de zak naar de auto van Graun, en toen hij hem van haar overnam en achterin legde deed ze snel haar haar goed, kneep in de huid boven haar wangen en bevochtigde haar lippen met haar tong. Toen hij weer opkeek herkende hij haar eindelijk. Ze glimlachte.

Doe Resi de hartelijke groeten van me, zei Graun toen hij haar het geld gaf, en Vroni raapte haar moed bijeen en keek hem recht aan. Resi, zei ze langzaam, die heeft toch allang een ander.

Is dat zo? vroeg hij.

Jazeker, verzekerde Vroni hem, die wist dat dat niet de hele waarheid was, en ze voegde eraan toe: Hij is ook al bij haar ingetrokken en runt samen met haar het hotel.

Graun leunde tegen zijn auto en zocht naar zijn sigaretten. Toen hij die had gevonden bood hij haar er eentje aan.

Toch niet Neulag, hè, vroeg hij, of Horka?

Het idee, zei ze, nee, niet iemand van hier, een invalide, met nog maar één arm. Reschen heet hij.

Hij gaf haar een vuurtje, zijn vingers trilden. Ze raakte kort zijn hand aan. Zo stonden ze daar samen te roken. Vroni moest haar best doen om niet te hoesten en te kokhalzen, maar hield de sigaret heel behendig vast. Uiteindelijk zuchtte Graun diep en zei: Ik was helemaal vergeten hoe knap je bent.

Hoe kun je dat nou vergeten? antwoordde ze. En toen vroeg hij haar of ze zin had om nog een stukje met hem mee te komen, en dat had ze wel, en terwijl haar grootvader op de markt op haar wachtte werd ze in de auto rondgereden, verheugd over het feit dat deze man zijn beide armen nog had, die ook nog eens mooi en sterk waren, en dat dat veel beter bij haar en haar beroemde gezicht paste, en dat eindelijk alles eens zo ging als het hoorde te gaan.

Een paar weken later, de dag voor Palmpasen, werkte ook Vroni op het feest in het slot. Resi had haar en andere vrouwen laten halen om te helpen en stond zelf beneden in de keuken de hele boel te commanderen. Vroni bediende boven in de zaal, samen met Agnes Kalmar en Theresia Wallnöfer, die nog geen elf dagen later door de Russen doodgeschoten zou worden. De knapsten bedienden, de minder knappen liepen heen en weer tussen zaal en keuken, de lelijksten kookten, de bazin van Hotel Tüffer bepaalde wie waar werd ingedeeld.

Hoewel ze Neulag sinds jaar en dag kenden waren ze allemaal bang voor hem. Sinds enige tijd liep hij op het slot rond alsof het van hem was. De gravin lachte als ze hem zag, en de graaf ging nog altijd, zoals hij sinds jaar en dag deed, met hem op jacht. Die twee zaken leken de roddelende vrouwen van Dunkelblum onverenigbaar, omdat ze zich niet konden voorstellen dat de graaf zo dom en blind was. Zelfs dat de gravin daadwerkelijk iets goed fouts met Neulag kon doen – met een van hen, uit het volk –, zelfs dat wilden ze zich niet voorstellen in hun onwrikbare geloof in de door God gegeven standsverschillen. Ze aanbaden de gravin, enkel en alleen omdat ze de gravin was. Ze hadden hier altijd een gravin gehad. Dat de graven of de zonen van de graven soms van het boerenfruit snoepten was niet zo onvoorstelbaar, dat kwam voor. Dat was de natuur, en het was bijna een eer voor de betrokkenen. Maar de gravinnen? Die waren als het ware plaatsvervangsters van de heiligen op aarde. De Dunkelblumse vrouwen kniksten al bijna als ze het woord alleen maar hoorden. Met meer van dat soort eerbiedige onderdanen had de monarchie een reële kans op herstel gehad, zelfs toen nog.

Neulag probeert het, schaamteloos, alsof de gravin een barmeisje is, en zij vindt het wel grappig omdat ze hem ook heel graag mag, anders zou ze hem zwaar moeten straffen – dat was zo ongeveer wat de roddelende jonge vrouwen zich in hun naïviteit voorstelden, wat ze voor mogelijk hielden. Wat heet mogelijk: dat was precies wat ze zagen en meemaakten.

En dat het de graaf domweg niet kon schelen – dat het hem zelfs goed uitkwam dat de gravin werd afgeleid en opgevrolijkt – was een gedachte waar ze ook niet op kwamen. Ze kniksten en bloosden en keken naar de grond en prezen zichzelf gelukkig dat ze in deze prachtige zalen mochten werken in plaats van in de stal, op de akker of in de winkel, en dat ze er thuis over konden vertellen, over de kroonluchters en de vergulde stoelleuningen, en als ze serveerden probeerden ze subtiel uit hun ooghoeken of door hun wimpers te kijken, nooit recht in iemands gezicht.

Op Neulags feest hadden de serveersters de handen vol, er werd gegeten, gedronken en gedanst, tijd voor een kleine pauze was er niet. Later zouden enkelen van hen getuigen dat Neulag tussendoor aan de telefoon werd geroepen, maar Vroni had het niet gezien. En daar bleef ze bij, ook toen de ambtenaar die haar verhoorde ook die kleine bekentenis nog bij haar probeerde af te dwingen.

Als iedereen zegt dat hij is weggegaan om te telefoneren, zei de ambtenaar, kunt u het toch ook toegeven? Wat hebt u eraan?

Wat heb ik eraan als ik iets zeg wat ik nooit heb geweten? sprak Vroni hem tegen, destijds al de halsstarrige en diep wanhopige weduwe Graun: Ik weet nu eenmaal niks van een telefoontje!

Wel had ze toevallig met de flessen wijn, wit en rood, vlak naast de tafel van Neulag gestaan toen Josef Graun verscheen; haar Josef, zoals ze hem destijds al met bonzend hart bij zichzelf noemde. Dat hij niet was uitgenodigd, dat hij ongewenst was, een onaangename verrassing, was overduidelijk, want het gezelschap aan Neulags tafel verstomde, en zelfs de gravin, die pal naast hem zat, naar hem toegekeerd, hield even op met lachen. Maar aan de tafels eromheen ging men onverstoord verder met het bacchanaal, en daarom viel de kleine, plaatselijke stilte waarschijnlijk nauwelijks iemand op, behalve degenen die erbij waren. Dat had de opsporingsambtenaar tijdens het verhoor allemaal veel minder geïnteresseerd dan het telefoongesprek van Neulag, waarvan ze nu eenmaal echt niks wist.

Neulag zag Josef, sprong op, de stoel viel achter hem op de grond. Jij hebt lef, zei hij.

Een misverstand, zei Josef, bleek als de buik van een forel, ik vraag je dringend om vijf minuten van je tijd, ik kan het je uitleggen.

En daarna hadden die twee buiten de zaal opgewonden staan discussiëren; dat wist Vroni zo goed omdat ze na een poosje met voorbedachten rade naar beneden was gegaan, naar de keuken, met haar armen vol vuile borden en schalen, hoewel dat helemaal niet haar taak was. Afruimen deden anderen. Zij was een van de serveersters, eerste keuze. Resi begon zelfs op haar te mopperen omdat ze in de keuken verscheen en dus niet boven was, maar ze wist zichzelf eruit te praten met het excuus dat ze even naar het toilet moest, ze was tenslotte geen man die het uren kon ophouden. En toen ze langs die twee liep – heel langzaam, omdat ze zo veel en zo zwaar moest tillen, hoorde ze Neulag tegen Graun zeggen: Nou, dat kun je dan meteen vandaag bewijzen, die loyaliteit en betrouwbaarheid van je! We hebben iedere man nodig, ga naar beneden naar de wapenkamer en kijk of alles klaarligt.

En toen ze hen verscholen achter een stapel borden passeerde had Josef Graun, haar latere echtgenoot, zijn hakken tegen elkaar geslagen en gesalueerd: Tot uw orders en tot uw dienst, *Herr Sturmscharführer*, had hij geantwoord.

En alleen dat laatste deel was gelogen. Dat van dat bewijzen had Vroni niet zelf gehoord; dat had Josef Graun haar korte tijd later, toen de oorlog voorbij was, verteld. Maar ze had geen enkele reden om aan hem te twijfelen. Integendeel. Dat was de zin waar haar waarheidsgevoel, of in elk geval een deel van haar gemoedsrust, van afhing. Door zichzelf als getuige op te werpen van een zin die ze strikt genomen niet zelf had gehoord, maar die met honderd procent zekerheid was uitgesproken, stond ze achter Josefs versie, die bij alles wat hij gedaan mocht hebben kon bewijzen dat ze hem hadden gedwongen. Meedoen of standrechtelijke executie, dat betekende Neulags zin, niet eens zo goed verhuld. Al snel was ze ervan overtuigd dat ze de zin zelf had gehoord; woord voor woord, messcherp, als in een grammofoonplaat gegroefd, speelde haar geheugen hem indien nodig af. Josef, haar man en de vader van haar zoon, was een fatsoenlijke nazi geweest. Toen hij merkte dat iemand de rantsoenen voor de Wallarbeiders verdonkeremaande had hij zich tot de plaatsvervangend gouwleider gewend en diens advies opgevolgd om aangifte te doen. Het ging om honderden kilo's aan levensmiddelen! Helaas stond in die laatste maanden van de oorlog alles al dusdanig op z'n kop dat het recht niet meer recht gedaan kon worden. Want ja, zelfs de nazi's hadden een soort van recht gehad, ook al werd dat inmiddels betwist. Het front kwam dichterbij, de Wall werd gebouwd, ook wij vrouwen moesten graven, en zelfs de ouden van dagen, kortom iedereen die er nog was, en het wemelde van de buitenlandse arbeiders, want de meeste mannen waren in de oorlog, en overal waren de Joden, die uitgehongerde figuren die van top tot teen onder de luizen zaten. Net toen haar Josef de levensmiddelendiefstal had ontdekt en daar aangifte van had gedaan, waren de 'vliegende krijgsraden' ingevoerd. Dat had Josef haar verteld, en zo was het ook geweest. Dat zij, Veronika Graun, uit een boerenfamilie kwam wilde nog niet zeggen dat ze een domme gans was. Neulag had Josef al een paar keer de boodschap laten overbrengen dat standrechtelijke executie voor hem dreigde. Om het niet zo ver te laten komen was Josef naar Dunkelblum gereden om Neulag onder vier ogen te spreken. Bij die gelegenheid had hij hem duidelijk gemaakt dat hij slechts aangifte tegen een onbekende had gedaan, dat hij nooit had gedacht dat Neulag persoonlijk de schuldige was. Hij wilde juist een onderzoek, waarbij Neulag en hij nauw zouden samenwerken om de verduisteraar op te kunnen pakken! Dat was niet helemaal zo geweest, bekende de wanhopige weduwe Graun, met haar magere kind dat nog niet eens kon lopen, maar zo had hij het destijds nu eenmaal gezegd, om tijd te winnen en om aan executie te ontkomen. En daarop had Neulag, die destijds van alle kanten onder druk werd gezet, Josef bevolen om zijn loyaliteit en betrouwbaarheid per ommegaande te bewijzen en hem naar de wapenkamer gestuurd. Dat heb ik met mijn eigen oren gehoord, besloot weduwe Graun, zo en niet anders.

Maar hoe moest hij zijn loyaliteit dan bewijzen, vroeg de ambtenaar, wat deden ze met al die wapens?

Hoe moet ik dat nou weten? jammerde weduwe Graun. Josef heeft de wapens gepoetst en gecontroleerd en waar nodig geolied, hij had daar echt verstand van.

Waar zijn ze daarna naartoe gegaan, drong de ambtenaar aan, uw man, Neulag en alle anderen?

Josef was de hele nacht in de wapenkamer, beweerde Vroni Graun koppig, die heeft zich daar met de wapens en de munitie beziggehouden. Dat deed hij altijd heel erg goed, zoals ik al zei, daar had hij verstand van.

Mevrouw Graun, zei de ambtenaar, wat is er die nacht in Dunkelblum gebeurd? Wat hebt u van anderen gehoord? Wat heeft uw man daarover verteld?

Hij was in de wapenkamer, herhaalde Vroni Graun, hij was de hele nacht in de wapenkamer, waar hij de anderen van wapens en munitie heeft voorzien, en bij het ochtendgloren moest ik thuis zijn uniform wassen en strijken, zo smerig was het, van de olie. Het duurde een eeuwigheid voordat ik alle vlekken eruit had, het was gekkenwerk, ik heb eindeloos staan wrijven, ik dacht dat ik het nooit af zou krijgen, en alles was kleddernat en ik heb uren staan strijken. En luister, daarom heeft Neulag hem doodgeschoten in het bos en vervolgens ook nog in brand gestoken om alle sporen te wissen, allemaal vanwege die aangifte in de oorlog, waarom gaat u zich daar niet eindelijk eens mee bezighouden? Ik sta er nu alleen voor met boerderij en kind! Ik weet niets van een telefoontje, en ik weet ook niet wie er wanneer precies in de zaal of even buiten is geweest, ik weet alleen dat Neulag, die bandiet, een reden had om mijn man te vermoorden!

De tranen sprongen haar in de ogen en ze beet in haar vuist.

Maar mevrouw Graun, zei de ambtenaar, u weet vast wel dat Sturmscharführer Neulag het eind van de oorlog hoogstwaarschijnlijk niet heeft overleefd.

Ze sloeg met haar vlakke hand op de tafel. De ambtenaar kromp ineen. Hebt u een lijk? schreeuwde ze. Laat u mij het lijk van Neulag zien dan!

De ambtenaar schudde berustend zijn hoofd. Wat een stelletje ongeregeld zijn jullie daar in Dunkelblum, zei hij.

Jongeman, zei Vroni Graun, ze veegde haar tranen weg en probeerde te glimlachen: U hebt niet toevallig een borreltje voor me? Ik moet dringend iets hebben voor mijn bloedsomloop.

8

Ze had destijds al vermoed dat het Neulag niet geweest kon zijn. Ze was er bijna zeker van dat het Horka was geweest. Maar dat kon ze niet zeggen, want in tegenstelling tot haar man en Neulag was Horka er immers nog altijd, en hóé: verschrikkelijker en wreder dan ooit, ontketend zonder zijn dompteurs, vrienden en superieuren. Jaren, tientallen jaren later vroeg ze zich weleens af of het geen vergissing was geweest om Horka erbuiten te laten, in plaats van ervoor te zorgen dat hij in elk geval in voorlopige hechtenis was genomen. Als hij eerst maar had vastgezeten, dan hadden een paar anderen misschien ook hun mond opengetrokken. Ze had het destijds niet aangedurfd. Ze wilde niet de enige zijn. Ze kende de machtsverhoudingen, iedereen kende ze. Later dacht ze weleens dat ze het had moeten doen, want ook als het niet was gelukt, was het een poging waard geweest. Het had niemand geschaad, haarzelf sowieso niet, en terugblikkend ook die zwakkeling van een zoon van haar niet. Maar ze was jong en vertwijfeld geweest in die tijd, ze had haar hele leven nog voor zich gehad en klampte zich daarom vast aan het kleine beetje dat ze nog had: haar kind, en de boerderij die ze draaiende moest houden, maar waar ze in het begin geen greintje verstand van had. Dat was alles wat ze nog van Josef had, die na zijn spectaculaire dood in Vroni's ogen uitgroeide tot een reusachtige, romantische held, tot het grote geluk van haar leven, destijds, tussen bommen en granaten, tussen nazi's en Russen. Helaas was dat geluk verdomde snel voorbij.

Om gerechtigheid of boetedoening was het haar niet gegaan, dat waren geen begrippen die zij gebruikte. Ze wilde haar Josef beschermen, ook al was hij dood. Juist omdat hij dood was. Het woord *executie*, dat de krant had gebruikt nadat in het verbrande lijk ook een projectiel was gevonden, kreeg ze niet meer uit haar hoofd. Haar Josef had bij de goeden, de fatsoenlijken gehoord en hij was vermoord, na de oorlog, na de overwinning op de nazi's, tijdens de zogenaamde vrede, in een door geallieerden bezet land waarin, zoals de politici voortdurend beweerden, een nieuwe tijd was aangebroken! Ha! De slechte nazi's bleven ongestoord de goede nazi's vermoorden, en ook alle mogelijke andere. Alleen al in het eerste jaar na de oorlog hadden er minstens drie moorden plaatsgevonden: de fietser in de wijngaard, een schietpartij aan de grens waarbij kennelijk een lastige getuige was uitgeschakeld. En haar Josef. De Russen keken slechts toe of keken de plaatselijke meisjes na, en je mocht nog van geluk spreken als het bij kijken bleef.

Bij de vraag of ze de strijd moest aangaan met de oppermachtige Horka of zich moest wijden aan de nagedachtenis aan haar man, Josef met zijn sterke armen, koos Veronika Graun de makkelijkste weg. Voor zover er sprake was van kiezen. Ze legde die weg gewoon af, zoals water stroomt waar het kan. Als je het water de weg verspert zal het om de versperring heen stromen, zonder enige inspanning, zonder aarzelen of commentaar.

Soms, heel zelden maar, volstaat een minuscule individuele beslissing om het verhaal een andere kant uit te sturen. Nog minder vaak komt het voor dat iemand voldoende overzicht heeft om de andere mogelijke varianten achteraf nog te kunnen herkennen, en niet alleen dat wat bewaarheid is geworden als *het juiste* te beschouwen.

Wat zou er zijn gebeurd als de jonge, maar welbespraakte weduwe Veronika Graun de van buitenaf komende opsporingsambtenaar die haar verhoorde alles had verteld wat ze wist? Als ze had verraden wat voor verwoestende verklaring haar Josef had willen afleggen? Met geen andere reden overigens dan zijn eigen huid te redden?

De eerste die zijn mond opendoet klimt op tot getuige van de aanklager. En alle anderen worden meegesleurd. Maar als het, zoals in dit geval, lukt om de eerste die wil praten uit de weg te ruimen – te *executeren*, zoals de krant op lovenswaardige wijze algemeen bekendmaakte – heeft dat blijvend effect. En op de tweede die wil praten kun je dan lang wachten. Misschien komt die tweede wel nooit.

Heel Dunkelblum vermoedde wat Josef Graun van plan was geweest, die kennelijk in paniek was geraakt toen de onderzoeken begonnen. Hij had wat opmerkingen in die trant gemaakt.

Veronika Graun had misschien niet alles hoeven vertellen. Misschien was het voldoende geweest om te zeggen dat haar man een verklaring had willen afleggen. Dat ze niet wist waarover, maar dat hij bang was. En dat ze Horka ervan verdacht iets met zijn dood te maken te hebben. Dat Horka bij haar was komen opdagen en haar had verzocht de dag in Kirschenstein door te brengen.

Neem het kind mee en ga naar Kirschenstein, nu meteen, zei hij, je man en ik moeten vandaag iets afhandelen, vrouwen lopen daarbij alleen maar in de weg.

Gaat jouw vrouw ook? vroeg Vroni, die van Horka walgde, maar hij greep haar bij haar arm en deed haar behoorlijk pijn.

Gesnopen? bromde hij terwijl hij haar arm verdraaide. Of moet ik nog duidelijker worden?

Dus deed ze wat haar werd opgedragen. Josef was de deur al uit, ze kon het hem niet meer vragen. Ze kon hem nooit meer iets vragen, want ze had hem nooit meer teruggezien. Ze werd bij het verkoolde lijk weggehouden.

Als Veronika Graun was begonnen, zouden er dan ook een paar anderen in beweging zijn gekomen? Zouden die misschien ook een getuigenis hebben afgelegd, bijvoorbeeld over het feit dat Georg Horka geenszins een vervolgde van het naziregime was, zoals hij de geallieerden op de mouw had gespeld, maar, integendeel, een van de ferventste en wreedste voorvechters ervan?

Soms volstaat een minuscule individuele beslissing: wat was er gebeurd als acht, negen jaar eerder de zwakke, onzekere bondskanselier Schuschnigg toch het bevel had gegeven tot militair verzet aan Oostenrijks grenzen? Zou niet één enkele opstand, hoe klein ook, zouden niet een stuk of tien afgevuurde schoten het latere beeld van Oostenrijk compleet hebben veranderd? Of was er minstens een dozijn doden nodig geweest om de wil tot verzet te benadrukken? Wie zal het zeggen? En dat dozijn doden: waren dat dan twaalf jonge Oostenrijkers geweest, die pas zeven jaar later postuum een onderscheiding 'voor Oostenrijks vrijheid' op de borst gespeld hadden gekregen? Ongetwijfeld hebben deze jongemannen – aangezien ze door Schuschniggs geaarzel voorlopig niet zijn gestorven – in de jaren die volgden tal van kinderen verwekt, die op hun beurt weer talloze kinderen kregen die de wereld ook nu nog beter of slechter maken, ieder op zijn eigen manier. En het beeld van

Oostenrijk heeft ondanks Schuschniggs geaarzel evengoed een tijdlang uitstekend gefunctioneerd. Pas veertig jaar na de oorlog werd er getornd aan de eretitel *eerste slachtoffer van nazi-Duitsland*, en toen ook meteen zo hevig dat die voor altijd in scherven uiteenviel, als de handspiegel van de boze koningin. Sindsdien is alleen het tegendeel nog waar. Iedereen wijst naar de beelden van de juichende en zwaaiende mensenmassa's die langs de straten stonden om de Führer welkom te heten. Maar ook dat klopt op een of andere manier niet helemaal. En dat is dus het probleem met de waarheid. De hele waarheid wordt, zoals de naam al zegt, door alle betrokkenen samen gekend. Daarom krijg je haar naderhand nooit meer goed compleet. Want van degenen die er een stukje van hebben bezeten zijn er natuurlijk altijd al een paar dood. Of ze liegen, of ze hebben een slecht geheugen.

Dat was ook in Dunkelblum het geval. En er was nog een reden waarom, nadat Josef Graun op zesendertigjarige leeftijd dood in het bos was aangetroffen, niemand iets zei, en wel helemaal nergens over. Een heel erg goede reden waarom er voor het Dunkelblum na de oorlog, anders dan voor Oostenrijk in het jaar van de Anschluss, geen andere varianten denkbaar zijn. Horka, op wie alles wees – in elk geval wat de moord op Josef Graun betrof, maar ook veel andere dingen –, Horka, die nooit een ideoloog, planner, bevelvoerder of organisator was geweest, maar slechts ijverig uitvoerder en bloeddorstig executeur van willekeurig welk schandelijk bevel – een sadist, een knokker en een wellustig moordenaar –, die Horka was inmiddels bepaald geen simpele dagloner uit Zwick meer. Ook luisterde hij niet langer naar de bevelen van Ferbenz of Neulag. Horka was op dat moment, hoe ongelooflijk dat ook mag klinken, met goedkeuring en in opdracht van de Sovjetbezetter hoofd van de Dunkelblumse politieafdeling. En diezelfde Horka hadden weduwe Graun en anderen ten overstaan van de opsporingsambtenaren uit Wenen moeten beschuldigen? Die opsporingsambtenaren vertrokken op een gegeven moment weer, maar alle anderen bleven.

Zoals water stroomt waar het nu eenmaal kan, wijdde Vroni Graun zich daarom aan de nagedachtenis aan haar Josef. Volgens haar was hij een goede nazi geweest, omdat hij het belangrijk had gevonden dat zijn arbeiders te eten hadden. Dat hij de ambitie had gehad om met de voortgang van zijn segment van de muur op kop te liggen – beter gezegd: een nog betere nazi te zijn –, wist ze niet en dat zou voor haar ook niets hebben veranderd. Met zijn aangifte tegen de levensmiddelendieven had hij zichzelf in groot gevaar gebracht. En dat beweerde niet alleen Vroni, dat stond zelfs zwart-op-wit. In een brief had Neulag zijn voornemen aangekondigd om Graun standrechtelijk te laten executeren, en toen de oorlog voorbij was werd die brief gevonden en die leidde ertoe dat Josef al na enkele weken werd vrijgelaten, terwijl iemand als Ferbenz, de trots van Dunkelblum, werd veroordeeld en tweeënhalf jaar moest zitten.

Veronika Graun deed wat het meest voor de hand lag. Opdat Josef Graun, die onherkenbaar verbrand in het bos was gevonden en alleen op grond van zijn laarzen, zijn geweer en de resten van zijn hond geïdentificeerd kon worden, zijn reputatie van goede, door zorgen om de muurarbeiders gedreven man kon behouden – hij was haast een verzetsstrijder te noemen –, was ze bereid om over veel dingen te zwijgen. Ze stemde in met het bulderende Dunkelblumse zwijgen.

Los daarvan voerde ze een overlevingsstrijd. En die strijd vergde alles van haar. Binnen korte tijd bekwaamde ze zich in de wijnbouw, leerde zichzelf autorijden (ze kocht een ambtenaar om voor haar rijbewijs), ontdekte waar je de beste seizoenarbeiders vandaan haalde, maakte fouten – o ja, natuurlijk maakte ze zelfs grote fouten –, maar wist die meestal weer snel recht te zetten. Ze leende geld, overal, en leerde hoe ze met de rijke boeren moest praten: half koket, half hartverscheurend. De boerinnen haatten haar, ook omdat ze als vrouw het lef had om het bedrijf in haar eentje voort te zetten. Inmiddels waren al die boeren en hun vrouwen dood. In de eerste jaren jatte ze zelfs hier en daar. Maar alleen als het echt niet anders ging. Dan kleedde ze zich mooi aan en vertrok naar Graz of nog verder, waar ze mannen ontmoette van wie ze op het juiste moment de portemonnee ontvreemdde. Op dat moment waren die mannen al stomdronken.

Toen de economie langzaam weer aantrok, werd ze kredietexpert. Ze rekende en vergeleek. Ze kwam die eerste jaren maar weinig aan slapen toe. Ze hield zichzelf wakker met wijn en sterkedrank. Gecontroleerd en op het juiste moment ingezet functioneerde dat een hele tijd prima. Als het kind viel, riep ze: Sta op! Als het huilde, riep ze: Stel je niet aan! Toen de jongen vertelde dat hij op school werd geslagen, zei ze dat hij onmiddellijk moest ophouden met zijn eeuwige gejammer. Hij moest altijd de eerste zijn die sloeg, dan zou het hem vanzelf niet meer overkomen.

Toen op een dag – het kind was op school – zijn muziekdocente bij haar langskwam om haar te vragen of ze hem vioolles mocht geven, ging ze vrijwel meteen akkoord. In die jaren deed je wat de leraren zeiden. Ze hoefde er ook helemaal niets voor te betalen; de zoon van haar zo deerlijk gemiste man kreeg een subsidie voor getalenteerde kinderen.

Dat hij helemaal niet meer wilde stoppen met vioolspelen verbaasde haar. Ze gaf hem te verstaan dat het bedrijf voorging. Als hij daarnaast nog tijd overhad om te fiedelen, was dat zijn eigen zaak. Toen hij klaar was met school liet ze hem zijn hobby nog een tijdlang voortzetten. Hij werkte op de boerderij, hij was zwijgzaam, zijn haar was te lang, maar afgezien daarvan zorgde hij ervoor dat ze hem niets kon verwijten. Om te oefenen ging hij ergens anders heen, ze hoorde hem maar zelden spelen. Ze realiseerde zich dat deze strijd moeilijker zou worden dan ze had verwacht. En dat ze die alleen met slimheid kon winnen, niet met geweld. Een paar keer was hij een hele dag verdwenen, en toen ze hem ernaar vroeg mompelde hij iets over een nieuwe leraar zoeken. Hij gaf nu al veel te veel geld aan die onzin uit, kennelijk ging alles wat hij had naar zijn Kirschensteinse leraren.

Ze hoorde dat hij weleens met een meisje uit Kalsching werd gezien. Onder het voorwendsel dat de stroom op de boerderij was uitgevallen ging ze op een zaterdagavond naar Café Posauner, waar de jongeren destijds zaten, om haar zoon op te halen. Ze stuurde hem naar huis, maar ging zelf nog even bij dat meisje aan tafel zitten. Het meisje keek ongemakkelijk. Zodra haar zoon de deur uit was, vroeg ze haar of ze van plan was om als vrouw van een armlastige muzikant naar Wenen of zelfs naar het buitenland te gaan. Het meisje, bijna een kind nog, schudde verlegen haar hoofd. Laat me weten wanneer hij zijn eerste grote optreden heeft, zei de oude mevrouw Graun, en ik beloof je dat ik het hem nooit zal vertellen.

En uitgerekend die dag was vroeg in de ochtend eerst de tractor kapot, die moest gerepareerd worden. Vervolgens werd het brandhout geleverd en – o, wat dom zeg – zo op de oprit gekieperd dat niemand er meer langs kon. Met zijn brommer zou het hem nog wel gelukt zijn, maar dat dat zo niet kon blijven liggen stond buiten kijf. De oude mevrouw Graun, met haar onvermijdelijke peuk in haar mondhoek, keek in alle rust naar de puinhoop. Wat zijn er toch ook een idioten op de wereld, zei ze tegen haar verbouwereerde zoon, maar nu je de boel toch aan het opruimen bent, kun je net zo goed meteen doorgaan met hakken.

Alsof hij het verraad had aangevoeld bleef hij de bruiloft met het uiterst onmuzikale meisje maar uitstellen. Een paar jaar lang leek hij als verdoofd. Plotseling zat hij niet meer bij de jongeren, maar aan de stamtafel bij Ferbenz, waar de oude mevrouw Graun bepaald niet blij mee was. Ferbenz, Neulag of Horka, dat was één pot nat, ze verafschuwde hen allemaal. Maar haar zoon was gebleven; hij was niet, zoals veel andere jongens, op een dag gewoon uit Dunkelblum verdwenen. En eindelijk trouwde hij ook nog met Karin uit Kalsching, die dan wel niet het scherpste potlood uit de doos was, maar op wie je wel kon bouwen.

Eindelijk viel de spanning van de overlevingsstrijd van de oude mevrouw Graun af, en ze begon nog meer te drinken, nog veel, veel meer, even systematisch als ze financieringsmodellen doorrekende. Haar eens mooie gezicht was allang verwoest. De kleine Lowetz, de zoon van Eszter van over de grens, was niet het eerste en ook niet het laatste Dunkelblumse kind dat dacht dat de oude mevrouw Graun model had gestaan voor de griezelige bedelares op de pestzuil. De Dunkelblumse kinderen leerden al vroeg om heel goed te kijken. Dat leerden ze beter dan spreken. En daarom waren er steeds opnieuw kinderen die de overeenkomst opmerkten: het uitgemergelde gezicht, de als vastgevroren wanhoop. Maar dat viel alleen de kinderen op. Zodra ze volwassen waren leken ze het niet meer te zien.

9

Wanneer de oorlog in Dunkelblum was afgelopen wisten de ouden van dagen die het zich nog konden herinneren niet zo precies, omdat het er niet toe deed. Je kon nalezen dat op Witte Donderdag, op 29 maart 1945, het Rode Leger onder bevel van maarschalk Fjodor Tolboechin in het Burgenland de grens tussen Hongarije en het Duitse Rijk overstak. De op rivieren van bloed gebouwde Südostwall, die laatste hoogdravende Führerbunkerfantasie, vormde nauwelijks een belemmering. Diezelfde dag nog namen de Russen Dunkelblum in, om er twee dagen later verrassend genoeg nog een keer uit te vliegen (dronken van triomf brulden Graun en Horka de afdruipende tanks na) en zich in die eerste, sombere aprildagen in een dagenlange strijd weer naar binnen te vechten; er werden aanzienlijke verliezen geleden, aan beide kanten en, om precies te zijn, ook aan een derde kant, aangezien er meer dan twintig burgers stierven – onder wie de grootmoeder van de kleine Fritz Kalmar, die bij dezelfde gelegenheid een granaatsplinter in zijn hoofd kreeg. Van witte vlaggen kon ook deze keer geen sprake zijn; er werd gevochten tot het voorbij was. Vervolgens trok dat wat over was van de reguliere verdedigingstroepen zich terug en vluchtte naar het westen, hoofdzakelijk piepjonge Hollandse en oudere Duitse ss'ers. De zogenaamde Volkssturm, bestaande uit jongeren uit de regio en oude of invalide mannen, gaf zich over. De Russen vestigden hun hoofdkwartier in Hotel Tüffer, waar ze werden bediend door Resi en haar eenarmige man.

Niemand had hen gevraagd te komen. Diegenen die nu kwamen en van wie er in elk huis een paar gedwongen werden ingekwartierd – alle scholen, de pastorie, de villa van de Rosmarins en de beide grafelijke pachtboerderijen namen ze in beslag –, dat waren diegenen over wie men zeven jaar lang alleen maar te horen had gekregen dat ze ongedierte waren, üntermenschen, het Joods-bolsjewistische schuim der aarde. Anders dan de bezetters in het westen van het land deelden ze geen kauwgum en Cadburyrepen uit, maar trokken ze de mensen hun horloge van de pols. Niemand was vrolijk. Niemand zwaaide en heette ze welkom. De Dunkelblumers maakten zich klein en gingen door, probeerden aan de nieuwe aanblik, de klank van de taal en de nieuwe regels te wennen. Alles was in beweging, zo ook de regels. In Kirschenstein wilde een Russische gardemajoor zijn verjaardag vieren en stuurde zijn mannen de stad door. Per huishouden moesten ze een liter wijn, twee kilo meel en twee eieren 'inzamelen'. De actie werd weliswaar afgebroken nadat de burgemeester van Kirschenstein stoutmoedig bij de commandant was gaan klagen, en de inzamelaars en hun opdrachtgevers werden bestraft, maar in de wijde omgeving diende dit verhaal nog lange tijd als voorbeeld voor wat er allemaal mogelijk was *alleen omdat een Rus zijn verjaardag viert.*

De wereld stond op z'n kop en moest evengoed doordraaien. De bezetters namen al het hout in beslag dat ze konden vinden, waarvan ze in razend tempo barakken bouwden. Soms waren er veel meer soldaten in de omgeving gestationeerd dan Dunkelblum inwoners had. Ze hadden onderdak nodig. Geen plank was veilig voor hen; de Dunkelblumse hooischuren en bergingen verdwenen stuk voor stuk, en zelfs uit de ruïne van het slot sleepten ze elke balk en elk stukje parket dat niet volledig verkoold was. Zo comprimeerden deze eerste weken zich tot een grauw geheel van nooddruft, angst en overlevingsstrijd, dat achteraf moeilijk overzien of ontcijferd kon worden.

Maar één bepaalde dag uit die tijd konden de Dunkelblumse ouden van dagen zich nog heugen – een dag die als een schuttingpaal even diep in het geheugen was geramd als dat andere moment, de avond voor Palmzondag, toen in het slot dat bruisende feest werd gevierd, vlak voor de ondergang. Eigenlijk hadden ze het slot net zo goed diezelfde nacht in brand kunnen steken, toen de laatste gast was vertrokken.

Die tweede onvergetelijke dag was de zomerdag waarop Horka terugkwam. In de tussentijd was hij net zo van de aardbodem verdwenen geweest als Neulag, Ferbenz en al die andere ferme aanvoerders. Met de dag van zijn terugkeer begon de naoorlogse tijd vorm te krijgen, die de weken daarvoor een onoverzichtelijke chaos was geweest. En met een zeker recht van spreken waren de Dunkelblumers van mening dat er weinig verschil was tussen ervoor en erna. Ze hadden het moeilijk, het werd hun moeilijk gemaakt, alsof het leven aan de grens nog niet zwaar genoeg was. *Je wilt natuurlijk nergens in verzeild raken, na alles wat je al hebt meegemaakt...*

Horka kwam weer opdagen; niet deemoedig of vermagerd en geketend als de krijgsgevangenen in de Romeinse triomftochten, maar in een schoon uniform, rokend, lachend en zichzelf en de vreemde bezetters op de schouder kloppend. Het leek alsof hij altijd al hun beste vriend was geweest; een betere zelfs dan die eenarmige Reschen, van wie je je natuurlijk ook kon afvragen wat hij eigenlijk in die ongelikte kerels uit het oosten zag.

Maar hoe was het zo ver gekomen? Niemand wist het precies. Horka was samen met de laatste ss'ers naar het westen gevlucht. Ze waren van plan geweest om zich zo snel mogelijk aan te sluiten bij de eenheden die nog vochten. Maar bij de eerste de beste gelegenheid verdween Horka, door op een onbewaakt moment zijwaarts het struikgewas in te duiken, de bossen in. Later, heel veel later, werd er gezegd dat hij onderweg een slecht begraven dwangarbeider had uitgegraven en zijn kleren had geruild met het lijk. Het waarheidsgehalte van dit verhaal valt niet meer te achterhalen. Misschien kwam het voort uit zijn eigen opschepperij, maar het is waarschijnlijker dat het zo lang heeft standgehouden omdat het het wrede aan Horka zo raak beschrijft. Horka was tot alles in staat, met zijn blote handen. *Pas maar op, als je niet lief bent komt Horka.*

Wat vaststaat is dat hij zich uit de voeten maakte, ver weg, naar het westen, waar niemand hem meer kende, naar Salzburg of Tirol, en papieren regelde die hem als vervolgde van het naziregime identificeerden. Met die papieren kwam hij terug, hij kreeg een schoon uniform en werd benoemd tot hoofd van politie. Omdat hij de omgeving goed kende, hielp hij mee bij het oppakken van mensen die volgens de Sovjets misdadigers waren, bijvoorbeeld personen die verdacht werden van oorlogsmisdaden tegen soldaten van het Rode Leger, krijgsgevangenen of dwangarbeiders, maar ook de zogenaamde Weerwolven: standvastige, stiekeme nazi's die sabotageacties uitvoerden en terreuraanslagen op de geallieerden beraamden. In de meeste gevallen luidde de aanklacht spionage of illegaal wapenbezit; dat laatste was een delict waaraan, al helemaal hier op het platteland, bijna iedereen zich wel schuldig maakte. Wie in de oorlog Hongaarse Joden had doodgeschoten, doodgeslagen of doodgemarteld viel daar in elk geval niet onder. Dat ontdekte Horka al snel. Het lot van een paar willekeurige Joden op Duits of Oostenrijks grondgebied interesseerde de Sovjets niet, tenzij het om Sovjetburgers ging. In dat opzicht was de Sovjetsector een betere plek voor iemand als Horka dan een van de moralistischere westerse sectoren.

De bezetters straften vooral hard als je je niet aan hun regels hield. Het ging hun alleen om zichzelf en hun eigen mensen. In Löwingen was een jongeman zo onverstandig om de zoon van de Sovjetcommandant drie oorvijgen te geven, waarop hij voor zes jaar naar Kolyma verdween. Twee jaar per oorvijg. Daar had Horka in elk geval niets mee te maken.

Wat hij in Dunkelblum uitspookte was ook wel genoeg. Hij speelde zijn Russische vrienden namen door, waarna de betreffende personen werden opgepakt. Aanvankelijk noemde hij ook namen van mensen die hem alleen maar irriteerden, of die na zijn terugkeer iets tegen hem hadden gezegd wat hem niet zinde, dingen als: *Jij durft.* Die eerste weken en maanden, toen de bezetter hypernerveus was en vreesde voor verzet, sabotage en aanslagen, was dat kinderspel. Ze vertrouwden op hun plaatselijke contactpersonen, in dit geval dus Horka. Er werden wat Dunkelblumers opgepakt. Geen van hen belandde, zoals dat elders gebeurde, in de goelag, maar het was erg genoeg om een paar weken lang niet te weten waar ze waren en waarvan ze werden beschuldigd. Horka stelde voorbeelden, hij metselde aan zijn schrikbewind. Daarna hoefde hij maar te dreigen – en ten slotte alleen nog maar zijn wenkbrauw op te trekken – en de kalkoenen en spekzwoerden, de aardappelen, eieren, het meel en de marmelade kwamen vanzelf naar hem toe, alsof ze pootjes hadden.

Zo ging het een paar jaar door. Allengs ontspande de situatie, een groot deel van de vreemde soldaten vertrok naar huis. De nieuwe Oostenrijkse instituties en autoriteiten namen stukje bij beetje hun werk op, kregen steeds meer zeggenschap, en op een dag werd Horka, begin veertig nog maar, met pensioen gestuurd. Het kwam onverwacht, en zo abrupt dat werd aangenomen dat zijn geschiedenis er iets mee te maken had gehad. Ergens was iets doorgesijpeld. Wie daartoe opdracht had gegeven, wie hem had afgeserveerd, zou nooit bekend worden. Het moest van bovenaf zijn gekomen, en van ver.

Maar goed: pensioen betekende inkomsten. Hij was zijn positie dan wel kwijt, maar de overheid zorgde voor hem. Degene die op de aflossingsknop had gedrukt wilde kennelijk geen schandaal. Horka en zijn gezin sloegen zich erdoorheen, zo goed en zo kwaad als het ging.

Dat ging niet helemaal zonder slag of stoot, want hij kon er maar moeilijk aan wennen dat hij geen macht meer had.

Op een keer duwde een man een kar met leer en vachten door de Tempelgasse. Horka kwam naar buiten en vroeg hem of hij niet bang was dat zijn mooie leer van hem werd gestolen. Wie moet het van me stelen dan, antwoordde de man, er zijn toch helemaal geen zigeuners meer, en überhaupt geen vreemdelingen? Horka sloeg de man stevig op zijn schouder en lachte. Je hebt helemaal gelijk, riep hij lachend, dat je zo'n groot vertrouwen in je eigen mensen hebt!

Maar niet veel later, toen de schemering was ingevallen, werd de man van achteren overvallen, neergeslagen en van zijn leer beroofd. Hij meende kort voor de klap Horka's gedrongen silhouet te hebben herkend, maar hij weigerde aangifte te doen of anderszins actie te ondernemen. Hij liet zich door zijn vrouw beschimpen om zijn domheid, verbeet zich en werkte lang en hard om het zware financiële verlies te compenseren. En nooit meer duwde hij zijn waren open en bloot door de Tempelgasse.

Het verhaal gaat ook dat Horka soms een van zijn magere, angstige dochters eropuit stuurde, met een briefje waarop stond dat hij, Horka, dringend een bepaald bedrag nodig had – diezelfde avond nog, geen uitstel mogelijk. De mensen die zo'n briefje overhandigd kregen gehoorzaamden direct, ook al wisten ze dat ze het geld nooit zouden terugzien. Sommigen zuchtten en prezen zichzelf gelukkig dat het niet meer was. Maar ook nu weer verzette niemand zich. Niemand wilde uitproberen wat er zou gebeuren als het meisje zonder het gewenste bedrag terugkeerde naar Tempelgasse 4. Iedereen wist wat die kinderen te verduren hadden, evenals de vrouw. Op zich kon dat de Dunkelblumers weinig schelen, maar nadat hij zijn woede op zijn gezin had botgevierd zou hij zijn huis uit zijn gekomen, Horka, als een wild dier uit zijn hol, dat hij verder amper nog verliet. Hij zat de hele tijd binnen, rokend en zuipend. Soms pakte hij zijn geweer en ging hij de bossen in om te stropen. Zo restrictief en hysterisch de Russen bij alle anderen waren, als hoofd van politie had hij al een wapenvergunning gehad, en die zou hij nooit meer kwijtraken. Hij schoot in de bossen op andermans wild, hij pikte geld van de mensen en soms ook simpelweg een gevulde boodschappentas, thuis mishandelde hij zijn vrouw en kinderen dusdanig dat de hele straat het kon horen. Maar wat kon je eraan doen? Zo was het nu eenmaal. *Als je niet lief bent komt Horka.* De Dunkelblumers maakten zich klein en hoopten dat het hen niet zou treffen, of in elk geval niet zo hard.

Nog vijf jaar later vertrokken de Russen en was Oostenrijk weer een vrij land. Dat veranderde niets. Horka was Horka, hij kon van het ene op het andere moment gewelddadig worden, en hij beschikte over middelen waarmee hij een stad zwijgend zijn terreur kon laten ondergaan. Waren het slechts dreigementen of berustten ze op informatie? Kwam het een voort uit het ander?

Pas twintig jaar na het einde van de oorlog, vijftien jaar nadat hij met pensioen was gegaan, kwam er een eind aan wat sommigen later eufemistisch de *Horkanachtmerrie* noemden. Er speelden verschillende factoren mee. Ten eerste werd Horka ouder, en het was al eens gebeurd dat een groep jongeren op straat niet meer voor hem aan de kant ging, maar hem juist dwong om aan de kant te gaan. Bovendien had Horka's hoofd ernstig te lijden gehad onder tientallen jaren drankmisbruik. Misschien had hij zich zelfs naar een vorm van dementie gezopen, want hij werd enerzijds vergeetachtig, anderzijds juist loslippig over onderwerpen waarbij dat minder verstandig was. Zijn agressieve buien werden nog grilliger en onvoorspelbaarder, als dat al mogelijk was. De jongelui die op straat geen plaats meer voor hem maakten riep hij iets na over jerrycans benzine die hij in het bos over hen zou leeggieten, zoals hij dat ook al bij anderen had gedaan. En zijn jongste dochter – lelijk als de nacht en al vanaf haar geboorte een simpele ziel – vertelde in een slagerij vol klanten dat haar vader een goede jager was: hij schoot op reeën, herten, zwijnen en Joden. Ze wist kennelijk niet wat ze zei. De hand van de slagersvrouw verstarde even in de lucht. Ze overhandigde het betreurenswaardige meisje het pakketje met het vette, goedkope *Beinfleisch* en zei vriendelijk en elke klinker afzonderlijk beklemtonend: wíííilde zwíjnen, liefje, je bedoelt, hij schiet op wíííilde zwíjnen en róóód wíííld.

Uiteindelijk had Horka zijn hand overspeeld. Eerst had hij last van de muziek op een bruiloft in Hotel Tüffer, pakte zijn geweer, werkte zich tussen de bruiloftsgasten door naar binnen, stampte als Repelsteeltje op de grond en schoot een paar keer naar het plafond. Opzouten, zootje tuig, stelletje smeerlappen! schreeuwde hij, en de bruiloftsgasten kozen het hazenpad, evenals de serveersters van mevrouw Resi Reschen.

Daarna sloeg hij zijn vrouw nog vaker dan ze toch al jaren gewend was, ze kroop bloedend over straat, klopte ergens aan, en nu kon het niet anders meer: de gendarmerie moest erbij gehaald worden. Er volgde een onderzoek, er waren verhoren en getuigenverklaringen, maar de volgende dag trok de vrouw haar aangifte, waarmee ze, omringd door geschrokken buren en de geruststellend mompelende dokter Sterkowitz, eerst nog dapper knikkend akkoord was gegaan, toch liever weer in.

Maar deze keer werd erover gepraat, vermoedelijk zelfs tot in Graz, waar Alois Ferbenz sinds zijn vrijlating een goedlopende herenmodezaak bestierde en een respectabel burger was geworden. Tot dan toe was hij alleen naar Dunkelblum teruggekeerd als er met de familie iets te vieren viel. Deze keer kwam hij kennelijk zonder verplichtingen, en hij wandelde door de stad als de rijke oom uit Amerika, die eindelijk tijd heeft gevonden om de grote plas over te steken en naar huis te komen. Hij vereerde de burgemeester (destijds ene Bastl Csarer, over wie niet veel meer bekend is) met een bezoek, en heel toevallig was daar een verslaggever van de lokale redactie bij, die foto's maakte. Ook werd Ferbenz met een bezorgd gezicht voor het nogal bouwvallige stationsgebouw gefotografeerd. Terloops liet hij vallen dat er door middel van de juiste connecties investeringen binnengehaald konden worden, zowel op regionaal niveau als op deelstaatniveau. Hij lunchte in Hotel Tüffer (de kogelgaten in het plafond waren inmiddels dichtgesmeerd en overgeschilderd), kuste de hand van een blozende Resi Reschen en dronk koffie in het relatief nieuwe Café Posauner. Hij prees de notenstrudel en de *Somlauer Nockerl*, een specialiteit van Gitta, hoewel ze uit Stiermarken afkomstig was. Overal kwamen Dunkelblumers naar zijn tafel, overal schudde hij handen, overal ontmoette hij stralende gezichten – voor de mensen hier was de zo vriendelijke, gedecideerde en goedgeklede doctor Alois een man van de wereld. En aan het eind van die lange en glorieuze dag liet hij nog een andere opmerking vallen, hier en daar en met gedempte stem: dat hij 's avonds, voor zijn vertrek, nog een bezoekje zou afleggen – nee, makkelijk was het niet, maar het moest nu eenmaal echt gebeuren.

10

Een week later was Horka verdwenen. Het zou niet meteen zijn opgevallen als zijn vrouw en dochters het huis niet aan het uitruimen waren geweest. De ramen en deuren stonden voor het eerst wijd open, de vergeelde, doorrookte gordijnen werden van de rails gehaald en je zag, en daar verbaasden de jongere Dunkelblumers zich nog het meest over, kruidenier Antal Grün met een duimstok het pand in en weer uit gaan. Daarna bleef hij lang voor het huis staan peinzen, in zijn blauwe stofjas. De Horkavrouwen droegen met neergeslagen blik hun onvoorstelbare puinzooi in manden en plastic tassen naar buiten en laadden alles op een kar. Antal Grün en zijn moeder doekten hun eenkamerwinkeltje bij de Kalmars op, en het vrolijke zoontje van de familie Lowetz, die tot dat moment hun buren waren geweest, hielp mee met de verhuizing. Toen ze met elkaar de door de Horka's verlaten vertrekken overschilderden – witten, zoals men dat ook wel noemt – vroeg het knaapje ineens waarom die boze Horka zo boos was dat hij nu weg had gemoeten. Antal Grün legde de kwast neer en dacht na.

Daar is eigenlijk geen reden voor, zei hij ten slotte, die was altijd al zo nijdig als een kruisspin waar de witkwast overheen gaat. De kleine Lowetz hoorde die mooie uitdrukking voor het eerst en hij onthield haar goed, maar hij begreep niet wat oom Grün hem daarmee wilde zeggen.

Daarvoor was hij nog te jong, en het zou ook te verontrustend zijn geweest.

Niet veel later ging men ook nog eens van start met een omvangrijke verbouwing van het oude huis van Ferbenz. Het was lang onbewoond geweest, en Zierbusch, de bouwmeester, straalde van trots. Hier kon hij eindelijk zijn talenten weer eens ontplooien. Doctor Alois spaarde namelijk kosten noch moeite bij zijn terugkeer. Er werd een steiger opgebouwd, het stucwerk van de gevel werd gerestaureerd, raamdelen werden uit de kozijnen gehaald en zorgvuldig opgeschuurd. Maar op de begane grond, daar waar Ferbenz' vader vroeger schoenen en laarzen besloeg en verzoolde, werden deuren en ramen eruit gesloopt. Een vrachtwagen met ingebouwde hijskraan laadde een rechthoekige stalen draagbalk af. En zo ontstond in het oude centrum van Dunkelblum de eerste etalage, waarboven in sierlijke, wijnrode letters, aan één stuk uit blik geslagen, stond geschreven: MODEHUIS ROSALIE. Dat was de voornaam van de vrouw van Ferbenz, en later kwamen er weleens onbekenden naar het stadje die zich erover verwonderden dat je bij ROSALIE uitsluitend herenmode kon krijgen: sokken, overhemden, pantalons, colberts. Maar zoals zoveel andere dingen vonden de Dunkelblumers dat doodgewoon – het was wat ze kenden en wat ze gewend waren.

Een grafkelder, doceerde bouwmeester Zierbusch aan de stamtafel tijdens het zondagse Frühschoppen, was ook maar gewoon een bouwwerk – iets wat de grafelijke gravenbouwers in lang vervlogen tijden helaas niet hadden begrepen. Ze dachten dat een grafkelder niets meer was dan een beter, een mooier graf, en daarom stelden ze er niet bij benadering dezelfde eisen aan als aan bijvoorbeeld een wijnkelder.

De tweeling Heurafﬂ bulkte van onbegrip. Hoezo moest een grafkelder beter worden gebouwd dan een wijnkelder?

Wat een stelletje sukkels zijn jullie toch ook, zei Zierbusch goedhartig, terwijl hij bij Resi nog een rondje voor de hele zaak bestelde: Niet beter, maar gewoon even goed! Als ze de grafkelder destijds zo hadden gebouwd als jullie opa's de wijnkelders, was er nu geen enkel probleem geweest. De wijnboeren, vervolgde hij, lag dat wat ze in hun kelders hadden opgeslagen na aan het hart; ze beminden, koesterden en waardeerden het. Maar de doden wilde men juist vergeten, dat was toentertijd ook niet anders geweest dan tegenwoordig.

En hij begon aan een breedsprakig relaas over poreus geworden cement, grond- en regenwater, schimmel, gecompliceerde manieren om horizontale lagen folie en drainagesystemen in te bouwen, die noodzakelijk waren om te voorkomen dat de grafkelder van de Dunkelblumse graven op een dag als een kaartenhuis zou instorten. Dan zouden alle oeroude, rijkelijk versierde stenen en metalen zerken die daar in rijen stonden opgesteld, van oud naar nieuw en voorzien van bordjes met uitleg, worden bedolven.

Niemand luisterde nog naar hem. Aan de stamtafel praatte iedereen door elkaar, behalve wanneer doctor Alois zijn ijle, maar dwingende stemmetje verhief. Dan vielen ze stil. Bouwmeester Zierbusch was er als enige van overtuigd dat hij evenveel recht van spreken had als doctor Alois, want net als hij had hij een universitaire graad en hij verbouwde 's mans huis, en om die twee redenen vond hij zichzelf belangrijk. Doctor Alois Ferbenz zat er meestal alleen maar bij te luisteren. Soms stelde hij vragen, maar hij liet vooral de andere mannen aan het woord. Op die manier informeerde hij zichzelf onopvallend over de jaren die hij afwezig was geweest, als een spons zoog hij alles op wat hij over vetes en vriendschappen, over oude ruzies en nieuwe antipathieën aan de weet kon komen. Hij moest nog wel het een en ander bij elkaar zien te rijmen: wiens dochter met wie getrouwd was, wie welke akker of welk bosperceel had geërfd of verkocht, wie er failliet was gegaan en wie er was vertrokken. Het was hem allang duidelijk dat de bouwmeester met al zijn gepraat over de vochtige grafkelder op een vervolgopdracht uit was, even royaal als de klus die hij op dat moment voor hem deed, met al het dure buitenstucwerk en de moderne, bouwkundig complexe etalage. Het huis van zijn oervaderen – Ferbenz noemde zijn voorouders van kleine, bolhoofdige leerlooiers, zadelmakers en schoenmakers daadwerkelijk oervaderen – moest *in nieuwe luister* stralen. Ook was Ferbenz lid geworden van de schutterij, de spaarbankvereniging en de vereniging voor vreemdelingenverkeer. Wat de veteranenbond betrof twijfelde hij nog, maar natuurlijk verwachtten zijn strijdmakkers dat van hem. Ook daarvan zou hij lid worden, natuurlijk, maar hij wilde liever nog even wachten tot niet meer alle ogen op hem gericht waren. Er was al een onvriendelijk krantenartikel verschenen, in zo'n communistenkrantje dat Resi Reschen sindsdien niet meer had liggen. Dat waardeerde hij zeer en hij overlaadde Resi met complimenten. Niet daarvoor – hij deed alsof hij het ranzige blaadje helemaal niet had gezien –, maar voor al het andere. Ze had de touwtjes van het bedrijf stevig in handen. Geen mens had haar er destijds toe in staat geacht toen ze het hotel had moeten overnemen, het arme mens, van de ene op de andere dag.

Een hele prestatie, ze hadden haar er mooi ingeluisd, dag en nacht was ze ermee bezig, al bijna dertig jaar kwam ze de zaak daadwerkelijk haast niet uit. En door al die misère van oorlog en bezetting... Hij zei serieus misère tegen Resi, die aandachtig knikte. Doctor Alois praat altijd zo mooi, dat zei ze graag tegen anderen.

Als de voorouders lekken zal de graaf zich van zijn gulste kant tonen, vertelde bouwmeester Zierbusch, en van genoegen sloeg hij op de tafel; dat had hij letterlijk zo tegen hem gezegd. En hij, Zierbusch, had dan ook niet geweten waarom hij zijne doorluchtigheid tot in detail zou moeten informeren. Om van te smullen, toch: De voorouders lekken!

Zierbusch' blik viel op Ferbenz en hij stopte met lachen: Loiserl, vind je dat ik dat niet had moeten doen? Ik dacht alleen, als hij liever voor de doden betaalt dan voor het muurwerk eromheen, dan laat ik hem maar in de waan. Het moet hoe dan ook gedaan worden!

Ferbenz glimlachte, maar zijn ogen deden niet mee, en hij stak zijn hand op in een geruststellend gebaar, ten teken dat alles oké was. Maar slechts een paar dagen later liepen de twee elkaar tegen het lijf. Het was vroeg in de middag, en de bar van Hotel Tüffer was leeg. Zierbusch wilde net gaan, Ferbenz kwam binnen. Haastig kwam Resi de keuken uit, die het, waar ze zich ook bevond, rook zodra er iemand binnenkwam die belangrijker was. Ferbenz knipoogde naar haar. Ze maakte een haastig kniksje en verdween weer door de zwaaideur, zo vlug alsof ze er nooit was geweest.

Met zijn zachte en welluidende stem liet Ferbenz de bouwmeester weten dat hij het in de toekomst graag vooraf wilde weten als er grotere bouwprojecten werden gepland. Zoals hij van alles op de hoogte gebracht wilde worden wat de hele stad aanging. Zie je, mijn vriend, zei Ferbenz met een haaiachtig glimlachje, er zijn hier immers zoveel dingen om in de gaten te houden, zowel op regionaal niveau als op deelstaatniveau, en daarvoor zijn connecties en expertise nodig. Gelukkig kan ik zeggen dat ik over beide beschik.

Zierbusch wilde het niet meteen begrijpen. Maar Loiserl, vroeg hij verbluft, bedoel je dat ik jou om toestemming moet vragen voordat ik een opdracht aanneem?

Ferbenz deed alsof hij gekrenkt was. Nonsens, riep hij uit, wie heeft het over toestemming? Het gaat erom dat we onze kennis gebroederlijk delen, dat wat ons allemaal aangaat, omdat het ons mooie stadje baat.

Hij zei daadwerkelijk 'baat', terwijl hij zijn arm om Zierbusch' schouders sloeg en hem richting uitgang duwde. We steunen elkaar, we sluiten de rijen, we marcheren naar de nieuwe pracht van ons vaderland, kwinkeleerde Ferbenz onderweg naar buiten, en ook nog toen ze over de Hauptplatz liepen, tot vlak onder de pestzuil, en Zierbusch knikte bedremmeld. Maar bovenal hebben we geen geheimen voor elkaar! Zeg eens, hoe oud ben je eigenlijk precies?

Daarmee leek hij abrupt van onderwerp te veranderen, wat natuurlijk niet zo was. Voordat Zierbusch kon antwoorden praatte hij al verder: Zeg, lieve Zierbusch, je ziet er zoveel jonger uit, jaloersmakend, je bent echt goed geconserveerd, compliment, compliment, maar in werkelijkheid ben je toch zelfs nog een beetje ouder dan de Heuraffls, en even oud als Berneck en gelapte Schurl, toch? En je hebt als enige niet in de bak gezeten destijds, kort erna? Dan heb je kennelijk heel veel geluk gehad, ja ja, de een wordt door het lot verheven, de ander richting hel geslingerd...

Hij liet Zierbusch los alsof hij hem wilde laten gaan. Maar toen hij zijn hand naar hem uitstrekte voor een laatste vriendschappelijke handdruk schoot hem nog iets te binnen. Terwijl ze elkaar midden op de Hauptplatz in de zomerzon een hand gaven, goed zichtbaar van alle kanten, maar zo ver weg dat niemand anders het had kunnen horen, zei Ferbenz op zachte toon en in dialect, dat hij anders nooit gebruikte: En je stopt per direct met dat ge-*Loiserl* van je, begrepen, daar ben ik namelijk helemaal niet van gediend.

Maar hij zei het zo enthousiast en schalks glimlachend dat als iemand de scène vanuit de verte had gadegeslagen, diegene ervan overtuigd zou zijn geweest dat hier twee ereburgers stonden, de beste vrienden van Dunkelblum, die maar moeilijk afscheid van elkaar konden nemen.

Vanaf dat moment kwam bouwmeester Zierbusch in zichzelf gekeerd over en voerde hij de noodzakelijke telefoongesprekken met zijn opdrachtgever, de in Zwitserland gevestigde graaf, stukken minder enthousiast dan voorheen. Afgezien van hem werd heel Dunkelblum gegrepen door vreugdevolle opwinding. Ook de bouwwerkzaamheden aan de grafelijke grafkelder begonnen. Zierbusch schakelde extra arbeiders in – tijdelijk, benadrukte hij, alleen zolang er genoeg opdrachten binnenkwamen. Maar eindelijk zaten er groei en echte vooruitgang in de lucht, in die oostelijkste uithoek van de westerse wereld, aan de dichtgetimmerde grens met de andere kant. De stad zou eindelijk opbloeien, zoals de naam dat al sinds jaar en dag in het vooruitzicht stelde, want er werd een fantastisch cultureel monument gerestaureerd. Er was er maar één groter in het land: wat formaat en aantal 'liggenden' betrof stond de Dunkelblumse grafkelder op de tweede plaats, meteen na de wereldberoemde Kapuzinergruft in Wenen. Wat ze van de restauratie konden verwachten wisten de Dunkelblumers niet zo goed. Drommen toeristen die de grafkelder kwamen bezoeken? Ze hielden eigenlijk niet zo van vreemdelingen, maar als die dan toch kwamen zouden het ongetwijfeld schone, betalende vakantiegangers zijn, dat was prima. Als de grafkelder eindelijk helemaal afgedicht was, zou in elk geval de graaf komen om hem in te wijden, en er zou natuurlijk een feest worden gegeven. De kinderen mochten slingers maken en de oude vrouwen konden hun klederdracht uit de mottenballen halen. Dat was echt weer eens iets om je op te verheugen, en de toekomst die achter dat nieuwe begin lag oogde lichter. De vrouwen keken minder verbeten als ze boodschappen gingen doen in de nieuwe kruidenierswinkel. Ze betraden dan wel geen podiumachtige verhoging meer, maar er luidde een vriendelijk belletje zodra ze de deur opendeden. Gisella Grün, de moeder, bediende hen uitermate beleefd, met een glimlach, maar haar blik nooit hoger dan het sleutelbeen gericht. Ze wist nog hoe het hoorde. Van de vrouwen die hier hun boodschappen deden hadden er ettelijke vroeger in het slot bediend, en dat was het eerste wat je daar leerde. Je kijkt de *Herrschaften* nooit recht aan. En staren is al helemaal uit den boze. Je slaat je ogen neer en vergeet alles wat je eventueel hebt gehoord. Zo doe je dat als ondergeschikte. Maar hier in de grutterswinkel waren zíj de Herrschaften, bedolven onder complimentjes door een charmante Antal, met wie je zelfs een beetje mocht flirten, aangezien hij toch hartstikke taboe was.

Op de nieuwe stek had Antal Grün zijn assortiment uitgebreid. Hij verkocht nu Italiaanse zeep die naar rozen, vanille of citroen rook; je hoefde je handen niet langer met Nivea te wassen, dat de bruine kernzeep had vervangen. Sommige oudjes schudden het hoofd over dergelijke overbodige flauwekul, maar de eerste die de rozenzeep kocht was Leonore Malnitz. Ze was de koningin van Dunkelblum, mooi, zelfbewust en een tong als een scheermes. Ze had een opvliegende man, drie dochtertjes, een groot bedrijf en schoonouders die nog de oude, conservatieve wijnbouwmethodes aanhingen. Maar door al die plichten en lasten leek ze zich niet uit het veld te laten slaan. Wacht maar af, zeiden de jaloerse vrouwen, die wisten dat de tand des tijds onverbiddelijk ook de schoonheid van Leo Malnitz zou aantasten. Wat ze niét wisten was of ze dat zelf nog mochten meemaken. Maar er waren ook jongere vrouwen, die een voorbeeld namen aan de trotse mevrouw Leonore en zich voornamen om kapsel en kledij niet te verwaarlozen, enkel en alleen omdat de dag lang en het werk oneindig was.

II

Er deed zich iets vreemds voor in de zomer na Ferbenz' terugkeer en Horka's verdwijning, in die lichte maanden waarin Dunkelblum spinnend van voorpret toeleefde naar de dag in september waarop de grafelijke familie terug zou keren om de grafkelder in te wijden. In deze luchtige, zonnige weken kwam het de mensen voor alsof werkelijk alles werd uitgemest, gewit en vernieuwd, zowel vanbinnen als vanbuiten. De oeroude mevrouw Stipsits, die binnenkort haar honderdste verjaardag zou vieren, zat voor haar huis in de zon en vertelde aan iedereen die bleef staan om met haar te kletsen dat Zierbusch nu zelfs het slot zou gaan restaureren, het moet niet gekker worden, zeg. En de mensen glimlachten om die aandoenlijke vergissing, in plaats van zoals gewoonlijk het gezicht te vertrekken over dergelijke seniele humbug, larie en nonsens. Ik ben het helemaal met je eens, hoor, stemde Eszter Lowetz in, goedmoedig en vriendelijk als ze was: Dat ontbrak er nog maar aan, dat hij ook het slot gaat doen.

En wie kon het de oude vrouw ook kwalijk nemen? Ze werd geboren toen de Amerikaanse Burgeroorlog op z'n einde liep, toen Karl May voor het eerst in het tuchthuis belandde en *Max und Moritz* verscheen. Maar dergelijke verbanden legde niemand in Dunkelblum, zelfs Rehberg niet, want die zat destijds nog op het seminarie; het enige wat men wist wat dat mevrouw Stipsits stokoud was, en daarom had ze bepaalde privileges.

Die zomer arriveerde er op een vrijdag een vreemdeling in Dunkelblum, wat, zoals Antal Grün naderhand constateerde, niemand had meegekregen. En dat was zeer ongewoon hier, waar de muren oren hadden en alle bloempjes oogjes, die ze alle kanten op konden draaien die ze maar wilden. Maar deze man leek domweg door niemand te zijn opgemerkt.

Antals winkel was leeg, het was even na twaalven. Hij wilde afsluiten voor de middagpauze, zoals destijds nog gebruikelijk was, toen die man ineens bij hem voor de deur stond; hij wilde wat vragen. Hij sprak niet anders dan de mensen uit de streek, niet eens als iemand uit Stiermarken of uit de grote stad, maar als iemand van hier. Wel zag hij er anders uit. Misschien was het de snit van zijn pak, de stof, de modieuze lichte kleur of zijn kapsel – alles bij elkaar maakte op Antal de indruk dat hij hier te maken had met iemand die van ver kwam. Hij wist niet waarom hem dat meteen opviel, hij vroeg zich dat later nog weleens af. De vreemdeling stond daar dus, noemde een naam die Antal niet meteen onthield en legde uit dat hij twee vrouwen zocht die hem in de oorlog hadden verstopt. Hij wilde de twee bedanken, ze hadden hem zonder enige twijfel het leven gered. Hij wist helaas niet meer precies waar het huis had gestaan, alleen dat het het laatste huis in een doodlopende straat was geweest.

Antal Grün stond daar met zijn sleutelbos in de hand en moest zichzelf eerst even tot de orde roepen.

En waarom komt u daarmee uitgerekend bij mij? vroeg hij eindelijk.

Ze keken elkaar lang aan.

Antal dacht: ik heb hem al eens eerder gezien. Maar waar?

De vreemdeling zei: De lokale kruidenier weet toch meestal alles – de kruidenier, de kapper en de kroegbaas. De kapper kon hij niet meer vinden, die zat kennelijk niet meer waar hij ooit had gezeten. Naar Tüffer had hij liever niet willen gaan, aangezien dat allang niet meer van de familie was die het hotel zijn naam had gegeven, en die waarschijnlijk had begrepen wat hij wilde. Dus was hij bij hem uitgekomen, ook vanwege de naam, *bistu beyz oyf mir?*

Antal sloot zijn ogen kort, streek over de voorkant van zijn stofjas alsof zijn handen vochtig waren, maar ze waren alleen maar koud. Nee nee nee, zei hij ten slotte, natuurlijk niet, een klein momentje alstublieft, ik moet eerst afsluiten.

Daarna liep hij met de vreemdeling, die hij ongeveer van zijn eigen leeftijd, in die tijd dus begin veertig, schatte, tussen de middag door het uitgestorven stadje. Overal zaten de mensen aan tafel voor het middageten, of ze waren aan het werk op de akkers of in de wijngaarden, niemand stond voor het raam naar buiten te kijken. De gordijnen werden slechts door een licht briesje beroerd, dat van de top van de Hazug kwam en je ademhaling verlichtte. Hun *gevoel* had de Dunkelblumers op het juiste moment verlaten, of het kluisterde hen juist aan hun tafels; ze aten knoedels en hersenen met ei, en terwijl ze zaten te kauwen dachten ze helemaal nergens aan.

De weg die Antal en de vreemdeling moesten afleggen was niet lang; een stukje verder de Tempelgasse in, hier de hoek om en daar de hoek om, in de wirwar van het oude Dunkelblum moest je de weg weten. De zon stond recht boven hen, de schaduwen die de beide mannen wierpen waren nog erg kort. In de aardewerken potten voor de oude huizen woekerden de geraniums, de bieslook en de peterselie, *want de planten weten niets, die groeien en gedijen.* Het huis van de familie Lowetz was met wilde wingerd begroeid, de kleine appelboom die het echtpaar ter ere van hun huwelijk had geplant was al aanzienlijk, droeg sinds enkele jaren vrucht en strekte zich al uit in de richting van het hek. De bloempotten die Eszter langs de muur had gezet waren blauwgeglazuurd. Antal klopte op de poort en riep over het tuinhek. Zoals hier gebruikelijk was opende hij uiteindelijk zelfs de voordeur en riep naar binnen. Maar er was niemand thuis. De vreemdeling stond een paar passen achter hem, alsof hij elk moment op de vlucht wilde slaan, en keek met samengeknepen ogen naar het huis. Antal stelde voor het ook bij de buren te proberen, bij Agnes, aan de achterkant van beide huizen bevond zich een gezamenlijke binnenplaats. En had hij niet gezegd dat het twee vrouwen waren geweest die hem hadden verstopt? Dat was waarschijnlijk in het gemetselde schuurtje geweest, waar ze het hout opsloegen...

Agnes, vroeg de vreemdeling: Agnes Kalmar?

Ja, zei Antal Grün, zo heet ze.

Hartelijk dank, antwoordde de man, maar ik denk toch maar liever van niet; ik heb het huis nu gezien en ik ben u zeer erkentelijk.

Weet u, zei Antal, tot voor kort had ik hiernaast mijn winkel, hier, in die ene kamer aan de voorkant, ziet u? Hij ging onder het raam staan en gaf met weidse gebaren de afmetingen van de verhoging aan, die inmiddels in de kachel was beland. Is het niet ongelooflijk, vroeg hij, in wat voor omstandigheden de mens soms leeft en werkt? Dat valt je pas op als het voorbij is.

U bent hier na de oorlog begonnen? vroeg de vreemdeling.

Ja, natuurlijk, zei Antal, mijn moeder en ik zijn een paar jaar na de oorlog teruggekomen.

Toen ze zich weer naar de Tempelgasse begaven verzocht de vreemdeling Antal om, als de gelegenheid zich voordeed, beide vrouwen te groeten en zijn dank over te brengen. Wilt u dat voor me doen, vroeg hij, en weet u hoe je het juiste moment vindt?

Natuurlijk, verzekerde Antal Grün, die er nog over liep te piekeren of hij deze man ooit eerder was tegengekomen: Dat doe ik – maar zegt u eens, mag ik u ook iets vragen?

Uiteraard, zei de man en hij bleef staan.

Laten we eerst even teruggaan naar mijn huis, stelde Antal voor, die zijn vraag niet in het openbaar wilde stellen. Pas in de dagen daarna, toen hij over dat bezoekje nadacht zonder het volledig te kunnen ontraadselen, verbaasde hij zich erover dat er geen enkel hoofd voor een raam en geen mens voor een huis was opgedoken, noch op de heenweg, noch op de terugweg. De mensen moesten allemaal aan het middageten hebben gezeten. En het was natuurlijk ook nog eens behoorlijk warm. De zon brandde, ook daarom had hij terug willen gaan naar een koeler plekje. In de winkel liet hij de man eerst zijn naam en adres op een briefje schrijven. Voor het geval Eszter nog wat van zich laat horen, zei Antal, die deze mogelijkheid voor Agnes, in haar fragiele toestand, meteen al voor zichzelf uitsloot. Hij zou voorlopig ook alleen met Eszter spreken, bij Agnes wist je nooit wat de volgende aanval zou uitlokken. Juist met die oude kwesties moest je oppassen. Maar dat waren details waarmee hij de vreemdeling niet wilde vervelen.

Dr. Alexander Gellért, stond er op het briefje, en een adres in Boston. Antal Grün zou de naam nooit vergeten, hoewel hij het briefje niet veel later al aan Eszter Lowetz overhandigde, die een geschrokken gezicht trok en het in haar schortzak liet verdwijnen. Antal kende geen doctor Gellért bij naam, maar wat betekenden namen nu helemaal in de tijd die hij in gedachten had.

Hij zou zijn vraag misschien helemaal niet meer hebben gesteld als die Gellért er bij het afscheid niet op was teruggekomen.

Tja, zei Antal zonder te weten waar hij moest beginnen. Zijn blik viel op de kassa, en terwijl hij nadacht haalde hij afwezig de papierrol uit de houder, aangezien die hem al erg vermagerd leek. Maar hij vermande zich, legde de bijna opgebruikte rol neer, keek op en zei: Het is eigenlijk maar een simpele, korte vraag. Was u toevallig ook op die golfbreker?

De ventilator draaide rond, een vlieg zoemde door het vertrek. Doordat de rolluiken nog dicht zaten was het licht aangenaam diffuus; een koele ruimte in de zomer, als onder water, op de bodem van een vrolijke oceaan vol bonte vissen.

De gezichtsuitdrukking van de man veranderde niet. Nee, helaas, zei hij en het klonk als een vraag, omdat hij de toon aan het eind van de zin iets omhoog liet gaan en daar in de hoogte liet zweven.

Vergeet u maar dat ik het vroeg, zei Antal, hij schraapte zijn keel en stak hem zijn rechterhand toe: Het ga u goed en mazzel tov.

Tot ziens, Tolli, zei de man en ze schudden elkaar de hand. Antal glimlachte: Zo noemden ze mij als jongen op school.

Ja, daarom ook, zei de man en hij verliet de kruidenierswinkel, liep weg, helemaal naar het station. En weer leek niemand hem gezien of opgemerkt te hebben, het leek alsof dit bezoek nooit had plaatsgevonden. Wel had Antal het briefje, dat was een tijdelijk fysiek bewijs, ook al kon hij er uiteindelijk niets mee beginnen.

12

Begin september 1965 bevonden de voorbereidingen voor het eerste grafelijke bezoek in twintig jaar zich op hun hoogtepunt. Het katholieke kerkkoor oefende *Dankt, dankt nu allen God* en ook *Tauet Himmel den Gerechten*, dat het lievelingslied van de gravin, de moeder van het nieuwe hoofd van de familie, scheen te zijn. Niemand wist of ze zou komen, maar mocht dat het geval zijn, dan zou ook in muzikaal opzicht alles kloppen. In Hotel Tüffer werden bergen *Grammelpogatschen* gekneed en gebakken, die aansluitend aan de eredienst en de inwijdingsceremonie op de Hauptplatz bij de wijn zouden worden geserveerd. De graaf van destijds had niemand meer gezien sinds hij als kind met zijn moeder en een deel van de paarden vanuit Dunkelblum in veiligheid was gebracht, amper twaalf uur voordat de Russen binnenmarcheerden. Toch bewees hij dat hij even fijngevoelig was als zijn voorouders: via zijn vooruitgestuurde ceremoniemeester liet hij de wijn net als vroeger bestellen, namelijk keurig verdeeld tussen de plaatselijke matadors Heurafflf, Malnitz en Graun. Toni Malnitz bood de inkoper aan om de rosé sekt te proberen, waarmee hij al een tijdje experimenteerde en tot dusver goede resultaten had behaald. Maar de graaf zou nooit toestaan dat iemand conclusies kon trekken uit de manier waarop hij zijn gunsten verdeelde, zoals dat zou zijn gebeurd als hij van de een alleen Blaufränkische en Welschriesling, maar van de ander rosékleurige bubbeltjeswijn had afgenomen. De afgevaardigde sprak met geen woord over dergelijke overwegingen. Hij weigerde uiterst beleefd wat de sekt aanging, zijn opdracht was wijn bestellen. Het zal doorluchtige evenwel verheugen te horen dat zijn geliefde Dunkelblum zich ook op dit gebied uitstekend verder ontwikkelt, en hij zal de Malnitzsekt ongetwijfeld in gedachten houden voor een ander moment. Toni Malnitz haalde zijn schouders op en noteerde de wijnbestelling.

Elly Rehberg en de kinderen van de Dunkelblumse Kijkschool werkten al weken aan een levensgrote tekening, die aan de graaf overhandigd moest worden om hem welkom te heten. Het had lang geduurd voordat ze het eens waren geworden over het thema, want de grafkelder liet van buitenaf immers niet veel zien, en de ingang stond in de steigers. Het slot natekenen van oude foto's, zoals sommigen hadden voorgesteld, wilde Elly niet. Haar leerlingen tekenden realistisch, dat was nou net het hele idee. Natekenen moesten anderen maar doen, zij leerde de kinderen om af te beelden wat je kon aanraken of waar je zo nodig omheen kon lopen. Maar daarmee, met die resoluut uitgesproken regel van het kunnen aanraken en eromheen kunnen lopen, schoot Elly onbedoeld ook meteen haar eigen favoriet af. Alleen al omdat alle kinderen uit de tekenklas moesten meewerken aan de enorme tekening, had ze er een tijdje over nagedacht of een overzicht van Dunkelblum – van bovenaf bijvoorbeeld, vanaf de Rotensteinwiese, halverwege de top van de Hazug – misschien de beste optie zou zijn. De wat begaafdere tekenaars zouden het midden van het schilderij voor hun rekening kunnen nemen, waar de huizen dicht op elkaar stonden, als tektonische platen tegen en bijna over elkaar heen geschoven, als de onderste laag op de bodem van een volgepakte kist. Daaromheen zouden de kleinere, minder begaafde tekenaars stippeltjes en arceringen kunnen aanbrengen die velden, bossen, akkers en wijngaarden moesten voorstellen in vele mooie groen-, bruin- en geeltinten, dat hele ruige en tegelijkertijd lieflijke landschap dat zich hier, precies aan de grens, pas verhief, dat in oeroude tijden als het ware was opgekrabbeld, van buik op knieën. Maar wat Elly als elegante oplossing, als prettig gedistantieerd vogelperspectief en een uitdagend motief had beschouwd, werd door waardin Resi Reschen met een dodelijk 'onpersoonlijk' bruusk van tafel geveegd. Van bovenaf gezien zou het alles kunnen zijn, foeterde ze, van boven zie je bijna geen verschil met Kirschenstein en Tellian. Wat een flutidee!

In werkelijkheid – maar dat inzicht had Resi niet zelf – was ze erop tegen uit een vaag gevoel van klassenbewustzijn. De graaf, maar ook de ontwikkelde Elly Rehberg en zelfs de Malnitzen, die met hun sekt en veel poeha hard hun best deden steeds verfijnder te worden –, die waren al genoeg *uit de hoogte*. Dan hoefden de kinderen niet ook nog eens een tekening van bovenaf te maken.

Een afbeelding van de kerk viel ook af, hoewel de graaf, die zeer gelovig scheen te zijn, daar bijzonder blij mee zou zijn geweest. Maar de tekengroep werd ook door protestantse kinderen bezocht, en die zouden zich op de dag van het feest toch al in een merkwaardige rol bevinden. Ze zouden zich pas na de mis op de Hauptplatz bij de anderen voegen. Maar dat ze kwamen om met elkaar de tekening te overhandigen, dat was iets waar Elly Rehberg bijzonder veel belang aan hechtte.

Wat heeft zij toch met die protestanten? zeiden de jongere katholieke vrouwen tegen elkaar toen na de koorrepetitie het gesprek op een gegeven moment op de tekening, de kinderen en de feestelijke ceremonie kwam. De oudere vrouwen wierpen elkaar blikken toe. Wat sta jij nou te knipogen? vroeg een vrouw aan haar moeder.

Elly Rehberg heeft nu eenmaal altijd een hart voor het andere gehad, antwoordde de moeder met een onschuldige blik, en de beide zestigjarigen die haar blik vingen lachten, wat klonk alsof ze moesten hoesten.

Ten slotte werd daarom het oudste, net iets mooiere van de beide grafelijke Meierhöfe als onderwerp gekozen, een saai gebouw dat agrarische efficiëntie uitstraalde. Elly schetste de afmetingen van de afbeelding op een groot vel karton dat, op een dunne plaat hout gespannen, elke keer door een paar kinderen tegelijk naar buiten, naar het grasveld moest worden gedragen: de omtrekken van het gebouw als langgerekte rechthoek in het midden, maar klein genoeg om rondom rijkelijk ruimte voor natuur over te houden. Per slot van rekening stond het gebouw vrij in het landschap en had het, ondanks tien jaar Russische inkwartiering, de sobere ornamenten boven de ramen grotendeels weten te behouden. Elly legde de opdracht als volgt aan haar tekenklas uit: in het midden het langgerekte witte gebouw, ingebed in het groen. De jongere kinderen moesten langs de randen stippelen en arceren, hier en daar een bloem was toegestaan. De ouderen namen het huis voor hun rekening. De zoons van Lowetz en Zierbusch waren de begaafdste tekenaars en ook nog eens vrienden van elkaar, zij gaven de toon aan. Maar ze verschilden van elkaar wat hun gedrag betrof: de zoon van Lowetz deed doorgaans wat hem werd opgedragen, de zoon van Zierbusch ging keer op keer de discussie aan. Elly had het huis niet centraal, maar iets opzij van het midden moeten plaatsen, nu was de tekening niet spannend genoeg. Van een afstand zou het eruitzien als een witte rechthoek in een groene, en dan het geheel nog in een lijst, waarschijnlijk bruin, dus nee, kom op zeg.

Heb jij een beter idee? vroeg Elly, die haar leerlingen kende en wist dat hier een baas in wording zat.

Er ontbreekt iets, volhardde de zoon van Zierbusch, het is veel te symmetrisch. We zouden daar links nog een grote boom moeten zetten, bij voorkeur de oude linde die we allemaal al zo vaak hebben getekend.

Maar de linde staat toch ergens anders, protesteerde de oudste dochter van Toni Malnitz, die uiterlijk op een bijna grappige manier op haar vader leek, als een kleine karikatuur van Toni, met vlechten. Ook haar protest was typerend: ze was een rigide kind, dat het niet duldde als ergens van werd afgeweken.

Dat weet de graaf toch niet, zei een van de vele kinderen Farkas: Hij kent Dunkelblum toch helemaal niet.

Precies, zei Joschi, een neefje van Ferbenz: Die Kerzlschlicker komt hier alleen maar even belangrijk doen en dan gaat hij er weer vandoor.

Er volgde een discussie onder de oudere kinderen over of je tegen de graaf mocht liegen of hem juist moest verblijden met een bijzonder mooie, artistiek waardevolle tekening. *Artistiek waardevol* kwam van de jonge Zierbusch, die dat natuurlijk van zijn vader had. Maar omdat een paar van de kleine kinderen opgelucht leken over het vooruitzicht om iets aan die belangrijke tekening te mogen bijdragen wat ze al hadden geoefend, ging Elly akkoord. Misschien ging ze er ook wel mee akkoord omdat ze het als een bescheiden daad van verzet beschouwde om de graaf een vertekend beeld van Dunkelblum te overhandigen, hem en die adellijke familie van hem, die het sinds jaar en dag weinig leek te interesseren wat er in deze stad, waar ze hun naam tenslotte aan te danken hadden, allemaal was gebeurd.

De ontvangst op de Hauptplatz duurde lang en de toespraak van de graaf was behoorlijk eentonig. Maar dat stoorde niemand, omdat iedereen die was gekomen ten volste van het historische moment wilde genieten. Eindelijk was de graaf er weer! Hij had zijn vrouw, zijn broers en zussen en ettelijke andere familieleden meegebracht! Er was ook al een hele schare nakomelingen in schattige jurkjes en pakjes, zelfverzekerd door hun goede opvoeding en daardoor zo fundamenteel anders dan de Dunkelblumse kinderen zoals alleen kinderen dat kunnen ervaren.

In drie keurige rijen stond het schoolkoor naast de pestzuil te wachten, de andere kinderen vormden een erehaag. De ouderen, sommigen met tranen in hun ogen, hadden zich in hun klederdracht gewurmd, met witte schortjes voor stonden de serveersters van Resi Reschen kaarsrecht achter de tafels met wijn en Grammelpogatschen, het ontbrak er alleen nog aan dat ze eerbiedig hun handen vouwden. Er stonden een stuk of vijfentwintig stoelen opgesteld, voor ereburgers en de talrijke leden van de grafelijke familie, van wie opviel dat ze voortdurend met elkaar zaten te kletsen, zelfs toen de burgemeester aan het woord was en het kinderkoor zong. Alleen toen hun baas, het jonge hoofd van de familie, aan het woord was, waren ze stil en zaten ze met geamuseerde blik te luisteren. Kijk hem nou toch, onze Epsi, leken de gezichten van de onoverzichtelijke wirwar aan ooms en oudtantes, nichten, neven en zwagers van de graaf te zeggen; kijk eens hoe groot hij is geworden! En dat hij slist, daar hoor je bijna niets meer van...

De toespraak van graaf Paul Edmund von Dunkelblum, in zijn eigen kringen aangesproken met zijn koosnaampje uit zijn kinderjaren, Epsi, bestond grotendeels uit een biografische opsomming van de doden die in de gerestaureerde grafkelder veilig en droog op het laatste oordeel en de terugkeer van de Messias lagen te wachten. *Veilig en droog*, dat zei

Paul Edmund niet, maar dat bedoelde hij wel, want dat had hij van bouwmeester Zierbusch gehoord; de rest evenwel, dat van het laatste oordeel en de terugkeer, zei hij letterlijk.

Hij sprak over Árpád de Sterke, die als stamvader in nauwere zin werd gezien en aan de basis stond van deze kunsthistorisch zo belangrijke grafkelder, ver terug in de zeventiende eeuw. Hij prees diens vroomheid, krijgsgeluk en trouw aan de keizer. Hij stipte zelfs even Árpáds vader Franz, alias Ferenc aan, die de weg naar het katholieke geloof had teruggevonden nadat de familie zich tijdelijk op het dwaalspoor van de Reformatie had begeven. Epsi zei niet: *dwaalspoor*, hij zei niet eens: *Reformatie*, maar benoemde alleen het andere, het aangename deel van het verhaal: *een heuse bekering*. De familie begreep het zo ook wel, en het volk stond er sowieso met open mond bij.

Aldus doorliep de huidige graaf bedachtzaam de eeuwenoude familiegeschiedenis, strooide er hier een anekdote, daar een kleurrijk detail doorheen over menig bijzonder persoon die in de grafkelder lag begraven. Natuurlijk sprak hij over de befaamde Geza von Dunkelblum, een door de Habsburgers geëxecuteerde martelaar, maar net zo goed over zijn grootmoeder Alix en haar pratende grijze roodstaartpapegaai, die de burgemeester van Dunkelblum van toen bedrieglijk goed kon imiteren. Hij moest toegeven, zei de graaf, en zijn familie begon te glimlachen omdat ze al wisten wat er kwam, hij moest weliswaar toegeven dat de papegaai soms ook de gruwelijkste vuilspuiterij ten beste gaf, die hij hier niet zou herhalen, maar het was een bijzonder dier geweest. Tot slot vlocht hij er nog de belangrijke overwinningen van de renpaarden van zijn geliefde mammie, gravin Margarethe, doorheen, die het zo enorm betreurde dat ze om gezondheidsredenen niet naar Dunkelblum, haar heimat, had kunnen reizen. Maar in haar hart was ze vandaag hier, bij hen allen.

De geschiedenis van Dunkelblum – aldus besloot hij, toen de eerste kinderen al bleke snoetjes kregen van het lange in de zon staan – is de geschiedenis van mijn familie. Voor ons allen, lieve inwoners en inwoonsters van Dunkelblum, blijft de geschiedenis te allen tijde de wortel waaraan we zijn ontsproten, die we ons in dankbaarheid herinneren, omdat die ons vasthoudt en veilig verankert in ons heden. Alleen wie weet waar hij vandaan komt weet waar hij heen gaat. De voorvaderen zijn ons te allen tijde tot voorbeeld en troost. Hun voorbeeld verlicht en leidt ons. In onze herinnering blijven zij levend. Je overledenen begraven en hun laatste rustplaats onderhouden is iets wat de mens van het dier onderscheidt. Daarom eren en gedenken we, zoals alle andere families, onze beminde overledenen, die ons zijn voorgegaan naar de eeuwigheid van de lieve Heer.

De alleroudste Dunkelblumers riepen *vivat*, zoals ze het uit hun jeugd kenden, een paar van de jongeren mompelden per ongeluk *amen*, maar zo zacht dat het niemand stoorde.

•

Het was een geweldige dag, waar nog lang over werd nagepraat. De Grammelpogatschen combineerden uitstekend met de Blaufränkische van Graun en de Welschriesling van Heuraffl, en bijzonder goed met de zogenaamde *Heanzenwein* van het wijngoed van Malnitz, die, anders dan zijn traditionele naam deed vermoeden, een verfijnde cuvee was; de eerste in een lange reeks van Toni Malnitz' meesterwerken. De grafelijke familie mengde zich babbelend onder het volk, nadat het schoolkoor het volkslied van de deelstaat had gezongen: *Rot-Gold flammt Dir das Fahnentuch, Rot-*

Gold sind Deine Farben! Rot war der heißen Herzen Spruch, die für die Heimat starben. Niemand wist precies wie er eigenlijk werd bedoeld met die roodhartige gestorvenen.

Graaf Epsi ontdekte de stralende mevrouw Leonore, kuste haar hand en verslond haar, een Pogatsche tussen duim en wijsvinger, met zijn blikken, terwijl hij haar in een gesprek over wijnbouw, jacht en haar drie prachtige dochtertjes verwikkelde, die – een mooie gelegenheid voor een onschuldig compliment – ongetwijfeld tot net zulke schoonheden zouden uitgroeien en mevrouw Leonore dan zouden omringen als de planeten de zon. Op dat moment stond Graun junior ineens als vanuit het niets voor hun neus, benepen vroeg hij of hij wat wijn kon bijschenken. De graaf keek verbaasd. Mevrouw Leonore glimlachte en zei, ja graag, maar wel die van jou, die van Heuraffl vind ik niet lekker en die van ons ken ik natuurlijk al. Graun junior, die onlangs nog zo dicht bij mevrouw Leonore was gekomen dat hij wist wat er schuilging achter haar sjaal, was gerustgesteld en trok zich al buigend terug.

Alleen bouwmeester Zierbusch was gespannen. Hij zocht naar een geschikt moment om te vertrekken. Toen hij eindelijk door de menigte heen was gekomen en voor de graaf stond, excuseerde hij zich met onverwachte zakelijke aangelegenheden, waarop de graaf hem dringend adviseerde om de dag des Heren te eerbiedigen. Zierbusch keek bedremmeld, maar Leonore Malnitz schoot hem te hulp. Op zondagen, legde ze de graaf uit, betekent zakendoen hier niets anders dan dat je je neus laat zien aan de juiste stamtafel. Ze glimlachte uitdagend naar Zierbusch, die zich voornam haar eeuwig dankbaar te blijven voor deze gunst, wat hij niet veel later alweer vergat.

13

Zierbusch haastte zich naar Café Posauner, waar Ferbenz met zijn getrouwen zat en het er verhit aan toeging. Eerst wilden ze hem er helemaal niet bij laten zitten. Je eet van twee walletjes, riep Berneck, en gelapte Schurl riep: Daar komt niks van in! Waarom blijf je niet bij die adellijken en papen van je? riepen de tweelingbroers Heuraffl met hun rode dronkenmansgokken, en een van hen hield zelfs zijn vuist onder Zierbusch' kin. Maar nadat hij een paar minuten als een smekeling bij de grote tafel had staan wachten, die bijna volledig werd bezet met leden van de veteranenbond, gaf Ferbenz een seintje aan Gitta Posauner, waarop ze een kruk kwam brengen.

En hier kwamen bouwmeester Zierbusch dingen ter ore waarvan hij niets had geweten, of waarvan hij zich in elk geval nog niet op die manier bewust was geweest. Terwijl de bende bralde, schold en schreeuwde en een paar keer achter elkaar het eerste couplet van *Die Fahne hoch, die Reihen fest geschlossen* aanhief omdat ze zich de andere coupletten niet meer herinnerden, praatte Alois Ferbenz met zijn zachte stem op Zierbusch in. Hij zei zinnen die zich diep in het geheugen van de bouwmeester griften. Bijvoorbeeld dat ze in Duitsland na de Eerste Wereldoorlog de adellijken hun bezit hadden afgenomen en alleen hun titel hadden laten houden, maar in Oostenrijk juist omgekeerd. Of dat niet veelzeggend was? En dat ze het altijd prima hadden gered, al eeuwen, die baronnen en graven en vorsten, nietwaar? Dat hij, Ferbenz, het daarom verschrikkelijk vond hoe de stad die onbeduidende knul met zijn hoornen knopen huldigde. Wie mocht dat nou weer wezen? Een onbenullige

Kerzlschlicker, groen als een loden jagersjas. Waarschijnlijk had die er geen idee van hoe graag zijn geliefde mammie in de grafelijke slaapkamer met Neulag paardenfokkertje had gespeeld – met zweep of zonder, dat wist niemand. Ferbenz herinnerde Zierbusch er nadrukkelijk aan dat de grafelijke familie vanzelfsprekend dwangarbeiders van Neulag had afgenomen, die in het slot en op de paardenweides aan het werk werden gezet. En het bal, de dag voor Palmpasen? Waarom nog een bal, zo kort voor het einde? Dat was toch een prachtige afleidingsmanoeuvre, of niet soms? Maar wat een toeval ook dat juist in die nacht en niet in willekeurig welke andere... Ferbenz fixeerde Zierbusch met zijn waterige blauwe ogen, die soms van achteren verlicht leken te zijn.

Zierbusch begon te zweten. Hij wist wat die blik betekende. Hij, Zierbusch, was erbij geweest, met de beide Heuraffls, Berneck en gelapte Schurl, stuk voor stuk Hitlerjongens, zestien, zeventien jaar oud. In die nacht waren ze door Horka uit hun bed gehaald, deden wat hun bevolen werd. Ze kwam pas in het ochtendgloren bij hun bezorgde moeders terug, die de uniformen moesten wassen. Maar hij, Zierbusch, was als enige niet veroordeeld, zelfs niet aangeklaagd, nog niet eens verhoord; tot op de dag van vandaag had hij geen idee waarom. Zijn naam was nergens opgedoken, wat wilde zeggen dat de anderen hem niet hadden verraden of dat iemand hem uit de verhoorverslagen had geschrapt. Hij begreep het niet, want in die tijd wist iedereen dat hij erbij hoorde. Zoveel jaar later was hij nog altijd bang dat ze hem kwamen halen als er bij nacht en ontij werd aangebeld. De ambtelijke desinteresse in zijn persoon bleef een bron van zorg, en hij had destijds liever met de Heuraffls, Berneck en gelapte Schurl in de bak gezeten, twaalf of zeventien maanden lang. Thuis had hij al meegewerkt in het bedrijf toen de anderen, zijn maten, in Wenen moesten voorkomen – alleen de Hitlerjongens, verder niemand, andere daders werden immers niet gevonden of genoemd. Zierbusch keek op. Ferbenz staarde hem aan, met een woeste blik en warrige haren. De kwestie tussen hen beiden moest worden beslist. Zierbusch haalde diep adem. Je hebt gelijk, Alois, zei hij, dat kan allemaal geen toeval zijn. Heel erg bedankt, je hebt me echt de ogen geopend.

In die zonnige septembermaand, toen haar zoon en de meeste familieleden hun band met de stamplaats nog weer eens met grote plechtstatigheid demonstreerden door naar aanleiding van de restauratie van het familiegraf een mis op te dragen, had gravin Dunkelblum thuis in Zwitserland een paar minder prettige dagen. Ze had sowieso niet meegewild naar dat gat aan de grens, waar het enige mooie haar slot was geweest, dat er al twintig jaar niet meer was. Uiteindelijk had ze ook niet eens meegekund. Ze had belangrijkere, veel minder aangename zaken te doen.

Een man had zijn intrek genomen in Grandhotel Splendide; hij was zo brutaal geweest om een kaart te laten bezorgen waarop stond dat ze op een bepaald tijdstip thee moest komen drinken. De gravin negeerde de kaart – niemand liet haar opdraven, en al helemaal geen onbekende. De naam van de afzender op de envelop zei haar helemaal niets. Een dag later kreeg ze op hetzelfde tijdstip opnieuw een envelop uit het Splendide. Er zat niets in behalve een haarlok, waarvan ze onwillig moest toegeven dat ze die herkende. Ze stuurde haar advocaat naar het hotel. Wat wil hij eigenlijk, die oplichter, vroeg ze vervolgens aan doctor Lendvai, de derde al in een reeks van Lendvais die voor haar familie hadden gewerkt. Lendvai noemde haar het bedrag. Toen ze geen antwoord gaf vroeg de advocaat of hij aangifte moest doen. Maar nee, beste man, zei de gravin, toch ietwat gechoqueerd, waarna ze eerst maar eens een eind ging paardrijden.

En daar had ze het nu druk mee, terwijl haar zoon in Dunkelblum vermoedelijk Somlauer Nockerl met chocoladesaus at en de graaf uithing, wat met die kwezels daar, die boeren en halve zigeuners, ongetwijfeld uitstekend functioneerde. Daar kniksten ze nog vrijwillig, je hoefde ze er niet eens voor te betalen!

De andere advocaat moest erbij worden gehaald, diegene die verantwoordelijk was voor het geld. Er waren aardig wat onroerende goederen, obligaties en de stichting, maar nauwelijks goud of aandelen – het was nog niet zo eenvoudig om een dergelijk bedrag snel liquide te maken. U kunt dat, beste man, zei de gravin vleiend, maar de geldadvocaat, wiens naam ze niet kon onthouden omdat hij zo nieuw en onsympathiek was, had het lef om het voor onmogelijk te verklaren.

Als u snel geld nodig hebt, zou ik als ik u was een paar renpaarden verkopen, adviseerde die parvenu haar, waarop ze hem zwijgend een hand gaf bij wijze van afscheid. En nu moest ze dus ook nog de kunsthistoricus laten komen, terwijl ze Lendvai weer naar het hotel stuurde om uitstel te vragen. Aan de schilderijen was ze een stuk minder gehecht dan aan de renpaarden, toch viel het niet mee om een keuze te maken. De kunsthistoricus leek regelrecht fysiek aangedaan toen ze hem sommeerde om grofweg de waarde te schatten terwijl ze samen langs de schilderijen wandelden. Ze koos voor een klein, heel oud Nederlands tafereeltje, waar ze nooit veel mee had gehad en dat met een beetje geluk driekwart van het geëiste bedrag zou opleveren. De rest zou ze door de geldadvocaat bij elkaar laten schrapen. De kunsthistoricus werd naar de kunsthandelaar gestuurd. Er kwam schot in de zaak, maar ze had meer tijd nodig. Daar leek de oplichter, die helaas in het bezit was geweest van een haarlok van haar en vast nog een stukje had achtergehouden, juist weinig van te hebben. Misschien ontbrak het hem ook wel gewoon aan geduld. Dat ze zelf naar hem toe zou gaan en om verlaging van het bedrag zou vragen, was ondenkbaar. Misschien had ze het nog wel overwogen als ze had ingeschat dat ze enige kans op succes zou hebben. Maar die was er niet, ze kende de man. Juist dat compromisloze was haar zo goed bevallen toen ze jong was. Destijds had ze gedacht dat hij de enige mens was die het wat hardheid betrof tegen haar kon opnemen, en mogelijk had ze het daarmee meer bij het rechte eind gehad dan haar lief kon zijn.

Ze stuurde Lendvai naar het hotel met het aanbod om de reiskosten en de eerste weken van zijn verblijf voor te schieten, en ze droeg hem op om zonder de man daarvan op de hoogte te stellen de lopende hotelrekening te betalen. Zonder hem op de hoogte te stellen, herhaalde de advocaat niet-begrijpend. Ja, natuurlijk, precies zoals ik het zeg, zei de gravin met een afwezige glimlach.

Terwijl ze wachtte tot hij terugkwam las ze de krant uitvoeriger dan anders. Ze stuitte op een berichtje dat vermeldde dat de Bondsrepubliek Duitsland via Interpol naar verschillende nazi-oorlogsmisdadigers liet zoeken.

Om het onderzoek niet in gevaar te brengen werden de namen nog niet bekendgemaakt. Toen Lendvai terugkwam en meedeelde dat het nieuwe aanbod tandenknarsend was aangenomen, vergezeld van dreigementen met ook de gravin betreffende, onder ede afgelegde verklaringen die bij Zwitserse advocaten gedeponeerd waren en op elk gewenst moment aan de media konden worden doorgespeeld, knikte ze alleen maar. Ja ja, zei ze tegen Lendvai, die zijn uitdrukkingsloze gezicht weer even terloops droeg als zijn gestreepte stropdas: Die schurk houdt zich aan de afspraak, en hij weet dat ik dat ook doe.

Maar later, toen ze aan het paardrijden was, kwam er nog een mooi idee bij haar op. Het kostte Lendvai de nodige tijd om het juiste openbaar ministerie in Duitsland te achterhalen. Het was verbazingwekkend hoe slecht georganiseerd het Duitse rechtssysteem in die tijd was, en hoe onwillig het informatie verschafte. Dat verbaasde Lendvai. Toen hij eindelijk de juiste instantie had gevonden belde hij op met het aanbod dat de gravin als getuige zou optreden. Er werd een afspraak gemaakt. Een paar weken later werd de afspraak geannuleerd. Het was het openbaar ministerie dat afzegde, niet de gravin. Dat kwam haar alleen maar goed uit.

14

Vroeg op de maandagochtend, na het noodweer, had boer Faludi een aanval van grote bedrijvigheid. Het miezerde nog, maar het geweld van de nacht ervoor was voorbij. Het was lichter geworden, dus de zon moest zijn opgekomen achter de dikke grijze regenwolken, maar echt licht was het nog niet helemaal. Een uitgelopen eidooier, goed verstopt achter dik melkglas, dat was de sfeer op die melancholieke dag. Maar hij was er, de zon, even zeker als het machtige netwerk van bronnen en beekjes dat overal onder de gemeentegrond van Dunkelblum stroomde. Boer Faludi pakte zijn stok en zocht een voor een zijn volgelingen op, al die mensen die het tot dan toe met hem eens waren geweest dat Dunkelblum het schandalige en veel te dure contract met het waterschap onmiddellijk moest ontbinden en in plaats daarvan de eigen voorraden beschikbaar moest stellen. Het water zou je op een dag als deze beter kunnen zien dan de zon. Die deed een stapje terug ten gunste van het water. Nu krijgen we eindelijk overzicht, zei hij tegen al zijn bondgenoten afzonderlijk, en ter bevestiging klopte hij met zijn manshoge stok op de grond; die zware regenval na de lange droge weken is het beste wat ons had kunnen overkomen.

En de andere boeren volgden hem. Ze liepen over hun akkers en weides en noteerden waar het water zich verzamelde en waar het naartoe stroomde. Veel van wat boer Faludi al had vermoed werd bewaarheid: bijvoorbeeld dat pal onder de Rotensteinwiese diverse onderaardse beekjes samenvloeiden in één bredere. Daarom had Graun junior daar op zijn verzoek een proefboring laten doen. Helaas was hij meteen op die hoop menselijke botten gestuit. Maar dat er op die ene plek niet verder gegraven kon worden omdat de politie de boel had afgezet, maakte niet veel uit. Want verder naar beneden kon je duidelijk zien hoe doorweekt de aarde was. En met wat nadenken en goed observeren zou je kunnen ontdekken waar dat beekje uitkwam. Alles hing samen – ondergronds weliswaar, maar dat wilde nog geenszins zeggen dat je het plan niet zou kunnen doorzien, dat je de loop van het water niet tot in detail zou kunnen beschrijven teneinde er zelf gebruik van te maken.

Alleen bij Toni Malnitz was zijn verhaal aan dovemansoren gericht. Die was sinds de avond daarvoor zijn jongste dochter kwijt en kon nergens anders aandacht voor opbrengen. Die kloteregen heeft alle sporen weggespoeld, vloekte hij: En pas na vierentwintig uur kun je iemand als vermist opgeven!

Boer Faludi zag dat Toni's aura, die anders meestal warm en oranjeroodachtig was, gloeide als vuur en langs de randen instabiel en vlekkerig was geworden, zoals de zon die zijn vonkenregens het heelal in spuit.

Mag ik even gaan zitten? vroeg hij vanonder zijn lange baard, en Toni moest hem wel binnenlaten. Met z'n drieën zaten ze aan de keukentafel. De mooie mevrouw Leonore, die ook niet geslapen leek te hebben, had een sneeuwwit gezicht, maar haar aura daarentegen was van een teer, ijzig paars, ijl en haast roerloos. Dat was even ongewoon als Toni's zonnevlammen.

In het huis rook het naar angst en jam. Toni sprong meteen weer op en liep heen en weer, stampend als een paard vlak voordat het op hol sloeg. Boer Faludi dronk het glas water leeg waarom hij had gevraagd en pakte met een vastberaden beweging Leonores handen vast. Van zijn eigen klauwen maakte hij op het tafelblad een warm, veilig holletje voor haar. Hij keek Leonore recht aan, hield haar blik even stevig vast als haar handen en zei: Jullie dochter, Flocke, is een verstandig en sterk meisje, geen meeloper, zoals zovelen hier. Flocke is iemand die zelf nadenkt. Dat komt veel mensen natuurlijk niet goed uit. Maar als ze iets op het spoor is zal ze nooit opgeven, en de oude machten hier in Dunkelblum, die verliezen hun kracht; langzaam weliswaar, maar toch. Hij drukte Leonores beide handen nog een keer en stond op. Heb vertrouwen, zei hij, niet alles komt aan het licht, maar het meeste wel. Hier, in dit huis, zie ik geen dood, maar het leven.

En met die woorden vervolgde hij zijn weg, naar de Heuraffls en Graun junior, naar de veeboeren en akkerbouwers en naar de boswachter van Dunkelblum. Al die mensen die het hele jaar door buiten werkten hadden verstand van water, anders dan de zakenlui en kantoormensen. Ze wisten dat het water niet kwam omdat je een kraan opendraaide. Ze werkten met elkaar aan het in kaart brengen van het gebied. De grote hydrologische plattegrond, die hij opgerold onder zijn mantel droeg, kreeg die dag veel nieuwe aantekeningen, kleine kruisjes en onderbroken of gestippelde potloodlijntjes. Boer Faludi begon helderder te zien. De onbeholpen plaatsvervangend burgemeester Koreny, die marmot met zijn smekende handjes, zou zich gewonnen moeten geven, en heel gauw ook.

De toespraak van boer Faludi had het echtpaar Malnitz niet gerustgesteld, integendeel. Zijn raadselachtige woorden zogen nu ook Toni, die tot dan toe eerder aan een vluchtmisdrijf in een afgelegen stuk bos of, erger nog, aan jonge, dronken en seksueel behoeftige mannen had gedacht, de kleurrijke kosmos van Leonores fantasieën binnen. Tijdens het urenlange wachten in Toni's lederen leunstoel, met uitzicht op de overstromende dakgoten waarin het water letterlijk omhoogborrelde, was ze tot de overtuiging gekomen dat Flockes volhardende gesnuffel in de Dunkelblumse geschiedenis de reden voor haar verdwijning moest zijn. Haar dochter overkwam niet *zomaar iets.* Dat kon niet. Haar dochter kreeg niet zomaar een ree op de voorbumper, ze maakte geen onhandige uitwijkmanoeuvre en stortte dus ook niet in een ravijn. Dat was veel te banaal. Het paste niet bij Leonores beeld van zichzelf en haar dochters. Dus moest er een reden zijn, een schuldige, en daarmee de mogelijkheid voor Toni en haar om de kwestie op te helderen, om door middel van deductief redeneren Flocke op het spoor te komen. Zoals je – een oude stelregel van Leonore – iets wat je kwijt bent niet terugvindt door hectisch zoeken, maar door nadenken. En viel niet alles samen? Sinds de laatste gemeenteraadsvergadering werd er in de stad gepraat over hoe Flocke met haar interruptie burgemeester Koreny van zijn stuk had gebracht. De mensen kletsten het al overal in het rond, omdat ze Koreny een idioot vonden en zich verkneukelden als iemand hem iets aandeed – het maakte niet uit wat. Maar natuurlijk wisten ze allemaal ook precies waar het om was gegaan: namelijk om Flockes idee van een grensmuseum. En haar steeds weer geuite wens om zich te verzoenen met de mensen aan de andere kant van de grens en gezamenlijk de verschrikkingen van de wereldoorlogen te gedenken. Flocke, de jonge lerares, kwam met het voorstel om al op de basisschool Hongaarse les te geven! Je moest, vond ze – en daar kon mevrouw Leonore haar dochter alleen maar gelijk in geven –, op z'n minst kunnen groeten en alstublieft en dank u wel zeggen, voor het geval je ooit weer in de gelegenheid zou zijn om de grens over te steken. Maar dat vonden de nazi's en Mostschädel hier natuurlijk helemaal niks, zelfs niet degenen die een diepe haat koesterden jegens Koreny, bijvoorbeeld vanwege het waterverhaal. Die provincialen wilden de grens helemaal niet over, ze wilden hoogstens bepaalde wijngaarden en aardappelakkers terugkrijgen die hun families zeventig jaar geleden, toen de grens werd getrokken, waren afgenomen. De Mostschädel spraken ook geen woord Engels of welke andere taal dan ook; in feite was zelfs hun Duits onbegrijpelijk voor iedereen die niet uit de streek kwam. Maar in dat geblafte dialect konden ze te allen tijde de oude jammerklachten van hun ouders en grootouders aanheffen, de herinnering aan die onvoorstelbare tijden, toen iedereen hier Hongaars had moeten leren.

En was het niet zo dat kort na de gemeenteraadsvergadering de schuur was afgebrand? De brandweer vierde feest in Kalsching, terwijl Leonores schuur in Ehrenfeld in vlammen opging. Sinds Flocke was verdwenen zag ze een verband. Inmiddels kon ze niet begrijpen dat Toni en zij het niet meteen hadden gezien. Ze vond het verdacht hoe Berneck had gegrijnsd toen ze tegen hem zei dat ze brandstichting vermoedde, aangezien er zich niets brandbaars in de schuur of in de buurt ervan had bevonden. De hitte van de afgelopen weken, zeker. Maar zomaar, zonder bliksem of kampvuur in de buurt? Ze had Berneck gevraagd of zijn adviseurs de overblijfselen daar uiterst zorgvuldig op konden onderzoeken.

Als u denkt dat het brandstichting is, *gnä' Frau*, had die handtastelijke griezel geantwoord, zou de politie natuurlijk uw eerste aanspreekpunt moeten zijn.

Daarop likte hij met het puntje van zijn tong over zijn mondhoek. Als jonge vrouw had ze hem ooit een klap verkocht, hem of zijn broer, ze wist het niet meer zeker. En dat had ze nu meteen weer moeten doen. In plaats daarvan maakte ze rechtsomkeert en ging naar de gendarmerie om aangifte te doen.

Hoe langer Leonore erover nadacht, hoe logischer het haar leek dat iemand die destijds in de oorlog in iets onuitsprekelijks verwikkeld was geweest, in paniek was geraakt door Flockes onderzoek. Ze had dan wel geen idee wie dat zou kunnen zijn, maar er waren geruchten geweest. Dat de ware daders nooit bestraft waren. Dat de hoge heren het voor zichzelf hadden weten te regelen, zoals overal.

Flocke had haar onlangs verteld dat er direct na de oorlog meerdere getuigen waren omgebracht, onder wie de man van die oude zuipschuit van een Graun. Dat had zij, Leonore, helemaal niet geweten of weer vergeten, maar goed, ze was dan ook in Kirschenstein opgegroeid. Niet meer dan dertig kilometer verderop, maar een andere wereld – dat kon ze allemaal niet weten. Was ik daar nu maar gebleven, jammerde ze tussendoor, zoals ze al die jaren had gejammerd. Deze keer reageerde Toni niet. Hij hoorde het amper. Hij zag asgrauw van bezorgdheid, hij kon helemaal niet nadenken. Hij wilde liever weer in de auto gaan zitten en doorgaan met zoeken.

Maar Leonore liet hem niet gaan. Ze praatte op hem in, zachtjes, opgewonden en zonder onderbreking, sinds hij haar in alle vroegte in zijn fauteuil had aangetroffen. Waarom die nu in de slaapkamer stond kon Toni op dat moment niet verklaren. Maar toen hij haar daar vond waren Leonores ogen groot geweest als die van een geschrokken kind, en even zag hij Flockes uitdrukking erin, die verder eigenlijk helemaal niet zo op een van hen beiden leek.

Hij moest het zich herinneren, drong Leo nu aan, je moet het je herinneren, jij was destijds toch ook al twaalf of dertien? Je moet iets weten, van toen, op z'n minst wat de mensen zeiden. De Dunkelblumers praten, die hebben immers nog nooit een geheim weten te bewaren. Wat hebben jullie destijds in hemelsnaam allemaal uitgespookt in dat afschuwelijke nazigat? En Sterkowitz heeft na de oorlog obducties uitgevoerd, een hele rij lijken met nekschoten, dat heb zelfs ik gehoord, Toni, alsjeblieft, je moet het je herinneren!

Toni liep stampend heen en weer in een poging zijn hoofd leeg te krijgen. Hij herinnerde zich de geruchten als een rode waarschuwingssticker op een doosje waarvan hij niet meer wist wat erin zat. Het woord geruchten verwees naar iets waar het steeds weer over was gegaan, maar hij kon zich domweg niet herinneren wat dat was geweest.

Hij herinnerde zich alleen het volgende: hij was destijds bevriend geweest met de zoon van een gendarme, die op z'n beurt de rechterhand van het hoofd van politie was. En de vader van zijn vriend had ooit tegen hen beiden gezegd dat de Dunkelblumers met z'n allen alleen maar sprookjes vertelden, er was niets van waar, alles was uiterst zorgvuldig en zelfs meer dan eens onderzocht. Door de Russen, en ook door de ambtenaren uit Wenen. Niets aan de hand, zand erover, en nu, jongens, mogen jullie dit eens en voor altijd vergeten!

Toni wilde niet meegaan in Leonores gedachtegang. Waarschijnlijk was ze door alle zorgen haar verstand verloren.

Maar Flocke was toch niet de enige die zich ervoor interesseerde, sprak hij haar tegen, Rehberg is begonnen met zijn stadskroniek, samen met Lowetz-Eszter, inmiddels is er een hele groep ontstaan die…

Toen schoot het hem te binnen. Hij ging weer zitten.

Wat is er? vroeg Leonore.

Toni schonk water uit de kan, hij pakte zonder nadenken het glas van boer Faludi. Toen vertelde hij over de ansichtkaart die Flocke in het huis van Lowetz van de koelkast had gepakt. Toen hij Flocke daar gistermiddag had gezocht om haar te zeggen dat... je weet wel, vanwege de Rotensteinwiese. Ik kon natuurlijk wel bedenken dat haar dat interesseert. En op de ansichtkaart daar in de keuken van Eszter – voorop stond het slot, je weet wel, die kaart die iedereen nu heeft – daar stond: STOP MET LIEGEN. Flocke heeft het zelfs nog hardop voorgelezen aan Eszters zoon, de jonge Lowetz, maar we wisten geen van allen wat het te betekenen had. Bovendien was daar natuurlijk net dat gedoe met de Rotensteinwiese, dat was op een of andere manier belangrijker.

Leonore staarde hem aan. Eszter is toch heel onverwachts gestorven, vroeg ze langzaam, ze was toch helemaal niet ziek?

Toni kon zien dat ze zelf liever niet wilde geloven wat ze zei.

Ze bleven nog een paar minuten zitten en kwamen ten slotte – zoals vaker gebeurde met mensen die, alle verzuurde gevoelens ten spijt, al decennia samenleven – tegelijkertijd op hetzelfde idee: of ze het leuk vonden of niet, ze moesten naar de oude Malnitz, met wie ze in geen jaren hadden gesproken. Naar de oude Malnitz, die sinds lange tijd deed alsof hij nog maar één zoon had, en wel de pompstationhouder van Zwick.

15

Lowetz sliep tot ver in de grijze maandagmiddag, hij had toch geen afspraken. Er was geen ochtendzon die hem wekte door het op het oosten gerichte raam in de slaapkamer van zijn moeder, niet zoals alle voorgaande dagen. Geen ochtendlijke niesbuien, geen door de lucht dansende gouden vlokjes waar hij tot dan toe elke ochtend naar had liggen kijken, onverwacht dicht bij het geluk. Ook Lowetz was die nacht lang wakker gehouden en later door bliksem en donder onrustige dromen in gestuurd.

'sAvonds tegen achten, lang voordat het onweer losbarstte, was Flockes vader de blond bebaarde vluchteling komen afleveren. Het eerste wat de man vroeg was of hij mocht douchen, waarop hij in de badkamer verdween; Lowetz kon hem nog net een handdoek achternagooien. Toni Malnitz bood hij een biertje aan, dat deze aannam, staand, zoals men dat hier deed.

Schouder aan schouder stonden ze naast elkaar naar de binnenplaats te kijken.

Wat ga je met het huis doen? vroeg de oudere man, en Lowetz antwoordde dat hij dat nog niet wist.

Zou zonde zijn, zei Toni, en Lowetz knikte en zei: Zeker.

Achterin liep Fritz door de tuin, hij droeg een lange plank naar de schuur. Toen hij weer naar buiten kwam zag hij de twee mannen en zwaaide. Lowetz zwaaide terug, Toni hield bij wijze van groet het flesje omhoog.

Ziet iemand Agnes eigenlijk nog weleens? vroeg Malnitz.

Lowetz vroeg: Leeft die nog? Hier?

Jazeker, zei Malnitz en hij draaide zich naar hem toe, je gaat me toch niet vertellen dat je dat niet wist.

Geen idee, zei Lowetz, ik dacht dat die al jaren dood was.

Dat meen je niet, zei Malnitz en hij schudde zijn hoofd. Zeg eens, waar is Flocke eigenlijk heen? Ik had durven wedden dat ze nog hier was.

Lowetz werd spraakzaam, hetzij omdat hij zijn onnozelheid wilde gladstrijken, hetzij omdat hij Flockes vader graag nog wat langer bij zich wilde houden, in het vooruitzicht van een avond met die onbekende vluchteling waarvan hij geen idee had hoe die zou uitpakken. Tot dan toe had Lowetz een ander beeld van Toni gehad, een beeld van vroeger nog, dat door zijn eigen indrukken nu al begon te vervagen. Malnitz had als dwarsligger bekendgestaan, als iemand die je maar beter uit de weg kon gaan. Dat vond Lowetz helemaal niet, integendeel. Vergeleken bij de zuipschuiten, zoals de primitieve Heuraffls of de angstaanjagende, door littekens getekende Schurl, die iedereen *de gelapte* noemde, of de vijandige figuren die hem die middag boven op de Rotensteinwiese hadden aangevallen, was Toni Malnitz bijna een openbaring. Zijn dochter sowieso, en dan zonder dat 'bijna'. En daarom vertelde Lowetz vrijuit dat Flocke in Hotel Tüffer was, bij die oudere man, die doctor huppeldepup die daar sinds enige tijd verbleef. Dat is een soort historicus, zei Lowetz, die weet alles over onze streek. Het heeft ook iets met de Joodse begraafplaats te maken, daar zullen er binnenkort immers een paar worden herbegraven, en oom Grün, Antal dus, die kent hem ook nog van vroeger.

Van wanneer vroeger, vroeg Toni, nog van voor de oorlog?

Dat weet ik niet, moest Lowetz toegeven, ik had de indruk dat het al behoorlijk lang geleden was. Maar erg enthousiast leek hij niet te zijn, Antal, toen die doctor huppeldepup hem onlangs kwam uithoren.

Toni dronk zijn biertje op en zette het flesje op tafel. Dat is begrijpelijk, zei hij, dat Antal daar niet graag over praat. Menig ander hier daarentegen… maar laten we het daar maar niet over hebben.

En met die woorden vertrok hij, wat Lowetz jammer vond.

De DDR-vluchteling riep iets door de kier van de badkamerdeur. Lowetz verstond hem niet, hij moest naar hem toe lopen en het hem twee keer laten herhalen. Het lag niet alleen aan het accent, maar ook aan het feit dat deze man er grote moeite mee leek te hebben om ook maar iets te vragen. Maar nu, zoveel begreep Lowetz eindelijk, zag hij het niet zitten om zijn vieze kleren weer aan te trekken en vroeg hij op omslachtige wijze of hij iets te leen kon krijgen. Hij wil iets lenen, mompelde Lowetz, terwijl hij zijn eigen spullen doorzocht en hem uiteindelijk ondergoed, een T-shirt en een joggingbroek bracht.

Toen stond hij daar, met hangende armen in Lowetz' keuken, een verdwaalde reiziger zonder bagage. Lowetz, die plotseling met hem te doen had, vond dat de man op z'n minst een eigen tas moest hebben.

Je moet iets hebben om je spullen in te stoppen, ook als je net even geen spullen hebt, zei hij opbeurend tegen zijn gast. Morgenochtend kopen we het hoogstnodige voor je, dat kun je daar dan in stoppen. Met die woorden drong hij hem een goedkope stoffen tas op die hij in de kast van zijn moeder had gevonden. Het was niets bijzonders, een relatiegeschenk met de slogan van een gloeilampenbedrijf erop; de tas had een rits, en er zaten alleen wat blocnotes en enveloppen, briefjes en pennen in. Lowetz gooide de tas zonder pardon leeg, in de kast, dat ging het snelst, en de tas was klaar voor gebruik. Een kleine blocnote bleef steken in een hoek, Lowetz schudde harder, uiteindelijk gleed ook die eruit. Pak aan, zei hij en hij drukte de vluchteling de idiote tas in de hand, en op een vage manier was hij zich ervan bewust dat hij hem met al zijn joviale drukdoenerij eigenlijk alleen maar verzocht om alsjeblieft niet meteen in huilen uit te barsten.

Vervolgens smeerde hij al babbelend een paar boterhammen voor hem.

Reinhold, die er met natte haren en baard ouder uitzag dan daarvoor, waardoor Lowetz begon te geloven dat hij daadwerkelijk een zestienjarige dochter had, zei nee op de vraag of hij verwondingen had waarnaar gekeken moest worden. Hij leek niet eens boos te zijn op de kwade Heuraffls: waar hij vandaan kwam kregen dieven en inbrekers ook op hun *muil*, als je ze ooit te pakken kreeg. Verder was hij weinig spraakzaam en zijn dialect was moeilijk te verstaan. Zijn bezorgdheid om vrouw en dochter maakte hem somber, en de eenzame dagen in het bos waren een flinke aanslag op zijn zenuwen geweest. Terwijl Lowetz zich had verheugd op zijn vakantie en het feit dat hij zijn moeders huis voor zichzelf had, was deze man de grens overgestoken, had het IJzeren Gordijn bedwongen, iets waarvoor de mensen vroeger werden doodgeschoten. Hier in de streek was zoiets voor zover Lowetz wist bijna nooit voorgekomen, maar wat wist hij er nou helemaal van? Hij woonde al jaren in de hoofdstad en had zijn uiterste best gedaan om de plaatselijke manier van spreken af te leren. Dat liet hij versloffen sinds hij terug was, en het voelde verrassend goed. In dat opzicht raapte hij zichzelf niet meer *z'samm*, of, beter gezegd, *z'sammen*.

We zijn het allemaal op een of andere manier vergeten, zei Lowetz bijna schuldbewust: Hoe het met jullie gaat, daar aan de andere kant.

Reinhold draaide zijn handpalmen naar buiten en zei dat dat waarschijnlijk hun eigen schuld was. Daarna vroeg hij Lowetz om begrip voor het feit dat hij vroeg naar bed ging, de volgende dag wilde hij proberen om wat te weten te komen over zijn beide vrouwen.

Toen Lowetz de volgende ochtend opstond was hij al vertrokken. Op de keukentafel lag een briefje waarop stond dat hij honderd schilling uit Lowetz' portemonnee had gepakt, om te bellen, je krijgt het zo snel mogelijk weer terug, drie uitroeptekens. Lowetz bedacht dat Reinholds angst om een of ander denkbeeldig tegoed te overschrijden en alsnog door een pak slaag van de Heuraffls de stad uit te worden gejaagd, rechtstreeks tot uitdrukking kwam in de uitroeptekens. In elk geval was schriftelijke communicatie met hem eenvoudiger. Lowetz zette koffie, het koekblik met de suiker stond nog op tafel van de dag ervoor. Hij kon maar beter even naar de meubelmakerij gaan om Fritz naar zijn moeder te vragen. Hij moest Agnes bezoeken. Was ze daar echt, verstopt in huis, kwam ze nooit buiten? Afgezien van de cirkelzaag hoorde je niets. Vroeger had ze geschreeuwd, soms, dat wist hij nog, het hoorde bijna bij de vertrouwde geluiden. Hoe zou het met haar gaan? Wat deed Fritz in hemelsnaam allemaal zonder dat iemand er iets van merkte? Waarschijnlijk had Eszter daar regelmatig geholpen, gekookt, Agnes gewassen en omgekleed of wat er ook maar nodig was, maar nu was zijn eigen moeder al een paar weken dood en hij, Lowetz, had er geen idee van gehad dat Fritz' moeder nog leefde.

Hij moest een stukje gaan rijden om over alles na te denken. Wat deed hij hier? Waarom lukte het hem niet om weg te gaan? Was hij echt van plan om te blijven? Hij pakte het oude boek met de Dunkelblumse volksverhalen en liep naar de auto. Het regende. Gelukkig lag zijn jas op de achterbank. Hij had al een paar dagen niet gereden en zag dat hij moest tanken. Het dichtstbijzijnde tankstation was in Zwick, hoewel er inmiddels ook een in Dunkelblum was, maar dat lag niet handig, van hem uit gezien precies aan de andere kant van de stad. Dus eerst maar eens naar Zwick, daarna naar Rehberg en dan zou hij wel verder zien.

Het was druk bij het tankstation, de mensen stonden binnen over de afgelopen nacht te praten, over het onweer en de schade die het had veroorzaakt. Lowetz overwoog om chips, chocoladerepen en bier mee te brengen voor Reinhold, maar dat zou verraad jegens oom Grün zijn geweest. Eszter had altijd alles wat ze maar uit zijn assortiment kon gebruiken bij hem gekocht – een kwestie van vriendschap. Dus pakte Lowetz in plaats daarvan een tijdschrift uit de standaard naast de toonbank en bladerde erdoorheen, hij had geen haast. De andere klanten waren inmiddels van onderwerp veranderd en hadden het nu over het waterschap; ze noemden het een schandaal en leken het met elkaar eens te zijn. Balf heeft zich natuurlijk laten omkopen, beweerde iemand met schelle stem, en een ander antwoordde: Als dat zo is, heeft hij er alleen niks meer aan gehad. Maar hij leeft toch zeker nog wel? vroeg een vrouw geschrokken.

Natuurlijk, we hadden het vast te horen gekregen als er nieuws was geweest, luidde het antwoord, van meerdere personen tegelijk.

Het waren de typische plattelandsthema's: het waterschap, waarvan men in grotere steden niet eens wist dat het bestond, en wat luchtig geroddel over wie er al dood was en wie nog maar half. Lowetz probeerde zich zijn kantoor en zijn collega's voor te stellen. Hoe het zou zijn als hij hun vertelde dat hij naar Dunkelblum terugkeerde. Het antwoord op de vraag waarvan hij wilde leven sloeg hij over; het geniale idee was een joker die hij nog in handen moest krijgen. Misschien kon hij voor Toni werken? Misschien had die nieuwe etiketten nodig, folders, reclamemateriaal? Daar zou hij niet van kunnen leven. Misschien kon hij een reclamebureautje beginnen, in zijn eigen huis. Reclame Lowetz? Met net zo'n bord als het ouderwetse Modehuis Rosalie. Lowetz grijnsde. Hij zou moeten uitzoeken of er in de stad al zoiets was.

Hij ving een bepaalde geur op, die hij kende maar al lang niet meer had geroken. Wat was het? Geen lavendel. Mottenballen? Kon het patchoeli zijn? Wat was het verschil? Hij keek op. Naast hem pakte een vrouw die eruitzag als een geest een puzzelboekje uit de standaard, die ze daarbij onopvallend een stukje naar achteren liet rollen. Lowetz observeerde haar. Ze was bijna kaal, grijze haren als veren stonden in armoedige plukjes overeind op haar hoofd, en dikke wallen benadrukten haar toch al enorme ogen. In haar hand had ze een mandtas, groot en licht en bijna leeg, onderin lag alleen een stuk stof, een sjaal of trui. Waarschijnlijk had de vrouw een slopende ziekte, zo mager als ze was. Haar ogen bewogen jachtig door de ruimte. Lowetz deed twee stappen achteruit en ging half weggedraaid bij het raam staan, alsof hij meer licht nodig had om te lezen. Vanuit die positie zag hij dat de vrouw nog altijd met haar hand aan de krantenstandaard stond en hem langzaam dichter naar de schappen achter de toonbank trok. De pompstationhouder merkte er niks van, hij bediende de kassa en kletste. De andere klanten hadden het nog steeds over waterleidingen en watermeters. Net toen Lowetz zich begon af te vragen of er hier voor zijn ogen een winkeldiefstal werd beraamd, deed de magere vrouw een vastberaden greep in het schap achter de pompstationhouder, pakte daar tussen de kalender met blote vrouwen, familiefoto's, bekers en medailles iets ronds uit, niet bepaald klein. Bijna op hetzelfde moment duwde ze de krantenstandaard heftig van zich af, de winkel in. Er klonk een knal, de tijdschriften vlogen in het rond en de vrouw lag op de grond naast haar boodschappentas. Ze huilde en jammerde. Iemand bukte zich en zette de krantenstandaard weer overeind, anderen bekommerden zich om de vrouw. Lowetz stond ernaast, met het tijdschrift waarin hij had staan bladeren geschrokken tegen zijn borst geklemd. De vrouw kwam, ondersteund door anderen, overeind en verontschuldigde zich aan één stuk door: Uitgegleden, de laatste tijd zo klunzig, het spijt me ontzettend.

Daar hoef je echt niet zo over te grienen, hoor, Inge, zei de pompstationhouder, er is toch helemaal niks gebeurd. Ook Lowetz zette zijn tijdschrift terug in de standaard, alsof hij hielp met opruimen. Daarna haastte hij zich om te betalen. De naargeestige vrouw had zojuist voor zijn ogen de Stahlhelm gestolen die sinds lange tijd in het schap van het tankstation lag. Nu schoot hem te binnen dat de pompstationhouder waarschijnlijk Flockes oom was. Maar moest hij hem op de hoogste stellen van de diefstal van de helm terwijl alle andere klanten de ongetwijfeld doodzieke vrouw aan het troosten waren? Daar voelde hij zich niet toe in staat, en eerlijk gezegd kon het hem ook helemaal niet schelen.

Toen hij met het sprookjesboek onder zijn jas de deur naar het reisbureau openduwde, stond Rehberg achter zijn toonbank langs zandhoop, stoomschip en leren kameel heen naar de regen te kijken. *Gestatten*, meneer Rehberg, zei Lowetz, zoals ze dat vroeger, in zijn jeugd, zeiden: Gestatten, meneer Rehberg, ik ben het, de zoon van Eszter, en ik wilde...

Gäh-schtot-tän, u had ik in ke-dach-ten, onderbrak Rehberg hem luid lachend, Lowetz keek hem wazig aan. Een moment lang regen de ervaringen van de laatste uren zich tot een ketting van waanzin aaneen: een kletsnatte bange Saks, die de Hongaarse grens over was gekomen en niet daar was neergeschoten maar hier in elkaar geslagen, een naar patchoeli ruikende broodmagere vrouw die in het tankstation een helm uit de oorlog had gestolen, en nu ontving Rehberg, van wie de mensen zeiden dat hij homo was, hem met onbegrijpelijke zinnen tegen het decor van een reusachtig opblaasstoomschip.

Pardon, zei Rehberg, nog altijd grijnzend, en we kunnen elkaar gerust tutoyeren, ik weet toch wie je bent.

En toen legde hij uit dat het ouderwetse *gestatten* hem aan een anekdote deed denken, de enige Hollywoodanekdote die zich in zekere zin in Dunkelblum afspeelde. Toen de later wereldberoemde regisseur Michael Curtiz nog Mihály

Kertész heette en zich regelmatig in deze streek, tussen Wenen en Boedapest, ophield, zag hij in de bar van het destijds pas geopende Hotel Tüffer een aantrekkelijke jongeman zitten. Het was blijkbaar het type waarnaar hij tot dan toe tevergeefs als hoofdpersoon voor een nieuwe film op zoek was geweest. Eerst had hij opgewonden naar hem gewezen en met zijn vrouw gesmiespeld, uiteindelijk was hij opgestaan en had zichzelf met exact die woorden aan de man voorgesteld: *Gäh-schtot-tän*, u had ik in ke-dach-ten!

Lowetz wist niet wat hij moest zeggen. Ten slotte zei hij dat hij op zijn beurt in gedachten had gehad dat dit waardevolle object hier – met die woorden presenteerde hij zijn beduimelde sprookjesboek – een perfect tentoonstellingsobject zou zijn voor het geplande Heimatmuseum. Hij zou het met genoegen doneren, met de kanttekening dat er bepaalde antisemitische uitdrukkingen in stonden, zoals dat in de tijd waarin het boek tot stand was gekomen helaas gebruikelijk was geweest.

Rehberg nam het boek niet aan, het zweefde aan Lowetz' uitgestrekte arm in de lucht, tot hij de arm met het boek weer introk.

Kun je er niet over schrijven? verzocht Rehberg hem met overslaande stem, nu je moeder er niet meer is heb ik helemaal geen hulp meer, die paar anderen kan ik wel vergeten... Bovendien heb ik eindelijk een toezegging van de gravin gekregen, voor het museum, nou ja, in elk geval zo halfhalf.

Hij bood Lowetz een kop koffie aan. Omdat hij zo bedrukt keek ging Lowetz op een van de stoelen voor de klanten zitten, alsof hij een busreis naar Lignano wilde boeken. Maar al snel raakten ze in een vertrouwelijk gesprek gewikkeld. Lowetz deed alsof hij al had besloten om zijn ouderlijk huis aan te houden en misschien weer terug naar Dunkelblum te komen, hoewel de vreugde die Rehberg daarover liet merken hem buikpijn bezorgde. Voor mama te laat, zei hij in een poging zijn verwachtingen te temperen, maar Rehberg riep: Zij zou gezegd hebben, beter laat dan nooit, dat weet ik zeker! Dat is precies wat Eszter gezegd zou hebben!

Hij verzocht Lowetz dringend om de papieren en formulieren bij elkaar te zoeken die iets met het werk aan de stadskroniek te maken hadden. Er zaten wat unieke stukken van zijn tante Elly bij, foto's en brieven. Lowetz zei dat hij dat al van Flocke had gehoord, maar nog niets had gevonden. In het hele huis was gek genoeg bijna geen papier te vinden: ook haar boeken had Eszter kennelijk allemaal weggegeven.

Hij glimlachte ongemakkelijk. Hoe langer ik hier ben, hoe vreemder mijn moeder voor me wordt, bekende hij uiteindelijk aan Rehberg. Bijna elke dag kom ik iets over haar te weten wat ik nog niet wist. Ik hoor zelfs dingen die ik nooit voor mogelijk had gehouden.

Dat vergaat niet alleen jou zo, zei Rehberg, zijn handen knedend. Sinds ik met deze kroniek ben begonnen gebeurt me dat aan één stuk door.

16

Op maandagochtend was het uitzonderlijk rustig in de praktijk van dokter Sterkowitz, alsof de regen ook de ziektes had weggespoeld. Maar dat was natuurlijk niet zo. Het onweer en de gevolgen ervan vraten alle energie van diegenen die weinig mankeerden, die waarschijnlijk alleen een recept of vaccinatie nodig hadden gehad, en de anderen bleven, aangezien het nog steeds regende, liever thuis, alwaar ze het huisbezoek afwachtten. Mevrouw Sterkowitz, die de rol van assistente vervulde, kwam er eindelijk weer eens aan toe om de tijdschriften door te bladeren. Ze was vooral fan van het Monegaskische koningshuis en kon niet genoeg krijgen van de mooie Caroline en haar jonge Italiaanse man. De oude Fransman had ze niet gemogen, hoewel ze geen goedkeuring kon opbrengen voor de ontbinding van dit eerste huwelijk door de paus. Maar ze was betoverd door de sportieve Italiaan en de drie kleine kinderen. Dat was nog eens wat anders dan die weinig mondaine Dunkelblums die zich zelden lieten zien. Mevrouw Sterkowitz vond het jammer dat ze geen Frans sprak; hoe had ze dat ook moeten leren? Maar als ze het had geleerd, had ze nog veel verder weg kunnen dromen, helemaal naar de dichtbebouwde rots van Monaco aan de azuurblauwe zee.

Sterkowitz, haar man, was sinds de avond ervoor wat afwezig. Hij bromde en snoof minder, maar bij gebrek aan kinderen of erg bange patiënten om gerust te stellen viel dat niet zo op. Nadat de laatste patiënt van die ochtend was behandeld, stapte hij in zijn oranje Honda en reed naar de Rotensteinwiese.

Tegen de tijd dat hij vanaf straatniveau over twee planken afdaalde naar de witte tent, regende het niet meer zo hard. In de tent bleef je droog, wel was het er vochtig en benauwd. De collega uit Kirschenstein had een draagbare radio meegebracht, waarop continu de verkeershinder werd doorgegeven: modderstromen op de weg naar de Hazug, door bliksem en storm gevelde bomen. Vanwege de inzet van de brandweer was de hoofdweg in Tellian afgezet, automobilisten werd verzocht er met een grote boog omheen te rijden. Verder naar het westen, in Löwingen, waren twee mensen gewond geraakt door een vallende tak, ze lagen op de intensive care. Alleen onze patiënt hier heeft geen last gehad van het onweer, was het commentaar van de collega uit Kirschenstein, die is al vijfenveertig jaar dood.

Is het eigenlijk wel een soldaat? vroeg Sterkowitz; onderzoekend pakte hij het linkerdijbeen op. De afzonderlijke botten waren door zijn collega al ongeveer in menselijke vorm geschikt, maar er ontbrak nog het een en ander.

Ik vind het er eigenlijk als een vrouw uitzien, antwoordde de collega en hij pakte een stuk van het darmbeen op: van het bekken hebben we tot nog toe alleen dit ene stuk. Maar de rest moet daar nog zijn. Hij wees naar de kuil, waar twee assistenten zeer behoedzaam op hun knieën in de aarde lagen te krabben.

En verder, vroeg Sterkowitz. Geen voorwerpen gevonden? Geen knopen of wapens of gespen?

Zoals ik al zei, zei de collega, het zou een vrouw kunnen zijn. Tenzij er alsnog een helm opduikt! Hij lachte: Maar dan hebben we een probleem.

Sterkowitz keek naar de beide assistenten in de kuil. Ze droegen witte kunststoffen overalls, brillen en mondmaskers, ze zagen eruit als michelinmannetjes. Sterkowitz vond dat overdreven – wat een toestanden voor wat oeroude botten op de Rotensteinwiese. Alsof ze een krimi aan het opnemen waren.

Toen attendeerde de een de ander ergens op; niet op de bodem van de kuil, maar in de zijwand, vrij diep onderin. Die ging vervolgens met opgetrokken benen op zijn zij liggen en begon daar met zijn gereedschap te boren. Meer licht, zei hij met gesmoorde stem door het mondkapje, hij moest het herhalen, de mannen lachten. De ander ging achter de eerste liggen, als het ware lepeltje-lepeltje. Met een zaklamp lichtte hij zijn collega over diens schouder bij, en Sterkowitz zag dat zijn arm niet bibberde en niet wiebelde, dat die als een lantaarnpaal in de lucht stond, zo kalm als anders alleen de doden zijn.

De aanblik van de scherpe hoeken van hun knieën, de manier waarop ze achter elkaar lagen, in elkaar geschoven, katapulteerde Sterkowitz bruusk naar het verleden, heel ver terug in zijn leven. Je kunt mensen ruimtebesparend opbergen door hen op hun zij en lepeltje-lepeltje te leggen. Ook lengteverschillen zijn op die manier het beste te compenseren. Niet dat dat destijds zo was geweest, in de scène die hem overviel. Maar twee van hen hadden zo gelegen, achter elkaar, als tegen elkaar aan gevlijd. De greppels waarin ze lagen waren niet vierhoekig of vierkant, zoals je zou hebben verwacht, maar smal en zigzaggend; ze vormden dus ook scherpe hoeken, net als de in elkaar geschoven knieën. Gezien de omstandigheden waardoor ze daar terecht waren gekomen was de houding van die twee absoluut onwaarschijnlijk. Waren ze zo neergevallen of had men hen zo neergelegd? Was dat het wat zoveel bij hem losmaakte? Die twee lagen daar zo... vredig en liefdevol. Destijds had hij nog niet veel gezien, behalve dan natuurlijk lijken van bijna alle leeftijden, maar die bevonden zich normaliter op een tafel met een briefje aan de grote teen. Daarna was hij ook nooit meer zoiets tegengekomen, gelukkig, gelukkig... Het waren er misschien tien of twaalf per kuil geweest, maar tellen was niet zijn taak, dat deden de Russen. Hij en zijn arts-assistent, Lajos van over de grens, hadden er slechts twee of drie, misschien ook wel vier, nauwkeuriger onderzocht, die hadden de soldaten er in hun geheel voor hen uit gehaald. Bij allemaal vonden ze vrijwel meteen de intredewond, in de nekwervels of in het hoofd. Daarna deden ze het alleen nog steekproefsgewijs, met de zaklamp. Zo was hij op die twee gestuit, die dicht tegen elkaar aan lagen. Misschien broers, of vader en zoon. Of puur toeval? Hij onderzocht hen niet, je had ze eerst uit elkaar moeten trekken. Hij bekeek anderen, waar hij makkelijker bij kon, van wie hij makkelijker bij hoofd en nek kon. Meer hoefde hij ook niet te doen, meer werd er niet van hem gevraagd. Hij stelde de doodsoorzaak vast, hij rapporteerde een onnatuurlijke dood. Op een keer, toen hij geen gat aantrof op de plek waar de anderen dat wel hadden, zei de soldaat naast hem iets. Hij verstond het niet, maar Lajos wees naar wat de jonge knul kennelijk bedoelde. De andere twee hadden de ingeslagen schedel sneller gezien. Je hoefde niet meer naar een gat te zoeken. Sterkowitz wankelde en hield een hand voor zijn mond. Lajos had bij hen beiden een reep stof over mond en neus gebonden, maar dat hielp helemaal niets. De stank was verschrikkelijk. De proporties waren verschrikkelijk en onbeschrijflijk. De Russische commandant praatte ononderbroken van bovenaf op hen neer, het klonk woedend, een ander schreef het rapport. Een tent hadden Lajos en hij niet gehad, ze hadden niets gehad, alleen een paar zwartogige, uitgehongerde soldaten met scheppen, die ze in de grond staken waar zij aanwezen dat dat moest, en die regelmatig zelfs met hun handen moesten graven, tussen de lichamen. Op een gegeven moment keek Sterkowitz op naar de commandant. Die blafte hem iets toe in zijn eigen taal, hoewel hij wist dat hij er niets van verstond. Maar zijn handgebaren waren duidelijk, hij mocht stoppen. Hij klom eruit en ze hielden het rapport voor hem op. De soldaten stonden weer boven, langs de rand, en gooiden de boel dicht. Eerst open, meteen daarna weer dicht. Ze wezen Lajos en hem aan waar ze moesten ondertekenen. Hij had geen idee wat hij moest ondertekenen, maar hij nam aan dat alles in orde was. En zo niet, dan kon hij er toch niets aan veranderen. Hij was een jonge arts, hij had over deze dingen gehoord, maar dat het er zoveel waren verraste hem. Velen van hen waren verdreven, honderden, waarschijnlijk duizenden, op die marsen, weg van hier. Daarom had hij niet geloofd dat er zoveel in die kuilen lagen, een paar maar, de zieken, die uit zichzelf waren gestorven. De gaten waar hij verslag over uitbracht vertelden iets anders. Hij kon niet zeggen hoeveel het er waren. Ze openden bij lange na niet alles, ze lichtten slechts een tipje van de sluier op. Het zag ernaar uit dat die zigzaggraven nog eindeloos doorgingen, tot aan de horizon. Hij kon de stank niet meer verdragen. De stank was bestiaal. Hij drukte zijn hand voor mond en neus, hij wankelde.

Alles in orde, collega? vroeg de arts uit Kirschenstein. De assistenten in hun astronautenpakken stonden links en rechts van hem, alsof ze uit de kuil waren getoverd. Een van de astronauten, die zich, toen hij bril en mondbescherming afnam, als vrouw ontpopte, hield hem zelfs bij zijn elleboog vast. Even dacht Sterkowitz dat hij had uitgesproken wat hij net had gedacht, en dat de drie collega's hem zo verbijsterd aankeken omdat hij het had verteld. Toen begon zijn verstand weer te werken. Hij was opvallend stil geweest en had zijn hand voor zijn mond gehouden, ze dachten natuurlijk dat hij misselijk was geworden. Ze waren niet geschrokken maar bezorgd. Sterkowitz snoof en bromde. Alles in orde, alles in orde, op mijn leeftijd is een mens soms wat afwezig, als je ineens aan iets van vroeger moet denken.

Wat was het dan, vroeg de vrouw, iets belangrijks? Ze was rank en blond en had dat pak aan. Sterkowitz was er niet zeker van of het wenselijk was dat vrouwen werk deden dat tot dan toe aan mannen voorbehouden was geweest. Wie wilde er nou met iemand trouwen die in de modder naar botten groef?

Jaren geleden, kort na de oorlog, heb ik eens sectie moeten verrichten op een medewerker van me, zei Sterkowitz, en die zin, waarnaar hij zich had uitgestrekt als naar een reddingsboei, deed zijn werk. De drie collega's vergaten wat er was gebeurd, en zelf vergat hij het ook bijna.

Daar moest ik ineens aan denken toen ik die mooie botten van u zo netjes zag liggen, loog Sterkowitz snuivend. Natuurlijk, die van mij was vers, nog geen skelet, maar hij lag precies zo, op mijn tafel in de praktijk. Een roofmoord op mijn tandtechnicus, kunt u zich dat voorstellen? En hij was ook nog eens een uitmuntend specialist, Lajos heette hij, hij kwam van over de grens!

En toen vertelde hij. Dat ruim veertig jaar geleden de huisarts ook de tandzorg deed, naar beste vermogen. Hoewel hijzelf dat eigenlijk helemaal niet had gekund toen hij hier was begonnen, maar als de anderen dat alstublieft aan niemand wilden doorvertellen, durfde hij dat nu wel onomwonden toe te geven. Iedereen lachte. Wat hadden ze moeten doorvertellen? Sterkowitz was een gerespecteerd en ervaren arts. Zijn goede naam was ook in Kirschenstein bekend. Dat hij vroeger ooit aangewezen was geweest op tandtechnicus en vroedvrouw, jarenlang, tot hij alles van hen had geleerd, was niet meer dan een aardige anekdote, een goudeerlijke grap.

En dan vermoorden ze doodleuk mijn tandtechnicus, pal aan de grens, als hij zoals elke avond naar huis fietst, vervolgt Sterkowitz hoofdschuddend. Het tandgoud is nooit gevonden en de moord is nooit opgehelderd.

Hoe is hij gestorven? vroeg de collega uit Kirschenstein, vermoedelijk uit professionele interesse.

Door het hoofd geschoten, van heel dichtbij, zei Sterkowitz en hij zuchtte, zo'n aardige vent, die Lajos.

Toen Sterkowitz thuiskwam stond het middageten op tafel. Hij vertelde zijn vrouw dat er geen nieuws was, maar dat zijn collega's vast en zeker zeer binnenkort de complete vondst zouden hebben geborgen. Dat zijn collega op het moment uitging van een vrouwelijk skelet, vertelde hij niet. Dat vond hij ongepast, dat zijn vrouw zich een seksegenote moest voorstellen, daar boven in de blubber. Bovendien was hij sinds jaar en dag van mening dat je alleen feiten moest meedelen, geen vermoedens.

Toen ze hem zijn koffie bracht, realiseerde Sterkowitz zich dat hij vandaag voor het eerst in tijden weer aan Lajos had gedacht, en dat hij destijds het lijk had geschouwd, zoals daar boven zijn collega dit nieuwe skelet.

Een schande dat ze de moordenaar nooit hebben gevonden, zei hij, ik had verwacht dat er op een dag op z'n minst een deel van het goud zou opduiken.

Mevrouw Sterkowitz beet op haar lippen, stond meteen weer op en ruimde de tafel af.

Kom nou toch, zei ze tegen zijn achterhoofd, met Horka

en die Russen van toen? Die hebben zichzelf er prima uit weten te redden.

Daar heb je ook wel weer gelijk in, zei Sterkowitz instemmend, de medische zorg is vaak stukken deugdelijker dan het politiewerk. Hij lachte.

Hangt er ook van af door wie je wordt opgevolgd, zei mevrouw Sterkowitz afgemeten, maar als die niet gauw komt ben je binnenkort de oudste huisarts van het land.

Toen moest Sterkowitz aan zijn voorganger denken; hoe die moest hebben gewacht tot hij eindelijk werd afgelost. Een vriendelijke heer met bril met goudkleurig montuur, die hem stokoud was voorgekomen. Vandaag had hij bijna zijn zoon kunnen zijn, die dokter Bernstein, die Dunkelblum te voet had moeten verlaten, met een minimum aan bagage.

Altijd goed uw handen wassen, had hij hem geadviseerd, en Sterkowitz had altijd gedacht dat dat advies de typische ironie van de Joden was geweest. Inmiddels gaf hij ruiterlijk toe wat voor jammerlijk figuur hij destijds had geslagen – vers van de uni, in feite volledig onwetend. En dat je echt goed je handen moest wassen, dat was zeker.

Mevrouw Sterkowitz stapelde drukdoenerig het serviesgoed op, maar innerlijk luisterde ze gechoqueerd naar haar eigen woorden. *Horka*, ze had het hardop gezegd, voor het eerst in decennia. Want hij was degene geweest van wie ze had gehoord dat Lajos dood was. Tegenover haar man had ze later moeten doen alsof ze het nog niet wist. Horka was via de kelder naar binnen geslopen, had haar in de keuken bij haar keel gegrepen en haar verkracht. Staand. Ze had geen kik gegeven, ze had alleen geprobeerd om door de hand die hij tegen haar gezicht drukte genoeg lucht te krijgen tot het voorbij was. Daarna had hij haar verteld dat Lajos dood was. Omdat die te veel had gepraat, en dat ze moest zorgen dat haar man niet hetzelfde overkwam. Geen woord, begrepen, had hij gesist, en ze was in elkaar gekrompen en had verwoed geknikt.

Toen hij een paar weken later weer in haar keuken had gestaan, was ze van angst bijna flauwgevallen. De kelder was sindsdien afgesloten, maar misschien kon Horka sloten gewoon openkrijgen. Deze keer deed hij haar niets aan, hij ving haar zelfs op voordat ze de grond raakte, en zette haar ruw op haar keukenbank. Hij legde een paar bankbiljetten op tafel.

Tot nog toe heb je gedaan wat ik heb gezegd, zei hij, zorg ervoor dat dat zo blijft. Ze knikte weer en hapte naar adem. Toen was hij weg. Het geld verstopte ze, met punaises achter het mottenpapier tegen de achterwand van de klerenkast geprikt. Ze hadden het destijds hard nodig gehad, in die verschrikkelijke eerste periode na de oorlog.

Je bent gewoon te goed voor deze wereld, zei ze tegen haar man, en met haar armen vol serviesgoed schopte ze de deur naar de keuken achter zich dicht.

17

Toen Resi Reschen in het ochtendgloren opstond en de heftige regen zag, vermengden haar dromen en de gebeurtenissen van de afgelopen nacht zich op onaangename wijze met elkaar. Woede borrelde in haar op, en ze voelde zich haast als de spreekwoordelijke kruisspin waar de witkwast overheen ging. Waar de spin ook heen rent – hij kan niet aan de dodelijke witte kwast ontkomen. Resi had niet kunnen zeggen waarom ze zo boos was, maar ze voelde hoe het vormeloze grijs buiten door de ramen heen in haar lijf kroop, zich in haar voortbewoog en, net als de beekjes en regengoten van die nacht, alle kanten op klotste. Grauw tegen dat schaamteloze wit. Diverse mensen – ze had nog geen namen in haar hoofd, het was in eerste instantie een blinde woede, ze zag als het ware een gezichtloze, vijandelijke massa voor zich, die langzaam haar kant uit bewoog – waren hard op weg om kapot te maken wat in al die jaren was opgebouwd. Ze waren bezig ramen, wonden en graven open te rijten, onnodig, en niets ervan kwam het constructieve samenleven ten goede. Doctor Alois had het vaak over constructief samenleven, en sinds hij weer terug was en Horka vertrokken had zich daadwerkelijk alles ten goede gekeerd. Wisten die betweters dat ze met al dat oprakelen van ze tegenreacties uitlokten? Dat kenden ze hier immers. Uiteindelijk zou er weer ergens een dode liggen. Misschien het nieuwsgierige meisje? Die mensen die het over verwerking van de geschiedenis, een museum en verzoening met de andere kant van de grens hadden, die konden zich geen van allen voorstellen hoe het toentertijd, in de oorlog en daarna, daadwerkelijk was geweest; ze wisten niet wat ze op het spel zetten als ze niet ophielden met hun intellectuele flauwekul. Deels waren het gewoon nog kinderen – die Flocke Malnitz liep tot een paar jaar geleden nog met vlechtjes rond! En Rehberg, de enige zoon van de glazenmaker, die was nog net in de ergste periode geboren. Resi wist nog dat er kort na het begin van de oorlog een dag lang naar de vroedvrouw was gezocht. Veel had het niet uitgemaakt, want de bevalling zou vervolgens nog dagen duren. Maar bij een eerste bevalling zijn de moeders vaak hysterisch. En de vrouw van de jonge glazenmaker, bijna een meisje nog, was uitzonderlijk hysterisch geweest, alsof ze geen andere zorgen hadden gehad. Maar dat Rehberg pas in de oorlog was geboren betekende dus dat hij helemaal nergens iets van wist.

Als Resi Reschen eerlijk was geweest tegen zichzelf – waar ze innerlijk volstrekt niet voor was toegerust – had ze zich gerealiseerd dat het haar helemaal niet om de kroniek ging, om het museum en al die andere bescheiden pogingen om Dunkelblum op gekunstelde wijze een paar toeristische attracties op te dringen, maar dat ze bang was. Bang voor wat ze niet begreep en niet kon plaatsen. Dat overkwam haar zelden. Maar wat dacht die gast op kamer zeven wel, om net te doen alsof ze elkaar al heel lang kenden?

Met harde hand schiep Resi orde in het hotel. Ze liet Zenzi de vleeswaren op het ontbijtbuffet opnieuw schikken, omdat ze het niet netjes genoeg vond. Toen het Kroatische meisje onder de tafels stofzuigde gaf ze haar een schop onder haar kont en deed alsof dat per ongeluk ging. Zo ging het door tot in de middag. Pas aan het eind van de dag, toen ze het personeel genoeg had opgejaagd en helemaal niets meer kon vinden om te bekritiseren, trok ze zich mopperend terug in haar kantoorhoekje. Alles, tot en met de oudste papieren, bewaarde ze op een vaste plek – orde is het halve leven –, en als je het haar zou hebben gevraagd, had ze waarschijnlijk geantwoord dat vlijt de andere helft was. Uitgerust met de leesbril van de eenarmige meneer Reschen, God hebbe zijn ziel, haalde ze documenten uit een oude leren map, waarvan ze had gehoopt dat ze die nooit meer in handen zou hoeven houden. Ze bestudeerde ze aandachtig, hoewel ze maar al te goed wist wat erin stond. Op een stuk papier dat ze had klaargelegd probeerde ze een stamboom van de Tüffers op te stellen. Maar het lukte haar niet. De jonge meneer Tüffer, die zo gecharmeerd was geweest van Vroni, had kleine kinderen gehad, maar ze wist hun namen niet meer. Andere zoons en dochters van mevrouw Tüffer waren al in een vroeg stadium geëmigreerd, Resi wist niet eens hoeveel het er waren. Stel dat een zus van de jongeheer ergens ter wereld met een Gellért was getrouwd...? Ze kreeg het raadsel niet opgelost. Dus bestudeerde ze ook de handtekeningen, zelfs die op documenten die nog uit de monarchie stamden, zoals landmetingen en eigendomspapieren bij grondverkoop. Een ambtenaar, een notaris, een getuige? Was er ergens een aanwijzing naar iemand met de naam Gellért?

Ze had nooit aan iemand laten doorschemeren hoe bang ze was dat de Tüffers zouden terugkeren. Wat niet helemaal waar was. Als de oude mevrouw Tüffer persoonlijk was teruggekomen, bijvoorbeeld toen, meteen na de oorlog, had Resi waarschijnlijk een kniksje gemaakt en de grote sleutelbos gehaald. Maar je hoorde weleens verhalen over brieven die juridische strijd, advocaten en kosten met zich meebrachten. Je hoorde over een heleboel onpersoonlijk en anoniem gedoe. In Tellian en Kirschenstein was er een handjevol soortgelijke gevallen geweest; iemand had een bedrijf overgenomen en moest dat later teruggeven, of had heel veel geld moeten betalen zodat het uiteindelijk echt van hem was. Minstens één gezin was daardoor failliet gegaan, en dat was nog helemaal niet zo lang geleden. Volgens Resi's eigen juridische opvattingen moest dat allemaal verjaard zijn, toch op z'n allerlaatst sinds het gedenkjaar. Vijftig jaar! Hoelang moest je eigenlijk bang blijven? Moesten ook haar erfgenamen nog bang zijn?

Als hij dronken was had Resi's eenarmige man haar soms voor Jodenhoer uitgemaakt. Want als het om de Tüffers ging, bleef ze erbij dat de oude mevrouw Tüffer haar altijd fatsoenlijk had behandeld.

Onder de Joden is de fatsoenlijke mevrouw Tüffer koning, schreeuwde Reschen, en dan probeerde hij haar met zijn ene arm te pakken te krijgen. Later was hij niet meer zo stoer, die man van haar met zijn dikke buik. Zo dik als zijn buik was, zo groot was zijn afkeer van de Joden, wat hem zelfs een keer een gevaarlijke scène met een Rus had opgeleverd. Want voor Reschen was het domweg ondenkbaar geweest dat de Russen Joden officiers lieten worden. Door de jaren heen ebde de haat van haar man stukje bij beetje weg. Ebde weg naarmate de oorlog verder terug lag en de Tüffers niet meer terugkwamen, niet het kleinste teken van leven gaven. Alsof ze nooit hadden bestaan. Misschien had Reschen om precies te zijn alleen de Tüffers gehaat, ook al kende hij hen helemaal niet.

Dat het hotel de naam Reschen zou krijgen was niet aan de orde. Ze hadden geen geld voor dat soort uiterlijkheden, en de naam was, zoals Resi haar man Reschen al menigmaal had uitgelegd, gevestigd sinds het keizerrijk. Gevestigd, grauwde Reschen, lik me reet. Maar de naam bleef, evenals de jugendstilelegantie, hoewel de Reschens die met enorme hoeveelheden boerenaardewerk en gevlochten stro zo onherkenbaar mogelijk maakten.

Er viel een schaduw op Resi's papieren, op haar pathetische poging om zich te verdiepen in de wijdvertakte stamboom van de Tüffers. Ze keek op, Zenzi stond met angstige blik voor haar. De oude mevrouw Graun, fluisterde ze, excuseer, mevrouw Veronika Graun wil u spreken.

Resi stond langzaam op en pakte Zenzi, die net aan de

kant wilde gaan, met beide handen bij haar heupen. Ze hield haar voor zich als een gijzelaar en keek over Zenzi's mollige schouder richting receptie. Daar stond inderdaad Vroni, uitgedost met hoed, mantel en handtas, ze kon haar ogen bijna niet geloven. Dat die überhaupt nog iets had waarin ze de deur uit kon gaan, dat oude drankorgel! Resi fluisterde Zenzi bevelend toe dat ze haar aan de hoektafel in de bar moest laten plaatsnemen, en zodra de kust veilig was ging ze zich omkleden. Deze strijd diende met gelijke wapens gestreden te worden.

De zalmroze blazer die Resi had uitgekozen spande even erg over haar boezem als de opstaande kraag van Vroni's gebloemde blouse versleten was. Ze zaten tegenover elkaar en waren zich terdege bewust van elkaars, en zeker ook hun eigen modieuze tekortkomingen. Als op dit regenachtige tijdstip, vroeg in de avond, een van de stamgasten de bar van Hotel Tüffer was binnengekomen, had die zich waarschijnlijk verbaasd over de twee vrouwen die gespannen tegenover elkaar zaten, als bij advocaat of notaris. Maar er was nog niemand, maandag was het nooit echt druk, en na het onweer van de afgelopen nacht verwachtten ze de eerste drinkers pas laat. Vroni Graun bestelde een wienermelange, en Zenzi zette ongevraagd een groot glas kraanwater voor haar bazin neer. Toen werd ze het vertrek uit gewuifd.

Lang niet gezien, begon Vroni Graun met een vleugje ironie.

Goed, *gnädige Frau*, zei Resi met precies hetzelfde vleugje, wat kan ik voor u doen?

Mevrouw Graun roerde uitvoerig in haar koffie nadat ze er twee grote lepels suiker in had geschept. Typisch dronkenmansgedrag, constateerde Reschen, die ook de zoetige lichaamsgeur waarnam, als een ranzige likeurbonbon. Toch was Vroni in beteren doen dan ze op basis van de geruchten had verwacht.

Eindelijk keek mevrouw Graun op. Zeg eens, heb je destijds eigenlijk iets met de jongeheer gehad? vroeg ze met een knipoog.

Resi verstarde. Wat wilde ze in hemelsnaam? Was ze daarvoor gekomen? Maar net als toen ze nog veertien waren lukte het Vroni om haar met slechts enkele woorden in grote verlegenheid te brengen. Ze dacht goed na over haar antwoord, stak haar neus in de lucht en zei: Zoals je weet heeft men niets met de *Chefitäten* gehad, die hebben gegeven en genomen.

Nou ja, ik bedoel maar, zei Graun, destijds is er toch een kleine voor de kerk in Ehrenfeld te vondeling gelegd. En even aangenomen dat die van jou was, dan had je nu zoiets als een rechtmatige erfgenaam gehad.

Buiten sloeg de kerktoren twee keer voor het halve uur, en er knetterde een bestelwagen langs. Omdat Resi haar best deed om onhoorbaar adem te halen bleef het nog even stil, tot de oude mevrouw Graun met een reutelende lach uitbracht: Stom eigenlijk, dat niemand weet hoe het met die kleine is afgelopen!

Resi keek naar het tafelblad en maakte een vuist onder tafel. Wat wil je? vroeg ze ten slotte, ik heb wel wat beters te doen dan hier te zitten.

Natuurlijk, excuses, antwoordde de oude mevrouw Graun, onze vlijtige Resi die de zaak niet uit komt, overdag niet en 's nachts niet. Maar ik heb nog een andere vraag. Ze veranderde van toon en vroeg indringend: Zeg eens, Resi, weet jij toevallig met wat voor informatie doctor Alois mijn zoon in de tang heeft? Sinds jaren hoeft die oude nazi maar met zijn vingers te knippen of hij springt al.

Ze keek weer op, vriendelijk en vragend, en even zag Resi haar beste vriendin van vroeger, zo mooi en blond en slim, en toen, onderweg naar het sollicitatiegesprek in Hotel Tüffer, hadden ze beiden niet geweten hoeveel ellende en ongeluk er voor hen lagen. En toch hadden ze het tot hier geschopt; waren niet door de Russen doodgeschoten zoals Theresia Wallnöfer, niet verdwenen zoals Inge Stipsits en niet gek geworden zoals Agnes Kalmar, maar waren inmiddels zeventig jaar oud, hadden kinderen en kleinkinderen en een zekere status in de stad.

En al zou ik het weten, waarom zou ik dat uitgerekend jou aan je neus hangen? antwoordde Resi, ze vond dat ze zichzelf dat wel verschuldigd was. Ze keek Graun weer aan, met haar kinderlijke blouse met de opstaande kraag, de barnstenen broche en de tuttige vilthoed, waarmee ze kennelijk een statige indruk dacht te maken. Wel oogde ze nuchter, en ietwat gespannen.

De ene hand wast de andere, stelde Graun voor, ik meen namelijk te weten wie je gast is – die die bottenkistjes in zijn kamer verzamelt.

Bottenkistjes, herhaalde Resi mechanisch, zonder het woord en de betekenis ervan tot zich door te laten dringen. Even meende ze vers gezaagd hout te ruiken.

Vertel me wat Ferbenz tegen mijn jongen achter de hand heeft, drong Graun aan.

Niets wat er nog toe doet, als je het mij vraagt, antwoordde Resi uiteindelijk. Meer dan twintig jaar geleden heeft hij hem een aangifte wegens winkeldiefstal bespaard.

Winkeldiefstal, herhaalde Graun. Ze leek verrast. Die weet

dus ook niet alles, dacht Resi tevreden alvorens te knikken.

Maar dat kan het niet zijn, morde Graun, er moet nog wat anders zijn dat mijn zoon laat springen zodra Ferbenz met zijn hand zwaait.

Waarschijnlijk was hij op zoek naar een vaderfiguur, zei Resi kil, of gewoon iemand die wél aardig voor hem was.

De oude mevrouw Graun staarde haar aan. Resi deed er nog een schepje bovenop: En naar iemand die zich voor muziek interesseert en voor iets anders dan voor schulden en het bedrijf. Heb je trouwens weleens naar de jongste van Malnitz gekeken? Die lijkt niet bepaald op Toni.

Er volgde een lange pauze.

Wat heeft hij gestolen? vroeg mevrouw Graun ten slotte met hese stem.

Een paar edelstenen, even mooi als mevrouw Leonore, zei Resi met een grijns. Onderwerp vondeling afgehandeld, dacht ze.

Ze had mevrouw Graun van haar arrogante houding ontdaan, dat was duidelijk. Ze leek met de minuut te slinken, van bijna-dame tot rimpelig wrak.

Zeg eens, Resi, begon ze opnieuw, ze klonk nu bijna huilerig: En Josef destijds, in die nacht, je weet wel... Was hij de hele nacht in de wapenkamer, of is hij met de anderen meegegaan? Jij was tot het laatst in de keuken, jij hebt het toch gezien!

Kom nou, Vroni, doe je eens niet onnozeler voor dan je bent, zei Resi ongeduldig, ze waren er allemaal bij, al onze mannen, er ontbrak er geen een!

Die van jou ontbrak, zei Graun, die had geen arm meer.

Resi Reschen knikte en trok huiverend haar schouders op. Maar vertel me eens wat je weet over mijn gast!

En toen vertelde Veronika Graun wat ze zich 's morgens bij het opstaan ineens had gerealiseerd. Terwijl ze de man nog helemaal niet had gezien die, zoals haar schoondochter vertelde, al dagen door het stadje zwierf en de Dunkelblumers in behoorlijk specifieke gesprekken verwikkelde. Maar dat was ook niet nodig geweest. Iemand als zij, iemand uit haar geboortejaar, hoefde alleen maar twee en twee bij elkaar op te tellen, dat had ze altijd al goed gekund. Dat Resi daar zelf niet op was gekomen kon er alleen mee te maken hebben dat ze de mysterieuze gast dagelijks 's morgens en 's avonds bij de hotelmaaltijden voor haar neus had zitten. Dat leidde af van het meest voor de hand liggende.

Maar hij zegt toch dat hij overal al is geweest, in de hele regio, stribbelde Resi zwakjes tegen, zich op haar beurt onnozeler voordoend dan ze was: In Löwingen en Mandl, in Kirschenstein en Tellian! En daar hebben ze ze overal al gevonden!

Als ik wraak had willen nemen had ik het net zo gedaan, zei mevrouw Graun en ze tikte herhaaldelijk tegen haar slaap, alles helemaal afhandelen en pas op het allerlaatst naar huis… en nu zou je me eigenlijk wel een borrel kunnen aanbieden.

Resi stond meteen op en haalde de fles, ze was blij dat ze eindelijk weer kon bewegen. Ze gunde zichzelf ook een dubbele, wat zelden voorkwam. De twee vrouwen, die elkaar hun leven lang kenden en het grootste deel daarvan niet met elkaar hadden gepraat, proostten zelfs met hun borrelglaasjes, zonder een spoortje van een glimlach: dat dit gesprek nooit had plaatsgevonden was duidelijk, dat hoefden ze niet uit te spreken. Dat was hier een oude traditie, daar hadden ze zich tot dan toe altijd prima mee gered.

III

Historisch is dat
wat je zelf niet zou doen.

ROBERT MUSIL

I

Martha, met haar kroezige haar, paste niet echt bij de andere jonge mensen die drie weken van hun zomervakantie opofferden voor de Joodse begraafplaats in Dunkelblum. Van de anderen – stuk voor stuk studenten hedendaagse geschiedenis die zichzelf als links en als strijders tegen de Oostenrijkse historische vergetelheid betitelden – had ze er vooraf maar eentje gekend: Andreas Bart, die iedereen Bartl noemde. Bartl was groot, blond en welbespraakt, op een bluffende manier zelfbewust, en anders dan wat zijn naam deed vermoeden had hij geen gezichtsbeharing. Hij leek zijn T-shirts op kleur te kopen (overwegend rood) en nam het leeuwendeel van de communicatie met de lokale bevolking op zich. Dat hij ironie en neerbuigendheid daarbij maar slecht wist te verhullen irriteerde haar een beetje.

Martha wist niet waarom Bartl uitgerekend haar, een studente filmwetenschappen, op dat luidruchtige, rokerige feestje had gevraagd of ze mee wilde komen naar dit project op de begraafplaats. Ook binnen dat wat vanuit de hoofdstad als provinciaal werd beschouwd, bestond er zoiets als een rangorde. Je had de rijke deelstaten en die die in het algemeen als mooi werden beschouwd, je had er een paar die wereldberoemd waren om hun bergen of hun meren of hun Festspiele. Van alle denkbare opties op het platteland was het smalle oostelijke randgebied waar Dunkelblum in lag met afstand het minst aantrekkelijke. Duitsers en Zwitsers hadden nooit van de naam gehoord, maar die vonden het al moeilijk om Opper- en Neder-Oostenrijk uit elkaar te houden. Zelfs Oostenrijkers die de negen deelstaten wilden opsommen vergaten soms de kleine jongste, in elk geval diegenen die zelf uit het westen van het land kwamen. Misschien kwam dat omdat Burgenland bijna hetzelfde klonk als Bundesland. Bijna niemand kende iemand uit Burgenland persoonlijk; zoals in Duitsland de Oost-Friezen eeuwig onderwerp van spot zijn, leken de Burgenländers slechts als hoofdpersoon van moppen voor te komen. De kortste grap die Marthe ooit had gehoord ging als volgt: *Twee Burgenländers voeren een gesprek op de universiteit.*

Martha wist dat, want ze kwam hiervandaan. Het grootste deel van haar jeugd had ze iets noordelijker doorgebracht, in een dorp dat deel uitmaakte van de gemeente Kirschenstein. Op haar zestiende, toen haar grootouders kort na elkaar waren overleden, verhuisde ze naar haar ravenmoeder in de metropool. Ze hield het maar een paar maanden uit bij de vrouw die haar vreemd was en van wie ze gruwde. Liever dook ze onder bij foute vrienden, stopte met haar opleiding, verdiende geld in de bediening en later als poetshulp, nam heel veel drugs, werd een paar keer in elkaar geslagen en, wat haar bijna verbaasde, slechts één keer verkracht. Hoe ze het allemaal had overleefd wist ze niet meer. Alleen dat ze op een dag wakker was geworden onder een stinkende deken, in haar mond de smaak van bloed, en ze zichzelf plechtig beloofde dat ze het nog één keer zou proberen. Ergens vanaf springen kon altijd nog. De jaren daarna, vanaf dag één na het absolute dieptepunt, waren zwaar. Zo ongeremd als ze zich eerder had overgegeven aan de vrije val, zo onverbiddelijk dwong ze zichzelf er weer bovenop te komen. Ze verdiende net genoeg om van te leven. Op de avondschool haalde ze in één keer haar diploma, op de filmacademie werd ze na twee pogingen aangenomen. Ze had het liever andersom gehad, maar misschien zou ze dan eerder hebben opgegeven.

Ze was drieëntwintig jaar oud en was in het bezit van haar eerste eigen videocamera. Ze had zichzelf bij haar krullen gepakt en weer op de rails gekregen, maar soms had ze het gevoel dat ze zich op een enorme berg grind bevond die onmerkbaar zou kunnen gaan verschuiven. Een paar weken lang in een vertrouwde omgeving onkruid wieden en bomen kappen had haar daarom een goed plan geleken – beter dan in de stad blijven, met alle ongezonde verleidingen.

Op maandagmorgen, toen het was gestopt met miezeren, zei ze tegen de anderen dat ze buiten wilde filmen, zomaar – je wist nooit waarvoor je het ooit nog nodig kon hebben. Wat ze met buiten bedoelde begrepen de anderen wel, want ze waren meestal binnen, binnen de hoge muren, als in een geheime tuin. Dat ze voor het eerst wegging kon de anderen weinig schelen, haar speciale positie binnen de groep lag juist ook in het feit dat zij het project documenteerde.

Ze had het gevoel dat ze er tot dan toe te dicht op had gezeten. Ze had bijna alleen maar opnames van dichtbij gemaakt: natuur zonder mensen, hoogstens handen en armen, maar vooral knakkende bloemstelen, brekende takken, dikke, stekelige matten van doorns en ranken, die zich tot bloedens toe verzetten tegen hun brute eliminatie. Ze hield van die motieven, het zag eruit als de strijd die het natuurlijk ook was. Door mensen nooit van top tot teen te laten zien, alleen handen of voeten die eraan trokken of ertegenaan schopten, werden de planten bijna gelijkwaardige tegenstanders. Ze boden passief verzet, als demonstranten die moesten worden weggesleept en zichzelf zo zwaar mogelijk maakten. En op diezelfde manier, in zekere zin personifiërend, had ze ook de tegenpartij gefilmd, van heel dichtbij: stenen die met grote moeite overeind werden gezet of in elk geval ontwoekerd, die voor het eerst in decennia het zonlicht zagen, waar over gebeitelde letters vingers streken en aarde wegveegden.

Maar na het onvoorstelbare onweer had Martha behoefte aan andere beelden. Haar gevoel zei haar dat ze camerabewegingen nodig had, een omgeving om de close-ups in te kaderen. De blik moest dwalen, terwijl de objecten verstarden en stil bleven als de mensen in deze streek. Ze wilde langs intacte muren filmen, afstanden en weidsheid laten zien als tegenhanger voor de omgekiepte en gebarsten stenen. Dunkelblum stond rechtop, ook al brokkelde er van alles af, maar de vergeten, met mos begroeide stenen lagen op hun rug of buik.

Martha had nog niet veel van het stadje gezien. Zij en haar collega's namen steeds dezelfde routes. 's Middags gingen een paar van hen naar een winkeltje in het oude stadsdeel om proviand te kopen: belegde broodjes, koekjes, chips en frisdrank. De man die hen bediende fascineerde Martha. In zijn gezicht bewogen meer spieren dan in normale gezichten, vooral rond zijn ogen en op zijn voorhoofd. En hij was enorm nerveus, veegde voortdurend zijn handen af aan zijn stofjas en schraapte zijn keel. Ze voelde zich niet prettig in zijn nabijheid, ze vond hem bijna griezelig, ook al glimlachte hij veel. Toch wilde ze hem vragen of ze zijn standaard met de ansichtkaarten mocht filmen. Ze stelde zich voor dat hij, met zijn hand in de blauwe mouw, de standaard in beweging zette en liet draaien. Al die beelden van de stad – de Hauptplatz, de luchtfoto, de pestzuil, en ook nog een slot dat er kennelijk niet meer was: ze zouden voor haar cameraoog langs draaien, vervagen en weer zichtbaar worden. Dat zou een bruikbare samenvatting moeten opleveren. Ze was niet van plan om de zogenaamde bezienswaardigheden daadwerkelijk te filmen.

Maar de winkel was dicht, de deur op slot, op het raam hing een bordje: WEGENS ZIEKTE GESLOTEN.

Dus liep ze maar verder en bekeek de stad eens goed. Straatje na straatje liep ze langs de huizen, en als ze alles had gezien begon ze van voren af aan en filmde, langzaam langs de gevels en muurtjes en poorten.

Ze lette niet op de mensen, maar ze merkte wel dat die haar in de gaten hielden. Dat amuseerde haar. Openlijk staren – dat was hier bijna een uitnodiging om een praatje te maken. Ze kende het uit haar dorp: aangezien de mensen zo dicht op elkaar woonden, elkaar voortdurend tegenkwamen en zo goed als alles van elkaar wisten, deden ze alsof het tegendeel het geval was. Je knikte nors en sloeg je ogen neer, je deed alsof je slechts een fractie opmerkte van wat zich om je heen voordeed. Dat gebeurde niet zozeer uit tact als wel uit zelfbescherming.

Blijven staan, kijken, het raam luidruchtig opendoen en zelfs naar buiten komen daarentegen betekenden zo'n beetje hetzelfde als in de grote stad je hand naar iemand uitsteken en je voorstellen. Martha vermoedde waaraan dat lag, en wel aan de camera. De mensen die hun gordijnen opzijschoven en hun neus uit het raam staken, zagen haar niet in eerste instantie als iets onwelkoms. Ze hoopten dat dit onbekende meisje hen zou filmen. Gefilmd worden was nogal een eer. In Dunkelblum hadden ze tot dan toe zelden een camera gezien; een filmende studente was dus behoorlijk interessant.

Martha knikte de mensen toe, maar ze sprak niemand aan. Zo gooide ze, zonder zich daarvan bewust te zijn, het aas uit. Ze deed alsof ze helemaal niets van hen wilde. En veel wilde ze in eerste instantie ook helemaal niet. Alleen maar in alle rust de kromme straatjes filmen, ramen waarvoor geraniums bloeiden op hun ontroerend ongetemde manier, afbladderende hekken, poortbogen waar volgeladen hooiwagens onderdoor reden, en af en toe een kromgebogen vrouw in een traditioneel blauw schort, die weer naar binnen slofte en de deur achter zich dichttrok.

Toen ze voor de etalage van een kledingzaak stond en uit verschillende hoeken op de wijnrode blikken letters erboven inzoomde, kwam een oudere man de voordeur uit en haar beeld in gelopen. Ze liet de camera zakken om hem de gelegenheid te geven om weg te gaan, maar hij kwam op haar af.

Zo, mejuffrouw, vroeg hij, wat bent u daar eigenlijk aan het filmen? Hebt u daar toestemming voor?

Martha fronste. Moet dat dan? vroeg ze.

Grapje, zei de man. Ik ben alleen benieuwd wat u aan het doen bent.

Martha mompelde wat, over dat ze hier met vrienden was en de stad wilde bekijken. De meeste bezoekers hebben een normale fotocamera, zei ze, maar ik schiet bewegende beelden, dat is eigenlijk het enige verschil.

Daar leek de man genoegen mee te nemen, maar evengoed ging hij niet weg. Hij begon een kleine toespraak: dat Dunkelblum een geheimtip was, hoewel de stad het door zijn ligging niet altijd makkelijk had gehad. Maar wie zich er een beetje voor interesseert zal op onontdekte schatten en verborgen schoonheden stuiten, dat beloof ik u. Hier is ons land nog zoals het eeuwenlang is geweest, zei hij, daar kunnen we trots op zijn.

Hebt u de schildering met de gevederde duivels in de kerk al gezien, vroeg hij, en de pestzuil met de bedelares op de Hauptplatz? Een topstuk onder de pestzuilen, iets vergelijkbaars zult u niet gauw vinden, en ik zeg u: in het hele land! Met de grafkelder net zo... Helaas is onze pestzuil nogal aan restauratie toe. Het is hartverscheurend: de figuren hebben bijna geen neus meer, weer en wind, u vermoedt het al, maar zonder toerisme geen geld en zonder geld geen restauratie.

Hij knipoogde naar haar. Maar onze wijn is wél erg goed, voegde hij daaraan toe, die heb je vast al geproefd?

Martha knikte. Ook de gewoonte van de ouderen om jongere mensen al snel te tutoyeren was haar vertrouwd. Andersom was dat geenszins het geval.

Zou ik u misschien van achteren mogen filmen, vroeg ze, gewoon, dat u wegloopt? U zult niet herkenbaar zijn, maar het zou mooi zijn als de straat niet leeg was...

De man, die opvallend lichtblauwe, waterige ogen had, knikte. Maar natuurlijk, mejuffrouw, als ik iets kan bijdragen... en hier kent iedereen me toch al. Waar wil je me hebben?

Graag daar waar u sowieso naartoe wilde gaan, stelde Martha voor. En dan loop ik gewoon met de camera achter u aan.

Aldus liep, op maandagochtend na het grote onweer, op de dag na de verdwijning van Flocke Malnitz, studente Martha, de krullenbol, met haar camera achter doctor Alois Ferbenz aan die een van zijn medemenselijke bezoekjes aflegde. Doctor Alois was – en zeker niet alleen in zijn eigen onbescheiden ogen – de suikeroom van Dunkelblum; inmiddels, passend bij zijn hoge leeftijd, misschien eerder de suikeropa. Hij kende alles en iedereen en had voor velen, voor de meesten zelfs, een vriendelijk woord paraat. Er waren een paar strikte uitzonderingen. Maar sinds hij zich uit alle publieke functies had teruggetrokken en ook zijn vrouw had overgehaald om de zaak eindelijk over te doen aan de volgende generatie, waren liefdadigheid en burenhulp zijn vreugde en levensdoel – veel meer nog dan vroeger. Ferbenz hielp behoeftigen, beslechtte ruzies, hielp de mensen door bouwvergunningsprocedures en andere dwaaltuinen der bureaucratie heen. En onlangs nog had hij de paar honderd schilling smartengeld die hij voor ernstig gederfd reisgenot tijdens een verre reis toegekend had gekregen, publiekelijk aan een moeder van drie kinderen geschonken, wier man na een tragisch ongeval op zijn werk in een rolstoel was beland. Hij zorgde er ook voor dat de gemeente een duurzame oplossing vond voor het gezin. Niet dat ze daarbij veel aan burgemeester Koreny hadden gehad. Maar hij had in elk geval naar Ferbenz' voorstel geluisterd en geregeld dat er een woning op de begane grond in een van de Dunkelblumse sociale wooncomplexen vrijkwam. Die Koreny, aldus een uitspraak waarvan de Dunkelblumers zich sindsdien vaak en enthousiast bedienden, die moet je zelfs nog naar het jagen dragen!

In zijn tachtigste levensjaar liep Alois Ferbenz dus op

z'n gemak door de smalle straatjes van Dunkelblum, en wie hem zag, groette of lichtte even zijn hoed. Hij zwaaide terug. Kleine meisjes die kniksten werden uitbundig door hem geprezen. Hij liep door de Tempelgasse, langs nummer vier, dat in zijn hoofd nog altijd het huis van Horka was. Hij keek niet eens opzij, het oude huis stond daar gewoon. Lekker laten staan, dacht hij. Wat erin zat, of een winkel open of dicht was, interesseerde hem niet. Bij de Ferbenzen thuis deed de vrouw de boodschappen, en zeker niet hier. Hij liep verder, rechtsaf en linksaf, tot hij aan het eind van een doodlopend straatje kwam. Aan het eind ervan zat simpele Fritz op een krukje voor het huis te roken.

Toen Ferbenz bleef staan liep Martha nog altijd achter hem. Langzaam liep ze om hem heen, bewoog de camera met een zwaai naar het achterste huis, bleef nog een paar seconden hangen op het dichte takkenstelsel van een appelboom, liet het langzaam vervagen tot een groene sluier en zette de camera uit.

Fritz was opgestaan, had zijn sigaret op de grond uitgetrapt en gaf de oude man een hand. Hij zwaaide naar Martha, met een uitnodigende beweging. De man die ze had gefilmd keek even haar kant uit. Waarschijnlijk dacht hij dat het vanwege hem was dat ze ook naar binnen werd gevraagd.

Achter de voordeur was het donker en smal, maar Martha oriënteerde zich snel; het was eenzelfde soort huis als dat van haar grootouders. Aan de voorkant, de straatkant, lagen de twee zogenaamde mooie kamers, aan de achterkant, aan de kant van de binnenplaats, de keuken. Vervolgens versmalde het huis zich tot een lange smalle koker, een reeks kleine en piepkleine kamertjes. Daar hadden latere generaties, als ze het zich konden permitteren, de sanitaire voorzieningen aangelegd.

Wilde even kijken hoe het bij jullie gaat, zei de oude man die ze achterna was gelopen tegen Fritz, de meubelmaker, die zulk fraai houtsnijwerk kon maken. Die bromde en brabbelde wat, het viel Martha op dat ze hem deze keer erg slecht kon verstaan.

Redden jullie het een beetje zonder Eszter, vroeg de man, en zouden we mama ook even kunnen zien?

Fritz brabbelde en bromde en ging hun voor, naar de achterste van de beide mooie grote kamers. Daar zat een vrouw aan een tafel te tekenen. Martha bleef bij de deur staan en kneep haar ogen tot spleetjes. Het was een beeld als uit een sprookjesboek. De inrichting leek nooit te zijn veranderd, de lucht was muf, het zware gordijn dichtgetrokken, en het enige licht kwam van de lamp op haar tafel. De vrouw, klein, bleek en dun, ging volledig op in haar werk. Haar lange witte vlecht hing tot aan haar zitvlak en krulde daar op als een vredelievende slang.

Mama, zei Fritz, en hij was goed te verstaan, mama, bezoek, doctor Ferbenz.

De vrouw stipte de pen in haar inktpotje en tekende verder. Martha dacht dat ze wellicht doof was en zo meteen van hen zou schrikken.

Doctor Ferbenz, herhaalde Fritz, en zijn moeder knikte en schoof iets achteruit om haar tekening te bekijken.

Agnes, wat teken je voor moois? vroeg Ferbenz en hij deed een stap dichterbij. Fritz pakte hem bij zijn elleboog en trok hem weg, opzij. Hij leidde hem in een zo groot mogelijke boog van voren naar zijn moeder.

Dus toch hardhorend, dacht Martha, liever niet van achteren benaderen. Ze pakte haar camera op.

Fritz schoof een stoel voor Ferbenz naar de tafel.

Grüß dich, Agnes, zei Ferbenz, ik wilde even kijken hoe het met jullie gaat. Of jullie iets nodig hebben?

Agnes tekende. Martha zoomde in, het was het portret van een meisje, opgebouwd uit heel veel fijne streepjes. Martha vond het fraai, maar het beviel haar vooral dat doctor Ferbenz kennelijk niet meer wist wat hij moest zeggen.

Teken je steeds hetzelfde? vroeg Ferbenz, wijzend naar een stapel papier die op tafel lag. Agnes tekende. Fritz schudde zijn hoofd en somde een reeks namen op die Martha niet kende of kon plaatsen. Kennelijk portretteerde zijn moeder de vrouwen uit de gemeente uit haar hoofd.

Ferbenz lachte. Zo ziet die van Stipsits er allang niet meer uit, zei hij, als die vrouwen dat zouden weten, zouden ze grif betalen voor hun jeugdportretten.

Het bleef even stil.

Toe nou, Agnes, kom op, praat met me, zei Ferbenz, en hij legde zijn hand op haar linkeronderarm. Agnes ging rechtop zitten en verstarde, zelfs haar vlecht leek te verstijven van angst. Fritz brabbelde iets, het klonk indringend.

Volgens mij mag u haar niet aanraken, zei Martha.

Wie heeft jou iets gevraagd? zei Ferbenz, er klonk iets scherps in zijn stem.

Fritz kwam tussenbeide. Hij duwde Ferbenz' hand weg, legde zijn hand over haar linkerhand, aaide haar en zei: Doctor Ferbenz, mama, Ferbenz.

Agnes Kalmar legde haar viltstift neer. Ferbenz – Szinnyei, zei ze, langzaam leek ze weer wat te ontspannen, Fiedler – Fenyö, Fischer – Halász, Follath – Faludi, Freud – Barát, Fuchs – Földes.

Ik heet Fürst, zei Martha vanuit haar positie bij de deur, en ze keek langs de draaiende camera heen.

Agnes draaide zich naar haar om, straalde over haar hele gezicht en zei: Fürst – Karakay!

Ferbenz stond op, tikte tegen zijn handpalmen en zei dat Fritz altijd bij hem terecht kon als hij iets nodig had. Hij moest niet trots doen, de mensen waren allemaal veel te trots. Terwijl in een stad als de hunne toch graag werd geholpen, maar echt hoor, te allen tijde, met groot plezier. Maar Eszter was ook zo eigenwijs geweest, die had niet willen luisteren, steeds weer had ze volgehouden dat ze niets nodig had, tot ze daar op een gegeven moment spijt van had, en de volgende dag was ze al dood. Zo snel kan dat gaan, zei Ferbenz hoofdschuddend, je moet echt oppassen.

Toen hij langs Martha liep, knikte hij haar toe en zei: Die heeft heel wat meegemaakt in de oorlog, Agnes Kalmar, ze is er helaas nooit meer bovenop gekomen. Maar het waren ook vreselijke tijden – wat de Russen hier hebben aangericht, ze hebben hier letterlijk huisgehouden, die Russen.

Martha wierp Fritz een blik toe en liet hem de camera vasthouden. Ze liep achter Ferbenz aan tot aan de deur en vroeg: Mag ik ook een keer bij u thuis komen, meneer? En dat u mij het een en ander over Dunkelblum vertelt?

Maar natuurlijk, zei Ferbenz en hij leek opeens moe, kom langs wanneer je wilt, meisje.

2

Die dinsdag, 's morgens vroeg om acht uur, zat Herbert Koreny in zijn werkkamer in het raadhuis achter een stapel ordners met betrekking tot het onderwerp water.

De contractteksten tussen de gemeente en het waterschap waren lang en geestdodend, Koreny had de grootste moeite om zich op het juridische Duits te concentreren, en eigenlijk wist hij stiekem al wel dat het geen enkele zin had om alles door te lezen. Maar voordat hij de ordner met het opschrift ADVIEZEN erbij pakte wilde hij al het andere gelezen hebben, dat legde hij zichzelf als plicht op. Hij wilde kunnen zeggen dat hij alles, echt alles nog een keer heel goed had doorgenomen, van voor naar achter.

Ten slotte sloeg hij de laatste ordner open en vond bovenaan een brief van boer Faludi. Die somde drie namen op van adviseurs, die kennelijk in nauw contact met het waterschap stonden en ook voor andere gemeenten al adviezen hadden uitgebracht voor het waterschap. Bovenaan stond in Balfs handschrift geschreven: Samenzweringsstrategie!

Koreny bladerde alles een keer door. De adviezen waren inderdaad door de drie genoemde personen opgesteld, maar hoe moest hij controleren of ze met het waterschap – tja, onder één hoedje speelden? Hij wist niet eens waarom uitgerekend zij waren ingeschakeld om die adviezen uit te brengen. Hoeveel adviseurs zouden er voor dit soort zaken zijn? In de deelstaat? In het hele land? Hij begon van voren af aan te lezen. De eerste was zeker van zijn zaak en adviseerde om meteen aan te sluiten bij het waterschap, *om cruciale tekorten, vooral, maar niet alleen in de droge zomermaanden te vermijden*. De tweede deed zijn best om neutraal te klinken, hij schreef dat een precies onderzoek van de onderaardse stromen, de aanleg van blusvijvers evenals de installatie van watermeters een mogelijkheid zouden kunnen bieden om ook zonder het waterschap genoeg water te kunnen leveren. Maar de situatie zoals die nu was, was verre van toereikend. Wel schreef hij dat hij niet competent genoeg was om in te schatten hoeveel water er potentieel aanwezig was, en adviseerde om een deskundige genaamd Kolonovits in de arm te nemen. Die zou ongetwijfeld met een conclusie kunnen komen die de beslissing eenvoudiger maakte. Balf had de naam Kolonovits een paar keer onderstreept.

Het derde advies herinnerde Koreny zich het best; niet de details, maar de strekking.

Tijdens die gemeenteraadsvergadering, toen Koreny nog een toegewijde, geheel en al onbelangrijke viceburgemeester was en de echte burgemeester doortastend en gezond, had Balf er een paar keer uit geciteerd. Die adviseur was van mening dat je de vraag of Dunkelblum zelf voldoende water had, zeker ook in het licht moest zien van de kosten en hindernissen onderweg naar die zelfvoorzienendheid. De hele heisa aan graafwerk, nieuwe leidingen, vergunningen en toestemming van de betrokken burgers was gigantisch en zou eindeloos duren, en dat zonder garantie op succes. Kat in de zak, mompelde Koreny, die zich die formulering herinnerde uit de roerige vergadering van toen; dure, onvoorspelbare kat in de zak, zonder garantie dat het daadwerkelijk functioneert. Terwijl je bij het waterschap wist wat je kreeg: je betaalde, en dan sloten zij het Dunkelblumse netwerk op hun betrouwbare waterleiding aan. Het water komt van ver, uit de bergen: van de Schneeberg, de Semmering of van elders, wat deed het er ook eigenlijk toe. Basta. Koreny zuchtte.

Op vrijdagavond na werktijd was hij bij Heinz Balf langsgegaan, dat wil zeggen, bij zijn huis, waar Balfs vrouw zich tegen het slechte nieuws wapende. Omdat ze niet opendeed toen hij aanbelde, liep hij naar de tuin achter de bungalow. Daar stond ze, met haar rug naar hem toe, de planten te sproeien. Een vredig beeld, een vrouw met een tuinslang, de waternevel glinsterde in de avondzon. Mevrouw Balf stond bekend om haar prachtige tuin. Zou ze zich in het sproeien belemmerd voelen door een watermeter?

Uiteindelijk draaide ze zich om en begroette hem. Geen nieuws, voegde ze daar ongevraagd aan toe.

Koreny mompelde iets over dat hem dat speet. Toen stonden ze daar samen. Koreny wees naar de pallets met tuintegels die tegen het huis stonden, naast een kleine shovel met zijn graafarm halfstok, alsof hij midden in een beweging was uitgeschakeld. Voor die tijd had de shovel al een deel van het gazon weggevreten en op een hoop uitgespuugd.

Nieuw terras? vroeg Koreny, en hij probeerde vol hoop voor de toekomst te klinken.

Klotezooi, zei Balfs vrouw, dat had Heinz geregeld, nu blijkt dat het nog niet eens betaald is. Ik zou ook niet weten met welk geld. De medicijnen moeten zijn hersens al hebben aangetast. Hoe kan hij nou iets bestellen waar we helemaal geen geld voor hebben? Vroeger deed hij dit soort dingen niet. En ik kan niet eens meer op hem mopperen.

Ze lachte overdreven luid, haar ogen werden vochtig. Koreny kreeg een ongemakkelijk gevoel als hij er alleen maar aan terugdacht. Op een of andere manier kreeg hij het voor elkaar om er snel vandoor te gaan.

Er werd geroddeld dat Balf zich had laten omkopen voor het contract met het waterschap. Koreny wist dat, hoewel niemand het hem in zijn gezicht had gezegd. Maar de afgelopen weken had hij vaak genoeg discussies gevoerd met tegenstanders van het waterschap, waarbij iedereen tegelijk op hem inpraatte en uiteindelijk altijd iemand de woorden *omgekocht, smeergeld* uitriep of siste. Koreny vroeg nooit door. Als hij zou hebben gevraagd wie dat en op basis waarvan beweerde, was hij de eerste geweest die het woord officieel in de mond nam. Maar dat zijn jouw woorden, zouden ze dan hebben gezegd, om het vanaf dat moment te herhalen en, nauw verbonden met zijn naam, grijnzend door te vertellen.

Op de laatste pagina van het derde advies stond een handgeschreven adres in Graz, met daarbij de initialen: E.K. Emmerich Kolonovits, vulde een stem in Koreny's hoofd aan, die bijna als de stem van boer Faludi klonk. Verbaasd vroeg hij zich af of de man echt zo heette.

Hij stond op en pakte de ordner met de correspondentie H-K. Onder Kolonovits vond hij inderdaad een brief waarin burgemeester Balf om een kostenraming vroeg voor een advies over *de natuurlijke Dunkelblumse watervoorraden en het mogelijke gebruik daarvan*. Maar verder niets. Geen antwoord. Zou het antwoord niet in de ordner met adviezen moeten zitten? Koreny bladerde van voor naar achter en weer terug terwijl hij nadacht. Zou hij zichzelf strafbaar maken vanwege een nieuw terras? Had Heinz destijds, toen dokter Sterkowitz de knobbels in zijn oksels voelde, zijn vrouw om een of andere reden willen zoet houden? Of indruk op haar willen maken? Waarom moest het ook meteen Italiaans terrazzo zijn?

Al bladerend kwam Koreny zijn eigen naam tegen, maar het ging niet over hem. Een achterneef van hem werd door de gemeente per brief gesommeerd om zijn thujaheg *minstens een meter in de breedte* terug te snoeien, omdat de mestwagen op zijn erf inmiddels de grootste moeite had om te keren. *We maken u erop attent dat snoeisel van de thuja giftig is en als zodanig op de juiste manier moet worden afgevoerd. Een bevestiging van het afvoeren dient voor eventuele controle te worden bewaard. Met vriendelijke groet.*

Kolonovits. Koreny. Zijn achterneef had geen terras van terrazzo, evenmin als hijzelf. De achterneef had thuja's, zelf had hij een beukenhaag, en beiden hadden ze grindtegels. Herbert Koreny voelde zich vreemd, lichter, en hij had het gevoel dat hij om zich heen stemmen hoorde fluisteren. Alsof er iemand achter het gordijn stond, die hem bijna bij zijn kraag pakte, zachtjes, hem porde. Het sloeg nergens op. Hij moest zijn burgemeesterschap opgeven, aftreden, de conflicten deden hem geen goed. Vrouw en zoons hadden het hem van het begin af aan afgeraden, hoewel ze het prettig vonden dat ze meer verantwoordelijkheid voor de zaak kregen. Waarschijnlijk hadden ze hem daar inmiddels helemaal niet meer nodig – Elektra Koreny draaide onveranderd goed, met of zonder hem. Waar was hij eigenlijk goed voor? Het kostte hem al moeite om door zijn knieën te gaan als hij een contactdoos wilde doormeten. Overeind komen kostte hem nog meer moeite. Zo was het vast ook met het burgemeesterschap. Voor Heinz, zijn oude vriend, de enige die het waard was, was hij door de knieën gegaan. Nu kwam hij niet meer overeind.

Koreny, beval de stem in zijn hoofd, die klonk als boer Faludi: In een andere ordner!

Herbert Koreny ging gehoorzaam op zoek. Waar bewaarde mevrouw Balaskó de oudere correspondentie? Die vond hij ten slotte in een kast in de voorkamer. H-K. Hij bladerde naar de kopieën van de brieven die hij zelf had ontvangen: nieuwe heffingsgrondslag voor de onroerendezaakbelasting, vergunning om zijn garage uit te bouwen. Daarna weer een brief aan zijn achterneef. Ha, die had een keer een jaar lang geen zuiveringslasten betaald, dat was nog eens interessant! Aanmaning, nog een aanmaning. En plotseling hield Koreny een vel papier in zijn hand dat er niet tussen hoorde. Het was de laatste pagina van iets, vastgeniet aan de aanmaning aan zijn neef: getekend, Emmerich Kolonovits. Koreny bladerde heen en terug. Achter elke tweede of derde brief onder de letter K bevond zich een verkeerd vel papier, gewiekst tussen de kopieën gevoegd. Het waren maar zeven pagina's. Koreny probeerde de nietjes open te buigen, maar nadat hij zichzelf had geprikt en een bloederige vingerafdruk had achtergelaten, scheurde hij de vellen maar gewoon los. Hij was niet degene geweest die ze had verstopt, hij had tot dan toe geen geheimen gehad, dus hoefde hij ook geen sporen te wissen. Zeven pagina's. Hij haalde ze er stuk voor stuk uit en zette de ordner weer op zijn plek.

Toen bleef hij een tijdje aan zijn bureau zitten nadenken. Het advies van Kolonovits, met de gescheurde bovenste hoekjes, lag voor hem op tafel. Mevrouw Balaskó arriveerde om negen uur en riep goedemorgen door de deur. Ze bracht hem een kopje van de sterke koffie die ze elke dag voor hem zette, hij zou het haar eigenlijk moeten verbieden, dat bocht boorde gaten in je maag. Hij sprak het niet uit, maar bedankte haar.

Hij zat daar maar wat te zitten en vroeg haar de deur achter zich dicht te doen. Om kwart voor tien was ze er weer, met de mededeling dat boer Faludi er was. Meteen voelde Koreny de woede in hem opkomen: verhitte slapen en jeukende handpalmen. Nu kwam die ook nog in het echt! Hij legde de map met de documenten die hij moest ondertekenen op het advies en stond op.

Met zijn manshoge wandelstok kwam boer Faludi binnen als een wandelaar in het hooggebergte, en hij tikte ermee op het parket alsof hij een blaaskapel de maat aangaf. Koreny's blik ging naar de onderkant van de stok.

Ik veeg hem af aan de deurmat, net als mijn schoenen, zei boer Faludi. Hij wist vaak wat je dacht, dat was burgemeester Koreny al eerder opgevallen.

Hij wilde niet gaan zitten, hij bleef maar een paar minuten, zei hij. Zo stonden die twee tegenover elkaar, de voorkant van zijn bureaustoel drukte vervelend in Koreny's knieholtes. Voor hem lag, onzichtbaar, het verborgen advies waarvoor boer Faludi waarschijnlijk zijn wandelstok zou hebben gegeven.

Er is genoeg water, Herbert, zei hij rustig. Ik kan het nu bewijzen. Als je dat niet uitzoekt, maar volhardt in het waterschap, zou dat verraad aan de belastingbetaler zijn.

En zelfs als je gelijk hebt wat de hoeveelheid water betreft, antwoordde Koreny, zijn jeukende handpalmen tegen elkaar wrijvend, weet niemand wat dat gaat kosten! Hoelang dat gaat duren! Of er voldoende water is!

Hij liet zich weer in zijn stoel vallen en duwde zijn buik naar voren. Hij voelde zich een beetje misselijk, zijn darmen rommelden, hij dacht aan zijn vriend Balf, hoe hulpeloos die daar lag, met slangetjes die overal uit zijn lichaam kwamen, terwijl deze man hier met zijn stok stond te stampen.

Ik begrijp gewoon niet, zei boer Faludi, die voor zijn bureau stond als een baas, zo rechtop en trots als hij daar stond met zijn absurd lange baard, ik begrijp gewoon niet waarom je het zo persoonlijk opvat. Iedereen kan zich vergissen.

We hebben contracten, fluisterde Koreny, we zijn gebonden, ze hebben ons in hun macht.

Wie heeft ons in zijn macht? vroeg boer Faludi met een oprecht verbaasde blik.

Iedereen, riep Koreny, je hebt echt geen idee waar het hier werkelijk om gaat! Hij sloeg met zijn vuist op zijn bureau, zodat de ordner met documenten een paar centimeter verschoof. De afgescheurde hoekjes van het advies piepten eronderuit.

Boer Faludi zei: Ik wilde de zaak in der minne schikken. Maar als je koppig blijft, zullen we een referendum houden. Kom om twaalf uur naar Tüffer, dan is er een burgervergadering.

Koreny bleef zwijgen.

Boer Faludi wachtte nog even, schudde zijn hoofd, tikte tegen zijn vilten hoed en vertrok.

Koreny bleef nog tien minuten zo zitten, waarin de enige zinvolle strategie zich voor zijn geestesoog ontrolde, langzaam en duidelijk. Samengevat bestond die strategie uit een combinatie van as en tijdwinst. Zodra je Faludi uit het vertrek en uit je hoofd had gezet kon je namelijk weer zelfstandig denken. Eigenlijk was het helemaal niet zo moeilijk.

Ten slotte stond hij op, stopte de zeven pagina's van Emmerich Kolonovits in de binnenzak van zijn jasje, liep langs mevrouw Balaskó naar de toiletruimte, sloot zichzelf op in een hokje en verbrandde het papier in de wc-pot. Daarna ontlastte hij zijn onrustige darmen, genietend produceerde hij een enorme hoop, bijna de halve Hazug, boven op de as, hij deed het raam open, stak nog in het wc-hokje een sigaret op en zei, terwijl hij rokend langs mevrouw Balaskó naar zijn kamer liep: Ik heb iets verkeerds gegeten. Waarschijnlijk was het de eiersalade van Posauner, dat is ook eigenlijk niet zo slim in de zomer.

Mevrouw Balaskó schudde vol medeleven haar hoofd en zei beamend: Nee, vreemde eieren zijn echt niet zo slim in de zomer.

Het had fel en snel gebrand, het advies. Het dubbele vel met het bouwplan stak hij als laatste aan; terwijl al het andere al tot as verging bleef hij ernaar staren alsof hij het uit zijn hoofd moest leren. Naast de noodzakelijke leidingen en pompsystemen had die Kolonovits de bouw van een aantal hogergelegen watertorens en reservoirs in het project opgenomen. Hij had alles ingetekend. Het grootste en belangrijkste reservoir bevond zich op de Rotensteinwiese. Nu werd dat ingetekende hooggelegen reservoir, waarvan de fundering ongetwijfeld vele meters de aarde in ging, verteerd door vlammen – en weg was het, verdwenen, vergeten, uitgewist en verbrand, samen met het vreselijke vooruitzicht dat er op de Rotensteinwiese op grote schaal gebaggerd en gegraven ging worden. Herbert Koreny vroeg zich af waarom zijn vriend Heinz dat advies niet al had laten verdwijnen – Balf, de topstrateeg.

3

Wat er zich die dinsdag in augustus 1989 vanaf klokslag twaalf uur in Hotel Tüffer afspeelde zal niet meer in z'n geheel gereconstrueerd kunnen worden. Dat is een banale uitspraak, want dat geldt voor alle gebeurtenissen waaraan veel mensen met verschillende wensen, plannen en gevoelens deelnemen. Het geheugen van het individu is slechts tot op zekere hoogte betrouwbaar; de meesten herinneren zich alleen wat in hun eigen straatje past, hun eigen rol in een beter daglicht plaatst of hun gevoelens ontziet.

De harde feiten staan zo'n beetje vast, hoewel zelfs daar de nodige afwijkingen in zitten. De Heurafflтweeling bijvoorbeeld schijnt nog altijd te volharden in een andere, volstrekt onlogische volgorde van gebeurtenissen. Maar wat we van de Heuraffls moeten denken weten we natuurlijk al. In één woord, iets waar de Dunkelblumers het ook met betrekking tot vele anderen over eens kunnen worden: lamgezopen.

Als ze het hem hadden gevraagd, zou Alexander Gellért waarschijnlijk een iets andere mening zijn toegedaan. Uit zijn Dunkelblumse jeugd had hij dan wel geen herinneringen aan de huidige Heuraffls, Berneck en gelapte Schurl; die waren nog klein geweest op het moment dat hij zijn koffers de stad uit had gesjouwd. Maar sinds hij als oplettende gast in Hotel Tüffer, kamer zeven, zijn intrek had genomen en alle mogelijke navorsingen had gedaan, was hij hen natuurlijk tegengekomen. Zijn verklaring zou niets met levenslange wijnconsumptie te maken hebben gehad, iets waar bijna iedereen hier zich aan bezondigde, maar hiermee: geen bijzonder ontwikkelde intelligentie, versterkt (dus nog minder geworden) door de angst en agressiviteit van mishandelde honden. Daar wist Gellért het een en ander vanaf, hij had in zijn leven genoeg gelegenheid gehad om die mix te bestuderen.

Die dinsdag had hij laat ontbeten en uitgebreid de diverse kranten gelezen. In de ambassade van de BRD in Praag bevonden zich al meer dan honderd DDR-burgers, en dagelijks klommen er nog meer over het hek. Gellért vroeg zich af waar ze die allemaal onderbrachten. Een ambassade was tenslotte geen hotel, waar iemand als mevrouw Resi Reschen van 's morgens vroeg tot 's avonds laat tot je dienst stond, ook al bekeek ze hem sinds zondagnacht vol wantrouwen. De situatie aan de Hongaarse grens – dus meteen om de hoek, drie keer richting het oosten spugen en je was er – liep langzaam uit de hand, als hij de toespelingen van de plaatselijke kranten juist duidde. De verslaggevers bevonden zich, wat hij graag geloofde, in een absurde positie: aan de ene kant verdoemden ze sinds jaar en dag het communistische, zijn eigen inwoners gevangenhoudende Oostblok met alle afschuw die ze konden opbrengen, aan de andere kant koesterden ze een groot wantrouwen jegens de activiteiten van Otto von Habsburg. En nu leken die twee ineens samen te werken! Samen met de nieuwe Hongaarse minister-president, een zogenaamde hervormer, probeerde uitgerekend de zoon van de laatste keizer, die ook koning van Hongarije was geweest, een pan-Europese picknick op poten te zetten. Sommige Oostenrijkers, die op basis van de weinig roemrijke geschiedenis van de laatste eeuw hun land een nationaal talent tot verprutsen toedichtten, werden al bekropen door de verdenking dat de huid van de beer werd verkocht zonder dat iemand het doorhad. Want wat moesten die goulashcommunisten anders met de Habsburgers, dat ze ineens samen wilden picknicken? Gellért amuseerde zich kostelijk, op de paradoxale wijze waarop hem sinds hij terug was veel dingen zowel vergenoegden als verontrustten.

Nog maar kortgeleden, in maart van dat jaar, was Otto's stokoude moeder, de laatste keizerin Zita, gestorven, en over het vraagstuk hoe de meerdaagse begrafenisplechtigheden beoordeeld moesten worden was het land weer eens bijna uiteengevallen. Het ene kamp ging tekeer en kon niet bevatten met hoeveel anachronistische kitsch en bombarie er nog een keer monarchietje was gespeeld; alsof keizer Franz Joseph en zijn Sisi met heur haar tot op de grond nog een keer, en tegelijkertijd, waren heengegaan. De anderen maakten het spektakel ook nog eens mogelijk. Met hun onderdanige neuzen nieuwsgierig in de lucht gestoken en de rechterhand klaar om een kruisje te slaan, vormden ze een wachtrij van condoleancegasten die zeven keer rond de Dom slingerde, vormden een kilometerlange haag voor de hoflijkwagen uit 1876 en depten hun ooghoeken met hun zakdoekjes toen de kist met het gebalsemde lijk naar de Kapuzinergruft werd gebracht, de enige grafkelder ter wereld die groter was dan die in Dunkelblum; veel groter weliswaar en wereldberoemd, maar toch, in de strijd om de grafkelders kwam Dunkelblum meteen daarna.

Zenzi ruimde de tafel af. Als meneer zo vriendelijk zou willen zijn om aan een van de tafeltjes aan de zijkant te gaan zitten, verzocht ze hem, we hebben hier zo dadelijk een vergadering. Gellért knikte en bestelde nog een wienermelange.

De jongeman die hij had gevraagd hierheen te komen arriveerde. Hij zag eruit alsof hij niet had geslapen, of misschien juist alsof hij rechtstreeks uit bed, zonder omweg langs een badkamer, naar de gelagkamer van Hotel Tüffer was gekomen. Hij stak zijn hand naar hem uit, mompelde zijn naam, die Gellért al kende, en vroeg: U wilde me spreken?

Gellért verzocht hem te gaan zitten. Ik heb, begon hij voorzichtig, uw moeder een beetje gekend, in elk geval hebben we de laatste jaren met elkaar gecorrespondeerd. Ze had me uitgenodigd om haar een keer op te zoeken, maar ik ben helaas te laat gekomen.

De jongeman knikte afwezig.

Gellért wachtte even en vroeg toen: Mag ik u vragen hoe uw moeder gestorven is?

De man, die waarschijnlijk toch al ergens in de dertig moest zijn, tilde zijn hoofd op en keek Gellért aan, met roodomrande ogen, als een verdrietig kind. Hij zei: Ik weet het niet. Ik weet eigenlijk helemaal niets, ik bedoel, zodat ik er echt zeker van zou zijn, zodat ik voor de rechter of iemand anders zou kunnen getuigen, maar waarschijnlijk ben ik domweg te, te…

Gellért wachtte.

De jonge Lowetz raapte zichzelf langzaam bij elkaar. U moet me verontschuldigen, alstublieft, maar goed, mijn moeder is in haar slaap overleden, ze is op een dag niet meer wakker geworden, onze buurman heeft haar gevonden… De dokter zei dat het hart soms niet meer wil, je kunt het helaas niet voorspellen, soms blijft het zomaar stilstaan.

Gellért zei: Gecondoleerd.

Lowetz knikte en het was weer stil, net zo lang tot Zenzi

uit de verte demonstratief met het serviesgoed begon te klapperen.

Gellért stak zijn hand naar haar op, om haar om geduld te verzoeken. Ik wil u niet laten schrikken met wat ik nu ga zeggen, zei hij zachtjes.

Nu keek Lowetz hem aan.

Gellért zei: Uw moeder heeft mij in de oorlog het leven gered, ik weet niet of u dat weet. Ze heeft me twee weken lang verstopt.

Lowetz staarde hem aan en zei niets.

Gellért zei: Ik weet ook helemaal niet of iemand daarvan weet. Behalve de andere vrouw die uw moeder daarbij heeft geholpen.

Lowetz herhaalde: Andere vrouw?

Uit het buurhuis, zei Gellért, de familie waarmee ze kennelijk de binnenplaats deelden.

Agnes, zei Lowetz zachtjes en hij knikte langzaam, alsof zijn hoofd onder water zat: Agnes Kalmar.

Luidruchtig kwam Resi Reschen dichterbij. Heren, als u mij een plezier wilt doen, zo meteen zal er een burgervergadering plaatsvinden, u bent van harte welkom om te blijven, maar een rustig gesprek zult u hier niet meer kunnen voeren. Wat dacht u ervan om naar onze gezellige bar te verhuizen?

Dank je, Resi, zei Gellért vriendelijk, en hij zag dat ze het niet leuk vond dat hij haar tutoyeerde: We zijn bijna klaar, dat heeft weinig zin meer.

Resi trok zich weer terug.

Daarover wilde u me spreken? vroeg Lowetz, die wakker leek te worden.

Nou ja, zei Gellért, eigenlijk nog over iets anders.

Hij legde een ansichtkaart met de oude foto van het slot voor zich op tafel.

Daar word je nu overal mee om de oren geslagen, zei de jonge Lowetz, hij leek opeens geïrriteerd, overal, het wemelt ervan in de stad, ik heb geen idee waarom. Had u daar niet onlangs een hele stapel van gekocht?

Ja, inderdaad, zei Gellért en hij dacht even na, maar ik weet helemaal niet waarom, misschien wilde ik ze uit de handel halen. Deze hier is in elk geval van uw moeder.

Hij draaide de kaart om en schoof hem over tafel.

Lowetz herkende Eszters kinderlijk ronde handschrift. Vele jaren geleden... Uw adres bij onze kruidenier... iets over uw familie... misschien beter wanneer u ons persoonlijk bezoekt... als uw gezondheid het toelaat te reizen... Met vriendelijke groet, E. Lowetz.

Lowetz zei: En? Ik begrijp het niet.

Gellért zuchtte. Ik wilde u vragen of uw moeder iets heeft achtergelaten, aantekeningen, documenten, waaruit duidelijk zou kunnen worden wat ze me wilde zeggen? De man van het reisbureau heeft me verteld dat ze van alles had verzameld. Die twee hebben blijkbaar gemeen...

Ik weet het, onderbrak Lowetz hem, de stadskroniek. Het museum. De interviews. Haar verdwenen notities. Ik moet u helaas vertellen dat ik niets weet, niets kan vinden en het huis precies om deze reden al twee keer praktisch ondersteboven heb gehaald. Het lijkt wel hekserij.

Hekserij, herhaalde Gellért. Hij schoof zijn visitekaartje over tafel: Mocht er toch nog iets opduiken...

Lowetz stak het kaartje in zijn borstzak. Hebt u gehoord dat het meisje is verdwenen? vroeg hij zonder overgang.

Gellért knikte. Ja, natuurlijk, zei hij, haar ouders zijn bij me geweest. Maar van de daders van toen is er niemand meer... Hij keek op.

Lowetz vroeg: Is niemand meer wat? In leven? Dat is toch helemaal niet waar!

Kijk aan, zei Gellért, de armada tegen het waterschap arriveert.

Meneer Gellért, vroeg Lowetz, kunt u me alstublieft nog vertellen of...

Maar toen kwamen ze al binnen, allemaal tegelijk, en de ruime gelagkamer van Hotel Tüffer stroomde vol tot aan de laatste stoel.

Aangezien midden in de zomer, in die rustige tijd, bijna iedereen de middagpauze zonder problemen kon verlengen, waren ze in groten getale gekomen: de kleine winkeliers en de grotere ondernemers, architectenbureau Zierbusch, het personeel van autobedrijf Wallnöfer en drogisterij Stipsits, de door Balf ingeschakelde makelaar, werknemers van bank en postkantoor, Rehberg van het reisbureau, zijn jongere zussen met hun echtgenoten, Gitta, de waardin van Café Posauner en haar man, de Sloveense kapper, gepensioneerden en jonge mensen en natuurlijk de boeren, de wijn- en de vee- en de graanboeren, aangevoerd door boer Faludi met zijn hoge stok en zijn lange zwarte baard. Ook doctor Ferbenz glipte naar binnen en nam dicht bij de uitgang plaats. Wie ontbrak was dokter Sterkowitz, die bij zijn patiënten was, en Antal Grün, die in Tempelgasse 4 in bed lag en zich nog steeds beroerd voelde, koud, klam en benepen, van zijn voeten tot zijn nek. En natuurlijk ontbrak ook Agnes Kalmar, van wie bijna niemand wist dat ze nog leefde. Haar zoon Fritz was er wel; praten kon hij niet goed, maar hij was enorm nieuwsgierig.

Op het allerlaatste moment trippelde gemeentesecretaresse mevrouw Balaskó naar binnen, vanuit het raadhuis aan de overkant. Ze was een klein, bolvormig vrouwtje dat op torenhoge hakken naar binnen zweefde, een verbazingwekkend voorbeeld van bijna artistiek evenwicht. Ze vond die schoenen passend bij haar positie, maar na werktijd trok ze ze meteen uit op de parkeerplaats en wisselde ze om voor sloffen, die ze onder de bijrijdersstoel bewaarde. Maar hier was ze in functie en kwam ze dus op haar gevaarlijk dunne naaldhakken. Haar blik strak vooruit gericht, op eventuele hindernissen bedacht, wist ze een vrije stoel te bemachtigen, en ze keek pas op toen ze opgelucht zat en er weer wat bloed naar haar ingesnoerde tenen stroomde. Ze werd van alle kanten aangestaard, als het voorlopige middelpunt van deze gonzende vergadering. Ze keek op de klok en wees naar de deur. Ze was niet verantwoordelijk voor haar baas, maar ze ging ervan uit dat hij zou komen. Buiten sloeg de kerkklok het hele uur: vier keer de kleine, helder klinkende klok, daarna twaalf keer de grote lage. Pas op de laatste slag kwam hij binnen, plaatsvervangend burgemeester Koreny, en in tegenstelling tot zijn zwevende secretaresse leken zijn benen te zwaar om op te tillen. Zijn uitdrukking daarentegen was vastberaden, haast heerszuchtig, en vergeleken met zijn normale toestand was zijn gezicht bijna droog en bleek.

Een eenzame stoel was voor hem vrijgehouden, vooraan in het midden, alsof dit allemaal alleen maar was bedoeld om de burgemeester bijles te geven, terwijl al zijn burgers toekeken.

Boer Faludi rolde bedachtzaam zijn plattegrond uit, hij rolde zijn argumentatie uit. Hij had verstand van zaken.

Voor veel van de verder buiten Dunkelblum en Zwick liggende percelen liet hij, deze ook in politiek opzicht begaafde autodidact, andere boeren naar voren komen, die, al dan niet welbespraakt, over watervoorraden spraken die ze hadden ontdekt en gemeten.

Tot slot vatte boer Faludi alles nog een keer samen. Hij zei dat er geen twijfel meer over bestond dat de gemeente zichzelf autarkisch, en zonder de veel te hoge kosten van het waterschap te betalen, van water kon voorzien. Het was de verstandigste, zuinigste en niet in de laatste plaats milieuvriendelijkste methode. Koreny vertrok zijn gezicht. Dat met het milieu was tegenwoordig in de mode, en zoals alle modes zou ook deze voorbijgaan. Maar boer Faludi kreeg een daverend applaus; toen Koreny omkeek was er niemand die niet klapte.

Dus moest hij opstaan, en hij hield – iets wat velen naderhand zouden toegeven – de beste toespraak van zijn leven. Hij had niet eens een briefje nodig, hij sprak vrijuit; zo vrijuit als hij zich voelde nadat hij met zichzelf overeen was gekomen dat hij iets om andere redenen dan de gebruikelijke, als het ware vanuit een ander soort fatsoen, moest doen. Eerst sprak hij over de rechtsstaat, over contracten en contractnaleving, over betrouwbaarheid en verplichtingen, over de vele niveaus van politiek die onlosmakelijk met elkaar verstrengeld waren: de gemeentelijke, de regionale, die van de deelstaat en vandaar nog een keer omhoog, tot aan de bondsrepubliek. Hij vond een voor iedereen begrijpelijk en makkelijk te onthouden beeld voor deze verstrengelingen: ze moesten allemaal maar eens aan hun televisiemeubel thuis denken. Eerst had je niet meer dan een stuk of twee snoeren, later ook nog dat van de videorecorder, dat van de lamp, en uiteindelijk kwam er misschien nog een stereo-installatie inclusief boxen bij. Al gauw had je verschillende contactdozen en een wirwar aan snoeren, en het was soms lastig te bepalen welke stekker je eruit kon trekken zonder alle apparaten in één keer uit te schakelen.

En zo was het ook met grote economische beslissingen, die goed moesten worden afgewogen, en die veel gecompliceerder waren dan de vraag of er al dan niet voldoende water in de grond zat.

Een paar zinnen lang deed hij alsof hij op de argumentatie van boer Faludi inging, en hij beschreef uitvoerig wat hij zich van het advies van Emmerich Kolonovits herinnerde, zonder diens naam ook maar één keer te noemen en door alles wat die had voorgesteld te overdrijven en zo somber mogelijk te presenteren. Hij stelde maanden-, waarschijnlijk jarenlange graafwerkzaamheden en boringen in het vooruitzicht, opengereten percelen, verwoeste tuinen en onbegaanbare straten; hij beschreef overstromingen in de lagergelegen delen van het oude centrum, alsmede het risico dat er abusievelijk onderaardse bronnen zouden worden drooggelegd, beide neveneffecten die bij zo'n fundamentele omvorming van de waterlopen nauwelijks vermeden konden worden. Het wordt een avontuur, riep hij uit, maar dan eentje zonder goede afloop. Die natuur waar boer Faludi zo de mond vol van heeft is in werkelijkheid wild en wreed, en onze voorouders hebben er goed aan gedaan om het nodige respect voor haar op te brengen.

Op dat punt wist Koreny zelfs het respect van Rehberg te winnen, die zich verbaasd afvroeg of de burgemeester onlangs een ghostwriter had aangesteld, en wie dat in godsnaam kon zijn. Minstens iemand uit Kirschenstein of

Löwingen, dacht Rehberg, want dichterbij kon hij, afgezien van zichzelf, niemand bedenken.

Pas aan het eind van zijn toespraak begon Koreny over burgemeester Heinz Balf: een van de beste burgemeesters die we ooit hebben gehad.

Zo is het, riep iemand achterin, maar niemand lachte.

Heinz Balf, wiens vriend hij, Koreny, zich vol trots mocht noemen, had, zoals iedereen hier wist, deze kwestie tot een halszaak gemaakt; hij had advies na advies laten opstellen en zich zorgvuldig vertrouwd gemaakt met alle argumenten voor en tegen.

Boer Faludi schudde zijn hoofd.

Een paar dagen geleden nog was hij, Koreny, bij Balf op bezoek geweest, in het Allgemeine Krankenhaus in Wenen, bovenin, op de zeventiende verdieping. Koreny pauzeerde even en slikte. Het was stil in de zaal.

Koreny dempte zijn stem en zei: Niemand van jullie kan zich er een voorstelling van maken hoe Heinz eraan toe is. Hoeveel slangetjes er aan alle kanten uit zijn lijf hangen. Hoe verzwakt hij al is. En toch was het enige wat hem interesseerde hoe het hier gaat, in zijn Dunkelblum. Hij heeft me nog de hand gedrukt, en hij heeft me ook nog een opdracht meegegeven: wat het water aangaat niet inbinden, zei hij, sterk blijven, volhouden.

Koreny pauzeerde weer en snoot zijn neus. Boer Faludi trok vol minachting zijn mondhoeken omlaag, wat niemand zag en waar ook niemand het mee eens zou zijn geweest. De rest van de zaal hing aan Koreny's lippen en ooghoeken.

En daarom zeg ik jullie: uit respect en waardering voor Heinzi Balf en zijn eeuwigdurende daden zal ik deze contracten niet opzeggen, besloot Koreny met bulderende stem, want ik heb er nog geen enkele goede reden voor gehoord! Alles wat wordt beweerd, wordt al jaren beweerd, het is niets nieuws, en niemand weet of het werkt. Wat ik wel weet is dit: Heinzi Balf wilde niet dat de Rotensteinwiese wordt opengegraven, dat daar boven, midden in onze mooie natuur, alles ondersteboven wordt gekeerd, alleen maar om een enorme watertoren metersdiep de aarde in te boren! Heinzi zou niet willen dat ons landschap met dergelijke betonnen bouwwerken wordt geschonden, en ik spreek voor hem en sta aan zijn kant, ook al kan hij hier vandaag helaas niet zijn.

Koreny's blik dwaalde over de rijen, op zoek naar de ouderen die de boodschap hadden begrepen. Een paar van hen keken terug, met een geschokte blik. Van spaarbekkens, watertorens en de beoogde locaties hadden ze niets geweten, dat was wel duidelijk. Hij knikte hun onmerkbaar toe, diegenen die hem beter begrepen dan de anderen.

Toen ging hij zitten, en hoewel het de beste toespraak van zijn leven was geweest en niemand zich kon herinneren dat iemand ooit zo vol staatsmanschap, zo verantwoordelijk en toch menselijk en ontroerend had gesproken – geen Balf, geen pastoor, en al helemaal geen graaf en ook verder niemand in de lange, pijnlijke geschiedenis van Dunkelblum –, werd er niet geapplaudisseerd. Het bleef domweg stil, de Dunkelblumers leken een paar ademhalingen lang niet te weten wat ze moesten denken of doen.

4

Bij de deur, waar het druk was met mensen die geen plekje meer hadden kunnen vinden, ontstond tumult. Toni en Leonore Malnitz kwamen binnen en liepen rechtstreeks naar voren, en velen van de aanwezigen vonden het gênant, overdreven en theatraal dat ze hand in hand liepen, als kinderen of een verliefd stelletje.

Goed gesproken, Herbert, zei Malnitz hardop, maar niet goed genoeg.

Koreny's slapen werden heet en zijn handpalmen jeukten. Hij was geen vriend van Malnitz, niet van deze en niet van de andere, die het tankstation in Zwick runde, maar samen met de oude baas, een voormalig politiek gevangene, en de knappe, arrogante mevrouw Leonore waren ze een onontkoombare entiteit in Dunkelblum, zowel economisch als maatschappelijk. Niemand mocht hen bijzonder graag, men vond van hen dat ze dachten dat ze beter waren dan de rest, maar juist daarom werd er geluisterd naar wat ze zeiden. Bovendien reikten hun kunst- en cultuurconnecties tot in de hoofdstad. Dat Balf een kamer voor zichzelf had, op de zeventiende verdieping, en dat hij door de professor in eigen persoon was geopereerd, schreef men toe aan de relaties van mevrouw Leonore. De Malnitzen waren zonder uitzondering sociaaldemocraten. Dat Toni, nota bene een van zijn eigen gemeenteraadsleden, hem als eerste verraadde, beloofde weinig goeds.

Wijdbeens en met zijn vrouw aan de hand zei Malnitz dat hij vijfenvijftig jaar oud was en die typisch Dunkelblumse huichelarij geen dag langer meer kon verdragen. Met dat waterverhaal ging het weer net zoals hier altijd alles was gegaan: een paar dikdoeners bekonkelden alles in het geniep, en heel Dunkelblum kon daar nog decennialang de gevolgen van dragen. Wie niet bij de konkelaars hoorde werd zwartgemaakt, zoals Koreny al op achterbakse wijze had laten doorschemeren: dan was je iemand die nergens iets van wist, die te dom was om zijn televisiesnoeren te organiseren! En anders wel iemand die – foei toch! – opriep tot contractbreuk.

Als jullie niet al contracten hadden afgesloten waar niemand jullie om had gevraagd, zouden we er nu heel anders voor staan, riep Toni Malnitz, maar nu moeten we alles nog een keer openbreken en uitpluizen en de sporen zoeken die jullie al zo ijverig hebben gewist.

Een paar toehoorders joelden, anderen roffelden op de tafels, maar het lawaai ebde snel weg, omdat ze wilden horen wat hij verder nog te zeggen had.

Want daar hebben jullie altijd al moeite mee gehad, riep Toni Malnitz: met transparantie, openheid, menselijkheid, eerlijkheid, dingen die hier helaas geenszins traditie zijn.

Je hebt toch zelf ook meegestemd, Toni! onderbrak Koreny hem luidkeels.

Op basis van list en bedrog! riep Toni terug. Waar je in Dunkelblum ook met je vingernagel krabt, je stuit altijd wel op een of andere schanddaad!

Nu moet je niet overdrijven, riep Koreny, dat is laster!

Hoor hem weer eens dreigen, zei Toni iets zachter, maar het klonk nog gevaarlijker dan het geloei: We zouden het gedrag van onze zogenaamde volksvertegenwoordigers in deze kwestie echt eens heel goed moeten onderzoeken.

Het publiek bromde en knorde.

Boer Faludi stond op en tikte twee keer met zijn stok op

de grond. Mijne heren, zei hij, we hebben hier van doen met een meningsverschil aangaande de Dunkelblumse watervoorziening, en we moeten wat zakelijker worden. Ik wil een voorstel doen. Voor zover ik het kan beoordelen is de voltallige gemeenteraad van Dunkelblum hier bijeen. Ik verzoek de gemeenteraadsleden om zich beschikbaar te stellen voor een kleine proefstemming. Daardoor krijgen we allemaal een indruk van wat de mogelijkheden zijn om het reeds genomen besluit, dat zovelen van ons als verkeerd beschouwen, terug te draaien. Een relatieve meerderheid van de gemeenteraad zou volstaan voor een referendum voor de gemeente Dunkelblum. Ik verzoek u, beste gemeenteraadsleden, sta op als u uw medeburgers de mogelijkheid wilt geven om over deze belangrijke kwestie te stemmen.

Boer Faludi tikte nog een keer met zijn stok op de grond en keek vol verwachting in het rond. Toni Malnitz liet eindelijk zijn vrouw los, stak, aangezien hij toch al stond, zijn hand op en ging naast hem staan. Overal in het vertrek werkten zwetende mannen zich omhoog. Een paar van hen bleven zitten, met rood hoofd. Zitten bleven drie oude gemeenteraadsleden van de Burgerpartij, allemaal boven de zeventig en eigenlijk al sinds jaar en dag voorstanders van een autarkische watervoorziening. Ook Joschi bleef zitten, de neef van doctor Alois, die een blik van zijn oom had opgevangen en daar maar liever gehoor aan gaf. En omdat Joschi bleef zitten roerde ook de andere van de Vrijheidspartij zich vooralsnog niet, in de hoop dat niemand echt op hem lette. Wel kwamen ettelijke jongere sociaaldemocraten overeind, die de eerste keer braaf voor het waterschap hadden gestemd. Ze kwamen overeind met het warme gevoel in de borst dat ze op deze manier de wil van het volk tot een doorbraak konden helpen, ook al zou dat hun baas, Koreny, misschien niet helemaal goed uitkomen. Ze durfden niet meer te zeggen wat in deze kwestie het juiste was om te doen, maar ze voelden de vijandigheid van de mensen. En daarom voelde het beter als deze beslissing, die toch echt alle Dunkelblumers aanging, ook door iedereen samen werd genomen. Democratischer kreeg je het niet. En nu was er ook bij doctor Alois iets van beweging te bespeuren. Nadat de jonge socialisten waren opgestaan maakte hij met zijn handpalmen omhoog een gebaar alsof hij een dienblad optilde. Dus sprong ook Joschi op, evenals het tweede gemeenteraadslid van de Vrijheidspartij, die zijn tanden bloot lachte in een brede glimlach, waarmee hij hetzelfde wilde zeggen als op de verkiezingsposters: We zijn er voor jullie, we begrijpen jullie, we strijden samen met jullie tegen de hoge heren, ook al zijn dat er niet zo heel veel.

De stemming – een oefening weliswaar, maar toch – verliep dus anders dan de eerste keer; precies omgekeerd zelfs. Geen fractiediscipline, maar een beslissing vanuit het geweten. Ze weten niet wat ze doen, dacht Koreny met een blik op zijn jonge, misleide, van democratische trots gloeiende gemeenteraadsleden. Ze handelen voor een geweten waarvan ze niet weten hoe ver dat in werkelijkheid moet reiken. Voor zijn geestesoog verscheen een te korte, witte linnen doek. Het viel maar net over de knieën van de slaper, niet verder dan tot halverwege het dijbeen – of sliep hij helemaal niet, die magere, bruine, schimachtige mens, was hij misschien al dood? Bestaan er te korte lijkwades? Bestaan er te korte gewetens?

Koreny werd duizelig, en hij draaide zich om in de richting waar hij de waardin verwachtte, om haar met een handgebaar om een glas water te vragen. Daar kwam ze al, met een halve liter prikwater met citroen; de opmerkzaamheid van Resi Reschen was onbetaalbaar.

Zestien stemmen vóór een referendum, verkondigde boer Faludi, bij een aanwezigheid van alle drieëntwintig gemeenteraadsleden. De hele zaal barstte in gejoel en gejuich uit. Koreny sloeg zijn drankje achterover, de bubbeltjes bewogen zich in tegenovergestelde richting, prikten als een mes in zijn voorhoofdholtes. Nu hoef ik me alleen nog te verslikken, te hoesten en te spugen, dacht hij, en dan kan ik naar Vorarlberg emigreren.

Terwijl hij naar adem hapte werd het weer stil. Hij keek op. Toni Malnitz verzocht met uitgestrekte armen om kalmte, en mevrouw Leonore naast hem was van een bijna buitenaardse schoonheid.

Op zondagavond, zei ze toen iedereen haar goed kon horen, is onze dochter Flocke niet thuisgekomen. Ze is al drie dagen weg. We weten niet wat er is gebeurd…

Leonore keek een paar seconden lang in het niets, alsof ze de draad van haar verhaal was kwijtgeraakt. Toni Malnitz deed een stap in haar richting, toen werd ze weer wakker en ging verder: We weten niet wat er is gebeurd. Eerst is onze schuur in Ehrenfeld in brand gestoken, uitgerekend op het moment dat even verderop in Kalsching de vrijwillige brandweer een feest had. Dat had al iets symbolisch. Flocke interesseert zich natuurlijk voor geschiedenis, ook voor de misdaden die in de Tweede Wereldoorlog hier bij ons hebben plaatsgevonden en waarover we allemaal zo keurig zwijgen. Eszter Lowetz, die ook meedeed aan het historisch onderzoek, ontving dreigbrieven, ze hangen nog bij haar op de koelkast. Ik vraag me inmiddels af of ze wel echt gewoon in haar slaap is overleden...

Na die woorden begon het onrustig te worden.

Leonore Malnitz verhief haar stem, hoewel het haar moeite kostte: Sinds twee weken is meneer Gellért in Dunkelblum op pad. Velen van jullie zullen hem al wel gezien hebben. Hij heeft al in de wijde omgeving naar slachtoffers uit de oorlog gezocht, jullie weten wel wat ik bedoel – ze kuchte, hield haar hand voor haar mond en keek omlaag –, naar arbeiders uit het oosten die hier zijn gestorven, aan het eind van de oorlog, vermoord dus. In Tellian en Kirschenstein, in Löwingen en Mandl zijn dat soort graven al gevonden. Doctor Gellért zorgt ervoor dat de... de stoffelijke resten volgens de juiste... ritus kunnen worden begraven. Maar hier bij ons heeft niemand hem nog kunnen helpen! Er wordt net gedaan alsof zoiets helemaal niet bestaat, hier bij ons. Maar meneer Gellért weet natuurlijk hoeveel mensen er nog ongeveer ontbreken. En die moeten toch ergens zijn!

Er volgde een lange pauze, en het was zo stil dat je alleen de bromvliegen hoorde die als kamikazepiloten tegen de ruiten knalden, keer op keer, in de onverwoestbare hoop er op een dag doorheen te komen, naar zon en licht.

Leonore vervolgde: En Flocke moet natuurlijk ook ergens zijn. Laat het ons alstublieft weten als iemand iets hoort, ook al lijkt het niet meer dan een gerucht. Elke kleine aanwijzing kan helpen. Dat mag ook anoniem. U kunt gewoon een briefje bij ons in de bus gooien, of hier in Tüffer iets afgeven of laten afgeven. Alstublieft... ik vraag het jullie uit het diepst van mijn hart. Als jullie verder allemaal al niks weten en niks kunnen doen – er was immers altijd zoveel te doen, jullie konden je er natuurlijk niet druk om maken, helemaal nergens om… Ze begon te huilen.

Toen liep Toni eindelijk naar haar toe, legde zijn arm om haar schouders en trok haar mee naar een bankje langs de zijkant.

Er ontstond een consternatie waar met de beste wil van de wereld niemand nog iets van orde in had kunnen scheppen, zelfs boer Faludi en zijn stok niet. De ene partij riep wat het een met het ander te maken had: Kom nou toch, zeg! en of Leonore helemaal gek was geworden, en of haar man haar niet thuis kon laten als ze zo gestoord was. De andere partij schreeuwde dat ze in hemelsnaam niet op alle slakken zout moesten leggen en niet alle woorden op een goudschaaltje moesten wegen, per slot van rekening was er een jong meisje verdwenen, dan kon je toch begrijpen dat ze zich aan elke strohalm vastklampten. En een derde, opvallend grote groep jongeren probeerde erachter te komen waar het eigenlijk over ging, waar die toespelingen op misdaden aan het eind van de oorlog, op graven en arbeiders en vreemde ritussen, eigenlijk op sloegen. Met geschokte, verhitte gezichten praatten ze op de ouderen in, die zich in allerlei bochten wrongen, die zwegen, tekeergingen en er deels snel vandoor hobbelden. Hoe langer minder betrokken toeschouwers als Gellért en Lowetz erbij zaten en flarden van zinnen oppikten die door het vertrek vlogen, hoe duidelijker het werd dat de stad in twee groepen uiteenviel: degenen die niets zeiden, en de anderen die met droge ogen – *ik zweer op de lieve Heer en op mijn kinderen* – beweerden dat ze daar nog nooit, nooit, nooit van hadden gehoord. Dat er iets was gebeurd waar nooit over was gesproken? Een geheim, een misdrijf, een gruweldaad, een lijk in de kast? Eentje maar?

riep iemand met overslaande stem, zo iemand die je altijd en overal aantreft en die zijn misplaatste grappen niet voor zich kan houden.

Wie, wanneer, waarom en hoeveel? vroegen de jongelui aan hun familie, aan hun ouders, grootouders, buren en kennissen; het liefst hadden ze hen door elkaar geschud, maar de ouderen schudden uit zichzelf hun hoofd, hadden het over van horen zeggen, ontweken de vraag of noemden namen die niemand meer kende en die klonken als uitvluchten, sagen en sprookjes: de Zwarte Man en die andere, die duivel te paard, de minnaar van de gravin enzovoort, wie waren al die mensen? Uiteindelijk schoven ze het weer op de Malnitzen, die gek waren geworden, nog gekker dan ze al waren, de bioboer en sektmaker en die chique dame van hem uit Kirschenstein, met haar badkuip naast het bed. Zelfs het toiletpapier vouwen ze daar, hebben we gehoord. Stuk voor stuk hebben ze een klap van de molen gehad, onderling ruziënd als ketellappers, maar evengoed allemaal een klap van de molen, waarschijnlijk dezelfde, altijd heisa, altijd alle aandacht op jezelf willen richten.

Doctor Gellért zat stilletjes aan tafel, met de jongen van Lowetz naast zich. Ten slotte kwam Rehberg nog aanwaaien; hij wist zichzelf in veiligheid te brengen op de vrije stoel naast Lowetz, als op een vlot van rust en rede.

Gellért keek aandachtig naar de krachten die ontketend waren. Hij was van plan geweest zelf over zijn werk te vertellen, nu er zoveel Dunkelblumers op één plek bijeen waren. Maar dat kon hij wel vergeten, in al het tumult kwam het er niet meer van.

De avond ervoor was het echtpaar Malnitz bij hem in Hotel Tüffer verschenen. Ze hadden hem nog een keer over hun dochter willen spreken, wat ze van hem had gewild, en Gellért vertelde hun alles wat hij ook al aan Flocke had verteld. Hij legde zijn zware, maar voor hemzelf zo bevredigende werk aan hen uit, dat hij sinds zijn pensioen deed. Wel verzweeg hij ook voor deze twee mensen dat hij oorspronkelijk uit Dunkelblum kwam. Dat ging hem te ver. Hij was bang dat het zijn positie kon schaden, alsof hij kwam om zich te wreken. Hij kende de mensen, ook elders kon iemand als hij dat verwijt verwachten. Toen ze afscheid van elkaar namen, gaf Toni Malnitz te kennen dat hij de watervergadering van de volgende dag wilde benutten om zo veel mogelijk Dunkelblumers op de hoogte te stellen van Flockes verdwijning. Toni zei: Het heeft allemaal geen zin, we moeten de hele stad om hulp vragen, zelfs mijn vader vindt dat. En toen had mevrouw Leonore de wens geuit dat ook Gellért iets zou zeggen, over zijn zoektocht, die andere zoektocht, die op een andere manier belangrijk was en waar Flocke zo achter stond.

Maar nu had ze in haar wanhoop en verwarring als het ware zijn aandeel van hem afgepakt. Ze had beide verhalen vermengd op een manier die nergens op sloeg en de mensen boos maakte. Gellért was dat niet van plan geweest, absoluut niet. Leonore ook niet, daar was hij van overtuigd. Hij had het met zachte hand en vriendelijk willen aanpakken, zoals hij dat op alle andere plekken ook deed. Overal zocht hij naar samenwerking, hij probeerde de mensen te bereiken in hun ambitie, hun combinatievermogen en hun kennis van het gebied: Waar zou het kunnen zijn, hier bij jullie? U kent de geografische bijzonderheden het best, eindeloos veel mogelijkheden zullen er tenslotte wel niet zijn voor zoiets. We hebben het hier toch echt over een groter oppervlak.

Dat waren de zinnen die hij overal uitsprak. Hij wist dat het hier moeizamer zou gaan, maar dat ging niemand wat aan. Wel had hij een van zijn bottenkistjes uit zijn kamer mee naar beneden genomen, als een talisman, iets wat hij anders nooit deed. Dunkelblum. Hij was hier in Dunkelblum. Dat was het verschil. Had hij serieus gedacht dat dit onschuldige, met zorg vervaardigde kistje de mensen hun verzet tegen het onplezierige thema zou doen opgeven? Dat de Dunkelblumers in de rij zouden staan om elk van de destijds in allerijl begraven doden aan zo'n prachtig kistje te helpen?

5

Nog diezelfde middag arriveerden journalisten van de ORF vanuit de hoofdstad van de deelstaat. De bestelbus met het bekende symbool, het gestileerde rode oog, parkeerde midden op de Hauptplatz op een plek waar sinds mensenheugenis geen voertuig had gestaan, om precies te zijn sinds de eerste keer dat het Rode Leger oprukte, aan het eind van de oorlog. Precies hier was de eerste Sovjettank te grazen genomen door een granaatwerper, en vanaf deze plek had de tweede tank, die er pal achter reed, korte metten gemaakt met de Volksstürmer die hem had afgeschoten; korte metten gemaakt met hem en het monument voor de gevallenen en de hoek van het huis aan de Karnergasse. In één moeite door, zoals dat heet.

Pas twee uur later zou een van de heren de vreedzame bus in deze vreedzame tijd een stukje verderop parkeren, maar nog steeds oogde het voertuig op de Hauptplatz als een uitroepteken: Hallo allemaal, hier is de televisie!

De passagiers namen hun intrek in Hotel Tüffer, en Resi Reschen begon meteen onderdanig te redderen, onzeker over hoe ze hen moest aanspreken. Een van hen ging gekleed in jasje-dasje, en na enig piekeren koos ze voor *meneer de redacteur*. Aangezien niemand haar verbeterde leek ze goed gegokt te hebben. Bij de beide anderen nam ze in eerste instantie haar toevlucht tot de derde persoon. Ze gingen informeler gekleed, in zogenaamde poloshirts, waarschijnlijk bedienden ze de diverse apparaten – Resi had er geen verstand van. Er was ook een scharminkelig manusje-van-alles bij, die met de bagage van hot naar her werd gestuurd. Ze bestelden koffie en taart in de bar van het hotel en meenden waarschijnlijk dat ze al aan het werk waren door de waardin in een gesprek te verwikkelen. Maar die was, zoals iedereen wist, bepaald niet van de straat. Met hoogrode wangen, waarmee ze op onbekenden altijd ietwat beperkt overkwam, glimlachte ze star voor zich uit en omschreef uitvoerig hoe de zogenaamde wateroorlog was ontstaan, waarmee ze, zoals de redacteur naderhand tegen de cameraman zei, zo'n beetje kort na de geboorte van Jezus Christus begon. Al snel onderbrak de redacteur haar en vroeg onomwonden naar de nazimisdaden van Dunkelblum.

Resi weigerde hier antwoord op te geven. De vergadering van vanmiddag was over de watervoorziening gegaan.

Maar er is een jong meisje vermist, vroeg de redacteur, in zijn binnenzak rommelend op zoek naar zijn notitieboekje, het meisje dat deze misdaden op het spoor is gekomen? En haar pleegmoeder is onder onopgehelderde omstandigheden overleden?

Resi Reschen zette haar handen in haar heupen: Wat zijn dat voor wilde verhalen, vroeg ze, die kleine van Malnitz heeft een uitermate levendige moeder, dus u moet nu niet meteen alle onzin geloven die u wordt verteld, meneer de redacteur! En zoals ik al zei: er was vandaag een vergadering over de watervoorziening, dat ging er verhit aan toe. Ik heb meer dan honderd drankjes geserveerd, erin, eruit, even bijkomen was er niet bij.

Maar dat meisje is verdwenen, toch? volhardde de redacteur.

Lieve hemel, zei Resi, voor zoiets is er doorgaans een doodnormale reden.

Zoals? vroeg een van de informeel geklede mannen.

Zoals een jongeman, zei ze en ze trok haar borstelige, nauwelijks zichtbare blonde wenkbrauwen op, of hoe is meneer anders zelf op de wereld gekomen?

De redacteur lachte, en de tweede informeel geklede lachte ook, en toen stonden ze eindelijk op en gingen huns weegs. Resi keek hen wantrouwend na en vermoedde dat het hier niet bij zou blijven.

Op hetzelfde moment dat de ORF met veel bombarie en voor iedereen zichtbaar Dunkelblum binnenviel, sijpelden ook verslaggeversteams van de beide tabloids binnen; enerzijds de *Groschenzeitung*, gemeten naar de totale bevolking de grootste krant ter wereld, anderzijds de verbitterde concurrentie, een blaadje dat er nog goedkoper uitzag, ook al was het van de eerste tot de laatste pagina in kleur gedrukt. De kleurendruk moest een nieuwe tijd symboliseren, maar door de goedkope productie lagen de blauwe, gele en magentarode clichés niet precies boven elkaar, waardoor de contouren van de afbeeldingen psychedelisch flikkerden. Vanwege de inkt wikkelden de zuinige huisvrouwen van Dunkelblum er overigens hun keukenafval liever niet eens in, wat wellicht een reden was voor de eeuwige tweede plaats, een waar te weinig rekening mee werd gehouden.

Deze teams gedroegen zich stukken onopvallender dan de overheidszender. De verslaggevers werkten meestal alleen en zelden samen, al was het maar omdat ze voor de concurrentie geheim wilden houden wie en met hoeveel ze waren en met wie ze al hadden gepraat. Dat ze ook stagiaires hadden was bijna scandaleus te noemen. Jonge vrouwen werden in die tijd nog nauwelijks voor vol aangezien, en zodra ze ook maar vragend keken begonnen oudere mannen maar wat graag en uitgebreid de wereld aan hen uit te leggen. Die truc leek het enkele vrouwelijke verslaggevers mogelijk te hebben gemaakt om hun informatie incognito te verkrijgen – als iemand je ongevraagd iets vertelt, hoef je niet per se te zeggen dat je van de krant bent. Je hoeft helemaal niets te zeggen, alleen maar alles goed te onthouden, nietwaar? Ook later zou nooit duidelijk worden hoeveel het er in totaal waren geweest en wie met hen waarover had gesproken. De enigen onder hen die geïdentificeerd konden worden waren de fotografen, maar ook die werkten snel en onopvallend. Menig Dunkelblumer kon zich later helemaal niet meer herinneren gefotografeerd te zijn, ook al was hij of zij overduidelijk voor zijn eigen huis of tuinhek afgebeeld. Maar dat je hier met juridische middelen tegen in kon gaan, dat er zoiets als portretrecht bestond, dat bleef nog lange tijd onbekend, hier misschien wel langer dan elders.

Al dagen bevond de jonge Lowetz zich in een merkwaardige toestand. Zijn heerlijk lome vakantiegevoel was definitief verdwenen. Hij vond het maar niks dat de raadsels achter elkaar opdoken, als de stamgasten 's avonds in de bar van Hotel Tüffer, en dat ze ook nog eens samenschoolden als diezelfde stamgasten wanneer het laat werd. Hij deed zijn best om de dingen netjes uit elkaar te houden; hij had het nooit handig gevonden om zaken door elkaar te halen en zich over te leveren aan het bijgeloof dat ondergronds alles met elkaar verbonden was. Als dat al zo was, dan geloofde hij in het toeval, geloofde hij dat veel dingen nu eenmaal tegelijkertijd gebeuren. Maar dat werd hem op dat moment nogal moeilijk gemaakt.

De opgewonden uitbarstingen van de mensen na de watervergadering en de vreselijke nieuwtjes, die in werkelijkheid natuurlijk geen nieuwtjes waren, maar lang weggemoffelde misdaden, verbaasden hem niet echt. Het leek veeleer alsof hij het allemaal al had geweten, hoewel hij nog maar een dag eerder op geen van de vragen over dit onderwerp – van doctor Gellért bijvoorbeeld – antwoord had kunnen geven. Maar diep vanbinnen was alles er geweest, en hij voelde zich bijna opgelucht dat het niet aan hem lag, maar dat het wantrouwen en onbehagen die hij al die jaren in Dunkelblum had gevoeld een concrete oorzaak hadden. Het maakte de Dunkelblumers in één klap sympathieker in zijn ogen. Er was een reden voor hun reactionaire gedrag; het was niet, zoals ze normaliter beweerden, de grens alleen, de ligging aan de grens, het feit dat de geschiedenis hen met de rug tegen de muur had gezet: achter ons begint Azië. Weinig verrassend bleek dat ze niet beter waren dan de rest. Lowetz had zo ongeveer geweten wat er aan het eind van de oorlog in deze streek was gebeurd, al was het niet tot in detail. Dwangarbeiders, oorlogsmisdaden, het gebruikelijke; het waren verschrikkelijke tijden geweest. Dus ook hier, erg verbazingwekkend was dat niet, het was bijna bevrijdend logisch. Het was zo lang geleden. En per slot van rekening werd er ook op andere plekken onderzoek gedaan, in Mandl en in Kirschenstein. Dus werd het onderhand weleens tijd dat ook de Dunkelblumers ermee aan de slag gingen. Dat snapte hij. Nu begreep hij Flocke. Hij begreep haar heel goed. Dat ze nog altijd bokten en zwegen en logen, daar kon je als je hier woonde waarschijnlijk ronduit verbijsterd over zijn. Wat had hij dat graag tegen haar gezegd, zijn onwetendheid toegegeven. Ze zou haar pony omhoogblazen, een trek van haar sigaret nemen en grijnzen, met dat kleine rimpeltje boven haar neus. Nee, rimpeltje was niet het juiste woord, haar neus wipte iets op als ze grijnsde, even delicaat als haar polsen... Maar hier raakte hij een van de twee gevoelige snaren. Flocke was weg, ze was inmiddels als vermist opgegeven en werd gezocht door de politie. Haar verdwijning kon niet langer teruggevoerd worden op een ongelukkige samenloop van omstandigheden, zoals hij tot dan toe nog had gehoopt. Hij kreeg het gezicht van haar moeder maar niet uit zijn hoofd. Die mengeling van angst, liefde en hoop, en daarbovenop het ongeloof. Misschien was het allemaal hartstikke simpel? Waarom kon ze niet bedenken waar haar dochter was? Moest ze het niet weten, ze had haar immers gebaard? Dat gezicht, en de pijn die eruit sprak, kwelden ook hem. Wie Leonore Malnitz had gezien moest zich meteen afwenden of meelijden, een derde mogelijkheid was er niet. In het tumult aan het eind van de vergadering had hij zich door de menigte heen naar haar ouders gedrongen en zijn hulp aangeboden: Zegt u me alstublieft wat ik kan doen, ik wil graag helpen. De zoon van Eszter, had Toni Malnitz bij wijze van uitleg gezegd, en mevrouw Leonore draaide haar hoofd zijn kant uit en keek hem aan met die versplinterde blik.

Wat is er met je moeder gebeurd, vroeg ze, kun je dat niet uitzoeken?

Toni trok haar weg.

En zo stonden de zaken er nu voor. Er was iemand dood en er was iemand verdwenen. In beide gevallen kon de oorzaak uiterst banaal of zeer ernstig zijn. Het kon toeval zijn, of er kon een verband zijn. Wel was sterven normaler dan verdwijnen. In het tweede geval – dat Lowetz nog steeds hoogst onwaarschijnlijk achtte – waren de implicaties duizelingwekkend.

Simone, zijn ex-vriendin, had hem aan het eind van hun relatie verweten dat hij apathisch was. Toen ze dat zei had hij haar mond voor het eerst lelijk gevonden, bijna afstotelijk. Heel even maar, maar hij vergat het niet. Dat wat zij apathie noemde zou hij liever bedachtzaamheid willen noemen. En daar wilde hij nu gebruik van maken. Het had geen zin om jezelf gek te laten maken door mogelijkheden en vermoedens die de neiging hadden om ongebreideld te woekeren. Maar er waren wegen die hij kon begaan, en andere die veel te ver lagen. Hij zou Flocke niet vinden door in de auto te stappen en doelloos door de omgeving te rijden, zoals haar vader al dagen deed. Maar hij kon wel met dokter Sterkowitz gaan praten, die de huisarts van zijn moeder was geweest en hem moest kunnen vertellen van welke medicijnen ze zoveel trek in zoetigheid had gekregen. Waarschijnlijk had Sterkowitz de overlijdensakte opgesteld, en hij zou wel weten wat er moest gebeuren als om een of andere reden twijfels aan een plotselinge hartstilstand gerechtvaardigd waren. Ze was pas vijfenzestig geweest, dat was echt geen leeftijd om te sterven. Toch gebeurde het. Oorzaken uitsluiten, stap voor stap, systematisch. Maar erg prettig voelde Lowetz zich niet bij deze beslissing. Zijn moeder was dood en begraven. Wat er ook gebeurd was, het kon wachten. Terwijl Flocke waarschijnlijk dringend hulp nodig had.

Lowetz stond op, pakte zijn jas van de leuning, deed de deur open en deinsde terug. Pal voor de deur stond een jonge vrouw mysterieus en ijverig in een notitieboekje te schrijven.

Vanaf die donderdagochtend was Dunkelblum op een niet al te prettige manier beroemd, in het hele land, van Neusiedler- tot aan Bodensee. En dat zou wel een tijdje zo blijven. De beide concurrerende kranten waren 's morgens al uitverkocht, en wie er geen meer kon bemachtigen las hem bij de buren. In Hotel Tüffer en in Café Posauner werden ze gestolen, en toen Gitta dan maar haar eigen exemplaar van de *Groschenzeitung* in de bamboehouder klemde, waren de betreffende pagina's verdwenen zodra ze zich had omgedraaid. 's Middags werd er gezegd dat Antal Grün, die weer min of meer op de been was, nog exemplaren had, maar dat was niet zo, en die middag wenste hij dat de harde kauwgom met het steentje erin zijn deurbel nog blokkeerde, zo vaak en doordringend rinkelde die.

STAD VAN DE ANGST, kopte de *Groschenzeitung*, die een reeks artikelen aankondigde en met het grote interview begon dat bouwmeester Zierbusch, de vader van architect Zierbusch, had gegeven. Die respectabele burger van Dunkelblum had de moed gevat om voor het eerst over de gebeurtenissen van bijna vijfenveertig jaar geleden te praten. Want als getuige uit die tijd voelde hij de plicht om valse geruchten te ontkrachten, alsook om de rust in zijn gemeente te herstellen.

Zo ver is het dus gekomen, klaagde Rehberg tegen doctor Gellért, dat diegenen die nooit hun smoel hebben opengetrokken nu de vredestichter kunnen uithangen.

En iedereen die niet snel genoeg de andere kant uit liep werd door Rehberg overvallen met zijn verzuchting dat je het niveau van dat blad al kon herkennen aan het gebruik van formuleringen als *valse geruchten*. Hij hield daar pas mee op toen de waardin van Hotel Tüffer hem terechtwees: Ik weet niet wat u daar eigenlijk mee wilt zeggen, meneer Rehberg, maar ze zijn toch echt vals, die geruchten.

Hoe dan ook, Zierbusch gaf de *Groschenzeitung* uitgebreid inzicht in zijn activiteiten als Hitlerjongen. Hij zei dat je als jongere geen andere keuze had gehad dan meedoen, los van je politieke kleur. De interviewer vroeg niet naar Zierbusch' vroegere of huidige gezindheid. In plaats daarvan vroeg hij naar de nacht van het bal, vlak voor het eind van de oorlog. Zierbusch leidde zijn antwoord in met de veelbetekenende zinnen dat hij nog nooit over die nacht had gesproken – met niemand, zelfs niet met zijn vrouw of kinderen. De interviewer vroeg waarom hij die regel nu brak. Zierbusch zei: Jonge mensen kunnen zich absoluut niet voorstellen hoe het destijds was. De druk en bedreigingen waar we destijds onder gebukt gingen. Het is makkelijk, zei hij, om met je vinger te wijzen als je het niet zelf hebt meegemaakt, het geweld en de onderdrukking.

Dat hebben we ook gezien toen bondspresident Waldheim werd gekozen. Hier in Dunkelblum wordt momenteel de Joodse begraafplaats gerestaureerd, met buitenlands geld overigens, wat natuurlijk alleen maar weer kan betekenen: uit Israël en van de Oostkust. En ook bij ons zijn er mensen die koste wat kost een museum willen openen en herinneren, gedenken, weet ik wat allemaal. Ik heb daar in principe natuurlijk helemaal niets op tegen. Maar herinneren, dat kunnen eigenlijk alleen zij die erbij waren!

En daarna beschreef hij de nacht waarin hij en de andere Hitlerjongens uit hun bed waren gehaald, door ene Horka, die later door de communisten zelfs tot hoofd van politie was bevorderd. De Russen, zei Zierbusch, daar zouden we nog een apart verhaal aan kunnen wijden, maar laten we dat maar niet doen.

U kunt hier vrijuit spreken, verzekerde de *Groschenzeitung* hem, wat zou u dan over de Sovjetbezetting kunnen vertellen?

Geplunderd en verkracht hebben ze, zei Zierbusch, als zwijnen zijn ze hier in de wijde omgeving tekeergegaan. En niemand die ze ter verantwoording riep, we waren immers net zo machteloos als onder de nazi's.

Over die ene nacht vertelde hij alleen het volgende: zij, de Hitlerjongens, hadden de dwangarbeiders het laatste stuk naar het bos begeleid, vanaf het punt waar de vrachtwagens hen hadden afgezet. Alleen begeleid, aan het eind waren ze weer door SS-mannen overgenomen. En ja, ze hadden de schoten waarschijnlijk wel gehoord, maar waren er zelf niet bij geweest. Dat wist hij niet meer precies, maar nee, hij dacht van niet. De graven dichtscheppen, dat hadden zij, de jongens, dan weer moeten doen, de hele nacht lang. Hij had niet gekeken, alleen maar geschept. Toen hij thuiskwam was het al licht geworden, zijn moeder had haar handen boven haar hoofd ineengeslagen, omdat hij onder de aarde en het bloed zat.

Zijn de verantwoordelijken voor deze daad ter verantwoording geroepen? luidde de op een na laatste vraag.

Niemand van hen, zei Zierbusch, de heren zijn 'm allemaal gesmeerd. Alleen de jongens zijn aangeklaagd en veroordeeld, wij, de zestienjarigen, omdat er verder niemand meer was. Maar wat hadden we kunnen doen? Wij konden er aan het eind van de oorlog niet vandoor gaan! We waren minderjarig. Ik vind dat ook wij slachtoffer van deze misdadigers waren.

Maar zelf bent u niet veroordeeld?

Nee, luidde Zierbusch' laatste antwoord, en ik weet tot op heden niet waarom. Destijds was ik er natuurlijk blij mee. Maar u moet me geloven als ik zeg dat als ik iets in mijn leven betreur, dat dat het is. Het interview eindigt met een cursief gedrukt woord, dat ook nog eens tussen haakjes staat: *(huilt)*.

6

Op donderdag kwamen Gellért en de jonge Lowetz elkaar rond het middaguur toevallig tegen voor Rehbergs Reisbureau, en na de nodige plichtplegingen besloten ze samen naar binnen te gaan. Rehberg zat aan zijn bureau met een stapel papier voor zich. Hij keek hen met holle ogen aan, stond op en haalde twee koppen koffie.

Nou, we staan er fraai op, zei hij.

Vanavond komt er nog wat op televisie, zei Lowetz.

Rehberg knikte en zei dat ook hij met de televisiemensen had gepraat, hij had geen andere mogelijkheid gezien.

Waarom ook niet, zei Lowetz, jij bent daar toch precies de juiste persoon voor!

Omdat er nu weer kadaverdiscipline wordt opgelegd, riep Rehberg, let maar op – en kadavers praten niet!

Wie legt die op? vroeg Lowetz, maar als antwoord kreeg hij slechts een vaag handgebaar, waarmee vermoedelijk iedereen werd bedoeld of *wie dan ook*.

Doctor Gellért – die Lowetz tot voor kort bij zichzelf nog de mysterieuze gast had genoemd voordat hij hem sympathiek was gaan vinden, als een ver familielid –, doctor Gellért dus, hield ineens *Die Dunkelblumer Heimatsagen* in zijn hand.

Lowetz schrok. Hij stak zijn hand ernaar uit en zei: Dat is mijn oude sprookjesboek, ik wilde het aan het museum doneren. Maar als u het me even kunt geven, ik wilde nog wat nakijken.

Gellért gaf het boek aan, Lowetz bladerde het afwezig door en vroeg zich af hoe hij het weer terug kon krijgen. Als kleine jongen was hij verzot geweest op dit boek, en het was niet meegevallen om er afscheid van te nemen, en van zijn verlangen naar vroeger. Hij was er niet door bedorven, daarvoor had zijn moeder gezorgd door het te censureren als ze voorlas. Nu wilde hij het terug hebben, wilde erachter komen wat ze allemaal nog meer had veranderd. Dat zou interessant zijn, hij zou het van begin tot eind lezen en hoopte dat hij haar stem in zijn hoofd zou horen. Het was overhaast geweest om het weg te geven, ervanaf te willen. En in geen geval mocht doctor Gellért het in handen krijgen; hij mocht de bruine passages niet tegenkomen, de begraven, gebochelde Jood en de andere soortgelijke, door en door katholieke vuilspuiterij, de kerstrozen op eerste kerstdag. Die Gellért had zijn moeder hoog zitten, veel hoger waarschijnlijk dan de rest van Dunkelblum, en hij had echt al genoeg meegemaakt. Lowetz wilde hem op z'n minst deze droevige folklore besparen.

Er komen ook nog duivels en graven en vilders in voor, zei hij, en hij deed alsof dat iets grappigs was: Wist u wat dat was, een vilder?

Gellért draaide zich naar hem om en deed zijn mond open. Hij deed hem weer dicht, zuchtte, ging zitten en nam een slok koffie.

Lowetz greep de gelegenheid aan om van onderwerp te veranderen. Zeg, Rehberg, vroeg hij, wat ik niet begrijp is waarom je nu zo, zo… pissig bent. Het is toch precies wat jullie allemaal wilden, Flocke, mama en jij, nu komt eindelijk alles eens boven tafel.

Rehberg schudde zijn hoofd. Jij bent hier al veel te lang weg, zei hij, je hebt geen idee. Zo had dat niet mogen gebeuren, niet op deze manier. Dat maakt het allemaal alleen maar erger.

Dat geloof ik niet, zei Lowetz en hij merkte dat hij boos werd, ook al wist hij natuurlijk wel dat hij daarmee bij Rehberg aan het verkeerde adres was: Deze dingen kunnen niet meer onder het tapijt worden geveegd. Die macht heeft niemand! Denk aan Waldheim! Wat vindt u ervan, doctor Gellért?

Gellért zuchtte weer. Uit zijn broekzak haalde hij een opgevouwen briefje. Hij legde het voor zich op tafel en zei: Dit lag vandaag in mijn postvak in het hotel.

Lowetz deed bruusk een stap richting de tafel, hij wilde Rehberg voor zijn, maar die verroerde zich niet en bleef zitten, vermoeid en grauw. Het valt me nog mee dat het geen ansichtkaart van het slot is, mompelde Lowetz terwijl hij het briefje pakte en openvouwde.

Hij gooide het bijna meteen weer neer, draaide zich om naar Gellért en zei dat de hotelhoudster zou moeten vertellen wie er bij zijn postvak was geweest. Wie was er eigenlijk op de hoogte van zijn kamernummer? Ze heeft toch meer dan één kamer, dat achterbakse mens, verdomme nog aan toe! Daar moest toch op z'n minst een van de hotelmedewerkers bij hebben geholpen, heremetijd! Als hij Gellért was, zou hij met aangifte dreigen. Dat moet worden opgehelderd, zo'n belachelijk briefje, daar komen ze niet mee weg! Nu niet meer!

Rehberg hoestte, maar het had net zo goed een lach kunnen zijn. Hij boog zich voorover en pakte het briefje. Hij legde het op de stapel papier voor zich en ging er met zijn handen overheen, heen en weer, alsof hij het glad wilde strijken. Hij deed Lowetz aan oom Grün denken, hoe die over zijn stofjas streek, op en neer. Hij had Antal al in geen dagen opgezocht, iemand had zelfs gezegd dat hij ziek was. Of beeldde hij zich dat alleen maar in? Hij had de indruk dat hij allerlei dingen alleen maar had gedroomd. Of alles. Die spookvrouw onlangs, die in het tankstation met veel misbaar de Stahlhelm uit het schap had gejat? Had hij die helm echt gezien? Had hij het zich niet verbeeld, omdat daar vroeger ooit een stalen helm had gelegen? Was de vrouw niet alleen maar gevallen, ongelukkig gestruikeld over de draaistandaard met kranten, uitgemergeld door haar ziekte als ze was? En was het puur toeval dat ze een grote lege tas bij zich had gehad? Als hij naderhand de pompstationhouder zou hebben gevraagd of die een stalen helm miste, had die waarschijnlijk de gekkendokter gebeld. Dezelfde gekkendokter die kwam als Agnes begon te schreeuwen en die hij, nu hij erover nadacht, nooit had gezien, van wie hij zich slechts in gedachten een beeld had gevormd. Hoe ziet een gekkendokter eruit? Heeft hij assistenten die met hem meekomen en de gestreken dwangbuis voor hem dragen? Agnes zit weer in de inrichting, werd er elke keer gezegd. Agnes, die nog helemaal niet dood was, zoals de meeste anderen, hoewel ze dat, in tegenstelling tot zijn moeder, waarschijnlijk vaak genoeg had gewenst. Agnes, voor wie hij langzaamaan bang begon te worden als voor een geest, ook al wist hij dat dat idioot was. Waarschijnlijk was ze gewoon een verward oud mens zoals vele andere – een makkelijke stoel, zon en chocolademelk, meer hebben ze toch helemaal niet nodig. Maar het kon net zo goed zijn dat ze alles wist. In plaats van het uit te spreken had ze geschreeuwd, zoals de dronken en stoned orakels uit de Oudheid, Delphi, Olympia, Cumae, zoals Cassandra; voor hen die weten is dat weten vaak te veel. Ze verliezen hun verstand. Net als ik, als ik hier nog langer blijf, dacht Lowetz, of ben ik al gek geworden? Maar onmiddellijk schaamde hij zich voor die gedachte, zo dramatisch en vol zelfmedelijden, en om zichzelf af te leiden toverde hij een plichtmatige grijns op zijn gezicht en vroeg: *Gäh-schtot-tän*, waarde heer Rehberg, kan ik nog een kopje koffie krijgen?

Maar toen Rehberg opstond begon Gellért te spreken, als een zacht, zilverig draadje kwam het uit zijn mond, en dus kon hij de koffie voorlopig wel op zijn buik schrijven, want Rehberg bleef staan waar hij stond.

Twee jaar geleden ontmoette ik een Franse priester, zei Gellért, een man die destijds al deed wat ik nu doe. Ik ben met hem mee op reis gegaan om te zien hoe het moet, dit werk. In een dorpje op de Balkan hebben we bijna elke bewoner ondervraagd, want dat het daar ergens geweest moest zijn was duidelijk. Vaak kun je het immers rechtstreeks uit de dossiers van de Wehrmacht halen. Maar niemand wist iets of wilde iets zeggen. Waarschijnlijk, zoals overal, een combinatie van deze twee. Je kunt je ook niet voorstellen hoezeer de landschappen in nog niet eens zo'n lange tijd veranderen.

Hij lachte en zei: Sommige mensen, zoals ik, verdwalen al na zeven jaar afwezigheid in hun geboortestad!

Kom nou toch, mengde Rehberg zich in het gesprek, als je zoiets in het bos doet wil ik dat wel geloven, maar voor zover we weten hebben ze die moeite niet eens genomen, het moest snel gaan, alle aanwijzingen duiden erop dat het niet heel erg ver weg was, aan de rand van de stad, ietsje buitenaf, een klein stukje maar, het kan toch niet zo zijn dat... ik vind het onbegrijpelijk... er moet toch nog iemand zijn die, ach, wat zeg ik, één iemand...

Lowetz maakte heftige bewegingen met beide armen, Rehberg viel stil.

Gellért zei: Er bestaan snelgroeiende planten, lupinen, dennen, hondsrozen, dat weten de deskundigen natuurlijk ook wel. Op veel plekken waar zoiets is gebeurd, zijn ze vervolgens aan het bebossen geslagen. Precies zo noemden ze dat: bebossen. Die mensen, die daders, ontpopten zich vervolgens ook nog tot een soort van landschapsarchitecten.

Hij sprak langzaam verder, bijna alsof hij dat allemaal alleen tegen zichzelf vertelde. Dat ze het destijds, op zijn eerste reis, al hadden willen opgeven toen hun een oude man op een fiets tegemoet was gekomen. Ze lieten hem stoppen en vroegen ook aan hem of hij iets wist, had gezien of gehoord, destijds. De oude man op de fiets was bijzonder vriendelijk geweest. Antwoord en informatie geven was voor hem even vanzelfsprekend als het voor alle anderen die ze eerder hadden gesproken was geweest om niets te weten en alleen al boos te worden vanwege de vragen. Mogelijk was hij niet helemaal goed snik, die man, zei Gellért, een beetje zoals jullie Fritz.

Rehberg hief afwerend zijn hand, maar zei niets.

Hij bracht ons naar een diep gat in de grond, zei Gellért. Daar vertelde hij dat de laatste vilder was gestorven toen hij nog een kleine jongen was. Daarna had men geen vervanger meer voor hem gevonden, daarom was dat gat gegraven. Misschien was het gat er altijd al geweest; inmiddels, zei Gellért, lijkt me dat waarschijnlijker – een geologische bijzonderheid, een diepe kloof in het gesteente. In elk geval werd het als loederplaats gebruikt, die had je vroeger wel vaker. Daar gooiden ze de dode dieren in die niemand meer wilde of kon verwerken. En later in de oorlog was het de voor de hand liggende plek, een diep gat en weg ermee. Dicht bij hun dorp, van alle kanten goed bereikbaar. Als het ware in hun aller midden. Later, toen alles voorbij was, werden er weer dieren in gegooid die aan ouderdom of door ziekte waren gestorven; eerst dieren, daarna mensen, toen weer dieren. Daar, zei Gellért, moet ik vaak aan denken, dat was mijn eerste kennismaking met de hele zaak. Als ze daar destijds nog een vilder hadden gehad, hadden ze het anders moeten aanpakken. Dan hadden ze dat gat misschien nooit ontdekt. Misschien was er nog iets te bergen geweest. Maar het is ook wel weer begrijpelijk, een ongeliefd en dubieus beroep.

Het spijt me, piepte Rehberg vanachter zijn tafel.

Wat, in hemelsnaam? vroeg Gellért.

Dat ik net kadaverdiscipline zei, fluisterde Rehberg.

U bent bijzonder vriendelijk en empathisch, zei Gellért, er is echt niks om spijt van te hebben.

Maar de vilders, zei Lowetz, en hij keek wanhopig, zijn gezicht gerimpeld en met rode ogen, als een kind dat op het punt staat te gaan huilen: De vilder was toch meestal ook de beul, de scherprechter of hoe ze ook allemaal heten.

Dat klopt, zei Gellért, maar dat was veel eerder. In de tijd waar wij het over hebben was die kant van de zaak allang vergeten. Dat heeft daar echt niets meer mee te maken, beste meneer Lowetz. Hij stak zijn hand uit en raakte Lowetz' bovenarm aan, waarop die opsprong en zei: Ik ga nu naar huis om de papieren van mijn moeder te zoeken. Ergens zullen ze toch moeten zijn. En hij stormde naar buiten, en toen hij en passant zijn beduimelde sprookjesboek nog meegriste leek dat niet meer dan een gedachteloze actie. Maar Rehberg en Gellért letten er helemaal niet op.

Onderweg begon Lowetz in gedachten door zijn ouderlijk huis te lopen, nog een keer van voren af aan. Het was een klein huis, er waren niet veel plekken om papieren te bewaren, maar als Eszter ze had verstopt moest hij er misschien nog een keer op een andere manier naar kijken. Ze was een fantasierijke vrouw geweest, zijn moeder, ook al had ze daar op deze plek, in haar huwelijk en in haar leven, niet erg veel mee kunnen beginnen. Lowetz stelde zich voor dat hij in gedachten een manier vond om bij haar te zijn, bijna bovenzinnelijk, telepathisch of hoe je dat ook noemde, hij had haar goed genoeg gekend. Als hij zijn best maar deed, zou hij zich in haar kunnen inleven. Als ik iets verstop dat alleen mijn zoon mag vinden, waar laat ik het dan? Zou hij ook het bouwvallige schuurtje op de binnenplaats moeten slopen, de plek waar achter het brandhout een jonge, een onvoorstelbaar jonge Gellért twee weken lang ondergedoken had gezeten? Nee, dat zou te ver gaan. Hij zou in de mooie kamer gaan zitten, nam Lowetz zich voor, daar waar 's middags de zon zijn vingers over het parket liet kruipen, alsof die hem iets wilde laten zien. Hij zou wachten, haar zich voorstellen zoals ze vroeger was, haar lange haar tot aan de band van haar schort, zoals ze appels sneed en zich naar hem omdraaide: *Kisfiam*, jongen van me, breng me de grote bakvorm eens. En dan lachte ze. Elke keer als ze hem iets liet halen vroeg ze om iets groots, ook als het betreffende voorwerp helemaal niet zo groot was of er maar één exemplaar van was. Maar zo had ze dat gedaan, dat vond ze leuk, en wat had hij daar lang niet meer aan gedacht. Kisfiam, de grote schaar, de grote rol keukentouw, de grote schep, daar, gebruik je ogen. Daarom had hij geen voornaam nodig, of had hij geen gevoel bij de naam die in zijn papieren stond. Die in zijn papieren was hem vreemd. In zijn leven had Lowetz nog nooit een voornaam willen hebben of nodig gehad, op school sowieso niet, en daarna had hij zich altijd alleen als Lowetz voorgesteld. Als iemand aandrong was zijn verweer dat iedereen hem zo noemde: Lowetz, meer niet, dat is voldoende. En waarschijnlijk was zijn relatie met Simone ook stukgelopen op het feit dat ze weigerde hem gewoon net zo te noemen als alle anderen deden en hem dwong bij haar een vreemde te zijn.

Toen hij de Spiegelgasse overstak bleef hij staan. Eén hoek verder en hij was al bij oom Grün. Die scheen ziek te zijn geweest, die had alle heisa gemist. Hij moest bij hem langsgaan, hij moest hem alles vertellen, en misschien was dat precies het punt waar een zinvolle zoektocht zou beginnen. Ze waren zo vertrouwd geweest met elkaar, zijn moeder en oom Grün, die vroeger naast elkaar hadden gewoond... En als hij er goed over nadacht was Antal Grüns positie in Dunkelblum best bijzonder. Hoe was het hem eigenlijk vergaan, *in die verschrikkelijke tijd*? Had doctor Gellért destijds, toen Lowetz nog niet had geweten wie hij überhaupt was, niet gezegd dat Antal het huis had *teruggekregen*? Van Horka? Horka, de Zwarte Man van Dunkelblum, van wie nu werd gezegd dat hij...

Ja, zo was het: samen met oom Grün had hij op het trapje voor de winkel zitten roken.

– Met Horka hebben ze ons, kinderen, altijd bang gemaakt...

– Dat kan ik me voorstellen.

Dat kan ik me voorstellen. Dat was nog maar iets van een week geleden geweest, voor Lowetz voelde het als jaren. Hij stond nog steeds op de kleine bochtige kruising en besloot meteen naar hem toe te gaan.

De kruidenierswinkel was open, maar de deurbel deed het weer niet. Antal stond niet, maar zat achter zijn toonbank, op een krukje of een opstapje, hij was vanaf zijn borst zichtbaar, en hij keek hem zo ondoorgrondelijk aan als een oude uil. Oom Grün, zei Lowetz, wat is er in godsnaam met je aan de hand? Ik heb nu pas gehoord... Hij werd rood en hoopte dat zijn leugen niet zou worden opgemerkt.

Een kleine aanval van zwakte, dat is alles, zei Antal met

een ironische blik, dat zegt Sterko in elk geval, en dat ik mezelf moet ontzien en goed moet blijven luchten. Helaas word zelfs ik er niet jonger op, ook al heb ik het van iedereen het meest verdiend.

Heb je gehoord wat er hier allemaal aan de hand is? vroeg Lowetz. Flocke Malnitz is verdwenen en Koreny's plannen zijn weggestemd, en nu krioelt het overal van de verslaggevers uit...

Antal Grün wees naar zijn krantenstandaard, bovenin stonden de ansichtkaarten, onderin was hij halfleeg. Grinnikend zei hij: De mensen kopen zelfs *Die Presse* en de *Arbeiter Zeitung*, hoewel die er nog niets over hebben geschreven. Binnenkort zit Reschen zo vol dat ze ook kamer 22 nog moet klaarmaken, wacht maar af!

Lowetz haalde een biertje voor hen beiden, hoewel Antal bijna nooit dronk. Maar hij was in een vreemde stemming, als een uitgelaten grijsaard die nergens meer spijt van hoefde te hebben.

Op je lijf kun je niet langer vertrouwen, dat gebeurt van de ene op de andere dag, zei hij tegen Lowetz, en dat is een inzicht waarmee je eerst moet leren leven.

Wist jij daarvan, oom Grün, vroeg Lowetz toen ze weer samen op het trapje zaten, dat van die dwangarbeiders?

Je hoort weleens wat, zei Antal.

Ja, maar... zei Lowetz.

Ik was in die tijd helemaal niet hier, zei Antal nadrukkelijk, ik kan er helemaal niets over zeggen. Welbeschouwd weet ik net zoveel als jij.

Ja, maar, herhaalde Lowetz, en jij? Jij hebt toch, jij was toch...

Ik was zestien jaar oud en ben eruit gegooid, net als alle

anderen, zei Antal met iets verheven stem, behalve dat mama en ik later weer terug zijn gekomen, dat is het enige verschil.

Waarom... vroeg Lowetz, hoe konden jullie... ik bedoel, sorry, heb je dat uit, uit... met opzet gedaan? Terugkomen?

Antal begon te lachen en ging daar een tijdje mee door. Lowetz schaamde zich op alle manieren die je kon bedenken. Hij kon de woorden domweg niet vinden; alles wat hij wist, en ook wat hij niet wist, omringde hem als een vijandelijke macht, die alles vergiftigde wat hij wilde vragen. Toen Antal was uitgelachen en zijn handpalmen uitgebreid aan zijn stofjas had afgeveegd, zei hij: Knul toch, jij bent me er een! Maar nee, zonder gekheid, dat was helemaal niet met opzet, het was alleen zo dat we niets beters konden bedenken. Hier kenden we in elk geval het landschap en de taal. En je kunt niet in de hoofden van de mensen kijken, hier net zomin als ergens anders.

Lowetz schudde zijn hoofd. Waar zijn jullie in de tussentijd eigenlijk geweest, vroeg hij ten slotte, jij en je moeder?

Maar Antal zei: Laten we het daar maar niet over hebben.

7

Ondertussen zei Rehberg tegen doctor Gellért dat dat met het verleden wel een ding was. Sinds hij met het schrijven van de plaatselijke kronieken was begonnen werd alles steeds onzekerder, de feiten losten op in zijn handen, en dat was het tegendeel van wat je met een dergelijke klus beoogde. Inmiddels koesterde hij zelfs wantrouwen jegens de professionele historici, van wie hij domweg, dat gaf hij ruiterlijk toe, min of meer had overgeschreven waar het bijvoorbeeld om de prehistorie en vroege geschiedenis of om de Romeinse tijd ging. Deze wetenschappers, zei hij, en hij lachte als een boer met kiespijn, hebben in elk geval het voordeel dat er geen getuigen uit die tijd opduiken om hun beklag te doen, naar het motto: herinneren kun je je alleen als je erbij bent geweest. Valse geruchten, u weet wel. En zo klopt het dus op een andere manier wat ze schrijven, zelfs als het helemaal niet waar zou zijn geweest. U daarentegen, doctor Gellért, hebt zich op zo'n klein, afgebakend detail gespecialiseerd dat alles wat u ontdekt klopt. U vindt de doden of u vindt ze niet. A of B. Als u er een paar vindt is dat het bewijs voor een misdaad, en daarmee klaar. Ik hoop dat ik niks verkeerds zeg?

Gellért zuchtte. Nee, nee, zei hij, en ik begrijp ook wel wat u bedoelt. Maar mij gaat het natuurlijk ook niet om waarheden, maar om de dodenrust. Bovendien is mijn ervaring dat zodra mijn werk erop zit de hel onder de bevolking pas goed losbreekt.

Inmiddels waren ze allebei opgestaan en stonden ze naast elkaar door de etalageruit naar buiten te kijken, langs de leren kameel, de palm en het prachtige, verleidelijke stoomschip heen, de voorwerpen die ze nog maar kortgeleden samen hadden neergezet – een paar dagen geleden, maar in een ander tijdperk. Buiten lag Dunkelblum in de zomerzon. Over niet al te lange tijd zouden de mensen niet alleen naar Jesolo en Lignano kunnen reizen, maar ook weer naar Praag, Boedapest en naar het Balatonmeer, naar Czernowitz, Lemberg en Tarnopol. Maar het dichtstbij lag Stoßimhimmel, heel dichtbij, en daarvoor zou je niet eens een reisbureau nodig hebben, alleen een fiets. Maar dat wisten die twee niet, ook al vermoedde Gellért het misschien wel.

Vanaf het begin, zei Rehberg uiteindelijk, heb ik het gevoel dat ik met u vrijuit kan spreken. Tenslotte maken we allebei deel uit van een vervolgde minderheid, nietwaar?

Gellért draaide verbaasd zijn hoofd naar hem om.

Nou ja, zei Rehberg en hij bloosde een beetje, ik... ben niet getrouwd en heb dat ook nooit gewild, als u begrijpt wat ik bedoel. Ik ben...

Gellért knikte: Ik begrijp het. Daar zou ik zelf nooit op zijn gekomen.

Dank u wel, zei Rehberg opgelucht, dat is erg vriendelijk van u, maar vandaag de dag komen de mensen er sneller op dan vroeger, ik weet ook niet waar dat aan ligt.

En toen vertelde hij doctor Gellért over zijn levendigste jeugdherinnering, de dag waarop er iets was gebeurd op de Weinstraße. Hij vertelde over zijn ritten als jeugdige postbode, dat hij voor zijn tante regelmatig brieven en pakjes naar Stoßimhimmel had gebracht, naar een nare, bijna griezelige vrouw. Eén keer was ze zomaar tegen hem uitgevallen, in het Hongaars, hij had er geen woord van begrepen, alleen vermoed dat het om nazi's en Joden ging; hij wist niet wat hij moest doen en was daar met het hoofd tussen de schouders blijven staan tot het voorbij was. Hij had zijn tante niets over dit voorval verteld, de brieven die hij op zijn ritten voor haar haalde hadden veel voor haar betekend. Tot op de dag van vandaag begreep hij niet wat zijn tante van die vrouw had gewild; ze was niet vriendelijk, zelfs niet bijzonder intelligent overgekomen, maar verbitterd, kwaadaardig, wat hij op geen enkele manier met zijn tante kon rijmen.

Waarschijnlijk zaten daar ook de brieven bij, in de stapel die ik destijds aan Eszter Lowetz heb meegegeven, zei Rehberg verlegen, ik weet vrij zeker dat ze erbij zaten. Eszter zou de brieven in elk geval hebben kunnen lezen. Spreekt u eigenlijk Hongaars, doctor Gellért?

Ja, zei Gellért met een vage glimlach, van vaderskant.

Sorry dat ik ernaar vroeg, zei Rehberg, maar de mensen hier hebben natuurlijk vaak namen van over de grens en spreken evengoed geen woord van de taal. Gellért maakte een gebaar om aan te duiden dat hij zich niet hoefde te verontschuldigen.

Maar goed, ik dwaal af, zei Rehberg.

Hij vertelde hoe die uitstapjes op een dag abrupt waren geëindigd en dat hij als kind niet had begrepen waarom, hoe zijn ouders en zijn grootmoeder hadden gereageerd – dat hij dat allemaal zo overduidelijk voor zich zag, een van zijn helderste herinneringen. Dat hijzelf altijd van een misdaad was uitgegaan, van iets heel ergs, maar dat er precies op die plek veel eerder een moord had plaatsgevonden – te vroeg, in 1946, toen hij nog te jong was geweest voor die fietstochten. Al die dingen had Eszter hem onomstotelijk bewezen.

Ze was echt een begaafd rechercheur, zei Rehberg met een droevige blik.

Hoe dan ook, vervolgde hij, ik heb sindsdien altijd het volgende gedacht: die moord op de tandtechnicus van dokter Sterkowitz was nog jarenlang onderwerp van gesprek, en waarschijnlijk heb ik dat als kind met mezelf in verband gebracht. Zodat er een reden voor was dat ik niet meer naar de andere kant mocht fietsen. Typische grootheidswaanzin.

Klinkt me niet onlogisch in de oren, beaamde Gellért, de mens heeft de neiging om verbanden te leggen tussen dingen, en dan denk je al snel dat het de waarheid is.

Ja, riep Rehberg opgewonden, zijn stem sloeg weer over: Maar zo is het nu ook weer niet gegaan! En dat bedoel ik dus, dat er iets aan de hand is met de waarheid. Ik word nog gek! Niets, maar dan ook niets is zoals je het vooraf hebt bedacht! Het skelet op de Rotensteinwiese zal uiteindelijk een indiaan blijken te zijn of een – hoe zei Lowetz het pas nog – *homo dunkelblumiensis*!

Gellért lachte.

Ja, lacht u maar, riep Rehberg uit, maar het is helemaal niet grappig! Het is één groot gekkenhuis! En Flocke Malnitz is waarschijnlijk de grens over gegaan en komt niet terug omdat ze daar denken dat ze een Oost-Duitse is, wat ook geen wonder zou zijn met die ouwe brik van een Opel waarin ze rijdt! Ik zeg u, doctor Gellért, het is allemaal zo krankzinnig hier, echt alles, u hoeft de krant maar open te slaan en het bewijs ligt voor u.

Rehberg sprong op en begon te ijsberen, deed op een gegeven moment de deur van zijn winkel open en zette hem op de haak. Even stroomde er een warme windvlaag naar binnen, alsof hij nieuwsgierig was, maar besloot toen om zijn weg buiten te vervolgen. Aan de overkant van de straat liep Leonore Malnitz langs; één mopshond op haar arm, de andere aan de riem achter zich aan trekkend. Rehberg zwaaide naar haar, maar ze bleef star voor zich uit kijken, ze had zeker haast. Afgezien daarvan was het uitgestorven, het was augustus. Heel soms knetterde er een tractor langs, zelden een auto. Degenen die zich een vakantie konden veroorloven lagen allemaal te zonnen aan de Adriatische kust – Rehberg had precies kunnen zeggen wie en waar –, maar de boeren bevonden zich op de akkers en alle anderen op hun werkplekken, achter de kassa's en balies en de hotelreceptie, aan de benzinepomp, in bedrijven met namen als Elektra Koreny, Bouwen en Wonen Zierbusch, Modehuis Rosalie, Berneck Verzekeringen. Alleen kinderen zag je wat vaker, in kleine groepjes zwierven ze rond, ook hier en daar wat jongeren. Slechts een paar meter verder, op de volgende hoek, zaten er op een halfhoog muurtje een paar te roken. Rehberg deed een stap naar buiten en riep: En gooi die peuken alsjeblieft niet weer op de grond!

De jongeren maakten obscene gebaren en lachten. Een van hen liet zijn sigaret op straat vallen en spreidde zijn armen, alsof hij niet wist hoe dat nou had kunnen gebeuren. Daarna kwam hij overeind van het muurtje en draaide wiebelend met zijn achterwerk in het rond.

Rehberg liep naar binnen, ging weer zitten en kreunde.

Ik zou u ook graag nog iets willen vragen, begon Gellért nu, en hij vroeg naar Rehbergs familiegeschiedenis, naar zijn familienaam en de verspreiding ervan. Of Rehberg ooit zoiets als een kwartierstaat had opgesteld?

De man was meteen in zijn element. Hij rende naar boven, naar zijn appartement, en haalde de grote stamboom die hij jaren geleden had getekend. Eigenlijk is daar alles mee begonnen, legde hij uit terwijl hij de kaart uitrolde, toen kwam ik namelijk op het idee om de kroniek van de stad te gaan schrijven – toen ik merkte dat je de naam Rehberg echt overal tegenkomt. Dat is de ene kant van het verhaal. Hij keek Gellért aan en zei: En toen dacht ik, het gaat ook niet alleen om jezelf, snapt u wat ik bedoel? Je bent immers het product van je omgeving, niet alleen van je eigen familie.

Hij doceerde wat over de eerste Rehberg, overduidelijk trots op wat hij had ontdekt. Die eerste Rehberg had hij al aan het einde van de zeventiende eeuw kunnen traceren: een zadelmaker uit Stuhlweißenburg, die zich na de Turkse oorlogen in Dunkelblum had gevestigd – misschien omdat hij hier was getrouwd, misschien omdat hij goedkoop grond had kunnen krijgen; de precieze feiten van zo lang geleden zijn natuurlijk wat karig. En die zadelmaker stond aan de basis van de familietak alhier; hij had zeven kinderen en die kregen er op hun beurt weer tien of nog meer, Rehberg had het zo goed als hij kon opgetekend.

Gellért ging met zijn wijsvinger langs de onderste rand van de stamboom, waar de vele verschillende takken al bijna onleesbaar dicht op elkaar stonden: Aloys Rehberg, las hij voor, gestorven en begraven in 1863 te Löwingen, stadsdeel Deutsch-Gollubits?

Ja, zei Rehberg, is er een bepaalde aanleiding voor uw interesse? Ik moet nog ergens meer informatie over hem hebben...

Nee, niet deze in het bijzonder, zei Gellért, ik wilde alleen weten wat daarna komt. Heeft de stamboom nog een achterkant, of waar gaat het verder?

Het werden me er domweg te veel, zei Rehberg, we zitten over de hele regio verspreid, op de kerkhoven wemelt het van de Rehbergs, tot verder zuidelijk in Steinherz en Löwingen. Ik wilde in zekere zin de aankomst in dit gebied documenteren, en die begint nu eenmaal met onze fantastische zadelmaker hier. We kunnen er wel zeker van zijn dat hij de eerste was.

Gellért haalde adem. Ik interesseer me voor een Elisabeth Rehberg, die met een Jenő Goldman getrouwd was, wist hij ten slotte uit te brengen, rond het jaar 1918 zijn ze getrouwd.

Ik begrijp het, zei Rehberg, maar dat is natuurlijk een van de meest voorkomende voornamen, ook mijn lieve tante Elly heette zo. In de doop- en overlijdensregisters zou u gericht naar haar kunnen zoeken, ik wil u daar graag bij helpen. Ik sta tot uw beschikking!

Gellért zweeg en leek nog even naar de stamboom te kijken.

Na een wat langere pauze vroeg Rehberg: Mag ik u evengoed de rest van mijn verhaal vertellen?

Gellért keek op.

Voelt u zich niet goed, vroeg Rehberg geschrokken, wilt u een glaasje water?

Heel graag, zei Gellért, en misschien ook die borrel die u me pas aanbood. Maar welk verhaal wilde u me verder vertellen? Ik weet niet helemaal zeker of ik begrijp wat u bedoelt.

Nou, dat van die gebeurtenis op de Weinstraße, riep Rehberg uit, toen ik nog een kind was en met mijn fiets naar de andere kant reed!

Komt er nog wat dan? vroeg Gellért. Hij leek hem allemaal te veel te worden. Was het verhaal nog niet afgelopen?

Nee, dat was het niet, zei Rehberg somber, en daarvoor heb ik nu ook een borrel nodig.

Daar zaten ze weer, net als een week eerder; op de schappen achter hen de catalogi vol zee- en hemelsblauw, twee heren in een leeg reisbureau, slechts in het gezelschap van een opblaasstoomschip, een kamerpalm en een lusteloos uit zijn ogen kijkende leren kameel. Sinds de vorige keer was de zon achttien miljoen kilometer verder getrokken op zijn jaarlijkse baan, 's avonds werd het allengs vroeger donker, maar de hitte van de zomer, de zware geuren en de zoetheid van de vruchten, in het bijzonder de druiven, leken te volharden op hun hoogtepunt, zetten zich schrap tegen de voorbodes van de herfst en rekten de tijd. Rehberg pakte een gekopieerd vel papier uit een envelop en legde het op tafel, een pagina uit de *Groschenzeitung* van juni 1954. Het artikel had als kop NAAKTE MAN OPGEPAKT. In het artikel stond dat op de weg die vroeger van Dunkelblum naar Stoßimhimmel liep een man, slechts gekleed in een hemd, door een patrouille was aangetroffen en meegenomen; een man tegen wie op het moment dat de gendarmes hem naar het bureau brachten al een anonieme aangifte van *gelijkgeslachtelijke ontucht* was binnengekomen. Zelf weigerde hij ook maar iets te zeggen over hoe hij in deze beschamende situatie was terechtgekomen, en afgezien van zijn naam had hij niets gezegd. Mochten er getuigen zijn geweest, konden die zich met hun informatie tot de gendarmerie wenden.

Gellért vroeg aan Rehberg waar dat vandaan kwam.

Dat zat vandaag bij de post, antwoordde Rehberg, zonder postzegel en afzender, net als het briefje in uw hotel. En volgens mij betekent het ongeveer hetzelfde.

Hij boog zich voorover, dichter naar zijn gesprekspartner toe: Ik moet toegeven dat mij precies hetzelfde is overkomen – alleen een jaar of vier later dan dit voorval. De Heuraffls en hun vrienden hebben mij met iemand betrapt, gelukkig heeft die weten te ontkomen. Mij hebben ze in elkaar geslagen en afgezien van een hemd alles van me afgepakt. Zo moest ik naar huis rennen, en ik heb het gered, zonder dat iemand me heeft gezien. Maar nu vraag ik me natuurlijk af of ik ook iets met die eerdere keer te maken had, snapt u? Of ik het misschien heb gezien? Of er zelfs bij betrokken was? Maar ik kan me er niets van herinneren, helemaal niets, hoe hard ik het ook probeer; er is enkel een zwarte muur in mijn hoofd.

Gellért zei dat beide gebeurtenissen waarschijnlijk te veel op elkaar leken, waardoor je de herinneringen niet meer uit elkaar kon houden, vooral niet als je de eerste keer nog erg jong was geweest. Het was zeker geen optie om de Heuraffls ernaar te vragen, naar die eerste keer?

U hebt het zelf gezien, zei Rehberg kreunend, die gaan dat vast en zeker aan de grote klok hangen, nu met de verslaggevers in de stad, dat zou mijn ondergang betekenen. Misschien hebben ze het sowieso al doorverteld, waarschijnlijk hebben zij het briefje bij me in de bus gedaan!

Gellért stond moeizaam op. Excuseert u mij, zei hij, ik moet nu even uitrusten.

Natuurlijk, zei Rehberg, rust maar wat uit, u ziet eruit alsof u het nodig hebt.

Gellért verliet het reisbureau, liep langzaam door de smalle straatjes, kriskras over de hobbelige keitjes en langs weelderige plantenbakken naar Hotel Tüffer, kamer zeven. Veel inwoners zagen hem langssloffen, menig gordijn bewoog wat heen en weer, als door een zachte ademtocht bezield. De Dunkelblumers die Gellért zagen lopen, alsof hij gewichten aan zijn voeten had, stuurden hem niet alleen hun blikken na, maar ook hun zorgen en angsten, hun vloeken en woede. Toen hij om de hoek was verdwenen en Rehberg hem niet meer kon zien, kwam die opnieuw het verkreukelde briefje tegen dat aan doctor Gellért geadresseerd was, zowaar met het accent op de juiste plek. Rehberg streek het nog een keer glad, maar alleen de randen; het geschrevene zelf wilde hij niet meer aanraken. *Als je niet stopt lig je binnenkort bij de anderen.*

8

Gelapte Schurl voelde zich op die gloeiende nazomeravonden onweerstaanbaar aangetrokken door zijn zuidwestelijke erfgrens, waar hij al rokende heen en weer liep. Hier stonden de mooiste fruitbomen van Dunkelblum, oeroud en majesteitelijk, die al vele decennia vrucht droegen en zijn familie, bestaande uit knechten en loonwerkers, een dringend noodzakelijk extra inkomen verschaften. Het leven werd door deze boomgaard bepaald sinds zijn vader hem zich had toegeëigend; sinds die tijd hielden hij en zijn broers en zussen zich bezig met onderhoud, oogst, opslag en verkoop. Hij herinnerde zich nog goed de periode waarin de muur werd gebouwd, waarmee de indrukwekkende rijen bomen – je had het bijna een plantage kunnen noemen – bij het perceel van zijn familie werden getrokken. Schurls vader en grootvader hadden snel en vastberaden gehandeld. Terwijl anderen nog bezig waren Horka te helpen door deuren in te trappen en vrachtwagens te regelen voor degenen die niet meteen vertrokken, terwijl ze lijsten opstelden en de synagoge verwoestten, regelde Schurls voorgeslacht koortsachtig stenen en cement, zoveel als ze maar konden krijgen en, met de nodige moeite, transporteren. Toen de kleine Schurl, zwetend van al het gesjouw, vroeg of het huis eindelijk werd uitgebouwd omdat er weer een baby onderweg was, lachte zijn vader alleen maar. Je zult wel zien, knul, zei hij, en hij wisselde een blik met grootvader. De eerste steen van de muur werd bijna op hetzelfde moment gelegd waarop het laatste lid van de Rosmarins over de drempel van de villa stapte – de Rosmarins trokken bij wijze van spreken aan de voorkant van het huis de deur dicht terwijl aan de achterkant, achter het kleine maar smaakvolle parkje, werd begonnen met het optrekken van de muur. Dat wat korte tijd daarvoor was gebeurd deed al de ronde: dat fabrikante Thea Rosmarin naar Ferbenz was gegaan. Ongepast gedrag, noemde mevrouw Ferbenz later wat daar was gebeurd, en die uitspraak werd doorgegeven, Schurls moeder vertaalde het voor haar oudste zoon met de woorden: Ze had een grote mond, kwam klagen, dreigde met aangifte en met haar connecties, maar voor zulke mensen valt er niets meer te klagen, die tijden zijn namelijk voorbij. Destijds was Schurls vader al begonnen met het regelen van de stenen, dat viel nog niet mee, hij kon ze eigenlijk helemaal niet betalen. De grootste bestelling deed hij bij een Kirschensteinse steenfabrikant, zo groot dat zijn ouders er ruzie om kregen. Pas toen grootvader binnenkwam keerde de rust weer: Het is in orde, zei hij tegen zijn schoondochter, en je houdt je kop.

Op een ochtend in alle vroegte stond de steenfabrikant persoonlijk op de stoep, de kleine Schurl kwam net uit de kippenstal. De heer was elegant gekleed zoals je het je bij mensen uit Kirschenstein voorstelde, en hij verzocht vriendelijk om de achterstallige betaling voor de geleverde stenen te voldoen. Schurls moeder wist niet wat ze moest doen. Maar toen kwam haar man eraan en die gooide domweg de deur dicht en riep dat meneer volgende maand terug moest komen, dan zou hij betaald worden. En hij lachte erbij.

Het kon zijn, dacht gelapte Schurl nu, drie maanden voor zijn eenenzestigste verjaardag, dat dat niet helemaal netjes was geweest, ze er allemaal uit gooien. Maar zo was het in die tijd nu eenmaal, verboden was het niet, eerder nadrukkelijk gewenst. De Rosmarins waren hun dankbaar dat ze zich over de bomen hadden ontfermd, had Schurls moeder hem later vaak verzekerd. Wie had er anders voor moeten zorgen? Als wij het niet doen, dan doet iemand anders het! Dat kon je moeilijk ontkennen. Schurls ouders wisten hoe je ze moest onderhouden, want dat hadden ze jarenlang gedaan, onder toezicht van de hoveniers van de Rosmarins. Het zou een drama zijn geweest als een onervaren iemand zich eraan had vergrepen, aan de vorm- en opbouwsnoei van de jonge boompjes, het terugsnoeien van de oudere exemplaren en de vermeerdering van de wijngaardperziken. Als deze onervarene het grasveld vaker dan twee keer per jaar gemaaid zou hebben. Na een paar jaar kwamen vanaf de andere kant, de kant van het park, de rozen over de nieuwe, witgekalkte muur geklommen, alsof ze terugverlangden naar hun fruitbomen.

En zo had het arbeidershuisje van de Schurls, dat in de loop der jaren, mede dankzij de inkomsten van het fruit, stukje bij beetje werd uitgebouwd als het zandkasteel van een kind, de enorme ommuurde boomgaard er aan de achterzijde bij gekregen, een lustoord dat door niets in de omgeving werd geëvenaard. Vroeger was het andersom geweest. Toen had de villa van de Rosmarins aan de Reitschulgasse staan pronken, met erachter de parkachtige tuin, waar voor de kerstdagen de arme kinderen uit de stad van kleren en schoenen werden voorzien, en nog verder naar achteren, helemaal achterin, als betoverd de boomgaard die mevrouw

Thea als jonge vrouw had laten aanleggen. De zichtas was lang, vanuit de ramen van de villa langs de beukenbomen en rozen tot aan de appels en peren, de kwetsen, reineclaudes en mirabellen achterin. Deze diepte was er niet langer vanwege de muur, en het kleine park was geruïneerd; tegenwoordig lagen er grindtegels, waar de assistenten van de belastingadviseurs die in de *historische villa van de Rosmarins* werkten hun rookpauze hielden, achteloos trots op hun *unieke jugendstiljuweel*. De assen waren, zoals alles in die tijd, honderdtachtig graden gedraaid.

Zo zag gelapte Schurl de wereld natuurlijk niet. Hij zag alleen zijn bomen, die hij een leven lang zo goed mogelijk had verzorgd, en waar hij meer van hield dan van zijn kinderen en zijn vrouw. Sinds enige tijd was hij bevangen door een innerlijke onrust, door al het gepraat over herdenken en rouwen en verzoening dat er vroeger niet was geweest en dat niets goeds kon betekenen. We hebben een onvervangbaar verlies te betreuren, dat zeiden de politici in het gedenkjaar, maar hij had destijds niets verloren, alleen gewonnen. Dat er iets in beweging moest komen, loskomen en veranderen, zoals die brutale griet van Malnitz de hele tijd liep te verkondigen, daar voelde hij zich door bedreigd. Wat wist die er nou van? Als er iets bewoog, gebeurde er alleen maar wat er altijd was gebeurd: van de armen werd iets afgenomen en de rijken bleven rijk. Hij vond de wereld prima zoals die sinds zijn tiende levensjaar was, met uitzondering van de oorlogsjaren. Eindelijk hadden ze een inkomen gehad, eindelijk was er genoeg geweest om alle monden te voeden, tot de kleinste schreeuwlelijk aan toe – meestal dan, soms ternauwernood, dat hing ervan af of de vermaledijde late vorst wegbleef en of er genoeg regen viel of niet. Gelapte

Schurl hield niet van beweging, ook lichamelijk niet, zijn rug en zijn knieën speelden hem al jaren parten. Maar nu was zelfs de grens in beweging, dat had hij op televisie gezien: die mensen gingen picknicken en dan renden ze als hazen naar de overkant.

Eén keer in zijn leven had hij zelf bewogen, anders dan de anderen, en wat had het hem opgeleverd? Een kapotgesneden gezicht. De gekartelde rode littekens die er sindsdien als een net overheen liepen hadden hem de bijnaam *de gelapte* opgeleverd, en de naam was op zijn familie overgegaan. Een van de gelapten – zo werd er in het dorp over hen, over hem, zijn broers en zussen, kinderen en hun kinderen gesproken, en misschien was het ook wel een verkapt commentaar op de kwestie van de muur en de boomgaard. Zelf dacht hij er nog maar zelden aan, evenmin als aan de dag waarop ze zijn gezicht aan flarden hadden gesneden – al die gedachten wuifde hij normaliter weg, net als het kriebelende ongedierte dat op hem viel als hij in de boomgaard werkte.

Maar mevrouw Thea was een aangename herinnering, een verschijning als uit een droom. Ze was mooi en vriendelijk geweest, en toen ze hem de gevoerde laarzen gaf haalde ze een zakdoek uit haar zak en veegde het snot van zijn neus. Hij schaamde zich, omdat de zakdoek lekker rook en zacht was. Hij was nog geen zes jaar oud, die laarzen zouden later door al zijn broers en zussen worden gedragen, tot aan de laatste telg, die een scharminkel en een idioot was. Maar hij droeg ze als eerste, hij liep ze in. Slechts een paar weken later begon de burgeroorlog, en hij wist niet of de Rosmarins hun kerstliefdadigheid de vier jaar daarop nog hadden voortgezet, in het van ijspegels schitterende park, waar de kinderen in bibberende rijen stonden opgesteld, waar ze kniksten en bogen, zoals hun moeders het hun hadden ingeprent.

Misschien was hij daarom de villa in geslopen, op de dagen dat de muur werd gebouwd – er tijdens een werkpauze tussenuit geglipt en achterom, door de serre, het huis in. Hij wist dat ze allemaal weg waren, dat hij de majesteitelijke mevrouw Thea niet meer zou tegenkomen en ze zijn snotneus niet meer zou schoonvegen, maar een prikkelende nieuwsgierigheid trok hem naar binnen. Hij zag schilderijen en beeldjes en glanzend gelakte meubels en geborduurde wandkleden, hij kon er geen woorden voor vinden en begreep niet waar dat allemaal goed voor was: haar bed had een gordijn met franjes. Hij trok het gordijn opzij, maar toen vloog Horka hem als een krijsende duivel aan en sleepte hem aan zijn kraag naar zijn vader, die hem gaf wat hij verdiende. Horka zei: Als er iets weg is zijn jullie de pineut, jullie krijgen alleen de bomen, dat moet wel genoeg zijn, en vader gaf Schurl ter plekke een afranseling, nog harder dan anders om Horka tevreden te stellen.

Vanaf dat moment geloofde Schurl junior dat Horka alles wist en zag, dat hij je overal opwachtte waar je zelf niet mocht komen, en dat je verschrikkelijk gestraft zou worden als je iets voor hem verzweeg. Naar buiten toe probeerde hij hem te imiteren zodra hij bij de Hitlerjugend zat, en tegelijkertijd beefde hij voor hem. Later dacht hij nog weleens aan het moment waarop Horka hem had betrapt, in de slaapkamer van de fabrikante, en soms werd hij beslopen door het vreemde beeld van Horka's gulp die openstond voordat hij hem greep en naar buiten sleurde. Inmiddels was dat allemaal vergeten, er waren decennia verstreken, maar als hij de naam Rosmarin hoorde kreeg hij een zurig gevoel, als brandend maagzuur.

Later, toen de oorlog voorbij was, stond hij samen met de Heuraffls en Berneck voor de rechter. Zoals hun gezamenlijke advocaat hen had geadviseerd bekenden ze alles: dat ze de mensen van de vrachtwagen in ontvangst hadden genomen en mee het bos in hadden genomen. Zonder uitzondering beriepen ze zich op *onweerstaanbare dwang* en herhaalden ze met bedremmelde gezichten hun spijt. De rechter schudde aan één stuk door zijn hoofd, en ten slotte vroeg hij of ze de mannen ook eigenhandig zouden hebben doodgeschoten als ze daartoe het bevel hadden gekregen. De advocaat maakte het handgebaar voor zwijgen dat ze voorheen hadden afgesproken: beide handen met gespreide vingers plat op tafel. Ze zwegen. Daarna zei de rechter iets wat Schurl niet goed begreep, maar wat de oude Balaskó naderhand zo vaak in Hotel Tüffer rondbazuinde dat hij uiteindelijk in elkaar werd geslagen en eruit werd gesmeten: *Iemand die nooit de geringste poging heeft gedaan om zich aan die dwang te onttrekken, kan zich nooit op onweerstaanbare dwang beroepen.*

Dat waren zo van die Dunkelblumse verhalen. De oude Balaskó zette nooit meer een voet in Hotel Tüffer vanwege een zin die de rechter in het proces tegen Schurl, Berneck en de Heuraffls had uitgesproken, maar die Schurl had begrepen noch kon reproduceren. Toen hij zestien maanden later thuiskwam liep hij meteen naar de boomgaard.

Het was midden februari, de vorst hield alles in een ijzige greep en de winterzon wrong zich moeizaam door de mist. Schurl liep zijn bomen na, met het oculeermes in de hand. De stammen glommen donker zilverig in het licht. Al snel doken de andere drie tussen de bomen op. De Heuraffls waren al op vrije voeten geweest, omdat ze langer in voorarrest hadden gezeten, en Berneck had slechts twaalf maanden gekregen; hij was jonger dan de anderen. Schurl vermoedde waarom ze kwamen. Er was iets met de vijfde, met Zierbusch, die niet voor de rechter had gestaan zoals zij, terwijl hij net zo goed boven in het bos was geweest, destijds, in de nacht van het bal. Schurl vond dat een smeerlapperij. Maar hij kon de redenen ervoor wel bedenken. Hun vaders waren boeren en dagloners, maar de vader van Zierbusch was bouwmeester en had in de oorlog een hoge rang bekleed. Vader Zierbusch was maar een paar jaar ouder dan Ferbenz, ze zaten nu beiden ergens vast, in een denazificatiekamp in het westen, misschien zouden die twee op die manier zelfs Amerika nog te zien krijgen.

In de bak had Schurl al geen geheim gemaakt van zijn woede tegenover zijn celgenoten en anderen die om soortgelijke redenen vastzaten: dat de onderknuppels altijd voor de rechtbank werden gesleept, maar dat de hoge piefen eronderuit wisten te komen, altijd, of ze nu de keizer, de Führer of het Volksgerichthof waren. Eén keer was Schurls moeder op bezoek gekomen, zijn vader nooit. Zelfs in de bezoekruimte van de gevangenis zag je aan haar dat ze een dagloonster van het platteland was. Met haar rode handen zat ze aan haar schort te frunniken, ze fluisterde tegen hem dat ze thuis wilden dat hij minder zou praten. Zijn maten zouden hem later alles uitleggen, hij moest alleen echt eindelijk zijn smoel houden, en vooral: geen namen. Zijn moeder keek angstig om zich heen. Schurl stond woedend op en schoof bruusk de tafel een paar centimeter haar kant uit. De bewakers keken op. Hou je kop en bemoei je er niet mee, zei hij tegen haar, daar ontbrak het nog maar aan, dat wijvengezeik van jullie.

En nu stonden ze allemaal weer bij elkaar, de Heuraffls en Berneck, zoals ze naast elkaar voor de rechter hadden gestaan. De andere drie grijnsden en vroegen of het goed met hem ging, en hij, Schurl, ging bijna over zijn nek van zoveel achterbaksheid. Hoe zit dat met Zierbusch, wist hij uit te brengen, hoezo loopt die vrij rond en hebben wij allemaal in de bak gezeten?

De drie anderen bleven grijnzen en zeiden, dat had zo zijn redenen, maar hij hoefde alleen maar zijn smoel te houden, daar zou hij ook iets voor krijgen, en hij had het mes in zijn hand en rook voor het eerst weer de fruitbomen, ondanks de winter. Eindelijk kon hij schreeuwen en tieren, en afgezien van zijn vrienden zou niemand hem horen, en zo gooide hij alles eruit, de schaamte van die zestien maanden en de angst van de jaren ervoor, ook van toen ze aan de bosrand stonden en de schoten hoorden, met hun scheppen in de hand. Het waren niet zomaar een paar schoten geweest, ze waren als een wand, een dik zwart vlak van schoten, die in elkaar overvloeiden en waar maar geen eind aan kwam. Genoeg nu, schreeuwde Schurl, Oostenrijk was toch zogenaamd vrij, of niet dan, en nu moet het eindelijk maar eens afgelopen zijn, en alleen de armen en de kleinen, en de groten en rijken nooit, en niemand zal hem kunnen tegenhouden als hij ook Zierbusch, dat zou alleen maar terecht zijn... Hij bedoelde dat helemaal niet zo, hij wilde alleen maar wat schreeuwen, en misschien wilde hij ook een verklaring waar hij zich nog niets bij kon voorstellen, dom als hij destijds was, maar in de bak wordt iedereen dom. Dat het simpelweg alleen om geld ging, dat ze zich allemaal hadden laten omkopen en dat ook hij nu zijn deel zou krijgen, dat had hij niet meteen begrepen, en hoe vreemd en bedreigend zijn geraas op hen overkwam begreep hij ook niet. Hij had altijd alleen maar zijn waffel gehouden, de kleine Schurl, was meegelopen, had meegedaan en hoogstens meegeschreeuwd, en nu wilde hij op z'n minst een keer doen alsof het anders was, alsof hij volwassen was en voor zichzelf kon instaan. Hij was twintig jaar oud, over een jaar zou hij meerderjarig zijn, maar wat had hij: een strafblad wegens medeplichtigheid aan moord, een paar fruitbomen en acht broers en zussen. Dat was niet genoeg, dacht hij, dat was allemaal niet genoeg. En wat zeker niet genoeg was, was dat Zierbusch vrij rondrende en de volgende bouwmeester zou worden. Maar toen hij het mes liet zakken waarmee hij had lopen zwaaien, doken zijn vrienden tegelijkertijd boven op hem, drie tegen een, ze gooiden hem tegen de grond, hij verweerde zich met al zijn kracht, maar ook dat was niet genoeg.

Het lastigst, zei dokter Sterkowitz later, zou het worden om de snee te hechten die van zijn ooghoek tot aan zijn slaap liep, daar was weinig huid meer over. Hoewel Schurl meteen dubbel geluk had gehad, want noch zijn oog, noch de belangrijke zenuwen rond de slaap waren geraakt. Zoveel geluk in één keer, knul, zei dokter Sterkowitz vermanend toen hij hem hechtte, maar je moet me echt vertellen wie je dit heeft aangedaan.

Schurl zweeg en beet op zijn tanden.

Dat heeft toch geen zin, zei dokter Sterkowitz en hij snoof bemoedigend, als iedereen altijd maar zijn mond houdt wordt het er ook niet beter op. Iemand zal toch moeten beginnen, of niet, Schurl?

Maar vanaf dat moment zweeg Schurl weer.

Die lastigste hechting, die je helemaal niet zo duidelijk zag als veel van de andere, die als rode ritsen kriskras over zijn gezicht liepen, gaf hem iets scheefs, verslagens, wat helemaal niet bij Schurl paste. Maar je uiterlijk bepaalt hoe je overkomt, dat is even waar als oneerlijk. De kleine kinderen waren bang voor Schurl, zoals hij bang was geweest voor Horka, en al snel werd die hele chaotische familie van hem *de gelapten* genoemd.

Voor al haar liefdadigheid in de decennia daarvoor hoefde mevrouw Thea Rosmarin niet op dankbaarheid te rekenen. Met kerst deelde ze warme schoenen en kleding uit onder de behoeftige kinderen, en vanzelfsprekend bedacht ze in de zomer de mensen die ze in dienst had, niet alleen de hulphovenier en oogsthulpen, met manden vol fruit. Ze had echter niet alleen liefdadig, maar ook ootmoedig moeten zijn, die trotse mevrouw Rosmarin, alsof dat een gebruikelijke en logische combinatie was. Dat een ootmoedige fabrikante niet succesvol en een succesloze niet vrijgevig kon zijn, dat ging er bij de Dunkelblumers niet in. Misschien dachten ze er ook wel nooit over na. Vaststaat dat mevrouw Thea zich tot Ferbenz wendde toen iets van de nieuwe bepalingen haar onmogelijk leek om aan te voldoen, of dat nou de desastreuze gedwongen verkoop van de fabriek was, de korte termijn waarin ze hun huis moesten leeghalen of het piepkleine beetje bagage dat ze mochten meenemen. Ze ging naar hem toe en verzocht om versoepeling, om tegemoetkoming, hij weigerde, en toen noemde ze hem *een primitief zwijn*, de zoon van een schoenlapper die ook niet meer was dan *een primitief zwijn*.

Ongepast gedrag, zoals mevrouw Ferbenz later met getuite lippen zei, en daarop stond in die tijd de straf die Horka heette. Horka kreeg dus een knikje en Horka handelde het af, die sloeg op bevel immers alles in elkaar, of het nu een man, vrouw of kind was, een rondtrekkende arbeider of fabrikante, en niet veel later verlieten de Rosmarins met z'n allen het stadje, met wat er nog over was van de trotse mevrouw Thea, en toen ze de voordeur naar de Reitschulgasse achter zich dichttrokken begonnen aan de achterkant Schurls mensen te metselen, steen op steen, waarmee ze de fruitbomen naar hun kant haalden.

Wat ben je aan het doen, opa, zei zijn kleinzoon Karli, die ineens naast de rokende Schurl stond toen die, vlak voor zijn eenenzestigste verjaardag, met onrust in zijn lijf langs zijn zuidwestelijke erfgrens patrouilleerde. Karli zou binnenkort zeventien worden, zijn oudste kleinzoon – een wilde knul met een mooi, glad gezicht. Schurl gaf eerst geen antwoord en liep verder, langzaam langs de met rozen bedekte muur heen en weer. Karli bleef naast hem lopen. En toen ze daar zo liepen zei gelapte Schurl na een tijdje: Weet je, Karli, die oude dingen oprakelen, dat is niet goed. Dat is gevaarlijk. Dat moeten we voorkomen, dat richt zich ook tegen ons, iemand moet daar snel wat aan doen.

Karli knikte, zijn ogen glommen.

9

Beschaamd sloop Lowetz naar huis, zijn bezoek bij oom Grün was in zijn ogen mislukt en gênant. Hij was er niet op zijn plek, hij had nooit opgelet waar het eigenlijk over ging, wat er allemaal verscholen zat achter de oude vertrouwde, schijnbaar landelijke coulisse van Dunkelblum. Hij had waarschijnlijk het een en ander opgepikt, maar nooit begrepen dat het belangrijk was. Ook niet hoe het met elkaar samenhing. Nu kwamen de mogelijke theorieën met zoveel kracht samen dat hij al helemaal het overzicht verloor. Hij dwong zichzelf zich te concentreren op wat binnen zijn bereik lag. Hij moest koste wat kost die papieren vinden, de research van zijn moeder voor de kroniek, waar God weet wat in mocht staan – over het lot van doctor Gellérts familie net zo goed als over de achtergronden van de grote Dunkelblumse misdaad. Misschien iets over de daders? De namen waren min of meer bekend, Horka, Neulag en consorten, de meesten van hen dood of verdwenen, maar het zou natuurlijk kunnen dat er nog een paar anderen, over wie niets bekend was, in leven waren en zo'n beetje om de hoek woonden. Verder was er veel onbekend: het precieze verloop, de commandostructuur, en bovenal de plaats delict.

Maar in het hele huis was geen dossier of document te vinden. Hij had alles doorzocht, samen met Flocke, tot de zolder aan toe... En toen kreeg Lowetz ineens een briljante ingeving. Eerst leek het hem een gestoord idee, maar met elke stap wist hij zichzelf een beetje meer te overtuigen. Als hij op de zogenaamde bank zat, die in werkelijkheid het omgebouwde bed van zijn vader was, en als hij vanaf dat punt de zonnestralen volgde zoals ze door de kamer trokken, eindigden ze precies in de hoek waar het rommelige, halfhoge boekenkastje van zijn moeder had gestaan. Het kastje waarop vroeger het drukwerk zich 's nachts leek te verplaatsen. Zich verplaatsend drukwerk... Waarom verplaatste het zich eigenlijk? Las Eszter 's nachts, omdat ze niet kon slapen? Waarom kon ze niet slapen? Er was toch ook nog iets met dat suikerblik dat hij moest uitzoeken. Hoe dan ook – daarheen, naar die hoek, wezen de langste en dunste zonnevingers, naar de vloerplanken die lichter waren dan de rest. Het klonk wat overdreven, maar misschien moest hij er eentje loswrikken om te zien wat eronder zat? Waarom zou ze het kastje anders hebben weggehaald? Het zou een boodschap kunnen zijn: Kijk, mijn boeken zijn weg, maar er zijn nog wel wat papieren – de zon zal je laten zien waar. Lowetz rechtte zijn schouders en begon sneller te lopen.

Thuis pakte hij de gereedschapskist van zijn vader en vond ook nog een paar vijlen, een zaag en een klein breekijzer. Het viel niet mee om tussen de planken te komen. Alles was goed afgedicht, alsof het altijd al een vlak had gevormd, glad en ondoordringbaar, vanaf het begin der tijden. Als ze het hier had verstopt zou je het toch eigenlijk moeten kunnen zien? Maar als je het meteen had gezien was het natuurlijk geen verstopplek geweest. Hij probeerde zijn twijfels het zwijgen op te leggen en ging verder. Twee keer sloeg hij flink op zijn duim en hij dwong zichzelf zich te concentreren; hij gleed weg met het breekijzer en miste ternauwernood zijn bovenbeen. Hij bedacht dat daar een slagader liep, alleen wist hij niet meer precies waar. Die kon hij maar beter niet raken met het breekijzer; in de eerstehulpcursus hadden ze in een filmpje laten zien hoe je zo'n gutsend bovenbeen met een riem afbond. Wel dreigde daarna amputatie. Zoals alle onervaren klussers probeerde hij zijn doel sneller te bereiken naarmate hij zich incompetenter voelde. Kracht gebruiken in plaats van je hersenen. Wel kwam hij na een tijdje op het idee om eerst de plint te verwijderen en de plank aan de kopse kant los te wrikken van de muur. De kop van de eerste spijker vlijde zich verleidelijk in de nijptang en liet zich er met een ruk uittrekken. Het was het eerste succesje, even dacht hij dat het de metafysische doorbraak was. Nu zouden de spijkers eruit glijden als uit boter, de plint zou loskomen, daarna de plank, en eronder zou plat op de grond, alsof hij zijn adem inhield, een kartonnen map liggen, verpakt in zijdepapier en dichtgebonden met keukentouw, die bijna een zucht zou slaken als hij hem eindelijk vond: Goed gedaan, kisfiam!

Maar die ene spijker bleef de enige die deed wat Lowetz wilde. Van de andere kreeg hij niet eens de kop te pakken, zo diep waren ze in het hout geslagen. In Dunkelblum krijg je de koppen maar niet te pakken, dacht Lowetz en innerlijk knikte hij zichzelf cynisch toe, die zitten domweg te vast in het hout. Hij zweette en wisselde zijn aanvallen inmiddels lukraak af tussen de twee plekken, probeerde de vloerplank te splijten, de plint los te halen.

Hij hoorde de deur dichtslaan en daar stond de Saksische Reinhold in de kamer, die hem begroette. Lowetz had een seconde lang overwogen om het gereedschap vliegensvlug onder vaders bed te schuiven, maar hij wilde zichzelf niet nog belachelijker maken dan hij al was. Hoe had hij moeten uitleggen waarom hij op de grond zat? Kan ik helpen? vroeg Reinhold, die ongetwijfeld een ervaren ambachtsman was, en Lowetz, die nu definitief in een innerlijke tweestrijd verkeerde, antwoordde: Hmm.

Reinhold lachte en vroeg alleen wat er moest gebeuren. Geen vraag naar het waarom; dat zou zijn overdreven bescheidenheid hem wel niet toestaan. Lowetz vroeg zich af of dat misschien typisch was voor de mensen uit de DDR – ze vroegen nooit naar het waarom. Voor deze generalisatie zou Flocke hem een mep hebben verkocht – ach, deed ze dat maar! Reinhold vroeg of de plank kapot mocht, geestdriftig gaf Lowetz hem toestemming. Die plank mag zeker kapot, met al die koppen hier die zo diep in het hout zitten! Reinhold vroeg niet wat hij daarmee bedoelde, misschien had hij het vanwege zijn dialect ook wel niet goed verstaan. In stilte verstreken er een paar minuten, waarin er op het oog niet meer gebeurde dan dat Reinhold met de platte schroevendraaier tussen muur en plint zat te poeren. Door bedachtzaam te wrikken kreeg hij er een tweede spijker uit. Hij trok de plint naar voren, zaagde er voorzichtig een stukje uit, ietsje breder maar dan de plank. Lowetz begon zich te vervelen. Misschien kon hij in de tussentijd naar Fritz gaan en een bezoekje aan zijn moeder brengen? Toen plaatste Reinhold zonder waarschuwing het breekijzer, haalde uit met de hamer en sloeg toe. Eén keer, twee keer, drie keer, hij duwde het omlaag, hefboomwerking. Het gekraak van versplinterend hout dat Lowetz hoorde vervulde hem met paniek, heel even probeerde hij zich de schatkist voor te stellen die ze zo meteen zouden vinden, toen werd hij overmand door de afschuw die de slagen teweegbrachten. Het was gewelddadig. Wat die man deed was niet meer goed te maken. Wat gebeurde hier in hemelsnaam? Waarom liet hij vrijwillig zijn huis verwoesten?

Hij riep *Stop!* en *Nee!* alsof er iemand in zijn been had gesneden, tot op het bot of tot diep in zijn slagader; geschrokken hield Reinhold de plank voor zijn borst die hij er eindelijk uit had getrokken zoals zijn gastheer hem had opgedragen, en tot overmaat van ramp stond nu ook Fritz midden in de kamer, de meubelmaker met de granaatsplinter in zijn hoofd, die verward naar het gat in de houten vloer keek en erop los begon te gorgelen. Lowetz knielde neer op de grond, als verstard, uit een nachtmerrie ontwaakt, waarin zijn moeder en de gezichtloze Horka om een bundel papieren vochten, waarin de oude doctor Alois, gek genoeg op een paard gezeten, achter oom Grün aanzat en hem met een rijzweep afranselde, elke klap knallend als een schot. Het lukte hem om de beelden van zich af te schudden toen hij zag hoe Fritz zijn best deed, zijn mond zag, dat vertwijfelde zwarte gat dat moeizaam open- en dichtklapte in een poging de medeklinkers goed te vormen. Lowetz praatte rustig met hem, stelde vragen, liet hem het belangrijkste herhalen, stond op, klopte zijn broek af en vertaalde voor Reinhold dat zijn beide vrouwen – zijn vrouw en zijn dochter – waren aangekomen. Kennelijk bevonden ze zich op de Hauptplatz, bij of in Hotel Tüffer. Fritz wilde wel met hem meelopen, zelf zou hij achter hen aan komen.

Reinhold liet de plank vallen en sprong op, pakte Fritz bij zijn arm en schudde die, Fritz lachte en omhelsde hem en weg waren ze. De tas die Lowetz aan zijn gast, de Oost-Duitse vluchteling, had gegeven, bleef achter, een versleten stoffen tas, amper beter dan een plastic tasje, maar wel met twee draagbanden en een ritssluiting en de bekende letters: EEN PHILIPS BEELDBUIS BRENGT PLEZIER IN HUIS.

Lowetz trok het tasje naar zich toe; er zaten sigaretten in, een krant, opengeslagen bij de meest recente Dunkelblumse onthullingen, en een notitieboekje met wat namen en telefoonnummers. Hoe weinig een mens kon bezitten, in zo'n armoedig tasje. Hij had het, met wat rommel erin, in de kast van zijn moeder gevonden en gemeend dat hij het Reinhold wel kon opdringen. Hoe vernederend! Lowetz schoten scènes te binnen uit zijn beginjaren in de hoofdstad, waar ook hij met goedkope en overbodige relatiegeschenken werd afgescheept, destijds, als stagiair bij een ochtendkrant, toen hij nog *riooljournalist* wilde worden, zoals ze dat in Dunkelblum noemden. Misschien had dat beroep hem aangesproken omdat de Dunkelblumers zich door *riooljournalisten* bedreigd voelden, maar al snel was hij bij verkoop beland en later overgestapt naar reclame – vergelijkbaar salaris en aanzienlijk minder ethiek. Hij zat nog steeds in de reclame, maar allang niet meer voor de krant. Tenslotte kon je overal reclame voor maken, misschien zelfs voor Dunkelblum.

Het gebaar met de tas moest op Reinhold neerbuigend zijn overgekomen – of zou in elk geval zo zijn overgekomen als Reinhold niet zo'n goeie, integere kerel was geweest. Dat werd hem nu duidelijk. Lowetz schudde het hoofd over zichzelf en besloot om Reinhold en zijn gelukkige, verenigde gezin zijn eigen reistas cadeau te doen, die nieuw was, van hoogwaardige kwaliteit en ruim. Die zouden ze goed kunnen gebruiken voor de reis naar West-Duitsland, in elk geval tot het eerste opvangkamp, misschien zelfs daarna nog wel. Hij zou zich genereus betonen, Reinholds vrouw en dochter voorzien van de meest noodzakelijke spullen, cosmetica en drogisterijartikelen, na al die dagen in het bos. Hij keek naar de verwoeste vloer, naar het zinloze gat. Eronder zag hij alleen maar kiezelstenen en aangestampt leem – nog niet eens een paar papiersnippers bij wijze van isolatiemateriaal, die Lowetz tot het laatst hadden kunnen misleiden. Hij legde de versplinterde plank weer terug op zijn plek, zette zelfs het afgezaagde stuk plint tegen de muur en ruimde het gereedschap op.

Hij bleef zitten nadenken, ook al wist hij dat hij naar Hotel Tüffer moest gaan. Hij moest ook de dames Reinhold uitnodigen, al zou het wat krap worden. Maar het was een erekwestie. Hij was naar voren gestapt om Reinhold op te nemen, ook nu zou hij zich ruimhartig betonen. Ze zouden vast niet lang meer blijven. Hij pakte nog een keer de Philipstas en haalde de krant eruit. Hij had het gevoel dat hij… Ja, inderdaad: ook Reinhold stond erop, en nog wat anderen. De foto was klein en van slechte kwaliteit, in een opsporingsbericht had je hem niet kunnen herkennen. Reinhold had ook met de verslaggevers gesproken, vol lof. Hij werd omschreven als *DDR-burger met een onstilbaar verlangen naar vrijheid*. Over het verleden kon hij niets zeggen, maar hij was vriendelijk ontvangen, diverse Dunkelblumers hadden zich over hem ontfermd, hij had zich welkom en beschermd gevoeld. Geen woord over de klappen van Heurafff – de man wist hoe het hoorde. Aangezien hij er niet was, kon Lowetz hem niet vragen of hij het citaat dat de krant als vetgedrukte tussenkop had gebruikt daadwerkelijk zo had uitgesproken: *Hartelijke mensen – zeker geen nazi's.* Maar misschien was dat ook alleen maar de samenvatting van de krant, opzettelijk vaag gehouden.

Lowetz stopte het blaadje terug, dat volgens zijn bescheiden mening nog niet eens goed genoeg was om vis in te wikkelen, stond op, maar liep niet naar buiten door de voordeur maar via de keuken naar de binnenplaats, langs het gammele schuurtje – in zijn jeugd hadden zijn ouders daarbinnen sterkedrank gestookt, en hij vroeg zich af of Eszter ooit nog aan de daar verstopte jongeman had gedacht – en ging door de keukendeur van de Kalmars weer naar binnen. Zodra hij het andere huis was binnengegaan begon hij te roepen, vooral om zijn eigen ongemak te maskeren. Agnes, ben je daar? Ik ben het, Lowetz van hiernaast, je weet wel, de zoon van Eszter, ik wilde even kijken hoe het gaat, Agnes, niet schrikken, Lowetz van hiernaast is er!

Het was stil. Agnes? riep Lowetz op vragende toon, en hij bedwong zijn vluchtinstinct en opende hier en daar een deur. Hij was niet van plan om naar de kleine slaapkamers te gaan, waar ze misschien in bed lag. Maar ze zat in de achterste grote kamer aan een bureau, half naar hem toe gedraaid, en glimlachte naar hem. Hij liep op haar af en knielde neer, ze stak haar hand uit, hij kuste hem. Toen legde ze haar hand even op zijn hoofd.

Agnes, zei Lowetz, wat heb ik je lang niet gezien, wees alsjeblieft niet boos dat ik niet eerder ben gekomen...

Ze zei niets. Hij schoof een kruk bij en ging naast haar zitten. Ze tekende vrouwenportretten met inkt. Daarmee was de kwestie van de tekening in het zilveren lijstje in Lowetz' woonkamer ook opgehelderd. Mooi, zei Lowetz, zijn onbehagen overstemmend met gebabbel toen het hem langzaam begon te dagen dat hier geen woord terug zou komen, teken je altijd alleen maar meisjes?

Ze fronste en haalde een tekening uit de stapel voor haar. Nee, niet alleen meisjes, corrigeerde Lowetz zichzelf, dat is de oude mevrouw Graun. Ze lijkt echt op de bedelares op de pestzuil!

Agnes glimlachte. Ze haalde er nog een tekening uit en legde die ernaast. Een heel mooi meisje, met een brutale trek om haar mond, Lowetz kende haar niet. Ik wist niet dat je zo'n groot kunstenares was, zei hij.

Toen zei Agnes: Elly.

Is dat Elly? vroeg Lowetz, en hij kon niet bedenken wie dat was, hoewel hij wist dat er een Elly bestond of had bestaan.

Agnes schudde fronsend haar hoofd.

Elly heeft het je geleerd, riep Lowetz, Elly heeft ontdekt hoe goed je dat kunt?

Agnes glimlachte.

Bij ons hiernaast hangt een van je tekeningen aan de muur, zei Lowetz, een bijzonder fraaie. Volgens mij is het mijn moeder als jong meisje.

Agnes pakte haar vulpen weer.

Ik zal hem de volgende keer meenemen en dan moet jij me vertellen wie het is, zei Lowetz onbeholpen. Agnes tekende verder, Lowetz begreep dat ze maar een handjevol motieven had, de tekeningen leken allemaal op elkaar. Hij hield het voor mogelijk dat ze zichzelf tekende, als jong meisje, met de lange vlecht die ze nog altijd had. Van die tekening waren er al een paar, de ene beter dan de andere. Op de grond lagen half voltooide vellen papier, die ze met woeste krassen had afgekeurd.

Agnes, ik ga nu weer, zei Lowetz en hij pakte haar nog een keer vast, bij haar onderarm. Ze verstijfde van schrik, alsof hij iemand anders was, hij haalde zijn hand weer weg. Fritz komt zo wel weer terug, zei hij. Hij is nu naar Tüffer, daar woont tegenwoordig een doctor Gellért, die...

Gellért – Goldman, zei Agnes en ze ontspande zich weer, Gergely – Grünbaum, Gödrössy – Gruber, György – Gschwandtner.

Lowetz was verbijsterd. In het gedempte licht leek Agnes een krankzinnige engel. En weer snoerde het verlangen naar zijn moeder hem bijna de keel. Ze was de enige die hem dat misschien had kunnen uitleggen. Vroeger had Agnes geschreeuwd, dag en nacht. En nu gebruikte ze haar stem alleen nog voor zinloze reeksen namen, terwijl haar zoon zich gorgelend verstaanbaar probeerde te maken. Dat doe je mooi, Agnes, zei hij voordat hij de deur zachtjes dichtdeed, tot snel.

10

De oude Malnitz, de vader van Toni en Mick, was in zijn jeugd communist geweest en droeg het scheldwoord *Kummerl* als een geuzentitel. Inmiddels was hij politiek gezien wat meer naar het midden opgeschoven, richting socialisten, maar over *toen* had hij van alles kunnen vertellen als hij had gewild, hij had verzet en strafkamp meegemaakt. De nazi's, placht hij te zeggen, waren een *politieke* tegenstander; in het begin wilden ze iets soortgelijks als wij, maar op een andere manier. In de jaren dertig hadden ze gezamenlijk gedemonstreerd tegen de sociale wetten van de austrofascisten; samen met de nazi's hadden ze in de austrofascistische detentiekampen gezeten, en uiteindelijk was het domme pech dat zíj aan de macht waren gekomen en niet hun eigen mensen. In de Sovjet-Unie was het immers andersom gegaan. Tegen de oorlog in Europa, dus tegen dat wat de nazi's destijds hadden ontketend, had de oude Malnitz zijn leven op het spel gezet, vroeger, toen hij nog een jonge Malnitz was geweest. Want de revolutie had van onderaf moeten komen, en dan hadden ze met de door de communisten bevrijde buurlanden een eeuwig feest van vriendschap tussen de volkeren kunnen vieren. In plaats daarvan voerden de nazi's aanvalsoorlogen in alle richtingen en faalden: Ze hebben hun hand overspeeld, zei hij vaak, domweg overspeeld.

Los van dat al was hij zijn leven lang al antisemiet. De Joden waren volgens hem een *natuurlijke* tegenstander, de tegenstander par excellence, als het ware vanaf de oorsprong van de wereld. Door een Joodse handelaar in wijn en gedistilleerd was de vader van de oude Malnitz bijna alles kwijtgeraakt; door een, waar hij te laat achter was gekomen, gokverslaafde man, die met geld jongleerde tot hij alles had verspeeld. Maar op zijn inkoopreizen naar de wijnboeren had hij een driedelig pak met zijden stropdas gedragen. De vader van de oude Malnitz voelde zich nederig worden op het moment dat de handelaar zo behoedzaam de poort door kwam alsof hij bang was dat zijn schoenen vies zouden worden. Dat had ook zijn opgroeiende zoon gevoeld – een gevoel dat zich had vastgezet in zijn botten en zijn geheugen. Hoe hadden ze moeten weten dat dat pak het enige was wat de man nog bezat? Op een dag zat de Jood in de bak en hadden zij het nakijken. Niemand wist waar hun wijn was gebleven. Typisch, zeiden de mensen. Best dom, zeiden de wijnboeren die met andere handelaars hadden gehandeld. En dat was het eerste grote drama in het leven van de oude Malnitz geweest. Hij zou nooit meer over dit vroege gevoel van schaamte en vernedering heen komen. Daarom zat hij in de avonduren op de Joden te mopperen, en ja, er waren er een paar omgebracht, maar in de internationale banken, regeringen en concerns zat de overgrote rest, en ook die Thea Rosmarin, die destijds toen ze omhoogzaten een oude wijngaard van hen had gekocht en de mooie wijnstokken had gerooid, omdat grond voor de fabriek natuurlijk belangrijker was dan de waardevolle wijnstokken, die nietsontziende kapitalisten... Hij mopperde net zo lang tot zijn oudste zoon Toni zei: Hou eens op met die oude verhalen, vader, geef je glas en ga slapen.

Maar het waren zeker niet de Joden die de breuk tussen hen hadden veroorzaakt, die al vele jaren durende onmin tussen vader en zoon. Daarvoor waren ze niet belangrijk genoeg. De oorzaak waren de idiote ideeën van Toni geweest, met zijn dure wijn en sekt en gisting op fles, niets wat ooit bij zijn voorvaderen zou zijn opgekomen. Voor de oude Malnitz leek de geschiedenis zich te herhalen toen zijn zoon leningen wilde afsluiten om de overstap naar het duurdere segment te wagen voordat iemand het nog zo noemde. Leningen? Schulden? Bij de banken? Bij de Joden? Dat kan niet goed gaan! Ze zullen ons weer belazeren! En waarvoor? Om alles anders te doen dan we het tot nu toe altijd hebben gedaan?

Maar Toni was met een vrouw getrouwd die zichzelf beter vond dan de rest. Die een piano meebracht toen ze trouwden! En serieus wilde meepraten. Vrouwen laten meepraten over zaken, belachelijk. Omdat ze hogerop wilde, zijn schoondochter, dat kon je meteen zien. Op een avond werd de oude Malnitz zo kwaad dat hij alles op één kaart zette, de eeuwige troefkaart trok, de beslissende joker van het hoofd van de familie. Hij sloeg zo hard op tafel dat de borden opsprongen en schreeuwde: Alles blijft zoals het is, of je hebt geen vader meer, Toni!

Zijn vrouw, de oude mevrouw Malnitz, de toegewijde moeder van zijn zoons, liet de schalen die ze net aan het afruimen was uit haar handen vallen. Zijn schoondochter, de veel te mooie Leonore, zoog lucht naar binnen, het klonk alsof ze floot. De kleindochtertjes begonnen te huilen. Zijn zoon, dat stuk verdriet, was de enige die kalm bleef. Alleen zijn hand trilde een beetje toen hij het wijnglas pakte, een slok nam en zei: Vader, dat had ik je ook al willen voorstellen – dat we gewoon uit elkaar gaan. Dan kan iedereen doen wat hem het beste lijkt.

En zo was het schandaal ontstaan van een gevestigde wijnboer die niet op zijn eigen boerderij oud mocht worden om van de vruchten van zijn arbeid, die door de volgende generaties werden geoogst, te genieten, maar met de staart tussen de benen naar de andere zoon moest vluchten. Dat hij werd uitgekocht uit huis en bedrijf vond niemand het vermelden waard, noch het financiële risico dat Toni nam. Malnitz junior heeft de oude eruit gesmeten, fluisterden de Dunkelblumers elkaar sensatiebelust in het oor, terwijl iedereen wel zo ongeveer wist hoe het in werkelijkheid was gegaan.

Zelf sprak hij er niet over, de oude Malnitz. Hij verhuisde naar zijn andere zoon in Zwick en moest daar toezien hoe de jongste broer zonder succes bleef, terwijl Toni en Leonore steeds welvarender werden. Uiteindelijk zorgde het wijnschandaal voor een abrupt einde, want ook Micks wijn was aangelengd; alles was verloren, ternauwernood konden vader en zoon het tankstation kopen. Mick leek het weinig uit te maken, hij was lui, en de wijnbouw had hij toch altijd veel te vermoeiend gevonden. Nu stond hij de hele dag te kletsen tussen kranten en sigaretten, chips en motorolie, en werd steeds dikker. Toni was de stralende winnaar, zo ervoer zijn vader het, Toni, bij wie niets verbodens was gevonden in zijn flessen, alleen bekroond spul; hij had zoiets nog nooit gedaan, gaf in het openbaar niet eens toe dat hij op de hoogte was geweest van de praktijken van de concurrentie, zozeer was dat beneden zijn niveau. Ik heb me jaren geleden al in het hogere segment gespecialiseerd, zei hij ietwat blasé in een interview, en daar hebben kunstmatige toevoegingen zoals u weet nog nooit iets te zoeken gehad.

Sinds vier jaar – sinds Mick en de oude baas hun wijngoed hadden moeten verkopen – kwam Toni elke week naar het tankstation om een kist wijn voor het huis te zetten. De afgelopen drie weken was er geen kist meer gekomen, tijdens de overdracht van de wijn was er iets voorgevallen met Micks vrouw. De oude Malnitz vroeg nergens naar. Hij had niet veel wijn meer nodig, hij was onderweg naar de dood. Je zag het niet aan hem, maar hij voelde het, diep vanbinnen, in zijn botten en zijn darmen. Hij wilde alleen nog maar rust, een makkelijke stoel en wat zon op zijn buik. Maar op de maandag na het noodweer stond zijn oudste zoon, de prijswinnende topwijnmaker, voor de deur. Hij had niet alleen een kist wijn meegebracht, maar ook die arrogante Leonore van hem. Komt hij praten? zei de oude mevrouw Malnitz op vragende toon, terwijl ze haar dunne grauwe vingers kneedde die jaren geleden de schalen op de grond hadden laten vallen. De oude man zuchtte en liet hen binnen.

Het was hem al ter ore gekomen dat er iets met de jongste dochter was gebeurd. Een echte band had hij niet met haar; hij had haar niet, zoals de andere drie, een paar jaar lang zien opgroeien. Ze was anders, wilder, minder normaal, en soms had hij zelfs even gedacht dat ze misschien een koekoeksjong was. En als dat meisje al eens een beleefdheidsbezoekje kwam afleggen, deed ze de laatste tijd wel net alsof ze dingen van hem wilde weten, maar in werkelijkheid wilde ze hem alleen maar beleren.

Nu kwamen dus ook zij weer naar hem toe, de trotse eigenaars van Biohof Malnitz, een decadent hotel voor drugsverslaafde artistiekelingen uit de grote stad, waar, werd gezegd, de badkuipen midden in de kamers stonden. Hij, de oude Malnitz, had na de verbouwing afgezien van een bezichtiging van zijn ouderlijk huis, hij had vriendelijk bedankt. Daar had hij geen behoefte aan. Hij had in zijn hoofd hoe het was geweest – de lage plafonds, de kleine ramen, de gekalkte muren, bescheiden maar schoon – en zo had het moeten blijven, zo bleef het in zijn hoofd.

Nu huilde ze, mevrouw Leonore, en Toni keek voor zich uit zoals vroeger als hij een pak voor zijn broek had gekregen. Plotseling begonnen ze hem met vragen te bestoken, hij moest vertellen wat er destijds was gebeurd, Pasen vijfenveertig, je weet wel, vader, het feest in het slot, met de gravin en die nachtelijke executies. Wie was er verantwoordelijk, wie had het bevel gegeven, waar hadden ze hen heen gebracht, wie had er geschoten, wat heeft Ferbenz ermee te maken, Ferbenz moet er iets mee te maken hebben gehad, die was destijds toch burgemeester of gouwleider, wat was hij eigenlijk, wat weet jij eigenlijk, en waarom is er nooit onderzoek naar gedaan?

Wat dat allemaal met het meisje te maken had, met zijn iets te vrijpostige kleindochter, dat moesten ze hem eerst maar eens uitleggen. Het lukte hun niet goed, ze vielen elkaar de hele tijd in de rede. Historisch onderzoek, stadskroniek, Rehberg wil een museum oprichten, dreigbrieven, onze hooischuur in Ehrenfeld is onlangs afgebrand, en Eszter Lowetz is dood, ook al was ze geen seconde ziek geweest,

Flocke heeft verteld dat de vader van Graun is doodgeschoten, toen, meteen na de oorlog, klopt dat?

De oude Malnitz schudde alleen maar zijn hoofd, hij kon er niet meer mee ophouden. Wat een chaos. Dus mijn maffe kleindochter en die homo van het reisbureau tekenen samen de geschiedenis van Dunkelblum op. Dat kan nog wat worden. En ze hebben dus al het een en ander ontdekt. En met die brokstukken, waar geen enkel systeem of verband in zit, brengen ze alle anderen het hoofd op hol. En dat zou niets te maken hebben met het feit dat het kind niet thuis is gekomen?

Vader, vertel het dan, brulde Toni als een verwond dier, en Leonore pakte haar man bij zijn schouders en riep: Toni, hou je mond, zo wordt het niets.

In de deuropening verscheen de vrouw, de oude Malnitz, als een grijze schaduw. Ze had haar oudste horen schreeuwen. Nu was hij stil, Leonore hield hem nog vast, op een armlengte afstand, alsof ze zeker wilde weten dat hij echt kalmeerde. De oude Malnitz schudde zijn hoofd weer. Een antisemiet noemde ze me pas, jullie dochter, zei hij ten slotte.

Ze keken hem vol ontzetting aan.

Of is het alleen jouw dochter? vroeg de oude man, en listig hield hij Leonores blik vast.

Wat...? vroeg Toni, maar toen begon vanonder de deurpost de grijze moederschaduw te spreken, zachtjes en monotoon, zoals de oude vrouwen in de kerk het Onzevader en het Weesgegroet prevelden, al honderden jaren lang en over honderd jaar vermoedelijk nog steeds.

Als in een roes... dreunde ze op... ze hebben niet eens gekeken of ze echt dood waren, de Joden... ze waren allemaal straalbezopen... ik heb het gejammer gehoord... de nacht is stil, dan hoor je verder... ik heb de ramen dichtgedaan, vingers in mijn oren, zodat ik het niet hoefde te horen... het gejammer, die, die... doodskreten.

Leonore liet Toni los, liep naar haar toe en raakte haar arm aan. Wie, moeder, vroeg ze, wie heeft dat gedaan? Maar de oude vrouw hief krachteloos haar handen en fluisterde: Ik weet het niet, en ik weet ook niet of iemand het nog weet. En hij zat nog in het kamp.

Met haar kin wees ze naar haar man, en het volgende moment was ze al verdwenen.

Goed, kinderen, zei de oude Malnitz en hij schraapte zijn keel, ik weet niet of iemand er iets aan heeft, maar verantwoordelijk daarvoor was ene Neulag, dat was een vriend van Ferbenz, van Graun en van Stipsits, dat was de hele nazikliek hier. Ook nog die half debiele Horka uit Zwick, dat was de mepper van dienst, die hebben de Russen naderhand tot hoofd van politie bevorderd, het was echt niet te bevatten allemaal. Maar Ferbenz was in die tijd niet hier, die zat in Graz of ergens anders, vermoedelijk heeft die dáár in elk geval niets mee te maken gehad. Die was altijd al een bureaucrimineel. Hoe dan ook, Neulag is sinds die tijd verdwenen; eerst ging het gerucht dat hij was gevallen in de eindstrijd, later dat de gravin hem had helpen vluchten, naar het schijnt naar Zuid-Afrika.

De oude Malnitz lachte: Misschien zit die daar nog steeds, bij de negers! Zijn verdiende loon! Maar er is wel een onderzoek geweest, op dat punt zitten jullie ernaast, een proces zelfs, de Hitlerjongens hebben toen terechtgestaan, de Heuraffls en de gelapte en weet ik het wie allemaal nog meer. Ze hebben er zelfs voor gezeten. Jij was gelukkig nog te klein, zei hij tegen zijn zoon. Na een korte pauze zei hij: Jullie kunnen het ook nog aan Hans Balaskó vragen, die heeft het ooit allemaal opgeschreven. Maar daar praat ik niet meer mee.

Waarom eigenlijk niet? vroeg Leonore.

Die noemde me ook een antisemiet, zei de oude Malnitz, net als jullie dochter.

Maar dat ben je toch ook, zei Toni.

Leonore gaf hem een por.

Dat kan wel zijn, zei de oude Malnitz, maar daarom hoef je het nog niet te zeggen.

11

Op donderdagmiddag, toen in heel Dunkelblum de ochtendkranten uitverkocht waren, zat burgemeester Koreny in verbijsterde toestand in zijn werkkamer. Hoe alles kon veranderen, van de ene op de andere dag! Niet zomaar een beetje, maar compleet. Het was als een natuurramp, een sneeuwstorm in hartje zomer. Hij had zijn secretaresse, mevrouw Balaskó, verzocht om een halfuur lang geen bezoek binnen te laten en geen telefoontjes door te schakelen, maar het had weinig zin, hij hoorde de telefoon aan de andere kant aan één stuk door rinkelen. Soms ving hij flarden van zinnen op, en hij had bewondering voor mevrouw Balaskó. Ze bleef altijd beheerst. Haar stem veranderde nooit, ze zei wat ze moest zeggen, vriendelijk en rustig, want het ging haar niet aan en het was niet haar verantwoordelijkheid, ze voerde slechts orders uit. En als ze hem op een dag zouden hebben weggejaagd en een opvolger hadden geïnstalleerd, zou ze daar net zo kalm zitten, af en toe een voet uit die martelwerktuigen van schoenen van haar bevrijden en over haar andere knokkel wrijven en misschien precies het tegenovergestelde zeggen van alles wat ze nu zei. En juist daarom moest je een voorbeeld aan haar nemen, want het ging haar niet om strategie, het ging niet om haar reputatie en haar gezicht, maar slechts om verdediging. Zonder inspanning pareerde ze de ballen die op haar af vlogen, en zeker niet met de bedoeling om er punten mee te scoren. Domweg terugsturen, zacht, niet agressief, gebruikmaken van de kracht van je tegenstander.

Voor Koreny op het bureau lag een vel papier, hij had het in de breedte gelegd en vier rubrieken gemaakt: watervoorziening / histor. vondst Rotensteinwiese / F. Malnitz, vermist / algem. vragen over de geschiedenis, haakje openen, oorlogsmisdaden, vraagteken, haakje sluiten. Aan de zijkant had hij heel dunnetjes, alleen voor zichzelf, genoteerd: grensveiligheid, pol. ontwikkeling Hongarije. Daar hadden de verslaggevers tot nu toe niet naar gevraagd, maar daar moest hij zich zo spoedig mogelijk mee bezig gaan houden, want zijn burgers die aan de grens woonden werden nerveus.

Hij had iedere afzonderlijke journalist dringend moeten verzoeken om de zaken gescheiden te houden, aangezien ze niets met elkaar te maken hadden. Verslaggevers die tot twee dagen geleden niet eens wisten waar Dunkelblum lag, haalden hier op een onverantwoordelijke manier zaken door elkaar, zei hij, en hij verzocht hun vriendelijk begrip op te brengen voor het feit dat hij dergelijke sterke verhalen met de grootste stelligheid wenste te weerleggen.

Na elk gesprek noteerde hij in de diverse rubrieken

waar de desbetreffende gesprekspartner zich vooral voor had geïnteresseerd. De eerste rubriek, die hijzelf met afstand de belangrijkste vond, bleef aan de lege kant. Alle krantenmensen haalden meervoudige vermeldingen in de achterste rubrieken, omdat ze alles door elkaar haalden, van de hak op de tak sprongen. In één geval, toen de vragen al te hemeltergend werden, vertelde Koreny aan het eind van het gesprek welbewust een leugen. Het blaadje heette *Wiener*. Koreny had het in de kiosk zien liggen, een of ander tijdschrift, maar hij geloofde niet dat iemand hier dat las. Hij deed alsof hij geen idee had wat de af en toe schel giechelende, bijna gestoord klinkende beller van hem wilde. Nee, zei Koreny met vaste stem, in Dunkelblum is er in geen jaren een moord gepleegd, niet eens doodslag, meneer haalde de zaken waarschijnlijk door elkaar. En een zekere Erika Lohritz, of Lohrmann, kende hij niet. Toen hij ophing voelde hij zijn hart bonzen als de kerkklok, maar hij had niet kunnen zeggen of het uit angst of uit woede was.

Zijn vrienden uit de partij die iets van zich lieten horen vroegen bijna alleen maar naar de *slechte pers*. Een kameraad van de regionale partijafdeling, gemeenteraadslid in Löwingen, probeerde hem gerust te stellen: Nu krijgen ook jullie een bruin vernisje, zei hij, maar maak je geen zorgen, als iedereen binnenkort een bruin vernisje heeft, ziet iedereen er uiteindelijk weer hetzelfde uit.

Ook de bedrijfsleider van het waterschap belde hem op. Die was vooral geïnteresseerd in de vondst op de Rotensteinwiese – kennelijk was hij ervan op de hoogte dat, mocht er een besluit tégen het waterschap worden genomen, daar boven een enorm waterreservoir moest worden gebouwd. Koreny moest opnieuw het gevoel van zich afschudden dat hij altijd de laatste was die dingen te horen kreeg en doorhad. Eens te meer was hij blij dat je tijdens het telefoneren je gezicht niet in bedwang hoefde te houden. Bij moeilijke gesprekken als dit trok hij grimassen, bij wijze van compensatie voor de ontspannen, vriendelijke stem die je je moest aanmeten. Aan het eind van het gesprek zei de man met een onaangename ondertoon dat een van de juridisch medewerkers van het waterschap binnenkort contact zou opnemen om de ontbindingsclausules door te lopen, in elk geval theoretisch. U kunt te allen tijde een beroep op me doen, zei Koreny met een gezicht als van een moordlustige gorilla: Ik wens u nog een prettige dag toe.

Zo zat hij daar, terwijl de telefoon in het andere vertrek maar bleef rinkelen. Zijn reddende engel mevrouw Balaskó verbond niemand door. Hij keek naar het vel papier met de rubrieken. Hij had geen idee gehad hoe weinig ervoor nodig was om alles met elkaar in verband te brengen. Een beetje fantasie en alles plakte al aan elkaar; kennelijk functioneerde fantasie als cement of montagekit. Zelfs het minst voor de hand liggende paste in het plaatje. Wat voor plaatje? Een decennialange samenzwering van gruwelen. Koreny vertrok zijn gezicht. Als hij uit het raam keek zag hij Dunkelblum zoals het altijd was geweest: op sommige plekken charmant ouderwets, op andere lelijk, maar overal rustig, met een hoge levensstandaard, provinciaal slechts voor diegenen die iets tegen de provincie hadden. Hij had niets tegen Dunkelblum. Hij kon zich niet voorstellen ergens anders te wonen; grotere plaatsen, om maar niet te spreken van steden, maakten hem nerveus. Ziekenhuizen met twintig verdiepingen! Maar als hij in plaats van naar buiten naar zijn aantekeningen keek en zich de vragen en beschuldigingen, beweringen en vermoedens van de afgelopen uren en dagen herinnerde, kreeg hij bijna de indruk dat hij midden in een bioscoopfilm was beland, met maffia en explosies en dat soort zaken.

Met enige moeite zou je met dezelfde of andere ingrediënten een ander verhaal kunnen vertellen. Als het nou eens helemaal niet om de waarheid ging, maar alleen om de uitvoering? Misschien had de verdediger nog wel minder fantasie dan de aanklager. Die had immers al iets voorgeschoteld gekregen: het verhaal van Dunkelblum, het hardleerse nazi- en moordenaarsnest. Je moest je ertegen verzetten. Na alle idiote troep die de kranten schreven! Ik heb alle recht, dacht hij, zonder zijn zin af te kunnen maken, wij Dunkelblumers hebben alle recht…

Hij pakte een tweede vel papier. Boer Faludi, schreef hij op en hij zuchtte. Die zou kunnen getuigen dat de democratie hier springlevend was, zoveel lokaal patriottisme zou je van hem toch wel mogen verwachten in een dergelijke situatie. *De burgemeester was altijd bereid tot een gesprek.* Dan moest dat officiële waterreferendum van hem er maar komen, Koreny zou later kunnen aftreden en dan mocht iemand anders het tegen de juridische afdeling van het waterschap opnemen. Waarom niet meteen boer Faludi zelf, als nieuwe burgemeester?

Vervolgens schreef hij, iets zelfbewuster alweer: Rehberg. Die had een flinke subsidie gekregen voor zijn historisch onderzoek. Dat kon hij dan meteen publiekelijk bevestigen en dan mocht hij wat hem betrof ook meteen over de oude Romeinen of Kelten vertellen of, beter gezegd, piepen. Verder was die gelukkig toch nog niet gekomen. We verdiepen ons hier allang actief in ons verleden! Koreny knikte en schreef: Lowetz. De jongeman leek wat verloren na de dood van zijn moeder, maar nu was Dunkelblum hem blijkbaar bevallen. De jonge Lowetz wilde terugkomen, dat had zijn vrouw hem verteld; het huis aanhouden en opknappen. Leefbaar Dunkelblum! Terug naar de natuur! En was zijn moeder Eszter destijds, toen ze met Lowetz zaliger trouwde, niet met open armen ontvangen? Een mooi voorbeeld van de historische verbondenheid tussen de ene en de andere kant, zelfs over het mensonterende IJzeren Gordijn heen.

Koreny voelde zich steeds moediger worden. Hij schreef: Malnitz. Ze waren druk met hun verdwenen dochter, dat was waar. Ze waren in zekere zin de aanklagende partij, aan hen hadden ze een deel van deze ellende überhaupt te danken. Maar dat hoefde niemand te beletten om over hun goedlopende bedrijf te vertellen, over de talrijke kunstenaars en prominenten die al vele jaren ontspanning zochten in het lieflijke landschap, die de bekroonde wijn dronken die Toni, een voorloper in de biologische landbouw... Koreny grijnsde. Je tegenstander omhelzen. De Malnitzen de hemel in prijzen! De kwestie begon hem te amuseren. Het is niet alleen maar strategie, beste Heinz, zei hij tegen de arme Balf in zijn hoofd, je moet er ook feeling voor hebben.

Toen ze even een minuutje niet aan de telefoon zat trok Koreny de deur naar het voorvertrek open en wenkte mevrouw Balaskó naar binnen. Ze stond op en wreef over haar oor. U presteert iets gigantisch, zei Koreny tegen haar, u hebt geen idee hoe dankbaar ik u ben!

Mevrouw Balaskó bloosde van verrassing en blijdschap.

Haar telefoon ging weer.

Laat maar gaan, zei Koreny, komt u even bij mij zitten. Ze bellen wel terug. En nu moet u me vertellen hoe het met uw vader gaat. Is hij nog gezond? Zou hij het aankunnen om eventueel een kranteninterview te geven?

Na het gesprek met de dochter volgde een opgewekt telefoontje met de oude Balaskó, en het kostte Koreny geen enkele moeite om vóór het ophangen met *Freundschaft* terug te groeten. Aangezien dochter Balaskó een helder verstand had, wist ze meteen wat ze nog meer kon doen om te helpen. Ze vertelde dat er eerder die dag iemand had gebeld van dat ietwat linksige nieuwsblad en naam en nummer had achtergelaten. Bedoelt u *Wiener*? vroeg Koreny korzelig, maar ze lachte en zei: Dat is een tijdschrift. Nee, ik bedoel *Profil*.

Koreny ging akkoord en liet zich doorverbinden. Het gesprek met de redactrice verliep uitstekend. Ze luisterde eerst rustig, en dat was al prettiger en boezemde meer vertrouwen in dan sommige opgewonden klagers van die ochtend. Koreny vertelde haar wat wetenswaardigheden over de omgeving, over de nabije grens; hij sprak over de genadeloze boulevardpers die de boel op onverkwikkelijke en misleidende wijze overdreef, zoals we dat wel van ze kennen. Hij meende te voelen dat de redactrice zijn mening deelde, ook al sprak ze het niet uit. Ik ga u zeker niet vertellen wat u moet opschrijven, beste mevrouw, zei Koreny en hij sloeg met zijn vuist in de lucht alsof hij een onzichtbare tegenstander een stomp op zijn solar plexus gaf: Maar ik zou u willen uitnodigen veel verschillende Dunkelblumers te spreken om een zo volledig mogelijk beeld te krijgen – ook van de historische gebeurtenissen. En daarvoor bied ik u, als vertegenwoordigster van de kwaliteitspers, alle hulp aan die u kunt gebruiken.

Toen hij ophing voelde hij zich bevrijd. Hij zou niet

aftreden, niet in deze moeilijke situatie. Hij zou zijn Dunkelblumers niet in de steek laten. Kalm leiderschap was hier vereist, ervaring, feeling en strategisch denken. Schijt aan het waterschap, dan niet. Er waren andere juristen die de waterschapsjuristen het hoofd konden bieden. Hij hoefde ze alleen maar te vinden. Mevrouw Balaskó moest alvast maar wat gaan rondvragen. Want hij, hij begon zijn talenten als burgemeester net pas te ontdekken. Je moest jezelf losmaken, doen alsof je danste. Alles overboord gooien waar je tot dan toe in had geloofd en waar je bang voor was geweest. Net als mevrouw Balaskó de verantwoordelijkheid overhevelen naar een hogere instantie. Zijn hogere instantie was het welzijn van Dunkelblum. Hij zou zo goed en zo kwaad als het ging de schade van zijn geboortestad afwenden. Daar ging het om. En hóé het ging.

Toen de Kirschensteinse officier van justitie belde, kreeg die een opgetogen Koreny aan de lijn. De officier van justitie stipte de verandering zelfs even aan: Onlangs, boven op de Wiese, had u het nogal heet, of niet? Koreny zei dat hij natuurlijk niet wist hoe het momenteel in Kirschenstein was, maar hier was het nog net zo – de hondsdagen, hè –, maar hij was er inmiddels beter aan gewend geraakt – veel keuze hebben we ook niet, of wel soms? Hij lachte tevreden en dacht aan de lange brug die de officier van justitie tussen neus en bovenlip had, wat hem een arrogante blik gaf. Zou zich daar vandaag dan toch misschien een dikke zweetdruppel vormen, die zich al snel zou losmaken en omlaag zou glijden, als op zo'n moderne waterglijbaan? Koreny hoopte het en geloofde dat het zou gebeuren, enkel en alleen omdat hij het wenste. Hij concentreerde zich op deze brug, bundelde zijn telepathische kracht, zag gewoon voor zich hoe het zweet zich verzamelde...

De officier van justitie vertelde ondertussen over de voorlopige bevindingen betreffende de vondst op de Rotensteinwiese. Zoals vermoed ging het om menselijke resten die minstens veertig jaar oud waren, dus vermoedelijk een slachtoffer uit een van beide wereldoorlogen. Afgezien van het grootste deel van het bekken en de linkerhand was het skelet compleet. Dat het bekken ontbrak maakte het moeilijker om het geslacht te bepalen, maar aangezien er in de buurt een helm was gevonden, ging het zeer waarschijnlijk om een soldaat. De helm was voor nader onderzoek naar Wenen gebracht, naar het Heeresgeschichtliche Institut, en zodra daar iets uitkwam zou de betreffende oorlogsgravenstichting op de hoogte worden gesteld. Hoewel ik me afvraag of de Russen, om maar wat te noemen, geen andere zorgen hebben op het moment, zei de officier van justitie lachend. De bouwwerkzaamheden of geologische opgravingen, of waar de grondbezitter ook mee bezig was geweest, konden in elk geval per direct worden hervat.

Daar zal de heer Graun blij mee zijn, zei Koreny met een grimas. Hij bedankte zijn *waarde collega* voor de *prettige samenwerking*, zei, bijna overmoedig: Tot de volgende keer, en hing op. Hij dacht nog even na over de ontbrekende hand – daar had de officier van justitie, anders dan over het onvolledige bekken, niets over gezegd. Wat kon ermee gebeurd zijn? Zou die destijds al door een beest zijn meegenomen, daar boven, aan de rand van het bos? Het was toch allemaal echt wel een beetje naargeestig wat er uit die tijd kwam bovendrijven. Hij was tien jaar oud geweest, hij zat net bij de Hitlerjugend. In die tijd had hij nog vooral kattenkwaad uitgehaald met de gebroeders Malnitz en wist hij nergens van, daar kon hij niets aan doen. Een van zijn vier rubrieken kon hij in elk geval als afgehandeld beschouwen.

En weer ging de telefoon. Zou hij ooit kunnen opstaan en naar huis gaan? Hij zuchtte. Leonhard aan de lijn, zei mevrouw Balaskó, van de gendarmerie, hij zegt dat het dringend is. Meer heeft hij niet gezegd? vroeg Koreny. Nee, dat was alles, zei mevrouw Balaskó, mag ik hem doorverbinden?

Nou, kom maar door dan, zei Koreny. Het was heet, ook bij hem gonsden er van die monsterlijke bromvliegen door de kamer waarvan je nooit wist hoe ze eigenlijk binnen waren gekomen. Zijn bureaustoel was met kunstleer bekleed, zelfs je billen gingen zweten met dit weer. Hij kreeg een van die brave kerels van de gendarmerie in zijn oor, stuk voor stuk prima jongemannen, die net als hij niet onder hun verantwoordelijkheden probeerden uit te komen. De jongeman in kwestie moest hem vertellen wat er was gebeurd. Aan zijn stem was te horen dat hij liever ergens anders was geweest, bijvoorbeeld in de Bäderbus onderweg naar de Adriatische kust.

De vlieg klapte met een aanloopje tegen het raam achter hem, als een stormram. De jongeman sprak. Mevrouw Balaskó trok ineens de deur open en deed twee, drie stappen naar binnen, haar hele gezicht stralend, haar vuist triomfantelijk uitgestoken. De vlieg klapte opnieuw tegen het raam, alsof hij erdoorheen wilde knallen. Mevrouw Balaskó juichte geluidloos. Maar waarover? In zijn oor hoorde hij Gerald of Leonhard in gekunstelde zinnen vertellen dat er op de Joodse begraafplaats besmeurde graven waren aangetroffen, besmeurd en beschadigd; de jonge mensen uit de stad die daar met restauratiewerkzaamheden bezig waren hadden zojuist aangifte gedaan. Of de burgemeester misschien een kijkje kon komen nemen? Alstublieft?

Wat bedoel je met besmeurd, knul? vroeg Koreny, onwillekeurig overschakelend op je en jij.

Hakenkruisen, meneer de burgemeester, zei de gendarme. Onder andere.

Getver, zei Koreny, ik kom eraan, en hij smeet de hoorn op de haak. Zeg, mevrouw Balaskó, wat staat u daar nou te dansen?

Het meisje is weer terecht, riep mevrouw Balaskó uit, ze klapte zelfs in haar handen, Flocke Malnitz, gezond en wel!

Maar op dat moment kon burgemeester Koreny daar weinig troost uit putten. Waarschijnlijk stond die alweer veel drukte te maken op de begraafplaats, bij die andere lui die in de geschiedenis aan het wroeten waren. Hoe kwam dat eigenlijk, dat nieuwe ergernissen altijd groter leken dan de oude?

12

Na zijn bezoek aan het reisbureau viel Alexander Gellért in een diepe slaap. Hij droomde nooit, kon zich zodra hij wakker werd in elk geval niets meer herinneren, en als je bedacht wat andere mensen zeiden dat ze in hun slaap beleefden en doorstonden, was dat waarschijnlijk gunstig. Normaliter kon hij overdag niet slapen, maar de hitte en de gebeurtenissen van de afgelopen dagen hadden hem erger uitgeput dan hij gewend was. Hier zijn en zoeken was iets heel anders dan op alle andere plekken hiervoor, anders ook dan in Mandl en Tellian, in Kirschenstein en Löwingen. Hier wachtte zijn eigen oude afgrijzen, soms voelde hij het hijgen in zijn nek. Hij wilde er iets tegenoverstellen: een andere, onschuldigere zoektocht, naar zijn moeder, die waarschijnlijk aan een banale ziekte was gestorven en vast een fatsoenlijke begrafenis had gekregen, oorlog of niet. Maar hij kon zichzelf er niet toe zetten, en zelfs zijn poging bij Rehberg vandaag was nauwelijks meer dan halfhartig te noemen. Waarschijnlijk, moest hij bekennen terwijl hij zijn toevlucht zocht tot het gesteven beddengoed alsof het een smetteloos wit en koeler eiland was – meteen aan het begin van de hittegolf waren in het hotel alle dekbedden weggehaald –, waarschijnlijk was hij bang om op iets onverwachts te stuiten. Terwijl het helemaal niet zo ingewikkeld was: geboorte- en overlijdensregisters, daar had hij Rehberg niet voor nodig. Ze was vast snel te vinden, inclusief doodsoorzaak en locatie van het graf. Sinds hij hier terug was, was hij ook over de begraafplaatsen geslenterd, in een zelfopgelegde, halve blindheid. Hij wilde niet zozeer de grafstenen lezen als wel de plekken op zich laten inwerken. En tot dan toe was het meisje steeds bij hem geweest, hij had geen behoefte gehad om haar iets uit te leggen. Binnenkort zou hij zichzelf de vraag moeten stellen of hij het echt wilde weten. Aan de ene kant beschouwde hij het als ondenkbaar om uit Dunkelblum te vertrekken zonder ook maar een poging te hebben ondernomen. Tegelijkertijd lukte het hem niet om eraan te beginnen, want zodra hij erover na begon te denken tikte iemand met een houten hamertje op zijn hoofd, wat erg pijnlijk was en ook nogal stoorde… Hij hoorde dat er op de deur werd geklopt. Gellért maakte zich los uit de diepten van de slaap, als uit kleverig struikgewas. Hij moest zich eerst oriënteren, het rook schoon en naar stijfsel, de gordijnen waren half dichtgetrokken en voor de ramen hing de hitte boven de Hauptplatz als een flakkerende wand. Er werd weer geklopt.

Ja, ik kom eraan, riep hij met een dikke droge tong, klein momentje alstublieft, en toen hij overeind kwam voelden zijn ledematen zo zwaar aan alsof hij met al zijn kleren aan in de rivier was gaan zwemmen. Hij had gehoord dat er sinds een paar jaar een stuwmeer met een zwemgedeelte was, tussen Kalsching en Ehrenfeld, daar zou je op dit soort dagen misschien heen kunnen gaan. Maar hoe kwam hij daar? Het vriendelijke meisje dat hem met haar spinaziegroene auto bereidwillig had rondgereden was nog steeds weg.

Voor de deur stond Resi Reschen, ze zag er vreemd uit zonder haar witte jasschort. Zelfs haar enkelhoge serveersterschoenen met de kruislings geregen veters, waartussen het vlees op de wreef ruitvormig uitpuilde, waren vervangen door iets alledaags. Is er iets gebeurd, Resi? vroeg Gellért.

Het is net even rustig beneden, Schani, zei Resi bozig, en toen dacht ik, ik kan je nu wel even dat graf van je laten zien.

Gellért ademde diep uit. Nu, dacht hij, eindelijk, en hij was even opgewonden als die keer dat de oude man met zijn fiets aan de hand voor de priester en hem uit door het lupineveld was gelopen. Resi zelf dus, daar had hij op gehoopt. Het waren vaak de vrouwen die de beslissende aanwijzing gaven, ze waren misschien eerder geraakt, omdat ze door de generaties heen zo vaak moeders van gevallen zoons waren geworden. En die kon het wel degelijk iets schelen waar de doden lagen. Dood is dood – dat soort ongevoelige dingen zeiden eerder de mannen.

Momentje, verzocht Gellért, ik trek snel even mijn schoenen aan.

En zo liepen ze samen door Dunkelblum, de ijverige bazin van Hotel Tüffer, die onderhand aan haar opvolging moest gaan denken, en de gepensioneerde doctor Gellért uit de Verenigde Staten, die – afgezien van de lamgezopen oude mevrouw Graun, die hem niet eens persoonlijk had ontmoet – door niemand was herkend. Resi liep in een straf tempo, haar kin het voorste punt van haar lichaam, en haar uitdrukking bleef boos. Ze was even kwaad op zichzelf als op Schani, omdat hij niet daar was gebleven waar hij ongetwijfeld een comfortabeler leven had gehad dan zij – ze hadden daar zelfs elektronische afvalvermalers. Maar hij moest zo nodig terugkomen om onrust te verspreiden, alles op te woelen, waarvoor en waarom, die walgelijke vers gezaagde houten kistjes laten afleveren in haar hotel, waarmee hij – laat ook maar. Maar ze zou hem laten zien dat er meer was wat hij niet wist. Bovendien, zei ze tegen zichzelf, gebood haar medelijden haar dat. En misschien dat hij dan tevreden was en weer vertrok? Op school had hij twee klassen onder haar gezeten, maar dat hij vlot en grappig was geweest, dat wist ze nog wel. Ze meende zich te herinneren dat hij ooit eens met Agnes had gezoend.

Goldman vond ik eigenlijk mooier, zei ze kribbig over haar schouder heen tegen de man die een halve meter achter haar liep, waarom heb je dat veranderd?

Te Joods, zei hij simpelweg, en na een moment van verbazing lachte ze droogjes en knikte, alsof ze dat zelf ook wel had kunnen bedenken.

Toen hij doorhad dat ze zich naar de onlangs geopende Joodse begraafplaats begaven bleef hij staan. Ze draaide zich om en zei: Kom nou, Schani, geloof me maar, ik ga je iets laten zien wat belangrijk voor je is. Gellért kwam weer in beweging, maar hij bleef een stuk achter. Iets blies waarschuwend in zijn nek. Pal voor de poort stond een gendarmeriewagen, alsof die op hem wachtte, op degene die destijds was gevlucht.

Binnen de poorten was een oploopje ontstaan. De studenten, die gedurende de zomer het onkruid terugdrongen en de eerste grafstenen wilden restaureren, praatten allemaal tegelijk op een van beide gendarmes in, die ondanks het notitieboekje in zijn hand niets opschreef en slechts machteloos knikte. De andere gendarme verschool zich achter een fototoestel en maakte, geconcentreerd en uitvoerig, foto's van grafstenen die met witte verf waren besmeurd. Het dunne meisje met de krullenbol liep halsstarrig met haar videocamera achter hem aan, tot hij zijn fototoestel liet zakken, recht in haar lens keek en somber zei: Laat u mij mijn werk doen, alstublieft.

Het meisje vroeg: Is het verboden dat ik uw werk documenteer?

De gendarme ging met gedeprimeerde blik door met zijn werk.

Resi, resoluut als ze was, deed alsof dat haar allemaal niet aanging. Nu ze eenmaal was begonnen moest ze ook doorgaan, ze kon zich niet van haar persoonlijke koers laten afbrengen. En daardoor stak ze ook Leonhard en Gerald de loef af.

Kom op, spoorde ze Gellért aan, volgens mij is het daar achterin, we zijn er bijna. Ze bewoog zich om de diverse hoopjes snoeiafval en takken heen, om het gereedschap, om de grafstenen die op de grond lagen. Gellért volgde haar tot aan de plek waar ze een paar stengels uit de grond trok, wat grashalmen platstampte en ten slotte naar een grafsteen wees: *Jenő Goldman*, stond daar, *16 januari 1895-12 september 1946, diep betreurd door zijn Eliza.*

Dat kan niet, zei Alexander Gellért, dat kan niet kloppen.

Omdat jij in de veronderstelling verkeerde dat hij bij de arbeiders was, boven in het bos, zei Resi Reschen met een betweterig gezicht: Maar de dingen zijn nu eenmaal niet zo eenvoudig. Dat met de arbeiders heeft je vader gelukkig overleefd, maar helaas is hij niet veel later bij een auto-ongeluk omgekomen. Het spijt me echt, Schani.

Toen had een van de gendarmes hen eindelijk ingehaald, hij zei tegen hen dat ze zich op een plaats delict bevonden, die ze dienden te verlaten en waar je niks aan mocht veranderen. Resi hield de stengels nog in haar hand.

Een kwajongensstreek, zei de hevig zwetende burgemeester Koreny tegen de boze studenten uit de hoofdstad, hij zei het tegen de verslaggevers, het camerateam van de ORF, tegen de gendarmes en de nieuwsgierige Dunkelblumers die binnendruppelden omdat het verhaal rondging dat er weer iets was gebeurd: een jeugdige dwaasheid, een idioot verhaal, iets waarvan de consequenties niet bedacht en niet bedoeld kunnen zijn geweest. Zeer zeker niet! Zo zijn de mensen hier niet! Met een grote zakdoek veegde hij zijn gezicht af. Maar we zullen de boosdoeners vinden, zei hij nadrukkelijker, we hebben hier een capabele gendarmerie. En we dulden geen vandalisme.

Vandalisme, riep de aanvoerder van de vrijwillige begraafplaatshoveniers, die door Joodse verenigingen gestuurd en betaald waren, uit, een grote, respectloze knul in een rood T-shirt: *Juda verrecke* is wel wat meer dan vandalisme, meneer de burgemeester!

Het tijdstip waarop het misdrijf is gepleegd, viel iemand van de *Groschenzeitung* hem in de rede, kunt u al iets over het tijdstip zeggen? Koreny keek de gendarmes aan. Leonhard bladerde door zijn aantekeningen en keek ten slotte weer naar de woordvoerder van de studenten. Alles tussen gisteren achttien en vandaag veertien uur, zei Leonhard uiteindelijk, volgens de getuigenverklaringen hier. De rode knul knikte, een paar van de meisjes keken naar de grond.

Veertien uur, vroeg de reporter, het zou dus ook vandaag gebeurd kunnen zijn?

Theoretisch wel, bracht de jongeman, de woordvoerder, korzelig uit, voor het werk zijn we nog gaan zwemmen. Hij sloeg met zijn vuist een paar keer in zijn andere hand, zo hard dat het kletste: Verdomme, dat was de eerste keer!

Koreny zei: Dat zal niemand jullie verwijten, zo braaf als jullie tot nu toe hebben gewerkt. Hij keek om zich heen terwijl hij zijn voorhoofd afdroogde. Echt sfeervol hebben ze het hier weer gemaakt, die jongelui. Daar kunnen we met z'n allen een voorbeeld aan nemen.

Op dat moment, bij *echt sfeervol*, liet Martha haar camera wegzwenken. Ze liep langzaam langs de grafstenen, wat pas mogelijk was sinds de zwijgzame meubelmaker Fritz op een dag met een balkmaaier was verschenen. Daarmee had hij het heuphoge gras op de onbebouwde vlakken weggewerkt, waarna het vroegere ontwerp deels zichtbaar werd. Op de oudste stukken, waar de grafstenen het dichtst op elkaar stonden, heerste nog chaos; daar regeerden braamstruiken, brandnetels, hondsdraf en dolkruid, die de stenen onder zich begroeven of ze overwoekerden in hun gevoelloze, chlorofylzuchtige geweld. Niemand wist wat eronder zat, hoeveel en welke namen, hoeveel verwoesting. Op sommige plekken stonden de grafstenen ongeschonden overeind, andere hoefde je alleen maar op te tillen nadat het onkruid was verwijderd. Weer andere waren gebarsten, de beletterde kant aangetast door korstmos en andere schimmels. Had dat iets met het gedrag van de overledenen op aarde te maken? Zo zou Martha's zwaar katholieke oma het hebben gezien, de katholieken waren bijgeloviger dan alle anderen. Maar het had enkel te maken met de locatie. Afhankelijk van de plek, de hoeveelheid zonlicht en de samenstelling van de grond vermeerderden de planten zich meer of minder, groeide er hetzelfde of ander onkruid – er waren zelfs hoekjes zonder bramen. Op sommige plekken was de aarde vochtiger dan op andere. De wonderen van de natuur, die voor de wetende geen geheimen hadden: humus- en steenlagen, sedimentatie, hellingsgraad.

Het was een tijdrovende klus die ze hier uitvoerden, toch veranderde er veel, elke dag weer – Martha maakte elke ochtend en elke avond een foto. Onwrikbaar als vuurtorens prijkten op elke foto de grafstèles van de rijken: tweeënhalve meter hoge, naar boven toe smaller wordende blokken graniet, die daar als wachters stonden en de wanorde om hen heen minzaam overzagen. Ook na de dood waren de sporen die de rijken nalieten markanter, heerszuchtiger, bestendiger. Ik was David Rosmarin en ik Leopold Tüffer, gedenk ons, wij konden ons een reusachtig zwart blok graniet of zelfs een mausoleum permitteren, maar de anderen niet; de Grüns, Arnsteins en Spiegels hebben van die kleine witte stenen die zo snel omvallen, in stukken breken en onleesbaar worden.

Martha en haar vrienden waren er de afgelopen weken in geslaagd om paadjes en gangetjes te creëren die ook een heel eind de overwoekerde stukken in leidden. Met vereende krachten hadden ze in elk geval een paar stroken beschaving en orde tot stand weten te brengen. Daar hadden de aanslagplegers dankbaar gebruik van gemaakt, want nu konden ook zij dat territorium markeren. Terwijl Martha de witte verf filmde die op veel plekken zo haastig was neergekwast dat sommige letters naar onderen uitliepen als de letters van de *Rocky Horror Picture Show*, stelde ze zichzelf de vraag of ze niet beter alles hadden kunnen laten zoals het was. De poort dicht, de stenen buitenmuur zou een verdwenen ruimte blijven omsluiten als een exclave, binnen rustten de doden onder hun grafstenen, en ook de grafstenen, omgevallen of niet, zouden met rust worden gelaten, tot in alle eeuwigheid, of tot de Messias kwam. Niemand bezocht nog graven van mensen die in 1888 waren begraven, of in 1912. Ze hadden de begraafplaats niet open hoeven te gooien. Was dat niet wat Flocke had gezegd bij hun eerste ontmoeting? Maar ze hadden de klimplanten en klissen van de stenen getrokken in de overtuiging dat ze iets goeds deden. En er leken ook best wel wat goede dingen te gebeuren. Die aardige meneer Gellért, die hier in de omgeving al weken op zoek was naar het massagraf, scheen in plaats daarvan onverwacht het graf van zijn vader te hebben gevonden. Ze hadden hem op een van hun kunststoffen stoelen gezet, iemand had hem een beker water in zijn hand gedrukt, en daar zat hij voor zich uit te kijken. Vermoedelijk moest hij het eerst allemaal verwerken. Maar wie kon beslissen of het goede of het slechte de overhand kreeg? De graven konden niet alleen vrijelijk worden bezocht, maar ook geschonden. Dat hadden Martha en haar vrienden mogelijk gemaakt.

Martha bleef voor een van de besmeurde grafstenen staan. Het leek erop dat ze die ook nog hadden willen omtrappen. Het was mislukt, de steen stond alleen iets achterovergeleund, als een stoelleuning in relaxstand. *Heil Haider*, stond erop, met een gekliederd hakenkruis ernaast. Kon het zijn dat de dader eerst had gekliederd en daarna geschopt? Het leek er haast op. Dat zou nogal dom zijn, want nu had diegene verf aan schoenen en kleren. De pootjes van het hakenkruis stonden dan wel weer de goede kant op, vaak werd zelfs dat verkeerd gedaan. Wezen dat soort onbeholpen hakenkruisen op jeugdige daders? Had de burgemeester gelijk? Martha herinnerde zich een zuipfeest uit haar jeugd, in het dorp van haar grootouders, ten noordwesten van Kirschenstein. Flesjes bier, braadworsten op stokken geprikt, boven het vuur geroosterd brood. In het ochtendgloren had iemand met twee vingers en de as van het kampvuur een hitlersnorretje onder zijn neus getekend, waarna hij met gestrekte rechterhand in het rond paradeerde en op bevelende toon allerlei flauwekul blafte. Een paar van de anderen sprongen op en begonnen soldaatje te spelen, staken hun arm in de lucht en salueerden. Daarna riepen ze in koor: Heil, heil, heil! Het was een grapje, niet meer dan dat, iedereen brulde mee en lachte, ook Martha. Maar had ze ook nog gelachen als ze destijds met potten verf naar de begraafplaats waren opgerukt?

13

Nadat een uitgeputte doctor Gellért het reisbureau had verlaten en in de wirwar van de Dunkelblumse straatjes uit het zicht was verdwenen, draaide Rehberg het briefje nog een tijdje om en om. Hij zou het bewaren, ook zoiets hoorde tenslotte bij Dunkelblum. Hij vond het een gewaagd idee om een onverholen dreigbrief op te nemen in een tentoonstelling, maar misschien was dat het juiste antwoord? Waar voelden de mensen zich eigenlijk zo door bedreigd dat ze anderen bedreigden? Het was slechts een enkeling die zich gedroeg als een agressieve hond, dat mocht je niet vergeten, en vermoedelijk waren het figuren die het buskruit niet hadden uitgevonden. Dat waren er nogal wat. Een dreigbrief is iets heel doms, zei Rehberg tegen zichzelf, en hij voelde dat hij tegen een soort angst aan praatte; misschien zou de afzender met behulp van handschriftherkenning of vingerafdrukken kunnen worden opgespoord. Ze hadden tegenwoordig zeer moderne methodes...

Hij schoof de papieren bij elkaar, de stamboom van de Rehbergs en de krantenartikelen van die dag, die hij al had uitgeknipt, opgeplakt en van een bijschrift had voorzien. En dat oude berichtje van de naakte man op de Weinstraße dat ze bij hem in de brievenbus hadden gedaan en dat hem zo'n vervelend gevoel gaf, omdat het hem aan zijn eigen kruisweg in onderhemd herinnerde – klappen, kneuzingen, bloeduitstortingen, blauw oog. Daarna ook nog klappen van zijn vader, omdat hij weigerde te vertellen wat er was gebeurd. Zijn moeder, die achter hem stond en zijn vader smeekte om op te houden, want hij bloedde toch al. Zijn grootmoeder die zei: Die klappen komen prima terecht, daar wordt hij hard van.

Het was rustig. Hartje zomer gingen de zaken als vanouds slecht; wie nu nog geen reis had geboekt, was dat waarschijnlijk ook niet meer van plan. Hij moest maar weer eens een brochure met *gouden herfstreizen* samenstellen en naar zijn klanten sturen; dat was de afgelopen jaren een beproefd concept gebleken. Ooit had hij die aanbiedingen zelfs op een tupperwareparty mogen presenteren, georganiseerd door de vrouw van Balf – hij was de enige man. De door sekt aangeschoten dames besloten stante pede met elkaar naar Triëst te reizen. Dat was twee jaar geleden. In de herfst verkocht hij vooral stedentrips, maar erg avontuurlijk waren zijn klanten niet: de meesten wilden eigenlijk alleen maar een keertje naar het Oktoberfest.

Er begon iets te kriebelen in zijn hoofd, als een insect onder een zijden doek; het wriemelde om zijn aandacht te trekken. Maar Rehberg kon maar niet bedenken wat het was, het bleef verborgen onder de doek. Hij kreunde. Hij was iets vergeten wat hiermee te maken had, iets belangrijks. Toen hij merkte dat zijn gedachten alleen nog maar werktuiglijk in een kringetje ronddraaiden – ik kan het niet bedenken, ik kan het niet bedenken – stond hij op, draaide het bordje BEN ZO TERUG met de tekst naar buiten en bracht de documenten naar boven, naar zijn appartement. Hij liep naar het dressoir en trok een laatje open om de papieren terug te leggen en toen vloog het hem aan, als met een schel gefluit. Hij wankelde en moest van schrik gaan zitten, zo geschokt was hij. Vanuit het dressoir keek die melancholieke trouwfoto hem aan die Eszter Lowetz had meegebracht: sepiabruin, met witte gekartelde sierrand. *Kijk er goed naar.* Het bruidspaar glimlachte verlegen. Met enige inspanning kon je een gelijkenis van de jonge vrouw met tante Elly nog wel bij elkaar fantaseren – de jonge vrouwen uit die tijd leken allemaal op elkaar –, maar dat de vreemde jongeman op doctor Gellért leek – zijn wenkbrauwen, zijn neus –, dat viel op geen enkele manier te ontkennen. Elisabeth Rehberg! Gellért had naar iemand met die naam gevraagd, daarom was hij waarschijnlijk hier. Vanwege de overeenkomst met die naam moest die lieve Eszter hebben aangenomen dat het om zijn tante ging! Daar had die slimme rechercheur er weer eens naast gezeten. Stom dat hij haar dat nu niet meer kon vertellen. Ze hadden er bijna ruzie om gemaakt, hij had nog altijd spijt van hun onenigheid. Terwijl je elkaar toch moest steunen, Eszter, Flocke en hij, de harde kern, die paar vooruitstrevende denkers, in geschiedenis en echte verwerking geïnteresseerde Dunkelblumers. Van hen drieën was alleen hij nog over. Daar moest je maar niet te veel over nadenken. Misschien zou in elk geval Feri Farkas niet afhaken, en tegen de jonge Lowetz had hij al gezegd hoe hard hij hem nodig had. Maar als dat nu eens opnieuw begon, met die dreigbrieven? Dat hij geen held was wist Rehberg allang.

Veemmoorden, had tante Elly tijdens dat gedenkwaardige gesprek gezegd, een paar weken voor haar dood, het waren veemmoorden geweest: direct na de oorlog waren de getuigen omgebracht, een voor een. En dat hij dat niet moest vergeten, maar er voorlopig met niemand over mocht praten. Onthoud het alleen, had tante Elly hem opgedragen, onthoud het goed, en als er iemand komt die er iets mee zou kunnen, vertel het hem dan. Iemand van buitenaf, niet iemand van hier. Je zult wel weten wanneer dat is.

En dat had hij gedaan, ongeveer een week geleden. Toen ze gemoedelijk samen een borrel dronken had hij doctor Gellért in vertrouwen verteld dat er na de oorlog een reeks veemmoorden was gepleegd om de bevolking te intimideren. Zijn tante was zelf getuige geweest bij minstens één daarvan, de beroemde schietpartij aan de grens. Hij zei wat ze hem had opgedragen te zeggen: ze waren elke keer uiterst koelbloedig te werk gegaan, op klaarlichte dag. Ook die keer dat ze er toevallig bij was geweest: vermoedelijk had een scherpschutter eerst de chauffeur uitgeschakeld, daarna hadden de grenswachters en Russische soldaten de slingerende auto onder vuur genomen. De samenzweerders moesten hebben geweten dat hun niks kon gebeuren. Ze werden van bovenaf beschermd, onder anderen door het toenmalige hoofd van politie. De precieze namen en omstandigheden waren in elk archief te vinden, de kranten hadden erover geschreven. Rehberg bekende aan Gellért dat hij het zelf tot dan toe niet had opgezocht, hij had het te naargeestig gevonden.

Gellért echter kende de indringende oproep van tante Elly nauwelijks betekenis toe en hij antwoordde, haast vergoelijkend: Ja ja, dat zeggen ze altijd, dat is een verhaal dat ik tot nu toe overal te horen heb gekregen waar ik heb gezocht.

Misschien had hij zich niet tot de juiste gewend. Bij nader inzien kwam ook Gellért kennelijk hiervandaan, bedacht Rehberg. En niet van buitenaf. Maar dat had hij een week geleden nog niet geweten.

Na alles wat de man had meegemaakt kon hij hem op z'n minst de jeugdfoto van zijn ouders cadeau doen. Ook al waren de andere papieren van Eszter Lowetz misschien verdwenen, die mooie foto kon Rehberg hem tenminste geven, dat was nog eens een gelukkige speling van het lot. En dus stopte hij de foto in zijn borstzakje en begaf zich naar Hotel Tüffer.

Diezelfde middag, zo'n beetje rond de tijd dat burgemeester Koreny naar de Joodse begraafplaats werd geroepen en Resi Reschen haar gast, doctor Gellért, daar ook mee naartoe sleepte, kwamen de beide dames Stipsits een hapje eten in Café Posauner. Ze waren al weken weggebleven en Gitta, de waardin, had eigenlijk gehoopt dat dat voor altijd zou zijn. Maar nu namen ze hun gebruikelijke plekje in, een van de twee tafeltjes achter de grote ramen. En natuurlijk zouden ze bij hun gebakje een kop vruchtenthee en een glas kraanwater delen. Meestal zwegen ze. Dochter Stipsits, dat arme ding, bood allang geen appetijtelijke aanblik meer, en Gitta snapte niet waarom ze per se voor het raam moesten gaan zitten. Dat die twee helemaal niet zelf gezien wilden worden, maar in plaats van een gesprek te voeren wilden zien wat er buiten allemaal gebeurde, op die gedachte kwam Gitta niet. Verder zaten achter het raam doorgaans blozende jonge meisjes die hun lippenstift of decolletés lieten zien en snel gevonden wilden worden door hun vriendinnen of vrijers. Alle anderen – de stamgasten, de arbeiders die tussen de middag kwamen eten, de gepensioneerden die 's middags koffie kwamen drinken – gaven de voorkeur aan de tafeltjes verder achterin, waar het knusser en donkerder was en waar je met Gitta achter de espressomachine in gesprek kon blijven.

De een ziek, de ander depressief, dat waren de dames Stipsits, een mistroostige, doodlopende steeg van de wijdvertakte clan. Ze waren op elkaar aangewezen, beiden ongetrouwd en afgezien van die ene fatale keer onaangetast. Dat de dochter het souvenir was van een Russische soldaat wisten alle oudere Dunkelblumers, alleen de dochter zelf leek het niet te weten. Zodra het gesprek op haar afkomst kwam – gewoonlijk was het voldoende dat het om *de Russen* ging en hoe die na de oorlog tekeer waren gegaan – zei ze met een merkwaardige, bijna gelukzalige gezichtsuitdrukking: Mijn vader was destijds op doorreis.

Op een keer zat er iemand bij die niets van dat al wist en de opmerking niet kon plaatsen. Toen die onbekende vroeg wat ze daarmee bedoelde en alle anderen, ook Gitta achter de espressomachine, hun adem inhielden, antwoordde dochter Stipsits luchtigjes: Ik vraag me gewoon af of hij destijds iets heeft meegekregen van die misdaden van het Rode Leger.

Op dat punt zei haar moeder met onbewogen gezicht: Het waren vooral de vrouwen die er iets van meekregen.

Op een gegeven moment had moeder Stipsits de nare geschiedenis in haar geheel naar haar zus Inge overgeheveld, die met de Russen had moeten meegaan en niet terug was gekomen. Agnes Kalmar was teruggekomen, zijzelf was teruggekomen (maar dat verzweeg ze), hun nachthemden waren kapotgescheurd, ze leefden, maar haar zus was nog altijd weg. Daar kwam ze niet overheen. Ze vernoemde haar buitenechtelijke dochter naar haar, alsof ze een ondode was, en ze wist alle pogingen van haar familie om haar nog tijdens haar zwangerschap met iemand te laten trouwen te weerstaan. De Stipsitsen behoorden van oudsher tot de rijke boeren, tot in de jaren vijftig een van haar broers, ook weer met succes, de drogisterijketen oprichtte. Het was kinderspel voor hen geweest om een knecht of hulp, bijvoorbeeld uit de familie van de gelapten, op te duikelen die haar eer zou herstellen. Maar ze weigerde. Ze leefde voortaan samen met haar dochter, die dezelfde naam had als haar zus en die in een van de drogisterijen werkte tot ze ziek werd. Sindsdien werd ook de dochter steeds wonderlijker; men schoof het op de ziekte die haar van binnenuit leek te verteren.

Afgelopen zondag, toen de Dunkelblumers zich naar de Rotensteinwiese begaven om te zien wat daar te zien was, was de dochter er niet bij geweest. En misschien had de moeder zich alleen daarom laten overhalen tot een gesprek met de lokale verslaggever, dat al op dinsdag, voor alle andere toestanden, in de krant was verschenen. Ze vertelde daarin nog een keer wat ze wist, maar geen woord over wat ze zelf had meegemaakt. Sinds die tijd, vertelde ze de verslaggever, was het haar grootste wens dat het lot van haar zus eindelijk zou worden opgehelderd. En als die vondst misschien bij haar zus hoorde was dat natuurlijk vreselijk, maar zou dat eindelijk een eind aan de onzekerheid maken: Ik zou haar bij haar ouders kunnen laten begraven, in ons mooie familiegraf!

Is er een andere verklaring voor wat er met Inge gebeurd kan zijn? vroeg de alom bekende lokale verslaggever met de camera om zijn nek, zijn auto beplakt met verschillende antikernenergiestickers. Moeder Stipsits antwoordde aarzelend: Ze zou natuurlijk ook vrijwillig met iemand kunnen zijn meegegaan, naar het oosten. Daar is mijn dochter van overtuigd – dat ze nog leeft en het goed heeft.

En nu zaten ze daar weer, die twee, en zo meteen zouden

ze met hun vorkjes in hun gedeelde stuk maanzaadcake prikken. Zoals altijd bestelden ze een kop thee, een glas kraanwater en *één stuk gebak met twee vorkjes*, en de vraag of ze slagroom wilden had Gitta zich kunnen besparen, maar die stelde ze aan iedereen die gebak kwam eten, uit gewoonte. Om de vraag niet te stellen zou ze extra hebben moeten nadenken. In hemelsnaam, nee, zeiden de dames Stipsits bijna tegelijkertijd, en Gitta knikte, verliet het tafeltje bij het raam en zocht in de la naar de vruchtenthee die alleen die twee bij haar bestelden.

Buiten reden de gendarmes voorbij. Kijk, Gerald en Leonhard, zei de dochter. De moeder knikte. Misschien hebben ze toch nog iemand opgegraven, zei ze. Vast niet, sprak de dochter op de geduldig strenge toon van een ziekenzuster: Zoiets gebeurt echt bijna nooit.

Toen Gitta de bestellingen bracht bleef ze even aan tafel staan. Nog geen nieuws over jullie skelet? vroeg ze. Moeder Stipsits schudde haar hoofd. Het zou Inge kunnen zijn, zei ze zachtjes.

Het is Inge niet, sprak haar dochter haar weer tegen, het is honderd procent zeker een soldaat. Jullie zullen wel zien, hierna vinden ze een helm of een wapen, bij soldaten worden er meestal nog andere dingen gevonden.

Maar waar is Inge dan? vroeg de moeder met monotone stem.

Inge is in de Oeral, zei de dochter, die heeft daar veel kinderen en kleinkinderen en een tuin met appels en aardappels.

Maar waarom heeft ze nooit geschreven? vroeg de moeder.

Met een liefdevolle uitdrukking op haar wenkbrauw- en

wimperloze gezicht zei de dochter: Uit liefde, mama, uit liefde voor haar man is ze dat gewoon vergeten. Misschien schaamde ze zich er ook wel een beetje voor dat ze zomaar is weggelopen.

Dat zou een mogelijkheid kunnen zijn, zei de moeder peinzend, en Gitta vermoedde dat die twee dit gesprek al vaak hadden gevoerd, misschien wel elke dag: Het zou inderdaad kunnen zijn dat ze zich nogal schaamde.

Onder de vale hoofdhuid van de dochter, tussen de paar grijze plukjes dons, zag Gitta de adertjes blauw doorschemeren. Inge, zei ze streng, ik breng je nu toch een bakje slagroom, je moet echt zorgen dat je een beetje aankomt, dit kan zo niet langer.

14

Noch het ORF-team, noch filmstudente Martha had beeldmateriaal van Flocke Malnitz die in haar spinaziegroene Corsa voor Hotel Tüffer voorreed, alleen het magere manusje-van-alles dat normaliter de heren redacteuren en technici ondersteunde. Om onbekende redenen was die niet meegegaan naar de begraafplaats. Het klopt overigens niet dat Flocke eerst een rondje om de Hauptplatz was gereden en onderweg een aantal keer had getoeterd; dat is er naderhand bij verzonnen door mensen die haar de roem niet gunden die haar een paar dagen lang ten deel viel. Flocke reed rechtstreeks naar Hotel Tüffer, omdat dat centraal lag en ze daar een munttelefoon naast de receptie hadden hangen. Anders dan later werd beweerd belde ze van daaruit eerst haar ouders op; ze gaf helemaal geen lange interviews of liet zich filmen voordat ze ook maar één gedachte aan haar dodelijk bezorgde moeder wijdde. Maar veel Dunkelblumers beweerden kwaadwillig van alles, omdat ze sinds mensenheugenis een diepgeworteld wantrouwen koesterden tegen verhalen die goed afliepen.

Vervolgens belde ze Lowetz op, omdat ze Reinhold wilde spreken. Daar nam niemand op, misschien overstemde het gehamer waarmee de vloer in Eszters woonkamer werd opengebroken het gerinkel. De Dunkelblumse telefoonnummers bestonden destijds nog uit drie cijfers, en iedereen kende er heel wat uit zijn hoofd. Dus belde Flocke ook nog naar Fritz en ze stuurde hem met het nieuws naar Reinhold aan de overkant van de binnenplaats.

De beide vrouwen, Vera en Silke, zaten ondertussen schuchter in de gelagkamer en dronken een glaasje citroenprik dat iemand voor hen had neergezet. Zoals alle spektakels bouwde ook dit zich langzaam op. Het eerste halfuur gebeurde er nauwelijks iets. De spinaziegroene Corsa stond voor Hotel Tüffer. Flocke handelde de telefoongesprekken af, wat in totaal niet langer dan tien minuten kon hebben geduurd, toen ging ze bij de vrouwen zitten en moedigde hen aan de Grammelpogatschen te proberen die Zenzi op tafel had gezet. Wat dat precies waren bleef in eerste instantie onvertaalbaar. Vera vroeg of die dingen *hartig* waren, Flocke zei, ze zijn wat *aan de vette kant*, wat niet precies de vraag beantwoordde. Moeder en dochter glimlachten onzeker. *Grammeln* kenden ze in Saksen niet en Flocke wist niet dat er ook een Duits woord voor bestond. *Pogatschen*, zei ze, slaat waarschijnlijk alleen op de vorm. Misschien betekent dat zoiets als brokken? Eerlijk gezegd weet ik het ook niet precies.

En hierop brak het moment aan voor het onopvallende manusje-van-alles, dat in het hotel was gebleven en zijn kans schoon zag zodra hij begreep wat er aan de hand was. Hij liep naar boven om de kleine camera uit zijn kamer te halen, schoof daarmee aan op de bank waar de vrouwen zaten, stelde een paar vragen en vroeg uiteindelijk verlegen of hij een beetje mocht filmen. Zo ontstond het idee om de kwestie na te spelen. De jongeman deed namelijk alsof hij helemaal niet kon geloven dat de twee vrouwen met elkaar in de kofferbak hadden gepast, dat ze daar echt genoeg zuurstof hadden gekregen, en dus liepen ze ten slotte met z'n allen naar buiten om het te demonstreren. Ook Zenzi liep mee, en op dat moment kwam Rehberg eraan, die eigenlijk net op bezoek wilde gaan bij doctor Gellért. Hij was door het dolle heen dat hij Flocke gezond terugzag en wilde alles van haar weten. Flocke vertelde: hoe ze campings en pensions was afgegaan en naar de beide vrouwen had gevraagd, die hun vader en man waren kwijtgeraakt in het bos. Hoe ze bij andere Duitsers in de tent had geslapen en hoe ze hun op haar beurt tips had kunnen geven: hier in het zuiden, aan de grensovergang bij Zwick, hadden de Hongaren om vier uur 's middags de wisseling van de wacht en dan was het huisje een klein kwartier lang onbemand. Ze vertelde dat ze het na twee dagen bijna had willen opgeven en terug had willen gaan, maar toen was er toch iemand geweest die iets wist... Op haar zoektocht was ze langs een landweg vol achtergelaten Trabi's gekomen, die daar in alle mogelijke speelgoedkleuren in een rij stonden: blauw, groen, wit, geel, rood, een spookfile zonder mensen en motorgeronk. Die moesten wel van de mensen zijn die een paar dagen geleden de pan-Europese picknick hadden benut om de grens over te stormen, die sindsdien dus weer dicht was. En dan te bedenken hoelang die mensen oorspronkelijk op hun auto's hadden moeten wachten! Dat beaamden haar verstekelingen, die zich voor documentatiedoeleinden nog een keer opvouwden in de kofferbak: Soms moest je tien jaar of langer wachten! Het liefst, zei Flocke, had ik er eentje meegenomen. Een wat, vroeg Rehberg, die een beetje in de war raakte door alle informatie. Nou, zo'n schattige kleine Trabi, zei ze giechelend, een vuurrode, die qua kleur bij mijn Corsa past. Maar ja, mijn kofferbak zat natuurlijk al vol!

Eerst waren het dus, afgezien van de jeugdige assistent-cameraman, alleen Rehberg, Flocke en de beide vrouwen die ze onder avontuurlijke omstandigheden aan de andere kant van de grens had opgepikt; later voegden ook Zenzi, keukenhulpjes, kamermeisjes en zelfs de hotelconciërge zich bij het gezelschap voor het hotel. Als de kat van huis is dansen de muizen op tafel, zou Resi Reschen later zeggen, maar die was op dat moment nog op de begraafplaats, waar ze resoluut onkruid uit de grond trok. Omdat de jongeman het zo vriendelijk vroeg maakte Flocke zelfs even de kofferbak open, heel voorzichtig, waarna ze zich naar hem omdraaide: Zie je, natuurlijk past dat. Comfortabel is het bepaald niet, maar ze hebben er ook niet lang in gezeten, alleen het laatste stuk de grens over. Met die woorden wilde ze de kofferbak weer opendoen.

De jongeman, met op zijn voorhoofd het zweet van de buitenkans, riep: Stop! en verzocht Flocke een stap naar achteren en weer naar voren te doen – Niet praten alstublieft! – en pas daarna te openen: En niet in de camera kijken alstublieft, doe maar alsof ik er niet ben!

Flocke trok een wenkbrauw op, maar deed wat haar gevraagd werd. Ze maakte de kofferbak open, Silke en Vera staken ietwat overdreven hun armen omhoog, als slaperige zeemeerminnen wanneer 's ochtends hun schelp opengaat, ze kwamen overeind, Flocke hielp hen eruit, Vera, de moeder, struikelde en verzwikte haar enkel, het manusje-van-alles filmde. Hij vroeg Flocke om nog een keer met de auto aan te komen rijden. Zonder die twee achterin, maar dat ze nog een keer voor de camera naspeelde hoe ze was komen aanrijden? Zou dat gaan? En de kofferbak openmaken? Dan zou hij het later in de juiste volgorde kunnen monteren. Vera stond op één been te huppen en verzekerde met een van pijn vertrokken gezicht dat het echt geen pijn deed. Haar dochter Silke ondersteunde haar.

Ten slotte arriveerde voor Hotel Tüffer ook nog de afvaardiging van de Joodse begraafplaats, een paar man sterk, want burgemeester Koreny werd niet met rust gelaten, ook al had die zijn bezichtiging voor beëindigd verklaard. Hij werd op de voet gevolgd door enkele nieuwsgierigen, als bijvangst in een sleepnet. Dat Koreny aan één stuk door zei dat hij terug naar het raadhuis moest, terug naar zijn werkplek, was aan dovemansoren gericht. Ze gingen domweg door met filmen en fotograferen, en iedereen spitste zijn oren toen de jongeman in het rode T-shirt die naast hem liep op hem in bleef oreren. Zolang men niet erkende dat de beerput overal in stand bleef waar er niet openlijk over werd gesproken, hoefde het de burgemeester niet te verbazen dat er hakenkruisen op graven werden gekalkt. Jongeren komen doorgaans niet uit zichzelf op dat soort ideeën! Er moet een invloed van buitenaf zijn, een voedingsbodem waarop zoiets gedijt! Waarom bekladden ze uitgerekend de Joodse begraafplaats, meneer de burgemeester? Waarom geen antifa-symbool op de Sparkasse? Is dat echt toeval, of hoopt u dat alleen maar?

Weet u, verdedigde Koreny zich, inmiddels weer met een knalrood gezicht, weet u, dat gaan wij met z'n tweeën nu echt niet tot in detail ophelderen.

Ik eis van u dat u dat van dat vandalisme terugneemt, riep de jongeman.

Koreny bleef staan. Wat geeft u eigenlijk het recht om ook maar iets van mij te eisen, jongeman? vroeg hij. Enkele omstanders knikten en kwamen boos dichterbij.

Koreny verhief zijn stem. Wie denkt u wel dat u bent? Ik zal u zeggen hoe het hier in zijn werk gaat: eerst wordt er in alle rust onderzoek gedaan door onze jonge en capabele gendarmes, en dan kijken we verder. Dat noemen we namelijk rechtstaat. Heb je daar eigenlijk ooit weleens van gehoord, op die uni van je?

U kunt zich dat mooi permitteren, als vervangend burgemeester, siste de jongeman, waarna hij zich tot degenen richtte van wie hij veronderstelde dat ze verslaggevers van buiten waren: In alle kranten staat inmiddels wat voor een bruin gat dat hier is. Trouwens, ook de laatste gouwleider woont nog hier, riep hij beschuldigend, gezond en wel! En voor zover ik heb begrepen is hij een alom gerespecteerd burger!

Uitgerekend daar – bij deze alom gerespecteerde burger en, in zijn eigen, onbescheiden waarneming, suikeroom van Dunkelblum – stond op dat moment filmstudente Martha, de krullenbol, op de stoep. Mevrouw Ferbenz deed open.

Martha activeerde alle beschikbare bronnen aan welgemanierdheid en beweerde inhoudelijk brutaal, maar vol zijdezachte onderdanigheid, dat ze met doctor Ferbenz had afgesproken om hem te interviewen. Het gaat niet over de huidige toestanden, zei ze toen ze de aarzeling bij mevrouw Ferbenz zag, absoluut niet, ik heb echt helemaal niets met de verslaggevers in de stad te maken! Ik maak een film over Dunkelblum en zijn bewogen geschiedenis – daar ben ik al weken mee bezig. Martha keek zedig naar de grond, mevrouw Ferbenz liet haar binnen.

Dat Martha zo snel in actie kwam was aan Gellért te danken. Op de begraafplaats was ze bij hem gaan zitten toen Bartl en de andere studenten nog met de burgemeester, de gendarmes en enkele Dunkelblumers in discussie waren. De een zei, laten we in hemelsnaam de sporen veiligstellen, vingerafdrukken zoeken in de witte verf die nog amper was opgedroogd, de ander zei dat het zoiets was als iemand die 's nachts langs een poenerige auto liep en snel even de eigen autosleutel uit zijn zak liet steken: en hup, daar zat een kras in het zijportier. Dat soort kleine delicten – auto's bekrassen, begraafplaatsen schenden – waren zo goed als niet op te lossen; bijzonder ergerlijk, maar niets aan te doen. Dat was het moment waarop Bartl woedend werd. Je moet het natuurlijk ook wel willen, schreeuwde hij, en dat nietwillen begint er al mee dat u bekraste auto's en *Heil Hitler* als dezelfde kleinigheid beschouwt.

Heil Hitler staat gelukkig nergens, zei Koreny, en nu even dimmen, jongeman!

Martha ging naast Gellért op de grond zitten, die helemaal niet leek te luisteren. Voorzichtig dronk hij wat water uit een plastic beker, met piepkleine slokjes, als een vogel uit een plas. Is alles in orde met u? vroeg Martha. Gellért keek op, en tegen haar verwachting in zag hij er gelukkig uit.

Ja, mijn lieve jongedame, zei hij, en ik geloof dat ik wat voor u heb. Daarmee moet u naar Ferbenz gaan en hem interviewen, met die camera van u. Er is geen tijd te verliezen!

En toen stak hij haar een stukje papier toe, een pagina uit de regionale krant die hij kennelijk had uitgescheurd. Ze vouwde het open en las. Gellért maande haar tot spoed. U kunt maar beter meteen gaan. Probeer hem aan de praat te krijgen. En begin hier maar mee, zou ik willen adviseren!

Toen Martha naar de woonkamer werd geleid, zat doctor Ferbenz half in de schaduw in een leunstoel, ze kon zijn gezicht niet goed zien. Ze ging maar gewoon tegenover hem zitten, alsof ze alleen was gekomen om wat te babbelen. Ik heb pas iets over u gelezen, in de krant... zei ze zoals haar was geadviseerd, en hij hapte meteen en begon te vertellen. Hij was trots op zichzelf, hij onderbrak zichzelf een paar keer om nog verder terug in de tijd te gaan, zodat *mejuffrouw* toch vooral de juiste indruk van alles kreeg.

Doctor Ferbenz, viel ze hem in de rede, mag ik eerst wat meer licht aandoen? Ik zou u graag willen filmen terwijl u dit geweldige verhaal vertelt!

Ze deed het licht aan, en behendig maakte ze van een paar delen van de Meyer'schen Enzyklopädie, uitgave 1939, een klein statief op het tafeltje naast zich. Zo kon ze de camera onopvallend bijstellen zonder dat ze die voor haar gezicht hoefde te houden. Ze hoopte dat het beeld scherp zou zijn en dat hij het apparaat daar zou vergeten, en zo ontstond in de uren die volgden het interview dat weldra zoveel teweeg zou brengen. Fragmenten ervan zouden ook in het buitenland worden vertoond, en niet alleen in het

Duitstalige gebied; doctor Alois Ferbenz met zijn waterige lichtblauwe ogen, voormalig plaatsvervangend gouwleider van Stiermarken, werd in cruciale passages zelfs in het Engels ondertiteld. Op de Oostenrijkse televisie werd er in een bekend praatprogramma over geruzied of dit interview überhaupt uitgezonden had mogen worden. Of het niet beter meteen in een soort gifkast, alleen bestemd voor erkende deskundigen, weggestopt had moeten worden.

De mensen zijn veel minder dom dan u denkt, zei in dat programma een van de voorstanders van uitzending: Die hoef je niet uit te leggen wat een oude nazi is.

U laat zien dat u absoluut niet in staat bent om ook maar een moment van uw eigen hoogopgeleide perspectief af te stappen, antwoordde zijn opponent opgewonden: Ú weet wellicht hoe je zoiets op waarde moet schatten. Maar jonge mensen, of mensen met een rechts georiënteerd wereldbeeld, zouden die vriendelijke oude opa nog weleens overtuigend kunnen vinden!

En dat was nog maar een van de kleinere gevolgen van de openhartigheid die doctor Alois op latere leeftijd tentoonspreidde.

Toen de Dunkelblumse huisarts, dokter Sterkowitz, met zijn vrouw voor de televisie zat en het interview met Ferbenz zag, sloeg het inzicht bij hem in als een bom. Het voelde echt alsof hij, vergezeld van een lichamelijke sensatie als een slag of een stomp, iets besefte wat hem eerder niet duidelijk was geweest. In de dagen daarop probeerde hij te bedenken of hij zo'n plotseling inzicht ooit eerder in zijn leven had gehad, en hij kwam tot de conclusie van niet. Ook dat stemde tot nadenken. Maar wat hem nog het meest tot nadenken stemde, was dat hij datgene wat letterlijk bij hem was ingeslagen niet eens aan zijn vrouw kon uitleggen toen ze met een bord met belegde broodjes voor zich samen voor de televisie zaten. Sterkowitz wilde het einde van de uitzending afwachten en er niet doorheen praten, dat deed je niet in die tijd. In die tijd werden televisie-uitzendingen nog als iets waardevols beschouwd, even rechtstreeks als een theaterstuk. Maar toen het interview was afgelopen barstte hij meteen los. Nu snap ik het, Hertha! riep hij opgewonden. Hij zegt hetzelfde als altijd, maar de televisie maakt het erger! Begrijp je wat ik bedoel? Die oude flauwekul, die kennen we toch allemaal al van hem, dat heeft hij al vaak... Maar doordat het wordt uitgezonden krijgt het een andere betekenis! Alsof het kastje er iets mee doet... Hoe is dat mogelijk?

Zijn vrouw keek hem aan. Ik weet niet wat je bedoelt, zei ze, dat is toch logisch.

Wat is logisch? vroeg hij.

Dat je zoiets niet in het openbaar zegt. Die Ferbenz moet behoorlijk seniel zijn. Dat kan hij zelf toch wel bedenken!

Maar dat was dagen later. Nu zat Martha nog tegenover doctor Alois en kreeg ze hem aan de praat. Gellérts tip was goud waard geweest. Ferbenz liet zich over Egypte uit, ook zo'n oude, hoogontwikkelde cultuur die compleet naar de haaien was gegaan – alleen maar fellahs, geen farao's meer, vieze handelaars, ziektes, ongedierte: als je daar geen darminfectie kreeg moest je vanbinnen wel van teflon zijn. Dat mag ons niet gebeuren, zo'n teloorgang. Maar zijn vrouw had koste wat kost de piramiden willen zien, en na een leven vol werk en ontberingen wilde hij haar wens vervullen.

Dat ze voor de grap de Hitlergroet hadden gebracht, daar, dat had hij naderhand als gederfd reisgenot geclaimd, ja ja, dat klopte. Waarom? Wat bedoelt u daarmee, juffrouw – waarom?

Martha's handen werden klam, ze vouwde ze samen in haar schoot. Zo meteen zou blijken of ze eruit werd gegooid of niet. Ze zette een brutale glimlach op en ging in de aanval.

Nou ja, meneer de doctor, zei ze, ik dacht alleen dat u eigenlijk helemaal niet zoveel tegen de Hitlergroet zou hebben, ik bedoel, puur levensbeschouwelijk gezien.

Ferbenz zei: Daar heb je gelijk in, meisje, niets tegen die groet op zich. Maar van die mohammedaanse homo's? En dan die Amerikanen en fransozen die er een grapje van maken? Nee, nee, en op dat punt heb ik gebruikgemaakt van de *Verbotsgesetze*, zijn die tenminste ook nog ergens goed voor. En de rechter in München heeft me gelijk gegeven!

En daarna vertelde hij haar alles, liet zich meeslepen door zijn herinneringen, zwolg in zijn stoutmoedige verleden, ging openhartig in op alle vragen die Martha wist te stellen. Hij had haar reacties kunnen zien, want al snel kon ze haar gezicht niet meer in bedwang houden, op scherpe toon onderbrak ze hem met vragen, maar hij merkte het niet, hoezo zou hij zich iets moeten aantrekken van wat een of ander onbeduidend jong grietje van hem vond? Hij bevond zich elders, in betere tijden. Hij zou haar nu één keer uitleggen hoe het destijds allemaal was geweest. Een dam brak door, die in het verleden soms al door kleinere schuimkoppen overspoeld was geraakt. Hij was weer even vrij als toen, toen hij op school eindelijk zijn moedertaal mocht spreken en dat onverdraaglijke Hongaars niet langer verplicht was. *Köszönöm!* Vrij als toen, toen die idioot van een tekenleraar werd verjaagd, die later met de dochter van de glazenmaker was getrouwd, omdat zelfs iemand als hij liever aan deze kant was gebleven dan dat hij terugging naar waar hij vandaan kwam. Omdat eindelijk iemand hem ernaar vroeg, was Ferbenz twee uur lang weer jong. Hij waande zich omhuld door de stof van zijn nieuwe uniform, met glimmende knopen, hij zag zijn mensen marcheren en de bloemenzee in maart. Zoveel bloemen zijn in Oostenrijk nog nooit gedoneerd, riep hij, dat noemen we geen oorlog, dat noemen we thuiskomst, bevrijding!

En zo kwamen ze in de wereld, al die Ferbenz-zinnen die de mensen jaren later nog als een schrikbarende, geesteszieke en seniele ontsporing zouden beschouwen, als het ware een opzichzelfstaande dwaling waaraan door de kwaadaardige media te veel gewicht werd toegekend – gekken heb je nu eenmaal overal –, tot men zich stilaan begon te realiseren hoezeer ze anderen ook beroerden, deze en andere zinnen, en die hoefden er niet eens bij te zijn geweest, die verlangden slechts naar een nooit ervaren macht, die werden door mannen als doctor Alois aangestoken als de fakkels waarvan hij nog altijd droomde. De zinnen van Ferbenz gingen ook over de parasieten die in de natuur nu eenmaal altijd werden bestreden, ook als het mensen waren. Dat zijn geen mensen, dat zijn parasieten, en omdat ze dat zijn worden ze uitgeroeid! Deze en soortgelijke zinnen werden zelfs in andere talen vertaald. Maar bovenal ging zijn ontketende toespraak over de smalle handen van Adolf Hitler, kunstenaarshanden waren dat geweest, eersteklas handen. Ferbenz dweepte met Hitlers eersteklas handen, plengde wat oudemannentranen over zijn blauwe ogen, de mooiste die hij ooit had gezien, het leek alsof hij in een tijdlus zat. Terwijl hij over die mooie blauwe ogen praatte werden zijn eigen ogen vochtig, zijn kin beefde, het verdriet om de Führer stroomde uit zijn ooghoeken, maakte zijn neus nat, en als je even nauwkeurig keek als Martha kon je zien dat hij zich niet goed had geschoren, omdat die vochtige ogen niet meer goed konden zien, en al helemaal niet 's morgens vroeg, wanneer het erop aankwam. Op zijn bevende kin staken een paar witte baardharen hulpeloos en onbeholpen in de lucht, in een borstelig contrast met de zijdezachte kunstenaarshanden die hij in zijn fantasie voor zich zag. De oude, slecht geschoren Ferbenz knorde en kankerde en was zich er niet van bewust wat hij zijn stad daardoor aandeed, ook nog vele jaren daarna. Dunkelblum, zou men van nu af aan vragen, in elk geval wie niet van hier was: Kwam dat gestoorde oude nazivarken daar niet vandaan?

De vraag was of dat hem zou hebben tegenhouden. Veel Dunkelblumers verdedigden hem later, ze kenden hem immers. Ze zouden er heel wat voor hebben gegeven om het interview ongedaan te maken – misschien zelfs wel de restanten van het slot, die nutteloze, eenzame toren met zijn vleugelstompjes. Maar tegelijkertijd konden zij het beter plaatsen, het zat namelijk anders dan de mensen dachten. Hoe verder weg je was, hoe verkeerder je het inschatte. Dat zogenaamde schandaal, dat als typisch Oostenrijks schandaal een paar dagen lang zelfs de internationale kranten haalde, gedroeg zich als een schijnreus. Hoe dichter je bij Dunkelblum kwam, hoe kleiner hij werd. Van veraf gezien was hij heel erg groot, omdat de mensen die er schande van spraken dolblij waren dat ze absoluut niet zo waren als de mensen in Dunkelblum. Blij waren ze, en zeker van hun zaak, hartstikke zeker.

In Dunkelblum daarentegen ging het al snel alleen nog over de *onhandige formuleringen* van doctor Alois, we kennen hem toch.

We hebben veel aan hem te danken, zeiden oude boerinnen eerst nog koppig in de microfoons van de journalisten. Wat hij destijds precies heeft gedaan kan ik niet zeggen, zeiden aanvankelijk gemeenteraadsleden, wijnboeren en winkeliers met getuite lippen, want ik was toen nog niet eens geboren. Maar hij is altijd een weldoener en een ware steunpilaar voor onze stad geweest – dat mag een mens toch nog wel zeggen, of niet dan?

Later zeiden ze helemaal niets meer; ze foeterden, draaiden zich om en gooiden de luiken dicht. In Modehuis Rosalie joeg de schoonzoon een camerateam de zaak uit. Een verslaggever deed aangifte omdat ze op de boerderij van Heuraffl een hond achter hem aan hadden gestuurd. Maar omdat hij niet was gebeten verdween de zaak naar het archief en kreeg de krantenman te horen dat privéterrein alleen op uitdrukkelijke uitnodiging betreden mocht worden – onze mensen hier, legden Gerald en Leonhard uit, zijn momenteel een beetje gevoelig.

Het is ook geen wonder, zei Joschi, de neef van Ferbenz, opgewonden: Zijn halve leven gold het een en nu geldt er dus wat anders, heremetijd, we kunnen hem toch op z'n minst zijn herinneringen gunnen! Hij doet toch niks verkeerds! Sinds hij weer mag, al ruim dertig jaar, gaat hij elke keer *democratisch stemmen* en hangt hij eind oktober de vlag uit! Wat willen ze nog meer van die oude man?

Jij kan ook maar beter geen tv-interview geven, adviseerde een van de grapjassen in Posauner of in de bar van Hotel Tüffer, grapjassen zoals je ze overal hebt. Maar stiekem gaven ze hem gelijk, ook al joelden ze van pret toen Joschi riep dat in Dunkelblum zeer zeker niemand ooit nog een interview zou geven, nooit meer, daar zou hij persoonlijk voor zorgen! Ook al staken ze de draak met Joschi en lachten ze hem uit omdat hij zo tekeerging – stiekem gaven ze hem gelijk.

15

Het was bijna een circusact van Heurafff, Berneck en co., het verhaal hoe ze de burgers van de Duitse Democratische Republiek, die pal achter de grens sinds een paar dagen tot een diplomatiek probleem uitgroeiden, hadden helpen vluchten. Beter gezegd: hoe ze met de onverschrokkenheid van echte locals, die zich door hun overheid dus voldoende beschermd weten, de Oost-Duitsers simpelweg hun kant op wenkten zonder daarbij de toorn van de Hongaarse grenswachters over zich af te roepen. Ze gingen daarbij zo brutaal en nonchalant te werk dat de Hongaren niet hoefden te schieten, in elk geval niet om hun eergevoel te herstellen. De inmiddels wat ouder geworden Dunkelblumse bende was oorspronkelijk alleen uit nieuwsgierigheid naar de grensovergang bij Zwick gereden. Ze hadden een paar van hun zoons, kleinzoons en neefjes meegebracht, en hun nieuwsgierigheid kwam duidelijk voort uit leedvermaak: Nou, zien jullie wel, het Oostblok valt uiteen! Het Oostblok, dat tot nu toe een voortdurende bron van angst en dreiging was geweest – vooral hier, waar de mensen sinds decennia letterlijk met hun rug tegen de communistische muur stonden.

Daar stonden ze te kijken, en aan de overkant, aan de andere kant van het gebetonneerde niemandsland tussen de Oostenrijkse en de Hongaarse grenspost, keken mensen met rare kapsels verlangend terug. De meesten die zich aan de andere kant verdrongen waren jong, er waren veel gezinnen bij. Ouders droegen kinderen op de arm of hielden ze aan de hand, en die kinderen waren vermoedelijk de reden dat ze niet simpelweg begonnen te rennen. De situatie leek op een onbevredigende manier tot stilstand gebracht, de sprint naar de vrijheid bruusk afgeremd, en dat kietelde de speelzucht van de Dunkelblumers, die immers niets te verliezen hadden.

De Hongaarse grenswachters liepen gespannen achter hun slagboom heen en weer, hun holsters even duidelijk zichtbaar als het feit dat ze met weinig waren. Auto's uit het grensgebied werden al dagen niet meer doorgelaten, ongeacht uit welke richting ze kwamen. Om in die dagen naar de andere kant te komen had je vanuit Dunkelblum een heel eind verder naar het noorden, naar een grotere grensovergang, moeten rijden. De Hongaarse slagboom bleef dicht, en de door hun broedervolk, de Oost-Duitsers, met zwijgen belaagde Hongaarse grenswachters wachtten dringend op telefonische instructies die niet kwamen.

De Heuraffltweeling begaf zich te voet naar de eerste slagboom en maakte een praatje met de Oostenrijkse ambtenaar, ons kent ons.

En als we er een paar deze kant op halen, vroeg de ene Heuraffl terwijl hij de grenswachter een sigaret aanbood, als we zeggen, die kennen we, die hebben we uitgenodigd?

De grenswachter liet zichzelf een vuurtje geven. Moeilijk te zeggen, antwoordde hij. Bij de picknick is er niks gebeurd, maar een paar dagen geleden hebben ze er nog eentje neergeschoten.

Maar dat waren niet die van ons, zei Heuraffl, en het was midden in de nacht!

Nou ja, zei de grenswachter, dat weet je nooit, hè.

Worden ze nog om vier uur afgelost, vroeg Heuraffl, zoals altijd?

De grenswachter knikte.

Dus reden ze weer weg, de gebroeders Heuraffl en hun kameraden, en haalden thuis de grootste voertuigen die beschikbaar waren, met laadbakken en aanhangers, en zelfs een Volkswagenbusje. Even voor vieren kwamen ze daarmee terug, klokslag vier uur zouden de Hongaarse grenswachters in gesloten formatie naar de barak marcheren voor de wisseling van de wacht, in de verte kwamen de voertuigen van de volgende ploeg er al aan. Het hele gebeuren duurde altijd iets van een kwartier, en zelfs op die dag leek niemand haast te hebben. Misschien hoopten de Hongaren op de conserverende werking van het ritueel.

Nou, dan gaan we maar eens kijken, zeiden de Heuraffls. Ze gooiden hun half opgerookte peuken uit het autoraampje, knikten elkaar toe, stapten uit en begaven zich, de Oostenrijkse slagboom achter zich latend, richting de Hongaarse kant. Daar begonnen ze te zwaaien, met beide armen, in wijde cirkels, als de traditionele windmolens in de nabijgelegen Hongaarse laagvlakte: *Kummts umme*, riepen ze in dialect, hierheen, aan deze kant is Oostenrijk.

En toen begonnen ook de anderen te schreeuwen, Berneck, Graun junior, gelapte Schurl en diens kleinzoon, de vrolijke Karli; ze zwaaiden en wapperden, *kummts umme, kummts umme*, en er ging een rilling door het gesloten blok mensen aan de andere kant, als één groot lichaam kwamen ze in beweging, schuifelden geruisloos richting slagboom, voorzichtig omkijkend naar de grenswachters, maar die liepen verder naar de barak waar ze zouden worden afgelost en leken ineens op tinnen soldaatjes.

De dappersten arriveerden in het tussenrijk tussen beide landen, op de betonnen vlakte die neutraal in de septemberzon lag, en begonnen te rennen. Het blok vloeide uit.

Nou, kijk aan, mompelde gelapte Schurl tevreden, gaat prima zo. Binnen anderhalve minuut kwamen de Oost-Duitsers naar de andere kant, iedereen die daar had staan wachten, iets meer dan honderd mensen, bijna even stil, elegant en zonder tegen elkaar aan te botsen als een school vissen of een zwerm vogels die op spectaculaire wijze van richting verandert. Alleen nog even dwars over deze betonvlakte, waar precies drieënveertig jaar geleden een dode, door Eliza Goldman verkeerd geïdentificeerde getuige had gelegen, en ze hadden hun politieke systeem overwonnen, liepen over; lieten met een paar passen alles achter, zelfs hun dure Trabi's waar ze zo lang op hadden moeten wachten. Aan de andere kant van de Oostenrijkse grens begonnen de eersten te juichen, anderen barstten in huilen uit toen de spanning van hen af viel. Ze klauterden op de laadbakken van de landbouwvoertuigen, klommen in de aanhangers. Met deze provisorische pendeldienst werden ze in een paar ladingen naar Dunkelblum gebracht, precies zoals vierenveertig en een half jaar geleden de dwangarbeiders uit het slot naar het bos waren gebracht, angstvallig bewaakt door dezelfde mensen die deze keer de redders waren. Maar daar dacht op deze blije dag niemand aan. Als vriendelijke, daadkrachtige chauffeurs deelden ze de vluchtelingen onder elkaar op, de gebroeders Heuraffl, Berneck en gelapte Schurl, ze hadden tenslotte allemaal wel een paar gastenkamers op hun boerderij, of ze hadden familieleden en kennissen die er eentje aanboden. Pas toen al hun kamers vol zaten zetten ze de resterende mensen op de Hauptplatz voor Hotel Tüffer af en vertelden Resi Reschen wat ze hadden ontdekt: Je geeft ze morgen gewoon een rekening mee, die wordt dan door de Duitse ambassade betaald.

Morgen, vroeg Resi wantrouwend, wat is er morgen?

Morgen komen de bussen van Genscher, riep Berneck triomfantelijk, en zodra ze allemaal weg zijn rijden we naar de grens om nieuwe mensen te halen!

En zo geschiedde, want de Bonnse vertegenwoordigingen in het buitenland werkten die herfst efficiënt en onbureaucratisch als nooit tevoren.

Daar kun je niets van zeggen, zeiden de vlotte eerste helpers tevreden tegen elkaar: Bij de moffen loopt nu eenmaal altijd alles gesmeerd.

Natuurlijk probeerden ze er zelf wat extra's uit te slepen; ze berekenden tien, twintig of zelfs vijfentwintig schilling meer dan de normale prijs voor kamer en ontbijt, de arme sloebers hoefden het toch niet zelf te betalen en hadden ook geen idee hoe de schilling ten opzichte van de mark stond. De pensionhoudsters – traditioneel waren de vrouwen verantwoordelijk voor de toeristenkamers – voelden zich wel een beetje ongemakkelijk toen ze de rekeningen opstelden. Maar aan de andere kant, zo rechtvaardigden ze zichzelf, hadden ze natuurlijk wel aan één stuk door beddengoed moeten wassen: elke dag! Zij, die zelf nooit hadden gereisd en dus in gelukzalige onwetendheid verkeerden over de internationale overnachtingstarieven, kregen nooit te horen dat hun toeslag niemand pijn deed of zelfs maar opviel. Die toeslag waarvoor deze of gene Dunkelblumse zich stiekem een beetje schaamde, was in deze uitzonderingstoestand niet meer dan het Bijbelse stofje aan de weegschaal. Maar de schaamte was meer dan terecht.

En zo gebeurde het dat Flockes dagenlange zoek- en reddingstocht en de actie van de gebroeders Heurafﬂ, die de Oost-Duitse vluchtelingen simpelweg hun kant uit wenkten en met een zalvend lachje en veel te hoge rekeningen doorsluisden, er samen voor zorgden dat Dunkelblum weer in een wat gunstiger daglicht kwam te staan. Het leek alsof de tegenstanders onwillekeurig één lijn trokken, een gedachte waar Flocke, mocht ze die ooit hebben gehad, ongetwijfeld het zuur van in de maag had gekregen. De gebeurtenissen waren weliswaar veel groter dan die Dunkelblumse grensstreek, maar in de herfst van 1989 gold wederom dat iedereen handelde in de stroom en adem van de geschiedenis. Iedereen maakte er iets eigens van, afhankelijk van de plek waar hij of zij zich op dat moment bevond, afhankelijk van ieders individuele moraal en mogelijkheden: bleef dus thuis bij haar inkttekeningen en trok de zware, stoffige gordijnen dicht, zoals Agnes Kalmar, voor wie elk bericht over open grenzen uit voorzorg geheim werd gehouden.

Beklaagde zich voor het eerst verbitterd en per aangetekende brief bij het ziekenfonds dat je eindelijk met welverdiend pensioen wilde en moest, zoals dokter Sterkowitz. En waar die al zo lang beloofde opvolger bleef?

Of verdiepte zich in de mogelijkheden en kosten van

Israëlische verzorgingstehuizen voor overlevenden van de Holocaust, zoals Antal Grün. Hij zorgde ervoor dat niemand iets te horen kreeg van zijn speurtocht, hoewel dat stiekeme gedoe hem wel een beetje pijn deed, in elk geval tegenover Eszters zoon, zijn naïeve, hulpvaardige jonge vriend. En toch vertelde hij zelfs hem niets, geen woord, tot op een dag de knusse kruidenierszaak in het oude centrum domweg dicht bleef, afgesloten en donker, alsof er nooit iets was geweest. Ook het winkelbord en elke verwijzing naar zijn naam en die van zijn moeder haalde Antal weg, hij liet alleen het onpersoonlijke bord van A&O achter, dat zoveel andere kleine winkeltjes in het land sierde. Maar dat was pas maanden later.

Eerst buitelden de gebeurtenissen over elkaar heen: nadat de Hongaren, murw geslagen door voorvallen als de pan-Europese picknick en het meerdaagse lek in Zwick, verklaarden dat ze DDR-burgers die wilden uitreizen niet meer naar hun thuisland zouden uitleveren, werd de situatie in Tsjechoslowakije steeds nijpender. Nadat ook die diplomatiek opgelost kon worden en honderden mensen die over het hek van de ambassade in Praag waren geklommen in extra ingezette treinen naar West-Duitsland zaten, viel pas op dat er in Leipzig sinds kort elke maandag demonstraties plaatsvonden en dat de deelnemersaantallen toenamen, even gestaag als eerder die van de Hongarijekampeerders en ambassadeklimmers.

Burgemeester Koreny, die nu elke avond met hernieuwde burgemeesterswaardigheid en een bijbehorende, ietwat kokette zucht voor de televisie neerzeeg om het nieuws te kijken, had de indruk dat er een vage fysionomische overeenkomst bestond tussen de Tsjechoslowaakse en de

Oost-Duitse leden van de nomenklatoera. Vergeleken bij de Hongaren en Joegoslaven, en ook vergeleken bij de nieuwe secretaris-generaal van de Sovjets, zagen die eruit alsof ze het nog altijd serieus meenden.

Volgens mij zijn deze gevaarlijker, zei Koreny tegen zijn vrouw. Ik kan niet zeggen waarom, maar ik voel het aan mijn water. Die zouden nog altijd maar wat graag schieten en hun tanks laten rollen, zoals hun kameraden in Peking.

Wat weet jij daar nou van? zei zijn vrouw.

Maar het feit dat ze hem tegensprak leidde ertoe dat Koreny zich meer dan normaal voor de wereldpolitiek begon te interesseren. Op een keer zag hij midden in de nacht een interview met een Oost-Duitse schrijver dat hem heel erg aangreep, wat hij net zomin had kunnen verklaren als zijn hardnekkige idee dat de Praagse en Oost-Berlijnse staatsmannen in hun onverbiddelijkheid zo op elkaar leken. Deze kennelijk zeer beroemde man – Koreny had nog nooit van hem gehoord, maar hij las dan ook geen romans – liet zich denigrerend uit over zijn eigen landgenoten, over diezelfde gelukkige en dankbare mensen van wie Koreny er tientallen de hand had geschud voordat ze op de Hauptplatz naast de pestzuil in de door Genscher gestuurde reisbussen stapten.

Tijdens zijn eigen vlucht, zei de schrijver, die op Koreny meteen al arrogant was overgekomen, was het puur om overleven gegaan – de nazi's zaten hem immers op de hielen. Maar bij die beste mensen aan de Oostenrijks-Hongaarse grens was er toch echt sprake van minder dramatische redenen.

Koreny schudde zijn hoofd en wilde deze zin in eerste instantie niet geloven. Maar wat kon je ook verwachten van iemand die meteen over de nazi's begon!

Veel van deze jongere mensen, die avond na avond met vluchtverhaal en al op de West-Duitse televisie kwamen, vervolgde de man, waren in feite kleinburgerlijke lieden: Hun opvattingen over democratie zijn primitief!

Wat een walgelijke vent, zei Koreny tegen zijn vrouw, die in haar nachthemd binnenkwam en hem verzocht om eindelijk de tv uit te zetten. Hij wees naar het beeldscherm: Moet je horen wat die zegt!

Wat zegt hij dan voor vreselijks? vroeg Koreny's vrouw, en bij wijze van antwoord zei de man op televisie: De DDR-leiding bestaat niet uit barbaren.

Daar heb je het, riep Koreny, geen barbaren, nee? Die een muur bouwen en op hun eigen mensen schieten? Nee? Wat zijn barbaren dan wel, vertel het me? Alleen onze oude Ferbenz, omdat die destijds een of andere positie had? Daar kunnen we het allemaal wel over eens zijn!

Als je niet naar bed komt laat ik me van je scheiden, zei mevrouw Koreny, die de schokken van de tijd ook voelde, wat bij haar soms tot dergelijke hysterische opmerkingen leidde. Haar man stond met tegenzin op en praatte halfluid tegen zichzelf. Hij was zo boos dat hij niet meer hoorde wat de beroemde schrijver aan het eind zei, en zelfs als hij het wel had gehoord, had hij zich alleen maar bevestigd gevoeld. De schrijver borduurde voort op zijn inschatting van de DDR-leiding. Hun gevechtservaring tijdens het fascisme, toen velen van hen hadden geleden in het verzet, in het kamp, in ballingschap, heeft hen gevormd, zei hij: Ze denken dat als ze hun verdediging opgeven, hun levenswerk wordt verwoest.

Maar op dat moment stond Koreny al kreunend – die ellendige knie ook – in de badkamer zijn pyjama aan te trekken en mompelde dat er toch echt wel wat in zat: Onverdraaglijk, zo betweterig als die Joden altijd zijn.

16

Nadat ze elkaar alles hadden verteld zaten Flocke en Lowetz kringetjes rokend op het vliegende tapijt op de binnenplaats. De late middagzon had al die minieme verandering doorgemaakt die je niet kunt voorspellen en waarvan je achteraf nooit precies kunt zeggen wanneer het gebeurde: van het felle zomerlicht dat alle vormen uitstanst naar dat andere, dat langs goudkleurige randen langzaam begint uit te vloeien en ze van een halo voorziet. Was het een dag eerder nog anders geweest? Of vindt die verschuiving onmerkbaar plaats in een tijdsbestek van enkele dagen, tot je zuchtend moet erkennen: nu wordt het herfst?

Lowetz was al dagen bezig orde in zijn hoofd te scheppen. Er was te veel, en bijna tegelijkertijd, gebeurd, hier en daar rolde nog een golf van opwinding door, goed en kwaad werden door elkaar gehusseld en vermengd tot iets onbegrijpelijks. De botten op de Rotensteinwiese hoorden kennelijk bij een soldaat uit een van de wereldoorlogen en waren niet de naargeestige voorbode van dat waar doctor Gellért al weken naar zocht. Was dat goed of slecht? Mocht er in de buurt nog een metalen penning worden gevonden, zouden binnenkort ergens ter wereld, in Kiel of Kamtsjatka, verraste kleinkinderen of achternichten te horen krijgen dat hun bijna vergeten voorouder officieel van status *vermist* naar *gevallen* was veranderd. Het zou ook nog een Volksstürmer van hier kunnen zijn geweest;

die hadden weliswaar helmen meegekregen, maar niet meer in alle gevallen een penning.

Een paar idioten hadden de begraafplaats besmeurd en Lowetz vroeg zich af of hij echt wilde weten wie het geweest was. Hij stelde zich voor dat hij die persoon zou opwachten en net zo lang in elkaar slaan tot hij toegaf dat hij ook de dreigbrief aan Gellért had geschreven, en misschien zelfs de ansichtkaart aan zijn moeder. Iemand moest het geweest zijn. Iemand liep vriendelijk groetend rond, maar was in werkelijkheid zo'n zieke klootzak. Het was de tekst die op die ansichtkaart stond die Lowetz uitschreeuwde als hij in gedachten die zwarte schaduw tegen een muur duwde en op onhoorbare, onvoelbare klappen trakteerde: STOP MET LIEGEN! Een nogal lachwekkende fantasie, hij was geen vechtjas. Ook daarin waren de echte Dunkelblumers hem de baas.

De grens was inmiddels open, en Fritz maakte zich nog steeds grote zorgen dat zijn moeder dat te horen zou krijgen. Al in geen dagen had iemand hem horen zingen. Lowetz betwijfelde of er nog iets tot Agnes doordrong; ze leek zich met haar gordijnen, tekeningen en reeksen van namen eindelijk voldoende tegen alle herinneringen te hebben gewapend. Bovendien was het alweer rustiger geworden. Er kwam hier immers nog amper iemand doorheen sinds de Oost-Duitsers gemakkelijk verder noordelijk het land in kwamen, in hun plastic autootjes via Wenen en Linz verder naar het westen, richting Passau. Zo nu en dan stonden er een paar Hongaren in Dunkelblum om zich heen te kijken; ze bezochten de twee kerken of keken aandachtig naar de weelderig versierde pestzuil. Ze knikten en groetten, en soms lazen ze elkaar de menukaart in het kastje voor Hotel

Tüffer voor. Je zag hen er nooit naar binnen gaan; ze gingen alleen naar binnen bij winkels waar elektronische apparaten werden verkocht. Het leek alsof heel Hongarije een onstilbare honger naar wasmachines, televisies en stereo-installaties had.

Zouden ze hier blijven? vroeg Flocke.

Wat? vroeg Lowetz, en hij keerde terug uit de wirwar in zijn hoofd: Wie blijft waar?

Flocke had het over Reinhold en zijn gezin, die naar twee gastenkamers op de boerderij van Malnitz waren verhuisd. Leonore Malnitz had erop gestaan om de vrouwen die haar dochter van over de grens had gehaald bij hen thuis onder te brengen. De blond bebaarde Reinhold hielp inmiddels met de wijnoogst en maakte geen aanstalten om te bedenken wat er verder met hen moest gebeuren. Leonore verklaarde een paar keer per dag dat ze zo lang mochten blijven als ze wilden. Silke, de dochter, was verliefd geworden op de mops die Hildegard heette, en was de hele dag bezig haar af te richten. Kennelijk was er geen West-Duitse familie die met smart op die drie zat te wachten.

Maar deze nieuwe wending was Lowetz tot dan toe ontgaan: dat burgemeester Koreny op televisie had geëist dat de Oost-Duitse vluchtelingen officieel uitgenodigd zouden worden om in het Burgenland te blijven. De deelstaat leed immers al langer onder leegloop – volgens de berekeningen zouden ze de komende decennia ruim vijf procent van de bevolking kwijtraken, en daar had men volgens Koreny sowieso allang een strategie tegen moeten ontwikkelen –, dus waarom, vroeg hij, zouden we ons best niet doen voor deze mensen? Het zijn allemaal werklustigen die een bestaan willen opbouwen, dat hebben ze al laten zien door hun besluit om te vluchten! Bovendien beheersen ze de Duitse taal.

Dat had ik niet achter Koreny gezocht, zei Lowetz, en Flocke zei: Dat had hij een paar weken geleden ook nog niet achter zichzelf gezocht.

En waarom nu? vroeg Lowetz.

Flocke blies haar pony omhoog: Misschien dat hij in zijn rol groeit – net als jij?

Lowetz keek haar aan op een manier die hijzelf ongepast vond. Het leek haar niet te storen. Hij was voor zichzelf tot de slotsom gekomen dat ze waarschijnlijk bij de zeldzame soort van de *homo dunkelblumiensis* hoorde, misschien het laatste exemplaar voor uitsterven. Ze was anders dan de anderen hier, serieuzer en grappiger tegelijk. Met haar ietwat scheve ogen, haar haren die je nog het best als karamelkleurig kon betitelen, haar ranke vingers en ledematen leek ze niet eens echt op haar ouders. Misschien maakte dat haar ook zo bijzonder: dat ze er aan de ene kant uitzag als een zeldzaam insect, aan de andere kant zo diep in deze streek was geworteld, met de door en door patriottische wens om er iets beters van te maken.

Heb je gezien met wat voor tas die Reinhold rondrent? vroeg ze lachend: EEN PHILIPS BEELDBUIS BRENGT PLEZIER IN HUIS. Alsof hij hier ook echt vandaan komt!

Lowetz lachte met haar mee. Die heb ik hem pas gegeven, zei hij, alleen dat ge-*nu* zou je hem moeten afleren als het gaat om het onderdeel: *beheerst de Duitse taal*, dat vatten ze hier precies andersom op… Hij zweeg.

Nu, riep Flocke, heel bekwaam na-apend: *Nu-nu*, je hebt helemaal gelijk! Ze wilde verder dollen, maar Lowetz stak zijn hand op.

Wat is er? vroeg ze.

Hij krabbelde op. Shit, zei hij, shit, shit, shit… en ik, idioot die ik ben, heb de vloer opengebroken!

De papieren van zijn moeder bevonden zich namelijk niet in een vergeelde papieren map met daarop met de hand geschreven GEHEIM; ze waren niet, als in een slechte film, behendig met keukentouw dichtgebonden, of aan één kant verkoold alsof ze ternauwernood aan het vuur waren ontsnapt. De zogenaamde papieren van zijn moeder bestonden uit drie of vier doodgewone oranje A4-enveloppen en twee geruite notitieblokken met het hoekige logo van Libro voorop, en ze lagen op de plek waar Lowetz ze de avond voor Flockes verdwijning zelf had neergegooid: uitgestrooid op de donkere bodem van Eszters kledingkast, tussen dotten stof, losse sokken, haarelastiekjes, punaises, een wollen sjaal vol gaten, een paar plastic badslippers en een kledinghanger waarvan de haak was afgebroken. In een hoek achterin lag nog een verfrommeld stuk linnen dat zich als tweelinghelft van de Philipstas ontpopte, stoffig, leeg, maar zelfs in een betere toestand.

Flocke streek de tweede tas met beide handen glad op de vloer, zo nadrukkelijk alsof ze hem met haar handen wilde strijken.

Lowetz verzocht haar daarmee op te houden: Sorry, maar daar word ik bij oom Grün ook al helemaal gek van.

Ze deed wat hij vroeg, ook al werd ze niet graag terechtgewezen. Ze zat in kleermakerszit op de grond en liet haar blik door de kamer gaan, terwijl hij naast haar neerknielde en alles doorbladerde, gekopieerde vellen papier uit de enveloppen schudde en met zijn duim door de blokjes flipte alsof hij de inhoud tot leven wilde wekken.

Toen hij alles had doorgekeken begon hij, iets rustiger, nog een keer van voren af aan. Hij begreep niet wat er zo belangrijk aan kon zijn. Er was een handjevol gekopieerde krantenartikelen over verschillende gebeurtenissen uit de tijd na de oorlog: een rechtszaak tegen een paar knapen uit de Dunkelblumse Hitlerjugend, van wie steeds alleen de voornaam en eerste letter van de achternaam werd genoemd. Een gebeurtenis aan de grens met een auto-ongeluk en een schietpartij. Een roofmoord op een fietser. En ten slotte een bericht over de dood van een wijnboer die Graun heette – waarschijnlijk de vader van de huidige –, die zichzelf bij een onhandig aangestoken vuur in het bos in brand zou hebben gestoken. Je verzint het niet. Dan was daar nog een drie pagina's lange, aan elkaar geniete adressenlijst die eruitzag als een uittreksel uit een oud geboorteregister, verder een stamboom van de familie Rehberg met vele, deels doorgekraste en later verbeterde geboorte- en sterfdata. In steeds nieuwe pogingen had Eszter deze stamboom met de hand getekend, een notitieblok gevuld met tal van oninteressante Rehbergs, die met elkaar samen- of van elkaar afhingen. Lowetz kwam een paar keer de naam van de baas van het reisbureau tegen, die kennelijk, net als diens vader Max, een glazenmaker, alleen zussen had, die allemaal getrouwd waren en daarom een andere naam hadden. Lowetz kende de meeste families waarin de vrouwelijke Rehbergs waren getrouwd, heel Dunkelblum was immers met elkaar verwant of aangetrouwd, al zou een buitenstaander dat niet meteen hebben opgemerkt. Een van Rehbergs tantes leek met iemand van over de grens te zijn getrouwd, te oordelen naar een voornaam als Jenő. Of was die man hiernaartoe gekomen, net als Lowetz' moeder, maar dan een generatie eerder?

Het interessantst vond Lowetz een paginalang getypt interview waarin Eszter haar levensverhaal vertelde. Dat zou hij later nog wel een keer beter doorlezen, maar toen hij er vluchtig doorheen ging ontdekte hij niets over de balnacht in maart 1945, noch over de familie Gellért.

Ten slotte was er nog een envelop met diverse velletjes papier in een merkwaardig kwartoformaat, dun als luchtpostpapier, waar met een scherp potlood slechts een paar woorden per vel op stonden geschreven, de tekst gecentreerd, als een soort etiketjes. Deze briefjes waren in het Hongaars. Het konden boodschappenlijstjes zijn of gewoon notities, of korte brieven zonder aanhef en begroeting, die Eszter misschien van haar familie aan de andere kant van de grens had gekregen. Ze zagen er niet belangrijk uit, maar hij zou het natuurlijk aan iemand kunnen vragen die de taal sprak.

Je bent teleurgesteld, constateerde Flocke. Wat had je verwacht?

Lowetz dacht na. Weet je, Flocke, zei hij, in de dagen dat jij weg was heerste hier een vreemde stemming, alsof de hele stad betoverd of vervloekt was. Het waren de dagen na het onweer, alles was zo nat en warm en voelde aan alsof het zou gaan verschuiven. Heel Dunkelblum een modderstroom. In het tankstation van je oom bijvoorbeeld – maar goed, dat heb ik me waarschijnlijk alleen maar verbeeld... Hoe dan ook, na die watervergadering in Tüffer, waar het er nogal verhit aan toeging, waar je moeder de mensen vroeg om te helpen zoeken...

Helpen zoeken naar mij? vroeg Flocke bedrukt.

Dat wilde ik net zeggen, zei Lowetz, ze bedoelde natuurlijk helpen zoeken naar jou, maar op een of andere manier kwam ook het thema oorlogsmisdaden ineens aan bod, geen idee meer waarom, en toen kreeg het woord zoektocht zo'n dubbele lading...

En toen? vroeg Flocke toen hij niet verder sprak.

Ik kan het moeilijk beschrijven, vervolgde Lowetz aarzelend, maar hoewel ik daar echt niet vatbaar voor ben, was ik ervan overtuigd dat de dingen samenhingen, of in elk geval veel ervan ondergronds met elkaar verbonden was, zoals de wateraders van Faludi.

Flocke lachte.

Lach maar, zei hij, maar dat gevoel heeft me dagenlang beheerst: de dood van mijn moeder, zo onverwacht dat ik het best verdacht vond, dan die doctor Gellért die ze destijds voor de nazi's verstopt heeft gehouden – en waar ze me nooit iets over heeft verteld! –, jouw verdwijning meteen nadat je met hem had gepraat, het skelet op de Rotensteinwiese dat de mensen zo nerveus maakte, zelfs het sprookjesboek, zelfs Reinhold die vanuit het bos aan de andere kant kwam, en dat hele gedoe rond de watervoorziening. Ik weet dat het idioot lijkt, maar ik was ervan overtuigd – er moest een sleutel zijn, een code. En die wilde ik koste wat kost vinden – misschien ben ik wel de enige die dat kan? En toen dacht ik, misschien kan ik die in de aantekeningen van mijn moeder vinden.

Dus je hebt de vloer opengebroken, vroeg Flocke, omdat je mij wilde vinden?!

Lowetz begon hard te lachen. Zo heb ik dat toch niet... maar eigenlijk heb je wel gelijk. Precies: Ik heb de vloer opengebroken omdat ik jou wilde vinden! En zo is het ook gegaan, op de minuut af!

Maar dat gevoel dat alle dingen samenhangen, vroeg Flocke door, dat heb je nu niet meer? Sinds wanneer is dat verdwenen?

Sinds jij terug bent, zei Lowetz uiterst bedachtzaam en hij sperde zijn ogen open, omdat hij vanbinnen een stille, inktblauwe zee van verbazing voelde stromen, ondoordringbaar blauw maar warm, beschermend en zeker niet onaangenaam: Ja, sinds jij er weer bent weet ik dat ik aan het doordraaien was.

Misschien was het wel omgekeerd, zei Flocke met een geamuseerde blik, ze schoof haar onderlip naar voren en blies haar pony omhoog: Eerst kwam ik terug, toen herinnerde je je die papieren, en of die sleutel bestaat, daar moeten we gewoon nog achter zien te komen.

Ja, dat moeten we inderdaad, zei Lowetz en hij keek haar recht aan, midden in die schuine spottende ogen vlak bij zijn gezicht, die niet inktblauw waren, maar waarvan hij overtuigd was dat ze dat op dit moment hadden moeten worden. Hij haalde diep adem en spande zijn lippen een beetje aan, maar Flocke stond met haar gazellebenen in één keer vanuit kleermakerszit op, liep naar het raam, deed het open en stak een sigaret op. Lowetz schaamde zich. Weer ging er iets verkeerd, hoewel hij niet kon bedenken wat het was. Gedachteloos deed hij nog een keer een greep naar de papieren. Hij kreeg de lijst met de namen en adressen te pakken. Die begon bij Arnstein, Malwine, Hauptplatz 13, gevolgd door Bernstein, Emma, Herrengasse 3, ging verder via Eisenstädter, Engel, Glück, daarna kwamen Antal en Gisella Grün, Tempelgasse 4, verder met Hirschler, Holzer, Pimper, Rosenberg op verschillende adressen in het centrum. Er waren twee grote families, de Rosmarins en de

Tüffers, en zo ging het tweeënhalve pagina door, om te eindigen met een Wohlmut, Karoline, Hauptplatz 7. Lowetz staarde naar de lijst zonder iets te zien. Zijn wangen brandden, alsof Flocke hem had geslagen. Wat had de moeder van oom Grün eigenlijk een vreemde voornaam gehad, dacht hij hakkelend zoals een dronkenlap een gedicht opzegt: en wat interessant dat er ooit echt mensen met de naam Tüffer waren geweest. Anders dan de adressen zeiden de overige familienamen hem niets. Het moest een erg oude lijst zijn.

17

Rondom Dunkelblum overstijgt het aantal geheimen sinds jaar en dag ruimschoots dat van de opgehelderde zaken. Het lijkt alsof het landschap, dat hier eerst nog als een sappig groen geborduurde fluwelen boord opbolt en opkrult, alvorens zich in het vlakke, gele, eindeloze te storten, zich er principieel tegen verzet om doorzien te worden. En alsof dat ook opgaat voor de inwoners, die zich net zo tegenstrijdig gedragen – alles ziend, niets begrijpend. Alles becommentariërend, niets uitleggend. De kopjes van de bloemen draaien weliswaar vlijtig alle kanten op en de muren spitsen hun grijze, afbrokkelende oren, maar ze nemen alleen in zich op, ze laten niets meer los.

En zo werd ook nooit goed opgehelderd waarom men dokter Sterkowitz was vergeten af te lossen. Zijn aangetekende brief veroorzaakte een schandaal op de verantwoordelijke afdeling van het ziekenfonds, een typisch Burgenlands schandaal: iemand schreeuwde, diezelfde iemand dreigde schreeuwend een paar mensen op staande voet te ontslaan, er werd een deur dichtgesmeten, koffiekopjes en cactusonderzetters rammelden verontwaardigd, en daarna ging iedereen, vooral de deursmijters, verbeten en verenigd aan het werk om de fout glad te strijken, zodat niemand het ooit te weten zou komen. Het bleek dat Sterkowitz' geboortejaar verkeerd was ingevuld in zijn persoonlijke dossier, en daarom dachten ze dat hij tien jaar jonger was. Maar dat dat al die tijd niet was opgevallen! Stipt op de dag dat hij met pensioen kon werd de beste man in één keer stukken ouder, in elk geval in de hectisch gecorrigeerde dossiers. En niemand voelde zich schuldig: de vlijtige en nog altijd vitale collega was immers in dienst getreden toen Oostenrijk net even niet bestond, nietwaar, en dan was zo'n overschrijffout snel gebeurd, dwars door alle verschillende staatsvormen heen, en de oorlog niet te vergeten natuurlijk! Maar het was helemaal niet nodig om de fout uit te leggen, want ook in de regionale krant merkte niemand iets op toen ze het grote afscheidsartikel schreven.

Naar buiten toe zette de bureaucratie haar ondoordringbare gezicht op. Alsof Sterkowitz daar ook nog dankbaar voor moest zijn, werd hem in een brief meegedeeld dat ze sneller dan gepland een geschikte opvolger hadden kunnen vinden. Als Sterkowitz wilde kon hij aan het eind van het kwartaal met pensioen, dus met ingang van de dertigste september. De botte brief deed hem vrezen dat hij te sterk had aangedrongen. Toen hij opbelde om de stemming te peilen, waren alle verantwoordelijke medewerkers ziek, aan het eten, de deur uit of onvindbaar. Wel nam zijn opvolger zelf telefonisch contact met hem op en konden ze al het noodzakelijke bespreken. Voordat ze ophingen verzocht Sterkowitz hem om zijn naam nog een keer te spellen. Mijn gehoor wordt helaas wat minder, zei hij verontschuldigend.

Bello, herhaalde de jonge arts aan de andere kant, Bello, zoals je het uitspreekt.

Bello, als de hond? vroeg Sterkowitz.

Bello, als de mooie, zei de opvolger lachend.

Nou, zolang het maar niet als de oorlog is, zei Sterkowitz, we zien elkaar eind van de maand, meneer Bello!

En, hoe klinkt hij? vroeg Sterkowitz' vrouw.

Aangenaam en vriendelijk, antwoordde Sterkowitz: Ze hebben daar vandaag de dag echt een topopleiding, dus waar die allemaal al heeft meegedraaid... Maar volgens mij is hij groot en heel erg dik.

Hoe kom je daar nou bij? vroeg zijn vrouw.

Omdat zijn stem zo davert en galmt, zei Sterkowitz, als een klok in de toren.

Sterkowitz begaf zich in zijn oranje Honda op afscheidstournee. Hij werkte bijna net zo hard als tijdens de eerste jaren van zijn loopbaan, hij wilde alle patiënten nog een keer zien. Bovendien wilde hij, zoals dokter Bernstein destijds, een perfect datasysteem voor zijn opvolger achterlaten. Geen enkele latere behandelfout mocht aan onvolledige medische dossiers te wijten zijn. Hoe zou het Bernstein destijds zijn vergaan? Zou hij het nog gered hebben?

De lopende gevallen, ziektes en verwondingen gunden Sterkowitz geen extra tijd. Integendeel: na de hete zomer en alle opwinding rond de grensopeningen leek nu na te druppelen wat eerder was onderdrukt of domweg niet aan het licht was gekomen. Er waren de nodige problemen met hart- en bloedvaten, ook bij jongeren. De ouderen wilden meer praten dan anders, ook over de nieuwe tijd die leek aan te breken. Denkt u dat mijn kleinkinderen binnenkort naar Hongarije zullen vertrekken om te werken, vroeg een oude bietenboer hem, zal alles nu precies andersom worden? En een van de verschrompelde vrouwtjes in klederdracht, die tegen de honderd moesten lopen – er waren er meer van –, vroeg hem met stralende blik of mevrouw de gravin nu eindelijk terug zou komen. Sterkowitz pompte de manchet van de bloeddrukmeter op en zei: Wie weet? Alles is mogelijk.

Anderen leken zijn expertise trouwens pas nodig te hebben omdat ze hadden gehoord dat hij stopte. Mevrouw Leonore Malnitz bijvoorbeeld, die hij nog nooit had behandeld omdat ze, als haar iets mankeerde, naar Kirschenstein reed – uit gewoonte, zoals ze hem nu verzekerde, uit aloude gewoonte –, verscheen op het spreekuur en vroeg om een middel tegen ernstige slaapproblemen. Sterkowitz onderzocht haar grondig, vroeg een volledig bloedbeeld aan bij het lab, maar vond niets verontrustenders dan de overgang. Hij schreef monnikspeper voor. Terwijl hij het recept uitschreef begon mevrouw Malnitz zachtjes te praten. Of het ook bij de overgang hoorde dat je jezelf dringend van oude ballast wilde ontdoen? vroeg ze. Bij haar was dat zo. En als ze 's nachts urenlang wakker lag, had ze de indruk dat ze schoon schip moest maken, ook bij haarzelf, dat ze het niet alleen van anderen kon verwachten. Sterkowitz zette een stempel op het recept en legde beide handen op tafel. Ze was nog altijd, overeenkomstig haar reputatie, een mooie vrouw; de lucht om haar heen leek te stralen. Maar nu nam hij ook iets anders waar: een gespannen moed, een gif dat naar boven wilde.

Is het echt alleen ballast, vroeg hij, of zijn het weggestopte zonden?

Haar gezichtsuitdrukking verraadde het hem.

Beste mevrouw Leonore, zei hij, iets wat al zo lang niemand heeft gestoord zou dat ook in de toekomst niet hoeven te doen. En hoe langer geleden iets is, hoe minder het ertoe doet. De tijd die verstrijkt verandert de dingen, dat weet u zelf ook wel.

U hebt dus niks met biecht, boetedoening en vergeving, dokter? vroeg ze.

Daar weet ik te weinig van, zei Sterkowitz. Maar een scheef geheelde breuk waar je al jarenlang mee hebt rondgelopen – die krijg je niet meer recht. Als je het echt heel graag wilt, moet je opnieuw gaan breken. Dat moet dan een tweede keer genezen.

Toen Sterkowitz het huis van de fruitboeren betrad, die iedereen de gelapten noemde, gooide hij eerst een paar ramen open. Lieve hemel, riep hij, begraaf jezelf toch niet zo! Ik zeg altijd: je stikt nog eerder dan dat je doodvriest! En het is ook nog eens zo lekker warm buiten!

Niemand zei iets. De gelapten hadden Sterkowitz altijd al meer op een verzameling oogdiertjes geleken, mensen met blikken als donkere schijnwerpers die alles om zich heen aandachtig opnamen, maar verder voornamelijk zwegen. Sterkowitz wist dat de intelligentie niet eerlijk verdeeld was op aarde, net zomin als al het andere. Maar omdat de natuur statistisch gezien altijd het midden nastreefde, waren er zelfs in dit huis soms kinderen die meer begrepen dan de ouderen en die in elk geval leerden lezen, schrijven en de tafels opzeggen. Uitgerekend van Karli, een kleinzoon van de oorspronkelijke gelapte, had Sterkowitz altijd gedacht dat hij een van de slimsten was. Nog maar een paar jaar geleden had Karli als kind skeletten van kleine beestjes geprepareerd: een duif, een marter, een eekhoorntje. Hij had de huisarts soms om advies gevraagd, een leergierige, vrolijke jongen van een jaar of tien, twaalf. En dit was er van hem geworden? Waarom moest het eigenlijk altijd slecht aflopen? Karli was echt niet dom. Maar misschien, bedacht Sterkowitz, kan de taak om altijd voor alle anderen mee te moeten denken je juist helemaal van het rechte pad afbrengen?

De vrouw die de deur voor hem had opengedaan bracht hem naar de ziekenkamer, een stuk of wat stil starende kinderen werden door haar weggejaagd. Karli lag in beddengoed van een ondefinieerbare kleur en zag er hetzelfde uit als twee dagen eerder, toen ze hem met een diepe steekwond in zijn bovenbeen naar de praktijk had gebracht, bleek, somber en ongewassen. Op de vensterbank stond een op draad bevestigd skeletmodel van een menselijke hand, geen spoor meer van de eekhoorntjes en duiven. Sterkowitz keek beter naar de hand, die er verbluffend echt uitzag. Die heb je toch niet zelf geschoten, hè, zoals die dieren vroeger? vroeg hij grappend.

Karli staarde hem aan en mompelde iets als *gekocht*.

Het laatste kootje van de pink ontbreekt, constateerde Sterkowitz en hij raakte de uitstekende draad aan: Je weet hoe het ontbrekende stukje eruitziet? Het heeft bijna de vorm van een pion, een kegel met kopje, zoals bij mens-erger-je-niet.

Karli schraapte een paar keer zijn keel. Dat was al zo, zei hij ten slotte met hese stem, daarom was hij goedkoper.

Sterkowitz voelde aan zijn voorhoofd, de jongen zweette. Ik laat antibiotica voor je achter, zei hij, voor de zekerheid. Driemaal daags eentje, begrepen? En ook bij jou is het muf, zet die hand ergens anders en laat wat frisse lucht naar binnen!

Hij verzorgde de wond en verschoonde het verband. Tot slot ging hij op een onopgemaakt bed zitten – er stonden er drie in het piepkleine vertrek – en vroeg Karli of hij niet toch nog iets wilde vertellen over wat er was gebeurd. Wees verstandig, zei de huisarts, als jij me vertelt wat er is gebeurd kan ik misschien helpen.

Maar Karli keek hem alleen maar weer zo droefgeestig aan, verder niets.

Oogdiertjes, dacht Sterkowitz geërgerd. Hij had de jonge knaap eergisteren al geprobeerd over te halen, terwijl hij de wond hechtte. Hij had gezegd dat hij ervan overtuigd was dat beide dingen met elkaar te maken hadden: Karli's arrestatie en verhoor een dag eerder en nu, een dag later, deze wond in zijn bovenbeen. Zo'n toeval bestaat niet! Want zelfs als Karli gedaan zou hebben wat men beweerde – Sterkowitz had gehoord dat de aanwijzingen geen andere conclusie toelieten, hoewel hij niet had bekend – had niemand het recht om hem met een mes te verwonden. Het een heeft helemaal niets met het ander te maken, zei Sterkowitz streng, we spelen hier voorlopig nog niet voor eigen rechter! En ik ga er toch echt van uit dat je dat mes niet zelf in je been hebt gejast.

Karli zweeg. Twee dagen eerder had hij gezwegen, evenals drie dagen geleden bij het verhoor, en hij zweeg ook nu, met een van jodium gekleurd rijtje van zes keurige hechtingen in zijn bovenbeen. Sterkowitz stond moeizaam op. Jullie zijn allemaal hetzelfde, zei hij, wanneer leren jullie nu eens dat niemand er beter van wordt als je altijd maar je mond houdt?

Voor het huis kwam hij de grootvader tegen, van wie hij decennia terug het gezicht aan elkaar had moeten naaien. In die tijd had je nog niet van dat fijne draad, en ook niet van die handige pleistertjes die je op maat kon knippen. Een paar jaar later zou het gefröbel aan zijn gezicht vermoedelijk een stuk beter zijn uitgevallen. En inmiddels weer slechter, aangezien Sterkowitz' fijne motoriek allang niet meer de oude was. Maar voor een snee in een been volstond ze nog.

Jullie hebben ook wel wat met messen, hè, zei Sterkowitz, en hij wees met zijn duim over zijn schouder, naar het huis: Heb jij enig idee wat er is gebeurd?

Gelapte Schurl schudde somber zijn hoofd. Hij keek alsof hij zelf leed, een trekkende, stekende pijn in zijn gezicht vol littekens.

Kom op zeg, Schurl, mopperde Sterkowitz, hoe verzint hij dat nou, dat op de begraafplaats? Hoe komt hij op zo'n idee? Die jonge mensen weten toch helemaal niet wat Joden zijn!

Schurl fluisterde: Ik begrijp ook totaal niet wat hij zich in het hoofd heeft gehaald. Moet hij naar de gevangenis? Hij is nog maar een kind!

Nou, een kind is hij toch echt niet meer, bromde Sterkowitz, maar naar de gevangenis zal hij denk ik ook niet hoeven. Hij zal wel een taakstraf krijgen, of een voorwaardelijke straf, maar evengoed, dat was toch niet nodig. Hoe hebben ze hem eigenlijk zo snel te pakken gekregen?

Hij heeft de rest van de verf weer mee naar huis gebracht, fluisterde Schurl, het was een dure pot.

Met dat soort verhalen verstreken de laatste werkdagen van dokter Sterkowitz. Het was zoals alle voorgaande jaren: soms om te janken, soms om te lachen en vaak allebei tegelijk. Hij begon zich zorgen te maken om Alois Ferbenz, die sinds die toestand met dat televisie-interview snel achteruitging. Anders dan Sterkowitz had vermoed kon hij niet meer genieten van zijn nieuwverworven beroemdheid, die in werkelijkheid de geëtaleerde narrenvrijheid van een oude man was. Hij oogde verward, praatte onverstaanbaar maar des te indringender op hem in, iets over percelen langs de grens in Ehrenfeld waar niet gebouwd mocht worden: Nooit, anders begint alles weer van voren af aan. Dokter, als ik het niet meer kan moet u daarvoor zorgen!

Sterkowitz zei: Maar doctor Ferbenz, ik ben maar een paar jaar jonger dan u.

U moet het aan de juiste persoon doorvertellen, drong Ferbenz aan, aan een van ons, niet aan de anderen! Dat daar nooit gebouwd mag worden!

Sterkowitz vroeg: Wie bedoelt u eigenlijk met de anderen?

Nou, de Joden en hun handlangers, zei Ferbenz.

Sterkowitz vroeg zich af of hij de eeuwige rode ogen van de patiënt medische aandacht moest schenken. Was dat de gebruikelijke *keratokonjunktivitis sicca* of was hier sprake van een allergie?

Beste doctor Ferbenz, bromde hij geruststellend, dat is toch allemaal allang voorbij.

Niets is voorbij, zei Ferbenz, hij huilde.

Sterkowitz gaf het op om iets van het verhaal te willen begrijpen; kennelijk raakten de herinneringen van de patiënt allemaal door elkaar. Bovenal sloeg zijn hart over. Sterkowitz noteerde op zijn systeemkaart dat een pacemaker overwogen diende te worden, cardioloog in Kirschenstein, vraagteken.

Hotelbazin Resi Reschen daarentegen was zo gezond als een vis, afgezien van de voor haar normale hoge bloeddruk. Sterkowitz vroeg haar of ze langzaamaan niet ook eens aan haar pensioen moest gaan denken.

Aan mijn pensioen denk ik al mijn hele leven, diende de barse vrouw hem van repliek.

Ze bleven nog een paar minuten bij elkaar zitten, Resi bood hem een kop koffie aan. Ze vertelde hem dat de hele situatie, zoals zo vaak in het leven, onoverzichtelijk was. Mocht de grensopening blijvend zijn, zou het de streek misschien doen opbloeien; in dat geval zou het dom zijn om het hotel te verkopen, zoals ze van plan was geweest. Als hotel zou het op het moment sowieso niet te verkopen zijn, alleen als onroerend goed, zei ze. Maar zoals de dingen ervoor stonden zou ze proberen om het nog een jaar of twee vol te houden. Misschien zou men hier weer behoefte aan hotels krijgen, misschien zou iemand het in stand willen houden, het zou toch zonde zijn van al die mooie jugendstilelementen. Misschien zou het weer een beetje kunnen worden als voor de oorlog, toen de mensen hiernaartoe kwamen voor de gezonde lucht, de wijn en het lieflijk golvende landschap. En niet werden afgeschrikt door wachttorens, grensinstallaties en prikkeldraad.

Ik heb altijd gedacht dat je een verstokte pessimiste was, zei Sterkowitz waarderend toen hij vertrok, maar je bent bovenal door en door zakenvrouw. En dat stemde Resi trots en gelukkig als een jong meisje, bijna als op de dag dat ze de enorme sleutelbos van mevrouw Tüffer had gekregen.

Toen Sterkowitz over de Hauptplatz naar zijn Honda liep, wenkte boer Faludi hem. De twee raakten in gesprek. Sterkowitz vroeg of het klopte dat Faludi zich kandidaat wilde stellen als burgemeester.

Willen is niet het juiste woord, zei boer Faludi, ondanks alle kritiek op Koreny vind ik eigenlijk dat hij de afgelopen tijd steeds beter is geworden.

Maar? vroeg Sterkowitz.

Maar nu heeft hij dus politieke zelfmoord gepleegd, zei Faludi koel, met zijn uitnodiging aan de vluchtelingen om in het Burgenland te blijven.

Vind je dat echt, vroeg Sterkowitz, zo'n gek idee was dat toch helemaal niet?

Ik zou er natuurlijk niks op tegen hebben, zei boer Faludi, maar rechts bestookt hem van alle kanten. Heb je het niet gelezen? Zelfs de fractieleider van de rechts-populisten in het parlement heeft gezegd dat hij zich prettig voelt bij de sociaal-culturele atmosfeer die we nu hebben, en dat die vooral zo moet blijven als die is. En onze Joschi Ferbenz papegaait die zin overal in het rond.

Sterkowitz zei: Joschi kan *sociaal-culturele atmosfeer* niet eens uitspreken!

Faludi zei: Dat klopt, maar in zijn versie klinkt het nog erger, omvolking en zo. Met Oost-Duitsers!

Faludi had een andere reden om een kandidatuur te overwegen. Als de aansluiting van Dunkelblum aan het waterschap zoals verwacht door het referendum tegengehouden zou worden, moest de transitie naar de alternatieve watervoorziening worden begeleid door iemand die er echt verstand van had.

Alleen al de bouwput boven op de Rotensteinwiese, zei hij, dat waterreservoir zal enorm zijn, en er zal nog met heel veel andere milieukwesties rekening moeten worden gehouden.

Een waterreservoir op de Rotensteinwiese, vroeg Sterkowitz verbijsterd, met fundamenten en de hele boel?

Dat gaat heel diep de grond in, bevestigde boer Faludi, het moet gigantische hoeveelheden water kunnen opslaan.

Sterkowitz hield zijn hand voor neus en mond.

Voel je je niet goed? vroeg Faludi.

Nee, nee, gaat alweer, zei Sterkowitz kuchend.

Weet je het zeker? vroeg boer Faludi onzeker.

Heel zeker, zei Sterkowitz, ik rook alleen iets, een of andere smerige lucht.

En met die woorden nam hij haastig afscheid, met als excuus een belangrijke afspraak: zijn opvolger, dokter Bello, zou langskomen. Die wilde de inrichting van de praktijk van tevoren bekijken.

Thuis liet Sterkowitz zich op een stoel vallen en zei tegen zijn vrouw dat het net zoiets was als ziek worden op vakantie. Pas als je het besluit had genomen om met pensioen te gaan, merkte je duidelijk dat je echt niet meer kon. Zijn vrouw keek hem aan. Je zit toch zeker niet iets uit te broeden? vroeg ze.

Dan kan de nieuwe huisarts me meteen onderzoeken, zei Sterkowitz en hij probeerde te glimlachen: En dan kunnen wij tweeën zien of hij het goed doet.

Hij had het gevoel dat zijn bloeddruk kelderde. Een slecht moment, maar wat kon hij eraan doen? Juist toen hij zijn vrouw om een sterke kop koffie met veel suiker wilde vragen, werd er aangebeld. Sterkowitz hield zijn hand voor neus en mond. Wil jij alsjeblieft opendoen, zei hij, ik moet eerst even op adem komen.

Zijn vrouw keek bezorgd, maar ze liep naar de deur. Toen ze terugkwam keek ze als door de bliksem getroffen. Sterkowitz vreesde dat alle bloed al uit zijn gezicht was getrokken, dat het klassieke koude zweet hem op het voorhoofd stond. Niet dat hij het voelde. Maar misschien zou hij zo dadelijk van zijn stoel glijden, geruisloos als een handdoek? De nieuwe huisarts zou zijn benen moeten optillen en omhooghouden. Een uitermate gênante situatie. Wat sta je daar te kijken, vroeg hij nors aan zijn vrouw, die zich normaal gesproken altijd prima wist te gedragen: Is er iets aan de hand?

Nee, stotterde ze, nee, nee, ik... ik... hier is de dokter...

En achter haar veerde de nieuwe huisarts naar binnen – stralend wit overhemd, nachtblauw jasje, alles zeer elegant, een smalle, pezige verschijning, zeker niet groot en dik. Zijn glimlach bijna als uit een kinderboek, van oor tot oor. Zeer aangenaam, zei de man en hij stak zijn hand uit, en zijn stem galmde als een klok in de toren: Mijn naam is Alphonse Bello.

De nieuwe dokter was zwart.

Na het gesprek met die vriendelijke oude dokter Sterkowitz werd boer Faludi als door een onzichtbare draad naar de kerk getrokken. Sinds jaar en dag gaf hij gehoor aan dergelijke lokroepen; hij leefde in harmonie met de krachten der natuur, die niet allemaal even meetbaar en verklaarbaar waren. Toen hij doorkreeg waar zijn stappen hem heen leidden, knikte hij instemmend. Hij was al lang niet meer zomaar in de kerk geweest, en welke kracht of macht het ook mocht zijn die hem erheen stuurde, hij had gelijk. Lege kerken waren kathedralen van bezinning, slechts vergelijkbaar met het bos bij zonsopgang. De geest kon er dwalen en schommelen – je eigen geest sowieso, maar je kon er ook andere schommelingen oppikken, zelfs stemmen van vroeger. Jezelf leeg en schoon maken, niets verwachten, slechts open en vriendelijk ontvangen wat je kreeg toebedeeld: zo diende je volgens boer Faludi een kerk binnen te gaan. Dan was je geborgen, in Gods huis en hand. Wie zichzelf alleen op zondag dwong om te midden van de prevelende, roezemoezende gemeente de mis te volgen, die miste iets. Ook als de anderen, tijdens het gebed of als ze naar de preek luisterden, allemaal stil waren: het geraas van gevoelens en gedachten, al dat opgekropte mensengedoe, suisde boven de hoofden en drukte op je slapen. Een lege of bijna lege kerk daarentegen bood spirituele ontspanning, je kon er baden in licht en ruimte.

Bij de ingang liep hij om de marmeren platen heen waaronder een paar Dunkelblumse graven en een bisschop begraven lagen. Hij was van plan om midden in de kerk op een van de banken te gaan zitten en de stilte op zich in te laten werken, maar hij werd verder getrokken, naar voren, tot voor het altaarstuk met het *Laatste Avondmaal*. Daar zaten de apostelen te eten, ze sloegen bekers rode en witte wijn achterover, niet anders dan de Dunkelblumers. Beseften ze dat de dag erna alles voorbij zou zijn? Sommigen zouden het wel vermoed hebben, de anderen feestten alsof er geen morgen bestond, noch – later – het laatste oordeel. Afzijdig van de rest stond een man, hij was net binnengekomen. Bleek en verward keek hij naar Jezus, die al overeind was gekomen. Deze man was Judas, uiteraard, maar hij zag er helemaal niet kwaadaardig uit, alleen maar enorm vertwijfeld. Onder zijn gewaad was een stuk van zijn paardenhoef te zien, evenals een klein stukje van een harig been. En achter hem stonden de beroemde gevederde duiveltjes, kleiner dan kinderen, maar in fraaie jakjes gekleed en met onbehaarde menselijke gezichtjes, ondanks alle veren en hoorntjes. De verrader leek in geestelijke nood te verkeren; misschien wilde hij wel helemaal niemand verraden, misschien wilde hij alleen maar waarschuwen, maar de niet uit elkaar te houden duiveltjes dreven hem onverbiddelijk voor zich uit. De groep is sterker dan een enkel geweten, maar misschien is het ook wel andersom: de grote, rechtop gaande en complexe mens, de kroon op de schepping, is zo vreselijk zwak vergeleken bij de groep; weerloos is hij, als een blad dat van de boom is gevallen.

Toen boer Faludi naar de Messias keek en diens gezichtsuitdrukking probeerde te doorgronden, begonnen de duiveltjes aan de rand van zijn gezichtsveld te bewegen. En hij hoorde ze fluisteren. Boer Faludi vermoedde dat hij niet naar hen mocht kijken, want dan zouden ze verstarren en verstenen. Alleen als ze zich onbespied waanden kon je ze afluisteren. Hij verdiepte zich dus in het gezicht van de Messias. De Messias leed, en zijn zwijgen daverde als de lege kerk. Altijd leed de Messias zwijgend, altijd zweeg hij lijdend, wat er ook om hem heen gebeurde. Maar de duiveltjes waren aan één stuk door in gesprek, ze smiespelden en lachten. *Is het niet*, meende boer Faludi te verstaan, *geschiedenis, is niet, het*. Boer Faludi hield zijn adem in, sloot zijn ogen en sloeg een kruisje. En nu hoorde hij het duidelijk, in koor gesproken door vele boosaardige stemmen, die tussendoor blikkerig giechelden. Ze herhaalden het eindeloos, ze vonden het enorm grappig, die kleine gevederde duiveltjes op het driedelige altaarstuk van de kerk van Dunkelblum: dat is niet het einde van de geschiedenis.

DANK

Voor historische, criminalistische, medische, botanische, architectonische, dialectologische, technische en andere specialistische hulp bedank ik hartelijk

Manfred Eder, Christoph Gerstgraser, Barbara Glück, Rudolf Gollia, Karl-Heinz Grundböck, Paul Gulda, Nikolaus Heidelbach, Ursula Hellerich, Günter Kaindlstorfer, Gerald Krieghofer, Walter Manoschek, Agnes Meisinger, Ulrich Moritz, Judith Schalansky, Alexander von Schönburg, Ingo Schulze, Walter Ulreich, Mona Willi, Ute Woltron en Christa Zöchling.

Op een paar plekken heb ik in de vorm van een collage originele zinnen uit de films *Totschweigen* van Eduard Erne en Margaretha Heinrich, *Schuld und Gedächtnis* van Egon Humer en uit het boek *Kontaminierte Landschaften* van Martin Pollack in de fictieve tekst verwerkt. De rechthebbenden hebben hiermee ingestemd, waarvoor hartelijk dank.

Dank aan Michael Maar voor alles.

CITATEN EN VERKLARENDE WOORDENLIJST

Citaten

p. 9 'De Oostenrijkers zijn een volk...', sinds jaren kennelijk ten onrechte aan Alfred Polgar toegeschreven, soms ook aan Karl Kraus. Het meest lijkt het een variant op een citaat van Karl Farkas. Zie ook: https://falschzitate.blogspot.com/2020/04/der-osterreicher-blickt-voller.html

p. 179 Hans Lebert: *Die Wolfshaut*, Europa Verlag GmbH 1991

p. 341 Robert Musil: 'Das hilflose Europa oder Reise vom Hundertsten ins Tausendste', in: *Das hilflose Europa: Drei Essays*, Piper 1961

Verklarende woordenlijst

Fichtenmoped: kettingzaag (letterlijk: sparrenbrommer)

Gestatten: staat u mij toe, pardon

Grammelpogatschen: traditioneel Burgenlandse broodjes met spek, witte wijn en zure room; het woord *Pogatschen* komt van lat. *focus*, stookplaats, vgl. *focaccia*

Heidensterz: gerecht van gekookt boekweitmeel, bijvoorbeeld als bijgerecht bij soep

Kerzlschlicker: negatieve benaming voor zeer katholiek persoon (letterlijk: kaarsenlikker)

Köszönöm: Hongaars voor dank u wel, bedankt

Liptauer: hartig kaassmeersel, oorspronkelijk gemaakt van o.a. zachte schapenkaas uit Liptov (Slowakije), boter en paprika.

Mostschädel: dronkenlap, zuipschuit

Schutzpass: vervalst paspoort dat deportatie moest voorkomen

Somlauer Nockerl: traditioneel Hongaars dessert bestaande uit biscuitdeeg, chocoladesaus en slagroom

Strauben: gefrituurd deeggerecht, geserveerd met bijvoorbeeld suiker en jam

Verbotsgesetz: wet die o.a. nationaalsocialistische organisaties verbiedt, alsmede ontkenning, bagatellisering, goedkeuring en rechtvaardiging van nationaalsocialistische misdaden

Z'sammen, z'samm: samen, bijeen (hier: elkaar bijeenroepen om gezellig samen te zijn)

PERSONENLIJST

Hoofdpersonen (in alfabetische volgorde)

Ferbenz, dr. Alois (79), voormalig plaatsvervangend gouwleider van Stiermarken, in 1965 teruggekeerd naar Dunkelblum, eigenaar van Modehuis Rosalie, respectabel burger en weldoener van de stad

Gellért, dr. Alexander (69), toerist, boekt in de zomer van 1989 een kamer in Hotel Tüffer en gaat op onderzoek uit, deels samen met Flocke Malnitz

Graun junior (44), zoon van Veronika, wijnboer die eigenlijk musicus had willen worden, affaire met Leonore Malnitz in 1965

Graun, Karin, zijn vrouw, afwisselend loyaal aan man en schoonmoeder

Graun, Veronika (71), roepnaam Vroni, roemruchte zuipschuit, weduwe van de vermoorde Josef Graun, moeder van Graun junior, vroegere jeugdvriendin van Resi Reschen

Grün, Antal (67), kruidenier in de Tempelgasse 4, hij en zijn moeder Gisela keerden na de oorlog als enige Joodse Dunkelblumers terug, huurden een kamer bij Agnes Kalmar tot ze hun eigen huis terug konden kopen

Kalmar, Agnes (69), moeder van Fritz en vriendin van Eszter, sinds het einde van de oorlog lijdend aan terugkerende psychische kwalen

Kalmar, Fritz (45), buurman van de familie Lowetz, meubelmaker, tijdens de oorlog gewond geraakt aan zijn hoofd, praat moeilijk

Koreny, Herbert (55), elektrotechnicus, momenteel onvrijwillig vervanger van de zieke burgemeester Balf

Lowetz (35), keert in de zomer van 1989 terug naar Dunkelblum nadat hij het huis van zijn ouders heeft geërfd

† *Lowetz, Eszter*, zijn moeder, kort ervoor plots overleden, werkte samen met Rehberg aan de kronieken van de stad

Malnitz, Flocke (23), lerares op een basisschool, dochter van Toni en Leonore Malnitz, geïnteresseerd in de stadskroniek en de verwerking van het nationaalsocialistische verleden, was bevriend met Eszter Lowetz, erfde haar Opel Corsa

Malnitz, Leonore (56), vanwege haar schoonheid de 'koningin van Dunkelblum' genoemd, vrouw van Toni, moeder van vier dochters, onder wie Flocke, geboren in Kirschenstein, is pas na de oorlog naar Dunkelblum gekomen

Malnitz, Toni (56), haar man, bekroond wijnbouwer, vader van Flocke

Rehberg (49), eigenaar van het reisbureau en fervent streekhistoricus, tantezegger van de overleden Elly Rehberg

Reschen, Resi (71), nagenoeg alwetende bazin van Hotel Tüffer aan de Hauptplatz

Sterkowitz (77), huisarts, nam in 1938 de praktijk van zijn Joodse voorganger Bernstein over; zit door een fout van het ziekenfonds nog altijd te wachten tot hij met pensioen kan

Bijfiguren (in alfabetische volgorde)

Balaskó, Hans, communist, verzetsstrijder

Balaskó, mevrouw, zijn dochter, secretaresse van de burgemeester

Balf, Heinz, zieke burgemeester van Dunkelblum, momenteel opgenomen in het ziekenhuis in Wenen

Berneck, *1928, verzekeringsagent, lid van de Heuraffl-gang, Hitlerjongen

Bernstein, dr. Paul, vroegere huisarts van Dunkelblum, verdreven in 1938

Dunkelblum, gravin Margarethe, laatste in Dunkelblum woonachtige lid van het gravengeslacht met dezelfde naam, woont tegenwoordig in Lugano, Zwitserland

Dunkelblum, graaf Paul Edmund, roepnaam Epsi, haar zoon, reist in 1965 naar Dunkelblum om de grafkelder van de familie te laten afdichten

Faludi, boer, ecologisch georiënteerde aanvoerder van de 'waterrebellen' van Dunkelblum, verzet zich tegen aansluiting bij het waterschap

Farkas, Feri, schoolkameraad van Lowetz, werkt mee aan de kroniek

Ferbenz, Joschi, schoolkameraad van Lowetz, neef van dr. Alois Ferbenz, loyaal aan zijn oom

Gelapte Schurl, *1928, fruitteler, bijnaam komt van zijn gezicht vol littekens, lid van de Heuraffl-gang, Hitlerjongen

Gitta, bazin van Café Posauner, oorspronkelijk afkomstig uit Stiermarken, weet volgens de Dunkelblumers dus nergens iets van

Goldman, Jenő, *1895, Hongaarse onderwijzer die in 1918 een tijdje in Dunkelblum inviel en les gaf aan onder andere Horka, Graun en Alois Ferbenz, trouwt met Elly Rehberg, moet vluchten in 1938

Goldman, Sandor, roepnaam Sascha, *1920, zijn zoon, vlucht in 1938 met zijn vader naar Boedapest

† *Graun*, de oude, klasgenoot van Ferbenz en Horka, nazi, wijnboer, man van Vroni, vader van Graun junior, wordt in 1946 doodgeschoten en verbrand gevonden in het bos

Heuraffl, tweeling, *1928, lijken als twee druppels water op elkaar, wijnboeren, aanvoerders van de Heuraffl-gang, Hitlerjugend

† *Heuraffl*, de oude, vader van de tweeling, mishandelde in 1938 IJzer-Edi en viel niet veel later dood van een ladder

Horka, Georg, roepnaam Schorsch, de 'zwarte man' van Dunkelblum, sadistische mepper, nazi, handlanger van Ferbenz en co., na de oorlog jarenlang hoofd van politie, verdwenen in 1965

† *Jobbagy, Miklos*, Hongaar, rondtrekkend arbeider, in 1938 door Horka met een enkele vuistslag gedood

Malnitz, Mick, jongere broer van Toni, ging ten gevolge van het wijnschandaal failliet, sindsdien tankstationhouder in Zwick

Malnitz, de oude, wijnboer, vader van Toni en Mick, voormalig communistisch verzetsstrijder

Martha, studente filmwetenschappen, maakt deel uit van de groep studenten die uit Wenen naar Dunkelblum is gekomen om de Joodse begraafplaats op te knappen, documenteert alles met haar videocamera

Neulag, ss'er, vermoedelijk hoofdverantwoordelijke voor het bloedbad, minnaar van gravin Margarethe, direct na de oorlog verdwenen

† *Rehberg, Elly*, tante van Rehberg van het reisbureau, zus van diens vader Max Rehberg (glazenmaker), van 1918-1939 getrouwd met Jenő Goldman, moeder van Sascha Goldman

Reinhold, bebaarde vluchteling uit de DDR, afkomstig uit Saksen, is tijdens zijn vlucht over de groene grens vrouw en dochter uit het oog verloren

† *Reschen*, man van Resi, in de oorlog een arm kwijtgeraakt

Rosmarin, Thea, fabrikante, weldoenster van Dunkelblum, in 1938 met haar gezin verdreven

Stipsits, naam van een wijdvertakte, al sinds lang in Dunkelblum gevestigde familie, eigenaren van de drogisterij, enkelen van hen nazi's, hun huis heeft een geheime kamer op zolder. Twee van hun dochters werden door Sovjetsoldaten ontvoerd en verkracht, een van hen, Inge, is nooit teruggekeerd, de andere dochter heeft haar buitenechtelijke kind naar haar zus vernoemd

Tüffer, grote familie van ondernemers en hoteleigenaren, sinds eeuwen in Dunkelblum gevestigd, in 1938 verdreven, eigen mausoleum op de Joodse begraafplaats

† *Wallnöfer, Theresia*, slachtoffer in de strijd om Dunkelblum in april 1945, bediende in de nacht van het bal in de feestzaal, samen met Vroni Graun en Agnes Kalmar

Zenzi, nichtje van mevrouw Reschen, leeftijdgenoot van Flocke, hulp in de huishouding in Hotel Tüffer

Zierbusch, architect, zat ook bij de Hitlerjugend maar is als enige van het groepje nooit berecht

Zierbusch, de oude, bouwmeester, zijn vader, die hem altijd de hand boven het hoofd heeft gehouden